施尼茨勒作品集

II

特蕾莎：一个女人一生的编年史

（中篇·长篇）

人民文学出版社

阿图尔·施尼茨勒，1895。

奥托·布拉姆

赫尔曼·巴尔

胡戈·封·霍夫曼斯塔尔

理查德·贝尔-霍夫曼

阿图尔·施尼茨勒

施尼茨勒的妻子奥尔加，娘家姓古斯曼。

阿图尔·施尼茨勒

位于维也纳观星台大街71号的别墅。从1910年到1931年去世,施尼茨勒一直住在这里。

阿图尔和奥尔加·施尼茨勒及其孩子海因里希和莉莉,1910。

目　　次

第 二 卷
特蕾莎:一个女人一生的编年史(中篇·长篇)

梦幻记 …………………………………………………… 3
拂晓的赌博 …………………………………………… 68
特蕾莎:一个女人一生的编年史 ………………… 138

第 二 卷

特蕾莎:一个女人一生的编年史

中篇·长篇

梦 幻 记

1

"四十二个皮肤黝黑的奴隶划动了那艘华美的战船,这艘大船要把亚姆吉阿德王子送往哈里发的禁宫。王子身穿紫色长袍,独自躺在甲板上,苍茫的夜空布满了繁星。他的目光……"

朗读到这里,小女孩蓦地闭上了双眼,她的父母不禁含笑对视。弗里多林弯下腰,吻了吻她那金黄色的头发,合上了摆在凌乱的书桌上的故事集。小女孩像是被惊醒了,睁眼向上望了望。

"九点整,"父亲说道,"该去睡了。"此时,阿尔贝蒂娜也朝孩子俯下身,父母的两只手在爱女的额头上碰到一起,他们的脸上挂着由女儿唤起的微笑,温柔地交换了一下目光。女仆走进屋子,提醒孩子向父母道晚安。她顺从地站起身来,仰起头让父母一一吻过她的小嘴,然后安静地随着女仆离开了房间。这会儿,房间里只剩下弗里多林和阿尔贝蒂娜两个人,吊灯在他们的头顶上发出幽幽的红光。他们忽然想起晚饭前关于昨天那场化装舞会的谈话,于是便打算就各自在当时的经历继续谈下去。

那是他们俩今年参加的头一场舞会。还在狂欢节结束之前,他们就打定了主意要去热闹一番。弗里多林记得,他刚一踏进舞厅,两个身穿红色化装舞衣的人便像旧友重逢一样迎上来向他问候,似乎他们早就期望着他的到来。他一直搞不清他们俩到底是何许人,而他们对他的学生时代和行医生涯却了如指掌。他们热情洋溢地把他请到一个包厢里,答应他过一会将卸下面具来看他。然而他们一去不返,许久以后仍然没有露面。他无心再等,便朝中央大厅走去,指望着在那儿再次碰到这两个神秘人物。可他一次次左顾右盼,都看不见他们的身影。在不期然之中却有一个女子挽住了他的手臂：他的妻子。原来，她方才遇见了一个说话带异国口音，像是从波兰来的陌生男人。起初，他以他那忧郁而又自命不凡的气质博得了她的好感，但后来却突然间换了一副嘴脸，出言不逊地刺伤了她，使她当下惶惶而去。于是，这一男一女来到被一对对恋人垄断的酒吧，也像一对情侣似的在那些恋人中间坐下，庆幸他们终于摆脱了一场无聊透顶的面具游戏。他们一面品尝美味的牡蛎和香槟酒，一面开心地交谈着，似乎刚刚在这里结识。听起来他们的对话活像一场由大献殷勤、执意拒绝、巧言诱惑和皆大欢喜几个场面所构成的喜剧。而后，他们俩乘着车，在银装素裹的冬夜里匆匆地赶回家，旋而扑入对方的怀抱中，开始沉醉在许久以来未能享受到的爱恋的欢娱之中。过不多时，一道灰白的晨光，将他们从甜梦中催醒。丈夫的天职使他一大早就赶到患者的病榻前；而阿尔贝蒂娜则勤勉地尽起母亲和家庭主妇的职责来。时间在有条不紊的日常工作中一分一秒地逝去，前一夜的事情在这一天里自始至终都被埋在记忆的深处。只是当一天的劳顿终于结束，孩子已经安静地入睡，周围再也不会有什么来打搅他们俩的时候，假面舞会上那个忧郁的陌生人和那两个红衣怪客才像阴影一样重现原形。此时，那些本来微不足道的经历突然蒙上了一层迷人的幻影，不由得使人感到一种错失良机的恼恨。他们一问一答的对话听上去无关痛痒，实则话里有话，言外有声；两个人都不难察觉出对方的用心不纯，知道对方意在对自己施加小小的报复。他们还竭力夸张身份不明的舞伴对自己所产生的魅力，双方都嘲笑对方流露出来的嫉妒心，却不肯承认自己的那份醋意，本来很轻松的谈话开始变得郑重其事了。他们不再谈论前一夜经历的那些无伤大体的奇遇，而是探讨起那种在内心隐藏得难以察觉的欲念来，哪怕最纯洁、最透明的心灵也会被这种欲念卷入危险的浊流中去。对某些神秘的领域他们未必有所渴求，然而不可捉摸的命运之手却会不知不觉地把他们推向——尽管有时只是在梦幻中——那个世界。无论他们在知觉和感官上的结合是多么密切，他们毕竟还是意识到昨天那种冒险心理、独立意识和感情危机已经不是第一次偷偷地侵扰他们了。他们一面忍受着内心的恐惧和折磨，一面开始带着不端的好奇心诱使对方供认。两个人在战战兢兢地向对方靠近的同时,都尽可能地在自己身上发掘能够坦白的事实,发掘那种尽管可能微不足道,然而却能把那些不可言传的感觉表现出来的经历。如实地坦白出这种经历,他们也许可以从愈来愈无法忍受的紧张气氛中解脱出来。在他们俩中间,阿尔贝蒂娜或许更真诚、更善良或者更缺少耐心,所以第一个鼓起勇气与丈夫开诚相见。她用略有几分发抖的声音问弗里多林,是否还记得去年夏天在丹麦海滨看到过的那个年轻人。那天晚上,这个年轻人和两个军官一起坐在邻桌上用餐,其间突然收到一封电报,于是他匆匆地告别了他的朋友。

弗里多林点了点头,接着问道:"他怎么了?"

"第二天早上我又在旅馆里见到了他。"阿贝尔蒂娜说,"当时他拎着一个黄色的手提包,正急急忙忙地走上楼梯。经过我身边时,他匆匆地打量了我一下。又上了几级楼梯以后,他才忽然停下脚步,转过身来。这时,我们的目光相遇了。他并没有露出笑容,相反,我觉得他的脸色变得阴沉起来;大概我的脸上也做出了相应的反应,因为我还从来没那样心烦意乱过。我六神无主地在海滨躺了一整天。当时我觉得,如果他真的喊我一声,我是无力抵抗的。我相信自己会为了他而不惜失去一切,包括你、我们的孩子和我的前程,我差不多已经完全彻底地建立了那种信念;而同时——但愿你不会产生误解——你对我的忠诚却胜过了以往任何时候。你一定还记得,恰恰是在这一天下午,我们那样亲密地坐在一起谈了许许多多的事情,谈到我们的未来,还谈到我们的孩子。那是长期以来未曾有过的亲密。日头西斜,我们一起坐在阳台上,就你和我。这时,他在楼下沿海滨走过,没有向上张望。看到他,我感到十分幸福,可是我却轻轻地抚摩着你的前额,把我的吻印在你的头发上。当然,我对你的这种情爱时时伴着令我深深悲哀的同情。这天晚上,正如你自己说过的那样,我显得非常美丽,腰间还别上了一朵白色的玫瑰花。那个陌生人和他的朋友就坐在我们的附近,这也许并非出于偶然。他没有朝我望,而我却想象着,自己如何站起来,走近他的桌子,对他说:瞧!我来了,亲爱的——我渴望已久的人啊,把我带走吧!就在这个当口,有人给他送来了那封电报,他读后,脸色变得苍白,低声对两个军官中较年轻的一个说了几句话,随之用一种不可捉摸的目光向我扫了一眼就离开了餐厅。"

"后来呢?"当她不再吭气时,弗里多林冷冷地问道。

"就这些。我只是记得,第二天早上我是怀着一种忐忑不安的心情醒来的。我并不清楚自己究竟是由于他已经离去,还是因为他还会回来才感到不安,连现在都搞不清楚。不过,当他直到中午还没有露面的时候,我总算舒了一口气。不要问下去了,弗里多林,我已经把这件事的实情和盘托出了。——其实,那次去海滨你也有一点不寻常的经历,这我知道。"

弗里多林站起身,在房间里踱来踱去,几个来回之后,他说:"你说的不错。"他站在窗前,把脸隐没在阴影里,开始用一种朦胧的,略带几分故意的语调叙述道:"早晨,有时甚至是在刚刚破晓,而你尚未起床的时候,我喜欢一个人沿着海岸散步,走到离住所很远的地方。尽管天色还早,太阳已经在海面上发出了耀眼的强光。也许你还记得,沿海有一些矮小的农舍,稀稀落落的,每一户都是一个独立的小世界,有的坐落在花园中,有的被包围在树林里。这些农舍和在浴场上搭起来的木棚之间,或隔着一条公路,或隔着一片海滩。在那样早的清晨,我很少碰见什么人,更不用说去洗海水澡的人了。但有一天早晨,本来渺无人迹的海滩上,却突然有一个女子的身影跳入我的视野,她站在一个用木桩固定在沙滩上的木棚前,伸向背后的双手扶着棚板,正一步一步地在狭长的跳板上挪动,动作十分谨慎。那是一个相当年轻的姑娘,看样子不过十五六岁,金黄色的长发蓬松地垂过肩头,遮住一半微微隆起的胸脯。她眼帘低垂,目光注视着前面的海水,开始顺着棚板慢慢地向另一角挪动身体。无意间,她已经站在我的对面了。这时,她把双手远远地伸向背后,像是要更稳固地支撑住自己。同时,她抬起头,蓦地朝我走来。一阵战栗霎时传遍她的全身,似乎她马上就会瘫倒在地或者转身逃跑。然而,由于在那块狭长的跳板上只能缓缓地走动,她终于打消了离开的念头——一动不动地站在那儿,脸上先是露出惊诧的神色,接着又显出愤愤的样子,而最终则变得尴尬起来。突然间,她微微一笑,那笑容十分动人,好像是对我的问候,又像是对我做了个媚眼——然而那又是一种淡淡的嘲笑。随着这一笑,她迅速地弯下腰去,用手撩动了一下隔在我们中间的海水,随后,她挺直了苗条而又富有青春魅力的腰身,忘情地陶醉在自身的美丽之中。不难看出,我那灼热的目光已经掀动了她的心潮,使她感到骄傲和甜蜜。就这样,我们面对面地站着,双唇微启,目光灼灼,差不多僵持了十秒钟之久。我不由自主地把两臂向她伸去,她的眼睛里闪烁出奉献的欢愉。但是,她猛然间拼命地摇起头来,并从板壁上抽回一只手,下命令样地示意我立即离开。看到我迟迟不欲服从的样子,她开始向我恳求,甚至是乞求——用那种小孩子的目光。我别无选择,只好离开。我快步继续向前走去,再也没有回头望她。但这不是出于谨慎和恭顺,也不是为了显示我的贵族气质。之所以如此,是因为我从她最后的一瞥中感受到了平生从未经历过的打击,我觉得自己面临着一种精神崩溃的威胁。"说到这儿,他便沉默不语了。

"那么,"阿尔贝蒂娜目视前方,语气平和地问道,"此后你还常常走这条路吗?"

"我对你讲的这件事,恰好发生在我们去丹麦度假的最后一天。"弗里多林回答说,"否则,连我也吃不准会闹出什么事来。阿尔贝蒂娜,我看你也不要多问了。"

他仍然原地不动地站在窗前,阿尔贝蒂娜起身朝他走过去,两眼湿润而黯淡,额头微微蹙起。"这样的事我们今后一定要随时讲出来。"她说。

他默默地点点头。

"答应我。"

他把她拉到身前,问:"这还不清楚吗?"但他的话却是那样生硬。

她抓住他的双手,轻轻地抚摸着,随后仰起头,用忧郁的目光望着他,从这样的目光中他不难猜出她此时的心思。此时,她想起了他的另外一些更为现实的经历,那是她所了解到的一些他在青年时代的艳遇。原来,为了顺从和满足她那种由妒忌所勾起的好奇心,他在婚后的头几年中曾向她泄露了一些他本来打算秘而不宣的往事。事后,他常常说他体验到一种自我背叛的滋味。在眼下这一时刻,他意识到,有些往事必定会在阿尔贝蒂娜的印象中重新苏醒,因此,当她像回忆一场梦那样说出了一个名字的时候——这名字是他青年时代的情人之一——他并不感到十分惊奇。然而,她的声音听起来却像是责备,甚至是一种软软的威吓。

他立即把她的手按到他的唇上。

"请你相信,阿尔贝蒂娜,在每一个我声称爱过的女子身上,我都一直在寻找你的身影。尽管我这话听起来有点自我标榜的味道,但这一点我比你体会得更为切实。"

她黯然一笑。"那么,假若我当初也有过这种雅兴,先是浪漫地追求一番,你的感觉又将如何呢?"她的眼神开始变化,变得冷峻而朦胧。他让她的手从他的手中滑脱,似乎一下子发现了她的虚伪和不忠;而她却继续说道:"唉,你们竟然一无所知。"随后又沉默起来。

"我们一无所知?你的意思是——?"

她用少有的生硬语气答道:"和你想到的差不多,亲爱的。"

"阿尔贝蒂娜,这么说,你向我隐瞒了什么,是吗?"

她带着一种古怪的微笑点了点头,两眼直直地盯着前面。弗里多林顿时感到一种无名的惶惑,重重疑团在心中升起。

"这太难以理解了,"他说。"咱们订婚的时候,你还不满十七岁呢。"

"不错,弗里多林,刚刚度过了十七个年头。然而——"她用灼人的目光逼视着他,"作为一个处女嫁给你,这可不是我的初衷。"

"阿尔贝蒂娜!"

她径自讲述下去:"那是咱们订婚前不久的事情,我当时住在沃特尔湖畔。在一个美丽的夏夜,有一个十分英俊的年轻人来到我的窗前,我们随便地聊起天来。从窗户向外望去,是一片开阔的大草原。我一边和他谈着,一边在想——弗里多林,你听,我是这样想的:瞧!小伙子多么可亲,多么迷人呀!他现在只要说一句话,当然是说出那句关键的话来,那么,我一定走出房门,到草坪上去见他,然后依照他的愿望到任何一个地方去,比如到森林里去。当然,如果能和他结伴去湖中悠然荡桨,那就更加妙不可言了——在这个夜晚,无论他提出什么要求,我都会欣然应诺。这就是我当时的想法。但是,这个可爱的年轻人并没有说出那句话来,他只是温柔地吻了吻我的手。第二天早上,他问我是不是愿意做他的妻子,我告诉他愿意。"

弗里多林怏怏不乐地松开了她的手,接着说:"假如在那天晚上,恰巧是另外一个人站在你的窗前,而他又想到了那句关键的话,比如——"他正思忖着应该用谁的名字打比方,她已经像自卫一样地伸出了两只胳膊。

"换了别人,无论是谁说出了他及时想到的话,都是枉费心思。假如站在窗前的人是你的话,"她扬起脸朝他微笑着,"那么夏日的傍晚同样会那样美丽。"

他嘲笑地撇了撇嘴。"你只是眼下才这样说,眼下你也许会这样想。可是——"

一阵敲门的声音打断了他的话,女仆进来通报说,鸣鸟巷的女管事特地来请大夫先生为枢密官出诊。今天,他的身体状况再次恶化。弗里多林来到前厅,从报信人那里得知枢密官是心脏病发作,感觉十分不好。他答应立即前往。

"这就走吗?"当他急匆匆地准备出发时,阿尔贝蒂娜不悦地问道,似乎他是有意使她难堪。

弗里多林略带吃惊地答道:"我必须去。"

她轻轻叹了一口气。

"但愿不出现什么麻烦,"弗里多林说,"迄今为止每次都是用三毫升吗啡就缓解了他的病症。"

女仆拿来了皮大衣,弗里多林漫不经心地在阿尔贝蒂娜的额头上和嘴唇上吻了吻,似乎刚才的谈话已经从记忆中消逝。随后,他匆匆上了路。

2

走在街上,他不得不敞开皮大衣。天气突然转暖,人行道上的残雪几乎已经化尽,空气中开始闻得出春天的气息。弗里多林住在约瑟夫城区,他的住宅与大众医院遥遥相望,从那儿到鸣鸟巷只消一刻钟光景。过不多久,他已经走进那幢旧房子,在昏暗的灯光下顺着旋

9

梯爬上二层楼,用手拉动了门铃。但是,还没有等庄严肃穆的铃声从门里传出来,他便察觉到那门原来是虚掩着的。他穿过幽暗的过道走进卧室,立即发现,他已来迟了一步:低矮的天花板上挂着一盏蒙着绿纸的煤油灯,把惨淡的灯光投在被单上,躺在被子里的那个枯瘦的身体已经毫无生气了。此时,死者的脸上布着一层阴影,然而弗里多林对他是那样熟悉,觉得这张脸在自己的面前仍旧毫发可鉴——形容枯槁,皱纹密布,高高的额头,花白的连鬓短须,丑陋得惹人注目的大耳朵上竖着一根根白毛。枢密官的女儿玛丽安娜坐在病床放脚的一头,两臂无力地垂落下来,显出一副疲惫不堪的样子。屋内混杂着家具、药品、煤油和食物的气味,间或还能闻到科隆香水和檀香皂发出的香气。弗里多林觉得,那个面色苍白的女孩身上似乎也正散发着一种淡雅的芬芳。这女孩正当豆蔻年华,可是,长期的繁重家务,紧张的护理工作和一夜又一夜的苦熬已经慢慢使她像落花样地枯萎了。

　　医生走进屋子的时候,她把脸朝他转过来。不过,在微弱的灯光下,他很难看清她的两颊是否像以往那样因他的到来而泛起了红晕。她用那对大而无神的眼睛向他表示了问候。她正要站起身来,弗里多林立即用手势制止了她。他来到床头,机械地用手摸了摸死者的前额,死者的两手从宽大的衬衣袖口里伸出来,平放在被子上面。弗里多林带着几分惋惜的神情耸了耸肩,把手插进大衣兜里,眼睛向四壁里环顾了一周,最后才把目光停留在玛丽安娜身上。她长着金黄色的头发,浓密而又干枯;她的脖颈颀长、轮廓匀称,但已不再光滑细润,而且还呈现出蜡黄的色泽;她那薄薄的双唇蕴含着道不尽的隐衷。

　　"哦,亲爱的小姐,"他嗫嚅着,尴尬地开了腔,"这件事您恐怕已经有所准备了吧?"

　　她把一只手伸向他。他充满同情地接过那只手,从医生的职责出发询问了死者最后一次发病的过程。她简洁而又平淡地介绍了情况,随后又说,最近几天他没有来探望病人,但病人的情况像是好多了。弗里多林抓过来一把椅子,在玛丽安娜的对面坐了下来,安慰她说,看起来她父亲临终前多半没有受到病痛的折磨,接着,他问是否已经派人发表。她回答说,女管家正赶往叔父家通知,此外,勒迪格尔博士很快就会赶来。"他是我的未婚夫。"她这样补充了一句,目光避开他的眼睛,只是盯着他的额头。

弗里多林仅仅点了点头。在这一年中,他在这所房子里见过勒迪格尔博士两三次。这个年轻人在维也纳大学任历史课讲师,他戴着一副眼镜,身材细高,面色苍白,下颌上布满了浅栗色的短髭,给弗里多林留下了挺不错的印象,但是并没有引起他进一步的兴趣。他心中暗想,玛丽安娜要是做了我的情人,一定会长得更好看些,她的头发不会那么干枯,嘴唇也会更加饱满红润。现在她有多大了?——他继续寻思着:三四年之前,在我第一次被请到枢密官家里的时候,她刚满二十三岁。当时她的母亲还在世,她显得要比现在活泼开朗。有一段时间,她似乎还上过歌咏课。原来她要嫁的就是这么一个讲师,这又是何苦呢?她肯定并不爱他,况且他也未必很有钱。那么,这又属于哪一类婚姻呢?恐怕就是司空见惯的那一类了。嗳,我何以这样庸人自扰呢?从现在起,我在这幢房子里已经没有任何公干,也许,我今后再也见不到她了。以前有很多人都比她更接近我,最后我们还不是各奔东西了吗?

就在他这样思潮起伏的时候,玛丽安娜开始谈起死去的父亲来——以一种启发和告诫的口气,好像死亡这个简单的事实一下子使她变成了一个十分古怪的人。莫非他真的刚刚活到四十五岁?是啊,他的生活中充满了忧虑和失望,妻子一直未能使他如意,而儿子则更是增添了他的无限烦恼。什么?她竟然还有一个哥哥?当然,有一次她曾经对大夫讲过这件事。她这个哥哥眼下住在国外的什么地方,玛丽安娜的房间里还有一张他在十四五岁的时候画的画呢。那张画上画的是一个军官,正骑着马从一个小山岗飞奔而下。可他父亲总是做出根本没看到那幅画的样子。要是在别的环境中,他准能干出一番成绩来。

弗里多林一边听着她激动地讲述,一边不停地琢磨着:瞧她眼里放射出来的光彩!是在发烧吗?很可能。最近她瘦多了,或许她已经染上了急性肺炎。

她滔滔不绝地讲着,而他却觉得,她现在根本没意识到自己在对谁讲话,也许她不过是自言自语罢了。他哥哥已经离家十二年了。当他突然失踪的时候,她还是个孩子呢。四五年之前,他们家在过圣诞节的时候最后一次得到他的消息,当时他住在意大利的一个城市。她还东拉西扯地说些无关紧要的事情,过不多会儿,便猛地打住话头,把头埋在手里,默默地坐在那儿不动了。弗里多林开始感到疲倦,也更加烦闷了,他巴望着有人到来,她的亲戚或者未婚夫均可。沉默使这屋子里的空气十分压抑。他甚至觉得连死人也和他们一道沉默着,而且,这并非由于他已经不能开口说话,想必他是出于幸灾乐祸的心理才有意这样做的。

弗里多林朝死人瞟了一眼,说:"既然如此,那也好,玛丽安娜小姐,您也就不必在这幢房子里长住下去了。"她略微抬了抬头,但是并没有看弗里多林。"您的未婚夫不久就会提升为教授,在这方面,哲学系的情况比我们那儿好得多。"话说到这儿,他想起自己在多年前也曾试图在学术上干一番事业,然而贪图舒适的天性使他最终选择了这种务实的职业——突然,他感到自己在杰出的勒迪格尔博士面前是那样卑微。

"入秋以后,我们准备迁居,"玛丽安娜说,但身体仍保持着原来的姿势,"他在哥廷根谋到了一份职业。"

"哦!"弗里多林应了一声,他很想表示祝贺,但又觉得那样做在此时此地不很妥当。他望了望紧紧关闭着的窗户,接着便像行使医生的权利那样,并没有先问一声就把两扇窗户统统打开了。外面风和日暖,早春的空气像是从远方刚刚苏醒的森林里带来了一股湿润的香气。当他重新转回身时,他突然发现玛丽安娜正带着疑问的目光审视着自己。他朝她走过去,解释道:"这新鲜空气对您的身体也许会有所裨益。现在天已经变得很暖了,而昨天夜里——"他正想说:我们是顶着风雪从舞场赶回来的,可他赶紧改了口,补充道:"昨天晚上街上还积着半米厚的雪呢。"

她似听非听地坐在那儿,两眼一点点变得湿润起来。跟着,泪水夺眶而出,顺着面颊流了下来。于是,她重又把头埋进手里。他不由自主地把一只手放在她的头顶上,并朝前额方向抚摩着。他觉得她的身体开始发抖,接着,她哽咽地抽泣起来,声音越来越高,到最后变得泣不成声。突然间,她猛地从扶手椅上滑了下来,跪倒在弗里多林脚前,用两臂抱住他的双腿,把脸紧紧地压在他的膝盖上。过了一会儿,她仰起头,睁大了眼睛,用痛苦和绝望的眼光望着他,低声而热切地说道:"我不想离开这里,即使您再也不来,即使我今后再也看不到您——我,我要在您住的地方生活。"

此时,他受到的感动胜过了他的惊讶,因为,他早就知道她爱着自己,至少他自认为是如此。

"站起来,玛丽安娜。"他轻声说,并弯下腰去,轻轻将她扶起。他想:当然,不能排除歇斯底里病症在她身上作怪。他向她死去的父亲瞥了一眼,暗暗琢磨着,他会不会把这一切都听了去呢?也许,每个人在咽气之后的头几个小时里,都处于一种假死的状态之中。他挽着玛丽安娜的两臂,同时又和她保持着一段距离;就这样,他禁不住在她的额上吻了一下。这一举动使他自己觉得有些可笑。他隐约地记起几年前读过的一本小说,故事的主人公是一个稚气未脱的小伙子,他在母亲去世那一天受到女友的勾引,竟在母亲的灵床前面被她奸污了。与此同时,他不由得想起妻子来,难以抑制的怨恨顿时向心头压来。那个拎着黄提包登上旅馆楼梯的丹麦游客,则在他心底勾起了一丝隐隐的憎恶。他把玛丽安娜拉到自己的胸前,然而他却体验不到一丁点激动的感觉。相反,看到她那干枯而无光泽的头发,闻到她那未晾干的衣服发出的淡淡香气,倒使他对眼前这个姑娘产生了几分嫌恶。这时,外面响起了一阵铃声。他如释重负,用一种感谢的姿态在玛丽安娜手上匆匆吻了一下,便走出去开门。出现在门口的是勒迪格尔博士,他披着深灰色的斗篷,穿一双防雨套鞋,手里拎着雨伞,脸上挂着一副与眼下这情景十分契合的严肃表情。两位先生互相点了点头,那种亲密程度已经超过了他们的实际关系。随后,他们两个一道走进屋子。勒迪格尔局促地望了一下死者,接着就向玛丽安娜表示他的哀悼。弗里多林走进隔壁房间,准备起草一份死亡证明书。写字台上摆着一盏汽灯,他把灯芯向上提了提,目光不由自主地落在那幅画上:身穿白色制服的军官挥舞着一把马刀,从小山岗上急驰而下,正奋勇地追击着看不见的敌人。这幅画镶嵌在细窄的暗金色的边框里,但看上去并不比普普通通的胶印油画更舒服。

13

写好死亡证明书后，弗里多林回到外间。这时，未婚夫妇正握着手坐在父亲的灵床前。

门铃又响了起来，勒迪格尔博士起身去开门。趁这个当口，玛丽安娜看着地面，用几乎听不见的声音说："我爱你。"弗里多林轻轻唤了一声玛丽安娜的名字，代替了回答。勒迪格尔陪着一对年长的夫妇走回房间，他们是玛丽安娜的叔父和婶母。大家很得体地互相应酬了几句，带着那种往往是被刚刚死去的人所招致的拘谨。这间小屋好像一下子就被前来哀悼的客人挤满了，弗里多林觉得自己已经成了多余的人，乘机告辞。勒迪格尔把他送到门口，出于义务说了几句感谢的话，并表示很愿意不久再次见面。

3

走出房门，弗里多林仰头向方才打开的窗户望去，在初春的夜风中，窗扇在微微抖动着。此时，他觉得楼上那几个人，无论是活的还是死的，全都像幽灵一般地消逝了。对于他来说，刚刚从中解脱的这场经历，不啻是一场使人心情沉重的幻术。如果说这场幻术对他还有所影响的话，那就是他此时对回家感到一种莫名其妙的厌倦。街上的积雪已经融化，路边东一摊西一摊地堆着一些遭到污染的残雪。火油路灯幽幽地闪烁着，从附近的一个教堂传来了十一声钟响。离弗里多林的住处不远有一个咖啡店，他决定在睡觉前先到那儿去找一个安静的角落，消磨半个小时，于是便从市政厅公园取道前往。公园阴暗处的长凳上，一对对情侣紧紧地偎依在一起，仿佛春天真的已经到来，而温煦醉人的夜风也并不孕育着危险一样。有一个衣衫褴褛的人，直挺挺地仰卧在一条长凳上，用帽子盖住了前额。弗里多林想，我要不要把他叫醒，给他几个钱，让他去找个睡处呢？……唉，这又有什么用，他继而想道，此例一开，以后就得没完没了地照顾他，否则这是毫无意义的。到头来，别人没准还要怀疑我与他有什么不干不净的关系呢。于是，他加快脚步向前走去，像是要竭力摆脱所有的责任和诱惑。凭什么偏偏要照顾他呢？他自问道，仅仅在维也纳就有成千上万个这样的穷鬼。他们都需要关心——你能关心得了每一个陌生人的命运吗?！他忽然想到刚刚见到的死者,心头不由得涌起几分恐惧,甚至是厌恶感。他想,那具骨瘦嶙峋的尸体僵直地挺在褐色的法兰绒的被子下面,正以万古不变的法则开始枯朽腐败。他庆幸自己仍然活在世上,对他来说,诸如这类可怕的事情还离得很远。他还年轻,有一个迷人而可爱的妻子,要是有兴趣,甚至可以另求新欢。当然,用在这方面的闲情逸致已非他的秉性所能容纳。他又想起,明早八点要去上班,中午十一点到午后一点要探望几个特护病号,三点到五点出诊,还有几个病人甚至是定在晚上去看的。老天爷,但愿明晚别再有什么人像今天这样半夜就把他叫起来。

在浑沌的灯光下,市政厅广场像是一方泛着赤黄色光影的池塘。他横穿过广场,转身向自己居住的约瑟夫城区走去。这时,从远处传来沉重而又整齐的脚步声。他隐约看到前方有七八个戴色标的大学生,他们排成一列,正绕过街角朝自己走来。当这几个年轻人走到路灯下面时,他才看出他们是蓝帽阿雷曼社团的。他自己从未参加过任何学生组织,只不过热心地进行过几场大学生的马刀搏斗。想到这些学生时代的往事,昨天那两个把他带入包厢,而后又无情地抛弃了他的红衣舞伴又一次浮现在他的眼前。前面的大学生转眼已经走到他身边,恣意地大声说笑着。他似乎觉得他们中间有人去过医院。然而,在微弱的灯光下,他无法认出他们的相貌。为了避免与他们相撞,他不得不紧靠着墙走。这会儿,他们总算过去了。走在最后的是个高个子的家伙,大衣敞开着,左眼上蒙了一块眼罩,他似乎有意落后了几步,而且用弯出来的臂肘顶了他一下。此举绝非偶然！这小子打的是什么主意,弗里多林在心里问道,不由得停下了脚步。对方走过两步之后也停了下来,就这样,两个人站在不远不近的地方互相对视了一会儿。然而,弗里多林旋即就掉头走开了,听到身后那人哈哈地笑了一阵,他真想再转回身去教训教训那小子。可是,他忽然感到他的心异样地狂跳起来,正像他在十三四年之前曾经经历过的那样;当时,他那风姿如玉的姑娘正坐在他身边,像往常一样喋喋不休地谈着某个生活在远方的、似乎并不存在的新郎,而这时突然有人咚咚地敲起门来。原来,这可怕的声音是个邮差敲响的——此时,他觉得自己的心又像当初那样跳了起来。这是怎么了？他恐惧地自问道,同时,他发觉自己的两膝也不由自主地微微抖动起来。是胆小吗?笑话,他随即否定了自己。我岂能和一个喝醉酒的大学生一般见识,我,一个三十五岁的堂堂男子,开业医生,有妻有女的一家之主!定约?物色证人?决斗!?难道就因为叫这蠢家伙撞了一下而让胳膊上白白挨一刀吗?难道我要为此一连病休几个星期?没准还要牺牲一只眼睛,甚至冒血液中毒的危险——一星期之后就会像鸣鸟巷的那位先生一样静静地躺在褐色的法兰绒的被子下面!——胆小?!三次斗刀他都没有怯阵。有一次,他还准备用手枪决斗呢!那场风波最后和平解决了,但那决非出于他的本意。还有他的职业!干这一行时时刻刻都面临来自各方面的危险,只不过人们总是忽略这一点罢了。前不久,大约就在三四天之前,一个患白喉病的孩子还冲着他的脸咳嗽过呢!这远比斗剑比刀那种小把戏可怕。可他早就不再把它放在心上了。现在,假如他回去找到那家伙,这笔账还是来得及算清。但他根本没有必要三更半夜地来往于病人之间,甚至自己也加入病人的行列,这样的事完全有发生的可能——不,他真的没有必要去理会这种傻里傻气的大学生。要是那个年轻的丹麦人恰好在这个时候迎面朝他走来,那可就另当别论了。阿尔贝蒂娜当时和他——哎呀,看他想到哪里去了?她充其量不过是给他当了几天情妇,毕竟还有比这更可怕的事情。真的,让他迎面走来吧!啊,要是能和他面对面地站在一块林中空地上,用手枪瞄准他的额头,瞄准他那梳得溜光的金发,那才真正叫人感到狂喜呢!

　　不知不觉地,他已经走过了自己的目的地,来到一条狭窄的胡同里。几个穷困的妓女正在这儿来回游荡,向夜行的男人卖弄风情。好一个鬼气森森的地方,他想。接着,刚才那几个戴蓝帽子的大学生赫然浮上他的脑海。之后,他恍惚看见玛丽安娜、玛丽安娜的未婚夫、她的叔父和婶母手拉着手鬼影般地排成一行,围在老枢密官的灵床前。阿尔贝蒂娜也依稀出现了,她把头枕在交叠的两臂上,正昏昏地酣睡着。而他的女儿则严严地裹在被子里,躺在窄小的、涂着白漆的铜床上。最后,脸蛋红扑扑的女仆也出现了,她的左额角上长着一颗惹眼的胎痣——他觉得他们此时已经统统幻化成了幽灵。这种幻觉不免使他感到有些恐怖,然而,他又从中体会到了几分慰藉:借助这种感觉,他似乎可以摆脱一切责任,甚至脱离一切人际关系。

一个正在游荡的姑娘走过来邀他同行。这是一个身材纤巧且十分年轻的女孩,她面色苍白,嘴唇涂得红红的。他想,到最后连她也会死去的,但愿上帝不要太早地把她招了去。这也是出于胆怯吗?基本是的。他先是听到了她的脚步声,紧跟着她的话音在他身后响起:"愿意跟我走吗?博士?"

他不由自主地转回身去。"你怎么会认识我?"他问道。

"我并不认识您,住在这个区的不都是博士吗?"

自从读中学以来,他从未和这类女人打过交道。难道这会儿她又重返少年时代,让这个女孩给迷住了吗?他想起一个交往不深的熟人,那是一个风度翩翩的青年,大家都传说他的艳福无比。记得在大学时代,他在一次舞会后曾经和他一起去夜总会兜了一圈。当他准备和一个女招待分手时,他发现弗里多林眼里放射出惊异的目光,于是说道:"你可以从她们身上得到最惬意的感觉,她们可不是最可恶的人。"

"你叫什么?"弗里多林问。

"嗯,你是问咱叫啥名儿吗?当然是叫咪琦。"这当口,她已经用钥匙打开了房门。她走进门厅,在那儿等着弗里多林。

"麻利点儿!"见他迟疑不决,她这样催道。转眼间,他已经站到她身边,门在他身后砰地关上了。她闩好门,燃起一支蜡烛举在他前面引路。——我是不是疯了?他自问道。当然,我决不会动她一下的。

房间里点着一盏油灯,她把灯芯向上挑了挑。这间屋子看上去令人感到很舒心,陈设也颇为雅致,屋子里的气味至少比玛丽安娜那间屋子要好闻得多。这毫不奇怪——并没有哪个害了重病的老头在这儿一连躺上几个月。姑娘含笑走近他,其举动并无轻薄之意,而他却和悦地拒绝了她。于是,她指了指室内的摇椅,让他在那儿轻松地坐了下来。

"你一定是累了吧?"咪琦问。他点了点头。

她一面不紧不慢地宽衣解带,一面说道:"可不,像你这样的爷们,从早到晚都在忙个不停。碰上这样的,我们倒可以落个轻松。"

17

他发现她并没有涂过唇膏,而是生来就长着朱红的唇色,便借机向她恭维了几句。

"我何必要涂脂抹粉呢?"她问,"你看我有多大?"

"二十岁。"他猜道。

"十七。"说罢,她一屁股坐到他怀里,像孩子一样用胳膊勾住了他的脖子。

他暗想,天下有谁能想到我此时正待在这间屋子里呢? 在一小时之前,不,在十分钟之前连我自己都想不到。可是,这是为什么? 为什么呢? 她的嘴唇向他凑过来,他把身子缩了回去;她睁大眼睛望着他,带着忧郁的神色从他的怀里撤出身子。他不免有些怅然,因为她的拥抱充满了温存抚慰,是那样荡人心脾。

她从床架上取下一件红色的睡衣披在身上,又把两臂护在胸前,身上裸露的地方全部被盖住了。

"你觉得现在这样合适吗?"她的问话既不矜持,也不含讽刺的意味,似乎她是在尽力理解他,而他却一时不知如何回答是好。

过了一会儿,他说:"你猜得不错,我的确很累。现在只要坐在这个摇椅里听听你讲话,我就感到很舒服了。你的嗓音很柔和很动人。讲吧,随便为我讲点什么。"

她坐在掀开了被子的床上,摇摇头。

"你不过是害怕罢了。"她轻轻地说。随后,她用几乎听不见的声音自言自语道:"真遗憾!"

最后这句话使他的血液骤然间涌动起来。他起身向她走去,想抱住她。他说,他从心底里信任她;而这也差不多是他的心里话。他拉着她,向她求欢,就像在向一个少女或是一个心爱的女人求欢那样,而她始终不从。他感到羞愧,终于松开了她。

她说:"人说不定在什么时候,就会产生这种感觉。你八成是真的害怕了,可这怪不得你。不过,要是出了什么事,你就该咒我了。"

她断然拒绝了他递给她的钞票,根本不容他进一步分说。她戴上一条细长的蓝色羊毛围巾,提着灯将他送到门口,打开了大门。"今天我不再出去了。"她说。他抓起她的手,心不在焉地在上面吻了吻。她带着几分吃惊,甚至是惊恐的神情仰头看着他,随之又像是很满足似地干笑起来:"像在吻一个小姐。"

门在他的身后关上了。弗里多林记下了这可怜又可爱的姑娘的住址,他打算明天抽空给她送些酒和甜食来。

4

外面的温度又悄悄地升高了几分。潮湿的草丛和远方春意渐浓的山野借助了柔和的夜风把阵阵香气送进这条狭窄的小巷。上哪儿去呢,弗里多林思忖着,似乎现在还远远不到回家就寝的时候。他难以下定这样的决心。自从和那伙阿雷曼人遭遇以来,他感觉自己成了被逐出家门,无处投靠的游子……莫非是玛丽安娜的自白使他交上了厄运?——不,早就开始了——自从晚上和阿尔贝蒂娜谈过话以后,他便开始一步一步地从一向熟悉的生活场所滑向一个遥远而未知的世界。

夜幕下,他漫无目的地沿街徜徉,暖和的柔风吹拂着他的额头,终于,他好似发现了寻觅已久的所在,步伐坚定地走进一家下等咖啡店。店里虽说铺面不大,但烛光荧然,古朴的维也纳式摆设令人感到快意。夜深人静,来此光顾的客人已经所剩无几了。

在一个角落里,有三位先生正在打牌。刚才在一边看热闹的侍者走过来为弗里多林脱下皮大衣,问过来客的要求后,他往他面前的餐桌上放了一叠画报和晚报。弗里多林轻松安适地坐下来开始翻看眼前的刊物。他的目光不时地停留在某些段落上:在一个波希米亚城市,有不少德语路标被人拆除;为讨论在小亚细亚修筑铁路的问题,在伊斯坦丁堡召开了一次多边会议,克兰福特勋爵是与会者之一;贝尼斯—魏因格鲁伯公司宣告破产;名妓安娜·蒂格尔因醋意大发,企图用矾水谋杀其女友赫米内·德罗比斯基;索菲娅大厅今晚举办鲱鱼酒会,宴请各方;一位客居舍恩布伦纳大街二十八号、名叫玛丽·贝的年轻姑娘服汞自杀……乏味无聊者也好,凄恻感人者也好,这些鸡零狗碎的日常新闻毕竟使弗里多林的头脑一点点清醒和冷静下来了。他很同情那个叫玛丽·贝的年轻姑娘,服用汞,这真是傻透了。此刻,他舒舒服服地坐在咖啡店里,阿尔贝蒂娜头枕着交叠的双臂沉睡,枢密官先生已经超度了一切人间的烦恼,而住在舍恩布伦纳大街二十八号的玛丽·贝正在无谓的痛苦中辗转反侧。

他抬起头,目光从报纸上移开。这时,他发现对面的桌子上有一对眼睛正注视着自己。——夜莺?真的是他吗?这时对方已经认出他来,惊奇地举起双臂,朝弗里多林走来。他身材魁伟高大,略显臃肿,但看上去还很年轻;长而稍许鬈曲的金发已经开始花白,嘴上蓄着两头下垂的波兰式胡须;他身披一件灰色斗篷,里面的夜礼服有些油腻发亮,压皱的衬衣上钉了三颗假钻石纽扣,衬衣领留着横七竖八的褶皱,白色的丝绸领带在胸前荡来荡去。他的眼睑红肿,像是刚刚熬过许多不眠之夜,但那对碧蓝的眼睛却放射出快活的目光。

"夜莺,你竟然也在维也纳?"弗里多林惊呼道。

"你不知道?"夜莺操着柔软的波兰腔说,话里还掺杂着一点犹太人的语调。"你怎么会不知道呢?我可是个有点名气的人呐。"他和悦地大声笑着,坐到弗里多林对面。

"怎么?"弗里多林问,"难道你偷偷地当上了外科教授?"

夜莺又一次爽朗地笑起来:"你刚才一点儿都没听到我的声音吗?"

"听到什么?——哦,对了!"直到这时弗里多林才醒悟过来:当他走进咖啡店的时候,不,当他快走近咖啡店的时候,就听见地下室里传出弹奏钢琴的声音。"那是你弹的?"他大声地问。

"除了我还能有谁?"夜莺笑答。

弗里多林点点头。不错!那强劲有力的指触,那别有韵味、潇洒跌宕却不失柔美娴媚的左手和音一时间使他感到十分亲切。"这么说,你到底干上这一行了?"他问。

他记得,夜莺的动物学课程是耽搁了七年之后才重新进行预考的,然而,这门考试及格之后,他最终还是放弃了医科专业。有好长时间,他在解剖室,在化验室,在阶梯教室,在医院各处无所事事地闲荡;他那艺术家所特有的金发,他那永远是皱巴巴的衣领和摇荡不止的、邋邋遢遢的白领带使他成了惹人注目和喜爱的人物;全院上下,不仅学生们喜欢他,连不少教授都觉得他颇为可爱。他的童年是在波兰度过的,父亲是犹太人,在一个小酒店当掌柜。为了学医,他背井离乡，来到维也纳。父母起初还肯为他的学业贴补几个微薄的小钱，而不久后就分文不出了，但这并没有妨碍他继续和弗里多林等医科大学生定期到里德霍夫饭庄聚餐。家道丰厚的同学轮流替他付酒账。间或还有人送给他衣服穿，他对此不仅抱着来者不拒的态度，而且还颇显出几分得意感来。他在家乡那座小城跟一个不得志的钢琴家学会了弹钢琴的一些基本技巧。来到维也纳后，他一边学医，一边去音乐学院继续深造，已经算得上是一个前途远大的钢琴天才。可是，由于对艺术同样缺少认真刻苦的求学精神，他难以成为功夫圆熟的行家。以后，他只好满足于向亲朋好友夸耀自己的音乐成就，尤其是通过表演钢琴来取悦于他们。有一段时间，他在郊区一家舞蹈学校担任琴师。当时，一些大学同学和聚餐会友曾经引荐他以这一身份到名门望族显显身手。可是每逢这种机会，他只是凭着一时的心血来潮随便弹上几段曲子。他热衷于和年轻的女士们交谈，然而却每每出言不逊；他一沾上酒就毫无节制。有一次，他在一个银行经理的私邸为舞会伴奏，将近午夜时，一个在他身边跳舞的年轻小姐被他用一句貌似恭维、实则挖苦的怪话弄得十分难堪，这件事引起了先生们的公愤。之后，他灵机一动，弹起一支狂暴热烈的康康舞曲，同时又用他那雄劲的男低音含沙射影伴唱了一段卡巴莱。银行经理对他连声斥责，夜莺却像是深感庆幸一样起身拥抱这位愤怒中的经理，经理先生怒上加怒，立刻将那句国骂啐到钢琴家的脸上，尽管他自己就是犹太人。夜莺当场回敬了他一记响亮的耳光——从此，他在这个城市步入名流的前程算是彻底葬送了。一般来说，他在熟人圈子里的举止还是比较文雅的，尽管聚会延续到深夜的时候人们往往不得不强行把他拉出酒店。好在第二天一早所有的当事者都会毫不介意地把前一夜的风波忘掉。其他同学毕业了很长时间之后，他有一天突然不辞而别，在这个城市销声匿迹了。在以后的几个月中，他分别从一些俄国和波兰城市寄来了明信片。有一次，一向被夜莺视为知己，而又差不多快把他忘干净了的弗里多林意外地收到了夜莺的来信。信中除向他表示问候外，还请求他援助一笔不大不小的款项，信里没有解释具体用场。弗里多林立即汇去一笔钱，可此后既没有收到表示感谢的回信，也无从再了解夜莺的去向。

一晃八年过去了。此刻——时间已近凌晨一点——夜莺却坚持立即弥补他的过失。他从一个破破烂烂的皮夹子里如数取出当初借过的钱,弗里多林看那皮夹鼓鼓囊囊的样子,也就心安理得地收下了……

"看来你过得还不坏。"他笑眯眯地说,话里多少含着些自我安慰。

"还算过得去。"夜莺把一只手放在弗里多林的肩膀上,又道,"可是,三更半夜的你怎么到这里来了?"

弗里多林解释说,夜间出诊后他急需喝一杯咖啡轻松轻松,故此来到这家小店。不知是出于什么情感,他没有提起病人在他赶到之前已经归天这件事。之后,他简单介绍了一下他在医院的工作和他个人行医的情况,还提到自己已经结婚,婚姻很美满,现在已经成为一个六岁女孩的父亲。

接下去是夜莺作介绍。正如弗里多林猜想的那样,这些年他作为钢琴家走遍了波兰、罗马尼亚、塞尔维亚和保加利亚的许多大小城市。他的老婆和四个孩子住在莱姆堡,说到这儿他大笑起来,好像养出四个孩子,而这四个孩子又都住在莱姆堡,都来自同一个女人是件十分滑稽的事。去年秋天,他再次回到维也纳,聘用他的那家小剧院不久便倒闭了,于是他开始在各个餐馆酒吧凑合着演奏,有时甚至一天晚上就跑两三家,比如像今天这样的小店——高雅的娱乐场所他从来不去,相反倒是和保龄球场这类地方结下不解之缘。至于观众……"你想想看,我还得照顾莱姆堡的四个孩子和一个女人呢。"——他又笑了起来,但这次并不像刚才笑得那样开心。"我也为私人演出。"他迅即补充道。看到弗里多林的脸上浮起了一丝回忆往事的微笑,他说:"别以为我是出入银行经理这类人的华贵之家,不,我有各种社交圈子,既有显赫的、公开的,也有地下的。"

"地下的?"

夜莺用阴沉而狡黠的目光凝视着前方。"一会儿就要有人来接我了。"

"怎么,今天你还要去演奏?"

"是的,那儿的晚会两点钟才开始。"

弗里多林惊叹道:"那可太妙了。"

"你是有所不知呀!"夜莺笑道,随后又变得严肃起来。

"有所不知?"弗里多林好奇地重复道。夜莺隔着餐桌向他探过头去。

"今天我要去一幢私人府邸演奏,可我并不知道谁是那儿的主人。"

这句话进一步勾起了弗里多林的兴趣。"那么你今天是头一次去啰?"

"不,这是第三次。不过这次去的很可能是另一家。"

"怪事。"

"我也有同感,"夜莺笑道,"你最好还是别问什么。"

"唔……"弗里多林若有所思。

"咳,你想必是误会了。在那些小城市,特别是在罗马尼亚,我见过的怪事多了——别人是难以想象的。至于这里……"他把鹅黄色的窗帘拉开一截,往街上窥视,像是自言自语地说:"还没到。"随后,他又对弗里多林解释道:"我是说那辆车。每次都有一辆车来接我,而车每次都要换。"

"你在吊我的胃口,夜莺。"弗里多林冷冷地说。

"听着,"夜莺迟疑了一下,又道,"倘我能在这个世界上厚待一个人……可是这并不是一件简单的事。"少顷,他突然问:"你有勇气吗?"

"何出此言?"弗里多林问,语气像是一个受辱的色标组织大学生。

"我并不是那个意思。"

"那又是什么意思?为此还需要什么特别的勇气吗?难道你我会出什么事?"他轻蔑地笑了一声。

"我倒不会出什么事,至多从此不再干了。——也许事实上的确如此。"他开始缄默起来,并又一次从窗帘缝向外望去。

"这怎么讲?"

"你说什么?"夜莺像是从梦中醒来。

"既然开了头,就请你说下去……是不是地下组织秘密举办的?

23

应邀参加?"

"我也不知道。上次来了三十个人,而第一次只有十六个。"

"舞会?"

"当然是舞会。"他这会儿好像后悔自己刚才多嘴似的。

"这么说你是为他们配乐?"

"什么叫为他们? 我根本不知道是为谁,真的不知道。我只是弹,不断地弹——眼睛一直蒙着。"

"夜莺啊,夜莺,你可真会寻开心!"

夜莺轻轻叹了一口气。"可惜眼睛蒙得并不严,我还不至于什么都看不见。透过眼前的黑丝巾,我可以利用琴板的反射看到——"他又一次缄默不语了。

"干脆点!"弗里多林用鄙夷的口气不耐烦地说,可心头却掀起了一阵异样的骚动,"……是不是光腚娘儿们?"

"不必用娘儿们这个词,弗里多林,"夜莺的自尊心像是受到了伤害,"这样的女人你并没有见过。"

弗里多林干咳了一下,随之不经意地问道:"进门的要价高吗?"

"你是指入场券吧? 哈,瞧你想到哪里去了。"

"那么人们怎么进去呢?"弗里多林撇着嘴角问,一面还用手指敲了敲桌子。

"需要对口令,而口令是每次必换的。"

"今天是什么?"

"不知道。这得问车夫。"

"夜莺,你干脆带我进去吧。"

"不行,这太危险了。"

"哼,刚才你还打算'厚待'我呢! 我倒觉得没什么不行的。"

夜莺用审视的目光注视了他一会儿。"就像你现在这副样子? ——知道吗,你连一个人都认不出来,男男女女全都戴着面具。你手边有面具吗? 不可能,那就等下一次吧。我会替你出主意的。"他侧耳聆听着,又一次从窗帘缝向街上望去,最终舒了一口气:"车到了——再见!"

弗里多林一把抓住他的胳膊。"你甭想就这样溜掉,得带我去。"

"得了,老伙计……"

"下一步的事用不着你操心。我知道这很危险——也许我正是奔这个去的。"

"我不是跟你说过吗,没有行头——"

"可以到化装服饰出租店借嘛。"

"可现在是凌晨一点钟!"

"听着,夜莺,维肯堡大街的街口就有一家。我每天都不止一次从门臁前面走过。"他急切地,开始有点气喘吁吁地说:"夜莺,你在这里再等上一刻钟,容我先去碰碰运气。店主也许就住在那幢楼里。若找不见他,我甘认倒霉。那楼里还有一家咖啡店,好像是叫温多波娜咖啡店。你跟车夫说,你把东西落在店里了。我先在店里等着,你进去后马上把口令告诉我,然后就上车赶你的路。倘能弄到一身行头,届时我会立即再叫一部车,跟在你的后面——以后的事只能随机应变了。夜莺,君子一言,我决不让你担一点风险。"

夜莺好几次试图打断弗里多林的话,都未做到。弗里多林随手把酒账丢在桌上,他考虑到这个夜晚的特殊性,还额外地付了不少小费。走出咖啡店,他看见外面停着一挂棚车,车夫纹丝不动地坐在驭台上。真像是一部灵车,弗里多林想。他一路小跑,几分钟后就赶到了那幢位于街角的小楼房。叩开门后,他问管家,化装服饰出租商吉毕泽尔是否住在楼里,心里却暗暗希望能得到否定的回答。然而,吉毕泽尔果真住在这儿,出租店下面一层就是他的居室。对弗里多林的深夜来访,管家似乎并不感到十分吃惊,反之,一笔可观的小费使他显得相当热情友好。他告诉弗里多林,在狂欢节期间,深夜赶来租借服装面具的人并不鲜见。他秉烛带路,直到弗里多林在二层楼按响了门铃。吉毕泽尔先生亲自将门打开,好像他早已守候在门口了。他长得又干又瘦,唇上无须,脑袋秃光,身穿旧式花格睡服,头戴一顶带缨的土耳其帽,看上去活像个戏台上的怪老头。弗里多林向他说明了来意,并声明愿意出高价租借,吉毕泽尔听罢不屑地说:"我只拿应得的钱,多了不要。"

他领着弗里多林沿旋梯走进衣库。这里弥漫着丝绒、绸布、香水、灰尘和枯花败草的气味;黑暗中,隐约可见一些银色和红色的光点在微微闪动。忽然,两排敞开的衣柜之间,荧荧地亮起了许多小灯,附近狭长的过道被灯光照亮,然而过道的尽头则仍隐没在幽冥之中。过道左右挂着各式各样的服装:一边是骑士、侍从、农夫、猎人、东方人、小丑……另一边是宫女、贵族小姐、农妇、婢女、昙花……衣服的上方悬着相应的头饰面具。弗里多林一时觉得自己像是走在两排正要互相邀舞的吊死鬼中间。吉毕泽尔紧跟在他的身后。"先生是不是有什么特别的要求?法国路易十四?摄政王?还是中世纪德国式样?"

"给我找一件深色的僧袍,再加一副黑面具,别的不要了。"

这时,过道的尽头突然传来玻璃器皿碰击的声音。弗里多林吃惊地注视着化装服饰出租商,好像后者有责任立刻对此加以解释。而吉毕泽尔本人却怔怔地站着。过了一会儿,他摸到一个隐蔽的开关——明晃晃的灯光顿时照亮了整个过道。过道尽头处有一张摆放着杯盘和酒瓶的小桌,两个身穿红色法衣的王家法官分别从左右两侧站起身来,而一个身材纤巧,衣着明亮显眼的小个子则慌忙蹲了下去。吉毕泽尔抢步向前,一把从桌子的对面抓起一顶白发假头套,同时,桌下却爬出一个容貌俊俏的少女来。这个孩子样的姑娘身穿一件扮演哑剧女丑角用的服装,脚上套着白色丝袜。她顺着过道向弗里多林飞跑过来,弗里多林迫不得已地将她抱住。吉毕泽尔把假发扔在桌子上,双手分别拽住那两个王家法官的法衣,同时向弗里多林喊道:"先生,请别放走这个女孩。"小姑娘把身体紧紧靠在弗里多林的胸前,似乎恳请他对她加以保护。她那鹅蛋形的脸蛋上搽了一层白粉,有几处还点上了小小的美人痣,秀美的胸脯散发着玫瑰和爽身粉的香气,眼睛里放射出调皮和快活的目光。

"尊敬的先生,"吉毕泽尔高声说道,"请在此稍候,我会把你们移交给警察的。"

"您说什么?"那两个人嚷了起来。接着,他们异口同声地说:"我们是应小姐的邀请来的。"

吉毕泽尔放开了这两个人。弗里多林听见他对他们说道:"请你们务必详细解释事情的经过。难道你们当初没有看出你们是和一个疯女在打交道吗?"之后,他向弗里多林转过身来。"实在抱歉,先生。"

"啊,这没有什么。"弗里多林真想在这待下去。或者干脆把小女孩带走——无论把她带到哪儿,无论因此发生什么事情,他都在所不惜。她用那双稚气而动人的眼睛那样依恋地望着他。待在过道尽头的两个王室法官开始激动地交谈,吉毕泽尔平静地问弗里多林:"先生,您需要一件僧袍、一顶香客帽,还有一副面具,对吗?"

"不,"女小丑闪动着明亮的眼睛说,"你应该给这位先生拿一件白鼬皮大衣,再配一件红色的真丝紧身服。"

"你甭想从我身边跑掉。"说完这话,吉毕泽尔用手指了指挂在一个雇佣步兵和一个威尼斯元老之间的深色僧袍。"这件您穿正合身,配上这顶帽子。拿去吧,快点!"

这时,王室法官又一次发话了。"吉毕西尔先生,您必须马上放走我们。"使弗里多林十分诧异的是,他们竟用法语发音说出吉毕泽尔的名字。

"没那么便宜,"化装服饰出租商讥讽地说道,"两位先生还是在这儿友好地等等我吧。"

说话间,弗里多林已经套上僧袍,他用袍襟下面拖出来的两条白绳子系成一个蝴蝶结,吉毕泽尔站在一把矮小的梯子上,给他递下来一顶黑色宽檐的香客帽,弗里多林顺手把帽子戴上。然而,他此时并不情愿做这些,因为他越来越强烈地感到自己有责任留下来,帮助女小丑度过险关。吉毕泽尔又把面具递给他,他试了试,这副面具发出一股奇特并有些难闻的香水味。

"你在我前面走。"吉毕泽尔一边这样对小姑娘说,一边不容违抗地指着旋梯。女小丑转身向过道尽头望去,她调皮地向那边递了一个充满别愁的眼色。弗里多林顺着她的目光望去,发现站在那边的已经不是王室法官,而是两个身穿燕尾服、戴白色领带的年轻先生,不过他们的脸上仍旧蒙着一副红色的面具。女小丑步履轻捷地走下旋梯,吉毕泽尔紧跟着她,弗里多林则走在他们俩的身后。在二楼前厅,吉毕泽尔打开通往内宅的小门,对女小丑说:"你先上床躺着去,小贱货,等我和楼上那两个先生算过账之后咱们再谈。"

27

她倚着门,朝弗里多林瞥了一眼,忧伤地摇摇头,洁白而小巧的身影令人难忘。弗里多林从右边那面很大的壁镜上瞥见一个身材瘦长的香客,那正是他本人;这件事办得如此自然,连他自己都感到惊奇。女小丑的身影消失了,年迈的化装服饰出租商在她身后掩上门。然后,他打开正门,示意弗里多林从楼梯间下去。

"对不起,"弗里多林说,"我欠的钱……"

"算了,先生,租费还是回来补交吧,我信任您。"

然而,弗里多林仍旧站在原地。"请您向我保证,不对那可怜的孩子做什么不好的事。"

"先生,您这是说哪儿的话?"

"我刚才还听您说那女孩精神失常云云,而此刻您又把她称作小贱货。这中间存在着明显的矛盾,您不会否认吧?"

"哦,先生您看,"吉毕泽尔操着具有舞台效果的腔调答道,"在上帝的面前,疯子不正是贱民吗?"

弗里多林厌恶地摇摇头。之后,他补充道:"办法总会有的,我是医生,咱们明天再来谈这件事情。"

吉毕泽尔露出嘲讽的微笑。楼梯间的灯光蓦地亮了起来,吉毕泽尔和弗里多林之间那道门一下子关上了,紧跟着门闩也被上紧。弗里多林一边下楼,一边脱下僧袍,并摘掉帽子和面具,把它们统统夹在腋下。管家打开大门,这时,灵车已经停在马路对面,车夫一动不动地坐在御台上。夜莺正要离开咖啡店,看到弗里多林准时到来,倒像是有几分不悦的样子。

"这么说你已经搞到一套合适的服装了?"

"你不是看到了吗?说口令吧。"

"难道非去不可吗?"

"坚定不移。"

"好吧,——口令是丹麦。"

"见鬼了!夜莺。"

"这话怎么讲?"

"没什么,没什么。——今年夏天,我恰巧去过丹麦海滨。好了,上车吧——哦,还是稍等一等,等我到那边去叫一辆车。"

夜莺点点头,从容不迫地点上一支烟,而弗里多林则迅速穿过大街,叫了一辆出租马车。他用和善的语气叮嘱马车夫跟紧前面那辆刚刚启动的灵车,似乎是要开一场玩笑。

马车穿过阿塞尔大街,从铁路立交桥下面向市郊驶去,不久便走进灯光昏暗的间巷。弗里多林思忖着,他的马车夫也许会走失方向。然而,他每次把头从敞开的窗口伸到热得出奇的空气中,都能看到另一辆车不远不近地在前面行驶着,那个戴一顶高筒大礼帽的马车夫纹丝不动地坐在御台上。没准真的会发生什么不测,弗里多林暗想。他觉得女小丑的胸脯上发出的玫瑰香和爽身粉气味一再扑鼻而来。莫非我正被带进一个离奇怪诞的故事中去?他自问道。我原不该离开,甚至也不能离开。现在我究竟要到什么地方?

马车爬上一个矮坡,坡两旁有一些简陋的别墅。弗里多林见之憬然,若干年前他曾几度到此散步:前面想必是加利秦山。他朝左侧的盆地望去,城内,蒙蒙的阴霾中,闪烁着万家灯火。身后传来辘辘的车轮声,他从后窗向外一望,只见又有两部车尾随而来,这正合他的心意,因为如此一来,他决不会引起灵车车夫的怀疑了。

突然,车身猛地一抖,马车顺下坡路转进一条形似峡谷的夹道。栅栏、围墙和陡壁对峙左右。弗里多林意识到,化装已经刻不容缓了。他脱去皮大衣,换上僧袍,动作就像每天早上在医院套上亚麻工作服那样熟练。如果一切顺利,几小时之后他又会像每天清晨那样在患者的病床之间来回巡查了——一个助人为乐的医生。一想到这里,他似乎得到了几分解脱。

车停了。弗里多林想,要是我现在不下车,而是干脆掉头回去,那又会怎样呢?可是,到哪去?去看看女小丑?还是去布赫菲尔德小巷重访那个烟花女子?去看玛丽安娜,看那死者的女儿?还是径直回家?想到回家,他不禁周身一颤,他发觉自己此时对回家最无兴致。是不是因为他觉得那条路最远的缘故呢?不,不能回去——他暗暗地坚定自己的决心——要沿着这条路走到底,即使它通向死亡。死亡这个吓人的词使他哑然失笑,但他的心里并不那么轻松。

有一个花园敞开着大门。前面的灵车顺坡而下,隐进峡谷的深处,在他看来,那车好似驶进了黑洞。夜莺显然已经下车了。弗里多林纵身跳下车,嘱咐车夫,无论他什么时候回来,务必在坡上的转弯处等他。为了保险起见,他预付了一大笔钱,此外又向车夫许愿说,回来时会给他同样数目的酬金。尾随在后面的马车也停了下来。弗里多林看到一个女子从前一辆车上走下来。周身被衣服裹得严严实实。他走进花园,戴上面罩,沿一条被屋内灯光照亮的小径来到房门前,这时,两扇门同时打开,把弗里多林引进一间狭小而四壁雪白的前厅。从里面传出来一阵阵风琴弹出的乐曲,两个身穿黑色号衣,头戴灰色面具的侍者分站左右。

"口令?"两个人同时向他低声问道。他应声回答:"丹麦。"侍者之一接过他的大衣,转身走进隔壁房间,另一个则为他打开了里门。弗里多林来到一个顶棚很高的大厅,这里灯光黯然,四周用丝绸黑帐围成了一圈。来人大约在十六到二十个之间,他们统统装扮成修士和修女,在大厅里来来回回地走动。风琴缓缓地奏起一支意大利宗教乐曲,轻柔的旋律衬托着浑厚的音响,仿佛来自遥远的天庭。大厅的一角有三个修女和两个修士凑在一起,他们似乎有意地频频朝他转过身来。弗里多林发现,除了他自己以外,其他人的头上全都没有遮盖。于是,他摘掉那顶香客帽,尽量做出一副悠闲的样子在大厅里走来走去。一个修士和他擦肩而过,向他点了点头。然而,就在那一瞬间,那副面具后面的目光像利剑似的向弗里多林的眼睛直逼过来。一种奇异的、似乎来自地中海沿岸的花园里的那种湿热的香气萦绕在他的四周。又有人擦了一下他的肩膀,这回是个修女。她和其他修女一样,头部和颈部缠着一圈黑色的纱巾,在纱巾的黑丝线花边下面露出两片猩红的嘴唇。弗里多林不禁想,我到底在什么地方?在狂人中间?还是在阴谋家的老巢?我是不是误入了某个教派的集会?莫非夜莺是奉命或领了酬金才带进一个不知内情的人来供他们取笑?然而,他又觉得这里的一切过分严肃,过分单调,过分恐怖,决不像是一场面具游戏。一段女声独唱加入到风琴乐曲中,古意大利风格的宗教咏叹调回荡在大厅里。这时,全体肃立,都像是在专注地聆听;有好一会儿,连弗里多林也陶醉在这清朗动人的音乐中了。突然,一个女子的声音在他耳边响起:"请不要回头看我,您现在离开这儿还来得及。您并不是这里的人,如果被人发现会遭殃的。"

弗里多林打了一个冷战。起初,他真想听从警告,然而,这里的诱惑力、他的好奇心,尤其是他的自尊心已经压倒了一切顾虑。他想,现在既然已经迈出第一步,至于如何发展,就顺应天意好了。于是,他坚定地摇了摇头,但没有转身向后看。

那轻柔的声音又从他身后传了过来:"我为您感到十分担心。"他回过头去,只见那两片猩红的嘴唇在丝线花边后面微微发光,一对又深又黑的眼睛正凝视着他。"我不走。"随后,他掉过头去,表现出他身上从未出现过的英雄气概。那美妙的歌声愈加高亢起来,风琴曲也一改宗教风格,变得热情而绚烂,管风琴式的呼啸声宣泄着世俗的情绪。弗里多林向四下望去,发觉修女们已统统离去,只有那些修士尚留在大厅里。原来低沉庄严的歌声几经回环转折,已变为舒扬悦耳、节节高起的颤音;几啭之后,更似飞泉鸟鸣般的清亮,给人一种欢呼雀跃之感。同时,风琴被洒脱不拘的钢琴代替。弗里多林立即听出,那热烈奔放、动人心魄的琴声正是出自夜莺之手。刚才那悠扬典雅的女声独唱忽然拔出一个尖儿来,成了忘情而刺耳的号叫,好像要冲破房顶,飞向无垠的宇宙中去。左右两道门同时打开了,在其中一扇门的后面,弗里多林可以看见夜莺朦胧的身影坐在一架钢琴前;而对面的那扇门里则放射出耀眼的光线,女士们一动不动地站在那儿,每个人的头上和颈项上都缠着黑纱,脸上蒙着抽出丝线花边的黑面罩,身体的其余部分却一丝不挂。弗里多林饥渴的目光在那些或丰满润泽或苗条匀称,或玲珑小巧或肥硕充盈的身体上反复搜寻着。然而,每一个裸露的身体都完好地保持着自身的秘密,一双双深不可测的大眼从黑色的面纱后面向他射来谜一样的目光,那妙不可言的观赏的快感顿时便化为使他备受折磨的渴求。大概其他观赏者也有着同样的感觉,神摇意夺的喘息变为一声声长叹,仿佛每个人心中都隐藏着无限的苦恼。不知什么地方传出了一声呼号——像是受到驱赶一般,所有那些原来穿着僧袍,而现在已经换上华丽的白黄红蓝各色骑士服装的先生们顿时从灯光黯淡的大厅蜂拥般地涌向女士们,在她们中间唤起一阵忘情的,几乎是恶意的笑声。大厅中央只剩下仍旧穿着僧袍的弗里多林了,他有些慌张地退进一个最偏僻的角落,夜莺背对着他坐在那里。弗里多林清楚地看到夜莺的眼睛上蒙了一条布带,不过他相信,布带后面的那双眼睛一定正紧紧地盯着对面那块高大的镜子,把锦衣骑士和正和他们旋转的裸体舞伴尽收眼底。

突然,一个女士来到他身边,悄悄地问他——这里没有一个人大声讲话,似乎连声音也需要保密——"干吗这么孤独?怎么不过来跳舞?"

弗里多林发现,有两个贵族骑士正在另一个角落里目不转睛地注视着他,他估计身边这个女子——她的身材像男孩一般瘦小——是被派过来调查和试探他的。尽管如此,他还是向她伸出双臂,企图把她拥在怀里。恰恰这时,又有一个女子离开了他的舞伴,径直朝弗里多林跑来。他立即看出,这是刚才向他发出警告的女子。她做出刚刚见到他的样子,压低嗓门——低到站在另一个角落的人尚能听见的程度——对他说:"你到底还是回来了。"说罢快活地笑了起来:"别装模作样了,我还认不出你吗?"接着,她转身又对那个男孩一样的女子说:"把他让给我一会儿,两分钟以后你就可以把他领走了。要是你愿意,就让他一直陪你到明天早晨吧。"而后,她像是很兴奋地低声对她说道:"是他,就是他!"那女子做吃惊状:"真的吗?"随之飘然离去,回到那两个骑士占据的角落。

"别问!"留下来的女子对弗里多林道,"你不必大惊小怪。我是迷惑迷惑她,不过我必须郑重告诉你:这事迟早要露出马脚的。趁现在还来得及,赶紧溜吧。你每时每刻都有暴露的危险。当心!别让人盯上你。决不能让人打听到你的身份,否则你将永无宁日。快走!"

"我还能看到你吗?"

"不可能。"

"那我不走。"

一阵战栗传过她那赤裸裸的身体,他禁不住也跟着打了一个寒噤,连神智都有些恍惚了。

"大不了拿我的性命做个赌注,"他说,"但眼下我为你付出这种代价是值得的。"他抓住她的双手,试图把她拉到身边来。

她近乎绝望地再次低声说道:"快走!"

他笑了,那笑声在他自己听来像是来自梦中。"别以为我不知

32

道自己在什么地方。你们这些人决不单单是为了让人们为你们发狂才这么干的。而你只是专门拿我寻开心,存心把我搞得神魂颠倒罢了。"

"快走,否则就来不及了!"

他仍不想听从她的劝告。"这里难道没有隐蔽的内室,让那些刚凑成对儿的情侣躲进去吗?莫非所有的人都是客客气气地吻手告别?他们可不像是那一类人。"

他用手指了指明亮耀眼的侧厅,一对对舞伴和着急遽叮响着的琴声正在那儿不停地旋转;雪白而发烫的身体偎依着或蓝、或红、或黄的绸衣。他觉得已经没人在理会他和他身边的女子了,昏暗的中央大厅里只有他和她孤零零地站着。

"痴心妄想,"她低声说,"这里可没有你所梦想的内室。赶紧逃吧,现在你还有最后一分钟。"

"跟我一块儿走。"

她拼命地摇头,像是绝望了一般。

他又一次笑了起来,那笑声连他自己都感到陌生。"你不要愚弄我。这些红男绿女来到这里难道只是为了互相点起欲火,然后再轻薄地鄙弃对方吗?假如你自己愿意,谁又会禁止你和我一起离开呢?"

她深深地吸了口气,把头低垂了下来。

"哦,我明白了,"他说,"如果有人偷偷溜进来,你们一定会对他严加惩罚的。这一着可真是毒辣透顶。还是请你开开恩,宽恕我吧!你可以用其他方式惩罚我,但我离开这儿的时候,不能没有你。"

"你疯了吗?我不能和你一起离开这儿,就像不能和其他任何人一起离开一样。如果有人想缠着我,那么我和他的一生都会彻底毁掉。"

弗里多林像喝醉了酒一样,这种醉意不仅来自她,不仅来自她那香泽沁脾的肌体,她那红而透亮的嘴唇,也不仅来自这里的气氛和环绕着他,使他心荡神迷的神秘感——今天夜里的每一次没有结局的经历都使他陶醉,都像一桩悬案一样吸引着他;他陶醉于自身,陶醉于他的勇敢,陶醉于他所感到的自身变化。他用手牵动了一下围在她头上的纱巾,似乎想把它掀起来。

她一把抓住他的手。"有天夜里,这里有个人头脑发热,竟在跳舞的时候把舞伴的头纱揭了下来。人们当即拉下他的面具,把他轰出了舞厅。"

"那么,她呢?"

"你也许在报上读到过有关一个年轻漂亮的姑娘的新闻……那还是几周前的事情,她在婚礼的前一天服了毒。"

他想起了那则新闻,也想起了那个姑娘的名字,于是他说出了她的名字。"那姑娘是个公爵的女儿,她和一个意大利的王子订了婚,对吗?"她点点头。

突然,骑士中间唯一穿白色服装,显得最为华贵的那个人来到他们身边。他很利落地向正在和弗里多林谈话的女子鞠了一躬,请她过去跳舞,态度尽管彬彬有礼,却使人难以推却。弗里多林觉得她似乎犹豫了一下。然而,那人转眼之间已经把她拥在怀里,和她旋转着进入灯火辉煌的侧厅,隐没在一对对舞伴之中。

弗里多林形单影只地待在原处,一时间,孤寂和冷落感寒霜般地向他心头袭来。他向四下望了望,此刻,似乎已经没有什么人顾及他了。也许这是安全撤离的最后一次机会。尽管如此,他仍旧守在这个他觉得不会被人发现和注意的角落里。可是,连他自己也搞不清楚,究竟是什么使他对这儿如此系恋:是对不名誉且有几分可笑的撤退感到恐惧呢?还是因为那诱人的、缭绕着芳香的女性肌体勾起了不可遏止的欲火? 或许,他觉得眼下所发生的一切只是意味着对他的勇气进行的一次考验,作为代价,他将得到那个神奇的女子。但是,不管怎样,他确知这种紧张的气氛是无法忍受下去的;无论情势如何凶险,他必须结束这一局面,只要有胆有谋,生命未必会受到威胁。他也许是在一群愚氓之中,也许是在一群色鬼之中,但决不会是在一群流氓和罪犯之中。于是,他决心主动接近他们,承认自己是不请自来的外路人,并拿出豪侠之士的气度请他们任意处置。唯以这种方式,才能在典雅的和弦中完成今宵的浪漫曲,赋予它更充实的意义。否则,这一夜便会被一连串既灰暗又缥缈的冒险经历所充斥,留下一段段晦涩、忧郁、虚诞、淫荡,而且有头无尾的残曲。他深深吸了一口气,准备开始行动。

正在这时,他耳边出现了低声问话的声音:"口令?"一个黑衣骑士不知不觉地走近他。见弗里多林没有及时回答,他又再追问了一次。"丹麦。"弗里多林说。

"不错,先生,这是进门口令。可以报出室内的口令吗?"

弗里多林无言以对。

"您不愿意赏脸,是吗?"语气咄咄逼人。

弗里多林耸耸肩。对方走到大厅正中,把手一扬,琴声戛然而止,舞会跟着停了下了。又有两个骑士,一个穿红,一个穿黄,朝这边走来。"口令,先生。"两个人异口同声地问道。

"我忘了。"弗里多林干笑着回答道,他觉得自己心里十分平静。

"很不幸,"身穿黄衣的先生说,"无论您是忘了口令,还是根本不知道,在这儿都是一回事。"

其他戴面具的男人一齐朝这边涌过来,通向两侧的大门关闭了。身穿僧袍的弗里多林势单力薄地站在五彩的骑士中间。

"摘掉面具!"好几个人同时这样喊着。弗里多林把两手举到脸前,像是要保卫自己。在他看来,一个人不戴面具站在一群全部戴着面具的人面前,较之突然赤身裸体地站在一群衣冠楚楚的人面前不知要糟糕多少倍。他坚定地说:"如果各位先生中的某一位由于我的出现而感到荣誉受损害的话,那么我愿意按惯例向他赔罪。不过,先生们,除非大家都卸下面具,恕我不能从命。"

"我们不要您赔罪,而是赎罪。"刚才一直未作声的红衣骑士开口了。

"摘掉面具!"又有一个人厉声喝道,弗里多林不禁联想起军官发号施令的声音来。"我们要对着您的脸进一句忠言,而不是对着您的面具。"

"我不会摘掉的,"弗里多林用更加强硬的语气说道,"谁敢动一动我,可别怪我不客气。"

忽然,有一只手朝他脸上伸了过来,像是要把他的面具扯掉。恰在这时,一扇门打开了,女人中间的一个——弗里多林当即便意识到这是谁——走了出来,仍像他起初看到的那样穿一身修女服装。在她身后,可以看到其他蒙面裸体的女人一个挨一个地站在通亮的侧厅中,个个悄然无声,像是一群被吓坏了的孩子。然而门很快又关上了。

"放了他吧,"修女说,"我愿为他赎身。"

一阵短促而深沉的静默,似乎这里发生了什么惊人事件。接着,最先要求弗里多林报口令的黑衣骑士走到修女身边,说:"你知道这样做要承担什么责任吗?"

"知道。"

整个大厅都跟着抽了一口凉气。

"您自由了,"骑士对弗里多林说,"请您立刻离开这幢房子。您总算溜进了我们的神殿,但千万不要继续刺探这里的秘密了。倘若您引诱别的什么人来追踪我们,无论成功与否——你将会彻底完蛋。"

弗里多林仍旧一动不动地站在那儿。"这位女士,她以什么方式来为我赎罪呢?"他问。

没有人回答。几只手同时指着大门,示意他马上离开。

弗里多林摇摇头。"对于我,先生们,你们不妨随意处置。但是,我无法容忍你们让一个无辜的人来代我赎罪。"

"这个女人的命运如何,"黑衣骑士的语气变得缓和起来,"已经由不得您了。在这里讲究说话算数,一言既出,驷马难追。"

那修女轻轻点了点头,似乎在对他的话加以肯定。"快走!"她对弗里多林说。

"不!"他提高了嗓门,"若不能和你一道离开这儿,生命对我来说便失去了意义。你从哪儿来,你是什么人,我并不想知道……身份不明的先生们,或许你们打算用一种严肃的方式来结束这场狂欢节喜剧。然而,这场戏能否如意地收场对你们又有什么意义呢?不管你们是什么人,先生们,你们毕竟还要保持另外一种生存方式。可我是不演什么喜剧的,包括在这里。如果说我刚才迫于无奈才跟你们一道做戏,那么我现在则要放弃这种表演,我觉得,上天判给我的命运已经与这场戏毫无关联,我要对你们说出我的姓名,我要摘下这副面具,并承担一切后果。"

"别胡来!"修女急忙喊道,"你这样非但救不了我,还会把你自己毁掉!快走吧!"接着,她转身对其他人说道:"现在,我把自己交给你们了——交给你们大家!"

像幻术一样,那件青衣唰地从她身上滑落下来,雪白光润的肌肤顿时暴露无遗。她一把抓住缠在头上颈上的纱巾,手腕极其妩媚地打了一个旋儿,纱巾随之落地,黑色的秀发纷纷披散在她的肩膀、胸脯和腰肢上。然而,弗里多林还没来得及一睹她的芳容,便被几只有力的胳膊架住,推推搡搡地挟持到门口。片刻之后,他已经来到前厅,门砰地在他身后关上了。一个戴面具的侍者给他送来大衣,帮他穿好。跟着,正门打开了。他匆匆地向外走去,像是有一只看不见的巨手在身后推着。来到街上,身后的灯光已经熄灭了。他回头一看,那幢房子门窗四闭,寂然无声,里面没有一丝光亮透出来。我要记住这里的一切,他在心里反复念叨着;只要还能找到这幢房子,事情就会水落石出。

黑蒙蒙的夜幕笼罩着他,在离他不很远的地方——他雇来的马车一直等在那儿——有一盏路灯发出阴惨的红光。好似应了他的召唤一般,灵车从小巷深处驶了出来。一个侍者拉开车门。

"我自己要过车了,要是我的车先走了,我可以步行回城。"弗里多林说。侍者摇了摇头。

侍者没有依顺他,而是不容争辩地摆了摆手。车夫高高耸起的大礼帽滑稽可笑地迎向天穹。疾风猛烈地刮来,一朵朵苍紫色的云团急速地掠过夜空。今夜的经历明明白白地告诉弗里多林,他除了上车,别无选择。车载着他嘎的一声开动了。

弗里多林暗下决心,无论面临什么样的危险,只要有一线可能,他都要设法解开假面舞会之谜。他觉得,如果无法重新找到那个神秘女子,他的存在则会变得毫无意义。为了解救他,那女子在几分钟前付出了惨重的代价,这种代价的性质是不难猜出来的。可是,是什么促使她为他做出牺牲呢?对于她来说,她所面临的和她勇于承担的究竟能不能算牺牲呢?当她参加这类社交活动时——今天绝不会是第一次,否则她不可能那样挥洒自如地应付那套礼俗——是什么促使她去取悦于一个或所有那些骑士呢?她若不是妓女又会是什么人呢？那些女人莫非都是妓女？妓女——毫无疑问，尽管她们除了这种妓女生活外，还过着另一种生活，即所谓市民生活。刚才他所经历的莫非只是一场可耻的恶作剧？这种恶作剧会不会是为了回敬不速之客而事先安排筹划，甚至是排练过的呢？然而，一想到那个从一开始就向他发出警告，而最后则自愿为他献身的女子，他总觉得在她的声音、她的举止、她那裸体形象所显示的贵妇人风采中不可能藏有任何欺骗。那么，是不是他——弗里多林的突然出现奇迹般地使她发生了变化呢？以今天晚上的所见所闻来看，他觉得——这种想法在他看来决无轻浮的成分——那样的奇迹并非不可能。或许在某些时候，特别是在夜半三更的时候，那些在通常情形下对女性没有什么魅力的男人会发出一种奇异而且令人无法抵抗的吸引力。

　　马车一直在爬坡，按常理，这车早该拐进城区的马路了。他们究竟想如何处置他？马车要把他送到哪儿去？这场喜剧还要继续演下去吗？那么，剧情将如何发展呢？异地重逢？悬案大白？犒赏临危不惧的好汉，将他纳为密会会员，并赐之以美丽的修女吗？——车窗紧闭，弗里多林试图向外窥望，但车窗是不透光的，他想打开车窗，但左右两扇窗都无法开启；就连他和御台之间的玻璃隔板都是那样严密无缝，不透一丝光线。他猛敲车窗，又喊又叫，马车依旧向前行进。他想打开车门，然而，蹬了左门，左门不动，踹了右门，右门不开。他又一次高喊起来，可他的喊声转瞬间就淹没在辘辘的车轮声和狂风的呼啸之中。马车开始下坡，车身不住地抖动着，速度一阵快似一阵，弗里多林顿时感到强烈的不安和恐惧。然而，正当他准备砸开那不透光的玻璃窗时，车猛地停了。像是受着某种机关的控制，两扇车门不分先后地同时打开，似乎有意要让弗里多林在左门和右门的选择上难堪一下。他跳下车，两扇门随即又啪的一声关上了。那车夫连看都没看弗里多林一眼就继续赶车上路，马车在辽阔的原野上向黑夜匆匆驶去。

　　天色昏沉，黑云滚滚，劲风不停地呼号着。弗里多林孤零零地站在那儿，脚下的积雪发出惨白的幽光。他身披大衣，头戴香客帽，大衣里面仍旧穿着那件僧袍，此时他并不觉得自己已经踏上归途。离他不远是一条很宽的大街，一排浑浊的路灯标出进城的方向。为了尽早回到人群当中去,弗里多林横穿过积雪的荒野,抄着近路一口气跑下平缓的山坡。他两脚湿漉漉地走进一条幽暗狭窄的小巷,小巷两侧高高的板壁在狂风中长一声短一声地呻吟着。走不多时,他拐进了一条稍宽一些的胡同,低矮的房屋稀稀拉拉地分布在胡同两侧,间或还有一些空落落的建筑工地。从一个钟塔上传来三声钟声。忽然,有一个人朝弗里多林走过来。此人身穿短夹克衫,两手插在裤兜里,缩着头,帽子低低地压在前额上。弗里多林立即摆出一副迎击的架势,想不到那浪人掉头便跑。这是怎么回事?弗里多林不觉纳闷起来。继而,他忽然想起,自己这身打扮难免使人惊骇万分。他摘掉头上的香客帽,又系紧大衣纽扣,至于那一直拖到踝关节的法衣下摆,只好听凭它在大衣下面荡来荡去了。又拐过一个街口之后,弗里多林走到一条城郊大街。一个乡下人模样的过路者与他擦肩而过,像问候教士那样同他打了一个招呼。路灯照在街的路牌上:利布华兹塔尔——不到一个小时之前刚离开的那幢房子已经不远了。他一时兴起,想马上顺原路回去,在那幢房子的附近进一步观察动静,以便伺机而动。然而,想到自己有可能重陷险境而又无法接近那不解之谜,他马上又放弃了这个念头。那幢别墅里可能发生的事情使他胸中充满了义愤、绝望、羞辱和恐惧感。怀着这种不堪忍受的心情,弗里多林恨不得让刚才碰到的那个浪人毒打一顿,恨不得回到那无人的小巷,在高高的板壁下把利刀刺入自己的胸膛。若是那样,这个引出了许多荒唐、愚蠢、残缺不全的冒险经历的夜晚毕竟还能具有某种意义。就像现在这样灰溜溜地回去,岂不是太可笑了吗?不过,到目前为止,他并没有损失什么,今后来日方长。他暗暗发誓,找不到那个迷人的女子决不罢休。哦,她那令人目眩的冰肌玉骨!这时,他蓦然想起阿尔贝蒂娜来,一种古怪的感觉顿时袭上心头:迄今为止,他似乎一直未能占有她,似乎只有在他和今天夜里碰见的其他几个女人——裸体女子、女小丑、玛丽安娜以及小巷里的烟花女——一一交好之后,她才能够、才可以成为他的人。另外,他似乎还有必要报复一下那个厚颜无耻的大学生,那家伙拿胳膊肘来撞他,不是存心要挑起一场用剑、甚至是用枪的决斗吗?对他来说,别人的或者自己的生命究竟有何意义?难道一个人只能出于责任感和献身精神才铤而

39

走险吗？为什么不能凭兴趣、凭热情？为什么不能和自己的命运较量一番呢？

他那思绪万千的脑海里又跳出一个念头来：此时，他的身体里也许正萌发着一种致命的病症。哦，让一个患白喉病的孩子对着脸咳一下便一命呜呼，岂不是有些滑稽可笑吗？也许，他现在已经病了。他是不是正在发高烧？是不是这会儿正躺在家里？——他自认为在夜里经历过的一切，也许仅仅是谵妄的产物吧？

弗里多林使劲睁大眼睛，用手拍拍前额，摸摸两颊，随后又号了号脉，频率并未加快。一切正常，他完全处于清醒状态。

他沿街向市内走去。几辆赶集的大车从身后轰隆隆地驶过来，又急匆匆地向前方驶去，三五个穿破旧衣服的人迎面走来——黎明正为他们渐渐地揭开灰蒙蒙的天幕。透过一个咖啡馆的玻璃窗，可以看到一个胖胖的男人坐在一张燃着煤气灯的桌子前。他脖子上缠着一条大围巾，正用两手托着下巴打盹儿。朦胧的晨雾笼罩着四周的房屋，有几户人家点亮了灯。弗里多林觉得人们正渐渐苏醒，他们在床上伸展着腰肢，准备迎接又一个艰辛而困苦的日子。他自己也面临着新的一天，但他的这一天不会是含辛茹苦的。伴随着异样的心跳，他忽然欣慰地意识到：几小时之后，他又将穿着白大褂，往来于卧榻上的病人之间了。前一个街口停着一辆单架马车，车夫正倚着御台睡觉，弗里多林把他叫醒，说出自己的地址，上了车。

5

当他登上住宅的楼梯时，已是早上四点钟了。他先来到会客室里，细心地把化装服锁进一个柜子。为了避免惊醒阿尔贝蒂娜，他脱去衣服鞋袜之后才走进卧室，并小心翼翼地拧开盖着灯罩的床头灯。阿尔贝蒂娜安静地睡在床上，两唇微张，头枕着交叉的两臂一圈愁惨的阴影环绕着她，弗里多林几乎已经认不出她的面容来了。他朝她躬下身，这时，她的前额好似被什么触动了一下，立刻堆起一道道皱纹，脸上也随之做出一副古怪的表情。突然，她在睡梦中刺耳地大笑起来。弗里多林不禁打了个寒噤。他不由自主地叫着她的名字，而她却应声再次大笑起来,那笑声十分怪异,不免令人感到恐怖。弗里多林提高声音又叫了她一次。这回,她缓缓地、吃力地抬起了眼皮,把眼珠瞪得大大的,凝望着他,似乎已经不认得他了。

"阿尔贝蒂娜。"他开始第三次喊她。她终于显出如梦初醒的样子,眼睛里流露出警惕、畏惧,甚至是恐慌的神色。她把两臂莫名其妙地伸向上方,直挺挺地,像是一种绝望的表示,她的嘴一直保持着半张半合的状态。

"你这是怎么啦"?弗里多林结结巴巴地问道。看到她仍旧带着恐慌的神色盯着自己,他又用安慰的语气补充说:"是我,阿尔贝蒂娜。"她嘘了一口气,做出想笑的样子,把举起来的胳膊放在被子上,而后,用一种缥缈的、似乎很遥远的声音问:"天快亮了吧?"

"快了,"弗里多林答道,"已经四点多了。我刚刚从外面回来。"她没作声。他继续说道:"枢密官已经死了。我刚赶到那里的时候,他就咽气了。我……当然不能……不能把他的亲属撇在那儿。"

她点点头,然而好像并没有听,或者根本没听懂他说了些什么,目光越过他,直瞪瞪地望着前方的一片虚空。他觉得——尽管此时连他自己都感到这种想法颇为离奇——她似乎完全了解他今夜的行踪。他俯下身,轻轻地抚摩着她的前额。她打了个冷战。

"你怎么啦?"他又一次问道。

她只是慢慢地摇了摇头。他用手指梳理着她的头发。"阿尔贝蒂娜,你到底怎么啦?"

"我做了一个梦。"她的声音像是从远方飘来。

"那你梦到了什么?"他轻轻地问道。

"哦,好多好多,多得都记不清了。"

"未必吧?"

"那梦乱糟糟的,我很累。你一定也累了吧?"

"一点儿都不累,阿尔贝蒂娜,恐怕我不能再睡了。你知道,像今天这么晚回来……最理智的做法还是马上坐在办公桌前面——特别是在这种刚刚破晓的时候……"他中断了自己的话。"你最好还是给我讲讲你的梦吧。"说完,他有些勉强地笑了一下。

她劝道:"可你多少也得躺一躺呀。"

他先是犹豫了一下,然后听从了她的建议,在她身边躺了下来。然而,他却竭力不去碰她。在我们中间横着一把剑,他想起从前在一个与此类似的场合说过的一句半开玩笑的话。他们俩静静地躺着,睁着双眼,互相都感到对方既在近处,又在远方。过了一会儿,他把头枕在自己的肘弯上,目不转睛地注视着她,似乎并不满足于仅仅看到她的脸庞。

"是什么梦?"他突然又一次追问道。像是对此早有准备一样,她向他伸出手去。他接过她的手,习惯性地,三分温柔而七分心不在焉地握住她那细长的手指,就像拿着一件玩具那样抚弄着。她开始了她的讲述:

"你还记得沃特尔湖畔的那幢小别墅吗?咱们订婚那年的夏天,我曾和父母一起在那儿住过。"

他点点头。

"梦一开始,我走进了自己的房间,但是我不知道自己从何而来——就像一位演员登上舞台那样。我只知道,父母外出旅行,把我一个人留在那幢别墅里。这使我百思不解,因为我们第二天就要举行婚礼了。我的新婚礼服还没有准备好。是不是记错了呢?我打开衣柜一看,只见里面挂着各色各样的服装,就是没有新婚礼服。那些服装大都是演戏用的,很华丽,并且富有东方特色。我寻思着哪一件可以在婚礼上穿,恰在这时,衣柜忽地自动关上了,要么就是我自己跑掉了,我记不大清楚。整个房间变得灯火通明,而窗户外面则是一片茫茫黑夜……突然,你出人意外地站在窗外,是那些战舰上的奴隶把你送过来的,他们转眼间就消失在黑暗中了。你穿着一身珍奇的服装,料子是丝绸的,上面镶有金质饰物,腰间斜插着一柄佩有银链的短剑。你把我从窗户里面举了出来,顿时,我也变得满身珠光宝气,简直像公主一般。我们一道沐浴在溶溶的星光月影下,灰白色的、轻纱般的雾气在膝下飘动着。那个地方我们毫不陌生:近处是一片湖水,前面是起伏的山峦,再向远眺望,我还可以看到积木块一样的农舍。我们两个——你和我,我们飘了起来,不,我们驾着雾气飞腾起来。其间我想:这就是我们的蜜月旅行吧。可是,不久我们就停止了飞行,开始沿一条林中小径向伊丽莎白峰行进。转眼间,我们已经站在接近山顶的一块平地上了。这里有些像林中空地,它三面被密林环抱着,背后却高高地耸立着一面峭壁。头顶上,布满银星的夜空湛蓝湛蓝的,辽阔无边,和我们平时看到的完全是两样,而这恰是我们那间洞房中的天花板。你把我紧紧搂在怀里,表现出无限的温情。"

"但愿你对我也是如此。"弗里多林带着不易察觉的冷笑插了一句。

"我想是更有甚之,"阿尔贝蒂娜神情严肃地接道,"不过,让我怎么对你解释呢——尽管互相亲昵地拥抱着,但我们在温情之中却体味到一种空虚沉重的心境,好像双方都预感到命中注定的灾难就要降临。天一忽闪,早晨到了。草地显得那样清新明媚,到处点缀着五颜六色的花朵,树枝和树叶上挂着晶莹可爱的露珠,晨曦照在光滑的峭壁上,折射出闪闪烁烁的反光。我们必须重返人间,刻不容缓。然而,恰在这时,出现了可怕的情景:我们的衣服全都不知去向了。不可言喻的恐惧顿时涌上我的心头,火辣辣的羞耻感使得我难以自持,我不由得对你产生了一股怨恨,似乎这种不幸全是你一手造成的——"

"所有这些感觉,恐惧也好,羞耻也好,怨恨也好,都和清醒时的体验迥然不同。你意识到自己的过失,便光着身子从空地上跑开了,说是要下山去为我们弄些衣服来。你离开以后,我的心情变得轻松起来,我对你既不感到同情,也没有任何担忧,我只是为自己能独自待在那儿而感到高兴。我在草地上幸福地跑啊,跳啊,唱啊,唱的是我们在假面舞会上听到的一支舞曲。我的声音听上去十分美妙动人,我真希望山底下的人们能在城里听到我的歌声。虽然我看不到这座城市,但我能感到它的存在。这座城市在我脚下很深很深的地方,四周围着高高的城墙,我无法形容出它那辉煌壮观的气势。它既不是东方式的,也不是文艺复兴时代的德国式的,而是时而显出这种风格,时而又显出那种风格,总之,这是一座很早以前就陷落在地下,而且永远不会重见天日的城市。突然间,我伸开四肢躺在草地上,全身都沐浴在灿烂的阳光中——形态要比现实中的我美丽得多。就在我那样躺着的时候,有一位先生从树林里走了出来。那是一个年轻人，穿着很时髦的浅色西服。回想起来，他的长相和我昨天对你讲过的那个丹麦人差不多。他朝我这边走过来，经过我身边的时候很有礼貌地问候了一句，便不再继续注意我，而是径直朝峭壁走去。他仔细地观察着那面峭壁，似乎在考虑一个攀登上去的办法。同时，我也看到了已经离去的你。你在那座陷落的城市里匆匆地来往于一家家商行，一爿爿店铺；忽而穿过低矮的拱廊，忽而挤进土耳其式的货栈，为我买来了你所能找到的最漂亮的东西：衬衣、外衣、裙子、鞋袜、首饰——应有尽有。你把这些东西全部装进一个小小的黄皮包内，而那个小提包竟然有足够的地方装下那么多东西。有一群人一直在尾随着你，我虽看不见这群人，但可以听到他们那低沉的、持续不断的恫吓声。这时，刚才站在峭壁前面的丹麦人重新出现了，他又一次从树林里向我走过来。我知道，他在这段时间里已经周游了整个世界。他看上去和前次大不一样，而他又不是别人。他和第一次一样停在峭壁的前面，随后便忽地消失了，随后他又从树林里走出来，又一次消失，再次从树林里走出来——如此反复了或三次，或五次，或上百次。每次重新出现的都不是别人，而每次又都像是别人；每次经过我身边时，他照例要问候一句。最后，他在我面前停下脚步，仔细端详起我来，我十分妩媚地对他笑了一下，在我这一生中还从来没有这样笑过呢。他向我伸出双手，我想跑掉，但怎么也跑不动，于是，他就在我身边的草地上躺了下来。"

她沉默不语了。弗里多林觉得喉咙有些发干，借着暗淡的灯光，他发现阿尔贝蒂娜似乎已经把脸整个埋进手里。

"一个奇特的梦，"他说，"就这些吗？"见她摇摇头，他又道："那就讲下去吧。"

"真不知怎么讲好，"她重新开口了，"那种情景很难通过言词来表达——怎么说呢？后来，我搞不清又过了多少天多少夜，时间和空间都不复存在了，原来待过的那块被树林和峭壁环抱的空地也没有了，那儿变成了一个广阔无边、五彩斑斓的大平原，极目远望，四周全是与天际相连的地平线。草地上早就——哦，这个词好别扭：早就?！——不再是我和他两个人了。不过，除我以外是否还有五对、十对，以至成百上千对恋人，我是否留意过他们，是否听过一对恋人的谈话,这些我统统记不清了。然而,正如刚才提到的恐惧感和羞耻感远非清醒的人所能想象得出的那样,我在这场梦里体验到的解脱、自由和幸福感同样是无法和现实生活中的体验相比拟的。此外,我时时刻刻都能了解到你的行踪。真的,我能看到你,我看到你被人逮了起来,那好像是一些士兵,其中还有几个神甫。一个彪形大汉把你的手绑了起来,我知道,你将被处以极刑。可是,我既不同情,也不发抖。只是遥遥地观望着。人们把你推到一个大庭院中,那庭院的格局很像是一个城堡里的宫院。你双手反剪,光着身子站在宫院中央。正像我在别处仍能看到你一样,你这时也看到了我和那个把我揽在怀里的人,同时,也看到了其他的无数对情侣;这是一片把我簇拥在中间的裸体的海涛,我和那个搂着我的人就像是其中的一朵浪花。就在你站在宫院里的时候,一扇两侧挂着红色窗帘的高大拱窗中间出现了一个头戴王冠、身披紫袍的年轻女人。原来这是一国的女君主。她居高临下,目光严肃地审视着你。你孤零零地站在中间,边上还有许多人紧靠着院墙站着。我听见一片叽叽咕咕的声音,那是人们阴毒和恶意的低声私语。这时,女王从窗栏杆上俯下身来,周围顿时鸦雀无声。她向你使了一个眼色,似乎是叫你登上窗台到她身边去。我知道,她已决定赦免你的罪行了。可是,你没有看她,或者根本就没想看她。突然间,你身上套上了一件黑色的长袍,但双手仍旧反绑着,就这样站到她的面前。然而你们并不是在紫殿红楼中,而是飘飘欲飞地待在半空里。她手中拿着一张羊皮纸,那是你的死刑宣判书,上面记录着你的罪行和判刑理由。她问——我听不见具体词句,但我却知道她的意思——你是否愿意做她的情人,如果愿意则可幸免一死。你毫不犹豫地摇了摇头。我并没有感到奇怪,因为你无论在何时何地,无论面临什么样的危险,都必须保持忠诚,这是不可动摇的信条。女王无奈地耸了耸肩,随之向空中一摇手,你立刻就被关进一个地穴里,几根皮鞭同时呼啸着向你身上抽打下来,然而我没有看到挥动皮鞭的人。鲜血迸溅出来,在你身上汇成一股股血流,我一面冷眼旁观,一面意识到自己的残酷,但我并不为此感到惊讶。这当儿,女王来到你的身边。她让自己的长发披散在自己赤裸裸的身上,双手把那顶王冠捧在你的面前——我发现,你那天早晨在丹麦海

45

滨浴场的跳板上看到的裸体女孩恰恰是她。她这一会儿一句话也没说,然而,她的来临,以至于她的沉默都意味着你应该成为她的丈夫并承袭该国的君主地位。由于你再次拒绝,她顷刻间便隐身不见了。我看见有人为你竖起一根十字架——不是竖在城堡的宫院里,不,是竖在百花齐放、辽阔无边的草原上,竖在许许多多的情侣中间,而我正在这儿接受恋人的拥抱。你独自穿过一条条古城的小巷,缓步而来,并没有人跟随押送。但我知道,你的命运已定,在劫难逃。说话间,你已经开始沿一条林中小道爬山了。我紧张地等着你的到来,心里没有一点点同情感。你身上虽然不再流血,却留下了无数道鞭痕,你一步一步地登上来,小路变得越来越宽,树林自动向两侧退去。不一会儿,你已经站在草原的边缘了,而那儿是那么遥远,远得不可想象。你用含笑的眼睛向我表示了问候,用目光告诉我,你已经满足了我的愿望,为我带来了我所需要的一切:有衣服、鞋袜,还有首饰。可是,我觉得你的举动愚蠢至极,无聊透顶,我有意讥讽你、嘲笑你——正是由于你出于对我的忠诚而拒绝了一个女王的恩宠,甘愿忍受鞭笞,甚至步履蹒跚地爬上山坡接受可怕的极刑。我向你飞奔过去,你也加快步伐向我跑来;我开始轻捷地滑翔,你也飘然飞腾过来。忽然,我们彼此间谁都看不到对方了,我知道:我们已经擦肩飞了过去。这时,我希望你在被人钉上十字架的时候,至少能听见我的笑声。于是我声嘶力竭地狂笑起来。弗里多林,我刚才就是伴着那一阵笑声醒过来的。"

她不再作声,也没有一点点激动的表示,他也一语不发,显得十分平静。在这种时刻,似乎任何一句话,都会变得苍白无力,会让人感到虚伪和懦弱。随着妻子的讲述,他越来越感到自己那些没有结果的冒险经历荒唐可笑,毫无价值。他暗暗发下狠心,一定用亲身经历把自己的故事一一续完,然后再如实地向她介绍,以此来回敬这个在梦中剥下了画皮的女人——她原来是那样不忠、残酷和阴险。此刻,他发觉自己对她的憎恨胜过了他在以往任何时候对她产生过的爱情。

蓦然间,他察觉到自己一直还用双手攥着她的手指,而且,尽管他此时觉得这个女人可恨,他却仍能从她那水葱般颀长而透凉的手指上——他闭着眼都能一一描述出这些手指来——感受到一种绵长的温存,只是这时的温存更加令人心肠作痛罢了。他不由自主地,甚至是违心地用双唇轻轻吻了一下她的指尖,随后便松开了那只手。

阿尔贝蒂娜一直没有睁开眼睛,弗里多林觉得,她的嘴,她的额头,她的整个面庞都洋溢着幸福、无辜和圣洁的微笑。他不禁感觉到一种连他自己也难以解释的冲动,想俯身吻一吻阿尔贝蒂娜那苍白的额头。但是,他终于克制了自己。他想,一连几小时惊心动魄的经历使自己过度疲劳,昏眩沉重的大脑受到了婚床的诱惑势必会盲目地渴求温存。

然而,无论此刻的心境如何,无论在以后的几小时里应该做出什么决定,对他来说,当务之急是在暂时的休眠之中忘却和摆脱一切。母亲去世后的第二个夜里他也曾深沉地睡过,没有一个梦来打搅他,难道今夜就不能如此吗?阿尔贝蒂娜似乎已经蒙眬入睡,他在她身边仰卧下来。在我们中间横着一把剑,他又一次产生了这个念头。继而又想:一对死敌并排躺在这里。当然,这话只是说给自己听听而已。

6

早晨七点,女仆轻轻的叩门声将他唤醒。他匆匆地瞥了阿尔贝蒂娜一眼。有时,这样的叩门声也会把她惊醒,可今天她却照旧酣睡着,身子连动都没动。弗里多林麻利地穿戴完毕,临出门前,忽然想起要看看小女儿。女儿安静地躺在白色的童床里,两只手像很多小孩子那样紧紧地攥着。他吻了吻她的额头,继而又吻了一下她的脚尖,然后又蹑手蹑脚走到卧室门口,阿尔贝蒂娜仍然安稳地躺在里面。于是,他把僧袍和香客帽收藏在随身携带的黑色公务包里,走出了家门。此时,他已经精心地,甚至过分认真地拟好了全天的行动计划。他先去探望一位住在附近的年轻律师,这位律师一直病魔缠身。经过一番仔细检查,弗里多林发现病人的状况已经有所好转。他用轻松的笑容表示出满意的心情,按药品配剂常规为病人开了一剂老方子。接着,他一口气赶到夜莺昨晚在地下室弹奏过钢琴的小吃店。

这爿小店尚未开始营业,但他从楼上那家咖啡馆的女出纳口中了解到,夜莺住在莱奥波德区的一个小旅店里。一刻钟后,弗里多林驱车来到这家十分寒酸的旅店。旅店的走廊里充斥着发霉的被褥、放坏的豆油以及菊苣咖啡的气味。一个容貌丑陋,眼圈通红,目光狡黠的门房爽快地告诉他——门房似乎时刻准备着接受警方的审问——夜莺早上五点钟就和两位先生一道乘车走了。那两个人用围巾高高地围住面部,像是有意不让人认出他们来。乘夜莺回房间的工夫,他们替他付清了最后四个星期的房费;见他半个小时之后还未下楼,其中一位先生便亲自上去把他叫了下来,随后,三个人同乘一辆车向北站方向驶去。夜莺离开这里时显得极为兴奋不安。真不可思议,他们为什么不对这位值得信赖的先生说实话呢?他曾试图将一封信塞给门房,可那两位先生立即制止了他的举动。他们向门房说明,凡是寄给夜莺先生的信,均将由一个具有合法身份的人取走。弗里多林听罢便告辞了。走出店门的时候,他庆幸自己手里拎了一个医务包,这样,别人就不会把他看成房客,而是当成了一个官员。看来,他暂时是无法接近夜莺了。他们显然已经提高了警觉性,而这样做确有其充分的理由。

他乘车来到化装服饰出租店。吉毕泽尔先生亲自开了门。"这是从您这儿租的服装,"弗里多林说,"我想把欠您的费用付清。"吉毕泽尔说了一个很公道的数目,收下钱,并在一个大账本上记了账。他从办公桌上抬起头,有些惊讶地望着弗里多林;后者并无准备离去的意思。

"此外,"弗里多林用预审法官的口吻说,"我到这里来是想向您进一句忠言——为了令爱那件事。"

吉毕泽尔的鼻翼轻轻抽搐了一下,不知是出于不悦,出于轻蔑,还是出于愤怒。

"先生有何见教?"他的问话同样带着那种意味含混的语气。

弗里多林将一只手的五指张开,撑在办公桌上。"您昨天曾说令爱的精神不太正常。根据我碰到的那一场面,确实可以做出这一推断。吉毕泽尔先生,偶然的机会使我成了这一场面的加入者,或者至少是旁观者,因而我建议您还是向医生咨询一下。"

吉毕泽尔拿着一支长得有些滑稽可笑的笔杆在手指间捻来捻去,同时用玩世不恭的目光打量着弗里多林。"大夫先生难道不想发发慈悲,亲自为我女儿看病吗?"

"恕我不能接受您的雅意,除非出于本意。"弗里多林语气强硬,但声音却有些沙哑地答道。

这时,通向里屋的门打开了。一个年轻人披着大衣从里面走出来,大衣里面穿了一件燕尾服。弗里多林当即认出,他正是昨天夜里看到的两个王家法官之一。毫无疑问,这年轻人刚才肯定待在女小丑的房间里。他在弗里多林面前显得有些尴尬,但很快又恢复了自制力。他举起手和吉毕泽尔打了一个招呼,又拿起办公桌上的打火机点上一支烟,随即匆匆离开了这间屋子。

"原来是这样。"弗里多林轻蔑地撇了撇嘴角,话音里流露出一种难言的苦涩。

"先生有何感想?"吉毕泽尔不慌不忙地问。

"吉毕泽尔先生,这么说您已经放弃了,"他一边说一边冷冷地把目光从正门扫向王家法官走出的另一扇门,"放弃了通知警方的打算?"

"我们已经通过其他途径达成妥协,大夫先生。"吉毕泽尔冷淡地回答说。他站起身来,就像完成了一次例行的谒见。弗里多林转身向外走去,吉毕泽尔殷勤地为他打开门,并毫无表情地补充了一句:"欢迎大夫先生必要时再次光临鄙店……除借用僧服之外,其他需求亦无不可。"

弗里多林把门使劲向后一推。这事就算完结了,他带着一股连自己都觉得过分的怒气想道。大步走下楼梯,又不紧不慢地回到诊所。他先往家里挂了一个电话,询问是否送来了病人,是否有他的信件,是否发生了什么新情况。没等女仆一一做出回答,阿尔贝蒂娜就接过了电话向弗里多林表示问候。她重复了一遍女仆说过的内容,随之毫无拘束地告诉他,她刚刚起床,正要和孩子一道用早餐。"请代我吻她,"弗里多林说,"祝你们胃口好。"

她的声音使他感到十分惬意,而恰恰是由于这一点,他迅速地挂上了电话。本来,他还想问问阿尔贝蒂娜上午有什么计划,可这与他

49

又有什么相干？在心灵深处,他早已了结了与她的关系,尽管另外一种生活方式还会延续下去。金发的女护士帮他脱下外套,递给他一件白大褂。她向他淡淡地笑了一下,她们习惯于向所有的人这样笑,不管对方是否理会她们。

几分钟之后,他来到病房。主任医师留话说,由于一次紧急会诊,他不得不临时外出,各位助理医生可以独立巡诊。弗里多林在一群大学生的簇拥下,挨个病床为病人做检查,开药方,还与助手和女护士们随时讨论一些业务上的问题。这时,他几乎产生了一种幸福感。医院里一天来出现了各种各样的新情况:尚未满师的钳工卡尔·勒德尔昨天夜里死去了,下午四点半将进行尸体解剖;女病房刚腾出来的一个病床又被占上了;十七号病床的那位妇女已经转入外科。还有一些关于人事变动的传闻:据说,后天将确定眼科的新一班人马。在马尔堡担任教授的许格尔曼是最有希望的人选,而四年前他不过是施特尔瓦格医院的第二助理医师。真可谓飞黄腾达,弗里多林暗想。主任的头衔与我无缘,这起码需要讲师职称。晚了,太晚了。何以见得？要想实现这一目的,务必重新开展学术活动,或者以更为认真的态度开拓某些刚刚开始接触的领域。搞私人门诊可以挤出足够的机动时间。

他委托富赫施塔勒博士主持门诊,可心里却不得不承认,他此时并不情愿到加利秦山去,而是宁肯待在医院里。然而,去是不得已的。他不仅出于为个人负责的动机要进行这次调查,除此以外,今天还有不少其他的事情需要处理。为保险起见,他决定把晚间的探视工作也委托给富赫施塔勒博士负责。躺在最后一张病床上的年轻姑娘患有很可怕的肺尖卡他症,她这时正朝他微笑。不久前,她趁一次体检的机会,竟多情地把鼓鼓的胸脯贴到了他的脸上。弗里多林不悦地瞥了她一眼,随之皱着眉头把脸扭向一边。一个个都是这样,他不无苦恼地想道:阿尔贝蒂娜同样如此,而且恐怕是最糟的一个——我要同她告别了,无论如何也不可能重归于好。

在楼梯上,他和一个外科医生交谈了几句。昨天晚上转过去的那位妇女情况如何？根据他的个人经验,她未必需要做手术。但愿外科能把组织发生学方面的检查结果告诉他。

"当然会的,弗里多林先生。"

他在街角叫了一部车,随即从衣袋里抽出记事本,在车夫面前做起戏来,似乎只有这会儿才能最终确定去向。"去奥塔克林,"他说,"走那条正对加利秦山的大街。到时候我会告诉你在哪儿停车。"

在马车上,极度的痛苦和期求感使他再度变得兴奋不安。他突然惭愧地意识到,在前几个小时里,他几乎一次都没有想到他那美丽的救命恩人。这一回能不能找到那幢房子呢?看来,这倒并不很难。问题只是在于找到之后怎么办。向警方报案?可这对于也许已经为他献身或者曾经准备为他献身的那个女子恰恰会产生不利后果。要不要求助于私人侦探?这样做似乎有些无聊,而且有损于他的尊严。那么究竟如何是好呢?他既无时间,又未曾显露过这方面的才能,恐怕难以胜任必要的追踪和调查。——一个秘密的黑社会?毫无疑问,至少是秘密的。那么他们是否互相熟识?他们是不是贵族成员,是不是宫廷中的显赫人物呢?他不由得想起某些大公爵来,他们完全可能开出这种玩笑。那些女士是什么人?莫非……是从各家妓院聚集起来的?哦,不能贸然做出这种断言。不过,她们至少是女性中的精英。可为他献身的那个女子又是谁?——献身?他何必一再自作多情地把这真的想象成为一次献身呢?一出喜剧!当然,所有这一切不过是一出喜剧而已。本来,他应该为自己能够轻易地从中退出而感到庆幸。多亏他保持了镇定自若的态度。那些骑士们不难看出,他并不是无意中闯进来的,至少她是看出了这一点。也许,他比那些大公爵——天知道他们到底是些什么人物?——更能引起她的好感。

到了利布华兹塔尔街的尽头,车明显开始爬坡了。为谨慎起见,他跳下车,把车夫打发走了。淡蓝的天空上飘浮着几丝白色的云絮,温煦的阳光照耀着初春的大地。他回头望了望——没有任何可疑的迹象:既无车辆,也没有行人。他缓缓地朝坡上爬去。大衣变得越来越沉,他干脆脱了下来,把它搭在肩上。终于,他走到了路右侧岔出另一条街的地方,从这条街向里一拐就是那幢神秘的房子,他不会认错路。这是一条向下倾斜的街,但并不像夜里坐在车上感觉到的那么陡。街里面有一条很安静的胡同,靠胡同口的一个庭院里种了不少玫瑰,全都仔细地用稻草一束一束地捆在一起;相邻的院子里摆着一辆小童车,有个穿一身蓝毛线衣的男孩正在院里顽皮地跑来跑去;在一楼的大窗户后面,有个年轻的女人正面带笑容地朝外望着。再往前是一片平地,再走下去是一个用乱蓬蓬的篱笆围起来的花园,再走下去是一个小小的别墅,接下去是一片草坪,再往前走——没错,再往前走就到了他要找的那幢房子。这幢房子不算高大,也不算豪华,它是一座普普通通的单层别墅,具有法兰西第一帝国时期的建筑风格,它显然在不久之前翻修过一次。一扇扇绿色的折叠百叶窗关得严严实实,看不出一点住人的迹象。弗里多林向四周环视了一圈,胡同里没有行人,只是在下坡的方向远远地可以看见两个男孩,他们各自在腋下夹着一本书向前走着。他在院门前面站住了。现在怎么办?干脆掉头回去?这岂不是太可笑了吗?他开始找电铃按钮。若真的有人来开门,他又该说些什么呢?哦,有了——不妨问问,这幢漂亮的乡村别墅是否对夏季休假的人出租。然而,没等他来得及进一步想什么,房门已经打开了。一个老仆人穿着朴素的晨用号衣走出门,顺着狭窄的甬道一直来到院门前。他把手伸出门栅栏,默默地将一封信递给弗里多林。弗里多林的心怦怦地跳了起来。

"是给……我的?"他结结巴巴地问。仆人点点头,转身朝回走去,房门在他身后重新关上了。这是什么意思?她的绝笔信?莫非这幢房子就是她本人的?他匆匆走回刚才经过的大路,这才注意到信封上用庄重的竖体字写着他的名字。沿一角拆开信封,展平信纸,几行大字赫然出现在眼前:"请您放弃这种徒劳无益的调查活动。在此,我们谨向您发出第二次警告。从您本人的利益出发,但愿这种警告不出现第三次。"——信纸从他手中滑落在地上。

这封信使他彻底失望了。至少,这种内容与他那些愚蠢的推测毫不相干。不过,行文的语气显然有所克制,算不上咄咄逼人。这表明写信的人并非确有把握。

第二次警告?何谓第二次?——喔,昨天夜里他已经受到过第一次警告了。可为什么要说第二次,而不说最后一次呢?难道他们想再一次考验他的勇气?有必要接受新的一次考验吗?奇怪,他们怎么会知道他的名字?也许他们逼着夜莺把他出卖了。此外——他为自己的疏忽感到好笑——他的大衣里子上明明有用花体字缝上去的姓名和住址。

尽管事情未能取得任何进展,这封信却使他的心情逐渐平静了下来,只是连他自己也说不清其中的原因。他凭自己的感觉认定那个令他焦虑不已的女子尚活在世上,至于能否找到她,则完全取决于他能不能小心灵活地行事。

当他略有些疲惫,同时又带着一种少有的连他自己都觉得是自欺欺人的轻松感回到家里时,阿尔贝蒂娜和女儿已经吃过午饭了。但是在他一个人独自进餐的时候,她们始终在一旁陪着他。她坐在他对面,用天使一样的目光温柔地望着他,显出一副贤妻良母的神情;然而昨天夜里她却神态自若地让人把他钉在了十字架上。使他惊奇的是,此时他心里对她竟不怀一丝怨恨。他尽情地满足自己的胃口,情绪快活并显得很兴奋,而且仍像往常那样热心地介绍当天的工作经历和见闻,尤其是医院里的人事变迁,他已经习惯于全面地向阿尔贝蒂娜介绍这类情况。他说,眼下许格尔曼已经稳操胜券,而他自己则打算腾出更多的精力从事学术研究。阿尔贝蒂娜了解丈夫此时的心境,知道他的决心向来不会维持很久,淡淡的一笑流露出她的怀疑。不过,由于弗里多林突然变得很激动,她终于伸出一只手去轻轻地抚弄他的头发,想借此来平复他的情绪。这时,他的身体不禁颤动了一下,他把脸转向女儿,使额头避开了那种令人难堪的抚摩。当他把小姑娘抱在怀里,正要用两膝当作摇椅靠背哄她玩时,女仆走进来通报说,已经有几个病人在候诊了。弗里多林一面像是得到解脱一样站起身来,一面关照妻子利用下午的好天气带孩子出去散散步,随后他走进自己的门诊室。

在两个小时的门诊时间里,弗里多林一连看了六个老病号和两个新病号。每一种细微的病情他都处理得得心应手——从检查、记录、诊断,一直到开出药方。尽管几乎两个晚上都没有得到睡眠,他仍然感到精力充沛,头脑清醒,为此,他不由得暗自得意。

门诊结束后,他照例又询问了一次妻子女儿的情况。了解到妻子刚刚接待过他的岳母,女儿则正在女仆的辅导下练习法文,他几乎由衷地感到了满足。然而,直到走上楼梯他才猛然间意识到,围绕着他的生活所形成的秩序、和谐和安定统统不过是骗人的假象。

尽管他已经提前取消了午后的探视工作,却终于未能抗拒得了医院对他的诱惑。那里有两个对他所从事的学术研究具有特别意义的病例。这一次,他花费了比以往更多的时间和精力去分析病情。随后,他又在市区内看望了一个病人。当他走到鸣鸟巷那幢旧楼前的时候,已经是晚上七点了。他仰头向玛丽安娜的窗户望去,不期然中,玛丽安娜那久已模糊了的形象再一次出现在他的眼前,而且比任何人的形象都更加清晰生动。对,他不能失去这个机会:在这儿可以易如反掌地开始他的复仇计划,这里对他来说既不存在障碍,也没有任何风险。对那位未婚夫的背叛也许会让其他人感到于心不忍,而这对他来说不啻是一种更加开胃的刺激。不错,在一切可能的场合,在玛丽安娜面前,在阿尔贝蒂娜面前,在那位好心的勒迪格尔面前,在整个世界面前,都不妨演一出背叛、欺诈和哄骗的喜剧。体验双重人格的生活——既是勤奋、可靠、前途远大的医生,温柔的丈夫和慈爱的父亲,又是浪荡子、拐骗家和佯狂玩世之徒;只要心血来潮,就和周围的一切人、和各等各色的男男女女游戏一番——体验这种双重人格的生活突然对他产生了极大的诱惑力。而最使他心驰神往的,莫过于正当阿尔贝蒂娜一心陶醉在婚姻和家庭的安乐窝时,带着安详的微笑向她承认自己所犯下的种种罪孽。这样,她在梦中加给他的痛苦和屈辱便得到了报应。

在门厅里,他和勒迪格尔博士打了个照面,后者和善而友好地向他伸出一只手来。

"玛丽安娜小姐情况可好?"弗里多林问,"她平静一些了吗?"

勒迪格尔博士耸耸肩。"她很久以来就在等待这一结局,大夫先生。直到今天中午起灵时,她才——"

"什么?已经抬走了?"

勒迪格尔博士点点头。"明天下午三点钟举行葬礼……"

弗里多林茫然地望着前方。"玛丽安娜小姐的亲戚们还在吗?"

"都走了,"勒迪格尔博士答道,"现在只有她一个人。今天能见到您,她一定会很高兴的,大夫先生。明天我们就要把她送到默德灵去了,我母亲和我都要去的。"看到弗里多林那礼貌的目光里带着疑问的神色,他又补充道:"我父母在那边盖了一幢房子。再见吧,大夫先生,我还有不少事情要干。您知道,赶上这种事,免不了要忙乎一阵子。但愿我回来后还能在楼上见到您。"说罢他便走出了房门。

弗里多林犹豫了一下,随之才缓缓地登上楼梯。他拉了拉门铃,玛丽安娜本人出来为他打开了门。她身穿黑色的孝衣,脖子上戴了一串他从未在她身上见过的黑玉项链。她的脸上浮起一层薄薄的红晕。

"您让我等了很长时间。"她带着几分笑意说。

"对不起,玛丽安娜小姐。我今天特别忙。"

他跟在她身后,穿过放着空灵床的房间走进侧屋。昨天,他就是在这里,在那幅画了一个身着白制服的军官的油画前,开出了枢密官的死亡证明书。写字台上已经燃起一盏小灯,黄昏的光线射进屋内,与之交织在一起。她用手指了指屋里那张黑色的皮椅,示意让他坐下,而她自己则面对着他坐在写字台前。

"刚才我在门厅里碰到了勒迪格尔博士。——这么说,您明天就要到乡下去啦?"

玛丽安娜一声不吭地凝望着他,似乎被他那冷冰冰的话语惊呆了。"这样做很明智。"当他用几乎是严厉的语调又补充了这一句之后,她的两肩垂落了下来。于是,他开始客观地向她解释,新鲜空气和新的环境如何有利于身心健康。

她的目光呆滞了,泪水顺着两颊流淌下来。他冷冷地看着这一场面,几乎显得有些不耐烦。想到她在几分钟之后有可能再次跪倒在他的脚前,并重复昨天那些自白,他不禁感到不寒而栗。由于她一直坐在那儿一言不发,他终于火急火燎地站了起来。"真遗憾,玛丽安娜小姐。"他看了看表。

她抬起头,望着弗里多林,泪水又一次溢出眼眶。他真想对她说句安慰的话,可无论如何也讲不出来。

"您在乡下要待好长一段时间吧?"他勉强开了口,"希望您有空来信……勒迪格尔先生还告诉我说,你们不久就要举行婚礼了。请允许我今天提前向您表示祝贺。"

她纹丝不动地坐在原处,好像根本没听到他的祝贺和告辞的话。

他向她伸出手,她毫无反应。他带着近乎责怪的语气重复说:"好吧,我相信您会来信把您的状况告诉我的。再见了,玛丽安娜小姐。"她仍像一尊雕塑那样坐着。他向外走去,走到门口时,略微停了一下,似乎想留给她最后一次机会,让她把他叫回去。但是她没有扭过头来,就这样,门在他的身后关闭了。在走廊里,他觉得有点后悔,有一刹那,他几乎想立即转身回去,但马上又感到这样做比什么都可笑。

现在怎么办?回家吗?只能回家!今天无论如何也做不成别的事了。那么明天呢?明天干什么?怎么干?他觉得自己愚笨无能,一切都坏在他的手里,一切都成了泡影,连同他的家,他的妻子,他的孩子,他的职业,甚至他自己。就这样,他一边胡思乱想,一边机械地沿着黄昏中的马路向前走去。

从市政厅的钟楼上传来七点半的报时声。管他几点钟呢,现在时间对他来说完全是多余的了。任何事情,任何人都与他无关。他开始有些怜悯自己。茫然之中,脑子里突然冒出一个想法,他觉得自己应该亲自去火车站,搭一列火车离开这里,随便去一个可以躲开一切熟人的地方,然后在那个陌生的地方重新扎根,以新的身份和面貌开始新的生活。他想起了以前在精神病学文献中看到的一种奇特的病例,即所谓的两面人:一个人突然从他一向所熟悉的正常生活圈子中消失了,而且下落不明。几个月或几年之后,他重新回来了,可是他回忆不出自己在这段时间里究竟去了什么地方。后来,一个在某个遥远的国度曾与之相遇的人认出了他,而这位重归故里的患者却对此全然不知。这种情况听起来稀奇古怪,但又确有其事。事实上,不少人都在一定程度上有过这类经历。从梦幻重返现实恐怕就可以算作一例。当然,梦是可以回忆起来的……不过,有些梦肯定会被忘得一干二净,留下来的只不过是一种神秘的情绪,一种莫名其妙的醉意。有时,人们在很久很久以后才恢复记忆,然而却无法断定回忆起来的事情是真实经历还是梦境。梦境——好一个梦境!

他下意识地朝回家的方向走着,不知不觉地临近了那条黑暗而声名狼藉的胡同。不到二十四小时之前,他就是在这条胡同里跟着那个不可救药的女人走进了她那寒碜而又很舒适的住所。不可救药的只是她吗？难道只有这条胡同声名狼藉？人们习惯于用言词来扰乱视听，习惯于按一成不变的习俗来称呼和看待一条街道、一种命运或者一个人。在昨天夜里完全出于偶然碰到的几个姑娘中间，她难道不是最妩媚，甚至是最纯洁的吗？一想到她，他心里不禁涌起一阵同情心，这使他继而想起了昨天打算好的那件事情。他毫不犹豫地走进附近的一家小店，买了各色各样的小吃。手提着小纸包，贴着那些房屋的墙根向前走，此时，他深感振奋，觉得自己的举动即便不值得称颂，至少还是很理智的。迈进门厅后，他首先提了提衣领，然后一步几级地跨上了楼梯，刺耳的门铃声从屋里传出来，一个面目丑陋的妇人告诉他咪琦小姐不在家，听到这消息，他禁不住深深出了一口气。然而，还没等那妇人把送给咪琦小姐的小包接过去，从里面又走出一个还很年轻，而且长相不算难看的女人。她身上披着一件有些像浴服的外衣，开口便问："先生找谁？是咪琦小姐吗？她一时半会儿是不会回来的。"

老妇人示意她不要多嘴，然而，弗里多林已经预感到了什么。他像是急于证实自己的感觉似的，单刀直入地问道："她住院了，是吗？""是又怎么样，先生？不过，我倒是很健康，谢天谢地！"她快活地高声说道，继而咧开嘴走到弗里多林身边，猥亵地将肥硕的身体向后一摆，那件浴服像门帘一样被掀开了。弗里多林拒绝地说："我不过是顺便给咪琦小姐带点东西。"他觉得自己突然变成了一个中学生。然后他又以一种公事公办的语气问道："她住在哪个病房？"

年轻女人说了个教授的名字。几年前，弗里多林恰好在这个教授的诊所里当过见习医生。她接着热心地补充道："您把那个包裹交给我吧，我明天就给她送去。请放心，我决不会偷吃的。我一定转达您对她的问候，告诉她，您对她没有不忠的行为。"

同时，她继续一点点地朝他靠近，不停地对他笑。然而，当他开始躲闪时，她马上收敛了那种举动，安慰他说："大夫说，六个星期以后，顶多八个星期以后，她就会回来的。"

当弗里多林迈出门槛，走到马路上的时候，他感到喉咙哽咽了。不过，他心里明白，这并不全是激动和感慨造成的，更重要的原因是他的神经正在逐渐崩溃。他有意加快了步伐，采用一种远比自己的情绪更为轻松的步伐。这次经历是不是发出了进一步的和最终的信号,说明他的一切努力必将失败呢?何以见得?他遭大祸而幸免于难,不就是一个好的征兆吗?那么这种经历是否恰恰意味着那种征兆:幸免于难?当然,各种新的险情还在等待着他。他决不甘心从今晚起就放弃对那个动人的女子的调查。不过,现在已经没有足够的时间了。此外,他务必认真考虑一番,最好用什么方式继续调查。啊,要是有一个与之共同谋划的人就好了!可是,他实在找不出一个他愿意把昨天夜里的冒险秘密透露给他的人。几年以来,除了妻子以外,他没有和任何人保持过真正亲密的关系。然而在这件事上,他无法和妻子沟通,这件事不行,其他的事也不行。因为,无论从哪个角度来解释,昨天夜里,她毕竟让人把他钉到了十字架上。

这时,他明白了自己的脚步为什么没有朝回家的方向,而是不由自主地朝与之越来越远的方向挪动。他现在不愿意也不便见到阿尔贝蒂娜。最理智的做法是在外面找个地方吃点夜宵,然后回到病房去查看一下那两个病例——但决不能回家;在他确信阿尔贝蒂娜已经睡着之前,这个"家"是万万不能回去的。

在市政厅附近,他走进了一家比较雅致和安静的咖啡店,在那儿给家里打了个电话,嘱咐家里人不要等他吃晚饭,便立刻急速地挂上了话筒,以免阿尔贝蒂娜接过电话再说点什么。然后,他坐到一个靠窗的位置上,拉紧窗帘。这时,有一位先生在较远的一个角落里坐了下来,他披一件深色的外衣,除此之外,穿着上并无特别之处。弗里多林觉得今天似乎在什么地方见过这副面孔。这很可能只是一次巧合而已。他拿起一份晚报,就像昨天夜里在另一家咖啡店那样,漫不经心地浏览起标题来:关于政局的报道、戏剧、美术、文学,大大小小的各种事故。在一个他从未听说过的美国城市,有一家剧院被焚。扫烟囱的师傅彼得·科兰特从窗口跳楼自杀。扫烟囱的竟然也要自杀弗里多林觉得有些不可思议,他情不自禁地思忖着,那个人是经过认真清洗呢,还是带着满身黑灰堕入了虚无?在市内的一家高级饭店里,有个女人今天早上服了毒,这位女士几天前以男爵夫人杜氏的名义在那家饭店下榻,其相貌俏丽动人。弗里多林的神经马上紧张起来。早上四点,该女士在两位先生的陪同下,返回住处,他们是在门口与之告别的。四点。他恰恰也是在这个时间回到家的。将近中午——文章继续介绍说——有人发现她躺在床上，不省人事，有严重中毒之症状……一个俏丽动人的年轻女士……这并不足以证明，那位男爵夫人杜氏，更确切地说，那位以男爵夫人杜氏的名义在饭店下榻的女士和另一个女子在扮演着同一个角色。然而——他的心急骤地跳起来，报纸在他手上抖动不止。在一家高级饭店……是哪一家？为什么这样神秘？这样半隐半露？……

报纸从他手上滑落下来。他发现，坐在远处那个角落里的先生手里也拿着一张报纸；在他朝角落望去的同时，那张版面很大的配图报纸像窗帘样地遮住了他的脸部。弗里多林赶紧拾起报纸，他在这一瞬间已经意识到：这位男爵夫人杜氏不会是别人，而是他昨夜遇到的那位女子。……在一家高级饭店里……能够提供给一位男爵夫人下榻的饭店在本市寥寥可数。眼下，可以想象的事情随时都会发生——务必紧紧抓住这条线索。他叫来侍者付了钱，向外走去。在店门口，他回过头再一次向那个角落望去，然而那位可疑的先生已经奇怪地消失了……

严重中毒……但她仍然活着……在别人发现她的那一刻，她仍然活着。说到底，目前还找不到任何理由认为她没有得救。无论她是死是活，他都要找到她。他一定要看到她，活的看不到就看死的；这个世界还没有人可以阻止他去看那个由于他的缘故，甚至是为了他才冒犯死神的女子。他对她的死负有责任——负有全部责任——假如她真的死去了。是的，她已经死了。早上四点，在两位先生的陪同下返回住处！也许，几小时之后把夜莺送往火车站的就是这两个人。他们想必是没长人心的，这些先生们！

他站在市政厅前面那个宽阔的广场上，向四周环视了一圈。在他的视野内只能看到三五个行人，其中没有咖啡店里那个可疑的先生。就算他在这儿又能怎么样——这些先生是心虚的，而他才是真正的胜利者。弗里多林继续向前走，来到环行大道上，他要了一辆马车，首先赶往布里斯托尔饭店。他像是受人委托或授权来办事那样，向门房打听那位据说早上服了毒的男爵夫人杜氏是否在这儿住过。那位门房听罢，并无惊讶之色，他大概把弗里多林看成是警察署的或政府部门的人了。他毕恭毕敬地回答说，这件惨案不是在这儿，而是在卡尔大公爵饭店发生的……

弗里多林立即驱车前往门房说的那个饭店。他在那儿得到消息说，男爵夫人在事发后立即被送往市中心医院。弗里多林马上追问，自杀企图是怎样被发现的。这位女士早上四点才回到饭店，人们出于什么原因在不到中午的时候就去照顾她呢？回答十分简单：上午十一点有两位先生（又是两位先生！）来此打听她的情况。由于多次打电话都没有人接，女招待便上楼敲门，屋内仍无反应，而且门是反锁着的，于是招待们只好破门而入。这时，人们发现男爵夫人躺在床上，已不省人事。饭店立即向急救站和警方通报了情况。

"那么这两位先生呢？"弗里多林厉声问道，觉得自己像是一个秘密警察。

说到这两位先生，事情倒是有些耐人寻味。他们趁没人注意的空当儿，已经溜得无影无踪。此外，住在店里的那位女士绝不可能叫什么杜比斯基男爵夫人。她是第一次住在该店，而实际上并无这个姓氏，至少在贵族中间没有。

弗里多林谢了提供消息的人，转身便离开了饭店，因为，后来凑上来的饭店经理开始用一种好奇而不友好的目光打量他。他坐上车，让车夫把他拉到医院。几分钟之后，他在住院处得知，所谓的杜比斯基男爵夫人已经被送到第二内科病房；人们还告诉他，尽管医生全力抢救，她仍然不能恢复知觉，终于在下午五点死亡。

弗里多林觉得自己深深地吸了一口冷气，实际上，这是发自他胸中的长叹。值班医生有些惊奇地瞥了他一眼，弗里多林立即恢复了常态，客气地告退了。不多一会儿，他来到户外，医院的大院里几乎空无一人。从邻近的一盏路灯下走过来一个护士，身穿蓝白条相间的大褂，头戴一顶白帽。"死了。"弗里多林自言自语地嘟哝道。——她竟真的死去了。倘若她没有死，倘若她还活着，我又如何能够找到她呢？

对他来说，找到这个身份不明的死者并不难。她刚刚死去几个小时，尸体肯定放在停尸间，那儿离这儿不过百步之遥。作为一个医生，他即使在这么晚的时候走进去，也不会引起什么麻烦。问题是他去干什么呢？他仅仅熟悉她的身躯，却从未真正见到过她的容貌。昨天夜里，在他离开舞厅，或更确切地说，在他被赶出那个大厅时，她的面庞只是影影绰绰地在他的眼前一闪。然而，直到现在他才猛然意识到这一点，因为，在从报上读到那条新闻之后的几个小时里，他一直用阿尔贝蒂娜的相貌特征去想象这个未露面容的自杀者；他惊恐不安地发现，他所寻找的女子竟然自始至终以妻子的形象浮现在他的眼前。他又一次自问道，自己究竟要去停尸间做什么？假如能在她活着的时候重新找到她，那么，无论是今天、明天还是若干年后，无论在何时、何地、何种场合，他都能根据她的步履、举止，特别是声音认出她来，这一点，他确信不疑。然而，他现在只能再次看到她的躯体，一具女尸，其面部只有一双眼睛是他所熟悉的——一双此时已经呆滞无光的眼睛。不错，他熟悉这双眼睛，也熟悉她的头发，在他被撵出大厅的那一刹那，她出人意料地把那一头乌发抖开，遮住了裸露的身体。要不要最终证实一下女尸确实是她呢？

　　他拖着犹豫而缓慢的步子，穿过熟悉的院落走向病理解剖大楼。门没有锁，免去了按铃的麻烦。穿过灯光暗淡的走廊时，石板地面在他脚下发出橐橐的回声。各种化学药剂散发出来的气味掩盖了这座楼房本来具有的香气，弗里多林熟稔这些药味，甚至对它怀有某种亲切感。他敲了敲组织发生学工作室的门，猜想里面可能还有一个助理医生正忙于工作。随着一声不痛快的"进来"，弗里多林踏入这间高大、而且几乎是灯火辉煌的屋子。和他料想的差不多，坐在屋子中间的是任助理医生的老同学阿德勒博士，他把眼睛从显微镜上移开，从椅子上站起身来。

　　"哟，伙计，"阿德勒博士仍带着几分不悦和他打了个招呼，同时显得很吃惊，"是哪阵风在这不寻常的时刻把您老兄吹来了？"

　　"恕我打扰，"弗里多林说，"你这会儿还在工作？"

　　"当然。"阿德勒毫不客气地答道，他一直保持青年时代的那股冲劲。接着，他改用和缓的口气补充说："半夜三更，到这座神圣的殿堂里还有什么别的好干呢？不过，你对我毫无影响。我很愿意为你效劳。"由于弗里多林没有立即回答，他又道："今天刚送进来的艾迪生还像天使一般地躺在那边。明早八点解剖。"

见弗里多林摇摇头,他恍然大悟地说:"哦,就是那个胸腔肿块!放心吧,组织发生学的分析已经确定它是恶性肉瘤,你们就不必为此伤脑筋了。"

弗里多林再次摇头:"我到这里来——不是为了公务。""那就更好了,"阿德勒说,"我还以为是不安的良心驱使你在夜深人静的时候来到这儿的呢。"

"不错,这件事恰恰和不安的良心,或者至少和良心有点关系。"

"哦?"

"简而言之,"弗里多林力图使自己的语调趋于平和冷静,"今晚二病房有一个女人死于吗啡中毒,现在可能已经送过来了吧。我很想看一看。她叫杜比斯基。"接着,他加快了语速说道:"我估计,这位所谓的杜比斯基男爵夫人就是我在几年前邂逅相识的一个朋友。我希望能够证实一下自己的猜测。"

"Suicidium?"阿德勒用拉丁文问道。弗里多林点点头。"不错,是服毒自杀。"他把它译成日常用语,似乎想借此再次强调这件事纯属私人性质。

阿德勒用食指指着弗里多林,戏谑地说:"对贵妇人不幸的爱情。"

弗里多林有点被惹恼了:"这位杜比斯基男爵夫人的自杀与我本人没有丝毫关系。"

"别见怪,老兄,我并无冒犯之意。咱们不妨立即证实一下。据我所知,今天晚上法医的通知还未到。所以,完全可以……"

法医验尸?弗里多林的头皮紧张地收缩了一下。这种可能性并非不存在。谁知道她不是自杀?他又一次想起那两位先生,他们听到她自杀的消息后便从饭店悄然溜走。这件事没准还会发展成为一桩惊人的刑事案件呢。法庭会不会传他弗里多林出庭作证呢?他是不是有义务主动去报案呢?

他跟着阿德勒博士穿过走廊,来到对面的一扇半掩着的门前。这间屋子的天花板很高,四壁光秃无物,在那盏双臂枝形煤气吊灯上,两股旋得很低的、未加灯罩的灯芯发出幽幽的亮光,十二三个解剖台中,只有个别的放上了尸体。有的尸体赤裸裸地摆在上面,有的蒙上了亚麻布单。弗里多林走到靠门的那张解剖台前,小心地从尸体的头上揭开了布单。突然,一道刺眼的光线从阿德勒的手电筒里射过来。弗里多林看到一张蜡黄的脸和两撇灰白的胡子,他赶紧盖上了蒙布。下一张解剖台上躺着一具干瘦的、裸露的男孩尸体。阿德勒博士从另一张台子上对他说:"一个六七十岁的老太婆,这个显然也不会是。"

像是突然受到某种力量的吸引,弗里多林径直走到停尸间的尽头,他发现那边有一具女尸,反射出惨淡的白光。她的头歪在一边,长长的、黑色的发束一直垂落到地面。弗里多林不由自主地伸出手去,准备把她的头扶正。然而,一种他作为医生未曾有过的畏惧感又使他犹豫起来。阿德勒博士走到他身后,开导似地搭话说:"别的都不像,是不是这个?"接着,他用手电筒照亮了女尸的头部。这时,弗里多林已经克服了畏惧心理,用两只手托住她的头颅,稍稍向上端起。苍白的面孔上,半开半闭的两眼直勾勾地盯着他,下颌松弛地耷拉着,薄薄的、朝上翘起的上唇下面露出了紫青色的牙龈和一排白色的牙齿。尽管这副面孔也许曾经是,也许昨天还是美丽的——可惜弗里多林无法作出判断——但它毕竟已经死亡,已经空无内容,也已经毫无意义。它既可能属于十八岁的黄花少女,也可能属于一个三十八岁的妇道人家。

"是她吗?"阿德勒博士问。

弗里多林身不由己地弯下腰去,似乎要用那寻根究底的目光从已经僵死的面孔上引出一个回答来。然而他知道,即使这真的是她的面孔,是她那双眼睛,那双昨天还那样炯炯有神地注视过他的眼睛,他同样无法认出她来。他无法,而且说到底也根本不想认出她来。他轻柔地把她的头重新放回平板上,目光开始在手电筒的引导下沿着这条失去生命的身躯移动。这是她的身躯吗?是那妙不可言,光彩夺目,昨天还让人如此心荡神迷的躯体吗?他看到一段发黄而且已经出现皱纹的颈项,看到两只并不算大,却已经有些松弛的少女的乳房,两乳间惨白的皮肤下,胸骨的轮廓清晰可怕地凸了出来,似乎肉体的腐败早已开始了。他继而又看到淡褐色的小腹和它那拱起的曲线,看到两条造型美观的大腿,它们从一团幽暗的、同时也失去了神秘感和任何魅力的阴影开始无所谓地朝两侧分开,看到两块略有些向外翻转的膝盖,棱角分明的内踝骨,窄长的两脚和朝下勾着的脚趾。所有这一切画面很快又一一隐进黑暗之中。电筒的光柱忽快忽慢地顺原路退回,最终又颤抖地停留在那张灰白色的面孔上。弗里多林像是被一种看不见的力量控制和吸引了一样,不由自主地用双手在女尸的额头、两颊、肩膀和两臂上抚摩起来。接着,他把自己的手指插进死者的指缝,看上去就像是在与之调情,尽管死者的手指十分僵硬,他却感到它们在拼命地挣扎,企图也把他的手指勾紧。他甚至觉得那双微微闭拢的眼皮下面有一种遥远和呆滞的目光正迷惘地向他射来。如同沉迷于一种魔力中似的,他慢慢地弯下腰……这时,他身后突然传来一声低语:"你这是中了邪吗?"

弗里多林骤然一惊。他从死者的手上抽出自己的手指,抓起那双细弱的手腕,小心翼翼地把两只冰凉的胳膊放回紧贴躯干的地方。他觉得,这个女人似乎直到这一刻才刚刚死去。他转回身,拖着沉重的步子跨出房门,走过发出回音的走廊,回到刚才离开的工作间。阿德勒博士一声不响地跟在后面,关紧了屋门。

弗里多林来到洗手池前。"不妨碍吧?"他客气了一句,随之开始细心地用来苏尔水和肥皂洗手。这时,阿德勒博士似乎正准备继续进行中断了的工作。他再次打开聚光灯,拧了拧微调旋钮,把眼睛凑在显微镜上。当弗里多林走到他身边准备告辞时,阿德勒博士已经全心全意地投入他的工作。

"想不想看看这张片子?"

"为什么?"弗里多林心不在焉地问。

"哦,这样可以使良心恢复平静。"阿德勒博士答道。听口气,他好像认为弗里多林的来访只是为了医学研究的需要。

"看得出来吗?"当弗里多林观察片子的时候,他问了一句,"我采用了一种新的染色法。"

弗里多林点点头,眼睛没有离开镜头。"太漂亮了,"他说,"简直堪称一张五彩缤纷的图画。"

他询问了一些有关这种新技术的细节。阿德勒博士一一作了解答。弗里多林表示说,这种新方法对他下一步将要开展的工作很可能大有裨益。他希望阿德勒博士准许他明天或后天再来一次,以便获得更多的启发。"

"随时恭候阁下。"阿德勒博士边说边陪着弗里多林走过发出清脆回音的石板路面,来到大楼门前。这时楼门已经上了锁,他掏出自己的钥匙,打开了大门。

"你还要干下去吗?"弗里多林问。

"当然。"阿德勒博士答道,"这可是最美妙的工作时间——从午夜到清晨。至少在这段时间里不会受到什么干扰。"

"说的是。"弗里多林带着略含歉意的微笑赞同道。

阿德勒显得很宽容地把一只手放在弗里多林的肩头上,然后变得有些矜持地问道:"到底——是不是她?"

弗里多林迟疑了一会儿,随即无声地点点头。他自己并不清楚,这样一种承认是否意味着谎言。也许此时躺在停尸间的那个女人真的就是他在二十四小时以前伴着夜莺奏出的狂热的钢琴曲揽在臂弯里的裸体女子,也许这个女尸只不过是又一个不知来历的人,是他从来未曾遇到过的一个陌生人。然而,他意识到:即便这个他寻找过、渴求过,甚至有可能热恋过一个小时的女人仍旧活在世上,无论她怎样维持她的生活,对于他来说,在那个拱形大厅里发生的他所不知道的一切,所有那些像她一样在煤气灯跳跃不定的幽光中来来去去、既无意义又无神秘感的阴影已经全部失去了魔力,它们就像他在今天夜里看到的那具苍白的尸体一样,注定要彻底腐烂。

7

穿过幽暗无人的小巷,他急匆匆地向家中赶去。几分钟之后,他又像二十四小时之前那样在诊室里脱去了衣服,然后尽可能不出声响地走进夫妻合住的卧室。

他听到阿尔贝蒂娜均匀平稳的呼吸,看到她的头部在柔软的枕头上形成的轮廓。一种未曾料到的温馨和安逸感涌上他的心头。他打定主意,不久之后,也许就在明天,要把昨天夜里发生的事情讲给她听,不过,他要把自己的经历说成是一场梦。只有当她认识和体会到他的冒险充满了虚幻和荒诞时,他才会承认这些经历全部是实情。是实情吗?他不禁自问——就在这时,他发觉阿尔贝蒂娜的面庞附近有一团轮廓分明的黑影,黑影的边缘勾勒出一个人的脸形,其位置恰恰在他的枕头上!顿时,他的血液凝固了。然而,他很快就发现自己的失误,他伸出手从枕头上抓起那副昨天夜里戴过的面具。想不到今天早上他卷包裹的时候不小心让这副面具滑脱了。显然是女仆或者是阿尔贝蒂娜本人又把它拾了回来。由此,他不难想象阿尔贝蒂娜根据这一发现会做出哪些推测。也许,她想的比真实情况还要糟糕。阿尔贝蒂娜心血来潮地把这副面具摆在自己的枕头上,似乎想借此表明他的——丈夫的面孔对她来说已经成为一个谜。用这种玩笑来启发他,尽管颇有些目空一切的味道,但这毕竟又是一种有分寸的警告,其中,不乏谅解的姿态。所以弗里多林完全有理由相信,无论发生什么样的不快,她都不愿意把事情看得过分严重——也许她在这时会想起自己的梦境来。想到这,弗里多林一下子失去了支撑身体的力气,他丢掉了手里的面具,痛苦地失声抽泣起来,他扑倒在床前,把头伏在枕垫上,压低哭声,任泪水不住地流淌。

过了一会,他觉得有一只柔软的手在抚摸他的头发。他抬起头来,从内心深处吐出了一句话:"我要把一切都告诉你。"

她起初抬起一只手,像是想阻止他。他抓住那只手,把它攥在自己的手里,带着疑问和期求的目光望着她,她点点头表示同意,于是他开始讲述起来。

弗里多林讲完后,一抹灰白色的晨辉已经映在窗帘上。阿尔贝蒂娜不止一次或急切或好奇地用各种问题打断他的话。她很明确地感觉到,他不想也不能向她隐瞒任何细节。她静静地躺在那儿,头枕在交叉的两臂上,直到弗里多林讲完很长时间之后都没再吭声。终于,已经展平四肢躺在她旁边的弗里多林向她俯过身去,注视着她那毫无表情的面孔和那双已经反射出朝日的又大又亮的眼睛。他略带迟疑,然而又充满希望地问她:"我们怎么办,阿尔贝蒂娜?"她的脸上露出了笑容,犹豫片刻之后,答道:"感谢命运吧。我相信,我们已经从一切冒险经历中解脱出来了——从现实的和梦幻的。"

"你确有把握吗?"他问。

"我可以把握自己的感觉。我觉得,一个夜晚,甚至终生所经历的现实都无法道出人生的真谛。"

"没有一场梦,"他轻轻地叹道,"是完完全全的梦幻。"

她用双手捧住他的头,深情地按在自己的胸前。"现在我们总算醒来了。"她说,"——但愿长久。"

一定会长久的,他想补上一句。但是,还没等他把话说出口,她的手指就按到了他的嘴唇上。她像是自言自语地轻声说道:"永远不要推想未来的事。"

就这样,他们俩默默无言地躺在一起,都带着几分睡意,又都没有沉入梦境,直到早上七点钟卧室的门又像每天一样被清脆地叩了几下。从街上传来熟悉的喧闹声,一束光线穿过窗帘的缝隙射进屋内,随着女儿在隔壁发出的咯咯的笑声,新的一天开始了。

石沿之 译

拂晓的赌博

1

"少尉先生！少尉先生！少尉先生！"年轻军官直到听见外面喊了三声才动弹了一下，伸了伸胳膊，把头转向门口。他躺在床上，睡眼惺忪地嘟囔了一句："什么事？"他渐渐清醒过来，透过光线朦胧的门缝看见站在那里的原来是他的勤务兵，于是大声喝道："见你妈的鬼！大清早究竟出什么事啦？"

"少尉先生，楼下院子里来了一位先生，他要见您。"

"怎么？一位先生？现在刚几点？我不是告诉过你，星期日不准叫醒我吗？"

勤务兵走到床边，递给威廉·卡斯达少尉一张名片。

"蠢货，你把我当成猫头鹰啦！屋里这么黑，叫我怎么看？快去把窗帘拉开！"

没等少尉把命令说完，勤务兵约瑟夫已经打开了两扇内窗，随后又拉起肮脏的白色窗帘。少尉从床上支起半截身子，以便能够看清名片上的姓名。他把名片扔在被子上面，又仔细地端详了一阵，用手指轻轻挠了挠凌乱的金黄色短发。他迅速思考了一下：拒不接待？不行，再说也没有什么理由啊！人们接待某个人，并不意味着要经常与他来往，况且他也只是因为欠债才被迫退役的嘛，其他的人不过就是运气好一点罢了。可是，他来找我有何贵干呢？少尉转向勤务兵："他看上去怎么样，这位中尉先生，这位冯·博格纳先生？"

勤务兵做出一副可怜的样子，咧开嘴笑了笑，答道："忠实地向您报告，少尉先生，这位中尉先生穿的衣服同他的面孔倒挺相称。"

威廉沉吟片刻，坐在床上把姿势调整舒服，说道："那好吧，请他进来。如果我还没有穿好衣服,就请中尉先生多多原谅啰。你听着,如果赫希斯特中尉,或温格勒少尉,或上尉先生,或其他任何人,不管是谁问起,都说我不在屋里,明白了吗?"

约瑟夫退出房间,随手带上了门。威廉迅速穿好衣服,用细齿梳子梳理了一下头发,然后走近窗前张望下面尚未苏醒的军营大院。他看见从前的战友正在下面踱来踱去,耷拉着脑袋,黑色的圆顶硬礼帽压在前额上,身上穿着一件黄色长大衣,扣子一个也没有扣上,那双棕色的低帮系带皮鞋沾满了灰尘。目睹此景,威廉不禁怦然心动,他推开外窗,打算招呼他一声,大声问个好。就在这时,勤务兵正好走近博格纳,威廉从老战友的紧张不安的脸上窥见了一丝激动的神色。博格纳显得有些兴奋,等待着勤务兵的答复。他听完令人满意的回答,脸上露出了愉快的神情,跟着勤务兵走进了威廉的房间窗户下方的小门。威廉赶紧关上窗户,仿佛即将进行的谈话要求这样谨慎小心似的。森林的香味和春天的气息一下子又被关在了窗外。通常只有在星期日早晨,平日丝毫也感觉不到的这种森林的香味和春天的气息才能渗入军营大院。威廉暗自在想:发生了什么事?究竟发生了什么事?我今天还得去巴登①。假如他们不像上一次那样留我在凯斯纳家里吃饭,我就去维也纳城市餐厅吃午饭。"请进!"威廉热情地同走进屋里的人握了握手。"你好,博格纳。真高兴又见到了你。要脱大衣吗?对了,你朝四下瞧瞧,一切依然如故,地方一点也没有变宽敞。不过,'哪怕是在最小的茅舍里,空间对于一对相爱的人也是幸福的。'②"

奥托·冯·博格纳像是看出威廉的窘态,试图帮他摆脱似的,彬彬有礼地笑着说:"但愿这句关于茅舍的名言可以用在比此时此地更合适的地方。"

威廉大声笑了起来:"遗憾的是,这句名言并非经常适用。我过的差不多是独身生活。我向你保证,至少已经有六个星期没有任何

---

① 奥地利首都维也纳近郊的一个小镇。
② "哪怕是在最小的茅舍里,空间对于一对相爱的人也是幸福的。"系席勒《溪边的少年》一诗中的诗句。

女人跨进这间屋子,就连柏拉图也不能跟我相比。你请坐呀!"他将搭在椅背上的衣物扔到床上,又说:"也许可以给你倒一杯咖啡?"

"谢谢,卡斯达,不用再麻烦了。我已经吃过早饭……如果你不反对,我想吸支烟……"

威廉一只手拦住奥托,不让他从自己的烟盒里取烟,另一只手指了指茶几上搁着的一包已经拆封的香烟。威廉为奥托点燃烟。奥托默默地吸了几口,目光落到挂在黑色皮沙发上方墙上的那幅似乎面熟的绘画上面。这是一幅古代的军官赛马图。

"现在就谈谈你自己吧!"威廉说,"你怎么样?怎么一直也没有听到你的消息?两年前,或者三年前,当我们分别的时候,你不是答应过会经常……"

奥托打断他的话:"也许不谈我的事,不让人看见我,反而要好一些。假如我今天根本就不必到这里来,那就更好了。"他说着猛地一下坐到沙发的一角,沙发的另一角放着几本已经读得卷起角来的书。威廉对他的这番话感到十分意外。"你也一定会想到,威利①。"奥托急促而又清晰地说,"我知道,星期日你总是喜欢睡懒觉的。今天,这么一大清早,我就来找你,当然是无事不登三宝殿,否则我也不会随意就……直截了当地说吧,我今天来此是有求于老朋友,遗憾的是,我已经不能再称你为战友了。你也用不着害怕,威利,事情并不那么严重,不过就是为了几个钱的事,明天一早我等着急用。没有别的办法,我只好……"他的话具有军人的风格,而且带着浓重的鼻音。"……咳,也许早该在两年以前就来找你,那才是最聪明的。"

"哎,你到底想说什么嘛?"威廉的语气亲切而又有些尴尬。

这时,勤务兵端来了早餐,然后立刻又退了出去。

威廉斟上咖啡,觉得嘴里有一丝苦味,他还没有洗脸漱口,心里感到很不舒服。他原先还打算在去火车站的路上洗个蒸汽浴。当然,他只要在中午赶到巴登就行了,反正也没有约好准确的时间。即使他迟到一会儿,甚至根本就不去巴登,大伙儿也不会大惊小怪,无论是索普夫咖啡馆的先生们,还是凯斯纳小姐,或者凯斯纳小姐的母

---

① 威利是威廉的昵称。

亲这个平素待他挺不错的女人。

威廉见奥托连杯子碰都没碰一下,就说:"你别客气,请随便用点!"奥托迅速喝了一口咖啡,然后说道:"咱们长话短说吧,你也许知道,我在一家电气设备安装公司当出纳,已经干了三四个月。你怎么可能知道这些?你也许还不知道吧,我早就结了婚还有一个儿子,快满四岁了,这就是说,我们在一起当兵的时候,他就已经来到了这个世界。当时,谁也不知道这件事。因此,我的经济状况一直就不怎么好,这你自然可以想象出来。去年冬天,我儿子突然得了急病,详细病情我就不说了,总之,我迫不得已挪用了几次公司的现金。每次挪用之后,我都又及时地补上。这一回的数目比以前几次稍微大了一些,所以一时难以……"他沉默了一会儿,在这期间威廉用羹匙搅了一下杯里的咖啡。"……更倒霉的是,我偶然得知,星期一,也就是明天,从工厂开始进行一次账目核查。我们是分公司,支出和收入的款项很小。其实,不过是区区小事,我欠了公司九百六十古尔登①,也可以说是一千古尔登,反正都是一回事,当然实欠数还是九百六十。这笔钱必须在明天早上九点半之前补上,否则……咳,因此只好请你帮我一把,威利,如果你能借给我这笔钱……"他突然收住了话头。威廉真为老战友感到羞愧,主要还不是由于挪用公款或者贪污(尽管他的行为确实如此),而是因为目睹前中尉奥托·冯·博格纳那副沮丧的神情。这个几年前曾经待人和气、果断刚毅、经济状况良好的军官,如今脸色苍白、无精打采地倚在沙发一角,两眼含着泪花,连话也说不下去了。

威廉用手拍了拍奥托的肩膀:"行了,行了,奥托,你可不能一下子就失去了自制能力。"他见对方听到这句并非令人鼓舞的话之后朝他投来了抑郁惊慌的目光,就又接着说:"我自己目前手头上也很紧,全部现金大约只有一百多古尔登,说得准确一些,是一百二十古尔登。当然,这笔钱可以一个子儿不留地交给你。不过,如果我们再多动动脑筋,也许能够找到一个解决困难的权宜之计。"

奥托打断他的话:"你可以料想得到,所有其他办法都已经想过

---

① 奥地利当时使用的钱币。

了。所以,我们不用再为徒劳无益的绞尽脑汁浪费时间,更何况我已经带来了一个建议。"

威廉急切地注视着奥托。

"你想一下,威利,假如你自己陷入了这样的困境,你将会怎么办呢?"

"我不明白你的意思。"威廉答道。

"这当然啰,我知道你从来没有动用过别人的钱,是呀,这种事也只会发生在平民百姓的身上。但是,假如你有一次出于某种并不违法的原因急需一笔钱,你会求助于谁呢?"

"请原谅,奥托,这种事我从未考虑过,我希望……是啊,我也曾欠过几次债,这用不着否认。就在上个月,赫希斯特还接济过我五十古尔登,当然,我在本月一号就已经还给他了。正因为如此,我这个月手头上才会这么吃紧。不过,一千古尔登,一千古尔登,我绝对想不出该上哪儿去弄这么大一笔钱。"

"真的没有办法吗?"奥托两眼紧盯着威廉。

"的确如此!"

"你舅舅呢?"

"哪个舅舅?"

"你的舅舅罗伯特。"

"你怎么会想到他的?"

"这很简单,他过去曾经接济过你几次,而且你也定期从他那里得到补贴。"

"补贴早就没有啰!"威廉对老战友此时此刻那种不合时宜的腔调十分恼火。"不仅补贴没了,而且这位罗伯特舅舅也变成了一个怪人。不瞒你说,我已经有一年多没见过他的面。上一次,我找他想讨几个小钱,可是他一反常态,嘿,差点儿没把我给扔出去。"

"喔,是这样。"博格纳揉了揉前额,"你真的认为绝对没有希望?"

"我希望你不至于怀疑我在说谎。"威廉刻薄地答了一句。

博格纳猛然从沙发上跳了起来,一把推开桌子,凑到窗户跟前。"我们必须试试,"他的语气非常坚定,"是的,请原谅,但是我们必须试试。你可能碰到的最糟糕的事,不过就是遭到他的拒绝。我承认,他也许会采取一种不怎么客气的方式,但是,这一切比起我所面临的事情——如果我明天早上之前还拿不出这点儿钱的话,只不过是一次微不足道的不愉快的经历而已。"

"可能如此。"威廉说,"但是,这次不愉快的经历也许毫无意义。假如存在一线希望……咳,但愿你能相信,我完全是出于好意。真见鬼,肯定还会有其他办法的,譬如说,你能不能去找找你的表兄古伊多,别见怪。我正巧想到了他。他不是在阿姆施泰滕经营农场吗?"

"威利,你也可以料到,找他也是白搭。"博格纳心平气和地说,"否则,我也不会上你这儿来。干脆说吧,在这个世界上再没有任何人……"

威廉突然伸出一个手指,好像是想出了一个主意。

博格纳满怀希望地看着他。

"鲁迪·赫希斯特,你不妨找他试试。几个月以前,他刚刚继承了一笔遗产,大约有两万或两万五千古尔登,现在肯定还会有些剩余。"

博格纳皱了皱眉头,犹犹豫豫地说:"三个星期之前,我曾经给赫希斯特写过一封信,那时候事情还没有这么紧迫。我想向他借几百古尔登,可是他甚至连信也没给我回一封。由此可见,唯一的办法还是去找你的舅舅。"他见威廉耸了耸肩膀,就又接着说:"我也认识你舅舅,威利,他可真是一位和蔼可亲、富有魅力的老头儿。我们曾经在剧场和里德饭店见过几次面,他一定还能记得起来。无论如何他也不可能突然之间就变成了另外一个人呀!"

威廉不耐烦地打断了他的话:"但是,他的确变了。我也不清楚到底是怎么回事。五十岁到六十岁之间的人常常会变得稀奇古怪。我只能告诉你,我已经一年零三个月或者还要更长一些时间没有去他家了,换句话说吧,我今后也绝对不会再登他家的门,情况就是如此。"

博格纳两眼直直地瞪着,站在那里发愣,少顷,他猛地扬起头,精神恍惚地望着威廉,说:"那好吧,请你多多原谅,再见!"说着拿起帽子,转身要走。

"奥托!"威廉大声喊道,"我还有一个主意。"

"多听一个主意也好。"

"你听着,博格纳,今天我要去郊区,就是巴登。每个星期日的下午,在那里的索普夫咖啡馆都有一场小型赌博,玩纸牌二十一点或者巴卡拉牌。当然,我充其量只是小量地赌一点儿,或者根本就不参加。我总共赌过三四次,只是为了寻开心而已。主要的几个赌客是:图古特军医,顺便说一句,他的手气简直好得要命;维默尔中尉,第七十七团的格莱辛少尉,这个人你不认识,他正在这里治疗一种老毛病。其他几个都是老百姓:一个律师,一个剧场秘书,一个演员,还有一个上了年纪的驻外领事,名叫施纳贝尔,这个老头儿在国外有一个情妇,是个唱歌剧的,实际上只是个合唱演员。两个星期前,图古特军医一下子就赢了领事三千多古尔登。我们在露天阳台上赌到清晨六点钟,直到鸟儿开始唱歌。我手头上剩下的这一百二十古尔登应该感谢我的耐性,否则我早就一文不名了。奥托,我建议,今天就从这一百二十古尔登中拿出一百古尔登为你去冒一次险。我知道,成功的可能性并不太大,但是,图古特军医上次毕竟只下了五十古尔登的赌注,却赢了三千古尔登。顺便再说一句,这几个月以来,我在爱情方面运气一直不佳,也许宁可相信一句谚语,也不要相信别人。①"

博格纳默默不语。

"哎,你认为我的主意怎么样?"威廉问道。

博格纳耸了一下肩膀:"不管怎么样,我还是非常感谢你的……我当然不能说不行,尽管……"

"我不能给你打包票,"威廉激动地打断他的话,"反正赌注也不算多,如果我赢了,或者更确切地说,在我赢的钱里面将有一千古尔登属于你,至少一千古尔登。假如我偶然扯了一个大漏洞……"

"你先别许诺太多,"奥托愁眉苦脸地笑着说,"现在我不想继续为我的事打扰你了。请允许我明天早上冒昧地……确切地说……我

---

① 德语中有一句谚语:情场得意,则赌场失意;赌场得意,则情场失意。

明天早上七点半在对面的阿尔塞教堂前面等你。"他苦笑了一下,又继续说:"我们也可能会偶然碰上。"博格纳没容威廉说话,又很快补上了一句:"顺便提一下,我在此期间也不会抱着双手,无所事事,我还有七十古尔登,今天下午我就用它去买赛马彩票,当然是去十字巡洋舰广场。"他走到窗前,朝下面的军营大院望了一眼。"空气真清新!"他说着撇了一下嘴,脸上带着一副既有埋怨又含讥嘲的神情,然后翻起衣领,和威廉握了握手,匆匆离去。

威廉低声叹了一口气,思索了片刻,然后忙着准备动身。他对身上的这套军服很不满意,如果今天能赢钱,他打算至少为自己买一套新军服。时候不早了,他只好放弃洗蒸汽浴,并且叫了一辆出租马车去火车站。今天,两古尔登对他来说真是算不了什么。

2

中午时分,威廉在巴登车站下了火车,他的情绪挺不错。在维也纳火车站,沃西茨基中校这位平时在值勤时态度粗暴的长官曾经同他进行了极其亲切的交谈。在车厢里,两个年轻的姑娘争着向他卖弄风情,由于考虑到一天的计划,他对这两个小妞没有跟着一起下车感到庆幸。尽管他的心情总的来说还是愉快的,但他总感到自己内心深处禁不住要去指责老战友博格纳的所作所为。如果他私自动用公款是由于不幸的生活境况所致,因而从某种程度上可以予以原谅的话,那么,三年前导致他不得不结束军旅生涯的那桩愚蠢的赌博事件则理应受到谴责。一名军官只有到了最后关头才可能知道,他允许走到哪一步。就拿他自己来说吧,三个星期以前,手气坏透了,尽管施纳贝尔领事当时非常客气地把自己的钱袋提供给他使用,他还是毅然决然地从牌桌上站了起来。总而言之,他始终都能抵御各种各样的诱惑。所以,依靠微薄的军饷和有限的补贴,他也一直过得挺不错。他最初是从父亲那里领取补贴,当中校军衔的父亲在泰梅什堡①去世之后,他就开始从罗伯特舅舅那里领取。后来,舅舅不给补

---

① 现在罗马尼亚境内。

贴了，他只好节约开支，量入为出。比如，他减少了上咖啡馆的次数，停止购置新东西，节制吸烟，甚至就连女人也别想再让他花一分钱。三个月以前，他曾经有过一次短暂的艳遇，最初还是挺有希望成功的，结果却以失败告终。因为，有一天晚上威廉实际上已经没有钱支付两个人的一顿晚餐。

真是太可悲了，他想。然而，他从未像今天这样清楚地意识到自己的经济状况竟然如此之差。他穿着一件半新的上衣，裤子的两个膝盖处已经磨得发亮，头上的那顶军帽明显要比最近规定的新的军官着装式样小得多。春天的早晨，阳光明媚，威廉穿过香气四溢的花圃绿地，走在通向那幢乡村别墅的小路上。凯斯纳一家就住在这里，虽然这幢别墅并非完全是他家的私人财产。威廉今天似乎第一次感到希望人家邀请自己吃午饭是一件丢脸的事，其实，这种期待心理也就意味着希望人家邀请。

他并非真的不愿意这种希望成为现实，不仅由于美味的午餐和上等的葡萄酒，而且也是为了艾米莉·凯斯纳小姐。她每次总是坐在他的右边，是餐桌上一位可爱的女伴。她的目光柔和亲切，手脚常常与他有一些亲热的接触，这当然可能纯属偶然。威廉不是凯斯纳家唯一的客人，男主人从维也纳聘请的一位年轻律师也是这里的常客，他惯于用一种愉快、轻松、幽默的口吻与人交谈。男主人对威廉倒是彬彬有礼，但却比较冷淡，总的来说，他似乎对少尉每个星期日的拜访并不感到特别高兴。去年狂欢节的一次舞会上，威廉被介绍给了凯斯纳夫人和凯斯纳小姐，他当时也许过分从字面上理解了邀请他有空前去喝茶的客套话。女主人依然颇具姿色，她看来丝毫也不记得两个星期以前在花园里僻静的一条长凳上发生的事情，当时，她直到听见碎石子路上有人走近的脚步声，才匆忙挣脱了少尉出乎意料、鲁莽放肆的拥抱。在餐桌上，大伙儿首先谈论的是年轻律师正在办理的一桩诉讼案，事关男主人工厂的事务。少尉根本听不懂他们说的那些专业术语。当话题转到乡间度假和夏季旅行的时候，威廉才有可能加入大伙儿的谈话。两年前，他曾经在白云石山区参加过奥地利皇帝亲自指挥的军事演习。他给大家讲了许多风餐露宿的经历；他谈起卡斯特鲁特一个店老板的两个长着黑头发的女儿，因为她们难以接近,大伙儿都称她们俩是美杜莎①;他还提到一位陆军中将,威廉亲眼看见他因为对一次骑兵进攻指挥不当失掉了皇帝的宠幸。三四杯酒下肚之后,他开始有些飘飘然,更加放肆,更加活跃,甚至有些滑稽可笑。他感到已经渐渐地把男主人争取过来了,年轻律师的谈吐也变得不那么幽默风趣,女主人的脑海里开始闪烁着记忆的火花,艾米莉小姐的膝盖与他的膝盖有节奏的碰击再也不必以为是纯属偶然的了。

饭后喝咖啡时,威廉被作为"来自实业家舞会的舞蹈家"介绍给了一位体态丰腴、上了年纪的夫人和她的两个女儿。这三位女士声称两年前的同一时间也曾经在蒂罗尔住过一阵子。在塞斯,一个晴朗的夏日,她们亲眼看见一名少尉军官骑着一匹黑骏马从她们投宿的旅馆前边飞驰而过。这名少尉不正是眼前的这位先生吗?威廉不想直截了当地否认,尽管他心里十分清楚,作为第九十八团的一名小小的步兵少尉,他绝对不可能骑着一匹高头大马飞驰在蒂罗尔或者其他什么地方。

两个年轻的小姐穿着白色的衣裙,显得十分幽雅妖媚。艾米莉小姐身穿一条粉红色的长裙,夹在他们的中间。三个人恶作剧似的簇拥着跑过草坪。

"真像美惠三女神②,是吗?"年轻律师说,他的话听起来又有了幽默的味道。少尉想反问一句:您以为如何,博士先生?但是当他看见艾米莉小姐从草坪那边转过身,快活地朝他挥手,就把话咽了回去。艾米莉小姐一头金黄色的秀发,个头比他还高出一截,可以相信,她肯定会得到一笔数目颇为可观的嫁妆。但是,谁要是想得到这笔嫁妆(假如他敢于梦想这种可能的话),还得等上很久。那个倒霉的战友需要的一千古尔登,最迟必须在明天早晨之前凑齐才行。

为了老战友博格纳中尉,威廉除了在谈话的兴头儿上匆匆告辞之外,别无其他选择。在场的人都故作姿态,想挽留住他。他也顺水推舟地表示一番歉意,说明已经约好了要去看望一位在当地驻军医

---

① 希腊神话中的蛇发女怪,被其目光触及的人即刻化为石头。
② 希腊神话中赐予人类美丽和欢乐的三女神。

院治疗风湿病的战友。听了他的话之后,年轻律师的脸上露出了讥嘲的微笑。凯斯纳夫人问起这次拜访是否需要整个下午,然后意味深长的莞尔一笑。威廉不置可否地耸了一下肩膀。凯斯纳夫人又说:假如他今天晚上能够再次光临寒舍,大伙儿准会喜出望外的。

威廉走出凯斯纳家的别墅,一辆出租马车正好嘎的一声停在他的面前,车上坐着两个衣着入时的年轻人。威廉心里有些不悦。这幢别墅里什么事情不会有呢?然而他却不得不为了一个走上歧途的战友去咖啡馆挣一千古尔登。干脆不理睬此事,过上半个小时,也就是在所谓的拜访生病的战友之后,重新回到那个美丽的花园,回到美惠三女神的身边。难道这样不是明智得多吗?他自鸣得意地暗暗思忖:此时此刻,当他在赌博中获胜的希望可能已经大大下降之际,急流勇退恐怕还是比较聪明的举动。

3

威廉凝视着广告柱上的一幅黄色的巨型赛马广告,他想,博格纳这会儿一定已经到了弗雷德瑙赛马场,也许正在依靠自己的力量努力赢得那笔救命钱。假如博格纳根本不把自己在赛马中的意外胜利告诉他,从而确保再得到他从施纳贝尔领事或者图古特军医那里赢来的一千古尔登,那怎么办?是啊,为了把手伸到别人的钱袋里去,有的人是会堕落到这一步的……也许几个月,甚至几个星期以后,博格纳还会重新落到今天这步田地,那时应该怎么办呢?

一阵音乐声扑面而来,这是一支很少演奏的意大利歌剧的序曲,通常只有疗养地的乐团才演奏这种曲子。威廉对这支序曲并不陌生。很多年以前,他曾经在泰梅什堡听母亲和一位远房女亲戚用钢琴合奏过,但是,他自己却一直也没有达到能够与母亲合奏的水平。自从母亲八年前去世以后,他就再也没有上过钢琴课,过去他每次从军官学校回到家里,只有逢年过节才能免上钢琴课。柔和动听的乐曲随着春天的微风在空中飘荡。

他经过架在混浊的施魏夏特河上的一座小桥,再朝前走了几步,就来到了索普夫咖啡馆,宽敞的露台上每个星期日总是坐满了顾客。

在紧靠大街的一张小桌子旁边坐着格莱辛少尉,这个老病号苍白的脸上露出阴险的笑容。坐在他旁边的是胖墩墩的剧场秘书魏斯,他穿着一套米黄色的、稍微有些起皱的法兰绒西装,仍然像以往一样,纽扣眼里斜插着一支鲜花。威廉费劲地从桌椅之间穿过,挤到他们跟前,同两人握了握手,说:"今天可真难得,我们人数不够。"他想到今天有可能赌不成了,不由地感到一阵轻松。格莱辛告诉威廉,他和剧场秘书只是为了更好地"工作"才到露台上来吃些点心,休息一会儿的,其他人早就坐在屋里的牌桌上了。那位施纳贝尔领事仍然像往常一样,坐马车专程从维也纳来到这里。

威廉要了一瓶冰镇汽水。格莱辛问他,究竟是在什么地方热成了这样,以至于非得要喝冰镇饮料降温不可。然后,他又发表了一通议论,诸如巴登的姑娘如何漂亮,如何热情,等等。紧接着,他还不择措辞地叙述了一次短暂的艳遇。这件事是昨天晚上在疗养地公园开始的,夜里就达到了预期的目的,从而圆满地结束了。威廉慢慢喝着汽水,格莱辛好像看出他在想什么,就说:"世界上的事就是这样,只好让别人倒霉去吧。"

辎重团的维默尔中尉——没有受过教育的人往往会把他当成骑兵——突然出现在他们的身后:"先生们,你们究竟是怎么想的?难道我们还要单枪匹马地对付那个领事吗?"威廉挺直腰板,以他特有的方式向这个军衔比自己高的退役军官敬了个礼。维默尔和他握了握手。

"里面的情况到底怎么样?"格莱辛显然不太信任维默尔,没好气儿地问道。

维默尔答道:"别急!别急!领事就像一条巨龙把守着他的钱,遗憾的是,现在他也把守住了我的钱。① 勇敢的斗牛士们,现在该轮到你们上场格斗去了。"

大家站起身来,威廉故意装出无所谓的样子,点了一支香烟,说:"我还有约会,只能观战十五分钟。"

---

① 根据德国古代传说,著名的尼伯龙根宝物一直由一条巨龙把守。这里借用了这一典故。

"哈哈!"维默尔大声笑着说:"通向地狱的路铺满了善良的愿望。①"魏斯诙谐地添上了一句:"通向天堂的路铺满了邪恶的愿望。""说得太妙了!"维默尔边说边拍了拍魏斯的肩膀。

他们一行四人朝咖啡馆内室走去。威廉又向身后望了一眼,视线越过一幢幢别墅的屋顶,落到远处的层层山峦上面。他暗自拿定主意,最迟在半个小时之后一定得回到凯斯纳家的花园里。

他们一起来到咖啡馆里面一个光线昏暗的角落,这里丝毫也感受不到春天的气息和阳光。威廉把椅子朝后移了一点儿,以此表明自己根本无意参加这场赌博。领事是个瘦子,蓄着一撮英国式的短髭,稀稀拉拉、略微发红的头发已经有些灰白,身上穿着一套淡灰色的、式样时髦的西装,人们很难根据外表推断出他的确切年龄。他正在细心地揣摩由坐庄的律师弗雷格曼博士刚刚发给他的一张牌。结果,领事赢了,弗雷格曼博士从钱夹里抽出几张崭新的钞票。

"嚯,眼睛眨都不眨。"维默尔用嘲讽的口吻说。

"眨眼睛也改变不了既成事实!"弗雷格曼眯缝着眼睛,冷淡地回敬了一句。巴登驻军医院某科主任军医图古特掏出两百古尔登坐庄。

今天的情形真不对我的胃口,威廉暗自在想,将椅子又朝后挪了一些。

演员埃尔里夫让威廉看了看他手里的牌,这个出身豪门望族的年轻人之所以小有名气,与其说是由于他的才能,倒不如说是因为他天生愚笨。他下的赌注很小,每次输了钱,总要无可奈何地晃晃脑袋。图古特很快就已经将坐庄的赌注增加了一倍。魏斯向埃尔里夫借了点钱,弗雷格曼又从钱袋里抽出几张钞票。图古特正在犹豫,想抽回一些赌注。"开始,庄家!"领事连自己面前的钱数也没数,就大声喊道。结果,他输了,只得从口袋里掏出三百古尔登付账。然后,他说:"再来一次!"图古特不愿继续坐庄,改由弗雷格曼坐庄,他开始发牌。威廉一直没有要牌,这会儿因为埃尔里夫竭力怂恿他为他

---

① 德语谚语,意指:只有愿望和决心而不付诸行动,最终仍然是毫无结果的。后面的一句话是说话者故意对谚语做了改动。

"带来一点儿运气",另外他自己也想开开心,就在埃尔里夫的牌上押了一个古尔登,结果真的赢了。在下一轮发牌的时候,弗雷格曼也给他发了一张牌,这一回他没有拒绝。威廉赢了又输,输了又赢,渐渐地已经把椅子移到了赌台跟前,其他的人也主动为他腾出一块地方。赢了输,输了又赢,赢了再输……命运似乎真的那么不可捉摸。魏斯得上剧场去了,临走之前,他忘记把借的钱还给埃尔里夫,尽管他早就已经把本钱捞了回去,甚至还赢了不少,威廉也赢了一点,但是距离一千古尔登至少还差上九百五十。

"这真没意思!"格莱辛愤愤地发着牢骚。这时又轮到了领事坐庄,大伙儿此刻都感到从现在开始必须严肃对待。

在座的人对施纳贝尔领事都不太了解,只知道他是个"大富商",刚刚当上驻南美洲某个自由小国的领事,是剧场秘书魏斯把他引进了这个军官社交圈子。他们俩之所以熟悉,是因为领事促成魏斯聘用一名他很感兴趣的年轻女演员。但是,这个女演员在接受了这个不起眼的职位之后却很快就同埃尔里夫建立了更加密切的关系。按照惯例,大伙儿肯定会乐于取笑魏斯这个受骗的情人,但是他们很快就知道,用嘲弄和玩笑是对付不了这个家伙的。魏斯正在发牌,当发到埃尔里夫时,冲着他问道:"喂,我们共同的女朋友怎么样啦?"魏斯连头也没有抬,嘴上叼着一支雪茄。这种印象后来又得到了进一步的证实:深夜,格莱辛少尉在两杯白兰地下肚之后说了几句带刺儿的话,讽刺挖苦那些在尚未开发的地区当领事的人。于是,魏斯大为不满。咄咄逼人地对格莱辛说:"您干吗要刺儿我,少尉先生?您难道没去打听打听,我是不怕决斗的吗?"

魏斯的话说完之后,屋子里顿时静了下来,大家都有些担心,然而,就像有过秘密协议似的,谁也没有再提起这件事。人们都不约而同地在魏斯面前保持一种小心谨慎的态度。

领事输了,他一反常态,立即又要坐庄,结果又输了,紧接着他又要第三次坐庄。其余的人没有表示异议,因为他们都赢了钱,威廉赢得最多,他把作为本钱的那一百二十古尔登装进了口袋,现在已经用不着拿这笔钱去冒险了。这会儿由他坐庄,赌注很快就增加了一倍,于是,他抽回了一部分。跟前面几个轮流坐庄的人相比,他除了有过几次小小的失利之外,赌运始终不衰,他准备为博格纳赢一千古尔登的指标已经超出了好几百。这时,埃尔里夫起身离座,准备去剧场,他最近又扮演了一个角色,然而无论格莱辛怎么打听,他都不肯透露半句。威廉正好借此机会与他结伴而行。剩下的人立刻又都重新沉浸在赌博之中。威廉到了门口又回头望了一眼,他发现又是领事从牌桌上抬起头来,冷漠而迅速地扫了他一眼。

4

威廉来到户外,柔和的晚风轻轻地抚摩着他的前额,他意识到自己是多么幸运,不,他立刻纠正了刚才的想法,应该说博格纳是多么幸运。当然,他自己也能剩下不少钱,足够买一套新军服,一顶新军帽,一根军刀上用的新缨带,这些可都是他梦寐以求的东西。此外,他现在也有了足够的资金,去出席这里常常举行的上流社会的晚宴。明天早上七点半,在阿尔塞教堂前面将这笔救命钱交给老战友,该是多么令人陶醉的事啊!一千古尔登,是啊,虽然他早就认识这种表面有光泽的一千古尔登钞票,但是,迄今为止他还只是在书本里看到过它,现在,他的皮夹子里确确实实装着一张一千古尔登的钞票和几张一百古尔登的钞票。亲爱的博格纳,你会得到它们。我赢了一千多古尔登,准确地说,是一千一百一十五古尔登,到此为止,我就不玩了,这叫作自我克制,对吗?亲爱的博格纳,但愿你从今以后……不行,不行,怎么能对从前的战友进行一番道德说教呢?他自己肯定也会以此为戒的。但愿他也能够适可而止,不至于因为这件事得到圆满解决而找到一条今后继续上门求援的依据。或许派勤务兵去阿尔塞教堂送钱,要比自己去谨慎一些,更好一些。

在去凯斯纳家的途中,威廉暗暗问自己,他们是否会留他在那里吃晚饭。幸好现在晚饭对他来说已经并不那么重要了。他这会儿有了钱,足够邀请凯斯纳家里所有的人共进晚餐。唯一感到遗憾的是,现在任何地方也买不到鲜花了。他正巧路过一家还在营业的糕点甜食店,于是就决定进去买一袋糖果。出了店门,他又折回去,又买了一袋稍大一点的。他考虑,在母亲和女儿之间怎样分配这两袋糖果才合适。

他走进凯斯纳家的前院花园,女佣人告诉他,所有的女士和先生都乘马车到海伦峡谷去了,也许是去"克赖因人的小屋",他们恐怕会在外面吃晚饭,星期日晚上几乎都是这样。

威廉的脸上露出失望的神情,女佣人微笑着瞥了一眼少尉手里的两个纸袋。现在该怎么办呢?"我最好还是告辞吧,谢谢。"他把纸袋交给女佣人,又说:"大的一袋给夫人,另一袋给小姐。真是太遗憾了。""他们一定还在'克赖因人的小屋',如果少尉先生乘马车去,兴许还能……"威廉考虑了一下,煞有介事地看了看手表,漫不经心地说:"我看算了吧。"说完故作殷勤地敬了个礼,然后转身离去。

他独自一人来到笼罩在暮色中的大街上。一群兴高采烈的游客从他身边走过,这些男男女女都穿着沾满尘土的皮鞋。在一幢别墅前面,有一个上了岁数的男人正坐在带草垫的椅子上看报。稍过去一些,一个老年妇女坐在二楼阳台上,一边干着钩织活儿,一边隔着大街和对面房子里一位抄着双手,倚着窗台的女人聊天。威廉觉得,好像这座小城里现在唯独只有这两个人没有外出似的。凯斯纳家的人要是留下句话,让女佣人转告他该多好。此时此刻,他不想再去追赶他们,其实也完全没有这种必要。现在干什么好呢?立刻返回维也纳吗?也许这是最明智的选择!如果让命运做出决定,那又如何呢?

疗养地沙龙的门前停着两辆马车。"去海伦峡谷多少钱?"威廉问道。一辆马车已经有人订了,另外一个车夫竟然漫天要价。威廉最后决定乘着夜色在公园里走一圈。

公园里这会儿还有许多游人。一对对男男女女悠闲地从他身边经过,威廉相信自己有把握分清哪些是已婚夫妇,哪些是恋中情侣。公园里还有不少年轻的女人,有的踽踽独行,有的三两结伴。他感到许多目光含着微笑,甚至鼓起了他的勇气。但是,谁知道在她们的身后会不会跟着父亲、兄长、未婚夫。一名军官必须保持双倍乃至三倍的谨慎。他跟在一个身材修长,眼珠乌黑,牵着一个小男孩的妇人后面走了一段。那人走上疗养地沙龙的露台,像是在寻找什么人,开始没有找到,后来露台角落里的一张桌子上有人朝她招手。她在这伙人中间坐下之后,向威廉投去了一道讥嘲的目光。威廉也装出一副找人的样子,穿过露台走进餐厅,那里空无一人,他又走进大厅,继而跨入灯光通明的阅览室。在一张绿色的长条桌旁坐着唯一的读者,这是一名穿着军服的退役将军。威廉赶紧并拢脚跟向他敬礼,将军面露愠色,点了点头。威廉匆匆退出阅览室。在疗养地沙龙的外面还停着一辆出租马车,车夫没等威廉开口就主动表示愿意少要点钱送少尉先生去海伦峡谷。"现在已经不值得再为此花钱啰!"威廉说完,迈开大步朝着索普夫咖啡馆走去。

5

赌客们仍然像起先那样围坐在桌旁,仿佛威廉离开这里还不到一分钟。绿色的灯罩下面流泻出淡淡的亮光。领事第一个看见威廉进来。威廉发现他的嘴角露出一丝讥讽的微笑。威廉把自己的那张空椅子重新移到大伙儿的中间,谁也没有对此表露出一丝惊奇。现在正轮到弗雷格曼坐庄,他发给威廉一张牌,好像这是理所当然的事。威廉考虑了一下,迅速掏出一张面值挺大的钞票作为赌注,结果他赢了,接下去他开始谨慎地下赌注。赌运转向了,不一会儿,那张一千古尔登的钞票就面临着严重的威胁。威廉暗自在想:这是什么原因?我还没有从中得到过什么好处呢。过了一会儿,他又开始赢了,根本不需要将那张大票子换开,赌运还是向着他的。九点钟的时候,威廉总共拥有两千多古尔登。他想,一千古尔登给博格纳,一千古尔登留给自己,其中一半留下作为下个星期日的赌资。但是,他心里并不觉得特别高兴,好像这都是理所当然的似的。

他们来到维也纳城市餐厅吃晚饭。众人坐在院子里一株枝叶茂密的橡树下,谈起赌博的事。他们谈到职业俱乐部里几次有名的输赢悬殊的赌局。弗雷格曼律师非常认真地说:"赌博不仅现在而且将来永远是一种恶习。"大伙儿笑开了。维默尔中尉对他的话不以为然,他认为,某些在律师看来是恶习的东西,在军官的眼里也许并非如此。弗雷格曼客气地解释道:某些人有可能既是一个受人尊敬的人,同时又有一些恶习,这类事例不胜枚举,譬如说,唐璜,黎塞留公爵①。领事认为,赌博只有在当事人无力支付赌债时才是一种恶习,在这种情况下甚至不仅仅是恶习,而且还是欺骗,一种更加卑鄙的欺骗。在座的人都一时语塞。这时,埃尔里夫走了进来,他上衣的纽扣眼里插着一支鲜花,眼里流露出胜利的喜悦。"怎么?不等观众为你喝彩啦?"格莱辛问道。"第四幕里没有我的戏。"埃尔里夫答道,一边漫不经心地脱下手套,就像他想在下一出新戏里扮演的子爵或侯爵一样。格莱辛点燃了一支香烟。

"你要是明智的话,还是不吸烟为好。"图古特军医说。

"军医先生,我喉咙里一点儿痰也没有哇。"格莱辛说。

领事叫了几瓶匈牙利葡萄酒,大伙儿举杯相互祝酒。威廉看了一眼手表:"哎呀,我必须先走一步了,末班火车十点四十分发车。""您就放心地喝吧,"领事说,"我让马车送您去火车站。""哦,领事先生,我怎么可以……"

"你当然可以!"维默尔中尉打断威廉的话。

"喂,我们接下去干什么呢?"图古特问道。

在场的人当中谁也不怀疑,晚饭以后,赌博将继续进行。每个星期日都是这样。"我们不要玩得太久。"领事说。这些家伙可真有钱啊!威廉想,心里很羡慕他们马上又可以坐到赌台旁边去碰碰运气,再赢它个千儿八百的。埃尔里夫喝得满脸通红,扮了一副调皮的模样,向领事转达了他们共同的女朋友利霍舍克小姐的问候。"戏子先生,您怎么没把那位小姐带来啊?"格莱辛问。"如果领事先生允许的话,她过一会儿就来咖啡馆观战。"埃尔里夫说。领事脸上毫无表情。

威廉将酒杯里的残酒一饮而尽,站起身来:"下个星期日再见!"维默尔说:"到时候我们可要叫你输钱啦。"这你们可就打错了算盘,威廉想,凡事只要小心谨慎,就不会失败。"少尉先生,劳驾您告诉车夫,让他从火车站直接去咖啡馆。"领事说完,转向众人:"先生们,今天可不能再像上一次那样,玩得那么晚,或者说玩

---

① 黎塞留公爵(1766—1822),法国贵族、军人和政治家。

得那么早。"

威廉朝着大家敬了个礼,然后转身准备离开。这时他突然看见了凯斯纳一家和下午见过的那位太太及其两个女儿,他们就坐在邻近的一张桌子旁边,这真是一件令人愉快而又意想不到的事。那位说话带刺儿的律师和两个坐马车到凯斯纳别墅的花花公子没有在场。他们亲切地同威廉寒暄。威廉走近那张桌子,心情愉快,举止大方。英俊潇洒的年轻军官,令人惬意的场合,三杯劲儿挺大的匈牙利葡萄酒,此时此地又没有任何竞争对手。威廉感到自己被"安排"在一个令人满意的位置上。大家邀请他坐下喝一杯,他谢绝了,朝大门外面指了一下,示意马车正在等他。他当然也回答了几个问题,比如:那个穿便衣的美男子是何许人也?啊,原来是演员?!名叫埃尔里夫?!过去怎么没有听过这个名字?凯斯纳夫人认为,这里上演的剧目实在太一般了,充其量只能去看看轻歌剧。她使了一个颇具挑逗性的眼神,建议:如果少尉先生下次再来巴登,大家也许可以一起去大歌剧院。"要是我们订两个挨着的包厢,那可就太美了。"凯斯纳小姐接过话头。她朝着那边的埃尔里夫莞尔一笑,对方也同样报以微笑。威廉吻过所有在座的女士的手,又再次向邻桌的军官们道了一声再见。一分钟之后,他就坐上了领事的马车。"走吧!"他对车夫说,"你会得到一笔数目可观的小费。"车夫对他的许诺显得无所谓,威廉心里略有不快。感到车夫对自己缺乏应有的尊敬。几匹辕马倒是非常出色,马车仅用了五分钟就到了火车站。站台上的列车正在缓缓启动,发车时间提前了一分钟。威廉从马车上跳下来,目送着灯光通明的车厢缓慢地隆隆驶过高架桥,火车的汽笛声渐渐在夜空中消失。他摇了摇头,自己也不知道心里究竟是感到恼火呢还是高兴。车夫悠闲地坐在御台上,用马鞭柄磨蹭着一匹辕马的屁股。"任何人都无能为力。"威廉沮丧地说。然后命令车夫:"我们去索普夫咖啡馆。"

6

坐着马车在这座小城里兜风的确是桩美事。如果有朝一日,在一个气候温煦的夏日的傍晚,由一位美貌妩媚的姑娘陪伴,坐着马车去乡间郊外,比如罗道恩或罗滕施塔德尔,在那里露天野餐,那可就更美啦。咳,要是在花钱之前,不必把每一个古尔登都掂量两下,那该是多么幸福啊!当心!威廉!当心!他告诫自己,暗暗拿定了主意,无论如何也不能将赢来的钱全部拿去冒险,充其量只动用二分之一。他准备采用弗雷格曼的战术:开始时投入少量赌注,在赢之前一直不加码;赢了之后也只投入总数的四分之三,而不是全部。弗雷格曼每次开始时总是采用这种战术,因为不能坚持到底,他当然发不了大财。

在咖啡馆门前,威廉未等马车停稳,就跳下了车。他塞给车夫一笔小费,出手之慷慨,就连租一辆出租马车也绝不会要这么多钱。车夫谢了一声,态度虽然还是那样矜持,但是语气至少已经变得非常亲切了。

赌客们仍然围坐在一起,领事的女朋友米齐·利霍舍克小姐也在场。她身材高大,眉毛浓黑,脸上略施淡妆,身着一条浅色连衣裙,烫成波浪状的栗色头发上面压着一顶红边低檐草帽。她坐在领事旁边,一只胳膊搭在领事坐的那张椅子的后背上,看着他牌。威廉走近赌台,领事连头也没抬,然而少尉感到,领事实际上早就看见他了。"啊,误车了吧!"格莱辛说。"只差半分钟。"威廉说。"果然不出我之所料。"维默尔一边发牌,一边说道。弗雷格曼打算退场了,他已经连续输了三盘,虽然每次他抓的都是好牌,但是对方的牌却更好。埃尔里夫输得一文不名,但还想硬撑下去。领事的面前堆着一大堆钞票。"让我们玩得痛快点!"威廉说着,放了十古尔登作为赌注,而不是他本来想好的五古尔登。他的大胆得到了回报:他一连赢了好几盘。旁边的一张小桌子上放着一瓶白兰地,利霍舍克小姐斟了一小杯递给少尉,同时向他抛了一个轻佻的眼波。埃尔里夫向威廉借五十古尔登,保证在明天中午十二点之前归还。威廉塞给他一张五十古尔登的钞票。一秒钟之后,这张钞票就转到了领事的手里。埃尔里夫站起身,他的额头上净是汗珠。正在这时,剧场秘书魏斯走进了咖啡馆,他还是穿着那套米黄色的法兰绒西装。经过一阵小声的交谈,魏斯把下午借的钱悉数还给了埃尔里夫。当最后的这笔钱也输掉了之后,埃尔里夫气呼呼地推开椅子站了起来,从牙齿缝里挤出一句声音很低的脏话,走出了咖啡馆。他的举止实在不像他希望以后能够扮演的子爵。过了好一会儿,他仍然没有回来。利霍舍克小姐含情脉脉却又心不在焉地摸了一下领事的脑袋,起身离座走出了咖啡馆。

　　赌博渐近尾声,维默尔,格莱辛,甚至图古特都开始变得谨小慎微。唯独剧场秘书还有几分冒险的勇气。最后,赌博干脆就成为威廉·卡斯达少尉与施纳贝尔领事之间进行的一场单打比赛。威廉的赌运越来越差,除了准备给老战友博格纳的那一千古尔登之外,他手头只剩下不足一百古尔登。要是这一百古尔登再输了,我就不赌了,绝对不赌了！威廉暗暗发誓。然而,他自己也不相信这种誓言。他想,博格纳跟我究竟有何相干？我对他没有任何义务。

　　利霍舍克小姐又回来了。她兴致很高,嘴里哼着小调,在大玻璃镜前整理了一下头发,点燃一支香烟,操起一根台球球杆,试着击了几下之后,又将球杆扔进角落,用手指把绿色丝绒桌面上的台球拨来拨去,一会儿拨白球,一会儿又拨红球。当她觉察到领事正用冷峻的目光注视着自己时,便悻悻地哼着小调,重新坐到他的旁边,把胳膊搭在椅背上面。这时,从一直静悄悄的户外突然传进来一阵男女混声的校园歌曲。他们今天怎么返回维也纳呢？威廉悄悄问自己,继而又猛然意识到,外边唱歌的也许是些巴登的中学生吧。自从利霍舍克小姐坐到他的对面之后,赌运又开始转到他这一边。歌声渐渐远去,最后消失了。教堂的大钟敲了几下。"十二点三刻。"格莱辛说。"再赌最后一盘。"军医说。"每人再坐一次庄。"维默尔中尉建议。领事点了点头,表示赞成这个建议。

　　威廉一句话也没说。他赢了又输,喝了一杯白兰地,赢了又输,点燃了一支香烟,赢了又输。图古特坐庄的时间最长,直到领事下了一大笔赌注才换了庄家。奇怪的是,埃尔里夫在失踪了将近一个钟头之后又回来了。他还带来了不少钱,这就更叫人大吃一惊了。他派头十足却又懒懒洋洋地往椅子上一坐,好像什么事也没有发生过似的。他的举动很像一个子爵,虽然他迄今为止一次也没有扮演过这种角色,同时也有一点细微的差别：眼睛疲乏无

88

力,半睁半闭。这肯定是受到了弗雷格曼的影响。埃尔里夫拿出三百古尔登坐庄,好像根本不当作一回事似的,结果他赢了。领事输了,不仅输给埃尔里夫,也输给了图古特军医和威廉。威廉赢的最多,手上的钱已经不少于三千古尔登。这笔钱意味着:新军服,新缨带,新内衣,漆皮皮鞋,香烟,两个人甚至三个人的晚餐,维也纳森林之行,两个月的休假……约莫两点钟的时候,威廉已经赢了四千二百古尔登,这一切是毋庸置疑的,四千二百多古尔登就放在他的面前。其他几个人都输了钱,几乎无力继续赌下去。"就此为止吧!"施纳贝尔领事突然说道。威廉觉得心里很矛盾:如果现在结束,任何不利于他的事情都不会发生,这当然很好;但他同时又感到心里有一种抑制不住的极其巨大的渴望,真想继续赌下去,再从领事的钱袋里赢几张一千古尔登钞票,甚至想把他钱袋里所有表面有光泽的一千古尔登钞票统统装进自己的口袋。这可是一大笔钱啊,拿它可以去发大财,再也用不着老玩巴卡拉牌,在弗雷德瑙有赛马场,别处还有赛马场、大赌场,例如蒙特卡洛,海滩,巴黎美女……威廉想入非非之际,图古特军医竭力鼓动领事再玩最后一盘。埃尔里夫像主人似的斟满一杯白兰地,这已经是第八杯了。米齐·利霍舍克小姐扭着腰肢,哼上了小调。图古特把乱七八糟的纸牌收拢,开始洗牌。领事沉吟片刻,冷不丁大声唤来伙计,让他送两副没有用过的新牌。在座的人眼睛都亮了。领事看了一眼手表,说道:"两点半准时结束,绝不延长。"这时是两点零五分。

7

领事坐庄,赌注高达三千古尔登,在这个圈子里还从未有人一次下过这么高的赌注。除了这伙赌客和一个伙计之外,咖啡馆里再没有其他人了。清晨的鸟鸣从敞开的大门传了进来。领事输了,但他暂时还占着庄。埃尔里夫已经捞回了本钱,在利霍舍克小姐警告的目光下,他退下了赌台。其他几个人都赢了一点,继续小心谨慎地下赌注。领事坐庄的钱输了还不到一半。

"开始!"威廉喊道。他对自己说话的声音十分诧异。我是不是有些神经错乱？他想。领事把牌摊开,9点,一张好牌①。威廉一下子输了一千五百古尔登。他这时又想起弗雷格曼的战术,下了一笔数目很小的赌注——五十古尔登,结果他赢了。我真是太蠢了,他想,本来完全可以一下子就赢回来的,我为何如此胆小？"重新开始!"他又输了。"再来一次!"领事显得有些犹豫。"你这是怎么啦,卡斯达?"图古特军医大叫起来。威廉笑了笑,突然感到一阵头晕目眩。兴许是白兰地搞乱了他的思绪？显然是这么回事。他肯定是昏了头,即使在梦里,他也没敢想过一次就下一两千古尔登的赌注啊!"请原谅,领事先生,我本来是想……"领事没等他把话说完,就和颜悦色地说:"如果您不知道庄家还有多少钱的话,我当然可以同意您撤回赌注。""为什么需要同意,领事先生?"威廉反问。"开始就是开始。"他真是这个说话的人吗？这是他说的话吗？是他的声音吗？假如他输了,一切就全吹了:新军服,新缨带,与漂亮的女人共进晚餐。他只剩下那张一千古尔登的钞票,那是为挪用公款的博格纳预备的,他自己又成了一个穷光蛋,就像两个钟头之前一样。

领事默默无言地翻开他的牌,9点。谁也没有出声,但是这个数目就像幽灵似的在屋子里游荡。威廉感到额头上已经沁出了汗珠。他妈的!得加快速度!无论如何他面前还有一千古尔登,或许还要多一些。他不想仔细数一数,这也许会倒了运气。现在他至少要比今天中午下火车时富有许多倍。今天中午……没有任何人强迫他要拿这一千古尔登去孤注一掷。他可以重新再采用弗雷格曼的战术,

---

① 他们玩的是巴卡拉牌。这是一种起源于法国的纸牌赌博,流行于欧洲各地赌场。使用二至六副52张的纸牌,洗在一起,置于发牌盒中,由庄家从其中分发。当场付赌金最多者为庄家。庄家从发牌盒中取出三把牌,各两张,面朝下,其中一把发给右家,一把发给左家,一把留给自己。其他各家则把赌注押在庄家左右两家中的任何一家或两家。随后各家检视自己手中的牌。各家力争手中握有总点数为9或接近9。K、Q、J和10都计为零,A计为1,其他牌按牌面计点。计算时,将各家手中的牌值相加,但仅论最后一位数字。庄家和对垒者牌点计数相同时,各自收回赌金。如果某一家手中牌点计数为8时,亦可再抓一张,明放桌面,亦可不抓牌。庄家左右两家手中牌点计数为6或7时必须停抓,如为4或少于4,必须抓一张牌,若是5,则可抓可不抓。对庄家无此限制。比较各家手中的牌点计数之后,由庄家算输赢账。

用一百或者二百古尔登开始。可惜剩下的时间不多了,还有二十分钟。周围的人都默不作声。"少尉先生,还玩吗?"领事用探询的口吻问道。"当然!"威廉将那张一千古尔登的钞票折叠起来,笑着说道,"二分之一,领事先生。""五百?"

威廉点了点头。其他的人只是象征性地下了赌注,他们都已经在准备动身回去了。维默尔中尉披着大衣,笔直地站着。图古特倚着台球桌。领事翻开他的牌,8点。威廉那张一千古尔登的钞票输了二分之一。他摇了摇头,似乎觉得事情有些不可思议。"剩下的二分之一!"他说,然后暗自在想:其实,我一点儿也没有慌张。他不慌不忙地看着牌,8点。领事又抓了一张牌,9点。剩下的五百古尔登又输了,顷刻之间就输了一千古尔登。全输光了!全部吗?不!他还有一百二十古尔登,这是他中午随身带来的。真奇怪,转眼之间,他就又成了穷光蛋,一如从前。屋外的鸟儿在鸣唱……一如从前……就像他仍然能去蒙特卡洛似的。是啊,现在他必须煞住了,剩下的这几个钱不能再拿去冒险了……就此罢手吧,尽管还有一刻钟才到两点半。真倒霉!一刻钟之内,既可以输掉五千古尔登,同样也可能赢回五千古尔登。"少尉先生,还玩吗?"领事问道。"非常抱歉!"威廉说道,声音洪亮,铿锵有力,他指了指面前少得可怜的几张钞票,眼睛含着笑意,然后像闹着玩似的在赌台上放了十古尔登。他赢了。然后放了二十古尔登,他又赢了。五十古尔登,他还是赢了。威廉感到浑身的血都冲到了头顶,他气得简直都要哭出来了。现在运气终于来了,可是已经太迟了。突然,他的脑海里闪出一个大胆的主意。他扭头对身后站在利霍舍克小姐旁边的演员埃尔里夫说:"冯·埃尔里夫先生,可以借给我两百古尔登吗?"

"非常抱歉,"埃尔里夫耸了一下肩,装腔作势地说,"少尉先生,您也看见了,我早已输得一个子儿都没有啦。"在场的人都知道他是在撒谎,但大家似乎又都认为,埃尔里夫欺骗少尉是完全正常的。这时,领事递给少尉几张钞票,漫不经心地,似乎连数都没数,说:"请随便用吧!"图古特军医大声清了清喉咙。维默尔说:"卡斯达,我要是你的话,现在就不玩了。"威廉犹豫了一下。"我可绝不想劝您继续玩下去。"施纳贝尔领事说着,伸手要把钞票拿回去。威廉急忙抓住钞票,似乎想数一数。"这是一千五百古尔登,"领事说,"少尉先生,您尽管放心好啦。您要牌吗?"威廉笑着反问:"不要牌,那该要什么呢?""少尉先生,您准备赌多少?""哦,当然不是全部!"威廉兴致勃勃地说,"穷人必须节约嘛。先赌一千古尔登。"他翻开牌看看。领事仍然像平时那样慢慢悠悠,不慌不忙。威廉必须再抓一张牌。他手上是一张方块 4 和一张黑桃 3。领事翻开他的牌,同样是 7 点。"要是我就不再玩下去了。"维默尔中尉又一次提醒威廉,他的口气听上去像是在下命令。图古特军医也添了一句:"现在你们正好打了个平手。"打了个平手!威廉心想,他竟称之为"打了个平手",就在一刻钟之前,我还非常有钱,现在却变成了穷光蛋。他倒将这称为"打了个平手"!我应该跟他们讲讲博格纳的事吗?或许这样他们才会明白。

　　他的面前又放着两张牌。他不用再抓牌。领事问也没问一声,就摊开了自己的牌,8 点。一千古尔登又输了。威廉的脑袋嗡嗡直响。我得赢回来,即使赢不回来,也没什么了不起的,能够偿还一千,同样也能偿还两千,现在都是一码事。还剩下十分钟,我还有可能把输掉的四五千古尔登重新赢回来……"少尉先生,还玩吗?"领事问,低沉的声音在屋子里回荡。其余的人都沉默着,沉默得令人窒息。这会儿怎么没有人说,我要是你就不继续玩啦之类的话?威廉心想。不,谁也不会这么说,他们知道,我现在停下来可就真是一个大傻瓜了。但是应该下多少赌注呢?……他的面前只剩下几百古尔登。突然,他面前的钱又多了起来,原来,领事又推过来一千古尔登。"请随便用吧,少尉先生。"是的,他可以随便用。他放了一千五百古尔登,结果赢了。现在他可以还清债务,并且略有节余。他感到有一只手搁在他的肩膀上。"卡斯达,"维默尔中尉在他身后说,"别再玩了。"他的声音生硬、严厉。我现在又不是在值勤,威廉心想,我可以用我的钱和性命想干什么就干什么。他又开始下赌注,这一回是一千古尔登。他翻开牌,8 点。施纳贝尔还在看牌,他的动作慢得要命,好像他有的是时间似的。当然,时间还是有的,没有人强迫我们非得在两点半钟结束不可。上一次就是五点半才结束的嘛。上一次……美妙而遥远的时刻。他们大家为何都在周围站着?宛如梦中一般。哈哈，他们比他还要激动，甚至就连利霍舍克小姐的眼睛也在闪闪发亮，她就站在他的对面，那顶红边草帽仍然压在烫成波浪形的头发上。威廉冲着她笑了笑。她像一出悲剧中的王后，然而不过就是一名合唱演员而已。领事翻开他的牌，一张王后①。啊，利霍舍克王后和一张黑桃9。该死的黑桃，它总是给我带来不幸。一千古尔登又回到领事那里。没关系，我还有几百古尔登。难道我就算完了吗？哦，绝对不可能……威廉的面前又有了几千古尔登。领事先生可真够大方的。现在他又相信自己已能够赢回输掉的钱。一个军官当然必须偿还赌债。遇到这种情况，埃尔里夫先生只不过是埃尔里夫先生而已，但是，一个军官则不然，假如他的名字不叫博格纳……"两千古尔登，领事先生。""两千？""是的，领事先生。"威廉没有再抓牌，他手上总共有7点。领事又抓了一张牌，他几乎连看都没看，就匆匆摊开了牌，一张1点和一张8点——黑桃8，总共9点。毫无疑问，领事又赢了。其实，8点也就足够了。两千古尔登立刻又回到了领事的手里。也许给多了？三千或四千？最好还是甭去细看，否则会带来晦气。哦，领事不可能骗他，众人都站在旁边瞧着呢。威廉又下了两千古尔登的赌注，反正他也搞不清已经欠了多少。黑桃4。还得再抓一张牌。6点，黑桃6。现在可就多出1点来啦。领事根本不用费劲，只要有3点就绰绰有余……两千古尔登刚刚过来，顷刻之间又回去了。简直可笑之极。过来又回去，回去又过来。啊，教堂的大钟又响了起来，两点半啦。看来没有人听见钟声。领事正在默默地发牌。除了图古特军医之外，大家都还站在旁边。是啊，威廉早就注意到军医曾经气愤地摇着脑袋，嘴里低声嘀咕着什么。他也许不忍心眼睁睁地看着卡斯达少尉倾家荡产。他是大夫，神经怎么会如此脆弱呢？

  牌又放在他的面前。他下了多少赌注，自己也不清楚，反正抓了一把钞票，这是一种向命运挑战的新方式。8点。这回肯定要时来运转啦。

  然而，赌运并没有转，领事抓了9点。他环顾了一下四周，然后

---

① 即纸牌中的 Q。

把面前的牌推开。威廉睁大眼睛："怎么啦？领事先生？"领事指了指外面，说："刚才已经敲过两点半啦，少尉先生。""您说什么？"威廉显然有些吃惊，"我们也许还可以延长一刻钟？"他看了一下周围的人，似乎在寻找支持者。在场的人都没有吭声。埃尔里夫眼睛望着一边，装模作样地点了一支香烟，维默尔咬着嘴唇，格莱辛烦躁地吹着口哨，声音低得几乎难以听见。剧场秘书不知深浅，像是对待一件小事似的说："少尉先生今天可也真够晦气的啊！"

领事起身离座，把伙计叫了过来，似乎这只是一个平平常常的夜晚。在他的账上只有两瓶白兰地，但是他为了省事愿意支付整个晚上的账。格莱辛没有同意，付了自己的咖啡和香烟的钱。其他的人则不动声色地接受了领事的美意。领事付完账后转向仍然坐在那里的威廉，又像刚才那样伸出右手指了指外面，仿佛是想再次确认一下钟声似的，然后说道："少尉先生，如果您愿意的话，我可以用马车捎您回维也纳。""您真是太客气啦！"威廉说。此时此刻，他仿佛觉得前一刻钟乃至整个夜间发生的事情都已经失效了。领事大概也是这么认为的吧，否则他怎么会邀请自己坐他的马车呢？"少尉先生，"领事态度和蔼地说，"您的赌债是一万一千古尔登。""是的，领事先生。"威廉用军人的口吻说道。"大概不需要什么书面的东西了吧？"领事又说。"不必了吧！"维默尔中尉瓮声瓮气地插了一句，"我们大家都可以作证。"领事既没有理会维默尔，也没有介意他的语气。威廉仍然坐在那里，两条腿像是灌了铅似的。一万一千古尔登，真不少啊！几乎等于他三四年的薪俸外加补贴。维默尔和格莱辛正在小声说话，双方都有些激动。埃尔里夫大概对剧场秘书讲了些逗乐的话，引得他突然哈哈大笑起来。利霍舍克小姐站在领事身边，低声问他什么事，领事摇着头做出否定的答复。伙计为领事披上大衣，这是一件宽松无袖，镶着丝绒领子的黑色大衣，威廉以前一直觉得它很时髦，并且具有异国情调。埃尔里夫动作敏捷地将瓶里剩下的白兰地倒进自己的酒杯。威廉觉得，大家似乎都不愿搭理他，甚至竭力回避看他一眼。他猛地一下站了起来。这时，图古特军医突然出现在他的旁边。真怪，他竟然又回来了。图古特似乎想找一句合适的话，结果最后说道："但愿你明天能弄到这笔钱。""这当然，军医先生。"威廉咧开嘴怅然一笑,然后走过去同维默尔和格莱辛一一握手告别。"下个星期日再见!"他小声说道。他们没有回答,甚至连头也没有点一下。"还有什么事吗,少尉先生?"领事问道。"随时都可以听候吩咐。"威廉竭力装出高兴的样子,亲热地跟众人道别,然后又彬彬有礼地吻了一下利霍舍克小姐的手,反正这也毫无害处。

大伙儿走出咖啡馆。露台上的桌椅泛着阴森森的白光,夜幕仍然笼罩着城市和大地,天上看不见一颗星星。在火车站的方向,天边已经开始微微发白。领事的马车停在外面,车夫还在打盹,两只脚跷在上下车用的踏板上。施纳贝尔领事拍了拍车夫的肩膀。车夫醒了,赶忙脱帽行礼,然后察看了一下辕马,掀掉盖在马背上的毯子。军官们行了一个举手礼,然后各自散去。剧场秘书、埃尔里夫和利霍舍克小姐一直等到车夫一切准备就绪。威廉暗自思忖:领事为何不留在巴登和利霍舍克小姐在一起呢?如果他不留下共度良宵,那么要这个女人干什么呢?他忽然想起曾经听人讲过,有个上了年纪的男人就是在他情妇的床上一命呜呼的。他从侧面仔细观察着领事。他看上去气色很好,情绪颇高,丝毫也没有行将就木的迹象。他正在和利霍舍克小姐道别,只见他温情脉脉地跟利霍舍克小姐又搂又亲,这种举动并不合乎他的性格,显然是有意气气埃尔里夫。告别之后,他邀请少尉上车,让他坐在右边的座位上,然后在少尉和自己的膝盖上面搭了一条浅黄色的毛毯。马车启动了。埃尔里夫行了一个脱帽礼,这是西班牙式的脱帽礼,动作过于夸张,不乏讥讽之意,就像他将在下一个演季在德国某地一个小小的乡村剧场准备扮演的西班牙大公。马车拐过小桥,领事回头朝车后的三个人挥了挥手。他们三人——利霍舍克小姐夹在中间——正手挽手慢慢悠悠地溜达,同时热烈地谈论着什么,因此谁也没有注意到领事在朝他们挥手。

8

威廉和领事坐着马车穿过正在沉睡的城市,除了辕马嗒嗒的马蹄声,听不见任何其他声音。"真还有点儿凉啊!"领事主动想找话说。威廉没有丝毫谈话的兴趣,但是却又觉得必须说点什么,也许仅仅是为了让领事保持良好的情绪。他说:"是啊,黎明时分总是寒气袭人,空气清新,我们这些军人每天天不亮就得出操,早已习以为常啰。"领事没有立刻搭话,少顷,他和颜悦色地说:"人们也不必对二十四小时都那么斤斤计较嘛。"威廉吸了一口气,抓住这个机会说道:"我正想求您一件事,领事先生。您可以理解,我一时半刻实在拿不出那么多现钱……""这当然啰!"领事打断他的话,马蹄声继续嗒啦嗒啦地响着,当马车从一座高架桥下面穿过时,发出了阵阵回响。"假如我要是坚持通常的二十四小时之内还清赌债的惯例,"领事继续说道,"您就有义务最迟在明天夜里两点半之前还清这笔钱。这样也许会让我们俩都挺为难。因此,我们还是定个时间吧。"他似乎在考虑。"如果您认为合适的话,那就星期二中午十二点整吧。"他说着从皮夹子里抽出一张名片递给威廉。威廉认真地看着名片,拂晓的天色已经亮得足以使他看清上面的地址:赫尔费斯多夫大街五号。……离军营不到五分钟的路,他心想。"那也就是明天啰,领事先生?十二点整?"他感到自己的心跳骤然加快了。"是的,少尉先生,我就是这个意思。星期二,十二点整。我从上午九点起一直在办公室。""领事先生,要是我到了十二点仍然不能……比如说,假如我星期三或者星期四才能……"

领事打断他的话:"您肯定会有办法的,少尉先生。既然您能坐到赌台旁边,那么自然也就做好了输钱的准备,我也是准备要输钱的啊。如果您没有一份私人产业,至少也应该有充分的理由指望……您的父母总不会置之不顾吧?"

"我已经没有父母了。"威廉赶紧答道。他见施纳贝尔同情地"噢"了一声,就继续说:"我母亲已经去世八年了,父亲是五年前在匈牙利去世的,当时是中校。""噢,原来令尊也是军官。"领事的话听起来充满了同情,犹如发自肺腑。"是的,领事先生。天晓得,我要是出身于其他家庭,会不会选择军人生涯。"

"真怪!"领事点了点头,"人们总以为,一些人的生活是预先就已经安排好了的,另一些人则一年年地,甚至一天天地……"他摇摇脑袋,打住了话头。这句泛泛而谈而且没有讲完的话,竟然使威廉感到一种莫名其妙的宽慰。为了进一步加强他与领事之间或许存在的关系,他也找了一句包含某种哲理的话,未经反复思考(他立刻就意识到了这一点)就说出了口:"世上也有一些军官,出于无奈,不得不终止了军人生涯,另谋生路。"

"是啊!"领事应声附和,"的确如此。但是绝大多数并非出于自愿,他们是,确切地说,他们觉得自己丢了脸,丧失了社会地位,因此再也不可能从事过去的职业。我们这样的人则完全不同……我指的是那些不受任何家庭出身以及社会地位等偏见影响的人。比如说我吧,少说也有五六次沉下去又浮上来,沉得很深……哈哈,假如您的那些战友们知道我沉得有多深,他们恐怕就不会和我坐在同一张赌台上了,这一点完全可以相信。不过,您的那些战友们,大概也不会愿意为此进行一番细致的调查吧。"威廉没有说话,他感到很尴尬,拿不定主意应该采取什么态度。是啊,假如维默尔或者格莱辛这会儿处在他的位置上,他们大概早就找到或者也有可能找到恰如其分的回答,而他却不得不保持沉默,甚至不敢问一句:领事先生,"沉得很深"是什么意思?"调查"又指的是什么?咳,他只能自己去思考它们的含意。现在他也已经沉得很深,深得达到了极限,远远超过了他在几个小时之前认为可能的深度。

威廉现在完全依赖于这位曾经一度也沉得很深的领事先生,指望他的恩惠、协助和慈悲。他会大发慈悲吗?这实在令人焦虑。他或许会同意在一年之内或半年之内分期付清,或许会答应下个星期日进行一场赢回赛。不行,他看上去不像会赞成这样做,至少暂时还没有这种迹象。假如他不肯发发善心的话,嗯哼,那么除了去求罗伯特舅舅,别无其他办法。但是……罗伯特舅舅!这件事当然非常棘手,甚至让人望而生畏,没有其他任何办法,现在也只好去试一试了。当他已故姐姐的独生子、他的亲外甥的前程、生活乃至性命都面临着危险的紧要关头,他这个做舅舅的要是仍然不肯帮一把,那也太不可思议了。罗伯特舅舅主要依靠吃利息生活,虽然自己过得也很简朴,但毕竟还是个富翁,他只需要从银行提取这笔钱就行了。一万一千古尔登,这肯定不到他的全部财产的十分之一,甚至不到二十分之一。既然可以要一万一千,其实也就可以要一万二千嘛,反正都是一

97

码事。这样一来,博格纳也就有救了。这个想法使威廉立刻又充满了希望,似乎上帝有义务刻不容缓地酬谢他的这种高尚的恻隐之心。当然,这一切只是在领事不肯让步的情况下——这一点尚未得到证实——才需要列入考虑。威廉迅速地睃了同伴一眼,只见他似乎陷入了沉思,帽子放在毯子上面,嘴唇微微张开,似在微笑,他看上去比刚才苍老、和善。现在合适吗?怎么开口呢?坦率地承认,自己根本没有能力……未经仔细考虑就参加了赌博……一时糊涂,丧失了头脑,以至在最后一刻钟里无法控制自己的所作所为?假如这位领事先生,噢,这一点可能已经提过,假如领事先生不是在未经请求甚至毫无暗示的情况下,把钱提供给他,把钱推到他的面前,从某种程度上来说硬要他接受下来——即使是以一种极其亲切的方式,那么他是否会有勇气走到这步田地,乃至忘乎所以了呢?

"清晨坐着马车兜风真是一桩美事,您说是吗?"领事说道。"的确美极了!"少尉殷勤地随声附和。"可惜的是,"领事继续说,"人们总是不得不以一个不眠之夜为代价,去换取如此良辰美景,或是在赌台上熬个通宵,或是去干别的蠢事。""噢,就我而言,"少尉赶紧说道,"这并不怎么稀罕,我经常这么早就来到户外,并未彻夜不眠。比如前天,早晨三点半我就带着连队站在军营大院里了。我们在普拉特公园进行了操练。当然啰,我可不是坐着马车兜风。"

领事发出一阵爽朗的笑声,虽然听上去有些做作,但仍然让威廉感到心情舒畅。"是啊,我也有过几次类似的经历,"领事说,"当然不是作为军官,我甚至连个军事长也没能混上。少尉先生,我服了三年兵役,退役时只是个上等兵。我真是一个驽钝不敏的家伙,或者说,我曾经是个驽钝不敏的家伙。后来,随着时间的推移,我补上了这种经历,在旅行途中往往会有这种机会。""领事先生一定到过世界许多地方吧?"威廉讨好地问道。"大概可以这么说吧,"领事答道,"我几乎走遍了整个世界,恰恰就是我即将去当领事的这个国家——厄瓜多尔,我至今还未去过。尽管如此,我也已经打算在不久的将来放弃领事的职位,去周游世界。"说罢,他笑了起来,威廉十分尴尬地连声称是。

他们穿过一大片破旧不堪的居民区,马路两侧是一排排很少修缮的、灰色的房子。在一个小花园里,一位只穿着衬衣的老人正在浇花,牛奶店一大早就开了门,一个衣衫褴褛的年轻女人提着一把盛满牛奶的奶壶,走在大街上。威廉突然感到自己十分羡慕他们,羡慕那个在自家的花园里浇花的老头儿,羡慕这个为丈夫和孩子取奶的女人。他知道,他们俩的心情肯定要比他好得多。马车驶过一幢光秃秃的高楼,一个正在大楼前面来回走动的警察向马车敬礼。威廉彬彬有礼地欠了欠身,态度要比平时对待这些警察兄弟客气得多。领事仔细看了一下这幢大楼,他的那种充满鄙视同时又在追忆往事的眼神引起了威廉的深思。领事的过去极有可能并不那么清白,这一点是否能在此时此刻助他一臂之力呢?赌债就是赌债,即使是受过处罚的罪犯也有权利索取赌债。时间在流逝,辕马越跑越快,再过一个钟头,再过半个钟头,马车就要到达维也纳,那时该怎么办呢?

"像格莱辛少尉这样的家伙怎么能任其到处乱窜。"领事像是经过一番思索终于得出了这个结论。

这话的确没错。威廉心想,这个家伙曾经坐过牢,但此时此刻这并不重要。领事的话明摆着是侮辱他的一位不在场的战友。难道他应该听之任之,就像没有听见或者承认这话有道理吗?"领事先生,请您别把我的战友格莱辛牵扯进来。"

领事听了这话之后,做了一个轻蔑的手势,说道:"这真是咄咄怪事,像你我这些非常看重自己的名誉和地位的人,竟然会允许这样一个人混在我们中间。他会存心危害另一个人的健康,比如危害某个毫无经验的傻丫头的健康,把这个上帝的造物弄生病,甚至可能让她丢掉性命。"

"我们没听过这种事,"威廉的嗓子有些嘶哑,"至少我本人从未听说过这种事。""少尉先生,我绝对不是想责备您。您本人也不用对这种事情负责,再说您也无力改变这一切啊。"

威廉不知如何回答。他在考虑是否有义务将领事的话转告那个战友。或许他应该私下先和图古特军医谈谈此事?或许也该听听维默尔中尉的意见?可是,这一切与他又有何相干?!而那件事则关系到他,关系到他本人,关系到他个人的事业,关系到他的前途,关系到

99

他的一生!在第一道曙光里,纺织女工十字形立式雕像①矗立在路旁。威廉没有说话,这也许正适合于造成拖延还债的结果,至少可以拖延一阵子。他感到领事轻轻地碰了一下他的胳膊。"请原谅,少尉先生,我们别谈这件事了。不管是格莱辛少尉也好或是别的任何人,其实都跟我没有多大关系……再说以后关系就更少了,因为,我今后几乎不会再有兴趣同这些先生坐在一张桌子上了。"

威廉猛然一怔:"您这是什么意思,领事先生?""我就要出门旅行啦!"领事冷冷地答道。"很快就要动身吗?""是的,后天,确切地说,应该是明天,星期二。""时间很长吗,领事先生?""也许三年,也许三十年。"

公路上开始热闹起来,一些运货的或者赶集的马车来来往往。威廉垂下目光,看见自己军服上金黄色的纽扣在初升的太阳的照耀下闪闪发亮。"这次出门是临时决定的吗,领事先生?"威廉问道。"噢,绝对不是,少尉先生,这事早就已经定下来了。我要去美国,暂时不去厄瓜多尔,先去巴尔的摩②,我的家眷都在那里。我在那里开了一家商店,当然,我已经有八年没能亲自照管生意了。"

他原来已有家眷。威廉心想。那么和利霍舍克小姐算是怎么回事呢?难道她知道他要离开这里?这与我有什么关系?!时间紧迫,这事关系到我的身家性命。威廉下意识地用手摸了一下脖子,无可奈何地说道:"领事先生明天就要启程,这真是太遗憾了。我已经,真的,我已经有几分把握指望,"他压低声音,以一种略带嘲讽的口吻继续说,"领事先生下个星期日会给我一次小小的赢回赛的机会呢。"领事耸耸肩,好像这件事早就已经结束了似的。我该怎么办呢?威廉紧张地思索着。我怎么办?直截了当地求他?几千古尔登对他来说算得了什么呢?他在美国有一个家庭,在这里又有利霍舍克小姐……他在大洋彼岸还有一家商店……区区几千古尔登对他算得了什么呢?可是却关系到我的生死存亡。

马车穿过维也纳高架桥。一列火车正从火车站的南站大门缓缓

---

① 位于维也纳南郊的一座著名的雕像。
② 美国城市。

驶出。这些乘客也许是去巴登,威廉心想,也许再往南,到克拉根福①或者的里雅斯特②,再从那里漂洋过海到另外一个大陆……他由衷地羡慕他们。

"您在哪儿下车,少尉先生?"

"噢,请随便吧!"威廉答道,"请您看哪儿方便。我住在阿尔塞军营。"

"把您送到军营门口吧,少尉先生。"领事说完又对车夫下达了指示。

"多谢领事先生,其实完全没有必要……"

左右四邻仍在沉睡之中。有轨马车还没有开始一天的运行,又光又亮的轨道跟着马车一起朝前奔跑。领事看了一下手表:"车夫今天车驾得不错,仅用了一小时零十分。您今天出操吗,少尉先生?"威廉答道:"不,今天我给学员上课。""哦,那您可以稍微睡一会儿了。""这当然,领事先生。不过,我今天准备休假一天,就说太累了。"领事点了点头,什么话也没说。"领事先生准备星期三动身吗?""不是星期三,少尉先生。"领事加重语气,一个字一个字地说,"而是明天,星期二。""领事先生,我想坦白地向您承认,这对我来说当然是件非常难堪的事,我担心在这么短的时间里完全不可能……在明天中午十二点之前……"领事一声不吭,似乎没有听威廉说话。"兴许可以劳驾领事先生给我一个期限?"领事摇了摇头。威廉继续说:"噢,期限不长,我可以给领事先生开一张字据或者汇票,我用名誉担保一定遵守期限,在两个星期之内,一定会找到一个解决办法的……"领事一直在摇头,一点儿也不激动,完全是机械性的。"领事先生,"威廉言不由衷地继续说,他的声音听上去像是在乞求,"领事先生,我舅舅罗伯特·威尔拉姆,领事先生也许听过这个名字?"领事仍然不停地晃着脑袋。"因为我不能完全肯定,我这位可以绝对信赖的舅舅眼下手头有没有这么多现钱,但他肯定会在几天之内……他很有钱,是我母亲唯一的兄弟,他全靠吃利息生活。"突然,

---

① 奥地利城市。
② 意大利城市。

他换了一种滑稽的腔调,听起来仿佛在笑,"领事先生很快就要去美国,这实在是糟透了。""少尉先生,我上哪儿去,"领事平静地说,"这对您来说可能完全无关紧要。众所周知,以名誉担保的赌债必须在二十四小时之内还清。"

"这我知道,领事先生,这我知道。然而,诸如此类的事也是常有的嘛……我有几个战友就曾经遇到过类似的情况……这完全取决于您,领事先生,您是否能同意暂时接受一张字据或者一句诺言,至少在下个星期日之前?"

"我不同意,少尉先生。明天,星期二,这就是最后期限……否则我就告到您那个团的司令部去。"

马车行驶在环形大道上,经过人民公园,公园里翠绿茂盛的树木在镀着一层金黄色的栅栏上方飒飒作响。这是一个晴朗的夏天的早晨,大街上几乎还没有行人。一个年轻漂亮的女士正沿着公园栅栏走着,她身穿一件浅棕色的高领外套,手里牵着一只小狗,走得很急,像是在尽着遛狗的义务。她用冷漠的目光扫了领事一眼。尽管领事有妻子在美国,还有巴登的利霍舍克小姐——她今后当然更多地属于演员埃尔里夫,他还是转过头去瞅了她半天。埃尔里夫关我什么事?威廉心想。利霍舍克小姐又关我什么事?谁知道我是不是讨她的喜欢,也许她曾经为我说过一句好话,他认真地考虑了一会儿,是否应该立即再回巴登,请利霍舍克小姐为自己求情,向领事求情?她准会当面嘲笑他的。再说她也了解这位领事先生,她肯定熟悉他的为人……毫无疑问,唯一能救他的只剩下罗伯特舅舅,此外别无其他办法,除了用一颗子弹射穿自己的头颅。他必须明白这一点。

一种熟悉的声音传入威廉的耳朵,这是一支正在行进的队伍渐渐走近的步伐。第九十八团今天不是有一次演习吗?在比萨姆山?此时此地坐在马车里遇上走在每个连队前面的战友,真让他感到难堪。幸亏走过来的不是军人,而是一队孩子。显然这队学生正在一位老师的带领下去郊游。老师是一个脸色苍白的小伙子,他不由自主地用一种尊敬的目光看着这两位坐着马车从他身边经过的先生,威廉恐怕从未想过会有这种体验:此时此刻甚至一个穷教书匠也会让他羡慕不已。这时,马车赶上了第一辆有轨马车,乘客是几个工人打扮的男人和一个老年妇女。一辆洒水车迎面驶来,一个捋着袖子、看上去挺粗野的家伙有规律地来回挥舞着软水管,就像甩着一根跳绳。水从软水管里喷射出来,淋湿了大街。两个修女低垂着目光,穿过快车道,朝着沃蒂夫教堂走去。教堂呈浅灰色,几座尖尖的塔楼直插蓝天。在一棵开着白花的树下,一个年轻的姑娘坐在长凳上,她的鞋子沾满了泥土,草帽搁在膝上,脸上露出甜甜的微笑,好像刚刚有过一次愉快的经历。一辆封闭式马车呼啸而过,车上的窗帘捂得严严实实。一个体态臃肿的老年妇女正在用扫帚和抹布擦洗咖啡馆高大的窗玻璃。所有这些威廉平日里没有注意过的人和物,现在在他那双机敏的眼睛里都蒙上了一层线条分明的轮廓,在此期间,马车里坐在他身边的那个人仿佛消失了,被遗忘了。威廉怯生生地望了那人一眼,只见他靠着车座后背,帽子搁在面前的毯子上,双眼紧闭。他的样子是多么宽厚,多么善良啊!难道就是这个人竟要把我逼入绝境?他真的是睡着了,还是在装模作样?您不用担心,领事先生,我不会再给您添麻烦了,星期二中午十二点,您会拿到钱的,或者您永远也拿不到,但是绝对不会……马车嘎的一声在军营门口停下,领事立刻醒了,或者他是装出一副刚刚醒过来的模样,甚至还揉了揉眼睛。他不过就眯了两分半钟,这种姿态实在有些夸张。门卫立正敬礼。威廉动作敏捷地从车上一跃而下,碰也没碰马车踏板。他冲着领事微微一笑,然后又多此一举地塞给车夫一点小费,不多也不少,就像一个无论对赌输或赌赢都无所谓的骑士。"非常感谢,领事先生,再见啦!"领事从车上向威廉伸出手,一边握手一边轻轻地将他拉到自己旁边,像是要对他说什么悄悄话。"我建议您,少尉先生,"他用父亲般的口吻说,"假如您看重……还想继续当军官的话,就千万别对这件事掉以轻心。明天,星期二,十二点。"然后他又大声说道:"那好吧,再见,少尉先生。"威廉勉强地冲着他笑了笑,行了一个举手礼。马车调转车头,疾驶而去。

9

阿尔塞教堂的大钟响了起来:四点三刻。这时,军营的大门开了,第九十八团的一连士兵走了出来,从威廉身边经过时,一个个都向他行着注目礼。威廉感激地连着回了几个举手礼。"这是上哪儿去?威塞蒂尔?"他询问走在最后的那个军校学员。"消防队草坪,少尉先生。"威廉亲切地点了点头,目送着第九十八团的士兵们渐渐远去。门卫仍然保持着立正的姿势,威廉进了军营之后,大门立刻又关上了。

从大院的尽头传来了阵阵口令声。一队新兵正在一名上等兵的率领下进行操枪训练。光秃秃的大院洒满了阳光,这儿那儿零零星星也有几棵树在随风摇曳。威廉沿着围墙走着,朝他房间的窗户望了一眼,勤务兵站在窗口俯身向下张望,突然,他直起腰一晃就不见了。威廉快步走上楼梯,刚进了前厅,他就松开衣领,解开了上衣纽扣。勤务兵正在前厅里点快速热水炉。"忠实地向您报告,少尉先生,咖啡马上就好。""很好。"威廉说着走进了里屋,随手把门带上,脱下上衣,连裤子和靴子都没脱就一头倒在床上。

九点以前肯定是到不了罗伯特舅舅家了。他想。无论如何也得求他借给我一万二千古尔登,假如博格纳还没有开枪自杀,他也可以得到一千。也不知道他在赛马比赛中赢了没有,或许他还可以拉我一把呢。啊哈,一万一千,一万二千,赛马场上要赢这么一大笔钱可不是件容易的事。

威廉闭上眼睛。黑桃9、方块A、红心K、黑桃8、黑桃A、梅花J、方块4……无数纸牌在他的眼前翩翩起舞。勤务兵端来了咖啡,把桌子移到床边,斟上咖啡。威廉用手支起身子,喝着咖啡。"少尉先生要脱靴子吗?"威廉摇了摇头:"不必费心啦。""过一会儿要叫醒少尉先生吗?"勤务兵见威廉疑惑不解地望着自己,就又补充道:"忠实地向您报告,七点整您有课。"威廉再次摇了摇头:"我浑身不舒服,得去看医生。你去上尉那儿替我请个假……浑身无力,明白吗?值班卡回头我再送去。我已经预约了一位教授看眼睛,九点整。你去请学员代表布利尔先生替我上课。去吧!等一下!""少尉先生?""七点一刻你去一下阿尔塞教堂,昨天早晨来过的那位先生,就是博格纳中尉,会在那里等你,请替我最衷心地请求他原谅……你就说,可惜少尉先生别的什么也没让转告。明白了吗?""明白了,少尉先生。""重复一遍!""少尉先生请您原谅,少尉先生别的什么也没让转告。""可惜什么也没让转告。等一等!假如可以拖到今天晚上或者明天早上,"他突然停顿了一下,"不行,别的什么也不用说,可惜我什么也没让转告,完了。明白了吗?""明白了,少尉先生。""从阿尔塞教堂回来以后,立刻敲门叫我。现在你去把窗户关上。"

勤务兵按照吩咐关好窗户。一阵刺耳的口令声被夹在两片窗户中间。约瑟夫退出房间关上门之后,威廉重新舒展四肢躺到床上。他闭上眼睛。方块A,梅花7,红心K,方块8,黑桃9,黑桃10,红心Q,该死的混蛋,威廉心想,红心皇后①其实就是凯斯纳小姐。她要是不在那张桌子旁边停留,这件倒霉的事也许根本就不会发生。梅花9,黑桃6,黑桃5,黑桃K,红心K,梅花K……您可千万别掉以轻心,少尉先生。见他的鬼去吧,他会拿到钱的。但是,在此之后,我要给他派去两位先生②……这不行,他根本不可能会答应决斗的……红心K,黑桃J,方块Q,方块9,黑桃A,方块A,红心A……无数纸牌在威廉眼前飘舞,恣意纵横,连续不断,以至于他的眼睛开始感到有些酸痛。整个世界恐怕也不会有这么多纸牌。

有人敲门。威廉醒了,即使睁着眼睛,纸牌仍在他的眼前飞舞。勤务兵站在面前:"少尉先生,忠实地向您报告,中尉先生再三对您的努力表示感谢,并让我向少尉先生转达他最衷心的问候。""噢,除此之外他还说什么了吗?""没有,少尉先生。中尉先生说完立刻就转身走了。""喔,他立刻就转身走了……你去说过我不舒服了吗?""是的,少尉先生。"威廉见勤务兵咧开嘴笑了起来,就问:"你傻笑什么?""忠实地向您报告,因为上尉先生……""因为什么?上尉先生到底说了些什么?"勤务兵笑着说道:"上尉先生说:少尉先生也许是看姑娘看花了眼,才必须去看眼科大夫吧。"勤务兵见少尉没有笑,又连忙战战兢兢地添了一句:"忠实地向您报告,这些都是上尉先生说的。""你去吧!"威廉说道。

威廉一边梳洗打扮,一边思考着所有要说的话,并在心里练习了

---

① 德文的红心Q亦可译成红心皇后。
② 意指决斗的证人。

一遍说话的语调,他希望能用这些话去打动舅舅的心。他差不多已有两年没见到舅舅了,现在,他几乎想不起威尔拉姆的为人,仅仅还能记得他的相貌。威廉的眼前反复浮现出一个个容貌不同、习惯迥异、言谈有别的形象,他无法未卜先知,他今天将会遇到哪一个。

从童年时起,在威廉的记忆中,舅舅就一直是一个身材颀长、衣冠楚楚的小伙子,尽管这个比他年长二十五岁的人早已是个成年人了。威廉的父亲是匈牙利一座小城的驻军少校,罗伯特·威尔拉姆经常上姐夫这里来做客,有时也住上几天。父亲和舅舅相处得并不十分融洽,威廉甚至影影绰绰地记得父母之间关于舅舅的一次谈话,谈到后来,母亲哭着跑出了房间。父母从未提起过舅舅的职业,但威廉大概记得,罗伯特·威尔拉姆早年丧偶,曾经在政府机构做事,后来却放弃了这份差事。他妻子去世时给他留下了一小笔遗产,以后,他就一直靠吃利息生活,曾去过世界许多地方。他是在意大利得知他姐姐的噩耗,等他赶回来,葬礼已经举行过了。威廉永远也忘不了舅舅和他一起站在墓前的情景。舅舅没有流泪,用阴郁而庄严的目光凝视着尚未枯萎的花圈。不久,他们俩都离开了那座小城。罗伯特·威尔拉姆去了维也纳,威廉也回到了维也纳新城的军官学校。从此以后,威廉常常在星期日或节假日去看望舅舅。舅舅带他去看戏或者下馆子。威廉毕业后被分配到维也纳驻军第九十八团当少尉。不久,他父亲突然病故。此后,舅舅自愿每月给他提供一笔补贴。即使他偶尔外出旅行,这笔补贴也通过银行按时送到威廉的手上。在一次旅行中,罗伯特·威尔拉姆得了一场大病,险些丧命,回来以后他明显地苍老了许多。虽然每月的补贴仍然按时寄给威廉,但是在舅舅和外甥之间的个人交往方面开始出现了或长或短的停顿,罗伯特·威尔拉姆的生活似乎正在以一种奇特的方式进行新旧阶段的交替。有一段时间,舅舅显得性情开朗,喜爱社交活动,他仍然像从前一样常常带着外甥出入饭店、剧场,甚至开始光顾一些纯属消遣性质的娱乐场所。在这种场合一般都有一个活泼的年轻女郎陪着,这些女郎威廉通常只见过一面,以后再也没见到过。有几个星期,舅舅似乎完全与世隔绝,不和任何人往来。威廉即使被允许同他见面,也总感到自己面对着一个严肃、寡言、早衰的男人。他裹着深褐色的睡袍,脸上的表情就像一个悲剧演员,不是在那间光线不足、屋顶不高的房间里踱来踱去,就是坐在写字台前就着烛光读书或工作。他们之间的谈话渐渐变得费劲,而且勉强起来,就像两个彼此陌生的人似的。有一次,威廉偶然谈起他的一个战友,此人不久以前由于在爱情上遭到挫折自己结束了生命。使威廉惊奇的是,罗伯特·威尔拉姆听后拉开写字台的抽屉,取出一大扎写着字的纸片,念了几段富于哲理的、关于死与永生的文字,说了一些贬抑女人的伤感的话,他似乎完全忘记有一个年轻人正尴尬地,甚至无聊地在一旁听着。直到威廉忍不住轻声打了一个呵欠,舅舅才把视线从纸片上抬了起来。他毫无表情地撅起嘴唇笑了笑,把纸片收拢起来,重新放进抽屉,然后谈起另外一些他自以为会使这位年轻军官感兴趣的话题。诚然,在这次不怎么愉快的经历之后,他们还按照过去的方式一起度过了许多充满欢乐的晚上。两个人常常一起散步,尤其是在天气晴朗的节假日的下午。但是,有一天,威廉在约舅舅散步,却遭到他的回绝。在此以后,威廉收到威尔拉姆的一封信,说他现在很忙,不得不请威廉暂时不要上他家里去。过了一阵子,补贴也停寄了。威廉给舅舅写了一封措辞委婉的信,但是没有收到回信,他又写了第二封,仍然没有回音。第三封总算有了答复。罗伯特·威尔拉姆在回信里写道:"由于他的情况发生了根本性的改变,他不得不遗憾地决定,停止全部资助,甚至包括向亲戚们的资助。"威廉想亲自和舅舅谈谈,头两次都没见着人,第三次舅舅却让人谎称自己不在家,尽管威廉亲眼看见他在门前一晃,躲进了屋里。威廉终于认识到再作任何努力也是无济于事的,他别无其他选择,只能尽量紧缩开支。母亲留下来的遗产数目很小,尽管他一直精打细算,现在也用得差不多了。迄今为止,他还从未严肃认真地考虑过将来的事情,现在,突然之间,从某一天、某一个小时开始,充满威胁的忧虑摆在了他的面前。

　　威廉怀着郁闷但并非绝望的心情走下楼梯。军官宿舍的楼梯呈盘旋式,这里的光线永远是朦朦胧胧的,以至于他没有立刻认出那个伸出胳膊拦住他的男人。

　　"威利!"原来是博格纳在叫他。

　　"是你?"他要干什么?"你还不知道?约瑟夫没有告诉你吗?"

"我已经知道了。我只是来告诉你,无论如何也要告诉你,查账推迟到明天了。"

威廉耸耸肩。说实话,他对此并无特别的兴趣。

"查账推迟了!你明白吗?"

"明白这一切并不难。"威廉说着下了一级台阶。

博格纳拦住他,大声说道:"这是命运发出的一个信号,它可能意味着拯救。你别生气,威利,我还是想再一次……我已经知道,你昨天的运气不佳。"

"是的,我的运气不佳!"威廉脱口而出,接着大笑一声,说道:"我输光了,甚至还欠了债。"他失去自制能力,好像自己运气不佳的唯一的、根本的原因要怪博格纳似的,冲着他吼道:"一万一千古尔登,小子,你懂吗?一万一千古尔登!"

"去他妈的!这当然是……你想怎么着?"威廉突然打住话头。两人的视线相交。博格纳面露喜色,说道:"你现在大概准备去找你的舅舅吧?"

威廉咬紧嘴唇。纠缠不休!厚颜无耻!他暗暗在想,差一点说出声来。

"请原谅,这件事本来与我无关,确切地说,我不应该干预这件事,更何况我自己在一定程度上来说也欠了一笔债……但是,威利,既然你已经要去试一试,一万二千或者一万一千对你舅舅来说还不是一码事吗?"

"你发疯了,博格纳!我连一万一千都弄不到,更别说一万二千啦。"

"威利,你应该去找你舅舅!"

"我不知道……"

"威利……"

"我不知道!"威廉不耐烦地重复了一遍,"也许去……也许不去……再见。"他把博格纳拨向一边,冲下了楼梯。

一万二千或者一万一千,这绝对不可能是无所谓的事,这要关系到一张一千古尔登的钞票啊!他的脑袋里嗡嗡作响:一万一千,一万二千……一万一千,一万二千……一万一千,一万二千……在见到舅

108

舅之前，他恐怕都没法做出决定，只好见机行事吧。不管怎么说，让博格纳堵在楼梯上，在他的面前说出钱的数目，总是愚蠢的事。这个家伙跟他有什么关系？昔日的战友？不错，但是他们过去并非朋友！难道现在他的命运突然之间竟要同博格纳不可分割地联系在一起了吗？无稽之谈！一万一千，一万二千……一万一千，一万二千……一万二千这个数字听起来也许比一万一千悦耳一些，也许它会给他带来好运……假如他要一万二千，也许会出现奇迹。威廉从阿尔塞教堂出来，穿过整个市区，来到了斯特凡教堂后面那条小街上的一幢古老的房子前面。途中，他一直在反复考虑到底应该向舅舅要一万一千古尔登还是一万二千古尔登，仿佛成功与否，甚至他的生命也都要取决于此。

威廉摁了门铃之后，一个不算年轻的女人为他开了门。他不认识此人，便报上了自己的姓名。舅舅，是的，他是威尔拉姆先生的外甥。请舅舅原谅，贸然前来拜访是为了一件非常紧急的事情，他绝不会占用很多时间的。那个女人起初有些犹豫，继而返身进屋，很快就面带微笑地回来了，客客气气地把威廉让进了大门。威廉深深地吐了一口气。

10

舅舅站在一扇高大的窗户前面。出乎威廉的意料，他没有穿睡袍，而是穿着一套做工精细，磨得有些发亮的夏装，脚上是一双低帮漆皮皮鞋，上面已经没有什么光泽。他向外甥做了一个手势，动作显得疲乏无力。"你好啊，威利！你总算又来看你的老舅舅了，真是太好了，我还以为你已经把我给忘了呢！"

威廉心里的回答是可想而知的：他来过几次都被拒之门外，他的几封信也如泥牛入海。然而，威廉以为还是尽量说得婉转一些较为妥当："你过起了隐居生活。我不知道，你是不是喜欢别人登门造访。"

房间的布置一点也没变。写字台上放着书籍和稿纸，书橱的绿色帘布拉开了一半，可以看见一些古朴的皮面精装书。卧式长沙发的上方仍然摆着那幅波斯壁毯,几只绣花靠垫零散地放在沙发上面。墙上挂着两幅已经退色的意大利风景铜版画和几张镶在暗金色镜框里的家庭成员生活照片。威廉母亲的相片还像从前一样放在写字台上的老地方,无论是从镜框的侧面或背面,威廉一眼就能认出它来。

"你为何不坐下呢?"罗伯特·威尔拉姆问道。

威廉直挺挺地站着,斜挎着军刀,手里抓着帽子,像是准备进行一次值勤汇报。他用一种与他的举止不完全协调的语气说道:"亲爱的舅舅,说真话,如果不是因为……我今天也许还不会登门。简单说吧,我来是为了一件非常非常严重的事情。"

"不见得这么严重吧!"罗伯特·威尔拉姆态度和蔼,但并没有表示出特别的兴趣。

"至少对于我来说非常严重。直截了当地说吧,我干了一件蠢事,一件大蠢事。我……参加了赌博,输掉的钱比我所有的财产还要多。"

"嗯哼,这可不仅仅是一件蠢事啊!"舅舅说道。

"这是一次轻率的行为,"威廉承认说,"而且是一次不可饶恕的轻率行为,我不想对此行为进行任何掩饰,但是,这件事现在的情况是:假如我今天晚上七点以前还不清赌债,我就……我可就……"他耸了一下肩膀,没有继续说下去,他的样子活像一个倔强的孩子。

罗伯特·威尔拉姆遗憾地摇了摇头,什么话也没有说。房间里的沉默很快就变得令人难以忍受。威廉又开始述说。他简要地追述了昨天的经历:他去巴登看望一位生病的战友,在那儿遇上其他几名军官,他们都是相处不错的老朋友。在他们的怂恿下,他也参加了赌博。这场赌博最初还是规规矩矩的,但是渐渐地——绝非他在添油加醋——变成为一场野蛮的争斗。参加者的姓名还是不提为好。他的债主是个名叫施纳贝尔的富商,在南美的一个国家当领事。不幸的是,此人明天一早将启程去美国。他威胁说,假如这笔赌债今天晚上不能还清。他将告到团队司令部去,"舅舅,你知道这将意味着什么吗?"威廉说完颓丧地瘫倒在沙发里。

舅舅把目光从威廉身上移到墙上,仍然用那种和蔼可亲的口吻问道:"究竟欠了多少钱?"

威廉有些犹豫。他首先想到的是,要为博格纳争取一千古尔登,继而却又突然确信,恰恰是因为增加了这一小笔数目,就有可能毁了整个事情。因此,他最后只说出了自己所欠的款数。

"一万一千古尔登!"罗伯特·威尔拉姆摇着头重复了一遍,他的声音中流露出惊奇。

"我知道,"威廉赶紧补充道,"这是一笔数目不小的款项。我也不想为自己辩解,这的确是一次卑鄙无耻的轻率行为。我相信,这在我的一生中既是头一次,也是最后一次。我没有别的办法,舅舅,我向你发誓,在我的一生中将永远不再碰一下纸牌,我将努力规规矩矩地生活,以此证明我对你的永恒的感谢。是的,我准备……我郑重地宣布,如果你这一次,仅此一次,舅舅……我今后将永远不再来打搅你,即使我们之间的亲戚关系使我可以向你提出这种要求。"

罗伯特·威尔拉姆起初一直没有流露出自己内心的激动,此刻似乎渐渐开始有些不安起来。他刚才就已经抬起一只手,像是想阻止外甥说下去,现在他又抬起另一只手,似乎想以一种尽可能富于表现力的手势,使外甥沉默。他用一种高得异乎寻常,甚至有些刺耳的声音打断了威廉的话:"非常抱歉,由衷地抱歉,我无论如何也没法帮你。"他见威廉张嘴要说什么,就又补充道:"绝对帮不了,再说什么也是多余的,我不想管这件事。"说完,他转向窗外。

威廉先是大吃一惊,继而意识到自己根本就不应该指望在第一个回合中就能战胜舅舅,于是又开始了新的攻势:"舅舅,其实,我对此本来也不抱任何幻想,我的请求实在无耻,简直无耻之极。假如我还有一线希望,能以其他任何方式弄到钱,我也绝不敢求助于你。你应该设身处地地为我想想,舅舅。对我来说,一切都危在旦夕,不仅仅是军官这份职业。我应该做什么?我又能够做什么?别的我都没有学过,什么我也不懂。我无论如何也不能成为一个被开除军籍的军官……就在昨天,我还偶尔遇到一个从前的战友,他就是……不!不!我宁可让子弹射穿我的脑袋。别生气,舅舅。你只要设想一下:父亲是军官,祖父临死时是陆军中将。天哪!我无论如何也不能落得个如此下场。对于一件轻率的蠢事,这种惩罚毕竟过于严厉了。我绝不是那种嗜赌成癖的人,这你也知道。我从未欠过人家的债,即

111

使在去年,那会儿我常常入不敷出,生活窘迫,有人曾经劝我借债,可我丝毫也不为之所动。当然,这不是一个小数目!我想,即使去借高利贷,我也不可能筹足这笔款项。纵然能够借齐,结果又会怎么样呢?半年以后我欠的债将翻一番,一年以后将增加十倍……"

"够了,威利!"威尔拉姆终于打断了他的话,他的声音比刚才还要刺耳。"够了!我不能帮你什么忙。尽管我很乐意,但我无能为力。你懂吗?我自己几乎也一无所有,你瞧瞧,我的财产甚至还不足一百古尔登。你瞧,你瞧……"他拉开一个又一个抽屉,写字台的抽屉,五斗橱的抽屉,似乎想以此证明他的话是真的。的确,抽屉里没有一张钞票或一枚硬币,只有纸张、烟盒、内衣以及其他一些不值钱的零碎杂物。他又掏出钱夹,扔在桌子上,说道:"你可以自己看看,威利,假如你找得出一百古尔登,尽管可以把我看成是……随便什么都可以。"他说完一屁股坐进写字台前的椅子里,两只胳膊重重地落在桌面上,将几张纸片碰到了地上。

威廉有意地拿起钱夹。他的目光扫视着整个房间,仿佛想从什么地方找出任何与舅舅的境况发生的令人费解的变化相适应的蛛丝马迹。然而,屋里的一切看上去都同两三年前一模一样。他不禁怀疑,事情是否真的像舅舅说的那样。这个奇怪的老人两年前曾经出人意料地突然抛弃了他,难道现在就不会通过撒谎以及使谎言更加令人可信的花招伎俩,摆脱外甥的纠缠和恳求吗?怎么会呢?住在市中心一个富丽堂皇的住宅里,雇着一名女管家,书橱里还像从前一样摆满了许多漂亮的皮面精装书,所有镶在暗金色镜框里的相片依然挂在墙上……这一切东西的主人难道突然之间变成了一个乞丐?在过去的两三年里,他的财产究竟跑到哪儿去了呢?威廉不相信舅舅,他甚至没有丝毫理由相信舅舅。他更没有理由承认自己的失败,因为他再也没有什么好输的了。他决心再作最后一次尝试。这一次他没有像一开始那样冒冒失失。他走到罗伯特舅舅的面前,自己也觉得惊讶和羞愧,十指绞在一起,喔嚅地恳求:"这件事关系到我的性命,舅舅,请相信我,事关我的生死存亡。我求求你,我……"他的声音哽住了。他突然灵机一动,拿起母亲的相片,央求着把相片伸到舅舅的眼前。舅舅微微皱了一下眉头,轻轻地从威廉手里拿走相片,平静地放回原处,然后低声地,并未生气地说道:"你母亲与这件事无关,她也帮不了你任何忙……就像帮不了我一样。如果我不愿意帮你,威利,我根本不需要寻找任何借口。我并不承认负有任何义务,尤其是在这种事情上。我认为,一个人即便成了平民百姓也仍然可以是正派的人,或者可以成为正派的人。名誉是以其他方式丧失的。你现在还不可能理解这些。因此,我要对你再说一遍:假如我有钱,请你相信,我肯定会给你的。但是,我没有钱。我一无所有。我的财产再也不属于我了。我现在只有一份终身养老金,每月一号和十五号领取,今天是……"他忧郁地笑了笑,指着钱夹说道:"今天是二十七号。"他看见威廉的眼睛里突然闪过了一道希望之光,立刻又补充道:"啊,你以为,凭一份终身养老金我就可以申请到一笔贷款吗?是的,亲爱的威利,这还得取决于从哪里得到这笔终身养老金以及在什么条件下才能得到它。"

"或许,舅舅,或许有可能,或许我们可以共同……"

罗伯特·威尔拉姆激动地打断他的话:"什么都不可能,绝对不可能。"然后像是彻底绝望了似的说道:"我帮不了你的忙,请相信我,我实在是无能为力。"他说完把头扭向一边。

"原来如此。"威廉考虑了片刻,然后说道,"那我就只能请求你多多原谅啦……再见,舅舅。"威廉刚走到门口,罗伯特又叫住了他:"威利,你过来!我不愿意听你的请求……干脆还是告诉你吧。简单地说,我已经把我的全部财产一分钱不剩地过户到了我妻子的名下。"

"你结婚了!"威廉惊讶不已,眼睛里闪烁着新的希望,"这么说来,钱都在尊夫人手里,那么肯定可以找到一个办法的……我想,你还是跟尊夫人说说……"

罗伯特·威尔拉姆急躁地摆了摆手,打断威廉的话:"我什么也不会对她说,你就别再逼我了。任何努力都是白搭。"

威廉不愿意立刻就放弃最后出现的这一线希望,又重新开始泡蘑菇:"尊夫人也许不住在维也纳?"

"哦,不,她住在维也纳,只是不和我住在一起,这你也看得出来。"他在房间里来回踱了几次,然后苦笑着说:"是啊,我失去的绝

113

不止一根军刀上的缨带,现在还不是照样活着。咳,威利……"他突然停顿了一下,然后又接着说:"一年半以前,我将我的财产过户到她的名下,完全是出于自愿的。其实,与其说是为了她,倒不如说是为了我自己……我生来就不会理财管家,而她……她却很善于节俭持家,这一点不得不承认,而且她还很会做生意,她在投资方面要比我聪明得多。她在好几家企业都有股份,详细情况她没有告诉过我,我对此也一窍不通。支付给我的那份养老金大约占总数的百分之十二点五,这不算少啦,我也没有什么可抱怨的……百分之十二点五,多一分钱也没有。最初我曾经有两次想预支这笔钱,但是都碰了钉子。后来我出于慎重的考虑也就不再提预支的事了。原因是,她连续六周没和我照面,而且发誓,假如我以后再向她提出这个要求,我就永远别想再见着她。我不想去冒这种风险。我需要她,威利,没有她我就活不下去。每隔八天我可以见到她一次,她总是上我这儿来。是啊,她遵守我们之间的约定,她简直就是世界上最遵守约定的人,从来没有失过约,钱也总是在每月一号和十五号按时送到。每年夏天,我们一起去乡下度过整整两个星期,这也是我们约定的内容之一。但是,其他时间则都属于她自己。"

"舅舅,你自己从来也没有去看过她吗?"威廉有些窘迫地问道。

"哦,当然去过,威利。圣诞节的第一天,复活节星期日,圣灵降临节后的星期一——今年是在七月八日,我都是在她那儿过的。"

"假如你……请原谅,舅舅,假如你有一天突然想……你毕竟是她的丈夫啊,舅舅,我不知道这么说是不是有些过高估计她了,假如你有一次想……"

"我不能去冒险。"罗伯特·威尔拉姆打断他的话,"有一次……反正我已经全都告诉你了。有一天晚上,我在她住的那条大街,在她住的那座房子附近转悠了整整两个钟头。"

"怎么样?"

"我没有见到她。但是,第二天她让人送来一封信,信上说,假如我再去她住的房子前面散步的话,我这一辈子都别想再见到她。你看,威廉,事情就是这样。我知道,即使这件事关系到我的生命,她也会宁可让我去死,而不会在规定的时间之外付给我钱,哪怕仅仅是你要求的十分之一。你还是宁可多想点办法让那位领事再宽限几天,也别指望我能够软化我'夫人'的心。"

"难道……她一直都是这样的吗?"威廉问道。

"这倒无所谓。"罗伯特·威尔拉姆不耐烦地回答,"即使我能够预见到这一切,也帮不了我什么忙。我从看见她的第一眼开始就迷上了她,至少也是从第一夜开始,那是我们的新婚之夜。"

"这是当然的!"威廉自言自语。

罗伯特·威尔拉姆突然大笑一声:"哈哈,你以为,她出身于有产阶级的上等人家,是个规规矩矩的年轻女子?你错啦,亲爱的威利,她当过妓女,谁知道她今天是不是还在当妓女……伺候其他男人。"

威廉觉得应当做一个手势表明自己的怀疑。听完舅舅的全部述说之后,他绝不可能把他的妻子想象成一个妩媚动人的年轻女郎。他心里丛生疑窦。他总觉得出现在他眼前的是一个骨瘦如柴、淡黄头发、衣着俗气、长着尖鼻子的半老徐娘。威廉心想,舅舅会不会有意借这番不公正的辱骂,发泄自己心中的不满,尤其是他不得不忍受她给予的有失身份的对待。没等他开口,罗伯特·威尔拉姆就又说了起来:"实际上,说她是妓女,恐怕是有些过分……她当时是个卖花姑娘。我第一次是在霍尔尼希饭店见到她的,那还是在四年抑或五年以前。你当时好像也在场,是啊,你也许还能想起她的模样。"他见威廉露出疑惑的目光,接着又说:"当时在场的还有其他许多人,我们在庆祝民歌歌手克里鲍姆登台演出周年纪念日。她穿着一件鲜红鲜红的连衣裙,金黄色的头发蓬松着,脖子上系了一个蓝色的蝴蝶结。"他换了一副高兴的口吻继续说:"她当时看上去非常俗气。第二年,我们在罗纳赫饭店再次相遇,她这时已经完全变了样,而且可以自己挑选中意的人。可惜的是,我在她身上运气不佳。换句话说,就我的年龄而言,我的支付能力对她来说是根本不够的……咳,后来就发生了这档子事。当一个老蠢驴迷上了一个年轻的娘儿们,往往都会发生这种事儿。两年半以前,我娶了莱奥波迪娜·勒布斯小姐。"

原来她姓勒布斯。威廉心想。舅舅讲的这个小妞不是别人,正

115

是莱奥波迪娜,尽管威廉早就已经忘掉了这个名字。此时此刻,当舅舅提起霍尔尼希饭店、鲜红鲜红的连衣裙、金黄色的蓬松头发,威廉重又想起了这一切。当然,他必须留神,千万别说漏了嘴。即使舅舅似乎对莱奥波迪娜·勒布斯小姐过去的经历并不抱有任何成见,让他知道霍尔尼希饭店之夜是如何结束的,甚至了解到威廉把他送回家之后,夜里三点又来到莱奥波迪娜的住处,和她一起待到第二天早晨,对他来说肯定也是十分难堪的事。因此,他无论如何也必须装得好像对那天晚上没什么好说的样子。他说,恰恰是这些头发蓬松的女子往往会成为听话的主妇和妻子,与此相反,那些出身上等人家、名声清白的姑娘则常常会让她们的丈夫大失所望。他可以举出这样一个例子:他的一个战友娶了某某男爵的千金,这可是一个地地道道的贵族小姐,然而,结婚还不到两年,她就跑到一家任何男人只要花上一笔钱都可以享用一下"正派女人"的"沙龙",勾上了他的另外一个战友。这个尚未婚配的战友觉得自己有义务让这个女人的丈夫知道这一切,结果是名誉法庭、决斗、丈夫身受重伤、妻子自杀身亡……舅舅肯定也在报上看到过有关此事的报道。这一事件曾经轰动一时。威廉越说越起劲,好像突然之间对这件事比对他自己的事情还要感兴趣似的。有一阵子,罗伯特·威尔拉姆不禁诧异地仰起头望着他。威廉心想:虽然舅舅丝毫也不会想到此刻正在他心里形成,并且渐渐成熟的想法,自己最好还是适当压低嗓门,抛开那些与此无关的话题。他解释说:听了舅舅的一番说明之后,他当然不应该再难为舅舅;他甚至也认为,再找施纳贝尔试试,可能的确比去求从前的那位莱奥波迪娜·勒布斯小姐更有成功的希望;另外,赫希斯特中尉也并非不可一试,他刚刚得到了一笔遗产,或许还可以去找找昨天也参加了赌博的一位军医,他们也许会一起帮他摆脱目前的这种困境。是啊,应该先去找找赫希斯特,他今天就在营房值班。

    威廉再也待不住了。他看了看表,装出一副比实际上还要急的样子,跟舅舅握了一下手,束紧军刀,走出了房间。

11

现在最重要的是打听到莱奥波迪娜的地址。威廉立即动身去户籍登记处。此时此刻.他觉得,只要能使她相信他的生活确实面临着危险,那么她肯定就不会拒绝他的请求。这些年来,他几乎从未想起过她。现在,她的模样、那天晚上的情景又重新浮现在他的脑海里。他仿佛看见她的头正枕在粗亚麻制成的白色床单上,金黄色的头发蓬松着,床单下面的红色软垫隐约可见,夏日的晨辉透过已朽了的绿色百叶窗的缝隙洒在这张苍白、天真、动人的脸上。他仿佛看见,她的右手搁在红色的被子上面,无名指上戴着一只细细的、镶着劣等宝石的金戒指,左手手腕上套着一只窄窄的银手镯。当他离开时,她躺在床上伸出左手向他挥手告别。他很喜欢莱奥波迪娜,分别的那一刹那,他已经决定再来看她。但是后来却发生了一件偶然的事:另外一个女人对他拥有了优先权。她是某个银行家供养的情妇,无须威廉花一分钱,这对他当时的情况来说无论如何也是应该优先考虑的。说来也巧,他以后再也没有去过霍尔尼希饭店,也没有利用过莱奥波迪娜已婚姐姐的地址。她当时就住在她姐姐的家里,本来他倒是可以给她写信的,就这样,他们俩在一起度过了唯一的一夜之后,彼此再也没有见过面。但是,不管她的生活此后可能发生了多么大的变化,她也总不至于变得会拒绝满足一个对她来说轻而易举的请求,无动于衷地听任必然发生的事情发生。

他在户籍登记处等了一个钟头,总算拿到了一张写着莱奥波迪娜住址的纸条。他立刻坐上一辆封闭式出租马车,在莱奥波迪娜住的那条小巷的拐角处跳下了车。

这幢房子很新,高四层,外表并不算十分漂亮,它的对面是一个用篱笆围起来的木柴堆放场。在三楼,一个衣着整洁的年轻女仆为他开了门。他先是询问能否见见威尔拉姆夫人,发觉女仆犹豫地打量着他,就连忙递上他的名片:威廉·卡斯达,奥匈帝国第九十八步兵团少尉,阿尔塞军营。女仆很快就回来了,告诉他,夫人现在正忙着……少尉先生有何贵干?这时,威廉猛然意识到,莱奥波迪娜兴许根本就不知道他姓什么。他正在考虑,是不是干脆就冒充夫人的一个老朋友,或者开个玩笑,假称是霍尔尼希饭店老板的表弟。这时,里屋的门开了,走出来的是一个上了年纪、衣着寒碜的男人,他胳膊下面夹着一个黑色的公文包,迈着方步走向前厅的出口。"克拉斯尼先生!"突然从里屋传出一个女人的声音。那个男人已经到了楼梯间,似乎没有听见有人喊他。那个喊人的女士突然走进了前厅,又喊了几声"克拉斯尼先生",那人这才重新回到了前厅。莱奥波迪娜已经看见了少尉,她的眼神和微笑表明,她显然立刻就认出了他。她与威廉记忆中的那个女人毫无相似之处,身材高大,体态丰腴,似乎比从前长高了许多,她梳着简单的平式发型,显得有些土气。最令人奇怪的是,她的鼻梁上架着一副夹鼻眼镜,一根绦带缠在耳朵根上。

"您请便,少尉先生。"她说。威廉这时才发现,她的容貌其实一点也没有改变。"您请进屋随便看看,我马上就来。"她指了指刚从里面出来的那扇门,然后转向克拉斯尼,像是在委托他办什么事情,再三叮咛。但是,她的声音很低,威廉根本听不清楚说的是什么。威廉走进明亮宽敞的里屋。屋子中间放着一张长条写字台,上面有墨水瓶、蘸水笔、直尺、铅笔以及几本账簿,左右两边靠墙各有一个高大的文件柜,二张放着报纸和产品样本的小桌子紧靠后面的墙壁,墙上贴着一张巨幅欧洲地图。威廉不由自主地联想起某省城旅行社的办公室,他曾经去那里办过事。他的眼前又浮现出那间寒碜的旅店客房,百叶窗已经开始朽了,床垫薄得都能透光……他此时的心情很怪,觉得自己仿佛是在梦中。

莱奥波迪娜走了进来,随手把门关上,夹鼻眼镜此刻抓在她的手里。她热情地向少尉伸出右手,但并不显得激动。威廉握着对方的手,俯下身子像是想吻一下,她却迅速把手抽了回去。"您请坐,少尉先生,请问您找我有何贵干?"她给威廉指了一张舒适的沙发,自己则在威廉对面放着账簿的写字台旁边的一张简陋的摇椅上坐下,显然这是她习惯坐的位子。威廉觉得自己好像是面对着一位律师或者大夫……"我可以为您做些什么呢?"她有些不耐烦地问道,这副腔调使威廉感到事情并不那么乐观。

"夫人,"威廉轻轻地清了一下嗓子,说道,"我首先必须说明一下,我舅舅并没有把您的地址告诉我。"

她惊愕地瞪大了眼睛:"您的舅舅?"

"我舅舅就是罗伯特·威尔拉姆。"威廉加重语气说道。

"原来如此。"她莞尔一笑。

"他当然对这次拜访也一无所知,"威廉急忙又说,"这一点我必须强调一下。"他见对方流露出奇怪的目光,就补充道:"我已经很久没有见到他了,这当然不能怪我。直到今天我们谈话时,他才告诉我,他……在此期间已经结了婚。"

莱奥波迪娜笑着点了点头。"少尉先生,您抽烟吗?"她指着已经拆封的烟盒。他取了一支。她先为他点燃,然后自己也点了一支。"那好吧,现在就让我来听听,到底是什么事使您大驾光临?"

"夫人,我上您这儿来和去我舅舅那儿都是为了同一件事。这是一件令人难堪的事,遗憾的是,我不得不这么说。"她的目光明显阴沉起来。威廉继续说道:"我不想占用您很多时间,夫人。开门见山地说吧,我想求您借给我一笔款子,保证在三个月内归还。"

这时,她的目光又奇怪地明亮起来。"您的信任真叫我受宠若惊啊,少尉先生。"她弹了一下烟灰,说道,"我真不知道,我怎么会有这种荣幸。请允许我问一下,这笔款子具体是多少?"她用夹鼻眼镜轻轻地敲着桌面。

"一万一千古尔登,夫人。"威廉后悔没有说成一万二千。他刚想改口,但又突然想到,领事兴许拿到一万古尔登也就会满意了。一万一千就一万一千吧。

"哦,一万一千,这的确可以称之为'一笔款子'啊!"莱奥波迪娜吐了一下舌头,"您拿什么作为抵押呢,少尉先生?"

"我是军官,夫人。"

她哈哈笑了起来,然后客气地说:"请原谅,少尉先生。按照商业上的规矩,这不能作为抵押。谁来为您担保呢?"

威廉默默不语,两眼望着地板。即使粗暴的拒绝也不会比这种彬彬有礼的冷淡更让他感到难堪。"请原谅,夫人,关于这件事在形式方面的问题,我当然还没有顾上进行周密的考虑,我现在处于一种绝望的境地,此事关系到一桩以名誉担保的欠款,明天早上八点必须还清才行。否则我就会名誉扫地……除了名誉,我们这些人还需要什么呢?"他发现莱奥波迪娜的眼里露出一丝同情,就赶紧像一个小时之前对舅舅那样,又把昨天夜里发生的事情对她叙述了一遍,只是语言更加熟练,更加动人。她越来越明显地表现出同情和惋惜。他刚刚讲完,她马上睁大双眼,满怀希望地问:"这么说,我……我……威廉,我就是你在这个世界上唯一能够求助的人了吗?"

她的这番话,尤其是她改用"你"来相称,使威廉喜出望外,甚至已经感到自己有救了。"除了你以外,我还能去找谁?"他反问了一句。

"这下可更使我为难了。"莱奥波迪娜同情地摇了摇头,慢慢地摁灭了烟头。"很可惜,我也没办法帮你。我的财产都投到各家企业去了,绝对拿不出这么一大笔现款。实在非常抱歉。"她从摇椅上站了起来,像是结束了这次会见。威廉惊呆了,坐在那里动也不动。他犹犹豫豫,结结巴巴地向她提出,是否可能借助她与这些企业有商业往来的有利身份,向某家银行先借上一笔款子或者利用一笔贷款。她撅起嘴唇宽厚地嘲笑他对做生意的无知:"你把这种事想得太简单了。你显然以为,为了你的事,我理所当然会去向银行贷一笔款子。可是你要知道,就是为了我自己的事,我也从来没有这样做过。更何况,你连任何担保也没有!我怎么会这么想呢?"她的最后一句话听起来非常亲切,甚至有些卖弄风情,好像她心里早就已经准备做出让步,只是期待着从对方的嘴里说出一句央求的、起誓的话。威廉以为时机已到,就说:"夫人,莱奥波迪娜,我的生活、我的性命都危在旦夕。"

她的身体微微一颤。他马上意识到自己有些过分了,赶紧低声说道:"请原谅。"

她的目光变得捉摸不透。沉默了片刻,她干巴巴地说:"在同我的律师商量之前,我无法做出任何决定。"她见威廉的眼里重新闪现出新的希望,就摆了摆手:"我今天本来就要跟他晤谈,下午五点钟在他的事务所。我看看能够做些什么。不过,我建议你还是别抱希望,哪怕是一丁点儿,因为,我当然不会把它当成是一个所谓的内阁存亡之问题①。"她突然又改用严厉的语气补充了一句:"我真不知道有什么理由要这样做。"说完,她微笑着向威廉伸出右手,这一次允许他在手背上吻了一下。

"我什么时候可以得到答复呢?"

她考虑了一会儿:"你住在什么地方?"

"阿尔塞军营,"他急忙答道,"军官宿舍,三门四号。"

她似笑非笑,慢条斯理地说道:"七点或七点半,我肯定可以知道我是否有能力……"她又想了一下,终于下定了决心:"七点到八点之间,我会派一个可靠的人去告诉你答复的。"她为威廉打开门,陪他来到前厅:"再见,少尉先生。"

"再见!"威廉愕然地答道。她的目光变得冷峻而陌生。没等女仆为威廉拉开通向楼梯间的门,莱奥波迪娜·威尔拉姆夫人就已经消失在她的房间里了。

12

在莱奥波迪娜家里的这段时间里,威廉的情绪经历了兴奋、希望、安全、失望的几度变换,以至于他下楼时都有些昏昏沉沉。到了户外,他才重新清醒过来,感到这件事情总的来说并非不妙。假如莱奥波迪娜真的愿意帮忙,她肯定可以搞到这笔钱,这是毋庸置疑的。她只要愿意,也完全能够随心所欲地左右他的律师,她的性格足以证明这一点。她在心里还是向着他的,这种感觉在威廉的心里慢慢滋生,愈加强烈,以至于他在思想上跨越了一段漫长的时期,把自己想象成为寡妇莱奥波迪娜·威尔拉姆的丈夫,她也就变成了卡斯达少校的夫人。

然而,这个梦幻很快就破灭了。夏日的中午,天气郁闷,他穿过了几条没有生气的小巷,漫无目的地沿着环形大道溜达。他又想起了那间令人不快的办公室,她就是在那里接待他的。她的脸上一会儿具有女性的妩媚,一会儿又显得冷酷严厉,有几次甚至让他感到害

---

① 即非常严重的问题。

怕。不管可能会发生什么事,在他的面前还有许多充满未知数的时间,无论以任何方式,他总得度过这些时间。他突然产生了一个念头,就像人们常说的那样,舒舒服服地享受一天,即使这是最后一天。他决定上一家高级饭店吃午饭,他过去曾经跟舅舅去吃过几次。他挑了一个晒不着太阳、较为凉爽的角落,点了一桌丰盛的菜肴,还要了一瓶酸甜酸甜的匈牙利葡萄酒。他渐渐地进入了一种心旷神怡、无力自拔的仙境。饭后,他点燃一支上等雪茄,又坐了好一阵子。这个唯一的客人靠在丝绒长沙发里,不知不觉地打起盹来了。饭店的伙计向他兜售真正的埃及香烟,他二话不说买下了一整包。反正一切都无所谓了,大不了就当成遗产留给他的勤务兵。

当威廉重新来到大街上时,他的心情就好像有一桩令人担忧,但又非常有趣的冒险在等待着他,也许是一次决斗。他想起两年前的一天晚上,他和一个第二天早上将要与人用手枪决斗的战友度过了大半夜……先是由几个女人陪着,然后他俩单独进行了一番严肃的、富于哲理的谈话。是啊,那个战友当时的心情一定也同他此刻非常相似。那次决斗的结果令人满意,威廉觉得这是一个好兆头。

他沿着环形大道闲逛。这个年轻的军官,虽说衣着并不怎么考究,但身材颀长,相貌也还算英俊,他发现碰到的各种各样的年轻女人都睁大了眼睛,朝他投来讨人喜欢的目光。在一家露天咖啡馆,他喝了一杯浓咖啡,吸了几支香烟,又翻了一些画报。他扫视着来往行人,但并未仔细看看他们。他渐渐地,非常不情愿,但又不可避免地回到了对现实的清醒认识。五点钟了。时间的步伐继续向前,即使非常迟缓,但却不可阻挡。现在,最明智的举动也许就是回军营,如果可能的话,再稍微休息一会儿。他登上有轨马车,在军营门前下了车。他没有碰到任何不愿碰到的人,很快就穿过大院,回到了他的宿舍。约瑟夫正在前厅里忙着整理少尉的服装。他报告说,没有发生什么事情,只有冯·博格纳先生来过一次,他是上午来的,留下了一张名片。"我要他的名片干什么?"威廉没好气儿地说。名片搁在桌子上面,博格纳在上面留下了他的家庭住址:皮阿里斯滕大街二十号,距离这里不远。威廉心想,傻瓜,他住的离这儿远或近,与我有何相干。他像个债主似的死皮赖脸地跟着我。这个纠缠不休的家伙,威廉差一点想把名片撕成碎片,考虑了一会儿,然后漫不经心地将它扔在五斗橱上,他又转向勤务兵:晚上七点到八点有人来找他,找卡斯达少尉先生,一位先生,也许一位先生和一位女士,也许只是一位女士。"明白了吗?""明白了,少尉先生!"威廉关上房门,躺倒在长沙发上。沙发短了一点,他的两只脚只好搁在扶手的外面。他很快就睡着了,就像掉进了一道深渊。

13

当威廉不知被一种什么声音吵醒时,天色已经黑了下来。他睁开眼睛,看见面前站着一个年轻的妇人,身穿一套印有许多蓝白圆点的夏装。他睡眼惺忪地坐了起来,看见勤务兵站在这位年轻女士的身后,举止显得有些拘束,好像意识到自己做错了事。当时,他已经听见了莱奥波迪娜的声音:"请原谅,少尉先生,是我没让您的……这位勤务兵先生为我通报。我更愿意等到您自己睡醒。"

她已经等了多久?威廉心想。这是怎样一种声音啊?她看上去怎么样?与上午相比,这完全是另外一种声音。她一定把钱带来了。他向勤务兵打了一个手势,勤务兵立刻退了出去。他转向莱奥波迪娜:"劳驾夫人亲自……我真是太荣幸了。快请坐,夫人。"他招呼莱奥波迪娜坐下。

她用快活的目光扫视了一下房间,似乎对这间屋子还挺满意。她的手里握着一把蓝白条纹的阳伞,这倒与她身上穿的那套蓝白圆点软绸连衣裙非常相配。她头上戴着一顶佛罗伦萨风格的宽边草帽,式样不算时兴,帽子上挂着几个樱桃坠饰。"少尉先生,您这儿可倒是挺美的,"她说,樱桃坠饰在她的耳朵旁边晃来晃去,"我压根儿就没有想到,军营里的房间看上去竟会这么舒适,这么惬意。""并非所有的房间都是这样。"威廉颇有几分得意。她笑着又说:"一般说来,这大概总要取决于住在里面的人吧。"

威廉尴尬而又快活地将桌子上的书籍收拾整齐,锁好门上已经出现裂缝的五斗橱。他从在饭店买的那包香烟中抽出一支,递给莱奥波迪娜。她谢绝了,动作轻盈地坐在长沙发的一角。她看上去真迷人啊,威廉心想,就像上流社会的女子。她简直叫人联想不到今天上午的那个生意女人和从前的那个蓬头垢面的小妞。她是从哪儿弄到了这一万一千古尔登?她像是猜出了他的心思,抬起头望着他,调皮地笑了笑,然后和善地问道:"少尉先生,您一直是怎么生活的?"她的这个问题也太笼统了,威廉犹豫着不知如何回答。于是,她就打听起一些具体事情,诸如他的工作轻松还是辛苦,他会不会很快就得到擢升,他同上司们相处得如何,他是不是经常像上个星期日那样到周围的一些地方去远足。威廉回答说,他的工作时而轻松,时而辛苦;总的来说他对上司们没什么可抱怨的,尤其值得一提的是,沃西茨基中校对他也非常亲切;三年之内可能不会得到擢升;至于远足嘛,夫人完全可以想象得到,他自然很少有时间,只能在星期日……他说完轻轻地发出了一声叹息。莱奥波迪娜仰起头亲切地望着威廉——他还一直站在她的对面,中间隔着一张桌子——说道:她希望,他知道怎样才能比坐在牌桌旁边更有益地利用晚上的时间。她此刻大概自然就会联想到那件事了吧:哦,对了,少尉先生,我没有忘记您今天上午求我的那件小事……但是,她只字未提,甚至没有做一个暗示的手势,仍然笑盈盈地望着他。威廉没有别的法子,只好尽可能地跟她闲聊。他谈起富有同情心的凯斯纳一家和他们居住的那幢漂亮的别墅,提到愚不可及的戏子埃尔里夫,讲起浓妆艳抹的利霍舍克小姐,还叙述了那天夜里如何坐马车回到维也纳。"这可真是一个令人愉快的社交圈子。但愿如此。"她说。哦,绝不是这么回事。可是,他毕竟是与他的一个赌友同坐的一辆马车。她接着用戏谑的口吻打听起凯斯纳小姐的头发到底是金黄色的,还是栗色的,或是黑色的。他回答说,他也不太清楚。他的语气有意想表明,他平生还从未有过任何重要的爱情经历。"夫人,我完全相信,您把我的生活想象得和实际情况全然不同。"她仰望着他,双唇微张,充满了同情。"假如我要不是独自一人的话,"他又补充道,"这种不幸的事恐怕也不至于会发生。"她睁大一双天真无邪,充满疑惑的眼睛,似乎没有完全听懂。然后她神情严肃地点了点头,但是仍然没有利用这次机会。她肯定把钱带来了,但是,她根本不提钱的事,更没有二话不说就掏出钞票放在桌子上。她说:"独自一人与独身完全是两码事。"

"此话言之有理。"他应声附和。她只是会意地点了点头。威廉担心谈话中断的话,他会感到更加害怕,因此决定问问她的情况怎么样,是不是有过许多美好的经历。他只字不提那个上了岁数的男人,即她的丈夫和他的舅舅;他也避而不谈霍尔尼希饭店和那间百叶窗已经腐朽、床垫薄得透光的旅店客房。谈话是在一个并不十分精明的少尉和一个上流社会的漂亮的年轻女士之间进行的,他们彼此都知道对方的底细,令人难堪的事情比比皆是,然而,两个人可能都各有许多理由,尽量不去触及那些事情,也许理由只有一个,即不去破坏那种不无诱惑力、不无希望的气氛。莱奥波迪娜摘下佛罗伦萨草帽,搁在面前的桌子上。她还是梳着今天上午那种平式发型,不过左右两边添了几缕鬈发,卷曲着耷在太阳穴上,这不禁使威廉一下子又想起从前的那个蓬头垢面的小妞。

　　天色越来越暗,威廉正在考虑是否应该把白色瓷砖壁炉凹坛里的油灯点亮,这时,莱奥波迪娜拿起了她的草帽,最初似乎没有什么意义,因为她正在起劲地讲着她去年经过莫特林、百合原野、圣十字一直到巴登的一次远足,但后来她突然戴上佛罗伦萨草帽,用别针别好,客客气气地微笑着说:时候不早了,她该告辞了。威廉也微笑了一下,但是,笑容从他的嘴角一溜而过,这是一种疑惑不解、惊慌失措的微笑。她在愚弄他吗?或者她只是想欣赏他的不安和恐惧,以便当她在最后一刻说出钱已经带来了的消息时,好让他欣喜若狂?或者她只是因为没有筹措到所需要的款项,前来表示一下歉意,但又一时找不到合适的话来对他说?不管怎么样,她来肯定是有目的的,这一点显而易见。威廉困惑茫然,除了竭力保持镇静之外,毫无办法。他努力使自己像一个具有骑士风度的年轻人,正在接待一位年轻漂亮的夫人令人愉快的拜访,怎么能够同意她在谈话的兴头儿上就飘然而去呢。"您现在就要走了吗?"他的语气就像一个绝望了的情人。他紧接着又更急切地问道:"您大概不是真的马上就要走吧,莱奥波迪娜?""时候不早了。"她答道,接着又半开玩笑地说:"在这样一个美好的夏天的晚上,你也许还有其他更为有趣的事吧?"

　　威廉松了一口气,因为她突然又改用表示关系亲密的"你"来称呼他了。他实在很难控制自己不将刚刚产生的一线新的希望流露出来。他说：不，他没有任何事。他很难得能够这样信誓旦旦而又问心无愧。她走近开着的窗户，好像突然来了兴致，朝下面的军营大院东张西望。军营大院里当然没有什么可看的：在对面的食堂前面，一群士兵正围坐在一张长条桌旁；一个军官勤务兵胳膊下面夹着一个扎着绳子的包裹，步履匆匆地穿过大院；另一个勤务兵推着一辆装有一桶啤酒的小板车朝食堂走去；两名军官一边聊天一边走向军营大门。威廉站在莱奥波迪娜的身边，稍微比她靠后一点。她身上的那件蓝白圆点绸裙簌簌作响，她的左臂无力地垂着。当他的手触到她的手时，她的手突然固定住了，渐渐地，她的手指轻轻地插进了他的手指之间。对面的一间集体宿舍开着窗户，从里面飘出一支小号演奏的练习曲。一阵沉默。

"这支曲子有点儿悲伤。"莱奥波迪娜终于打破了沉默。"你这么认为吗？"她点了点头。他又说："要是这支曲子一点儿也不悲伤该多好。"她慢慢地朝他转过头来。他以为准会看见她的嘴角上挂着一丝微笑，然而跃入他眼帘的却是一脸忧郁伤感的表情。她挺了一下腰，说道："现在我真的必须走了，玛丽一定等着我回去吃晚饭。""夫人难道从来就没让玛丽等过吗？"莱奥波迪娜听后莞尔一笑。威廉变得胆大起来，问道：她是否愿意赏光和他一起共进晚餐，他马上就打发勤务兵去里德饭店买东西，她在十点钟以前肯定能够回到家里。她的反对听上去并不那么坚决，威廉立刻就去前厅，向勤务兵下达了目的明确的命令，然后马上又回到莱奥波迪娜的身边。她仍然站在窗户旁边，刚刚用手做了一个优美的动作，让佛罗伦萨草帽飞过桌子落到床上。在这以后，她像是完全换了一个人似的。她笑着抚摩威廉光滑的头发，他也搂着她的腰肢，让她紧靠自己坐在沙发上。然而，当他想吻她时，她却生气地挡住了他。他放弃再作尝试，向她提了一个问题：她习惯于怎样度过夜晚？她严肃地盯着他："白天我有许多事情要做，因此，如果晚上能够一个人清静一会儿，任何人都不见，我会很高兴的。"他向她承认，他可能对她的生意毫无所知，但她竟然也会以这种方式谋生，却让他难以理解。她没作任何解释，对这种事情他肯定一窍不通。他也没有马上让步，她至少应该对他讲讲自己的生活经历，当然不是全部，他也不能要求太多，但是他非常希望大概了解一下,她从那天以来是如何生活的,即从他们最后一次见面以来。还有一些话已经到了他的嘴边,其中包括他舅舅的名字,但是不知什么原因使他没有说出口。他只是冷不丁地、匆匆忙忙地问道:她是否感到幸福?

她的目光呆滞。"我以为自己是幸福的。"她轻声答道,"尤其因为我是一个自由自在的人。这是我一直梦寐以求的,我不依赖于任何人,就像……一个男人。"

"这就是你对男人的唯一的看法,真是谢天谢地。"威廉又朝她凑近了一点,温柔地抚摩着她。她对此听之任之,似乎心不在焉。这时,外屋的门砰的一声开了,她霍地一下从他身边站了起来,从壁炉凹坛中取出油灯点亮。约瑟夫捧着饭菜走了进来,莱奥波迪娜瞟了一眼他手里的东西,满意地点了点头,笑着说道:"少尉先生看来还挺有经验的啊!"她没让威廉动手,自己和约瑟夫一起摆好了餐桌。威廉坐在沙发上,吸着烟,说:"我可真像一个老爷啊!"一切都安排妥当了,拼盘凉菜也已摆在桌上。约瑟夫今天的工作到此结束。他临走之前,莱奥波迪娜在他手里塞了一笔优厚的小费,以至于他惊愕得不知所措,慌忙毕恭毕敬地向她敬礼,就像是面对一位将军。

"祝你健康!"威廉向莱奥波迪娜祝酒。两人都将杯里的酒一饮而尽。她把酒杯当啷一声扔在桌上,猛然一下将自己的嘴唇压在威廉的嘴唇上。然而,当威廉想跟她来劲时,她却一把将他推开,说:"先吃饭吧!"她撤了几个空盘,又端上了几盘菜。

她吃得有滋有味,就像那些无病无灾,干了一整天力气活的苦力一样。可是她吃饭的样子却又像那些经常在上等饭店与正派男人一同进餐的贵夫人。她的牙齿雪白雪白的,咬起来很有劲儿,一举手一投足都相当优美端庄。一瓶葡萄酒很快就喝光了。这时少尉正巧想起五斗橱里还有半瓶法国白兰地,天晓得这是什么时候剩下来的。又喝了两杯之后,莱奥波迪娜似乎有些晕晕乎乎了,她朝后一仰,靠在长沙发的一角。威廉乘势俯下身子,吻她的额头、她的眼睛、她的嘴唇、她的脖子,这时,她心醉神迷地低声唤着他的名字,就像是在梦中。

127

14

　　威廉醒来时,天已经蒙蒙亮了。凉爽的晨风从窗户吹进屋里。莱奥波迪娜站在房间中央,穿戴齐整,佛罗伦萨草帽戴在头上,手里握着阳伞。真该死!我一定睡得太死了。这是威廉产生的第一个念头。他的第二个念头是:钱在什么地方?她戴好帽子握着阳伞站在那里,显然是立刻就要离开这间屋子。她朝刚刚醒来的威廉点了点头,作为早晨的问候。他朝她伸出双臂,眼里闪着渴念的神情。她走了过来,在床边坐下,表情亲切而又严肃。他想用双手搂住她的脖子,把她拉到自己的怀里,她却指了指头上的帽子和手中的阳伞——她握在手中宛如一件武器,摇着头说:"别再干蠢事啦!"她试图站起来,但他没有松手。"你不是要走吧?"他的声音显得非常忧郁。

　　"我是要走了。"她摸了摸威廉的头发,像大姐姐似的说,"我想好好休息几个钟头,九点我还有一个重要的会议。"

　　他的脑海里蓦地闪过一个念头:也许是为了他的事情召开的一次会议——这两个字听上去的确如此。她昨天显然没有找到时间同律师晤谈。他急不可耐地问道:"是与你的律师晤谈吗?""不是!"她落落大方地答道,"我在等一位从布拉格来的商业朋友。"她朝他俯下身子,把他嘴唇上面的短髭须朝两边掠了掠,然后匆匆地吻了他一下,轻声说了一声"再见",就站了起来。再过一秒钟,她就可能出门了。威廉的心脏似乎停止了跳动。她要走了吗?她就这样走了吗?!他心里又产生了一线新的希望。她也许出于某种谨慎的原因把钱悄悄地放在了什么地方。他的目光焦急不安地在房间里来回巡视,越过桌子投向壁炉凹坛。她也许乘他熟睡之际将钱放在枕头底下了?他不由自主地伸手摸了一下。什么也没有。或者塞进了他的钱夹?钱夹就放在他的怀表旁边,要是他现在能看一下钱夹该多好。这时,他感到,他知道,他看见她一直在注意着他的目光和他的举动,即使不是在幸灾乐祸,至少也面带讥嘲。当他的视线同她的视线接触的那一刹那,他急忙转向一边,活像一个当场被人逮住的小偷。这时她已经走到门边,用手握住了把手。他想喊她的名字,但他的声音哽住了,就像在梦里一样。他想从床上跳起来,扑过去,把她拦住。是啊,他感到自己时刻都准备跟着她追下楼梯,只穿着衬衣,就像……他的眼前仿佛出现了那幕情景:许多年以前,他曾经在外省的一家妓院里看见一个妓女追着一个没有留下买春钱的嫖客……她好像听见了他根本没有喊出口的她的名字,一只手仍然握着门把手,另一只手伸进了衣服的口袋。"我差一点儿给忘了。"她漫不经心地说着,后退了几步,将一张钞票放在桌上。"喏……"她又回到了门口。

威廉猛一用力坐到床沿,两眼紧盯着那张钞票。只有一张,是张一千古尔登的。没有面值更大的钞票了,充其量只可能是张一千古尔登的。"莱奥波迪娜!"他的声音都变了。她朝他转过身来,一只手仍然握着门把手,目光冷冰冰的,有些奇怪。他突然感到一种平生还从未受到过的奇耻大辱。但是,现在已经太迟了。无论这种耻辱多么令人难堪,他也顾不了这么许多了。话不可遏止地从他的嘴里涌了出来:

"这也太少了,莱奥波迪娜。你昨天也许听错了吧。我要向你借的,不是一千,而是一万一千。"莱奥波迪娜的目光变得更加冷漠,威廉下意识地将被子拉上来盖住裸露的双腿。

她看着他,似乎没有听懂他的话。少顷,她点了点头,像是刚刚才明白了他的意思。"原来如此。"她说,"你以为……"她用头轻蔑地朝那张钞票点了一下:"这与此无关。这一千古尔登不是借给你的,而是属于你的,为了昨天这一夜。"她那湿润的舌头在两片半张开的嘴唇和两排闪闪发亮的牙齿之间上下跳动。

威廉一脚踹开被子,笔挺地站在地上,热血冲上了他的眼睛和前额。她一动不动,好奇地望着他。他说不出一句话。她的神色好像在问:"不算太少了吧?你还想要多少?一千古尔登!我当初从你那儿只得到过十古尔登,还记得吗?"他朝她走近了几步。莱奥波迪娜平静地站在门边。他突然一把抓起那张钞票,揉成一团,他的手在瑟瑟发抖,好像是要把钱扔到她的脚下。这时,她松开门把手,朝他走了过来,跟他面对面地站着。"这不是责备,"她说,"我当初也没有多要。十古尔登,已经足够了,甚至还太多了。"她的眼睛更加深沉地盯着他的眼睛:"人要是当真了的话,即使十古尔登也嫌太多。"

129

他目瞪口呆地望着她,然后垂下了目光,他开始明白了。"我怎么就不知道。"他的嘴里轻轻地吐出一句话。"你应该知道,"她说,"其实这并不困难。"

威廉慢慢抬起眼睛,现在,他在她那双眼睛的深处看见了一道奇异的光芒:很久以前的那天夜里,她的眼睛里也闪现着与此相同的、天真无邪、妩媚可爱的光芒。记忆在他心里渐渐又活了起来,不仅仅是她给他带来的性的满足,那些在她之前和在她之后的女人也给他带来过性的满足,也不仅仅是一些让人心醉的甜言蜜语,他从其他女人那里也听过许多。此时此刻,他还想起了她那种自己从未体验过的、美妙神奇的奉献,她那两只细细的、孩子似的胳膊紧紧地搂着他的脖子。那些早已忘却的话又在他的耳畔回响,这些话,这种声音,他从未从其他任何女人那里听到过:"别把我一个人撇下,我爱你。"忘记的一切,现在都又复活了。他现在明白了,她今天的行动完全和他当初一模一样,当时,她好像疲乏地进入了甜蜜的梦乡。他漫不经心地从她身边爬起来,匆匆地考虑了一下是否需要调换一张面值小一点的钞票,然后派头十足地将一张十古尔登的钞票放在床头柜上。他来到门口时,发现那个刚刚醒来的女人睡眼惺忪,正用惊慌不安的目光望着自己。他匆匆逃走了,为了能够回到军营之后再上床躺几个钟头。清晨,当一天的工作开始之前,这个霍尔尼希饭店的小巧玲珑的卖花姑娘就已经被忘得一干二净了。

很久以前的那个夜晚在威廉的心里变得越来越清晰,莱奥波迪娜眼睛里的那道天真无邪、妩媚动人的光芒却渐渐暗淡了。她冷漠地、消沉地、像从遥远的地方凝视着他,以至于那天夜里的情景在他的心目中也渐渐消失,取而代之的是抵触、恼怒、怨恨。她是怎么想的?为何对他这般无礼?她怎么可以装模作样,以为他真的是为了钱心甘情愿地把自己出卖给她?她怎么可以像对待一个要女人付钱的男妓那样对待他呢?她甚至在这种闻所未闻的污辱之后,竟然又加上最无耻的嘲弄,像一个对妓女的卖春艺术大为失望的好色之徒那样压低对方要求的价钱。她丝毫也不用怀疑,假如她胆敢将一万一千古尔登作为买春钱给他的话,他也会毫不犹豫地把它们全部扔到她的脚下。

然而,诅咒她的话还在他的嘴里寻找道路的时候,就已经在他的舌头上融化了。他举起拳头,像是要把她打入苦难的深渊,但举起的手却又慢慢地垂下去了。他突然意识到……难道他过去一直就没有这种预感吗？他实际上已经准备出卖自己,不仅出卖给她一个人,而且也出卖给其他女人,出卖给任何女人,只要她能够给他那笔救命钱。这时,无论这个可恶的女人给予他的不公正待遇是多么残酷,多么阴险,在他的心灵深处——即使他百般抵抗——却已经开始产生了一种暗暗的、无法摆脱的公正感。这种公正感超越了这桩把他卷入其中、令人消沉的风流韵事,唤醒了他内心深处的天性。

他抬起头环顾着四周,他仿佛觉得刚刚从迷乱的梦中醒来。莱奥波迪娜已经走了。他还没有张嘴说些什么,她竟然就走了。他几乎不能理解,她怎么会这么突然,这么不知不觉地就从这间屋子里消失了。他感到在自己一直紧攥着的手里还握着那张揉皱了的钞票,他扑向窗口,用力推开窗户,像是要把那张一千古尔登的钞票扔在莱奥波迪娜的背后。她在下面走着。他想喊住她,可是相距得太远了。她沿着围墙走着,步子轻盈飘逸,手里握着阳伞,那顶佛罗伦萨草帽在微微颤悠。她走了,像是刚刚度过了一个爱的夜晚,也像是曾经有过一百个这样的夜晚。她来到军营大门,门卫立正敬礼,就像面对一位令人尊敬的显贵。她消失在大门外边。

威廉关上窗户,转过身子,他的目光落到那张乱七八糟的床铺和堆着残羹剩菜、杯盘狼藉的桌子上面。他不由自主地松开手,那张钞票从手中滑落。他从五斗橱的镜子里面看着自己：头发蓬乱、眼圈发黑。他打了一个寒噤,他只穿着一件衬衣,这使他感到说不出的恶心。他抓起挂在衣架上的外套,把手伸进衣袖,扣上纽扣,翻起衣领。他毫无目的地在这间小屋里走来走去,最后像是着了魔似的呆呆地站在五斗橱的前面。他知道,在中间那个抽屉里,在几本袖珍书之间放着一把左轮手枪。是啊,他现在是到了这一步,就像另外那个人[①]一样。或许他现在已经永远摆脱痛苦了？或者他还在等待出现奇迹？不管怎么说,他威廉是尽力而为了,甚至大大超过了他的能力。

---

① 即博格纳。

此时此刻,他才真正感觉到,自己仅仅是为了博格纳才坐到牌桌上去的,仅仅为了博格纳才拿自己的命运去碰运气,最后自己倒成了殉葬品。

他刚才手一松,那张钞票飘落到了放蛋糕片的托盘上。它现在看上去皱得并不怎么厉害,而且开始渐渐地展开,要不了多久,它准会展开的,就像任何一张干净的纸片一样平平展展,谁也不会看出它实际上来路不正,是人们常说的那种不义之财或耻辱之钱。现在乃至永远,它都归他所有,也可以说是他的遗产中的一部分。他的嘴上露出一丝苦笑。他可以把它作为遗产留给他愿意给的任何人。假如有人提出这种要求的话,博格纳比其他任何人更有资格。他下意识地大笑一声。好极了!是啊,无论如何还应该办完这件事。但愿博格纳没有提前结束自己的生命。对于他来说,奇迹现在终于出现了!重要的是,他必须耐心等待。

约瑟夫在哪儿?他应该知道今天部队有行动。威廉本来应该在三点钟准备完毕,可现在已经是四点半啦。团队肯定早就出发了。他睡得真死,一点动静都没听见。他拉开通向前厅的门。勤务兵正坐在小铁炉旁边的矮凳上,他立刻站了起来,腰板挺得笔直:"忠实地报告少尉先生,我已经为少尉先生请了病假。"

"病假?这是谁让你干的……哦,明白了。"莱奥波迪娜!她本来也可以让人去报告他的死讯的,这样反倒更简单了。"好吧,你去给我冲杯咖啡。"他说完又关上了门。

博格纳的名片在什么地方?威廉开始四处寻找,翻遍了所有抽屉,搜索地板和每个角落,好像这张名片维系着他自己的性命。全是白费力气,他没有找到。它会到哪儿去了呢?看来博格纳的运气也不好,他们俩的命运是连在一起分不开的。突然,他看见壁炉凹坛有样白东西一闪。原来名片在那儿,上面写着地址:皮阿里斯滕大街二十号。离这儿很近。要是离得远一些该多好!他可真有运气,这个博格纳。如果找不到这张名片就好啦!

他拿起那张钞票,端详了很久,其实他并不是在看这张钞票。他把钞票折起来,塞进一个白信封,先是考虑了一下是否应该写几行说明文字,继而耸了耸肩膀:"为了什么呢?"他在信封上写道:请交奥托·冯·博格纳中尉先生。中尉,是啊,他自己赋予自己这种权力,恢复博格纳的军衔。不管怎么说,军官永远是军官,即使他可能干过什么坏事,当一名军官还清了债之后,他还会成为一名军官。

他把勤务兵叫了进来,吩咐他去送信:"赶快送去!"

"需要回信吗,少尉先生?"

"不用!务必交给他本人……不用回信。回来后不准叫醒我,让我好好睡一觉,直到我自己醒来。"

"遵命,少尉先生!"勤务兵并拢脚跟,转身匆匆离去。他下楼梯时,听见身后的门咔哒一声锁上了。

15

三个小时之后,有人敲门。约瑟夫早就已经回来了,正坐在那里打瞌睡。他惊醒过来,赶紧把门打开。原来是博格纳。三个小时之前,勤务兵已经按照命令把少尉的信交给了他。

"少尉先生在吗?"

"对不起,少尉先生还在睡觉。"

博格纳看了看表。他们刚刚结束了查账,他请了一个钟头的假,急急忙忙地赶来当面感谢他的救命恩人。他必须掌握时间,不能在这里待得太久。他焦急地在前厅里走来走去。"少尉先生今天不值班?"

"少尉先生今天歇病假。"

前厅的门被推开了,图古特军医走了进来:"卡斯达少尉是住在这儿吗?"

"是的,军医先生!"

"我可以见见他吗?"

"报告军医先生,少尉先生不舒服,正在睡觉。"

"请给我通报一声!我是图古特军医。"

"对不起,军医先生。少尉先生下达命令,不准叫醒他。"

"我有急事。请去把少尉先生叫醒,出了什么事由我负责!"

约瑟夫犹豫了一下,然后去敲里屋的门。图古特用疑惑的目光扫了一眼站在前厅里的那个穿着便装的人。博格纳作了一下自我介绍,对于图古特军医来说,这个在令人难堪的情况下退役的军官的名字并不算陌生。然而,他丝毫也没有暴露自己知情,也同样报了自己的名字。但是,两个人没有握手。

威廉少尉的房间静悄悄的。约瑟夫用劲敲了几下,把耳朵贴在门上听了听,然后耸了一下肩膀,安慰似地说:"少尉先生一贯睡得很死。"

博格纳和图古特面面相觑,他们之间的隔阂消除了。军医凑到门边,叫着威廉的名字。没有任何回答。"真奇怪。"图古特皱了皱眉头,拧了一下门把手,没有用处。

约瑟夫站在一边,脸色苍白,两眼睁得大大的。

"请把团部的锁匠叫来,快去!"图古特命令勤务兵。

"遵命,军医先生!"

屋里只剩下博格纳和图古特。

"真不可思议。"博格纳说。

"您也听说了,冯·博格纳先生?"图古特问。

"军医先生,您指的是输钱吗?"博格纳见对方点了点头,又说,"那当然。"

"我是来看看事情怎么样了。"图古特有些吞吞吐吐,"不知他是否凑够了那笔钱……您知道吗,冯·博格纳先生?"

"我一无所知。"博格纳笑道。

图古特再次走到门前,用力推了几下,大声叫着威廉的名字。仍然没有任何回答。

博格纳看了一眼窗外:"约瑟夫领着锁匠来了。"

"您过去是他的战友吗?"图古特问。

博格纳的嘴角抽搐了一下:"我现在仍然是。"

图古特没有理会对方的话。"极度兴奋之后往往都会这样……"他又说,"……可以假设,他昨天夜里又没有睡觉。"

"反正昨天上午他还没有弄到钱。"博格纳客观地说。

图古特满以为博格纳带来了一部分钱,用询问的目光望着他。博格纳像是回答似地说:"可惜我没能……弄到这笔钱。"

约瑟夫进了房间,一同进来的还有团部的锁匠。这个吃得胖胖的、长着红胡子的年轻人穿着一身军服,拿着几件必需的工具。图古特又用力敲了几下门,再作最后一次尝试,大伙儿屏住呼吸静立了几秒钟。一点儿动静也没有。

"那也只好这样啦!"图古特向锁匠做了一个命令的手势。锁匠立刻开始了他的工作。他没费多大的劲,几秒钟之后,门就被撬开了。

威廉少尉穿着外套,衣领竖着,靠在黑色皮沙发朝着窗户的一角,眼睛似睁似闭,脑袋耷拉在胸前,右手疲软地搭在沙发扶手上,左轮手枪扔在地上,脸上有一道细细的、暗红色的血迹,从太阳穴一直延伸到脖子和衣领之间。即使众人早有思想准备,现在不禁也惊呆了。图古特军医首先走了过去,抓住威廉垂着的胳膊,举起,松开,胳膊立刻又像刚才那样疲软地搭在沙发的扶手上。图古特又解开威廉的外套,里面的衬衣皱皱巴巴,纽扣一个也没有扣上。博格纳弯下腰,想把左轮手枪捡起来。"别动!"图古特大喝一声,他正把耳朵贴在死者的胸口倾听,"所有物品必须保持原状。"约瑟夫和锁匠一动不动地站在敞开的门旁边,锁匠耸耸肩膀,用尴尬、恐惧的目光望着约瑟夫,好像感到自己对在这道由他撬开的门背后呈现出的景象负有责任似的。

从楼下传来渐渐走近的脚步声,最初比较缓慢,继而越来越快,直到脚步停了下来。博格纳不由地回头看着门口。一位上了年纪的男人推开虚掩着的门,他穿着一套浅色的、有些旧了的夏装,脸上的表情就像一个悲剧演员,他的眼睛不安地扫视着四周。

"威尔拉姆先生!"博格纳脱口喊出。然后小声对正从尸首旁边站起来的军医说道:"这是他舅舅。"

罗伯特·威尔拉姆没有立刻明白发生了什么事。他看见他的外甥躺在沙发里,手臂疲软地垂着,他想走过去……他大概预感到事态严重,但又不愿意立刻相信。军医拦住了他,用手抓住他的胳膊。"很遗憾,发生了一件不幸的事。现在一切都已无济于事了。"老人像是没有听懂似的,两眼呆呆地望着他。"我是图古特军医。他至少已经死了好几个钟头。"

罗伯特·威尔拉姆突然把右手伸进胸前的口袋——大家都觉得他的动作实在太奇怪了,他掏出一个信封,在空中挥舞。"威利,我给你带来了啊!"他大声喊道,好像真的以为这句话可以起死回生。"钱都在这里,威利,今天早上她给我了。整整一万一千古尔登!威利,你看,就在这儿!"他像发誓似的冲着在场的人:"先生们,全部钱都在这里,一万一千古尔登!"现在钱弄来了,好像他们至少也应该试一试,想办法让死者复活似的。"可惜,太迟了。"军医说道,然后转向博格纳,"我去报告。"他用命令的口吻又说:"尸首必须保持发现时的样子。"最后,他睃了勤务兵一眼,严厉地说:"你负责保护现场。"临走之前,他同博格纳握了握手。

博格纳心想:威廉到底是从哪儿弄来那一千古尔登给他的呢?他的视线落在被沙发挤到一边去了的桌子上面,他看见杯盘碗筷,还有一个空酒瓶。怎么会有两只酒杯……?难道他昨天夜里带回来了一个娘儿们?

约瑟夫走到沙发旁边,站在死去的主人跟前,腰板挺得笔直,活像一名卫兵。然而,当罗伯特·威尔拉姆突然扑到死者面前,他并没有加以阻拦。老人举起双手,像在乞求上苍,有一只手仍然还握着那个装钱的信封。"威利!"他跪在死者面前,绝望地摇着头。他离死者很近,从裸露的胸膛和皱巴巴的衬衣迎面扑来一股香水味。他很奇怪,这种香水是他很熟悉的那种牌子,他嗅了一口香味,抬眼望着死者的脸,似乎想问他一个问题。

从军营外面传来节奏分明的脚步声,这是团队回来了。博格纳希望能在从前的战友们跨进这间屋子之前离开这里,他们很有可能会来。他在场无论如何都是毫无必要的。他向一动不动地躺在沙发里的死者投去了告别的最后一瞥,然后急匆匆地下了楼梯。紧跟着他的是那个锁匠。博格纳在门厅里等到团队走过去之后,才贴着墙根,悄悄地溜走了。

罗伯特·威尔拉姆仍然跪在死去的外甥面前,他的目光再次扫视着这间房间,这时他看见了桌子,上面摆着残羹剩菜,杯盘刀叉,酒瓶,一只酒杯的底部还泛着金黄色的光泽。他问勤务兵:"少尉先生昨天晚上还有客人吗?"

楼梯上响起了脚步声和嘈杂的人声。罗伯特·威尔拉姆站起身。

"是的!"约瑟夫答道,他仍然像卫兵一样把腰板挺得笔直,"一直到深夜……是一位老战友。"

那个匆匆闯入老人脑海的、毫无意义的念头顿时烟消云散了。

说话声和脚步声越来越近。

约瑟夫还像刚才那样腰板笔直地站在那里。处理后事委员会的成员们走了进来。

蔡鸿君 译

特蕾莎：一个女人一生的编年史

1

胡勃特·法比安尼中校退役之后，离开了他最后的驻地维也纳。但是他并没有像同僚当中的绝大多数人一样迁往格拉茨，而是搬到了萨尔茨堡，这时特蕾莎刚满十六岁。当时正是春天，从他们家那栋房子的窗口望出去，越过层层的屋顶，远处就是巴伐利亚的群山。每天，还在吃早餐时，中校就开始在妻子和孩子们面前夸耀他的幸运，说自己尚属壮年，还不到六十岁，就得以从公务中脱身，摆脱开大城市的臭气和沉闷，可以全身心地沉醉于他从青年时代就一直向往的大自然之中。他喜欢带着特蕾莎，有时还有比她大三岁的哥哥卡尔一起去徒步漫游。妈妈则待在家里，她比以前更加沉迷于小说阅读，也不太操持家务。以前他们住在科默恩、勒姆贝格和维也纳的时候，就曾经因为这个原因闹过一些不愉快。不久之后，她又像以前一样，每周两三次召集一群饶舌的妇人来家里喝咖啡，也不知道她是怎么做到的。那都是些军官和官员的太太或者遗孀，她们总是给她带来这个小城里的流言蜚语。如果中校碰巧在家的话，他总是躲在自己的房间里，吃晚饭时他就对自己妻子的这个小团体冷嘲热讽，而她则喜欢用一些模糊的暗示来回击，讽刺丈夫以前在交友方面的爱好。这时通常都是中校默默起身离开，直到深夜才拖着沉重的脚步上楼回家。他走了之后，母亲常常对孩子们隐讳地谈起她的失望，说什么人人都不可避免会感到失望，作为女人更是如此。她有时还会谈到其他的事情，例如她刚读过的那些书里的一些内容，可是她讲的一切都杂乱无章，简直让人以为她把不同的几个小说的内容都搅和在了一起。特蕾莎毫不犹豫，逮着机会就会开玩笑般地说出这一猜测。

这时母亲就会让她别插嘴,受了委屈一样转向她的儿子,抚摸着他的头发和脸颊,以此来表扬他的耐心和深信不疑的倾听。她根本没有注意到,儿子如何眯起眼睛,狡猾地斜眼看着受了冷落的妹妹。特蕾莎则继续做着针线活,或者坐到越来越走调的钢琴前练习起来,希望能提高琴艺。她在勒姆贝格时开始学琴,到了维也纳之后也在一个很便宜的钢琴女教师的指导下练习过。

秋天还没到来之前,父亲就不再出去散步了,其实这也不算出人意料。很长一段时间以来,特蕾莎就发现父亲之所以还继续出去徒步漫游,完全是因为不愿拆穿自己所说的渴望的谎言。他们几乎是沉默着走完前面的路,反正再也听不到以前那种陶醉的欢呼声,以前可是连孩子们也必须得跟着父亲一起大喊的。只有回家以后,当着妻子的面,中校才带着迟来的兴奋,试图在一问一答的游戏里唤起孩子们对于散步途中某些时刻的回忆。可是就连这事儿也很快就结束了。中校退役之后天天穿着的那件旅行西装也被挂进了衣橱,一件深色的休闲西装取代了它的位置。

一天早晨,法比安尼来吃早餐时突然又穿上了军装,目光严厉而冷漠,吓得母亲也不敢对这个突然的改变妄加评论。几天之后,从维也纳往中校的地址寄来了一本书,紧接着又从莱比锡寄来一本,一位萨尔茨堡的旧书商也送来一个包裹。从此以后,这位老军人每天在他的书桌前一坐就是好几个小时。起先他没有向任何人透露工作的内容,直到有一天他一脸神秘地把特蕾莎叫到他房间里去,开始用一种单调而响亮、发号施令般的声音给她朗读一篇关于近代著名战役战略比较的论文,那手稿书写非常认真,简直称得上是书法。特蕾莎费了很大劲儿,专心地或者仅仅是凭自己的理解在听着这个干巴巴的、使人困乏的报告。不过因为最近一段时间父亲在她心里激起了越来越多的同情,所以她努力地认真去听,而且还要让自己困乏的双眼闪烁出参与其中的兴趣。当父亲终于读完了今天要读的这段内容的时候,她几乎是满怀感激地吻了吻他的额头。这样的情形又延续了三个晚上,中校才读完了他的作品。之后他亲自把手稿送到邮局去了。从此他又开始在不同的酒馆和咖啡馆里打发时间。他在这个城市里结识了一些人,大部分都是些已经完成了生命中工作那个阶段的、不再需要上班的男人们：退休的官员、从前的律师，里面还有一个演员，他在城里的剧院演了一辈子的戏，现在教授朗诵课，如果他有幸还能找到一个学生的话。以前沉默寡言的法比安尼在这几个星期的时间里变成了一个很健谈的人，一个大呼小叫的酒友，他对政治和社会状况发表评论的方式让人觉得奇怪，仿佛这不该出自一个老军官之口。不过这时他总是懂得让步，好像所有的一切都只是个玩笑而已，就连有时参与聊天的一位较高职位的警察局官员都跟着大家开心地笑了起来，所以大家也就由他说去。

2

圣诞节的晚上，圣诞树下面摆着家里人互相赠送的礼物，都是一些相当便宜的东西，其中一个像节日礼物般捆扎精美的邮包是给中校的。里面是手稿和那本军事杂志的退稿信，就是几个星期以前中校把手稿寄去的那家杂志社。法比安尼气得头皮都发红了，他责骂自己的妻子，怨她把很显然几天前就已经收到的包裹专门留到今天放在树下来气他。他把她送的雪茄袋扔到她的脚前，摔门而去。后来家人才知道他是在哪儿过的夜：在彼得公墓附近那些摇摇欲坠的破房子里住着一些年老色衰的娼妓，她们专门服侍那些男孩儿和老头子。他把自己关在房间里好几天，跟谁都不说话，一天下午他突然身着检阅时才穿的军装走进了妻子的房间。那里正在举行咖啡聚会，他妻子起初吓了一跳，可是他亲切而又幽默的谈吐让在座的女士们大感意外，如果没有告别时出现的尴尬场面，他的出场几乎就像一位鼎盛时期的完美的交际家——在灯光昏暗的前厅里，他居然对其中几位女士动手动脚。

从此以后他大多数时间都不在家，可是在家时却表现得平易近人，家里人很高兴看到他变得如此开朗，都觉得似乎可以松口气了。可是有一天晚上他却突然问大家，如果离开这个无聊的小城市，重返维也纳，他们会有什么意见，接着他还继续暗示自己的生活状况很快就会发生巨大的变化。特蕾莎的心跳得特别厉害，这时她才意识到自己是如何强烈地怀念着曾经生活过三年的那座城市，虽然她只有很少几次享受过大城市给富人们提供的种种娱乐方式。她别无所求,最希望能够再像以前那样在大街上漫无目的地散步,如果可能的话最好迷路,她以前有两次还是三次曾经迷过路,每次她的心里都会充满一种颤抖但却又甜蜜的害怕。她的眼睛因为这些回忆而闪闪发亮,却突然看到哥哥从一旁投射过来的鄙夷目光——里面的内容跟几天前她到他房间时看到的一样,当时他正跟自己的同学阿尔弗雷德·尼尔海姆一起做数学作业。这时她才意识到,只要她看起来心情愉快,目光中流露出欢快的闪光,他都会这么鄙夷地看她,就像现在这样。她的心揪在了一起。以前当他们还是小孩子的时候,甚至一年以前,他们的关系都是亲密无间的,还在一起说说笑笑——为什么会变成这样?她和母亲的关系虽然一直都不是特别亲密,可是最近母亲对她却越来越恶劣,甚至有时充满了敌意,到底发生了什么事?她不由自主地将目光转向她的母亲,她正瞪着自己的丈夫,母亲目光中的恶毒吓了她一跳,父亲正在用隆隆的嗓音宣布好日子不远了,他的胜利就在眼前。特蕾莎感到今天母亲目光中的恶毒和愤怒比往日更加强烈,仿佛她一直没有原谅丈夫提前退役,——就好像她一直都没有忘记,许多年以前,在斯拉沃尼亚她父母的庄园里,在原始森林一般茂密的自家花园里,还是女男爵的她骑着一匹烈性的小马四处乱跑。

父亲突然看了一眼表,从桌旁站了起来,说是有一个很重要的约会,就急忙走了。

他一夜都没有回家。他被人从酒馆带到了警卫站,他在那家酒馆里发表的关于战争部和皇宫的议论有时令人难懂,有时则很下流。第二天,在经过医生的诊断之后,他被送到了精神病院。后来才知道,他不久前给战争部写了一份请求立刻被重新聘用并且任命他为将军的申请。所以从维也纳下达了一道命令,派人暗中监视他,所以即便没有发生在酒馆里的尴尬一幕,也完全可以直接把他送到疯人院去。

3

　　开始的时候,他妻子每隔七天就去探望他一次。特蕾莎在几周之后才得到探视许可。在一个宽阔的、围墙很高的公园里,穿过一条遮盖在高大醋栗树阴影下的林荫道,特蕾莎看到一位长着几乎全白的、短短的络腮胡子的老人在护工的搀扶下向她走来,身上是一件破旧的军官大衣,头上戴着一顶军帽,那护工面色苍白,穿着一身肮脏的黄色西装。"父亲!"她深受触动地叫着,终于能见到他还是让她很高兴。他从她身边走过,似乎没有认出她来,自言自语地嘟囔着一些让人听不懂的话。特蕾莎不知所措地站在那儿,她看到护工正在给她父亲解释着什么,父亲起初摇摇头,之后却转过身来,松开了护工的手臂,向女儿蹒跚走来。他一把抱住她,想把她从地上举起来,就好像她还是个小孩子。他愣愣地盯着她,开始伤心地痛哭起来,又把她放下,一副羞愧难当的样子,接着他用手掩住了脸,朝着那座掩映在绿树中的深灰色大楼疾步走去。护工在他后面缓步跟着。母亲坐在一条长椅上冷漠地看着这一幕。当特蕾莎朝她走去时,她百无聊赖地站起身来,就好像她在这里只是为了等待自己的女儿一样,然后两人就离开了公园。

　　她们站在宽阔的、白色的公路上,阳光很刺眼。在她们前面,紧靠山岩修建的霍恩萨尔茨堡要塞的下面,就是小城,虽然只有一刻钟的路程,但却显得那样遥不可及。山峰耸立在正午的雾霭中,一驾马车载着昏昏欲睡的车夫叮叮当当地从她们身边走过,从田野另一边的农户里传来一阵狗叫声,打破了这个沉默的世界。特蕾莎小声嘟囔道:"我的父亲。"母亲恶狠狠地看着她。"你想怎么样?他这是自作自受。"她们继续沉默地走在阳光炙烤下的公路上,朝着小城的方向。

　　在餐桌旁卡尔说道:"阿尔弗雷德·尼尔海姆说,这种病能拖很多年。八年,十年,十二年。"特蕾莎愤怒地瞪大了双眼,卡尔撇了撇嘴,把目光从她身上转到墙上去了。

4

特蕾莎从秋天起又开始到女子中学上学,她还有一年就要毕业了。她很快就发现,自己怎样也无法勤奋专注地学习。首席女教师对她表现出一些不信任,虽然她在宗教理论课上并不比同学们差,而且在教堂和学校里也按照规定进行所有的宗教练习,但仍然被怀疑缺乏真正的虔诚。有一天晚上她偶遇年轻的尼尔海姆,两个人在一起的时候恰巧被女教师看到了,于是女教师就借机恶毒影射,说一些可能来自大城市的习惯和风俗现在似乎也蔓延到乡下来了,说这话的时候她用毋庸置疑的目光注视着特蕾莎。特蕾莎越发觉得不公平,因为她的同学们背后说的那些话更难听,而且也没人制止她们。

年轻的尼尔海姆到法比安尼家来得越发频繁,如果只是为了跟卡尔一起学习的话也似乎没有这个必要,有那么几次甚至卡尔不在家时他也来。这时他就坐在特蕾莎的房间里,赞叹她灵巧的双手,那双手正在一块灰紫色的绣花底布上绣着色彩缤纷的花朵;或者倾听她弹琴,她在那架走音的小钢琴上磕磕绊绊地弹奏着一首肖邦的小夜曲。有一次他还问她,是否还像她偶尔说过那样一直想成为教师,她不知道该怎样回答。只有一点是肯定的,她无论如何都不想在这样的空间,在这座城市里生活下去,也许她必须有个工作,那么越快越好,最好是在别的什么地方。家里的状况很明显越来越差,这对于阿尔弗雷德来说肯定也不是什么秘密。可是——她不想提起这件事——母亲还是一如既往地接待着她的女友们,或者是被她称为女友的那些人,偶尔也会有男士参加,有时聚会一直持续到深夜才散。特蕾莎对此并不感兴趣,可是她和母亲之间越来越疏远了。哥哥也完全不再理会她和母亲,即使是吃饭的时候,他们之间也仅限于相互寒暄而已,有时就好像是特蕾莎,恰恰是她以某种方式导致了家庭的衰落,而她却好像对自己的罪过毫不知情似的。

5

特蕾莎几乎有点害怕再次去精神病院探望父亲,不过开始时的情形却还令人欣慰,让她平静了下来。父亲像以前一样跟她闲聊,看起来很和善,心情似乎不错,领着她在医院公园宽阔的林荫道上走来走去,就像接待一位受欢迎的客人。直到告别时他才彻底击碎了特蕾莎所有的希望,他说下次探望的时候他可能就会穿着将军的军装来接待她了。

第二天,当她对阿尔弗雷德·尼尔海姆谈起去精神病院探望一事的时候,他提出愿意下次有机会陪着她一起去看望病人。就像特蕾莎已经知道的那样,他准备学医,将来做神经科和心理医生。于是几天之后他们就像秘密约会一样在城外某个地方碰头,然后一起前往精神病院。在那里中校问候了阿尔弗雷德,就好像他早就期望,甚至是在等待着他的拜访一样。今天他谈到自己青年时代驻防过的地方,还有那座位于克罗地亚的庄园,他就是在那里结识了自己的妻子,可是他谈到妻子时的语气让人感觉好像她已经不在人世了,而且似乎他也完全忘记了自己还有一个儿子。阿尔弗雷德还被介绍给了门诊医生认识,医生对他非常亲切,就像对待一位年轻的同事一样。让特蕾莎格外感慨,甚至触痛了她内心的是,在回去的路上,阿尔弗雷德说到刚才的探访时没有一丝忧伤,反而透露出某种兴奋,就好像谈到一件奇特的、对于他来说非同一般的经历一样。他也没有留意到她脸颊上流淌着的泪水。

6

这些天特蕾莎发觉她的同学们对她的态度明显发生了变化。她们窃窃私语,当她走近的时候,她们就会突然中断正在进行的谈话,而女教师则一句话都不再跟她说,也从不提问她。从学校回家的路上,姑娘们没有一个肯和她结伴同行。从唯一跟她稍微亲近一些的克拉拉·克劳福特眼中,她相信自己看到有一丝同情在闪烁。从她那里特蕾莎终于得知关于她母亲的谣言,说那个晚间的聚会圈子在最近一段时间已经变了味儿,甚至还有人宣称,法比安尼夫人最近被警察局传唤并受到了警告。这时特蕾莎才想起,两三个星期以来她家里的确没有举办过那种晚间聚会了。

　　和克拉拉倾心交谈后,晚饭时她和母亲、哥哥一起坐在桌旁,她注意到卡尔没有问过母亲一个问题或是回答过母亲的问话,现在她才意识到,这种情况至少已经持续一个星期了。卡尔站起身来,随即母亲也回自己房间去了,这时她才松了口气。可是突然之间只剩下她一个人还坐在桌旁,春天的阳光从敞开的窗子里照着还没有收拾的桌子,她呆呆地坐了一会儿,就像是在一场噩梦里一样。

　　就在这天夜里,她突然被前厅传来的一声响动惊醒了。她听到门被小心地打开之后又锁上了,之后楼梯上有轻轻的脚步声。她从床上爬起来,走到窗口向下望去。几分钟之后大门开了,她看到两个人正往外走,一位身穿军装的男子,领子竖着,还有一个戴着面纱的女人,两人急匆匆地转过弯去不见了。特蕾莎认为有必要让母亲解释一下。可是当机会来临时,她却失去了勇气,她再次感觉到母亲变得如此陌生和难以接近,是啊,最近一段时间,这个正在老去的女人似乎刻意让自己从怪僻变成了让人害怕。她渐渐习惯于一种奇怪的拖拖拉拉的走路方式,在房间里毫无意义地走来走去,嘟囔着一些让人听不懂的话,一吃完饭就立刻把自己关在房间里几个小时,开始在很大的纸上用分叉的羽毛笔写字。一开始特蕾莎还以为母亲是在写与那次警察传唤有关的辩护词或者诉状草稿,之后她想到母亲也许是在写回忆录,她以前提到过几次,说有这种想法,不过不久之后就水落石出了——法比安尼夫人有一次在饭桌旁说起了这件事,就像在说一个大家已经知道的事实——她正在创作一部小说。特蕾莎不由自主向哥哥投去了惊讶的一瞥,而他的目光却掠过她,停在了墙壁上的一抹阳光上。

7

　　七月初,卡尔·法比安尼和阿尔弗雷德·尼尔海姆通过了高中毕业考试。阿尔弗雷德的成绩在他的同学当中是最好的,卡尔则是刚刚及格。第二天卡尔就去徒步旅行了,仓促告别时母亲和妹妹都很冷淡,就好像他晚上就会回家一样。按照先前的计划,阿尔弗雷德本该陪他一起去的,可是临行前却以母亲得了小病为借口,暂时留在了城里。他仍然是每天都来法比安尼家,一开始是来取书和课本,还有一次是来打听卡尔的情况,后来就不仅仅是午后拜访了,之后在美好的夏夜还要和特蕾莎一起去散步,而且散步的时间也越来越长。

有一天晚上,在僧侣山绿地的一条长椅上,他又说起秋天自己要去维也纳大学学医,这对于特蕾莎来说也不是什么新鲜事,他谈话的大部分内容特蕾莎都已经听过了。当他承认,自己这次之所以放弃了假日旅行,就是想在最后这几个月能待在她的身边时,她也并不感到吃惊。她无动于衷,甚至还有点儿生气,她只是感觉到,这个年轻人,这个小伙子虽然表现得非常谦虚,但是却仍然让她有一种负债感,而她却毫无兴趣去偿还这种施舍。

两名军官从他们旁边经过,其中的一个特蕾莎早就见过,就像在这里驻防的团里大多数军官一样,另外一个却看起来眼生,他胡子刮得很干净,长着深色的头发,身材修长,让特蕾莎特别注意到的一点是他把军帽拿在了手里。

他很快地扫了特蕾莎一眼,当尼尔海姆和另外那名军官互相问候的时候,他也问了好,因为没戴帽子,所以他只是轻快地点了下头,同时用活泼的、带着一丝笑意的眼神看着特蕾莎。但是他却没有像她希望的那样跟她交谈,而是跟他的伙伴一起消失在了林荫道的拐弯处。特蕾莎和阿尔弗雷德之间的谈话也没有再继续下去,两人站起身来,在暮色中慢慢往回走去。

8

卡尔本应该在八月初回家的,可是他却没有回来,只是寄来了一封信,说他不想再回萨尔茨堡了,请求家人把每月给他的那份数额很少的钱寄到维也纳去;他通过报纸上的广告已经顺利地在那里找到一份工作,给一个中学生当家教。他在信的结尾顺便问了一句父亲的状况并问候母亲和妹妹,对于这种也许是彻底的决裂,他的语气中没有流露出一丝遗憾。这封信的内容和语气没有给母亲留下什么特殊的印象,可是特蕾莎却感到被彻底遗弃了,对于这点连她自己都感到惊讶,因为她和哥哥的关系已经慢慢变得非常冷淡。她生阿尔弗雷德的气,怪他无法帮助自己摆脱这种孤立无援的感觉,而且她也开始觉得他的腼腆有点儿可笑。有一次在城外散步时,他挽起她的胳膊并轻轻地揉捏起来,她有些夸张地狠狠地甩开了他,直到后来在家门口道别时她对他仍然冷淡和漠然。

有一天母亲向她抱怨说,她根本就不再关心母亲了,似乎把时间更多地留给了阿尔弗雷德·尼尔海姆。于是过了一会儿,特蕾莎就陪着母亲去城里散步,这时她有机会留意到,以前常来她家的两位女士没有问候法比安尼夫人。第二天她们又一起散步,一直走到了城外。从石门那边过来一位长着灰白色短胡须的上了年纪的男士,本来已经快从她们身边走过去了,却又突然站住,用矫揉造作的语气说道:"法比安尼中校夫人,我没记错吧?"法比安尼夫人把他称作伯爵,并向他介绍了自己的女儿。他打听了一下中校现在的状况并自顾自地说起自己的两个儿子,他夫人不久前去世了,所以他们被送到法国的寄宿学校里去了。当他告别之后,法比安尼夫人说道:"贝克海姆伯爵,以前的地方长官。你没认出他来吗?"特蕾莎不由自主地扭过头去看他。她注意到他的瘦弱,还有他身上那件时髦的、颜色有点儿太浅的西装,以及他那年轻人一般轻快的步伐,带着有点刻意为之的弹性,他离开时比来时走得要快。

9

这天遇到伯爵之后特蕾莎在家里等着阿尔弗雷德·尼尔海姆,他说好要给她带书来并接她一起去散步。这其实已经成了她的负担,她倒宁愿一个人去散步,虽然前一段时间她经常被男士们尾随,有几次还有人上前搭讪。像往年一样,到了这个季节城里总有很多陌生人。特蕾莎现在对于看起来显得高雅和时髦的东西特别好奇。他们住在勒姆贝格时她才只有十二岁,就对当时在父亲团里担任少尉的一个年轻英俊的大公爵心醉神迷,她有时觉得真是遗憾,阿尔弗雷德同样也是出身于富贵家庭,虽然他身材很好,五官也长得精致,可是为什么他就不懂得时髦,偏偏穿着打扮一看就是来自小城市呢。母亲走进她的房间,说她真是惊讶,这么好的天气特蕾莎居然还待在家里,她开始像顺便提到一样说起贝克海姆伯爵来了,她今天碰巧又遇到了他。他对于父亲关于军事方面的藏书很感兴趣,希望有机会能来参观,也许他还会买下来。"这不是真的。"特蕾莎没有告别就走了出去。她拿了帽子和外衣,跑下了楼梯。在门厅里她遇到了阿尔弗雷德。"才来啊!"她喊道。他道了歉,说家里有事耽搁了。天色已经暗了下来。阿尔弗雷德问她怎么了,她看起来很激动。"没什么。"她回答说。另外她突然想到一个好主意要告诉他。他们今天一起选一个又大又漂亮的酒店花园去吃晚饭怎么样?就他跟她两个人坐在那么多陌生人中间?他脸红了。哦,太好了,太好了,可是——可惜——偏巧今天肯定不行。他没带钱,完全不够两人去她想的某个高档酒店吃晚饭。她笑了起来,看着他。他的脸更红了,让她的心一动。——"下次吧。"他腼腆地说道。她点了点头。然后他们就又在街道上散步,很快就来到城外,走上了他们最喜欢的那条田间小道。这天晚上很闷热,城市在他们身后越来越远,头顶的天空渐渐暗了下来,没有一颗星星。他们穿行在高高挺立的麦穗中间,阿尔弗雷德拉着特蕾莎的手询问卡尔的情况。她耸了耸肩。"他几乎不写信来。"她回答说。"我压根就没有收到他一封信,"阿尔弗雷德说,"自从他走后。"然后他说起自己不久之后也要动身。特蕾莎沉默着,看着远处。她会给他往维也纳写信吗?

"我给您写什么呢?"她不耐烦地回答,"这里有什么事情好讲呢?每天都和另一天一模一样。"——"现在每天也和另一天一样呀,"他答道,"不过总会有要讲的事情吧。不过只要您时不时地问候我一下,我就已经很满足了。"

他们从起伏不平的田间又回到了公路上。杨树高高耸立着,修女山上薄薄的围墙就像用清晰的线条勾勒出的黑色的墙。"您一定会想家的。"特蕾莎突然很温和地说道。"只会想你。"他答道。这是他第一次用"你"来称呼她,为此她感激他。"为什么你还要跟母亲留在萨尔茨堡呢？是什么原因让你们留在这里？"——"什么事能让我们到别处去呢？"——"终归还是有可能把你父亲送到另外一个精神病院去嘛——在维也纳附近。"——"不，不。"她极力反驳道。——"你不是有这个打算吗？你说过要谋个职业，谋个职位。"——"没有那么快。我还有一年才能从女中毕业呢，而且我也得通过教师考试呀。"她猛烈地摇着头，因为她感觉好像自己被神秘地绑在了这个地方、这个区域一样。她平静地说道："你到圣诞节的时候无论如何都会回来的吧，就算为了你的家人？"——"到那时还长着呢，特蕾莎。"——"你不会有时间想我的。你还要学习呢。你会认识许多新朋友的，也会认识许多女人、姑娘。"她笑了笑，她没有感觉到一丝嫉妒，她什么感觉都没有。

他突然说："不出六年我就是博士了。你愿意等我吗？"——她望着他。一开始她没听懂他的话，之后她又笑了，这次有些感动。她觉得自己比他成熟多了。还在这个时刻她就已经明白他们说的都是些孩子气的话，这些事情永远都不会成真的。不过她还是拿起他的手，温柔地抚摸着。后来在大门口道别的时候，在黑影里，她闭着眼睛，几乎是热情地回应了他一个长长的吻。

10

每天傍晚，他们都在城外人烟稀少的田间小路上散步，谈论着一个特蕾莎并不相信的未来。白天在家的时候她就绣花，通过练习提高自己的法语，练习钢琴，或是随便找本书翻翻，大多数时间她都懒洋洋的，脑子里空空如也，只是呆呆地望着窗外。她是如此热切地期待着傍晚的到来和阿尔弗雷德的出现，可是他们在一起还不到一刻钟，她就已经感觉到了一丝无聊。有一次散步时他再次提到自己动身的日子越来越近，这时她略微有些害怕地意识到自己其实是在盼着这一天早点到来。他感觉出来很快就要分离的想法并没有让她特别痛苦，于是他就表白了自己的感受，而她则有点儿不耐烦地回避着这个问题，他们之间第一次发生了小争执，回家的路上两人沉默地并肩走着，告别时也没有接吻。

回到房间之后她觉得心头沉甸甸的。她摸黑坐在床上,望着窗外闷热漆黑的夜。在那边并不遥远的地方,在同一片天空下,她知道有一个伤心的所在,她那发了疯的父亲在那里衰老下去,也许很久之后他的生命才会消亡。在隔壁房间,她那一天比一天更加陌生的母亲,也像中了魔怔一样,用羽毛笔不停写作的母亲,在清晨醒来。没有一个朋友来探望特蕾莎,连克拉拉也好久没来了,阿尔弗雷德对她来说什么都不是,可能比这还不如,因为他对她一无所知。他高贵,他纯洁,她暗中觉得她自己不是这样,而且也不想成为这样的人。她心里暗自嘲笑他,难道他就不能在她面前表现得更洒脱、更大胆些,可是她也知道自己不会容忍这种方式的尝试。她想起一些只跟她有过一面之缘或者仅仅是见过而已的年轻男子,她不得不承认,这当中的某些人比阿尔弗雷德更招她喜欢,更奇怪的是她甚至觉得他们这些人比他更可信、更亲密、更熟悉,她意识到,有时两个异性在大街上瞬间的目光交汇都比这种几个小时待在一起的,交织着对未来幻想的谈话更能把两人密切地联系在一起。她惬意地回忆起某个夏夜,在僧侣山绿地上偶遇的那个年轻军官,帽子拿在手里,跟一个战友一起从她身边走过。他的目光与她的目光相遇之后不禁一亮,但他继续向前走着,都没有回头看她一眼。可是就在这一瞬间,她觉得他比阿尔弗雷德更了解她,虽然阿尔弗雷德自以为跟她订了婚,吻过她许多次,还一心扑在她身上。她感觉到这件事有什么地方不对劲儿。可这也不是她的错。

11

第二天早上,阿尔弗雷德写了封信来。说他一整夜都没合眼,如果昨天伤害了她的话,他请求她的谅解,她额头上的阴云让他觉得连最晴朗的天空也变得黯淡。整整四页纸写满了这样的话。她笑了笑,有一点感动,机械性地把信纸按在嘴唇上,然后一半有意,一半偶然地让信纸飘落在自己的缝纫桌上。她没有义务必须回信,这一点让她高兴——反正今天晚上肯定会在约会的老地方见面的。

快到中午的时候,母亲嘴角挂着甜甜的微笑走进她的房间:贝克海姆伯爵来了,他刚才第二次仔细地参观了父亲的藏书——第一次拜访的事母亲压根就没提起过。他已经准备用一个很可观的价格买下这些书,他还真诚地询问了父亲的状况,另外他也打听了特蕾莎。当特蕾莎双唇紧闭,沉默地继续绣花时,母亲靠上前来,对她耳语道:"来吧——我们可得好好谢谢人家,你也来。不然太不礼貌了。我要求你这么做。"特蕾莎站起身来,和母亲一起来到隔壁房间,贝克海姆伯爵正在翻阅桌子上堆放的书里一本插图版的八开本书。他立刻站了起来,说他很高兴能够再次向特蕾莎问好。在客气而中规中矩的谈话中他问两位女士,也许她们下次去精神病院探望中校的时候可以用他的车,他也很愿意把车借给她们到亮泉宫或者什么别的地方去散散心。不过当他从特蕾莎的表情里看到陌生和拒绝时,就岔开了话题。过了一会儿他就走了,临走时说他有一个无法推迟的短期旅行,他一回来就会再次拜访,以便解决藏书的事宜。告别时他分别亲吻了母亲和女儿的手。

当门在他身后关上以后,先是一阵闷人的沉默。特蕾莎无言地起身离开房间,却听到身后传来母亲的声音:"你本来能够更友好一些的。"特蕾莎在门边转过身来说了一句:"我对他太客气了。"说完就想走。这时母亲开始直接用恶毒的话语责骂她不礼貌、粗鲁的举止,就好像这些怨恨日积月累地积聚在她心里一样。伯爵至少也是个跟年轻的尼尔海姆一样的高雅男士吧,女儿小姐无论白天黑夜都要跟人家在城里城外四处乱逛。在一个殷实、成熟、优雅的男士面前表现得得体一些不是比和一个只是在她这里找乐子的大学生吊膀子要正派一百倍吗?她越来越明确地用毫无遮拦的话让女儿明白,她早就开始对她身上发生的变化产生了疑虑,她不顾羞耻地说道,正因为如此她越发觉得自己有权利期待和要求她女儿怎么做。"你觉得我们的日子还过得下去吗?我们会饿死的,特蕾莎。你恋爱昏了头,连这个都看不出来吗?伯爵会照顾你的——照顾我们所有人,还有你父亲。别人没有必要知道这个,你那位年轻的尼尔海姆先生就更别提了。"她步步紧逼地走到女儿面前,特蕾莎甚至能感觉到她呼到自己脸上的气,她挣脱了母亲,向门外跑去。母亲在她身后喊道:"站住,饭已经做好了。""我不需要,我们不是正在挨饿嘛。"特蕾莎讽刺地说道,她离开了家。

　　这时正是中午,街上几乎空无一人。到哪儿去呢？特蕾莎问自己。去找住在父母家里的阿尔弗雷德？唉,他不够男人气,不能接纳她,在危险和耻辱面前保护她。母亲居然还以为他是她的恋人！真是可笑。可是能到哪儿去呢？要是钱足够多的话,她就可以直奔火车站,从那儿出发到哪儿去都行,最好直接去维也纳。在那里有足够的机会,可以以正当的方式生活下去,即使女中的最后一年没上也不要紧。比如她同学的妹妹才十六岁,就到一个宫廷法院律师家里去当保姆了,她过得很不错。只要自己多操心就行了。她不是早就有了这样的计划吗？她立即买了一份维也纳的报纸,坐在米拉贝尔宫花园树荫下的一条长椅上看起那些小广告来。她找到了一些符合目标的招聘广告。有人找保姆照顾一个五岁的小女孩,另一个是照看两个男孩,第三个是看护一个稍微有些智障的小女孩;某个人家要求会法语,另一个要求会点针线活,第三个则要求有钢琴入门基础。所有的条件,她都符合。总算还有出路,谢天谢地,下次有机会她就直接把行李打好坐车去那里。也许可以这样安排,她和阿尔弗雷德一起去维也纳。她不由得笑了。先不要告诉他,然后登上同一列火车——去同一个包厢,那样不是很有趣吗?!但是她内心隐隐约约地另有想法,她其实更愿意独自一人,甚至是和别的什么人一起旅行,跟一个不认识的人,例如一位时髦的陌生人——以前那个在萨尔茨河桥上那样直勾勾地盯着她的脸看的男人可能是一个意大利人或者法国人。她心不在焉地继续翻着报纸,读到普拉特公园里的一场烟花表演,还有一起火车相撞事故,山里的一场事故,突然她看到一个吸引她的大标题:试图谋杀恋人。文章里讲的是一个单身母亲的故事,她枪击了对她不忠的恋人并导致他重伤。这个可怜的人叫玛利亚·迈特纳。是啊,这种事也是有可能发生的。不,绝不会发生在她身上。聪明人是不会这样干的。女人不一定非得要恋人,也不能要孩子,女人千万不能轻率,还有最重要的一点:千万不要相信男人。

12

她慢慢地朝家走去,内心十分平静,也不再生母亲的气了。简单的午餐还在炉子上热着,母亲无言地把饭摆到桌子上,伸手拿过特蕾莎放在桌子上的报纸。她寻找着小说连载,然后如饥似渴地读了起来。吃完饭后,特蕾莎拿起针线活,坐到窗前,想起现在银铛入狱的玛利亚·迈特纳小姐。她也有父母吗?她是被逐出家门的吗?最终她心灵深处是否还爱过别的男人,爱得比这个恋人更深吗?她为什么会有一个孩子呢?有那么多的女人只是享受生活,却没有怀上孩子。她想起这两三年在维也纳和这里从同学那里听到的各种各样的事情。某些不正经的谈话的内容——她们习惯于把这种闲聊称作不正经的谈话——在她心里变得鲜活起来,她突然有一种厌恶的感觉,她憎恶和这类事情有关的一切。她想起两三年前,她几乎还是个孩子的时候,就跟两个女朋友约好了一起去当修女,而眼前这个时刻,在她心里生出一种跟当时很相似的渴望。只不过今天这种渴望的含义不同而且更多:骚动,害怕——仿佛只有在修道院的围墙里才安全,才能避开世俗生活带来的一切危险。

当闷热慢慢退去,夜晚的阴凉渗透了五楼房间的墙面时,她的害怕和伤感就消失了,她比以往任何时候都更加高兴能和阿尔弗雷德在一起。

她跟往常一样在城外跟他碰头。他的眼睛闪着柔和的光,连额头似乎也闪烁着高贵,看得她觉着心里一疼。她痛苦地感到自己比他略高一筹,因为她比他更了解生活或者有更多的预感,同时她并不怎么信任他,因为他周围的环境要单纯得多。他的身材和举止都很像他的父亲,在这座小城的街道上她总能遇到他父亲,当然他并没有注意过她,他也不知道她是谁。她也从相貌上认识了阿尔弗雷德的母亲,一个身材高大的金发女人,还有他的两个姐姐,她们可能猜出点什么了。因为最近有一次只是偶尔碰到时,她们俩同时好奇地回过头来看她。她俩一个十九岁,一个二十岁,估计很快就会结婚了。他们家境富裕,又很受尊敬。是啊,她们过得很轻松。塞巴斯蒂安·尼尔海姆博士,城中诸多最富裕家庭的医生会去疯人院,这可是个无法想象的念头——阿尔弗雷德觉出特蕾莎有点心不在焉,他问她怎么了,她只是摇摇头,紧紧抓着阿尔弗雷德的手。天已经变短了,天色开始暗了下来。阿尔弗雷德和特蕾莎坐在绿树掩映的一张长椅上,平原一望无际,远处是群山,从城市传来沉闷的嘈杂声,一列火车微弱的汽笛声拖着长音,草地的另一边,在公路上,时不时地开过一辆汽车,卷起的尘土遮住了行人。阿尔弗雷德和特蕾莎紧紧地拥抱在一起,特蕾莎的心被柔情胀满了,当她后来回忆起这段初恋时,她的记忆里总是浮现出这个傍晚:她和他坐在田野和草地之间的一张长椅上,在一片广袤的平原上,面对着漫过一山又一山的夜色,听着远处传来的微弱的汽笛声和一个看不见的池塘传来的蛙声。

13

有时他们也会谈到未来。阿尔弗雷德把特蕾莎称作他的最爱,他的新娘。她可得等着他啊,最多六年之后他就是博士了,那时她就会成为他的妻子。现在她身边就好像有一个神秘的保护神,像额头上的圣光一样——这几天再也没有听见母亲对她说恶毒的话,是的,母亲表现得甚至有些过分慈爱了。

一天早晨,她眼含泪水来到特蕾莎的床前,递给她一份报纸,在为长篇小说预留的空白处印着:"贵族的诅咒,作者尤莉娅·法比安尼-哈尔默斯。"她在床边坐下来,特蕾莎开始读了起来。故事的开头和其他一百部小说一样,特蕾莎觉得似乎每句话她都读过一百遍。读完之后她好像赞许一般无言地对母亲点了点头,母亲将报纸接过去,把整篇文章抑扬顿挫地大声朗读了一遍。然后她说:"这篇小说要连载三个月。我已经拿到了一半的稿酬——差不多顶上一个中校半年的退休金了。"

这天晚上特蕾莎和阿尔弗雷德碰面时,她很惊讶地发现他穿着十分讲究、时髦,别人也许会把他当作一个高雅的游客,就像这个季节在城里到处都能看到的游客一样。阿尔弗雷德很高兴地从特蕾莎的目光中看到对自己的赞许。他开玩笑一般特别客气地对她说,他希望有此荣幸邀请她今天去欧洲大饭店共进晚餐,她高兴地接受了。过了一会儿他们就坐在了灯光明亮、像公园一样的花园里,面前的桌子上摆满了美味佳肴,就他们俩,在许多不认识的人当中,就像高雅的一对新人在蜜月旅行。阿尔弗雷德点菜时酒保表现得有点居高临下,一份精美的晚餐被端了上来,特蕾莎胃口大开,她意识到自己很久以来都没有真正吃饱过。连那柔和甜美的葡萄酒也特别可口。开始的时候她还拘束地不大敢四下里张望,现在她的双眼更加灵活、大胆地观察着所处的小圈子。四处都有一些目光落在她身上,那目光不仅来自年轻的男士以及上了年纪的男士,而且还有一些女士,那是欣赏的目光、赞叹的目光。阿尔弗雷德心情非常愉快,他一反常态,讲着各种各样风流的、相当愚蠢的事情,特蕾莎有时则报以扭捏的笑声。阿尔弗雷德第三次还是第四次耳语一般问她——他没有多少幽默细胞——别人会怎么看待他们俩呢:一对私奔的情侣或者是一对来自法国的新人在新婚旅行。这时有几个军官从旁边经过,特蕾莎立即认出那个黑头发、身着黄色翻领上衣的军官正是她这几个星期以来朝思暮想的人。那个军官也立刻认出了她,她知道这点,虽然他并没有表现出来,而只是大大方方地将目光移开了。他没像特蕾莎希望的那样在邻桌就座,而是跟他的同伴们一起坐在了一个距离颇远的桌子旁。阿尔弗雷德的好心情突然间不翼而飞了。他留意到特蕾莎的眼睛亮了一下,凭借恋人才有的嫉妒直觉,他知道发生了一件可疑的事情。当他再次斟满她的酒杯时,她心虚地握住了他的手,同时又意识到自己的笨拙,突然说:"我们走吧?""妈妈会担心的。"她又补充道,虽然她心里明白,她并不害怕这一点。"你跟家里人是怎么说的,阿尔弗雷德?"他脸红了。"你知道的,"他回答说,"我家里人都出门了。"——"哦,是吗?"她说。所以他今天这么大胆,她早该想到的。他结账后站起来的样子是多么笨拙啊!按照礼仪他应该让她先走的,他却自顾自地走在了前面。这时她觉察到,他无论怎么看都还是一个穿着周末礼服的高中生。而身着样式简洁的蓝白相间薄软绸长裙的她,穿过餐桌向出口缓步走去,就像一位习惯于每晚在大饭店优雅的陌生人中间就餐的年轻女士。是啊,她的母亲本来就是一个女男爵嘛,她在城堡里长大,还骑着一匹野性十足的小马。在她的生活里,特蕾莎第一次为此而感到骄傲。

他们沉默地穿过寂静的小巷,阿尔弗雷德抓起特蕾莎的胳膊,把它紧紧地压在自己的胳膊上。"你觉得怎么样,"他用一种并不太适合他的轻佻的语气说道,"要不要再去一家咖啡馆?"她拒绝了,说天已经太晚了。——唉,真是个小学生!他满可以提出别的什么要求,干吗非得去咖啡馆度过告别前这一个小时呢。比如说他干吗不能叫醒那边在马车前座上打盹的马车夫,和她一起坐车出城,去享受那美丽、温和的夏夜呢?要是那样的话,她会紧紧地依偎着他的臂膀,热切地亲吻他,她该多么喜欢他啊。可是她压根就没指望阿尔弗雷德能想出来这种聪明的小伎俩。——很快他们就来到了特蕾莎家大门外。街道上漆黑一片。阿尔弗雷德拉过特蕾莎,比以前都要用力,她投入地用自己的双唇亲吻着他的唇,即使紧闭双眼她也知道,他的额头是怎样的高贵和纯洁。当她上楼梯时心里充满了渴望和忧伤。害怕吵醒母亲,她轻轻地打开房门,之后她清醒地在床上躺了很久,她想着今天晚上并不能算作真正的爱。

14

第二天,她和母亲坐在桌边吃饭的时候,花店送来了非常漂亮的白玫瑰,插在一个细长的磨光玻璃花瓶里。她的第一个念头就是:那个军官,第二个念头才是:阿尔弗雷德。不过小卡片上写着呢:"贝克海姆伯爵请求年轻可爱的特蕾莎小姐衷心接受这朴素的鲜花。"母亲目视前方,就好像这一切跟她无关一样。特蕾莎把插着花的玻璃瓶摆到五斗橱上,她忘了要重新坐回桌旁,而是拿起一本书,坐在了窗边的摇椅上。母亲独自一个人继续吃着,没说一句话,然后她就迈着那种拖拖拉拉的脚步回自己房间去了。

这天晚上,特蕾莎和阿尔弗雷德约好在火车站附近碰面——他们几乎每天都更换一个地点——在去火车站的路上,特蕾莎遇到了那位军官。他非常礼貌地问候了她,却一点都没有透露出她感觉到的那种秘密的信任。她不由自主地道了谢,之后就加快脚步,几乎小跑起来。她高兴的是,已经在那里等她的阿尔弗雷德并没有看出她的激动。他看起来有点尴尬和悲伤。他们走在玛利亚·普莱恩教堂附近尘土飞扬、有些无聊的街道上，连谈话都有些磕磕绊绊，对于昨晚的事，两人都只字不提。因为要下暴雨，所以很快他们就往回走去，比平时分手得早。

接下来的几个晚上虽然悲伤但是却非常美丽。告别的日子快要到了。九月初阿尔弗雷德就该动身去维也纳，在那儿他要先跟父亲会合。当阿尔弗雷德说到即将来临的分别时，特蕾莎的心头沉甸甸的，她一再发誓说要对他忠诚，说她会极力劝说母亲尽快搬到维也纳去。她告诉他，母亲开始会听不进去，但是，也许到了冬天她会让她慢慢改变主意的。她说的这一切都不是真的。其实特蕾莎已经打定主意，即使完全不考虑阿尔弗雷德，她也要独自离开父母家。

这早就不是她在他面前抱怨的唯一的不如意了。那次火车站偶遇几天之后，她又见到了那位军官。她习惯有时专门在这个时段去教堂，不是出于虔诚，更多是因为她渴望在高大、阴凉的教堂里静静地独处。那天她刚离开教堂，在大教堂广场上他径直向她走了过来。就好像这是世界上最自然的事情一样，他在她面前站住了，做了自我介绍——她只听懂了他的名字是马科斯——他还请求她原谅，他自作主张利用了这次机会，也是这段时间里的最后一次机会来结识特蕾莎本人。因为他要跟随一个月前他被分派到的那个团参加为期三个星期的军事行动。在这三个星期的时间里，他非常希望特蕾莎小姐——哦，他当然知道她的名字，特蕾莎·法比安尼小姐在萨尔茨堡也是个有名的人物，日报上现在刊登了一篇她妈妈写的长篇小说嘛——现在他希望，在他离开的这段时间里，特蕾莎小姐能够想着他，就像想念一位关系不错的熟人一样，一个朋友，一个沉默、沉醉、耐心期盼的朋友。然后他拿起她的手，吻了一下——就转身走了。她四下里打量了一番，确认一下是否有人看到他们在一起。在刺眼的阳光下，大教堂广场几乎空无一人，只是远处有几个她见过的女人走过——在这么小的城市里哪儿还有没见过的人呀——，不过阿尔弗雷德永远也不会从她们那里听说一位军官曾经跟她说过话，还吻了她的手。他压根什么也不会听说，他也不会知道贝克海姆伯爵曾经去过她家，不知道伯爵给她送过玫瑰，他不知道今天早上来的那些人，不知道她母亲的举止发生了很大的变化，母亲现在对她一直很客气、很温和，似乎她对于事情下一步的发展已经成竹在胸。特蕾莎也任由母亲给她添置了一些衣物。新衣服并不多，也不是特别贵重，可是不管怎样也是她需要的东西：内衣，两双新鞋子，一块英国布料，可以做一件上街时穿的裙子。她还注意到家里的饭菜也好了很多，她猜得出来，这一切光靠现在每天登在报纸上的小说稿酬是不够的。不过这一切都无所谓。反正也不会延续太长时间的。她已经下定决心要离开这个家，她想，也许最聪明的办法是赶在那个少尉从他的军事行动返回之前就离开这里。所有这些，无论是既成事实还是私下里的考虑，阿尔弗雷德都毫不知情。他还是叫她"我的最爱"和"我的新娘"，他说自己六年以后会以医学博士的身份娶特蕾莎·法比安尼小姐为妻，就好像这是可能的，甚至是很自然而然的事情一样。晚上他们越来越多地坐在田野里的那条长椅上，她倾听着他的情话，有时也回应几句，在这种时刻她几乎相信了所有他说的话，还有她自己说的某些话。

15

一天早上，她收到一封他的来信。头天晚上跟那之前的许多夜晚一样。信上只有几行字而已。她读着信，他写道，他已经坐在去维也纳的火车上了，他昨晚实在下不了决心告诉她，希望她能够理解并原谅，他对她的爱强烈得无法形容，在这个时刻他比任何时候都体会得更加深刻，这份爱会直到永远。——她任由信纸从手中滑落。她没有哭，但是她很悲伤。完了。她知道，这回是永远地完了。她了解真相而他不知情，想到这一点让她觉得与其说是悲伤，还不如说是可怕。这时母亲从城里回来了。她去了市场，去买东西。"你知道谁今天早上，"她得意地说，"带着大包小包的行李从我身边经过去火车站了吗？你的情郎。是的，现在他已经走了。你没有看见。"这就是她的风格，总是在日常谈话里加上这些苍白过时的小说里的词句。显而易见，母亲心情非常愉快，她以为自己已经铲除了计划中唯一的障碍。在同一时刻特蕾莎想到的是：离开，只有离开。就在今天，马上就走,跟随着他。我能设法搞到旅行所需的那几个古尔盾——希望克拉拉能帮忙……

她离开了家,不一会儿她就站在朋友家的窗户下面了,但是她没有勇气走上楼梯。另外窗帘也放下来了,克劳福特一家也许出去度假还没有回来。这时克拉拉从大门里走了出来,像往常一样穿着漂亮而雅致的服装,看起来妩媚而又无邪,她用夸张的热情问候了特蕾莎,接着就转到了她最喜欢的话题上去。虽然她并没有使用可疑或者是不正派的词汇,但是她的话却总是带着些一语双关的味道。她顺口提到现在不能总是见面真是遗憾之后就立刻谈到了尼尔海姆一家,从她的语气中特蕾莎明确听出,这个女友把她和阿尔弗雷德之间的关系想象得完全不符合事实。特蕾莎向克拉拉解释着一切,她这么说并非是出于受伤的感觉,而是因为自己的无辜,可是克拉拉带着一些蔑视的表情径直说:"怎么可以这么笨呢。"一位认识的太太走过来,克拉拉很明显故意飞快地跟特蕾莎道了别。

晚上到了特蕾莎平时跟阿尔弗雷德碰面的时间,她尝试着给他写信。她惊讶为什么下笔这样难,所以也只是很随意写了几行字:说她比他还要痛苦,她除了思念他之外没有别的想法,她希望上帝让一切都往好的方向发展。她到邮局去寄信,唉,她也知道,这是一封很愚蠢很虚伪的信。随后她就回了家,也不知道该干些什么才好,先拿出针线活儿,又试着看看书,弹了一会儿钢琴,最后实在是感到心烦又无聊,她就翻看起报纸来,那上面刊登着母亲写的长篇小说。这可真是个乏味的故事,母亲叙述的词语又很夸张。这是一篇关于一个贵族家庭的长篇小说。父亲是一个强硬、严厉而又大方的人,小说老是提到他的眉毛很粗,母亲温和、善良、多病,儿子是个花花公子,喜欢决斗和引诱女人,女儿则像天使一样纯洁,一头金发,就像人们总是称呼她那样,是一个真正的童话里的公主,结局里隐藏着一个黑暗的家族秘密,有一个很老的仆人知道,在花园里的某个地方藏着土耳其统治时期留下的财宝。小说里也有一些关于虔诚和美德的富有深意的词句,恐怕没人想象得出这样一位女作家居然要把自己的女儿撮合给一位老伯爵。

159

16

第二天阿尔弗雷德又寄来一封信,以后更是每天一封。他写道,父亲怎样在火车站等着他,还在医学院附近的阿尔沃萨施塔特给他租了一间房子,父亲和他去参观了博物馆,还去了剧院,从父亲的表现上推测,可能他已经预感到了什么。一次在餐馆吃晚饭时,他谈到年轻人脑子里总有些最终无法实现的想法,他自己年轻的时候也经历过这样的事情,当然也都挺过来了,对于一个人来说最重要的就是工作、职业和生活的严厉。特蕾莎认为阿尔弗雷德完全没有必要汇报得如此详细。难道他现在就想推卸责任吗?她可没有要求过他什么。他可以做任何自己想做的事。要给他一些正经八百的回应可真难,总之,要搜集足够多的素材让她每天给他回信就不是件容易的事。因为在这座小城里,所有的一切都按照惯常的方式了无趣味地进行着,她充满歉意强调着这一点,情绪有些恶劣。而恰恰真实发生的那些事情,她反而不能讲给这个亲爱的人听。她不能谈起上次贝克海姆伯爵的拜访,那次他很会逗人开心,他讲到过去的生活时非常隐讳地影射了他真正的目标,特别是在讲述自己的东方之旅时——他年轻时曾经在波斯做过领事馆的随员。他计划在接下来的时间里去旅行,甚至可以说是一种环球之旅。讲到这里他严肃而又满含深意地盯着特蕾莎的眼睛。对此她面无表情。是啊,环球旅行,倒是挺对她的胃口——不过她宁愿和其他人一起,而不是跟一位老伯爵同行。他也谈到了她的父亲,语气中不无同情和尊敬,他认为肯定是受伤的自尊心才让这位功勋军官失去了理智。特蕾莎感到很羞愧,因为整整三个星期以来她压根没有关心过自己那发疯的父亲,于是第二天她就急忙赶到了精神病院,却发现中校完全精神错乱了。但是现在他非常注重自己的外表,健康的时候他从来没有穿得这样仔细和精致过。不过他已经不认得自己的女儿了,就像对待陌生人一样跟她说着话。

关于这次探访她倒是写信告诉了阿尔弗雷德,她的表达充满了内心的同情和女儿的痛苦,其实她感觉得出来,这些词句并不符合她真正的感受——就如同她向远方恋人表达的温柔和思念一样不真实。可是她还能怎么做呢？她不可能告诉他实情——她有时试着想象他的模样却模糊一片，她已经开始忘记他的声音和语调了，经常有好几个小时的时间她根本就没有想到过他——她想的是另外一个人，一个她本来不应该想念的人。

一天傍晚，她正在回复他一封痛苦的来信，写得很吃力，简直是无从下笔，这时贝克海姆伯爵来了。他问到自己是否打扰了她，而她则因为不必继续写信而感到高兴，于是她对待他的态度比平日里要热情许多。他似乎是误解了，凑上前来，用一种她完全不习惯的方式跟她说着话，就好像以前他们之间曾经有过某些谈话使得他有勇气用这种口吻说话一样。他直截了当地说："这位年轻的小姐对于环球旅行是怎么看的呢？另外我们不必非得去印度和非洲。"他抓起她的双手，说到在意大利一个靠近湖泊的地方，他多年以前曾经在那里住了一个秋天，住在一栋迷人的小别墅里，还带着一个漂亮的花园，大理石的台阶直接伸到了湖水里，直到十一月还能游泳。在隔壁的别墅里，他接着讲道，住着三位年轻的女士，在晴朗的正午她们就从阳台上跳入水中，所有三个人，在这之前她们总是先脱掉大衣，那下面什么都没穿，她们就这样光着身子向湖心游去。——他慢慢靠近了特蕾莎，开始动手动脚，她又害怕又恶心，奋力推开他。终于她跳了起来，差点儿带翻了桌子和上面的台灯。这时门开了，射进来一束光线，母亲就站在那里，一副刚回到家的样子，帽子歪戴在乱糟糟的头发上，身上披着那件黑色的、样式过时的披肩，还带着毛皮流苏。她问候了正准备站起来的伯爵，请他继续坐着，她的目光在特蕾莎身上停留了一下就赶紧掉开了，因为她不愿意看到她的慌乱，她肯定听到了桌子晃动时发出的声响。一番很随意的对话很快就开始了，因为伯爵问了特蕾莎一个无关紧要的问题，她也只好若无其事地做出了回答，这对她来说也不是太费劲。

伯爵离开的时候完全有理由相信自己已经被原谅了，他无法知道，特蕾莎表面上的平静源自于她坚定的决心，她不再迟疑，想立刻开始实施她的旅行和逃跑计划。

按照报纸上的招聘启事，她向格拉茨、克拉根福特、布吕恩，无论如何还有维也纳写了信并请求对方将回信邮寄给她本人。除了维也纳和格拉茨的中介机构来信让她先预付定金之外,她没有收到任何回音。她已经想到要先去那里碰碰运气,却发现自己在家时的感觉开始变舒服了,这一点连她自己都感到惊讶。母亲表现得很热情,家里什么都不缺,贝克海姆伯爵写来了一封道歉信,信写得很亲切,不乏幽默感,甚至还有点儿让人感动。下一次来访时他的表现无可指摘,就像是去一个和他家一样的、正派的市民家庭做客一样。特蕾莎继续按照报纸广告去求了几次职,都是一些家庭在找保姆或者家庭教师,不过总的来说,她在办这些事情的时候有些懒洋洋的。事实上究竟是什么原因让她继续留在萨尔茨堡,连她自己都不愿意承认。

17

有一个雨天,在黄昏的暮色中,特蕾莎站在邮局入口前,读着一封她刚刚收到的回信,是维也纳一位女士写来的,这时她听到身后有人说:"晚上好,我的小姐。"她立刻听出了那是谁的声音,一阵愉快的战栗传遍她的全身,虽然没有说出这个词,只是想到而已,她却全身心地感受着:终于来了。她慢慢地转过身来,冲着那位少尉微笑着,就像是面对一个等待许久的人,等她发觉自己不该这样幸福地微笑时已经为时太晚。"是啊,是我。"少尉漫不经心地说道,他拿起特蕾莎的手在上面连续吻了好几下。"我一个小时前刚刚回来。而我遇到的第一个人,就是您,特蕾莎小姐。如果这不是命运的安排……"他紧紧地握着她的手。"行动已经结束了?"特蕾莎问道,"时间过得可真快。"——"我离开了有几个世纪那么长,"少尉说道,"您难道没有意识到吗?"——"说真的,没有,最多也就是八天吧。"——"二十一天加上二十一夜,每天夜里我都梦见了您。白天也是。要我给你讲讲我的梦吗?"——"我并不好奇。"——"但是我特别好奇。为了我的生活我很想知道,这封信里写了什么,值得让人这么秘密地亲自到邮局来取。"

她的手里还握着那封信,现在她把它叠起来藏在了雨衣口袋里,然后调皮地看着中校的眼睛。"可是这里,我认为,"军官说道,"不适合好好地谈心。慈悲为怀的小姐可否庇护一下可怜的落汤鸡一样的少尉呢？"他不由分说拿过她的伞，在他们两人头顶撑开，挽起她的胳膊，和她走到空地上。他们走在倾盆大雨中，他开始讲了起来。他谈到他们的行动，在三千米高的野外露营，在白云岩石山峰上的冲锋，抓获敌人的侦察队——当然他本人在胜利的那支队伍里——他们边说边走，穿过空无一人、灯光昏暗的街道，直到拐进一条狭窄的小巷，站在一座老房子前面。他再次向她建议道，就好像这没有什么特别的一样，到他家去喝一杯茶，加上很多朗姆酒，可以防止淋湿后得病。不过这时她回过神来了。他究竟把她当成什么人了？他是不是彻底疯了？当他伸出胳膊搂住她，好像要把她拉进他怀里的时候，她望着他，心里想道：他是不是有兴趣要一次了结地占有她？这时他放开了她，并向她保证说，他知道，他从一开始就发现，她是个特别的女孩子。自从见过她以后，他就没有想过别的女人，是的，压根看都不看别的女人。即使冒着让自己变得可笑的危险，他以后每天晚上七点会准时在门前站着等她，一直等到她出现为止，哪怕他每天晚上等在这里要等上十年。他可以用军官的荣誉郑重发誓：无论在城里的什么地方遇到她，他都会礼貌地问候她，从她身旁经过，不过不会跟她说一句话，除非她给他一个表示许可的信号。他只等在这里，在这门前——无论如何她都应该记住门牌号，七十七号——每天晚上，七点整。他没有其他的事可做。他的战友们，其中也有些可爱的小伙子，不过他对所有人都没有兴趣。他没有女朋友，哦，已经很长时间没有了，看到特蕾莎不太相信的微笑他又补充道。如果她七点来不了的话，那他就上楼回房间去，那上面三楼，——他独自一人住在一个老太太家里，她的耳朵完全聋了，在那上面，他那舒适的房间里，他将喝一杯茶，吃一个抹了黄油的面包，然后抽烟——继续期待——直到下一个夜晚。"那你就盼着这一天早日来到吧。"特蕾莎高兴地喊道。钟楼上传来九点的钟声，她急忙转过身走了，没有伸手跟他道别。

第二天她却急匆匆地赶到了大门口，正好七点，他就站在那儿，在过道里，嘴上叼着一支香烟，帽子在手里拿着，就像她第一次见到他那天一样。他军装的黄色领子颜色特别鲜艳，简直就是这世界上最美丽的颜色。还有他的眼睛,他的整个脸都在发着光。他是否轻声呼唤了她的名字?——她都不知道了。总之她点了点头,朝着他走去,进了大门,依偎在他的臂弯里,她和他一起走上那狭窄的、坑坑凹凹的石头楼梯,直到一个宽大的、深褐色的木头门前。门是虚掩的,等他们进去之后,那门像被施了魔法一样,悄无声息地锁上了。

18

　　她在为自己的幸福保密。这城里没人知道,特蕾莎每天晚上都要踩着昏暗的楼梯,溜进少尉的房间去,也没有人看到她几个小时之后又离开了那座房子。即便是有人看到了什么,也不会辨认出面纱后面的那张脸。母亲一味沉浸在自己的工作里,什么也没有觉察或者是懒得觉察。一家出版图片报的德国大报社向法比安尼夫人约稿,让她提供一部长篇小说。她满怀骄傲和喜悦地将这件事告诉了特蕾莎。现在她每天锁着门,不停地写作,从白天一直工作到深夜。家里的经济情况每况愈下,也只有特蕾莎独自为这事发愁。不过在这段时间里,母女二人比平日更加不在乎外在需求的满足了。

　　阿尔弗雷德仍旧每天都寄来一封充满温柔和热情的信,而特蕾莎的回信也比以前要温柔和热情得多。她没有意识到自己是在撒谎,因为她对阿尔弗雷德的爱并没有减少,是的,有时她似乎觉得,可能比他在自己身边时还更多一些了呢。两人鱼雁传情的那些话和特蕾莎眼前真实的经历毫无关系。她面对其中的一个和另一个恋人时并没有任何罪恶感。

　　另外,特蕾莎这些天来并没有虚度光阴。她继续通过学习提高自己的法语、英语和钢琴,心里始终没有忘记未来的计划。晚上她经常用马科斯给她的票去看戏,大多是跟母亲一起去,而母亲并不关心这些票的来源。在这样的夜晚,马科斯通常都坐在第一排。按照两人的约定,马科斯也从来没有问候过和母亲坐在后排的特蕾莎。有时他像淘气的孩子一样半眯着眼睛向特蕾莎的方向微笑,她知道这微笑代表着对前一个夜晚的回忆或者是下一个夜晚的约定。

　　对于特蕾莎来说,看戏纯粹是一种消遣,而对于母亲来讲,则可以让她体验不同形式的兴奋和激动。她不仅觉察到面前的戏剧和她的亲身经历或者周围发生的事情有些偶然的相似性,而且也发现了一些自己以前并不知道的明显的影射,这些影射完全可能出现在已经去世的作家的作品中,或者也许就是剧院的老板特意想让这位著名的女小说家获得灵感。每次一有这样的感觉,她就向坐在身边的特蕾莎投去满含深意的一瞥,提醒她注意这些奇怪的巧合,当然特蕾莎并没有类似的感觉。

贝克海姆伯爵在这段时间再也没有拜访过法比安尼家。特蕾莎开始并没注意到这件事,直到有一天晚上看到他和一位女士坐在舞台前部的包厢里,她才想起他来。几天前特蕾莎在观看一部法国滑稽剧的时候注意过这位女演员,不过并不是因为她演技出众,而是因为她夸张的妆容。

19

一天晚上,特蕾莎刚走进马科斯的房间,正在摘下帽子和面纱,这时有人敲门,出乎她的意料,马科斯立即喊道:"进来。"他的一个战友,一位高个子的金发青年在一位年轻女士的陪伴下走了进来。特蕾莎立刻认出她是最近看过的那出轻歌剧里的女演员之一。"哎呀,真是个惊喜!"马科斯喊道,特蕾莎一刻都没有怀疑过是自己搞错了,这绝对是战友们之间约定好的那种惊喜。这位中尉是个亲切、有礼貌的男伴,而那位女演员却出乎特蕾莎的意料,表现得特别拘谨和沉默寡言,估计是因为特蕾莎在场,所以她的男伴再三提醒过她要如此行事。她把自己的男伴称作"中尉先生"和"您",另外她还提到她最大的姐姐嫁给了一位律师,她的妈妈,一位维也纳高官的遗孀,在圣诞节之前终于要搬到这里来了。他们谈论着上一次剧院的演出,关于剧本和演员的艺术方面的评论很快就说完了,过了一会儿,他们又说到院长和那位忧郁的女演员以及贝克海姆伯爵和那位沙龙女士之间的关系。最后他们决定去一家餐馆,喝着葡萄酒继续聊天,那样气氛肯定会更加活跃,可是对于特蕾莎来说,那里并没有让人特别兴奋。邻桌的几位军官只是礼貌地问候了一下,并没有特别留意这个小团体。天色还早,刚过十点特蕾莎就告辞离开了,她坚持让马科斯留下陪着其他人,自己一个人回家去。她心情有些郁闷,还有点儿羞愧。

下一次在马科斯房间里的聚会气氛明显活跃了许多。中尉带来了切片肉食和糕点。喝完一瓶葡萄酒之后,明显看出中尉和女演员之间有一腿,当然特蕾莎对此并不感到吃惊,上次她已经猜到了。不过那个女演员的表现还是有一点拘束,她又提到了她的母亲,说她尽管圣诞节不能来,但是复活节前的星期日要来这里把她接走。后来他们一伙人坐在一家咖啡馆的时候,剧院的喜剧演员从一个角落里向她问好:"你好啊,小琳特!"还亲切地挥了挥手,她却没有道谢,嘴里说道:"这个讨厌的家伙在想什么!"

过后,终于无人打扰了,特蕾莎请求她的马科斯,以后最好别再搞这样的四人聚会了。她更喜欢跟他单独在一起。他虽然顺从地微笑着,但是不一会儿却恼怒起来,开始还比较克制,后来却越来越激烈地批评她的"傲慢"和"乏味"。她哭了一会儿,这个夜晚变得沉闷和无聊——几天之后,当中尉和他的女朋友来敲马科斯的门时,特蕾莎居然感到很高兴。后来在餐馆里和在接下来的几个晚上,即使她不是最有趣的那一个,也似乎变成了最活跃的人,他们这个小圈子在不断扩大,经常有人会坐到他们这张桌子上来。

20

这一年的冬天来得晚,但是一入冬就来势汹汹地下了几场大雪。小城和四周的原野都笼罩在一片柔和的白色之中。被风吹起的雪堆使得这段铁路交通受阻,却让特蕾莎感到安慰,觉得自己似乎在围墙之内很安全,这时她意识到,自己一直在隐隐害怕阿尔弗雷德的突然到来。

雪停了,接下来的几天是温暖的冬日天气。星期天特蕾莎一般会和马科斯一起乘雪橇到周围的山区做短途旅行,他们还去了贝希特斯加登和科尼西湖。一开始是两个人,后来还有其他军官以及他们的女朋友们,她们几乎全是剧院的人。他们在烟雾缭绕的小酒馆里喝着热气腾腾的潘趣酒,马科斯的战友们向特蕾莎大献殷勤,即便有点亲热得过了头,马科斯也没有表现出吃醋的样子。

圣诞节第一天到第二天的夜里,特蕾莎和马科斯是在科尼西湖畔的一家旅店里度过的。第二天中午雪橇把她送到家门口,她上楼梯的时候就在担心母亲会发火,可是母亲只是带着不满的表情无言地递给她一封特快挂号信,她发现这封信前一天晚上就到了。特蕾莎认出是阿尔弗雷德的笔迹。不用拆开信她就知道里面是什么内容,所以看信时她一点儿也不惊讶。阿尔弗雷德写道,他内心深处为在特蕾莎身上浪费的感情而感到羞愧,他衷心祝愿她在少尉的身边能够找到幸福,可惜他,阿尔弗雷德不能给她这种幸福。一开始这封信里那种相当平静的语气让特蕾莎感到惭愧——可是在最初的挫败感之后,她却彻底地松了一口气,她高兴自己以后不用再受任何的拘束了。到处都能看到她跟自己的情人在一起,甚至在剧院和溜冰场等公开场合。马科斯送给她的小礼物里有一条带着勋章的小项链,以前她总是遮遮掩掩,几乎像做贼一样,现在她终于放开了,一直把它戴在脖子上。还有半打手帕和一双便鞋,红色的皮子上有一只白色的天鹅,这鞋本来有两双,中尉的女朋友有机会就在舞台上穿着另外一双。

新年过后的一天,特蕾莎在少尉居住的那座房子前遇到了她的老朋友克拉拉,她从溜冰场回来,正走在回家的路上。互相问候之后,克拉拉就开始数落起特蕾莎来了,就好像她一直在等待这个机会似的,倒不是因为特蕾莎生活的变化,而是说她做事欠考虑。"你能得到什么好处啊,"她说,"别人都在议论你。看看我吧。我这已经是第四个了,可是没人知道。就是你现在四处去讲,也没人会相信你。"她笑着向特蕾莎许诺说最近会去看她,到时再详细地给她讲讲自己的风流韵事,她现在都觉得迫不及待了。特蕾莎扭头看着急匆匆离去的克拉拉的背影,心情很复杂,而其中最明显的感觉就是:完全孤立。只要有人自以为对她坦诚相见,她就会有这种感觉。

阿尔弗雷德的来信——虽然看起来很像一封诀别信——却并不是最后一封。他沉默了几个星期,现在突然又写了几封信来,语气完全变了,里面全是责备和辱骂。他用的那些词汇让特蕾莎羞红了脸,她感到难以置信,像阿尔弗雷德这样的人居然能写出这样的话来。她决定要是再有信来她就不看了,直接烧掉。可是如果几天都没有信来,她就会陷入一种奇怪的不安状态,直到有新的来信才能让她平静下来。她一个字都没有回。直到她收到大约一打这样的来信后,才把它们一起扔掉。哥哥极少给家里写信,但是有一封信却提到自己最近在城里遇到了阿尔弗雷德,他心情不错,看起来非常好,穿着极其时髦(他特意提到了这一点)。从那以后,特蕾莎就觉得阿尔弗雷德的充满怒气的每封来信都很可笑和虚假。她把一部分信塞到了炉子里,看着它们慢慢变成灰烬。

  克拉拉很久以后才兑现了要来拜访的承诺。那是二月末的一天,雪已经开始融化了,从特蕾莎那敞开的窗户里吹来了第一缕春天的气息,这时克拉拉走进了她的房间。可是克拉拉并没有像上次许诺的那样给特蕾莎讲述她的风流韵事,而是立即告诉特蕾莎她已经和一位工程师订了婚,她说自己上次的胡说纯粹是孩子气的吹嘘,那不过是发泄怨气,因为她的未婚夫老是犹犹豫豫的。她认为特蕾莎不会到处去乱说的。然后她沉醉其中地谈到自己的未婚夫,说她即将要去一个小山村享受宁静的幸福,他被任命为修建那段铁路的组长。她待了还不到一刻钟就告别了,她匆匆拥抱了一下特蕾莎,并没有邀请她来参加自己的婚礼。

21

  在这令人迷惑的春日里,当特蕾莎对马科斯的柔情慢慢开始蒸发时,她并没有感觉到真正的疼痛,反而是自己这种空虚和无望的状态越来越沉重地压在她的心上。几个月来她都没去过父亲住的那家精神病院。她上次探访时助理医生的一句话成为她不去的冠冕堂皇的借口:她的探访并没有给父亲带来一丝好处,而对于她来说,父亲的形象也变得越来越让人伤心。和一个折磨人的、阴森恐怖的回忆相比,她宁可要一个让人安慰的、值得尊敬的回忆来伴随她这漫长的一生。这天,那家精神病院却突然来了一封信,说中校的情况大为好转,这种病有时是这样的,他明确表达了想再次见到自己女儿的愿望。特蕾莎觉得这封信比它本身想要表达的意思深刻得多，就好像她能从字里行间，也许能从父亲的声音里得到安慰和指导，最少也能得到心灵的宁静。于是在一个阴沉的、刮着焚风的日子，她走上了那条通向精神病院的公路，融化的积雪汇聚成肮脏的小溪流在路上，她的心情沉重，但也不是毫无希望。

当她走进父亲那牢房一样狭小的房间时，他正好坐在桌前，桌上摆着地图和书籍，这是以前特蕾莎经常看到的场景。他转过身来，目光似乎像以前一样闪烁着理智和生活的乐趣。可是他刚一看到她，不管他是否认出了她——她永远都无法搞清楚这一点了——他脸上的表情立刻扭曲起来，手指抽搐着。突然，他从很厚的那几本书里抓起一本，似乎要用它去砸自己女儿的头。护工也挨了他的打。就在这时，医生进来了，他飞快地用目光跟特蕾莎交流了一下，说道："这是您的女儿，中校先生。您不是希望见见她嘛。现在她来了。您肯定有什么话要对她说吧。——请您平静下来。"他又补充了一句，因为护工几乎无法控制住这个狂怒的人。这时，中校举起空出来的右手，发号施令般地指着门，特蕾莎的表情僵住了，没有立即听从他的命令，他的目光变得恶狠狠的，医生只好亲自拍着特蕾莎的肩膀，飞快地把她推出房间，护工立即在她身后锁上了门。"太奇怪了，"医生站在走廊里对特蕾莎说道，"我们这些医生也总是出错。今天早上我通知他，说您今天要来探视时，他还表现得特别高兴呢。真不该给他那些地图和书。"

在大门边，他换了一种方式握住了特蕾莎的手，不像他平日里常做的那样，他说："小姐，也许您过几天再来试一次。我要跟他谈谈。无论如何我都得留意，不能让他再碰那些危险的书籍。这些书似乎又把他给搞糊涂了。写张便条告诉我，小姐，你打算什么时候来，我会到大门口去等你。"他奇怪地望着她，用力握了握她的手，她感觉到，并不是她的拜访才让父亲变成这样的。她点头答应，心里明白，她永远都不会再来了。

她慢慢地向小城走去。他什么都知道，她想。所以他才把我赶出来。我会变成什么样呢？突然，她沉闷的心里像是划过一道闪电，她想起来，等马科斯退役后会去他伯父的工厂，他前一段时间有几次说起过这件事,那时他完全可以娶她的,不,是必须娶她。他的一个战友几个星期前退了役,为了挽救一个姑娘不太好的声誉,就跟她结了婚。马科斯认识特蕾莎的时候,她也是个正派姑娘啊,就像别人说的那样,是他引诱了她。她第一次意识到他和她之间发生的事情正好能用这个词来描述,她心里激灵了一下。难道她不是一位高官的女儿吗?即便是家道败落,可她也是出身于正经人家呀!她的母亲不还是古老的贵族后代吗?马科斯欠她的,他必须娶她。

下一次和马科斯约会的时候,她还没等到合适的时机就含含糊糊地暗示了这事。马科斯起初没听懂或者是装着不懂,特蕾莎微笑着,吻了他一下,才让他高兴起来。下一次她说得更明确了,结果就是生气、谩骂和争吵。特蕾莎对马科斯虽然没有特别的柔情,但却还是爱他的,所以她突然放弃了这些尝试,就像她突然开始一样。她只好任由事情向前发展了。

22

随着春天的临近,戏剧演出旺季也接近尾声。特蕾莎几乎没有注意到,马科斯最近经常因为公务缠身不能在家和她见面,还有,他曾经出去了几天,同样也是借口有公务。直到有一天晚上,在饭店就餐时有人说起了一个在小城很受欢迎的女演员的名字,一位战友冲马科斯笑了笑,而马科斯立即做出很不满的表情,把这个泄露秘密的微笑给顶了回去。于是特蕾莎起了疑心,下一次去看戏的时候,她注意到,当那位年轻的女士在演出结束后跟其他的演员一起出来谢幕时,她的目光在马科斯身上停留了片刻,他就坐在第一排,而他则悄悄地向她点了点头。特蕾莎随便找了个借口让母亲一个人回家去了,她则等着少尉,这让他感觉很不自在。她要陪他回家的请求也被他拒绝了,说是和战友们还有个约会。忽然间他又变得非常殷勤,主动提出要陪特蕾莎回家。他挽着她的胳膊,还真的把她送回了她家大门口。对于这个约会他表现出不得不去的怨气,所以特蕾莎也就暂时平静了下来。

当她飞快地打开了自己房间的门时,她吃惊地看到母亲跪在五斗橱前,正在最下层的抽屉里翻找着。这时,因为特蕾莎走了进来,母亲吓得缩作一团,结结巴巴地说道:"我只想看看——帮你整理一下东西,你总是没有时间。"——"半夜三更的给我整理东西?你也说得出来!"——"别生气,孩子,我真的没有恶意。"她尴尬地补充道:"你可以自己看看少了什么东西没有。"她走了,特蕾莎立即跪在敞开的抽屉旁。阿尔弗雷德的来信她烧了一部分之后,他又来过三四封信,每封信之间都间隔了很长时间,信的内容也不像以前的来信一样全是谩骂,而是有些忧郁、阴沉,就像一场正在远方酝酿着的暴风雨。这些信件里少了一部分,还有马科斯有时写给她的只有三言两语的小纸条也不全了。母亲拿这些东西干什么?她有敲诈的念头吗?还是仅仅出于好奇?或者她有说不出口的需求,要用陌生艳遇的幻想去温暖她那颗正在老去的心?不管怎样,特蕾莎知道,她无法再跟母亲生活在一个屋檐下了。她自己也搞不懂,为什么这么快就放弃了诱逼马科斯结婚的计划,她决定,明天要把自己的要求跟他说个明白。这个决定带来了某种决断,或者至少是清晰的思路,让她平静下来,她在沉沉的倦意中睡着了。第二天早上她还友好地跟母亲打了个招呼,一点儿也没提昨晚发生的事。这一天是个美好的三月天,已经闪动着一丝春天的色彩了,也许因为第二天是复活节前的星期天,再过一天剧团所有成员就要撤走了,所以想到今天晚上和马科斯的约会,她心情很愉快。

  当她傍晚时分来到马科斯房间的时候,他还没有回家,这段时间他经常这样。以前从来不曾有过的一个念头和昨晚的经历一起浮现在她脑海之中:偷偷查看一下恋人的五斗橱和抽屉。为了阻止自己干这种卑鄙的事情,她从桌子上堆着的书里拿出一本。马科斯有阅读的习惯,不过他是逮着什么就读什么:小说,偶尔也有戏剧,大多数书都已经磨损了,因为在落到他手里之前还不知经过多少人的手呢。特蕾莎翻开一本书,那是哈克兰德写的长篇小说的插图版,她的目光随意一扫,看到一本内容更丰富的总参谋部的书,里面还插着一些卡片。她并没有留意到这本书的内容,而只是随意把它往旁边一推,她看到,书的下面像有意隐藏似的压着一出新戏的印刷版的舞台手稿,她前几天看到过这部戏正在本地上演。她翻看着那本小册子,看到一个女性名称——贝阿特的下面全部都用红笔划了线。贝阿特？最近看的那部戏里不是就有一个人叫这个名字吗,这些天她总怀疑马科斯跟这个人有关系。贝阿特——当然了。她终于搞明白了前因后果。在有了这样的发现之后她准备继续查找,她的忌妒心突然觉醒了,不管不顾地找到了很多战果。马科斯进门的时候看到她正站在敞开的橱子门前,信件、面纱、可疑的蕾丝内衣都堆在脚边。任何否认都是多余的了。他冲到她身边抱着她,她挣脱了,冲着他的脸喊道:"流氓!"没有等待他的回答、道歉和辩解,她只想夺门而去。他抓住她的肩膀:"真是个孩子。"他说道。她只是睁大眼睛望着他。——"她已经不在这儿了。"她还是不能理解地瞪着他。"我发誓!我刚刚把她送上了火车。"现在她听明白了,僵硬地笑了一声,跑了。他急忙追了出去。在黑暗的楼梯上他又抓住了她的胳膊。"你最好还是放开我。"她咬着牙说道。——"可是我做梦都没有想到,"他说,"你真是个傻子。仔细听着。我也没有办法。是她追的我。你可以去问任何人。她终于走了,我都高兴死了。本来今天我就要告诉你这一切的,真的。"他使劲把她往怀里拉。她哭了。"孩子。"他不停地叫着她。他一只手紧紧地抓住特蕾莎的手腕,另一只手抚摸着她的头发、脸颊和胳膊。"你先平静一下吧。另外你把帽子忘在上面了。你起码听听我的解释啊。然后随便你想干什么都行。"

她又跟着他回到了房间。他跪在她面前发誓,说他永远只爱她一个人,"这样的事"再也不会发生了。她压根就不相信他的话,不过她还是留了下来。清晨时分,她一回到家就把自己关在了屋里。她觉得疲惫而厌烦。收拾好自己的东西之后,她给母亲留了几句冰冷的告别的话,然后就乘坐中午的火车去了维也纳。

23

在维也纳的第一夜,特蕾莎住在火车站附近一家很不起眼的旅馆里。第二天早晨,按照事先精心考虑好的计划,她先要到市中心去。那是一个明朗的春日,已经有人在卖三色堇了,许多妇女都穿上

172

了春装。特蕾莎穿着简单而又合体的冬装,感觉舒服又安全。她很高兴,自己离开了萨尔茨堡,可以一个人独处。

她从报纸上抄下来那些需要保姆和女教师的家庭的地址,然后一整天挨家挨户地登门拜访,中午找一家便宜的餐馆稍微休息一下。大多数情况下人家都嫌她太小,很多人家都拒绝了她,因为她不能出示推荐信。有几次别人倒是看上她了,可她又不喜欢人家。最后,暮色开始降临了,疲惫的她终于决定留在一个官员家里工作,这家有四个孩子,年龄从三岁到七岁不等。

跟这里的状况相比,她在家时的生活,哪怕是最差的时候也还算富裕呢。总是食不果腹的孩子们在这个贫穷的家里只会吵闹,而不能带来快乐。他们的父母则总是一副恼怒和恶毒的样子。特蕾莎不得不拿出自己的钱来改善伙食。几个星期以后,她的现金就花光了。她实在无法继续忍受这些人的恶言恶语,于是就离开了这一家人。

她的下一个工作是在一个带着两个孩子的寡妇家,这家人把她当成仆人一样使唤,第三家是环境脏得让人无法忍受,而在第四家,男主人肆无忌惮地动手动脚,让特蕾莎不得不逃走。就这样她又换了几个人家。其实她自己也不是没有感觉到,有时是她自己的不耐烦,或者说是突然袭来的一种傲慢,在那些相信能从她这里得到保护的孩子们面前,她表现出的一种自己也没有料到的冷漠,这些自身的问题也使得她无法在陌生的屋檐下融入他人的生活。那段时间特蕾莎疲惫不堪,满心忧虑,她没有时间能好好地思考。不过有些时刻,比如当她躺在狭窄的小床上,贴着冰冷的墙壁,半夜里被她照顾的某个孩子的哭声惊醒的时候;或者在清晨的雾霭中被楼梯上的响动和仆人们的说话声吵得无法睡觉的时候;或者当她疲惫地坐在一个令人忧伤的小花园里的长椅上时,面前有一些佩戴着陌生军衔的人走过,这些人有时让她感觉无所谓,有时令她反感;或者是她偶尔独自待在儿童房里时,只有在这种时候她才能享受片刻难得的清闲,思索一下自己的命运,就像一道闪电,她心里忽然明白自己的一生将会充满苦痛。

很少的几个空闲的午后,她往往都会因为筋疲力尽而待在家里,特别是上一次尝试以令人尴尬的方式失败以后。她曾经和一个邻居的保姆一起出去散步,那个女人就只知道讲她以前在不同的家庭里被那些男主人或者他们的儿子诱惑,以及她如何胜利地反击的事——在星期天下午的普拉特公园,她沾沾自喜地听着年轻人用各种不堪入耳的称呼和她搭讪,最后她居然毫不拘束地回应起来,特蕾莎突然感到很恶心,趁着那女人不注意,她就溜走了,最后自己回了家。

24

　　这段时间很少有来自萨尔茨堡的消息。她离开家的时候像逃难一样,当然也没有留下地址。后来她通过一家中介机构得到的第一封信也只有寥寥数语而已,就像她自己留下的那封告别信。一开始母亲的来信中总有一种受到了伤害的语气,后来的信中则表达出另外的意思:特蕾莎本来应该在和母亲商量并得到允许后再离开家。虽然特蕾莎的回信措辞非常小心翼翼,可是但凡收信人有点儿同情心的话,还是能从字里行间读出她现在生活的悲惨和贫困——母亲似乎对此毫无觉察,恰恰相反,她有时甚至还表示对特蕾莎现在的幸福生活很满意。不过这与其说是嘲弄,还不如说是心不在焉。她的来信里经常出现跟特蕾莎毫无关系、甚至是她压根就不认识的名字。提到父亲的时候只是说他现在的状况"大体上没有变化",关于哥哥则只字不提,直到有一天她突然寄来一张卡片,上面的内容无非是用暗暗责备的语气提出了一个愿望:特蕾莎应该去卡尔那里看一看,母亲已经好几个星期都没有他的音讯了,她假期白等了他一场,她还以为他会回到萨尔茨堡呢。

　　卡片上也给出了地址,于是在夏末的一个空闲的下午,特蕾莎出门去找她哥哥。在一个寒酸但还算整齐的房间里,她和哥哥面对面坐着,窗外什么都看不到,只有一面开了很多小窗口的光秃秃的墙,小窗口后面是隔壁那栋楼的楼梯。特蕾莎从卡尔的问题中听出,他误以为她是最近刚到,他觉得她自立生活是很明智的行为。他对父亲可能会拖很多年的久病不愈表达了遗憾之情,关于母亲他却只字未提。他又讲到,他给医学院一位教授的两个儿子上课,每周四次,每次三个小时,价格很一般,不过肯定会对将来有一些好处。他用非常生动的语言讲到这所大学里的种种弊端,讲到贸易保护主义,讲到教授儿子们的喜好,他还特别提到了高校里的犹太化倾向,这败坏了学生们待在教室和实验室里的兴趣。过了一会儿,他抱歉地说自己必须走了,每个星期天晚上他们一群志同道合的同学在一家咖啡馆里有个聚会,作为记录员,他可不能缺席。他陪着特蕾莎走下楼梯,刚到大门口就跟她道了别,飞快地说了句:"保持联系啊。"她回过头去望着他的背影。她觉得他长高了,他的外套挺合身,但是却有点儿晃晃荡荡的,他戴着一顶硬硬的褐色帽子,走路急匆匆的。他的外表全都变了,在她眼里他完全成了一个陌生人。她沮丧而又孤独地踏上了回家的路,这会儿她才发觉,原来自己对这次拜访还是心存幻想的。

25

几个星期以来她在一个经常出差的人家里照顾他们五岁的独生子。她只匆匆见过两次孩子的父亲,那是个矮小的男人,总是急急忙忙、愁眉苦脸的。女主人在她面前表现出一种冷淡的客气。那个男孩长着金色头发,是个很漂亮的孩子,几乎赢得了她的喜爱,所以她希望这一次终于能在这家待得长一些。有一个星期天的傍晚,她回来得比预期的早了一点,发现孩子已经被送上床睡了。她听到隔壁房间传来压低声音的说话声,过了一小会儿,女主人穿着胡乱套上的一件晨褛走了出来,表情尴尬而生气,吩咐她到近处去买一些切片冷食。等特蕾莎又回到家时,看到她衣着分外整齐地坐在孩子的床边,跟他一起翻看着一本画册。在特蕾莎面前她显得愉快而自然,一反常态地跟她聊了一些家常。可是第二天早上,女主人却无中生有地责备了她一顿,然后就辞退了她。

特蕾莎又站在了大街上。她头一次有了回家的念头。可是她的钱连买车票都不够,她只得拎起自己的小行李箱向那所位于维登街的郊区旧房子走去,那座房子有很多的庭院和楼梯。她以前从一个职位换到另一个职位的间歇时间里有几次就是在这里过夜的,住在一个叫考斯克的寡妇家。她和那个女人以及她的孩子们一起睡在一个很寒酸的房间里。整个大楼里都弥漫着一股汽油和哈喇了的油脂的味道。院子里早上三点就传来吱吱呀呀的车轮声、马的嘶鸣声和男人嘶哑的说话声。这些声音总是把她提前从睡梦中吵醒,这次也不例外。不久以前她在家里时,早上总是在一片寂静中慢慢地醒来,这些时光都变成了令人难过的往事。她第一次感到恐惧,她已经跌落到了生活的底层,而这种飞快下落的速度是多么的可怕。她第一次非常清醒地思考着,是否像这种处境中的许多女孩子那样,利用自己的年轻美貌和身体的魅力,出卖自己。还有一种可能,就是找个恋人,再次获得幸福,可是自从她第一次经历过失望之后就再也没有想过走这条路。过去的几个月中,她必须要忍受那些男主人、肉店伙计、商店店员笨拙而又可恶的动手动脚,这些实在激发不起来她对风流韵事的兴趣。对于她那疲惫而又失望的灵魂来说,在所有形式的爱情中,这种出售的方式恰恰是最干净、最正派的。她给自己立了一个星期的期限。如果到那时还找不到好的工作,那么,在这样昏暗的清晨,她能想到的最后的出路就只有大街了。

26

寡妇考斯克靠给人做女招待勉强有点儿微薄的收入。她其实是一个好心人,但是经常情绪恶劣。她习惯每天早上五点起床。过不了一会儿,孩子们也都起来了。外面的天光慢慢射入这间贫穷的小屋,一种空虚的不安情绪让特蕾莎再也躺不住了。她用一只边沿上有很多豁口的白色杯子喝着早餐咖啡。然后她陪着考斯克太太的两个孩子去上学,那是一个九岁的男孩和一个八岁的女孩,他们都很喜欢粘着她。接着她在城市公园里散步,早春的花朵让她的情绪稍微好了一点儿。一个小时之后她到一家职业介绍所找工作,因为她在哪家都待不长,所以人家接待她的时候就很不客气。不管怎么说,工作人员还是又给了她几个地址。经过几次失败的尝试之后,她终于在中午时分来到环城大街一座优雅的房子前,这家人要给十三岁和十一岁的两个女儿找个女教师,走上楼梯时她已经不抱太大的希望了。这所房子的女主人很漂亮,化了点淡淡的妆,正准备出门,所以当她看到又要耽搁时显得有点儿不耐烦。不过她还是让特蕾莎进了门,让她拿出推荐信来看一下。特蕾莎突然灵机一动,说因为自己是第一次应聘,所以还不能出示推荐信。一开始女主人的态度比较生硬,在以后的交谈中她似乎喜欢上了特蕾莎,特别是应聘者军官家庭的出身触动了她。最后她让特蕾莎第二天过来待一个小时,那时两个女孩也从学校回来了。在走廊里特蕾莎看到玻璃下面一块黑色的牌子上用金字写着:古斯塔夫·艾皮希博士,皇家法院律师,刑事案件辩护律师。

第二天午后一点,特蕾莎来到了会客厅,女主人和她的女儿们已经等在那里了,特蕾莎从两个很有教养的孩子那种友好的举止上判断,孩子母亲对她的评价还不错。过了一会儿,男主人也回来了,他用暗含责备的语气说自己不得不提前离开事务所。看来他也已经听说了特蕾莎的事,尤其是她军官家庭的出身也让他产生了好感。特蕾莎在回答一个问题时说到自己的父亲提前退役后于一年前因病去世了。这时她看到这家人脸上的表情都带着一丝同情。每个月给她的工资虽然比她预期的低,但是当她听到第二天就能来上班的时候,还是无法掩饰自己的喜悦之情。

在考斯克太太那里她看到一封母亲的来信,信里通知她说父亲死了。她先要克服心里暗暗的害怕,那几乎是一种负罪感,然后才感觉到了疼痛。她的第一个念头就是去找哥哥,他还不知道这件令人悲痛的事呢。他看起来并不是特别难过,只是默默地在房间里走来走去。最后他在特蕾莎面前站下来,因为两把椅子上都堆满了书,所以她只好坐在床沿上。他像是尽自己的义务一样在她的额头上匆匆吻了一下。"你还从家里听到什么别的消息没有?"他问道。特蕾莎把她知道的那一点儿情况大概说了一遍,特别是母亲离开那套房子,变卖了家具,搬到一个配备家具的房间去了。"把家具卖了?"卡尔重复了一遍这句话,脸上带着一丝不满的微笑。"她应该先问问咱们才对呀。"看到特蕾莎惊讶的表情,他又说道:"你和我,我们也是家具的所有人呀。"——"对,是的,"特蕾莎说,"她信里也提到这个了,说过一段时间也会给我们一些钱。"——"一些——嗯,这事得打

177

听得清楚一些才好。"他又开始来来回回地踱起步来,摇了摇头,飞快地瞥了一眼特蕾莎后自言自语地说道:"唉,他现在倒是解脱了,我们可怜的父亲。"特蕾莎不知该说什么才好,心里说不出的不舒服,于是就和哥哥告了别。本来她还想给他讲讲自己的新工作,却什么也没说。卡尔也没有挽留她。

在回家的路上她走进一家教堂,在那里待了好一会儿。她没有祈祷,而是怀念着、热烈地想念着去世的父亲,这时,他以前的形象在她的眼前浮现出来,那是她儿童时期认识和热爱的父亲。她回忆起一个场景:他高兴地、粗声大气地走进她的房间,她正在地上玩耍,爸爸把她举起来,抱在胸前,这时母亲也以年轻时的模样加入了进来,她明亮而又年轻,是啊,那么光彩照人,其实在现实生活中她从来都没见到母亲以这样的形象出现过。这时,今天已经感受过一次的那种恐惧再次袭来,她想到在这么短的时间里,两个人竟然可以发生这样彻底的变化,对她来说,他们都像是早已作古的人,早就被埋葬的人,他们跟那个刚刚去世的发了疯的中校,以及那个乱七八糟、阴险恶毒,又有点儿神秘兮兮、衰老的小说女作家毫无关系。

27

第二天特蕾莎就去上工了。那家人显得特别和蔼可亲,帮助她克服了第一次在一起吃午饭的尴尬,她也认识了这家的儿子,格奥尔格,大家都用法语发音来叫他的名字。他是个十八岁的帅小伙,已经在大学法学院注册上学了。

特蕾莎每天的时间安排已经定好了。两个女孩都要上学,特蕾莎陪着她们一起去学校,再把她们都接回家,她要帮助她们完成家庭作业,艾皮希夫人还特别注重按时散步的习惯。孩子的双亲举止仍然很客气,尽管特蕾莎很快发现那不过是一种发自内心的完全的冷漠。吃饭谈话时,他们刻意让她也能够参与进来。有时他们也会讨论一些政治话题,一有这样的机会,艾皮希博士总是带着显而易见的意图发表一些很自由的观点,除了他自己的儿子以外没人反驳他。儿子批评他是过于宽泛的理想主义者,而父亲似乎也并非不喜欢这种说法，他甚至是很受用地听着。至于艾皮希夫人嘛，有那么几天她不仅对自己的女儿显示出极大的兴趣，而且也很关心家里的经济状况，她会突然出现在这个或者那个房间，做出某项规定——另外的那些天，她则对于房子、经济和女儿毫无兴趣，除了吃饭时间以外，特蕾莎根本就见不到她。格奥尔格越发频繁地出现在妹妹们的房间里，似乎超过了日常生活所必需的次数。他的目光有时羞涩，有时又肆无忌惮，特蕾莎很快就猜到他准是有接近她的愿望或者抱着这样的希望，可是她对于这些想法非常避讳，假装什么都没有觉察。两个女孩中那个姐姐有时似乎对特蕾莎产生了真心真意的感情，可是如果哪一天她几乎就要表露出来这种感情的话，那么第二天她就会刻意地疏远特蕾莎。而那个妹妹则对谁都一样，完全是一种孩子气的开朗。两个女孩都很温柔地依赖着她们的妈妈，可是特蕾莎有时相信自己能感觉到，妈妈对她们却是另外一种态度，她经常是心不在焉，不耐烦地回应孩子们。

  特蕾莎很少有自由支配的时间。每隔一周的星期天她可以"出门"，就像这个表达方式所说的那样，可是她几乎不知道该怎样打发自己的空余时间，她只好闷闷不乐地去散步，或者偶尔去看看戏。对于在这家的待遇，她没有什么可抱怨的，可是尽管如此，她慢慢地感觉到一丝不平静，那几乎是一种不安全的感觉，至于这种感觉的来源，她认为是这个家庭里不断变化的气氛让她不由自主地被卷了进去，她自己都不太明白，这一切到底是怎么回事儿。这里没有她能够或者愿意信任的人。只有一个法语女教师让她有些好感，按照特蕾莎的猜测她已经不算年轻了，不过她还没有超过三十岁。特蕾莎也利用这个机会，通过跟她聊天来完善自己的法语会话。希尔维亚是个有趣的人，她给特蕾莎讲述了自己过去的一些故事，虽然讲的时候也有所保留，但那些故事还是令人生疑。她还鼓励特蕾莎也讲讲自己的事情。天性内向的特蕾莎讲的内容也就比在最陌生的人面前讲的多一点儿，可是她觉察到，希尔维亚小姐并不十分相信她的纯洁。特蕾莎有时自己也感到奇怪，她的心，她的感官都不愿回忆起在少尉怀抱里获得的幸福。对他那些所作所为的失望早就融化了，尽管如此她还是感觉到自己好像再也无法相信男人了，有时她为此而感到高兴。让她略微感到安慰的是,她还可以为自己的好名声而高兴,艾皮希夫人总喜欢在熟人面前提到特蕾莎出身于一个古老的奥地利军官家庭。

28

　　春天快要来了。在复活节假期的第二天,刚到下午,特蕾莎在斯蒂芬广场上等待着艾皮希家一个朋友家的保姆。那是个好心人,但是已经显示出残花败柳的老态,第一眼看到她的时候,特蕾莎感觉到的不是友谊,而更多的是同情。那位小姐还没有来,特蕾莎一边等待一边观察身边的行人消磨时光,在这个风和日丽的假日里,似乎所有人的烦恼都一扫而光,他们正在朝着一个光明的目标努力着。这里可不缺乏一对儿一对儿的情侣。他们并没有激起特蕾莎的嫉妒之情,相反她觉得有一点儿可笑:她在这里等待的不是一个情人,而是一个徐娘半老的保姆,把她们连接在一起的并不是性格上的共同点,而只是职业上的相似性。而她对于即将到来的这个两人一起度过的,估计是很无聊的下午几乎感到有些害怕。两人约定好的时间又过去了半个小时,她决定试着自己一个人到郊外去。出于良心发现她又朝各个方向看了看,也许那个女人正向这里走来呢,之后她就急急忙忙地离开了约会的广场,混入了散步的人群之中,为独处和自由而感到高兴,接下来的每一个小时都是个谜,没有任何事先确定的内容。她被人群推动着、带领着,走上了前往普拉特的路。后来她终于走在了林荫大道上,两边的树光秃秃地站在那里,而地上的泥土已经散发出了春天的气息。行车道上车水马龙,每分钟都比前一分钟更繁忙,因为在弗雷德瑙观看赛马的观众这会儿正乘坐马车和豪华马车往回赶。与很多人一样,特蕾莎也要在路边站一会儿。有些人的目光追随着她,还有人回过头来看她,特别是一位年轻的军官,和马科斯有一点儿像,不过在她看来,那人看起来要比她的那位引诱者雅致和高贵一些。另外她心里早就明白了,那一次她爱得太投入,她向自己保证,下一次要聪明一些。

　　她继续走在繁忙嘈杂的林荫道上,现在已经走到了乐队的区域,这些乐队在人满为患的饭店花园里不只为坐在桌旁的客人们演奏。成百上千的人在她身边走过,或者停下脚步,挤在栅栏边。特蕾莎饶有兴趣地看着乐队一会儿散开,一会又聚在一起,从近处,又突然从远处响起一阵狂乱的鼓声或者钹声,此外还有马蹄声,人群发出的轻声细语、说话声和大笑声,以及从铁路高架桥那边传来的火车头汽笛声,所有的一起以一种轻柔的方式汇聚成了一个迎接春天到来的节日音乐会。在这一刻之前,特蕾莎深色的朴素衣装和她脸上那种没有变化的,几乎是习惯性的严肃表情隔断了其他人想要靠近的企图。只有刚才她在一家饭馆花园的围墙边靠了一会儿的时候,有一个年轻小伙子挤到了她的近处,但是被她用胳膊肘用力向外一顶表示拒绝之后就消失了,她压根没来得及看清那人的长相。她此刻在光秃秃的大树下面,远离了喧闹和音乐,继续向前走着,当她回忆起那个别有用心的身体接触时其实并没有特别的反感。她以匆忙的,几乎是小跑一般的步伐继续走着。人群渐渐地散去了。特蕾莎想坐在她遇到的第一个空无一人的长椅上休息一会儿。一个年轻人从她身边走过,还在远处她就注意到了这个人的身影:一件刚刚熨烫过的西装上衣晃晃荡荡地套在瘦弱、纤细的身体上,却很不合身,颜色也浅得可笑,他哪里是在走路,简直就是在跳舞。他两只手都插在裤子口袋里,用右手的两个手指松松地夹着一顶褐色的软帽。他用孩子气,但是却有些狡猾的目光扫了特蕾莎一眼,向她点了点头,很有礼貌,几乎可以称得上是亲切,绝不是狂妄,所以特蕾莎差点对他的问候做出了回应,她不由自主地笑了笑。他走过去几步之后又突然转过身来,快步向特蕾莎走来,然后不假思索地坐在了她身边。她刚要站起来,他就开始说话了,好像他没有注意到她的举动似的,他谈到这美好的春日天气,说起他观看的赛马,职业赛马骑师在越野障碍赛时摔了一跤,嘲笑刚刚走过的一对穿着惹眼的恋人,最后他终于问特蕾莎,她是否看到大公爵夫人约瑟芬的车和施普林格伯爵的四驾马车刚从面前驶过;还问她是否觉得这样从远处听音乐很美,就像听着从另一个世界传来的音乐一样。特蕾莎被他滔滔不绝的话弄得晕头转向,她的回答很简短,倒还算客气。她突然站起身来,匆忙道了个别——他也立即站了起来,跟在她身边继续闲聊着。他开始猜测她究竟是谁,肯定不是维也纳人,哦,不是。她微笑的时候——也许是德国人?她说话很有修养。啊,她一定是原籍意大利!是的,肯定是。她那深色的头发,那热烈的、孕育着希望的目光,一个意大利人!肯定是的!——她几乎是被吓到了一般望着他。他笑了。那么,她肯定出生于南方,无论如何她的父母,她的祖先都是南方人,而她本人则是个维也纳人,这一点能听出来,虽然她说话很少——她说的是标准德语。也许她是个女演员吧?一位歌唱家?歌剧女演员?或者也许是个宫女?是的,一个想体验一下附近百姓生活的宫女——保不准还是个公主或者大公爵夫人?当然了,一个大公爵夫人!

他坚持着这个想法,而且他表现得就像他真的相信了一样。所有的一切都说明了这一点:就像他所说的,不引人注目,但是却非常高雅的衣装、举止、步态、目光——他在她身后站住了,落后她几步,为了从后面欣赏她的举止和步态。"陛下,"他突然说道,这时他们又来到乐队的区域了,"能够邀请陛下一起共进晚餐将是我的至高荣誉,不过实话实说——贫穷不是耻辱,富贵也不是不幸,可惜我的财产只有一个古尔登。我们的晚餐不是贵族式的。所以要请陛下自己支付自己的晚餐了。"

她笑着问他,他是不是疯了。"尽管如此。"他严肃地回答道。

她加快了步伐。天已经晚了,她必须回家去。那么,至少请允许他陪她走一段,皇宫豪华马车肯定在附近等着她吧。是在普鲁艾舍博物馆旁边?还是在高架桥旁边?他们现在走到一条侧路上来了。在绿色木栅栏后面有一个很朴素的小酒馆,有啤酒、萨拉米香肠和奶酪,客人要少得多,这样岂不是很舒服,还可以享受音乐,从隔壁和远处的花园里传来了断断续续的音乐声。过了一会儿,连特蕾莎自己都感到惊讶,她竟然和她的追随者一起坐在了一张不太稳当的桌子旁边,桌上铺着红花桌布,两人都吃得津津有味,给他们上菜的酒保穿着被汗水湿透的、闪着油光的燕尾服。——"哦,斯渥博达先生。"特蕾莎的追随者跟他搭话,就好像他认识他很久了,还向他提出了各种各样的好笑的问题。"老爷爷在干吗呢?还是预言师吗?那女儿小姐呢?还是没有下身的女士?"之后他又玩笑般地道歉,说他胆敢带公主到这么粗俗的酒馆来。不过这里的危险要少一些,不会暴露了她藏匿的身份。然后他就让她注意这里形形色色的人物。那个穿着深色外套,僵硬的帽子压在额头上的家伙——肯定是个正在逃亡的诈骗犯。带着恋人的那两个士兵,每对情侣合着喝一杯啤酒。那个眼球突出的父亲带着他的胖太太和四个孩子。还有坐在路灯下的那位很老的先生,胡子刮得很干净,自言自语地嘟囔着什么。最后他假装很害怕地发现在花园的角落里有一位穿着黑衣服的先生,他戴着一顶奇怪的大礼帽,那当然可能是个秘密警察。很显然是为了保护这里的公主。

他表演的这一切其实一点儿都不好笑,而且他的表达方式也相当粗俗,特蕾莎也能感受到这一点。但是在过去这几个月的漫长时间里,没有人对她说过一句善意的、好玩的话。在充满了不自由和规矩的压抑气氛中,特蕾莎的内心是如此渴望着快乐。所以,现在她坐在某个人的旁边,虽然她一个小时以前还不认识他,却不用在别人眼皮子底下,可以自由自在。很快地灌下两杯葡萄酒之后,她有点儿微醺的感觉,她贪婪地抓住这第一个可怜的机会,让自己高兴一点儿,也可以笑一笑。她飞快地思索着,自己的追随者究竟是谁。他也许是个画家,或者演员? 总之,无论如何——他年轻,无忧无虑,而且今天肯定比那晚在萨尔茨堡和阿尔弗雷德一起去高雅的酒店花园吃饭开心多了。她问自己的追随者,他是否去过萨尔茨堡。萨尔茨堡? 他当然去过那里。他还去过蒂罗尔、意大利、西班牙,他一路直到马耳他半岛。难道她没有猜到,他是个工匠,一个已经注册的工匠,背着旅行背包游历世界。他昨天才再次回到这里,本来想明天就打包动身。但是如果允许他怀着再次见到陛下的希望,那么他准备再停留几天,几夜,他随口补充道。

收钱的伙计站在旁边,他们各自付了账,然后就离开了花园。这位陌生人挽起特蕾莎的胳膊,没有放开。他们走过各色摊位、射击场、小酒馆、旋转木马,当周围假日的嘈杂声开始渐渐退去的时候,他们朝着出口走去。一个叫卖的人操着波西米亚口音热情地邀请他们观看魔术表演,特蕾莎的追随者为了活跃气氛,模仿着他的口音和周围的人聊起天来。特蕾莎不是很喜欢,她松开了和他挽在一起的手,想要离开,但是他立刻追了上来。在一处停车场他做出四下寻找宫廷豪华马车的样子,而没有找到让他很伤心。

"现在游戏结束了,"她说道,"我想,这游戏真不错,让我们说再见吧。"

"如果现在游戏结束了,"他说话时的表情出人意料的严肃,"那么我此时应该做个完整的自我介绍才符合礼仪:卡斯米尔·陀庇什。以前曾经是,"他自嘲地补充道,"封·陀庇什,可是,"他立即解释道,"如果某人是个穷鬼的话,带着贵族的封号也没有任何意义。现在请小姐猜一下,他是干什么的。"——"画家,"她几乎不假思索地说道。——他飞快地点了点头。猜对了。根据不同的情况他可以是画家或者乐手。小姐难道不想参观一下他的画室吗?见她没有回答,他又开始讲述他的旅行。哦,他不仅去过意大利,还去过巴黎、马德里和英国,作为画家和乐手。乐队乐手,他差不多会演奏各种乐器,从笛子到大鼓。唉,马德里那个城市太美了,神秘而又浪漫。但是罗马更加与众不同。例如地下墓穴:一百万个骨架和死人头深深地埋在地下——在那下面散步可真不舒服。要是迷了路,那可就完了。他的一个朋友就是这样,不过他还是获救了。——还有古竞技场——一个巨大的马戏场,可以容纳十万人就座。现在它倒塌了,只有月光照在上面。当然只有在夜里。哈哈!

他们快到特蕾莎住处附近了,她让他回去,应他的请求,她给他留了名字和地址——另外他们还定好了一个约会,就在两周后的今天。她觉察到,他隔着一段距离尾随着她,直到她进了大门,他才在街角站住了。

29

在这十四天的时间里他来了三封信。第一封信礼貌而殷勤,第二封信从头到尾全是更加欢快的语气,他把特蕾莎称作"公主"和"陛下",签名是卡斯米尔,伟大的鼓手、笛子演奏者和注册工匠。第三封信已经有了一丝柔情的味道,签名就像他心不在焉时写的一样,是很亲密的名字大写字母缩写。

他们按照事先的约定在普拉特之星附近见了面。那天大雨如注,卡斯米尔没有带伞,而是顶着一件带浪漫褶皱的骑车斗篷。他兜里有两张卡尔剧院下午场演出的戏票。哦,这票没有花钱,他跟剧院经理,还有另外几个剧院成员都很熟。他们有时在饭店里,在画室节日时聚会。嗯,节日当然不能按照字面意思去理解。不过说实话,有时聚会很快乐,不过很久都没有像在巴黎那些类似的聚会上那么快乐了,起码不像那时那么有创意。在那里有一个艺术家舞会,很多模特跳舞的时候什么都不穿,有些模特,也许更要不得,只披着透明的薄纱,有红色的、蓝色的、绿色的。——在去剧院的短短的路途中他就这样逗她开心。他们坐在第三层顶楼的第二排。上演的是一出轻歌舞剧,跟特蕾莎在萨尔茨堡看的那些差不多,不比那里的更好,也不见得更差。舞台上演一些可笑的事,卡斯米尔看演出时在她耳边轻声细语说的那些话让她一会儿发笑,一会儿脸红。当他在黑暗的听众席里有点儿过分温柔的时候,她不得不拒绝了他。于是他像换了个人一样,直到演出结束都规规矩矩、安安静静地坐在座位上,甚至不再回答她提出的问题,当然这也不过是在开玩笑罢了。

当演出结束他们回到大街上的时候,天还亮着,雨还在下。于是他们就去了近处的一家咖啡馆,坐在一个靠近窗户的小间里。特蕾莎随手翻阅着那些图片报纸,卡斯米尔饶有兴趣地看别人打台球,还给正在玩的人出主意,自己也试着打了一下,却没打中,他说都怪那根台球杆太差。特蕾莎觉得奇怪,为什么他对自己漠不关心,当他终于来跟她说话的时候,她却发觉,现在必须得走了。他帮她穿上外衣,潇洒地把骑车斗篷披在肩膀上。到了大街上,他伞在她头顶撑开,却并没有挽起她的胳膊。他很拘谨,几乎有点儿伤感,她心里有点儿同情他。当他们走过一家灯火通明的饭馆的时候,他饥饿的目光穿过高大的玻璃窗,特蕾莎几乎想请他吃晚饭了,就坐在那诱人的、铺了白色桌布的桌旁。可是她又怕这样做会伤害他,如果他接受了她的邀请,那伤害会更深。他们沉默地并肩走着,可是在道别的时候,在大街的拐角,他却突然活泼起来,说他不能忍受十四天以后才能再次见到她。她耸了耸肩。那也没有别的办法。他却坚持着。她又不是奴隶。为什么接下来的几个晚上,不能抽出一个小时的时间见个面呢?——她当然不是奴隶,她回答说,可是她在工作,有自己

185

的义务。——义务？对谁而言？对那些利用她的陌生人吗？这不是奴役还是什么。不,无论如何他也不能再等十四天了。空出一个晚上的时间,就算例外吧,就在这周,那些人应该不会拒绝她的！她表面上仍在坚持,可心里却觉得他说的有道理。

第二天晚上他就找人给她送上来一张纸条,说他在街角等着她,他有急事要跟她说。女主人同意了,她看到特蕾莎的脸红了。不用给他回信了,特蕾莎对送信的人说。于是在接下来的日子里,一直到约会那天,她再也没有得到卡斯米尔的消息。

30

特蕾莎在城市公园的入口处等待着。对面,在环城大道的一个咖啡馆门前,客人们坐在外面晒着太阳。一个面色苍白的孩子向特蕾莎兜售三色堇。她买了一小束。一个过路人对她耳语了几句,用不知羞耻的语言提出了一个毫不隐瞒的要求,她甚至都不敢转身不理。她的脸通红,不仅仅是出于愤怒。她不是疯了吗,像一个奴隶——像一个修女一样生活？瞧瞧那些人看她的眼神吧！有些人转过头来打量她,一个英俊、高雅的男士,在她身边来来回回地走了好几趟,很明显想等着看她究竟一个人能待多长时间。如果卡斯米尔不来的话可能也不错。一个穷鬼,还是个傻子——为什么偏偏是他呢？她还可以有其他的选择嘛。

不过这时他来了,穿着一件浅色的夏季西装,看得出来,不是出自最好的裁缝之手,但是非常合身。像往常一样,他一只手里拿着一顶软帽,另一只手插在裤兜里,自在又轻快地走着。她微笑着,心里很高兴。他吻了吻她的手,他们手挽着手在城市公园里转来转去,在池塘边停下来,看着那些给天鹅喂食的孩子们。卡斯米尔描述着巴黎的一个公园,还有一个池塘,有一个夜晚,他曾经在那个池塘里泛舟,在一座假山的阴影里,他就在一条独木舟上过了夜。"可能不是一个人吧？"她问道。他把手放在心口上保证。"我已经忘了。都是些过去的事了。"——特蕾莎不想再听巴黎、罗马和其他那些遥远城市的事情了。如果他怀念着那里,他可以立即动身去嘛。他把她的

186

胳膊紧紧地压在自己的胳膊上,邀请她一起去休闲沙龙的阳台上去喝下午茶。他们在一个小桌子旁坐下来,特蕾莎突然感到一丝可笑的恐慌,她害怕有人看到她和卡斯米尔在一起,然后去向她的"统治者"打小报告。当她脑海里出现这个词的时候,她下意识地低下了头。卡斯米尔很高雅地坐在那里,翘着二郎腿,嘴里叼着一支香烟,直接把她现在的想法说了出来。她轻轻地摇了摇头,但是眼泪差点儿流了出来。"可怜的孩子,"卡斯米尔说道,他下定决心一般补充道,"不能再这样下去了。"他叫来酒保,付了账。钞票在大理石桌面上醒目而又可笑地唰唰响着。然后他跟她走下宽阔的台阶,走出了公园。他告诉她自己是多么思念她,只有在工作中他才能够得到些许的平静。他讲到自己正在创作的一幅画,内容是奇妙的风景,"热带的、乌托邦式的",还有其他的一些画,他已经在脑海里构思好了,是"乡土画"。——"乡土画?"——是的,奇怪吧,连他这样的人也有故乡这种东西。他说到一座德国和波西米亚边境的小城,他是在那里出生的。还讲到了他的母亲,一位公证员的遗孀,现在她还生活在那里,他讲到小小的前院里五彩缤纷的花圃,他还是个孩子的时候常在那里玩耍。现在特蕾莎也开始讲起自己的家庭来了,说他的父亲,一位将军,因为病态的野心而开枪自杀了;讲到她的母亲,她现在用笔名给一家大报社写长篇小说,还有她哥哥是个大学生,加入了社团。至于她自己嘛,是的,她为什么不能承认自己曾经和一位军官定过婚呢,可是军官的父母不同意他娶一个贫穷的女孩子为妻。关于这些还是不说为妙。那可真是过于悲伤的回忆。卡斯米尔也没有追问她。

他们在特蕾莎不认识的近郊街道里散步。她想起了自己儿时的梦想:迷失在陌生的路上,然后从没人猜到的路上又找了回来。"我们到了。"卡斯米尔很干脆地说道。她抬头看了看。他们站在一座出租楼前,看起来它跟其他的几百座楼一模一样。他紧紧地抓着她的胳膊,跟她一起走进大门,他们上了楼梯,经过一扇扇门,有些门上钉着名片或者黄铜牌,在走廊窗户后面晃动着一些无所谓的黑影,终于走到屋顶下面那层,卡斯米尔掏出一串叮当作响的钥匙打开了一扇门。在十分宽敞的前厅里只摆着一台衣物烘干机,墙壁上几乎空空如也,有一面墙上挂着一个撕页的挂历。通过最近的那扇门,他们就来到了画室。巨大的窗户有三分之二都被深绿色的窗帘遮住了,所以一边几乎是白天,另一边就是黑夜。黑暗中地上立着一个很大的画架,上面有一幅画,用一块很脏的布盖着。一个旧五斗橱上摊着一些书,在一个长形的箱子上摆着一个调色板,上面有些融化的颜料,旁边是一件蓝色的丝绒大衣。地板上,差不多占去房间一半的面积,全是大大小小不透明的小瓶小罐。空气中有一股松节油的味道,还有放了很久的靴子和一种甜味香水的味道。一把靠背椅的扶手在一个墙角里闪着光。卡斯米尔潇洒地把帽子扔到一个角落里,靠近了特蕾莎,用双手捧着她的脸,眼睛斜睐着,心满意足地望着她的眼睛。他一把抱住她,然后把她拉到靠背椅上,让她坐在自己腿上。因为靠背椅的一条腿好像要断,特蕾莎轻轻地喊了一声。他安慰着她,之后他就开始亲吻她,慢慢地,好像在思考。他的小胡子闻起来像木樨草润发油,其实更像一家理发店的味道,当她还是个孩子的时候,曾经有一次去那家理发店接过她父亲。他的嘴唇潮湿而冰冷。

31

为了能更经常地与卡斯米尔见面,而不用苦苦等待十四天,特蕾莎只得想出种种借口才能逃出门去——为了晚上能有机会溜出去,她一会儿说要跟女朋友去看戏,一会儿又说必须要跟哥哥见面。因为她平日里能够履行自己作为女教师的责任,所以看起来人家也并没有太在意这些小小的例外。

卡斯米尔说和他一起住在画室的朋友突然旅行回来了,所以独自使用房间就成了一个问题,而且也不安全。所以如果这对情侣想不受打扰的话,就得匆匆忙忙地去那种廉价旅馆的房间里住宿。而如果卡斯米尔正好没有钱来付房租的话,就得由特蕾莎来出钱。她愿意这样做,是的,这让她有一种满足感。当然由于他经常捉襟见肘,所以一直心情烦躁。有一次他还毫无理由地狠狠叱责了特蕾莎一顿。这语气让她很不习惯,于是她一言不发地从他身边坐了起来,很快穿上衣服,做出一副要走的架势,这时他却又跪在她面前,请求她的原谅,而她也感觉到,自己太快就做好了原谅他的准备。

七月初,律师一家要去伊施尔度假。特蕾莎在考虑自己是否要换个工作,以便能离卡斯米尔近一些。可他却劝她放弃这个打算,并向她保证,夏天一定去看她。或许在她近处找家农舍租一间房,要是没有别的办法,就采取冒险的举动,为了能尽快和她在一起。

在去伊施尔之前的最后一个星期天,他们俩到维也纳森林里远足。临近黄昏的时候,他们坐在一个位于草坡上的饭店花园里,四周全是在风中摇摆的树木。人们在桌边喝酒、唱歌、高声谈笑,孩子们跑来跑去、跳上跳下。酒馆里面,在敞开的窗户旁坐着一个穿衬衣的大胖子,他在演奏手风琴。卡斯米尔今天有钱了,他要让自己和特蕾莎好好享受一番。他们旁边坐着一对夫妇和他们的两个孩子。卡斯米尔开始跟那一对夫妇搭起话来,他先是赞美一番多瑙河平原的美好景色,敬了他们一杯酒,说这"小葡萄酒"味道还不赖,于是借题发挥,说起自己旅途中品尝过的美味的外国品种的葡萄酒,比如凡尔特林纳、圣毛拉、拉克利麦·克里斯蒂或者是克萨勒斯·德·拉·弗朗特拉等地出产的葡萄酒。然后他讲了一些自己见过的喝醉酒的故事,为了让众人开心,他模仿着一个醉鬼蹒跚的样子和呜呜噜噜说话的声音,最后他还和着手风琴的旋律唱起了一首滑稽又沮丧的歌曲。周围的人都鼓起掌来,卡斯米尔以戏谑的鞠躬表示感谢。——特蕾莎心里越来越悲伤。如果她现在悄悄地站起身来溜掉,他会发觉吗?如果她突然从他的生活里完全消失,他会想念她和思索这件事吗?连她自己也被这突如其来的想法吓了一跳,她问自己,如果在来这里的路上就告诉他自己正在担心的事,让他把这个她认为确实存在的担忧也当回事儿,这样会不会更好一些。现在她肯定是说不出口了。即使说了又有什么用呢?明天也许就能证明她的担心是多余的了。

太阳早就下山了,森林黑压压地、沉默地耸立着。夜晚从平原渐渐升上来了。戴着红色便帽的大学生们横插过斜坡,从饭店旁边经过。特蕾莎不由自主地望过去,想看看她哥哥是不是在里面。不过他从不戴便帽。说他加入了一个学生组织,那不过是她在撒谎,就像其他的那些谎言一样。如果她害怕的事情成为事实,那卡尔会说什么呢?唉,这跟他又有什么相干!跟他,跟其他人都没有任何关系。

189

她该向谁解释自己的行为呢？没有人，只有她自己。

她和卡斯米尔往回走的时候，天几乎黑了。他搂着她的肩膀，他们沿着森林走下草坡。走到一处陡峭一些的地方，他们跑了起来，她差点儿摔倒，他们孩子般地放声大笑。他把她搂得更紧一些，她的心情又好了起来。可惜他们很快就到了平地，他们用好玩的行军步伐穿过热闹的大街，穿过花园和别墅。他们坐着一辆挤满了人的有轨列车回城里去。特蕾莎突然又感觉很不舒服，卡斯米尔挤在疲劳的妇女、欢笑的孩子和情绪高涨的男人们中间，看起来怡然自得，就好像这些就是他的天性。很快他就参与到乘客们有一搭没一搭的傻乎乎的谈笑中去了，他扮演着绅士，向一位胖胖的先生示意，他应该立即站起来，把自己的座位让给一个年轻漂亮的姑娘。他还拿出刚才在饭店里偷来的香烟，让周围的人抽。让特蕾莎高兴的是他们终于该下车了。这里离她的住处很近，在大门口他们很快地约好周末再见。卡斯米尔突然匆忙告别。她一直望着他的背影，直到大门关上为止。他甚至都没有回过头来看看她。

32

她都等不及下次见面了。在这段时间里，她给他写了两封简短但充满了柔情蜜意的信，却没有回音。她感到一种不可名状的害怕，不过到了星期六晚上这种害怕转化成了天堂般的幸福，在城市公园的一个角落里，那是他们约会的老地方，他朝着她走来，心情愉快，神采飞扬。为什么他不给她回信呢？——回信？为什么？他没有收到来信啊。她把信寄到哪里去了？画室？难道她忘记他已经搬家了吗？——搬家？——上次他绝对告诉过她。那个朋友走了，去了慕尼黑，只好把画室交出去，所以他暂时搬到一个小房间去了，不过作为过渡还算不错。

他们没走多远，那是一座很古老的房子，位于旧城区一条灯光昏暗的狭窄小巷里。他们沿着一条窄窄的楼梯上到五楼。卡斯米尔打开房门，前厅很黑，从厨房门上的锁眼里透出来一点儿光亮，空气里有股汽油味。他们走进房间。窗洞里黑乎乎地立着对面那座房子的烟囱。屋顶很低,几乎伸手就能触及。不过如果特蕾莎从旁边看出去的话,在层层的屋顶和烟囱后面可以看到一大片夜色中的城市。卡斯米尔告诉特蕾莎他新住处的优点——窗外的景色、不受人打扰、便宜。也许他会打定主意,把这房子租上一年。"这里能作画吗?"特蕾莎问道。——"小一点儿的画还是可以的。"他不经意似的说。卡斯米尔还没有点燃蜡烛,清澈的蓝色天空在这个狭小的房间投下微弱的光线,那高高的旧柜子、窄窄的床、床头缩在窗户下面的角落里,特别是那宽大的瓷砖炉子,都让人感觉像在家里一样。卡斯米尔特意强调说,他们可是在维也纳最古老的房子里,在过去的小宫殿里——有一部分家具还是一位老伯爵的财产呢。特蕾莎想打开柜子看看。卡斯米尔却拦住了她,他还没来得及整理东西呢。他是今天早上才搬过来的。怎么——今天才搬来的?却没有收到寄往画室的信!?太奇怪了,她心想,不过并没有说出来。另外他要向她承认一件事。以前和他一起住在画室的那位朋友遇到点儿麻烦,卡斯米尔必须帮助他摆脱困境,所以他身上没留下多少钱,连一顿晚饭都买不起。她把钱包递给他之后,他就急匆匆地出去了,留下她一个人在昏暗的屋子里叹息。上帝啊,他为什么老是撒谎,好像当个穷光蛋是一种耻辱,可有时候他却又以此为荣!他所有的谎言都和贫穷有关。她想请求他从今以后把所有的困难都毫无保留地告诉她。以现在的情况来看,他们互相之间不应该还有什么秘密。她在他面前也不能有秘密。今天就应该让他知道:她怀孕了。

卡斯米尔去了很久都没有回来。她脑海中闪过一个念头,也许他永远都不会回来了。她又动了去开柜子的念头,可是他趁她不注意的时候已经把钥匙抽走了。床架下面放着一只小箱子。她把箱子拖了出来,发现它没上锁,里面是粗针大线缝补过的换洗衣服和一条脱了线的领带。她关上箱子,又把它放回到原处。她深受震动。卡斯米尔的贫穷深深地刺痛了她的心,甚至比她自己的贫困还要伤人心。她感到前所未有的一种认同感,就好像是命运将他们两人绑在了一起。很多事情都需要两人互相帮助才能承受。

他终于回来了,手里拿着一个小包和一瓶葡萄酒,她冲过去搂住他的脖子,他迁就地由着她表达柔情。也许是葡萄酒,或者是这种从来没有感受过的亲密感让她的灵魂放松下来,敞开了心声——突然,她都不知道是怎么开的口,她靠在他的臂弯里,坦白了这些天来压在她胸中的担忧。他没有当回事儿。他确信是她搞错了。还要等待一段时间,然后再看。他又讲了一些话,如果她完全听懂了的话,或者只要是认真去听,那都会很伤她的心。

他们走下楼梯的时候,两个人之间就好像她什么都没跟他说过一样了。当他们在特蕾莎家大门口分手时,早已经过了午夜。他今天又走得特别匆忙。不过所有的事情都已经约好了,她又知道他的地址,他也知道她的,也许过几个星期他们就又会在一起了——在星空下的郊外。

33

伊施尔的别墅优美地矗立在一个大大的花园里。站在阳台上就可以看到来这里疗养和游泳的游客在广场上走来走去。因为男性家庭成员们还在城里,所以艾皮西家的气氛就像重获自由一样,特蕾莎从未见过两个女孩子这么高兴,连孩子的母亲对她的态度也比平日在城里时更友好、更亲切。客人也川流不息。一位高雅的年轻男子,略微有点儿秃顶,在城里住时和其他客人一起来艾皮西家吃过中饭,现在几乎天天露面。在黄昏的暮色中,他和女主人背靠背地坐在花园里。特蕾莎陪着两姐妹出去散步的时间也比以前长,还有一些大大小小的女友们,也都带着女教师,半大小伙子,还有些年轻的先生也加入了进来。有时他们在附近的一个湖里比赛划船,在家时大家一起玩一些温和的游戏,连特蕾莎也参加了。大一些的那个女孩儿,贝尔塔,突然之间出乎意料地对特蕾莎非常亲近,常对她吐露一些天真无邪的小秘密,有时她们也会避开其他人手挽手地去散步。秀美的风光、夏天的空气、在野外的时光和新的变化,这一切都让特蕾莎感觉很舒服。每隔两天卡斯米尔就会写来一封短信,所以她的心情也渐渐平静了下来。可是突然他不再写信来了。特蕾莎陷入了巨大的不安之中,她的身体状况开始她让怀疑那桩心事的真实性,可有时又让她感觉很幸福,她意识到这种情况不容乐观。她给卡斯米尔寄

192

了一封加急信,在信中她毫无保留地表达了自己的担心。他没有回信。她却收到了妈妈的一封信,问特蕾莎是否有机会去看望她,因为她现在距离妈妈也就几个小时的路程而已。特蕾莎无意中在艾皮西夫人面前提到了这个邀请,而大家仿佛正在等待着这种形式的倡议一样,立即决定一伙人一起去萨尔茨堡游玩。

　　第二天特蕾莎就去了萨尔茨堡,同行的有艾皮西家的女眷们、一位关系很好的女士带着儿子和女儿,还有那个有些秃顶的高雅小伙子。特蕾莎在火车站跟其他人告别后径直去看母亲,她已经搬到一所新房子里宽敞明亮的悬楼上去了。法比安尼夫人安静而亲切地接待了自己的女儿。她前几年那种草率而奇怪的性格几乎完全消失了,不过她看起来突然之间变成了一个老太婆。她很高兴听到女儿说自己过得很好,幸运的是她的日子也过得还算不错。她挣的钱够自己花的,有时还有些富余;而这种单身生活,她承认从各个角度来说都对她的工作大有好处。她让特蕾莎讲讲她现在的工作,还有以前她的各种经历。母亲对她表现出来的关注几乎让她有些感动。她们从隔壁一家饭馆买来了午饭,摆在悬楼里那张小桌子上,吃饭的时候她们的聊天却开始卡壳,特蕾莎很不舒服地感觉到,自己就像是在一个精神涣散、年老又陌生的女人家里做客一样。

　　母亲躺在长沙发上午睡的时候,特蕾莎站在悬楼的窗边看着下面的街道,街道向远方延伸,一直能看到河上的桥,河水的咆哮声也传了过来。她想到了和她一起坐车来的人们,他们这会儿应该在酒店里吃午饭了。她想起马科斯、阿尔弗雷德,最后想起了这些陌生人里最陌生的一个,卡斯米尔,她心脏下面怀着一个他的孩子,而他没有给她回信。可是就算他不像这样陌生,他又能帮她多少呢?无论是有他的爱情还是没有他的爱情——她都一样孤独。

　　她轻轻地离开了,没有吵醒母亲。她在城里的大街上转悠了一会儿。在午后灼热的阳光下,街上寂静无人。一开始她还尝试着去找寻那些在回忆中保留的地方,可是现在她觉得这些回忆也黯然无光。她觉得很累,所有的希望都破灭了,似乎她的生活已经走到了尽头。所以片刻之后,她漫无目的地走着,几乎是机械性地走进了她的旅伴们下榻的那家酒店。不巧的是他们出游了,特蕾莎只好在凉爽的大厅里翻看着图片报纸。当她的目光穿过玻璃门,恰好落在写作间的时候,她想到再给卡斯米尔写封信。她写的那些话充满着热烈的柔情,希望借此重新唤醒他们一起度过的那些爱欲时光,挑逗般地向他描绘了幽会的可能性,半夜时分在别墅的花园里,或者在森林里,她刻意没有提到真正让她忧心忡忡的那件事。

把信写完之后,她就离开了酒店,心里觉得轻松了一些。她没有别的办法,只得再次回到母亲的住处去。而她母亲已经在工作了,特蕾莎随手从书架上拿了一本书,恰好是一本破案小说,她入迷地读着,直到暮色降临。这时母亲也把工作放在了一边,邀请她一起去散步。两个女人在凉爽的晚风中沉默地沿着河边走着,后来找了一个朴素的饭馆花园坐下来,这里几乎没有什么游人。酒保和法比安尼夫人打着招呼,看来她是这里的熟客。让特蕾莎感到惊讶的是她居然喝了三大杯啤酒。夜里特蕾莎只得在长沙发上凑合着睡了一宿。她醒来的时候觉得自己筋疲力尽。虽然她和其他人约好中午才在火车站碰头,可是很快她就跟母亲告了别,母亲睡在壁龛里的床上,外面用帘子遮得严严实实的。走下楼梯之后,她感到很高兴。

清晨可爱而明亮,特蕾莎坐在米拉贝尔宫的花园里,色彩缤纷的鲜花正在大片地怒放,香气袭人。两个年轻的姑娘,她以前的同学,从她身旁走过,开始没有立即认出她来。过了一会儿她们又折了回来,朝她走来,问好之后又提了很多问题。特蕾莎说她目前在维也纳一个高雅的家庭里以陪人聊天消遣为职,她刚去探望了母亲。然后她就打听,小城里是否发生了什么新鲜事。可是因为她既不敢直接问马科斯的情况,也不敢提起阿尔弗雷德,所以她听到的只是些没用的闲话,跟她一点儿关系都没有。她感觉自己比同龄的这两个女同学要老得多,她和她们,和这座城市再也没有任何关系了。一个小时之后,她到了火车站,和伊施尔来的旅伴们见了面,然后一起离开,这时她感到很高兴。

34

接下来的几天,她在伊施尔的别墅里焦急地等待着卡斯米尔的消息。还是没有来信。她焦躁不安的样子引起了别人的注意,她明白,自己必须做点儿什么才好,哪怕是找人说一说也行。可是她又能向谁袒露心声呢?她首先想到了十五岁的贝尔塔,她每天都会爱上另外一个人,习惯了在睡觉前趴在特蕾莎怀里痛哭一场。她觉得恰恰是这孩子最能理解她和安慰她。可是很快她就发现自己的这个想法根本不可行,于是她继续沉默着。通过夏天的相处而变得亲密一些的那些女教师和女随从里没有一个能吸引她。她们当中的某些人也许有这方面的经验,可是特蕾莎却害怕遭到冷嘲热讽、泄密和背叛。她当然知道有一些方法和途径可以帮助自己,她也不是不清楚,这些方法都是有风险的,也许会染病,会死,或者去坐牢。一个快要被遗忘的故事在她的脑海中隐隐地浮现了出来,那是两三年前发生在萨尔茨堡的一件事,最后的结局很悲惨。

她给自己设定了一个最后期限,再用八天时间来等待卡斯米尔的消息。在这段时间里,去野外游玩时还算有一些能分散她注意力和让她平静的事情。等八天的时间过去之后,她请了三天假。她说,因为父亲的遗产必须跟她哥哥面谈。雇主毫不犹豫地给她准了假。

35

她到达维也纳的时候已经是中午了,于是她直奔卡斯米尔的住处。她急急忙忙地爬上楼梯。一位老妇人开了门。她说这儿没有什么卡斯米尔·陀庇什先生,从来没有叫这个名字的人在这儿住过。几个星期以前,倒是有一位年轻人搬进了这间房子,交了很少的一点儿钱,可是第二天他就消失了,也没有去警察局登记。特蕾莎痛苦又羞愧地走了。在房屋主管那里她了解到这里收到了几封写给一位卡斯米尔·陀庇什先生的信。第一封信已经被取走了,其他的没人来取。特蕾莎看了看那几封信,认出了自己的笔迹。她请求拿走这些信,但是被房屋主管拒绝了。她满脸通红地走了,又到卡斯米尔以前住过的那间画室找。这里的房屋主管也说从来没有听说过陀庇什这个名字。也许现在住在画室里的那两位先生知道点儿什么?特蕾莎急忙上楼去。一位上了年纪的男子给她开了门,他身上穿着一件被颜料染得脏兮兮的白大褂。他也没听说过什么卡斯米尔·陀庇什先生。在他前面这里住过一个外国人，罗马尼亚人，他已经走了，还欠了一部分房租没有付。特蕾莎结结巴巴地道了谢，画家的眼睛里闪动着一丝同情。她下台阶的时候还能感觉到自己后背上他的目光。

现在她站在了大街上。可是无论如何她都不相信，卡斯米尔已经离开了维也纳。她不用急着赶回去，还有几天时间可以在大街上四处转悠，直到终于碰上他为止。虽然她内心深处也感到这种行为很可笑，可是她居然真的开始在大街上来来回回地乱走了，走了好几个小时，直到又累又渴，实在撑不住了，才走进一家饭馆。这会儿早过了吃饭时间，所以她独自坐在宽敞而朴素的饭馆里。就像发烧一样，在等菜的时候她不停地数着那些铺着白色桌布的桌子，先数放在明亮的靠窗隔间里的，最后再数那些几乎隐没在没有开灯的角落里的。她的目光落在手提箱上，她一进门就把它放在一把椅子上，直到这会儿她才意识到自己一直提着这个箱子在大街上乱逛来着，而且她还没有住处呢。她吃饭的这家饭馆属于一个比较低等的近郊旅店，她决定就在这里过夜。

她进了房间之后先洗去旅途和大街上的尘土，到晚上还早着呢。她从五楼的窗户俯视着大街上的烟雾，耳边传来单调而令人反感的嘈杂声。她问自己，如果卡斯米尔从下面走过，她急忙下楼去追他的话，是否能够赶上他？——是的，可是她在这么高的地方能认出他来吗？下面那些面孔在她眼前晃动着，模糊成一片。也许他真的在下面，刚刚走过去，而她却不知道。她俯身向下看去，只觉得头晕。她从窗边走回去，坐在了桌子旁。街道上的噪音减退了，她的孤独感，与外界的脱离感，意识到在这一刻没有人知道她在哪里，这些都让她在一瞬间有种奇怪的安全感，一种几乎是愉快的感觉。为什么这几个星期，特别是这几天来她把情况想得那么糟糕，就像有一个确实存在的危险在威胁着她一样？她到底在害怕什么？她该向谁解释这件事呢？她的母亲？也许是她哥哥？这两个从来就没有关心过她的人？还是给她提供了工作的那些人，他们付给她钱，可是无论如何，不管是几年以后还是几个月以后，如果他们愿意的话，像对待任何一个陌生人一样解雇她？这些人跟她有什么相干呢？另外她想起来上次去萨尔茨堡时,她从母亲那里得知,她得到的遗产比自己设想的要多一些。用这笔钱她完全可以生活几个月而不用依赖任何人。这样看来,也许她没有遇到卡斯米尔反而是对的,她跟这个人完全没有任何关系了。如果他愿意的话,他完全可以拿出几个古尔登,帮助特蕾莎度过困难时期。她为什么要到维也纳来呢?她想从他哪里得到什么呢?唉,干吗这么问呢!她是知道答案的。她想要他,他这个人、他的吻和他的拥抱。在经历了短暂、欺骗性的平静之后她的内心又充满了怀疑。她是为了他才到维也纳来的,充满了希望,满怀渴望可是已经开始害怕找不到他。现在她终于明确地知道,而不是怀疑,他已经走了,他就这样溜了,为了逃避一切责任,是的,逃避一切的不愉快。他怎么那么傻啊?她不会向他提出任何要求的。难道他不知道这一点吗?为什么她一开始没有告诉过他呢?她委身于他的时候就已经不是个未经世事、纯洁无邪的少女了。而且她一直知道他是个穷光蛋。她从来就没有要求过他什么。那么这个孩子呢?这是她自己的事,完全是她一个人的事。

屋子里已经很暗了。从敞开的窗户里映照进来一些城市夜晚昏黄的灯光。现在该干什么呢?下楼到街上去吗?漫无目的地来回瞎转?然后到了夜里呢?明天呢?即便他还在这里,她也是碰不上他的。她待在这里还能做些什么呢?她松了一口气,决定赶在这个小时之内坐夜班火车回伊施尔去。她按响了服务铃,结了账,跑下楼去,带着她的手提箱坐车去火车站。在包厢里她睡得很沉,还差一刻钟就要到站时她才醒过来。

36

特蕾莎在艾皮希家得到很多照顾,连客人们对她也是客客气气,就像是对待一个不太受命运眷顾,但是其他方面仍然平等的家庭成员。一位其貌不扬的年轻律师在追求她,那人是个近视眼,身材瘦弱,有点儿弱不禁风的样子。他谈到自己忧郁的青年时代,他上大学时的事,自己做教师和家庭教师的经历,她感觉到他有些过高地估计了她的地位,是的,可能把她当作了另外一种人。她也给他讲了一些

197

情况:父母、哥哥、阿尔弗雷德,她"年轻时代的恋情"——以她惯用的那种随意的口吻,讲的常常不是实情,而是根据当时的听众做了一些调整。她绝口不提马科斯。她也谈到了和卡斯米尔的风流韵事,不过听起来就好像他们之间没有发生过什么一样,似乎他们在普拉特相识那晚之后只是友好地散过几次步而已。在他假期的最后一天,在森林里,他俩落在了一群人的后面,这个年轻的律师笨手笨脚地想拥抱她。开始她使劲地反抗,后来她原谅了他,而且允许他给自己写信。从此以后她再也没有收到过他的音讯。

八月底,年轻的艾皮希先生到了。他的妹妹们在城里的时候跟他关系不算太好,这会儿对他的到来倒是欢天喜地,她们的女友都爱上了他。他紧随现在的潮流,把小胡子刮干净了,人们说他看起来很像一位著名的男演员,那可是女士们的宠儿。在特蕾莎面前,他一开始表现得很拘谨。可是一天下午,两人在楼梯上碰见了,他开玩笑般不让她过去,她并没有像自己想象的那样抗拒他的纠缠。她在身后锁上了门,过了一会儿她从窗口望出去,正好看到那位年轻的先生从下面花园的大门走出去,嘴里叼着一支香烟,连头也没回一下。

中间艾皮希先生来住了两天。所有人都看得出来,他和太太之间一定发生了什么不愉快的事情。他不告而别。小女儿第二天红肿着眼睛跑来跑去,特蕾莎发现,这个十二岁的女孩儿对于身边发生的事情比别人了解得多,而且比其他人更伤心。

一天夜里,特蕾莎突然惊醒了,她好像听到门口有什么动静。她脑海中闪过一个念头,也许是格奥尔格想进到她房间来。不过她并没有害怕,而是感到一种让人舒服的激动,后来外面却寂静无声了,她竟然觉得非常失望。上次在楼梯上的偶遇发生之后,她曾经动过几次这样的念头,在这个无眠之夜,她想出来一个计划:她要想方设法让格奥尔格成为她孩子的父亲。当然现在就是最好时机。可是就像那个年轻人猜到了她的企图一样——从那时起他总是远远地避着她。特蕾莎开始感到非常奇怪,很快她就发现,原来在过去的这几天里,他和经常来家里做客的一位年轻女士之间已经发展成了恋爱关系。她一点儿都没有感到嫉妒。她对自己的愤怒很快就变成了羞愧。她觉得自己像一个被抛弃了的人,她越来越感到自己的地位很尴尬，情况很危险。特别是会碰到她们哥哥的念头，最近让她感到近乎是可笑的害怕。同时她也确信了一点，她认识的大多数女人，特别是某些她的同行，都经历过与她相似的事情，而且知道怎样在合适的时间找到帮助。她当然不能直接去问别人，不过总有可能把话题转到她想要了解的事情上去。在她认识的那些保姆和女教师中间有那么两个人，她有时会轻松愉快地跟她们聊天，而不会去触及什么敏感话题。其中的一位瘦弱、苍白、憔悴、温和，她说起自己供职的家庭，以及与这些家庭来往的那些人时，总是非常恶毒。虽然都知道她是个寡妇，或者是离了婚，不过大家都称呼她为小姐。另外一个长着褐色的头发，还不到三十岁，性格开朗，别人猜测她肯定有不少风流逸事，却发现不了任何一段恋情的真凭实据。特蕾莎首先想到能够讨个主意的人就是她。那是九月中旬一个下着雨的午后，她们一起散步，孩子们都跑到前面去了，特蕾莎虽说经过深思熟虑，可说到这个话题时不免还是笨嘴拙舌的，她说起罗莎工作的这个银行行长家里孩子可真多。可是因为她不敢直接发问，所以她只得到了一些她早就知道的事情：有一些乐于助人的妇女，还有一些医生，他们可以解决这件事，而且总的看来危险还不算很大。这种非常表面化的谈话却让特蕾莎平静了许多。因为另一个人对待这个话题的轻松态度，几乎是玩笑般的方式让她感到，她以前认为充满危险而又残忍的事情其实并不是那么困难，甚至是很自然的。所有的一切不过是个意外事故，有一些女人在生活中可能会发生这样的事，却可以不留下任何痕迹就能平安度过。那么她也完全可以不用特别在意。

37

秋天来了，人们又搬回城里去住。特蕾莎研究着报纸，就像她以前寻找招聘启事一样搜寻着目前对她有用的信息。一天下午，她来到城中心一座老房子里，沿着弯弯曲曲的楼梯走上去又坐了几分钟之后，一位很和气的中年女子在她面前坐了下来，窗帘给她的脸镀上了一层粉红色。房间很舒适，被布置成市民家庭会客室的样子，让人无法猜到这位女房客的职业。特蕾莎没有害怕，她比较小心地表达了自己的意图。这位和气的女士说不到半个小时以前也有一位年轻的女男爵来和她谈到了相同的事情，而且今年已经是第二次了。她又提到一些高贵的顾客，顾客的圈子甚至一直延伸到了皇宫的近处。她温和地笑话了那些轻率的年轻姑娘。后来她很直接地提到了一位非常富有的工厂主，他最近曾陪着一个女演员来过这里；她还向特蕾莎建议要帮她和这位工厂主牵线，反正他对现在的恋人已经感到厌倦了。告别的时候特蕾莎说她再考虑一下，明天再来。她走出大门的时候，有一位穿着深色外套的男人站在那里，他黑色的丝绒衣领已经退了色，手里拿着一个文件夹。他上下打量着特蕾莎。她的心一直跳到了嗓子眼儿，她仿佛看到自己被捕，成了被告，被判刑关进了监狱——直到混入人群之后她才渐渐平静下来。

　　第一次的经历并没有让她泄气，第二天晚上她就去拜访了一位女士，她也在报纸上说能为女士们提供建议和帮助，不过她的地址要写信去问才能告知。在近郊的繁华街道上一座新建大楼的四层挂着一个金字招牌，上面写着戈特弗里德·卢萨姆的名字。穿着整齐的助理小姐将她领到一间很小的沙龙里，里面的布置还说得上高雅，她在那里等了一会儿，随手翻看着一本照相簿，里面是著名舞台演员各式各样的家庭照和单人照片。终于，一位先生走了进来，他只是匆匆忙忙问候一声就消失在了另一扇门后。几秒钟之后他陪着一位身材苗条，但是岁数不算年轻的女士走出来，她穿着舒适、但是很显高档的家居裙装。他低声说了句对不起就离开了。特蕾莎看到，卢萨姆夫人温柔地注视了一下在他身后关上的房门。"我丈夫，"她说，就像道歉一样补充道，"他总是出门旅行。那么，我有什么地方可以为你效劳呢，亲爱的孩子？"特蕾莎说话的时候措辞比昨天更加小心，不过那位女士立即明白了她的意思，她直接问道，特蕾莎打算什么时候搬到这里来。当她从特蕾莎的回答中听出她并没有打算在这里等待分娩的计划时，她的态度变得有些生硬。她解释说，她只在很少的情况下才能决定做出特蕾莎所希望的那种举动。她立即说了一个数目，有了这笔钱她才能破例自己承担风险。可那个数目是特蕾莎支付不起的。于是卢萨姆太太建议她最好不要做傻事。她讲到一位新婚的先生，他在得知那个年轻姑娘跟另外一个男人怀了孩子之后，还是娶了她。她还警告特蕾莎不要去找那些登广告的女士们,她说有两个人前几天刚刚被捕。

特蕾莎离开的时候满脸通红,不知所措。她像梦游一样穿过城市的大街小巷,淋着温暖的秋雨。她恰巧经过了上次跟卡斯米尔一起待过的那座楼。像是突然而来的灵感在指引着她,她去问房屋主管陀庇什先生是否已经把信件取走。让她惊讶的是,果真如此,而且就是昨天才取走的。她觉得又有了新的希望。在附近的咖啡馆里,她给卡斯米尔写了一封信,信里一点儿也没有责备他的意思,只是向他保证自己的爱永远不会改变。她写道,自己并不想多问,她也知道,一个艺术家的生活里总是充满了神秘的东西,她自己过得很好,只是迫切地渴望着能够再见他一面,不管是在哪儿见面,哪怕就只有一刻钟的时间也好。她把信留在了房屋主管那里。这天夜里她睡得很平静,醒来的时候有一种说不清楚的愉快感觉,就像昨天遇到了一件让人高兴的事情一样。

38

在接下来的时间里,特蕾莎没有采取任何行动。白天繁忙的工作完成之后,晚上她就一个人安静地待着。有时,她睡不着,躺在床上,不仅是她目前的状态,就连她的一生,她一直到今天为止的过去,都显得那样遥远而陌生。她的父亲、她的母亲、阿尔弗雷德、马科斯,就是在她的肚子里正在形成一个新的、活生生的、真实的生命,虽然她自己一点也感觉不到。在她这沉默、麻木的身体里,她的孩子正在长大,她父母亲的外孙,一个注定会有自己命运的生命,注定了会经历青年和老年,注定了会有幸福与不幸,有爱情、疾病、死亡,就像其他人一样,像她自己一样。因为她不愿意去理解这一切,所以她总是感觉这孩子根本就不可能在那里,——就好像是她自己——尽管有一切征兆——搞错了一样。

女仆出于好意,但是不容误解的一句话让特蕾莎意识到周围的人已经开始猜测她的状况了。在一阵突然袭来的让心灵战栗的恐惧中,她再次感觉到自己处境的严重性,就在当天她又走上了那条路,虽然前两次都白去了。这次她遇到的是一个立即就赢得了她信任的女人。她说话很实在，几乎是顺着她的心意，她强调说自己也承认这样的行为是不合法的，但是残酷的法律根本就没有顾及社会状况，最后她说了一句充满哲学思想的话：对于大多数人来说，最好还是不要被生下来。她索要的价格不算太贵，她们商定，两天之后特蕾莎在相同的时间再来找她。

　　特蕾莎觉得自己解脱了。她在设定的期限之内体会到的那种安静的气氛让她再一次意识到，在过去的几个星期时间里，她表面虽佯装安静，但是内心却充满了恐惧和压抑。她感觉自己的状况完全恢复了自然，几乎没有什么可忧虑的。她担心过的不适感或者甚至是危险现在都不存在了，所有的一切其实并不可怕。

　　可是当她在约定的时间走上楼梯的时候，突然间内心的平静全都消失了。她赶紧按响了门铃，免得自己会匆忙下楼逃走。女仆告诉她，女主人到乡下去看客户了，几天之后才能回来。特蕾莎像重获自由一样长吸了一口气，就像这件令人尴尬的事情并不是被延期，而是被永久性地取消了一样。在二楼一扇半掩着的走廊门前，站着两个女人正在说话，她们突然停了下来，脸上带着奇怪的意味深长的微笑打量着特蕾莎。楼下大门口停着一辆马车，她并不认识的马车夫热情地问候她，就像两人关系特别密切似的。在回家的路上，她有一种感觉，好像有人在跟踪她。当然过了一会儿她就认识到，那不过是自己的错觉而已。当每个马车夫礼貌地问候她的时候，她也不再觉得奇怪了，当楼梯间的两个女人用意味深长的目光打量她的时候，她也不再觉得那是种威胁。尽管如此，她心里明白，这条路，她是不会再走一次的了，她也不会再到别的好心女人那里去碰运气。她突然想到去萨尔茨堡找自己的母亲，向她说出一切。她肯定有办法，知道怎样才能帮助自己的女儿。她的小说里有很多比这可怕得多的事情，可最后的结局都很好。而在萨尔茨堡的房子里，发生过多少可疑的故事呀！夜里不是还有军官和戴面纱的女人从大门溜到街上去了吗？母亲不是还想把她介绍给一个老伯爵吗？可是抛开这一切不谈——母亲该怎么帮助她？她又放弃了这个计划。然后她想到碰碰运气，到别处去旅行，到没人认识她的地方去把孩子生出来，把孩子留给一对没有子女的夫妇喂养或者送给他们,或者干脆夜里把孩子随便放在一扇门前就逃走。最后她想到是否去找找阿尔弗雷德,告诉他这件事,听听他的建议。这些想法和其他各种各样的念头虽然已经被她否定了,但是却还在她脑子里转来转去,不仅是在夜里或者在她独处的时候,而且当她和艾皮希一家坐在桌旁吃饭的时候,她和两个女孩子一起散步的时候,甚至是当她给孩子辅导功课的时候也会出现。她已经习惯了,能够机械性地、毫不用心地完成自己的工作,所以好像没有人发现她的变化。

在此期间,她曾经请求过建议和帮助的那位女士肯定早就从乡下回来了。一天早上,特蕾莎对自己说,没有比再次踏上那条去找她的路更理智的事情了。她写了一封信,说自己这几天会过去,虽然没有提自己的名字,但是明确地提到了最近的那次谈话。

39

在她准备去拜访那位女士几个小时之前,她收到了一封卡斯米尔的来信。他回老家了,他这样写道,回故乡去看他母亲,他还感到奇怪,为什么没有收到特蕾莎从伊施尔写来的信,今天他才,就在刚才,在这座房子的门房那里看到她的来信——"就在以前我们极度快乐的地方。"他想再见到她,他在结尾这样写着,哪怕冒着生命危险。

她知道,他在撒谎。他肯定从来就没有离开过,他肯定也收到了她写的所有信件,不仅仅是这最后一封。可是他的谎言也属于他这个人,而恰恰是谎言让他显得如此可爱和有魅力。她感觉到自己对他的爱是如此强烈,她大胆地决定,从现在开始要把他留住,要把他永远捆在自己身边。而首先,只要还有可能——哦,还有很长时间的可能性——还有好多个星期,都不能让他知道她的状态。她以前对他讲过的与此有关的话,他肯定早就忘记了。或者,如果他还记得而她绝口不提这件事,他就会很乐意地以为当初是她搞错了。她只想回到他身边,再次躺在他那亲爱的臂弯里休息一下。

他们又约在城市公园附近碰面,就像在那遥远的美好时光一样。

那是一个寒冷而阴沉的秋夜,她到的时候,卡斯米尔已经等在那里了。她觉得他比以前更加苗条瘦弱了。他没穿斗篷,而是穿了一件竖起领子的浅色外套,有点儿短,料子也太薄。他问候她的方式就好像他们前一天才见过面一样。是啊,怎么搞的,他问道,她怎么一直没有给他写信呢?可是她写的呀,她羞涩地保证道,而且信也都被取走了。什么?被取走了?看来是有人冒领了!真是令人难以置信!他要教训那个门房一顿。她问他,为什么不直接往伊施尔写信,告诉自己他去看望母亲?——是啊,她说的当然也有道理。可是她压根就不知道他家里的状况。他妈妈的一个弟弟自杀了。他轻轻指了指灰色软帽上戴孝的黑纱。不过今天他不想谈起在家时经历的那些事情。"那些事,亲爱的,还是下次再讲吧。"他是这样说的。现在一切都重新变好了。他甚至有可能在画报社谋到一份固定工作,另外有一位艺术家答应代卖他几幅画。

在旅馆房间里——那是她以前去过的地方,而且从那以后这地方也并没有变得更好——他从来没有这样温柔过,而且像以前那些日子一样有趣。他询问她夏天的经历,还开玩笑般地问她是否对他保持着忠诚。她盯着他,一副听不懂他问题的样子,好像她的心里从来不曾有过那些后来又放弃了的计划一样。她讲起她们去散步、去郊游、去萨尔茨堡旅行,还有点儿夸张地谈到主人对她工作的要求。卡斯米尔不满意地摇了摇头。他坚持自己的观点,认为这样奴隶般的生活实在是有失尊严。不过这样的生活不会持续太久了。无论如何她都应该离开艾皮希家,也许可以通过教课来养活自己。这样她就能有更多的自由。他很快就会有固定收入了,他们可以搬到一起住,那为什么——权衡一切——不能结婚呢?难道那不是最为理智的办法吗,而且从某种意义上说也比较实际?这没有用,她感到自己已经做好准备去相信他了,虽然她的脑海里开始冒出一丝怀疑,但是她克制住自己不让那丝怀疑占据上风。尽管如此她还得小心提防,不能让卡斯米尔猜出一点儿她身体的状况。恰当的时刻还没有到来。谁会知道,也许很快这个消息就会让他感到欣喜若狂呢!

三天之后,一个星期天的下午,他们又见面了。他给她带来了一些鲜花,自从他们相识之后这还是第一次。而最让她感动的是,他给了她一小笔钱来偿还他的部分债务。她拒绝了,他逼着她收下,她终于解释说,她准备从他第一个月的固定收入中收取一部分钱,在此之前无论如何她都不会要。他感到很满意,又把钱收了起来。另外因为一件事他要请求她的原谅,他以前没有告诉过她,而现在他不想再隐瞒她了。这段引子让她感到害怕,可是她怎么会不原谅他呢,他说的话不过就是,这次他跟自己的母亲说起了她的事。为什么不呢?这两个女人很快会面对面地结识对方,学着去爱对方了。特蕾莎的眼睛里涌上了泪水。现在她也不想在他面前保留什么秘密了。他静静地听着她说话,很严肃,甚至看得出还有点儿感动。他说自己已经预感到了。从根本上说,这表明了他们俩是老天注定要在一起的,他们应该永远在一起,这真是命运的安排。不过他认为自己有责任提醒她不要操之过急。她最好暂时先不要放弃在艾皮希家的工作,别人一点儿都不会看出她的状况,在新年之前她千万不能离开那家人,到那时还有两个月的时间,谁知道在这期间会发生什么事情呢,特别是他的,卡斯米尔的事情明显在往好的方向发展。她平静地,几乎是幸福地离开了他的臂弯。他说最晚两三天后他会再给她消息的。

可是她一个星期后才等来这个承诺的消息。消息虽说是来了,带来的却是苦涩的失望,因为卡斯米尔为了讨厌的遗产事宜必须要回家乡去。她立即往他告诉她的地址写了一封信去,又写了第二封、第三封,都没有收到回信。最后她决定用上到现在为止还没有用过的信封,上面写上自己的姓名和地址,——三天之后,她亲手从邮递员手里又拿到了那封信,上面写着:此地没有该收信人。这件事对她的震动并不像她想象的那样强烈,其实在她在内心深处已经做好了接受这种事情的准备。不过她现在知道了,这件事情不管怎么结束,对她来说出路只有一个,那就是她早就决定好的出路。不过她还是日复一日地拖延着,没有将这个决定付诸行动。那种充满恐惧的不安感与日俱增。在夜里她饱受噩梦的折磨。她在报纸上又恰好读到一起诉讼案件,一位医生犯下了扼杀还在胚胎中的生命的罪行。突然之间特蕾莎确信,如果她开始实施那个可怕的举动,她必死无疑。当她决定什么都不做,由着事情自然发展的时候,她感觉到了一种奇怪的同时又温和的平静,那种平静让她感觉很幸福。

40

有一次她领着俩孩子去内城散步,一半是偶然,一半是有意,她们一起走进了斯蒂芬大教堂。自从得知她父亲死讯的那个星期天之后,她就再也没有去过教堂了。

她站在一个旁侧祭坛前面,那个祭坛几乎隐没在黑暗之中。小一点儿的那个姑娘比较虔诚,她跪下去,看起来是在祈祷。而姐姐则用漠不关心、有点儿无聊的目光四下里扫视着。特蕾莎感觉面对自己的未来她心底的信任感正在增长。她从来都不是真正意义上的信徒。在她的幼儿和少年时代,她非常勤奋地参加了所有规定的宗教练习,但是却没有体验过内心深处的那种感动。今天,她第一次因为发自内心的渴望低下了头,双手交叉抱在胸前,无言地做了祷告。离开教堂时,她下决心很快就会再来,而且以后也要经常来。从此以后,她果真抓住每一次机会,路上遇到任何一间教堂,她都走进去,要么是独自一人,要么是和两姐妹一起,哪怕只进去几分钟,只为了能在里面凝神祈祷片刻。很快这样已经不能满足她了,在十二月的第一个星期天,她向艾皮希夫人请假说要去参加晨祷,夫人倒是没有露出惊讶的表情。不知是因为早晨的困倦,还是像她责备自己的那样,因为缺乏真正的虔诚,虽然有管风琴的伴奏和神圣的仪式,她坐在众人中间,却没有丝毫的感动。当她在寒冷的冬日清晨走出教堂的时候,她觉得心里比平时还要空虚。她现在每天晚上都怀着更大的热情在家里祈祷,就像她在逝去的童年时代常做的那样。那时她爱用自己发明的词汇为她自己、为父母、为女老师们、为女友们,甚至还为她的洋娃娃祈求上天的恩赐。她现在祈求上帝的宽恕和原谅,不仅是为她自己,也为她的母亲,她认为母亲有着迷失和混乱的灵魂;为孩子,她现在已经能够感受到腹中第一次生命的律动;甚至还为卡斯米尔,不管怎样他终归是孩子的父亲,也许他将来有一天会回到孩子和她的身边。有一次,她还为父亲能获得天堂的幸福而祈祷了一番,之后她在枕上洒下了很多激动的泪水,那泪水来自于重获自由的心灵。

圣诞节的几天前,艾皮希夫人把特蕾莎叫进她的房间,对她说,可惜现在不能让她在家里再待下去了。本来她在等待着特蕾莎自己及时提出辞职,可是看来在这种情况下只是她搞错了,考虑到两个女儿,她坚持让特蕾莎今天,最晚明天就离开这所房子。"明天。"特蕾莎无声地重复道。艾皮希夫人微微点了下头。"家里人已经准备好了。我跟他们讲,说你在萨尔茨堡的母亲生病了。"特蕾莎机械性地轻声回答道:"无论如何我都要感谢您的好意,夫人。"她回到自己房间开始收拾行李。

告别很快就完了,也没有感到特别难过。艾皮希博士说,希望她母亲很快就能恢复健康。姑娘们则相信,或者做出相信的样子,特蕾莎很快就会回来。从年轻的先生格奥尔格嘲讽的目光中她明显地读到:哦,我当初是多么明智啊!

41

她再一次去考斯克太太家过夜。不过第二天早上她就看出来,在这样抑郁贫困的生活环境里她不能久留。她大概算了算,因为父亲留下的那很少的一部分遗产已经支付给她了,她希望日子过得紧一点还能撑上一年。首先最重要的是找一个避难所,让她能够度过接下来的困难时光。可是之后呢,她问自己,如果那时不再是她一个人了可怎么办呢?她的思想和呼吸一起停滞了,好像她现在才完全清醒地意识到面前的处境一样。突然之间,她想到了卢萨姆夫人,就好像这是唯一的一个人,她不仅能够理解特蕾莎的处境,而且也能理解她的精神状态;特蕾莎的记忆里浮现出她那和气的模样,就像燃起了一个新的希望。于是特蕾莎就去找她,心里没有意识到,还有另外的一个希望也在吸引着她的脚步,那就是:在这段最困难的时期里在她那里找到一个家。

卢萨姆太太再次见到特蕾莎的时候一点儿都没有惊讶。当特蕾莎迟疑着、吞吞吐吐地提出了问题之后,卢萨姆太太脸上露出一些不耐烦的表情,她明确地说,对于本来打算好的这个问题她缺乏勇气,不过她还是想帮助她,她说可以给特蕾莎推荐一位医生,让医生到这所房子里来实施一个小手术。价钱当然——特蕾莎打断了她。她不是为这件事而来,她已经不想这件事了。"那么,是因为住处,"卢萨姆太太说道,"那么要——"她用审视的目光打量着特蕾莎,"等到三月中旬或下旬。"另外这段时间她已经有几个预约了,不过她可以看看,也许能够做点儿什么。特蕾莎虽然也没有想到这一点,不过卢萨姆太太这种自愿效劳的态度倒是吸引了她。这里很安静,人又和善,或许她甚至还能得到关爱——那都是她强烈渴望得到的东西。她咨询了一下条件——在这里待上三周就能花光特蕾莎所有的财产。"这个价钱真的不算离谱,"卢萨姆太太说,"也许这位女士下次可以带您先生一块上来,让您先生自己看看我们这儿的一切!你们肯定找不到比这更好的地方了,另外这里还绝对保密。甚至于去警察局申报——在这方面也有门路。"特蕾莎回答说,她要和"她的丈夫"再商量一下,然后就走了。

　　于是她下定决心,暂时先住在考斯克太太家,很快她也就适应了这里贫困的生活条件。考斯克太太整天都不在家,特蕾莎更多的时候是和孩子们在一起。她喜欢帮助他们做作业,跟他们玩耍,通过某些练习来保持自己在教学方面的一些天赋。另外她觉得自己在这里被别人发现的可能性很小,她简直就像生活在一个陌生的城市一样,几乎像在外国。渐渐地,不只是她的穿着,就连她说话时的语气,几乎在口音上,她都越来越接近在她身边生活的那些人了。她一天天地越来越不注重衣着,身材上突然发生的变化也让她不得不这样不修边幅,同样,割断了和以前那个世界的联系,脱离以前的自己也让她感到舒服。

　　为了摆脱常常袭来的无聊之感,她在一个近郊图书馆办理了借阅手续,她不加选择,总是心情雀跃地,经常是全身心地投入到了那个想象的世俗世界中。当她独自一人待在那间让人抑郁的小房间时,她几个小时就能读完很厚的一本书。偶尔的交流就是跟邻居的小市民家庭,大多数时候都是在楼梯间。有时从某个方面传来对于特蕾莎目前状况的评论,那也是顺便提到的,并无恶意,像开玩笑一样。在这个圈子里没有人觉得特蕾莎怀孕有什么特别,或者认为那不能接受。

可是也有一些时刻,特别是清晨时分,当特蕾莎从昏睡中醒来的时候,她会觉得自己现在整个的生活都不可理解,近乎有失尊严。但是当她再次意识到自己的身体状况时,那常常是在第一次无意识的动作之后,她感到,从正在生长的那个新生命身上正有一股潜在的暗流流遍她全身的关节,让她感到甜丝丝的疲惫,因此她毫不害怕,顺从地将全部的身体都交付给自然的力量,自己则愉快地得到了解脱。其他的孕妇所抱怨的那些痛苦她一概都没有,她甚至觉得身体比以前还要舒服。只是她一天比一天更懒散了。一天早晨,她坐在床上正在梳头发,有几分钟像惊呆了一样一动不动,梳子就插在头发里,空荡荡的墙上挂着一面木框的镜子,她看着镜子里那张陌生的脸——一张苍白的、肥胖的、近乎浮肿的脸,嘴巴半张着,嘴唇发青,大大的眼睛惊讶地瞪着,目光空洞。然后,当她从惊讶中回过神来,她摇了摇头,又继续梳着头发,轻轻地唱起歌来。她笨重地直起身子,凑到镜子跟前,她呼出的热气有一会儿遮住了自己的面容。当她的脸在镜子里重新浮现出来的时候,那脸上有一丝奇怪的忧伤,那是特蕾莎以前从来没有看到过的表情。

二月晴朗的一天,特蕾莎读到的书中有一章描述了夜晚灯光照耀下的街道上城市里喧嚣的生活,它勾起了特蕾莎的渴望,想亲自去看一眼这样愉快光鲜的生活。她想到,要满足这个渴望简直是再简单不过了。只要往脸上蒙上一块面纱就行了,从她的身材上,她非常肯定,没有人能认出她来。黄昏时分,特蕾莎离开了家。一开始她明显感觉自己的腿发沉,不过,当她走上一条繁华街道时,就像有魔力出现一样,她腿上的沉重感消失了,那长长的街道上一排排的灯光像是在问候她,吸引她去更明亮更繁华的地方。她坐着电车去了歌剧院,然后随着人流四处闲逛。她站在这样那样的橱窗前,那灯光、噪声和拥挤同时让她感到不安和幸福。她买了几样早就急需的小东西,在她的生活里第一次被人称为"夫人",让她有一种奇怪的感动。当她离开商店的时候,一阵强烈的疲惫感向她袭来,她急急忙忙地回到家,立即就上床躺下了。考斯克太太随口问了一句,她对接下来这段时间到底有什么打算,她不能再在这里待下去了,当务之急就是找一个合适的住处。考斯克太太提到了育婴堂这个词,特蕾莎吓了一跳,她可不想到那里去。第二天早晨她就出门去找住处。

42

找住处的过程比她想象的要困难。每个住处都有第一眼根本发现不了的一些不足之处,所以特蕾莎在短短的几周时间里不得不搬了三次家,直到她最终在一座楼的五层一个上了年纪的女人那里找到一个房间,这个房间保持得干净舒适——而且邻居没有五六个孩子叫喊闹腾,也没有喝醉酒的男人打老婆。房东奈普灵夫人,从外貌到谈吐都像出身于更好的圈子。在家的时候,她穿着一件粉红色的天鹅绒晨褛,虽然有点儿褪色,但是剪裁得很好。她自己打扫卫生,干活的时候她还在手上戴上长长的、显然是垫了很多层的手套。起初的几天,她很少跟特蕾莎说话,只是给她买来很简单的午饭,有时她也陪着吃一会儿,不过很少跟特蕾莎长时间地聊天。下午她通常都出去,直到傍晚时分或者夜里才回家。

这样,特蕾莎经常是一个人在家,她也很喜欢使用属于她的权利,就是待在所谓的客厅里,这间客厅挂着浅色的窗帘,墙上还挂着油画,看起来比特蕾莎住的那个没有任何装饰品的、极小的房间要舒服多了。前几个星期不停地搬家让特蕾莎感觉累坏了,身上发沉,所以她总也下不了出门的决心。她不再读书了,只是看看报纸,不过从第一个词到最后一个词,她不过是机械性地扫一眼,最后她压根就不知道写的是什么。然后她就试着回忆迄今为止在她的生活中意义重大的那些人,可是她无法将思想停留在某个特定的人身上,哪怕是很短的时间也不行。每个形象都很快就消失了,他们就像鬼影一样混在一起,像在梦里一样陌生而遥远。就算回忆自己也没有什么两样。她再一次感到连自己都消失了,她无法把握住自己的命运,把握住自己。她低头就能看到的形状怪异的身体,搅在一起放在膝盖上的双手,都属于她,——父亲死在了疯人院里,她曾经是一个中尉的情人,在摩拉维亚或者波西米亚,或者上帝才知道在这世界上某个地方的小窝里,生活着一个人,她跟这个人有了一个孩子……所有的一切显得那样不真实,比这个孩子本身还不真实,虽然几个星期以前这孩子就已经开始动了起来,显示出不可否认的生命迹象,她在自己的心跳中同样也能感觉到孩子的心脏。就好像,她以前曾经爱过这个还未降生的孩子,她只是不知道那是什么时候,是几个星期还是几天的时间,可是现在她丝毫感受不到这种爱,对于事情发展成这样她既没有惊讶也没有悔恨……她知道,她会变成这样,她知道自己以前是谁,可是这一切都跟她没有任何关系。她不禁问自己,如果她作为女性,经历的是另外一种生活,更美好一些的生活,是不是就比现在这样强;如果她,像其他的母亲一样,跟自己孩子的父亲有一个起码外表看起来很牢固的关系,或者是她作为妻子在一个有序的家庭生活中等待自己孩子降临的时刻。可是所有这一切对她来说都是不可想象的,所以她也并没有把这样的生活想象成幸福。

偶尔她也还是会有这样的念头——因为她现在丝毫都没有感受到心底母性的萌动,没有对孩子的渴望,甚至都不想知道这个孩子——会不会这一切都不过是一种假象,一场误会?她曾经听说过或者是在哪里读到过,也有某些状况会被人误以为是怀孕。因为她压根就不想知道这个孩子的存在,可不可以这样认为,她在过去这几个月里身体上的感受,都不过是悔恨、良心的不安和害怕——都是她自己不肯承认的感觉——想通过这种方式告诉她它们的存在?而最奇怪的是,她根本就没有盼望着这段时间早点儿结束,是的,而且她感到有点儿胆怯,害怕再次回到那个她离开的世界。她会让自己重新回到生活的正常轨迹吗,再次跟受过教育的人交谈,投身于有规律的工作,成为众多女性之中的一个吗?她现在置身所有的人和所有的工作之外。她和这一切都没有任何关系,除了她靠在角落里的长沙发上时,她的目光会沉浸在那无限遥远的一片蓝色天空里。特蕾莎的思绪就这样漂移、混乱、梦想、迷失着,仿佛她已经预感到,只要一回到现实中去,等待她的就只有忧愁和痛苦。

有段时间让特蕾莎尤其感动的是,奈普灵夫人表现出一副根本没有注意到她身体状况的样子,无论如何她都没有表露过一丝关注。中午两个女人一起吃饭,下午奈普灵夫人就会离开家,像往常一样很晚才回来。有时特蕾莎心里会蓦地涌上孤独感,以及一种突然袭来的恐惧感。有一次她突发奇想,让人给希尔维亚送去一封短信约她来。可是当希尔维亚在下个星期天真的如约而至,打听她的时候,特蕾莎又让奈普灵夫人出去说她又搬走了,不知道搬到哪里去了。

有一天,当她正倚着窗户往外看的时候,她看到哥哥正拐过街角,她赶紧缩回房间去了,她还担心了几分钟,害怕哥哥看到了她,会到楼里来打听她。之后她对自己这种可笑的恐慌又感到羞愧,她想,如果在这个世界上她还需要对谁做出解释的话,也绝对不会是他。其他的时候她都觉得安全而舒适。奈普灵夫人也从来没有暗示过,特蕾莎在这里住下去会让她不适或者尴尬。目前她手头还不缺钱,——如果出现紧急情况,她还可以让人叫医生来,医生在这种情况下有保密的义务。她认为奈普灵夫人不可能将她和孩子立即赶出门去。无论如何她都能在这里把一切都安排妥当。

这些天她有时又动了念头,想给阿尔弗雷德写信。她虽然知道自己是不会这样做的,可是她喜欢沿着这条思路往下想。她想象着,他走进她的房间,被她的命运所感动,被震惊了——她继续梦想着:他还爱着她,当然,他也会爱她的孩子,他娶她为妻。他在乡下当医生,他们一起生活在一个风景秀丽的地方,她又给他生了两个孩子,也许三个——难道他不也是她怀着的第一个孩子的父亲吗?那个卡斯米尔·陀庇什,真的有过这个人吗?他身上不是一直就有点鬼气吗?是的,也许他就是撒旦本人呢?阿尔弗雷德是她的朋友,她唯一的朋友,是的,她的爱人,即使他毫不知情。他的形象也在她心头的回忆中有了美妙的变化。他柔和的、过于柔和的脸部线条变得高贵了,以至于他看起来有点儿像一位圣人,他的声音穿越时间的隧道变得深沉而甜蜜。她在回忆中看到自己和他温柔地拥抱,背景是那一大片宽阔的平原,这时她感觉好像自己慢慢地离开了地面,向着天空飞了起来。

43

在四月的一个夜里,比她预料的早了十天,她突然疼醒了。她从床上跳下来,去敲奈普灵夫人的门,可是她还没有回来。特蕾莎想到要赶紧下楼去,或者至少到楼梯间去叫醒房屋女主管。但是刚走到家门口她就停住了脚步,疼痛停止了。她又回到自己的房间躺到床上。可是过了没几分钟疼痛再次袭来。现在还有没有时间坐车去医院呢?她是不是应该从窗口叫住一辆车呢?她还能自己走着去吗?路不算太远。她再次起床,打开柜子,开始往外拿一些衣服和内衣,之后她累得够呛,连手都抬不起来,于是她又坐了下来。只过了一会儿,新的一轮疼痛再次袭来,而且疼得更厉害了,她在房间里走来走去,然后又走到前厅,再回到房间,躺到床上,由呻吟到大声喊叫。她想让别人听到自己。为什么没人听见她的叫声呢?她身上发生的事情难道是一种耻辱吗?这所房子里没有人知道她是谁。名字本身说明不了什么。为什么她要报上真实姓名呢?她到底为什么要留在维也纳?难道她不能到乡下找个地方藏起来吗?难道是真的吗!?她怀上了一个孩子?她,特蕾莎·法比安尼,一位中校和贵族后裔的女儿,怀上了一个孩子?现在看来是真的,她怀上了一个非婚生的孩子?

奈普灵夫人突然睁着惊恐的眼睛站在了敞开的门口。她在楼梯间就听见特蕾莎在大喊。怎么,她大喊了吗?哦,没什么。不可能会有什么事的。最早也在十天之后。她不过是被噩梦惊醒了。奈普灵夫人又走了。特蕾莎听到家具的动静,还有隔壁房间里熟睡的呼吸声,那是她每个夜里都习惯听到的声音。一扇窗户打开了,又关上了。她开始入睡。突然一阵疼痛又把她惊醒了。她极力克制住疼痛,把她的手帕塞在牙缝里,双手抓住枕头。我疯了吗?她问自己。我在干什么,我想干什么?哦,我可能会死。也许我会死,那样就一了百了了。——我该怎么带着孩子开始新生活呢?我哥哥会说什么呢?她少女时代所有的羞耻感都复苏了。她觉得不可理喻,就像一场噩梦,事情是怎么搞的,那些可怕的事情,一般说来发生在别人身上的事情,就像人们有时在报纸上或者小说里读到的那些事情——却发生在了她特蕾莎·法比安尼的身上。难道现在不是让所有的一切都结束的时候吗?"救命!救命!"她突然大喊起来。她又从床上跳下来,跌跌撞撞地穿过旁边的房间爬到奈普灵夫人门口,她侧耳倾听,敲了敲门,到处都是一片寂静。她又缓了过来。她想从奈普灵夫人这里得到什么呢?她不需要她。她不需要任何人。她就想一个人，以后也这样，就像她一直以来那样独自一人。还是这样比较好。然后，她又躺回到自己的床上，直到疼痛再次以巨大的威力向她袭来，她甚至连叫喊的力气都没有了。现在任何的帮助可能都已经太晚了。不，不要帮助，不要。她想死。如果她坠落下去的话，才是最好的结局——她和那个孩子还有她的整个世界。

44

她得救了。特蕾莎躺着，感觉筋疲力尽，这种疲惫像死亡一样沉，然而却又让人感到幸福。桌子上点燃的一根蜡烛打破了夜的黑暗。她是什么时候点燃蜡烛的呢？她想不起来了。孩子就在这里。眼睛半睁着，脸上全是皱纹，就像丑陋的老头儿的脸，他就躺在那里一动不动。他可能死了。肯定是死了。就算他没死，过几秒钟他也会死。这样就好了。因为就连她，生下了他的母亲也会死。她没有力气把头转过去，眼皮总是忍不住地往一块合，她的呼吸平缓而急促。

突然她恍惚间好像看到孩子的五官在动，小胳膊和小腿儿也动了起来，嘴巴撇了撇像是要哭，她耳边传来微弱又可怜的呜咽声。特蕾莎吓坏了。现在，这孩子表现出了生命的迹象，他的存在让她感到可怕、威胁。我的孩子，她想。这个孩子是个独立的、完全自己存在的生命，有呼吸、目光，还能发出声音，一种很小的、像在呜咽一般的声音，但是它却是出自一个新的、活生生的灵魂。而且这是她的孩子。但是她不爱他。为什么她不爱他呢，他可是她的孩子啊？哦，很有可能是因为她累了，太累了，没法去爱这世界上的东西。她感觉自己好像永远都无法从这种疲惫感中完全清醒过来似的。"你到这个世界上来干什么呢？"她从内心深处问这个轻声呜咽、满脸皱纹的小家伙，同时她向孩子伸出了右边的胳膊，想把他拉得离自己近一些。你在这个世界上没有父亲也没有母亲该怎么办呢，我该拿你怎么办呢？你要是立刻死去就好了。我会对所有的人说，你压根就没有活过。谁又会关心这件事呢？难道你不是已经死了吗？我不是去找过三四个女人,就为了不让你来到这个世界上吗?我现在该拿你怎么办呢?我该带着你在这个世界上到处流浪吗?我必须要照顾别人家的孩子——我必须把你送给别人,我不配拥有你。在你来到之前,我已经杀了你三四次了。我该怎么带着一个死孩子过一辈子呀?死孩子属于坟墓。我可不想把你从窗户扔下去,或者扔到水里、扔到运河里……上帝保佑。我只想好好地看看你,好让你知道,你已经死了。如果你知道你死了的话,就赶快睡着吧,并进入永恒的生命。不会太久的,然后我就会跟来。哦,那么多,那么多的血!!奈普灵夫人,奈普灵夫人!!!唉,我干吗叫她呀?他们会发现我的。来吧,孩子,来吧,小卡斯米尔……你不愿意让自己成为你父亲那样的坏人,对吧。来吧,这样能好好躺着。我给你盖好,不会弄疼你的。在枕头下面可以好好睡觉,好好死去。再来一个枕头,这样你会感到更温暖……再见,我的孩子。我们两个中的一个永远都不会醒来了——或者是我们两个都不会醒来了。我是为了你好呀,我甜蜜的小宝贝。我不是你的好母亲。我不配拥有你。你不能活着。我为了别人的孩子活着。我没有时间给你。晚安,晚安……

　　她像从一场噩梦中醒来。她想大喊,但是却喊不出来。到底发生了什么事?孩子在哪儿?别人把他抱走了吗?他死了吗?他被埋了吗?他们对孩子做了些什么?这时她看到身旁枕头摞得很高。她把枕头拿开了。孩子就躺在那里。他大睁着双眼躺在那儿,嘴巴扭曲着,还有鼻翼,手指头动了动,他打了个喷嚏。特蕾莎深吸了一口气,感到自己在微笑,眼睛里也充满了泪水。她把那个男孩儿拉到自己身边,把他抱在怀里,按在自己胸前。他往里拱了拱,吮吸了起来。特蕾莎深深地叹息着,看了看四周,这次醒来后的感觉她从来不曾有过。晨光穿透了房间,白天的喧闹声传了上来,世界苏醒了。我的孩子,特蕾莎感觉到,我的孩子!他还活着,活着,活着!可是如果我死了的话,谁会把他抱在胸前呢?因为她自己都想去死,也必须去死。可是在她对死亡的渴望中却有无比的幸福。那孩子从她的灵魂里吸走了她的生命,他把她的生命喝下去了,一口口地喝着,她自己的嘴唇却变得很干。她伸手去拿茶杯,那还是她昨天晚上放在床头柜上的,可是她又害怕会打扰孩子,所以她犹豫了一会儿。可是那个孩子,就像明白了似的,离开了她的胸部,这样特蕾莎就能去拿那个茶杯了,她甚至还有力气坐起来一点儿,再把杯子放在唇边。不过她的另外一只胳膊却还搂着孩子,紧紧地搂着。一个遥远的时间像鬼影一样浮现在她的回忆里,那是在一个小小的寒酸的客栈里的一个小时,她委身于一个陌生的男人,怀上了这个孩子。那个小时——和这个小时;那个夜晚——和这个早晨;——那种迷醉——和这种无比的清醒……这些事情之间真的有关联吗?她把孩子抱得更紧了一些,她心里明白,他只属于她一个人。

45

奈普灵夫人进来的时候,丝毫没有流露出对这种突发事件的惊讶之情。她没有因为提问或者发表见解而耽误工夫,而是立即以一个熟练的助产士的灵巧开始忙活着眼前需要做的事。现在事实证明,她在每个方面都做好了充足的准备。来了一位医生,是一位和蔼的老先生,穿着有点儿过时。他在特蕾莎的床边坐下,开始进行一些必需的检查,提出了一些规定和建议。告别的时候他像父亲般轻轻拍了拍特蕾莎的脸颊。

在这第一天以及接下来的几天里,特蕾莎得到了无微不至的关心和照顾,就算是一位幸福的年轻妻子在秩序井然的家里坐月子也不过如此吧。奈普灵夫人在孩子出生以后也像完全换了个人似的。她以前总是沉默不语,现在却像个老朋友一样跟特蕾莎聊天,连问都没问,特蕾莎就了解了她生活的方方面面,特别是,她受聘于一家轻歌剧院,专门扮演上了年纪的角色,她恰巧这几个星期都不用工作。她做过三次母亲,现在所有的孩子都还活着,不过都养在别人家里。关于她是否曾经结过婚,以及所有的孩子是否都是一个父亲,她却只字未提。特蕾莎也很少提起自己孩子的父亲和她那段伤心往事。她们谈的更多的是关于如何做母亲以及母亲的幸福。对于爱情的幸福和痛苦,这两个女人没有什么可以分享的,就好像这些事情与做母亲的痛苦和做母亲的幸福完全没有任何关系似的。那位医生又来过几次,就像是令人愉快的拜访。特蕾莎也弄清楚了,原来他就是歌剧院的医生,他和奈普灵夫人关系很好。有时他也用有点儿干巴巴的幽默感讲一些他生活里可笑的故事、逸事,或者是一些并不让特蕾莎反感的双关语。还有另外一些人也常来做客:住在同一所房子里的一位年轻妇女;一位小职员的太太,她没有孩子,而她丈夫整天都出差在外。她坐在特蕾莎的床边,用湿润的眼睛盯着躺在妈妈怀里小男孩儿看。

一个星期之后,特蕾莎意识到,该是为将来做打算的时候了。看得出来,奈普灵夫人在这方面也没有闲着。有一天来了一位营养良好、穿着乡下衣服的妇女,她解释说,自己可以照看这个孩子,每个月只收取相对而言很少的费用。她还带来了自己的孩子,阿格娜丝,一个八岁的小姑娘,她长着让人信任的红扑扑的脸蛋,眼睛有一点儿斜视。那农妇说自己已经照顾过很多孩子。上一个孩子不久前才离开她家,因为孩子的父母结了婚,就把小不点儿接回他们身边去了。说到这一点时她脸上带着友好的微笑,就好像对于特蕾莎来说这是个好兆头一样。几天之后,特蕾莎就抱着孩子,和奈普灵夫人一起乘坐一辆单驾马车到火车站去。过了一会儿,当她们离开了住所,走到一个街拐角时,有个行人正在横穿车道,他无意中往车子里看了一眼。出于小心,特蕾莎刚才就靠在了打开的顶棚下面,但是那个行人眼睛一亮,让她知道,他看见了她,也认出了她,就像她也认出了他一样。那是阿尔弗雷德,在经过这么长时间之后第一次相遇,而且是在这种情况下,让特蕾莎深有感触。对她来说幸好在几秒钟之前奈普灵夫人从特蕾莎的手里把孩子接过去了。"那就是他。"特蕾莎轻声说道,像自言自语一样,带着一丝幸福的微笑。奈普灵夫人从车子里探出身去,回头看着,她又转向特蕾莎:"是戴灰色帽子的那个年轻人吗?"特蕾莎点了点头。"他还站在那儿呢。"奈普灵夫人意味深长地说道。现在特蕾莎才明白过来,因为她喊了一声,所以奈普灵夫人肯定是把戴灰色帽子的年轻人当作孩子的父亲了。特蕾莎也并没有跟她说明白。她更愿意这样,她面带微笑沉默着,到火车站之前一直在发呆。

46

　　坐了不到两个小时的慢车后,她们终于到达了目的地。那个农妇,罗特纳太太,在火车站等着她们。她们慢慢地穿过一些令人赏心悦目的小别墅,但是里面大多都没有住人,再沿着一条狭窄的小路上了坡,面前出现了一座漂亮的农舍,四周全是正在开花的果树。虽然农舍所在的位置并不算太高,但是却有很开阔的视野。那个村子就在她们脚下,这里同时也是一个朴素的避暑地。铁轨向远方延伸,公路消失在山丘间的森林里。农舍后面是一大片草地,一直延伸到近处的一个采石场,采石场的上边长满了灌木丛。在一个散发着一点儿霉味的干净的低矮房间里,那农妇给她的客人们端来了牛奶、面包和黄油,紧接着她就开始照看起特蕾莎的孩子来,一边还详细地介绍着她会给孩子吃什么以及怎么照顾他。然后,奈普灵夫人留在了孩子身边,而她则领着特蕾莎看看这座房子所有的房间、花园、鸡舍,还有谷仓。她的丈夫从田里回来了,他个子很高,走路时弯着腰,长着一撇垂下来的小胡子。他没说几句话,用他那浑浊的眼睛打量了孩子一眼,点了几下头,跟特蕾莎握了握手就走了。——阿格娜丝,那个八岁的小姑娘,也从学校回来了,她看起来很高兴,因为家里又来了一个小宝宝。她把孩子抱在怀里,从她整个的动作看得出,连她都非常在行,懂得如何跟小孩子相处。奈普灵夫人垫着她的雨衣,躺在一棵枫树下面。那棵树孤零零地立在离房子较远的地方,在青草和栅栏下面的树根上固定着一个圣母像,周围摆着一些已经枯萎的花环。

　　时间过得飞快。直到离别的时刻即将临近时,特蕾莎才意识到,她现在必须离开她的孩子了,而一段奇异的岁月,虽然充满了烦恼,但却是她生活中美好的一个片断就要永远地结束了。在回去的车上,她一句话都没和奈普灵夫人说。当她回到自己的房间时,这里的一切都让她想起孩子,那种感觉,就像刚参加完一个葬礼回到家一样。

　　第二天早上她醒来时感到特别悲伤,她恨不得立即坐车出城去

218

安茨巴赫一趟。一阵突然袭来的大雨阻挡了她的行程。第二天雨还在下,而且是大雨倾盆,又过了一天她才回到孩子身边。那是个温和的春日,大家坐在户外淡蓝色的天空下,孩子的眼睛里反射着天空的颜色。罗特纳太太不停地跟特蕾莎说着话,各种各样的家庭琐事啊,乡下的一些事情啊,还有她这些年在照顾的孩子们身上积累的那些经验。她丈夫这次在她们身边待的时间稍长一些,除此之外他仍然像第一次见面时一样沉默寡言。阿格娜丝只是在午饭的时候露了个面,今天她不怎么关心孩子,过了一会儿就跑开了。特蕾莎在告别时稍微平静了一些,也不像上次那么伤心了。

47

　　这天晚上,她对奈普灵夫人说,现在也到了再找一个新工作的时候了。考虑周到的奈普灵夫人在这方面也做好了准备,她手里已经有一大把合适人家的地址了。第二天,特蕾莎就去找了几家,晚上的时候她有了三个选择,最终她决定去其中一家照顾一个七岁的小女孩儿。她父亲是一位富有的商人,母亲是个善良但有点儿冷漠的夫人,小孩儿很听话,人也长得漂亮。特蕾莎立即适应了新环境。每隔一个星期天,或者是每两周的某个下午她就会请假外出。在盛夏之前没有人给她出过什么难题,直到七月一个美好的星期天早晨,孩子的母亲不知出于什么原因,让她放弃这天的休假,然后在下周随便选一天再补上。可是特蕾莎想见孩子的心情是如此的迫切,她一反常态,几乎是粗暴地坚持着自己的权利,最后虽然被批准了,但是她却不得不在惯常的解约通知期限后离开了这一家。

　　很快她就又找到一个新工作,是在一个医生家里给两个女孩和一个男孩当家庭教师。那两个女孩儿,一个七岁,另一个八岁,都在上小学,一位法语教师和一位钢琴教师到家里来授课,那个六岁的男孩儿则完全委托给特蕾莎照顾。这家的状况就像一个模范家庭:生活富裕却并不奢侈,夫妻之间关系特别融洽,孩子们都心地善良、教养得当;医生虽然工作繁忙,但是他回到家从来没有说过一句缺乏耐心的话,或者不好的话,他从来没有过坏心情,更不会像特蕾莎在其他一些家庭里看到的那样吵架。

　　快到八月中旬的时候,特蕾莎得以和她的孩子度过了完整的三天时间。不巧的是其中两天都在下雨,有那么几个小时的时间,她和那些农民坐在散发着霉味的小屋里,一阵空虚和无聊开始向她袭来。当她清醒地意识到这一点时,就像是受到了内心的谴责,她赶紧跑到孩子身边。孩子在摇篮里安静地睡着,在雨天昏暗的光线下,她觉得孩子圆圆的小脸格外苍白,消瘦又陌生。她吓坏了,赶紧对着孩子的眼皮吹了口气,孩子咧开嘴正要哭,却看到俯身在他面前的是熟悉的母亲的脸,于是又笑了起来。特蕾莎再次感受到了幸福,她把孩子抱起来,抚摸着他,不觉欣慰地哭了。那个农妇也像是被感动了,预言特蕾莎一定会一切顺利,特别是能为孩子找到一位好父亲。可是特蕾莎摇了摇头。她解释说,自己没有丝毫的兴趣,跟另外一个人来分享这个可爱的孩子。孩子是属于她的,而且以后也应该只属于她一个人。

　　在这三天之后的分别也是三倍的困难。雷根夫人和孩子们正在塞莫林山区避暑,特蕾莎赶到的时候,她在孩子们的母亲面前也掩饰不住脸上忧愁的表情。雷根夫人没有问她什么,只是用那种温和可亲的方式提出了一个希望,说但愿特蕾莎在清新的山区空气里能很快恢复好心情。特蕾莎像受到感动一样,不由自主地吻了吻她的手,不过她立即打定主意,不能泄露自己的秘密。实际上她很快就恢复了,比她自己设想的要快。她的气色和心情都好多了,她去散步,或者走到更远的地方去远足。夏天那种轻松的交往气氛也让特蕾莎有机会结识了几位年轻的和上了点儿年纪的先生,她喜欢他们,他们也没有费力去掩盖自己的愿望。不过她面对任何想要接近的试探都始终无动于衷,而九月初他们又搬回城里去住时,她也没有感到丝毫的遗憾,她只是觉得高兴,现在又能离自己的孩子近一些了。

　　每隔七天或者十四天在安茨巴赫度过的那几个小时的时间,每次都能带给她最纯粹的幸福。在城外住时,夏季雨天里有一次向她袭来的那种疲惫和空虚的感觉,就连在最昏暗的秋天时光也再没有出现过。她有点儿担心冬天的出行,不过在这方面她的担心完全是多余的。农舍四周全都被白雪覆盖着,她在暖气很好的房间里,怀里抱着孩子,透过蒙着一层水汽的玻璃窗,眺望着白雪皑皑的大地上那些沉睡的农舍和山丘下面那个小小的火车站,铁轨深色的线条一直延伸到冰天雪地的远方,再也没有比这更幸福的时光了。后来又有几个美妙的晴天,她得以从城市的大雾中逃脱出来,农舍外面不仅阳光明媚,可以远眺,而且还能感受到春天一般的温暖,她可以和她的孩子一起坐在屋前的长椅上晒晒太阳。

当春天到来的时候,她相信自己感受到了孩子的成长和大自然的繁荣向上之间那种密切的联系。对她来说,第一枝樱桃花开的那天,也是那男孩不用任何人帮助从房门向她走了几步的那天;在火车站大街上那座名为"憩园"的白色别墅的花园里,人们摘掉了玫瑰花枝上包裹的稻草,而就在那天弗兰茨长出了第二颗门牙;四月最后的那一天——因为这一年的冬天特别长——花园、森林和山丘都绽放出青翠欲滴的绿色时,她的孩子被农妇抱着,站在打开的窗户前,拍着小手,因为他看见妈妈手里拿着一个小包裹——她来时总是带点儿东西——正穿过草地向他走来。而在六月的那一天,她在外面采摘第一批成熟的樱桃时,那孩子第一次说出了几个有意义的词来。

48

三年的时间就这样平稳地过去了,这段时间在特蕾莎的回忆里,每一个春天和另一个春天,夏天和夏天,秋天和秋天,冬天和冬天都混在了一起;——尽管如此,或者恰恰是因为特蕾莎过着一种双重生活:一种生活是在雷根家当女教师,另外一种是一个寄养在城外农家的小男孩的母亲。

当她一整天都待在安茨巴赫的时候,甚至是在去那里的旅途中,当她走下火车的时候,她留在城里的一切就都消失了,雷根夫妇,那几个孩子,那所房子,她住的房间都不见了,整个城市都笼罩在一层灰色雾气之中,显得那样不可想象,经常是当她回到雷根家的房子时,这里的一切才又重新变为现实。

可是当她和雷根一家人坐在桌旁吃饭时,和孩子们一起学习或者散步时,或者是晚上在繁忙的工作之后疲惫地在床上伸个懒腰的时候，她又觉得安茨巴赫的风光，在阳光照耀下或者是在冬天的荒凉里——那个农庄坐落在绿色或白色的山丘上——那棵枫树和花环围绕着的圣母像——坐在房子前面长椅上或者是在低矮的房间里蹲在炉子前的那对农人——，都像一个不真实的，同时又是童话般的世界。当她沿着缓缓上升的小路朝罗特纳家的农舍走去时，每次她都觉得是个奇迹，所有的一切居然还在原地，就像她几天前或几个星期前离开时一模一样；她抱在怀里，或者是坐在她腿上的孩子每次都还是同一个，但同时每次都是一个新的生命。有时她觉得，如果她闭上一会儿眼睛，然后再睁开的话，那么她抱在手上的孩子就不是她闭着眼睛时想象的那个了。

城外的生活并不总是像她渴望的那样舒服。罗特纳先生这些天心情不好，连大多数时候都很开朗，总是很爱说话的农妇有时也像换了个人似的不客气，甚至还带着些敌意，当特蕾莎表现出哪怕是一丁点儿的不满意时，她就会激烈地反驳，开始抱怨这孩子让她遭的罪，而别人却不知道感谢和给钱。在几次提高了抚养费之后还是发生了各种各样的争执。有一次，他们疏忽了，没有通知特蕾莎孩子得了点儿小病，然后又让她支付药费，而支出的数目显然又对不上。特蕾莎总是相信自己发现了这样或那样的迹象，证明罗特纳太太并没有合格地照顾孩子。又有几次大家为了孩子争风吃醋，不仅是在特蕾莎和罗特纳太太之间，而且还有特蕾莎和那个小阿格娜丝，这时特蕾莎就会抱怨，罗特纳太太和她的女儿过于溺爱孩子，她们似乎故意让孩子疏远她。有时连恶劣的天气也会败坏人的心情以及和睦的气氛。当大家的鞋子湿着，却不得不坐在寒冷或者暖气太热的房间里，满屋都是劣质烟草味时，真是让人恼火，那烟草不仅呛人的眼睛，估计对孩子也不好。——特蕾莎有时也会希望，自己不用非得去安茨巴赫，她在某一个或者某几个休假的星期天里休息，没有去看她的孩子。可又有几次她简直受不了想见到孩子的煎熬，在这种渴望中又掺杂着害怕，她在夜里常会被噩梦惊醒。

不过总的来说，这的确是一段美好的时光。特蕾莎经常想到，其实她比某些母亲更好，她们的孩子一直都在自己身边，也就不会懂得去珍惜这种幸福了，而对于她——特蕾莎来说，这样的相聚，至少在预先的喜悦中，就意味着节日。

在雷根家里她一如既往地感到十分满意。那位很有能力的医生，稍微有点儿自鸣得意，虽然工作非常繁忙，态度却一直都很和蔼；雷根太太虽然一向都很仔细认真，但是从来不会乱发脾气，是一个称职的主妇；姑娘们很活泼，不过也勤奋听话，深得女教师的喜欢；那个男孩儿性格比较安静，很有音乐天赋，才八岁就能在家庭音乐晚会上用钢琴演奏海顿和莫扎特四重奏。特蕾莎经常和他一起练习四手联奏，在音乐晚会上她也弹奏一小段儿，还能赢得掌声。在她周围这种勤奋、有序和稳定的气氛中，她比以往更注重自身的提高，还抽出时间来稍微提高一下自己钢琴和外语水平。

在这种十分规律的生活中也出现过一些小插曲，打破了日常的秩序。有几次，法比安尼夫人到维也纳来跟编辑和出版商面谈，雷根一家非常贴心地坚持请小姐的母亲来家里吃饭，而在这种时候，法比安尼夫人的举止简直无可指摘，非常高雅。她还提到自己的儿子，一位医学院的大学生，年纪轻轻就已经开始在大学里发挥政治作用了，不久前他还在一个大学生晚会上发表了振奋人心的讲话。

在母亲一次这样的拜访之后，特蕾莎在城里遇到了哥哥，她已经有好几个月没有见过他了。他们谈到了母亲，对于她在一家维也纳报纸上发表的上一部长篇小说，卡尔说了些讽刺贬低的话。特蕾莎心想，可真奇怪，她觉得自己也受到了伤害，兄妹俩冷冷地道了别。在下一个街角，特蕾莎回过头去看着哥哥的背影，她注意到，他在仅仅几年的时间里竟然变得越来越不堪了。他在穿衣打扮方面显然比以前更加在意，可是他的脖子微微有点儿前倾，头发又太长，都扫到衣领了，修剪得也很不好，他那种飞快的、几乎是跳起来一般的步态让特蕾莎觉得他的整个人都显得很不高雅、不稳重，像下等人，这让她感觉很不舒服。

一开始有几次她觉得自己有义务去拜访奈普灵夫人，有一天晚上她还去看了轻歌剧的演出，是作为女演员的奈普灵夫人送给她的票。奈普灵夫人的声音刺耳又陌生，扮演一个上了岁数、好色又爱打扮的妇女，她表演的方式让特蕾莎都为她感到害臊，一个想法把她吓住了，也许她的某个儿子会从寄养的人家回来，看到自己的母亲居然是这个样子:穿着不正经的服装,脸抹成猩红色,带着淫荡的表情和目光在舞台上跳来跳去,特蕾莎明显地感觉出,连跟奈普灵夫人同台演出的那些演员都看不起她。

有一次,在大街上她恍惚间好像看到了卡斯米尔·陀庇什。不过是她看错了,她孩子的父亲和从她身边走过的那位先生之间几乎没有什么相似性,而她在很短的时间间隔内竟然有两三次认错了人,她总是感到同样的尴尬,她由此认识到,其实她是害怕再次见到卡斯米尔·陀庇什;大概是因为,好像恰恰是他最不应该对她以后的生活,特别是孩子的存在,他的孩子的存在有所了解,永远都不要。可是另外一个人,她想再次见到的那个人——阿尔弗雷德,她却从来没有把偶然遇到的人错认作他。她确切地知道他就生活在同一个城市,可是却从来没有偶遇到过。

她和雷根一家去避暑时度过的那几个星期,虽然每次都是在不同的山区,后来在特蕾莎的回忆里常常奇怪地和另外一次夏天的经历混在了一起,那些在乡下向她献殷勤的老老少少的先生们对特蕾莎而言没有什么区别。所有这些人都没能接近她,也许并不是因为她自己的反抗,她的小心和冷静——因为跟她生活中以前和以后的某些时期相反,在那几年里她的感官似乎睡着了——更多地是因为她的职业所带来的不自由,正是由于这种不自由才一再使得那些刚刚开始,以后有可能会有所发展的关系最终还是破灭了。有些时候她甚至嫉妒比她幸运的女性——那些女士中的某些人,在温暖的夏夜里,等女教师领着孩子们回到房间之后,就在旅馆前面灯光明亮的大广场上和她们相中的人一起逛来逛去,或者是消失在黑暗之中。她看到和听到——当然对她来说也不是什么新鲜事儿了——女士、母亲、年轻的姑娘和先生们交换着意味深长的目光,进行着一些引着对方进圈套的谈话,她心里知道,这样的开始会怎样往下发展。而雷根夫人虽然仍旧很漂亮,也引人遐想,但是她看起来却属于少数几个丝毫不受周围气氛影响的人,连特蕾莎也平静了下来,她感到自己被保护着,是的,也许是被保佑着。

没有任何迹象预示出即将到来的变化。雷根博士和她的夫人对待她仍然像以前一样和气、诚恳,她和姑娘们之间,特别是跟那个姐姐已经发展出了一种友谊,而和男孩儿一起四手联奏则成了她最喜欢的习惯。直到六月的一个早晨,很快大家就要搬到乡下去住了,雷根夫人把她叫到自己房间,有点儿尴尬,不过仍然是坚定而冷静地告诉她,他们决定让一个法国女人到家里来,所以——当然是带着最大的遗憾——他们认为有必要让特蕾莎搬走。当然特蕾莎一点儿都不用着急,他们给她几周、几个月的时间,直到她找到一个合适的职位为止,而接下来的这段时间则完全由特蕾莎自由支配,至于特蕾莎是否要陪同雷根一家人去白云岩山区度假,或者,在这种状况下,特蕾莎也许更愿意整个假期都不受打扰地自己安排时间。

特蕾莎脸色苍白地站着,心都伤透了,但是她立即解释道——没有泄露出一丝内心的波动——谢谢雷根夫人的好意,她不会待在这里,她会在规定的十四天期限内离开。连她自己都感到奇怪,她内心的震动很快就消失了,她甚至在同一个小时里就感觉到自己的内心对于即将到来的变化升起了一种满足,也许是一种快乐。她很快就承认,她在这个家里并不像有时自己想象的那样幸福。接下来的几天里她恰巧遇到了施泰恩鲍尔小姐,她是雷根朋友家的女教师,是个长得很老相的、愤世嫉俗的女人,在两人的谈话中特蕾莎很快相信自己在雷根家被利用之后又被人扫地出门了,这简直就是她不断重复的命运。雷根夫人那种一贯的亲切现在看来不过是冷漠和虚伪的混合体;而受人欢迎的医生那种自我满足和自高自大的性格,她现在才知道,是她打心底里讨厌的;那个男孩儿,虽然在音乐方面很有天分,但是智力发展滞后;那两个女孩儿,虽然不可否认还算勤奋,但是智力水平实在是很一般,那个小的已经有一点儿堕落,而那个大的则不无奸诈。雷根夫人早就跟两个女儿透露了这个计划中的变化,这绝对不是偶然。到处都是虚伪和诡计。

她带着苦涩的心情离开了这个家,心里暗自发誓,以后绝对不再进这个门。

49

接下来的几个星期,特蕾莎是在安茨巴赫孩子身边度过的。一开始,乡下的气氛让她平静了下来,她感到如此幸福,甚至想要不要暂时争取到来避暑的那些家庭里去上课,也许以后就在这个地方安顿下来。这一次,她感觉到身处这些简单的,大多数时候都对她很和气的人中间比在城里那些人中间舒服很多,她必须要带大他们的孩子,而他们却将她扫地出门。

特蕾莎已经习惯了和一些当地人聊天,他们对她和她的孩子都表现出了某种好感。在很久以前,她就认识了罗特纳太太的一个表弟——塞巴斯蒂安·施托茨纳,那是个相当年轻的男人,在不久前成了鳏夫。他看起来不让人讨厌,估计也很能干,家里挺富裕,正在寻找第二任太太来帮他料理农舍和家务。这肯定不是偶然,他经常来罗特纳家聊天。他那种大方的,有时也很幽默的性格让特蕾莎觉得很新鲜,他有时也笨手笨脚地抱抱孩子,那样子很让人感动。他对特蕾莎与日俱增的好感是显而易见的。罗特纳太太也过于明显地暗示过,曾经有过几个小时,特蕾莎也慎重考虑过是否要和他在一起。可是随着他来的次数越来越多,他对自己感情的表达越来越明确,特别是在一次散步的路上,他突然用粗暴的热情一把抱住了她,她感觉到在这里也不会有长久的关系。她也很明确地让他知道了这一点,于是他彻底地停止了努力。而在他放弃之后,无聊再次向她袭来,她开始抱怨和孩子在一起并不能完全满足她的生存需要。可是不久后,她就对自己说,虽然很爱自己的孩子,可是她不能再这样闲呆下去,她根本就没有权利在乡下过这种闲散的生活,而不去考虑自己的职业,特别是挣钱。

50

离夏天结束还很远的时候,她又找到了一个工作,是在一个第一眼看上去很高雅的家庭里给一个十四岁的女孩儿做女教师或者说是陪聊。她刚到这家就跟着母亲和孩子一起去了一个位于施泰尔马克的小度假村,住在一个很偏远,甚至都不太干净的旅馆里,而这家的男主人,一个职位挺高的国家官员却留在了维也纳。那位女男爵对特蕾莎很客气,却连一句多余的话都不跟她说。在这个地方几乎只有老年人，而且大多还患有痛风病。有一位瘦弱的、衣着很寒酸的六十岁的老先生，让特蕾莎感到意外的是，他居然出身于一个古老的匈牙利贵族大家庭。他拄着一根拐杖，有时会坐在女士们这一桌吃午饭，和她们用母语聊天，除此之外她们跟谁都没有来往。另外，她们吃饭的时候非常节省，让特蕾莎回忆起了她青年时代那最困难的时期。当她和女男爵的女儿单独在一起的时候，她总是试着跟她进行某种方式的对话，她用轻松的话语谈论着在林荫道和疗养公园里遇到的那些人，或者是这件和那件可笑的事情。可是很明显，那个女孩儿无法理解任何一句毫无恶意的玩笑，特蕾莎得到的除了傻乎乎的回答，就是一句无关紧要的话。

在夏天最炎热的时候她们搬回了维也纳。可饭菜并没有因为男主人的加入而变得有些花样，他没跟特蕾莎说过一句话。当特蕾莎第一次有机会到安茨巴赫去的时候，她长舒了一口气，就像是从监狱里逃出来一样。隔着这么远的距离，她越发觉得自己现在生活的女男爵家比以往更加让人无法忍受，简直是可怕。她无法理解自己居然在那里忍受了这么长时间。可能是因为懒惰，也许是听到贵族姓氏的发音受到了诱惑，她一再地拖延着，没有离开。直到后来这家给的圣诞节钱少得连她都感到害羞。她的耐心终于到了尽头，她辞了职。

51

可是接下来的这段时间对她来说非常糟糕。似乎是命运刻意这样安排，要让特蕾莎看到周围这些市民家庭里所有让人讨厌和憎恶的事情。或者只是因为她的眼睛逐渐比以前睁得大了。她接连三次看到了被毁掉的婚姻。一开始是一对还很年轻的夫妇，他们不顾两个六岁和八岁的孩子，也丝毫没有考虑过特蕾莎的感受，在吃饭的时候就直言不讳地向对方说着特别可怕的话，特蕾莎羞愧地想到自己必须避开。在她不得不经历的第一次争吵中，她径直从桌边站了起来。过了几天，她再次想逃开的时候，那个丈夫叫住了她，要求她留下，说自己务必要有个证人来证明妻子对他的那些谩骂。下一次又是妻子向特蕾莎提出了同样的要求。这两个人经常在家招待客人，借此机会他们还要在客人面前装作是一对恩爱情侣。不过有些时候，这正是让特蕾莎无法理解的地方，他们看起来却又那么心心相印。就像有时要为那些相互谩骂做证一样，特蕾莎也见证了他们之间的柔情，只是这比平日那些争吵更让特蕾莎感到尴尬和厌恶。

特蕾莎的下一个工作是在一个规规矩矩的富裕人家，开始她的感觉还不错。那家的男主人连晚上都很少在家，他的职业始终是个秘密。委托给她照顾的那个七岁的小姑娘长得很漂亮，一点儿都不认生，也很聪明。孩子的母亲有时一连几天都待在自己房间里不出来，另外几天又从早到晚都不在家。特蕾莎根本无法理解，这位母亲似乎对自己的孩子一点儿都不关心，她对特蕾莎倒是特别和气。这种和气与日俱增，慢慢变成了另外一种味道，让特蕾莎开始感到陌生，之后觉得恶心，最终让她充满了恐惧。一天早晨她出逃一般离开了那家，头天夜里她不得不一直锁着自己的房门。她要坐火车去安茨巴赫，到自己的孩子那里去待几天。在火车站她给那家的男主人写了封信，说自己的母亲突然病了，要去探望。

她的下一个工作是照顾两个机灵的男孩儿，一个七岁，另一个八岁，可是男雇主的举动却让她无法再待下去。一开始她以为自己误解了某些目光和看起来似乎是偶然的身体接触；而这个男人和他那年轻的、还很漂亮的妻子之间的关系显得非常纯洁，她越发觉得是自己误会了。可是很快，特蕾莎就觉察到男主人的意图变得不容置疑。在其他方面，这个男人并不让特蕾莎感到讨厌，她自己也承认，时间一长，她根本无法或者不愿再抗拒他。直到有一天晚上，趁着妻子和孩子在隔壁房间的机会，他居然很粗暴地想要接近她，她更多地是感到害怕，而不是抗拒。她不得不仓促地告别离开了。

52

现在她搬进了一家人们所说的豪宅里，职业介绍员认为这对她来说真是额外的好运，她想这次也许能得到很高的酬劳。银行家艾米尔·格赖特勒年过半百，举止礼貌而亲切，带有外交家的风范。他妻子长得很不起眼,憔悴不堪,却怀着无法抗拒的爱依赖着他,总是用充满爱慕的目光仰视他。他们有四个孩子,两个大一些的一个是法律系的大学生,另一个则学习银行业,他们不用特蕾莎照顾。一个十三岁的女儿和最小的那个九岁的儿子都在上公立学校,另外还雇了很多私人教师,特蕾莎的工作仅限于把两个孩子送到学校,再接回家,还有就是陪他们出去散步。本来她希望能和那个年轻的女孩儿相处得更加亲密一些,可是那女孩儿不仅是脸长得像他父亲,虽然还是个孩子却也像他一样让人无法接近,面对特蕾莎母亲一般的亲近她表现得很冷静。开始特蕾莎还感到难过,后来连她也变得冷冰冰地,对待孩子也比她本来设想的更为严厉,直到最终发展成为一种冷淡的关系。有时,特蕾莎有点儿可笑的神经质和玛格丽特高傲的沉默寡言让她回忆起以前在家时那些毫无结果、一半是下意识进行的斗争。九岁的希格弗里德是个开朗的孩子,有着与他的年龄不太相符的幽默感,特蕾莎虽然常常责怪他不要乱插嘴,但是他那些开玩笑的举动和说法却也常常让她像其他人一样忍不住发笑。她现在有很多自由支配的时间,可是主人不太愿意看见她离开家的时间过长,虽然他们并不怎么需要她,可是她必须要一直在那里听命。家里经常举行大大小小的聚会,却从来不邀请她参加。狂欢节快要结束的时候有一场舞会,格赖特勒夫人因为身体不太舒服,在准备舞会的时候她不得不多次让特蕾莎帮忙,这样一来她也只能邀请特蕾莎小姐一起参加这个节日活动了。直到中场休息之后才有一位长着金色小胡子的年轻英俊的先生邀请她跳舞,家里的两位年轻男士,一位未来的律师和一位未来的银行家,还有很多其他客人也都和她一起跳了舞。那位年轻的金发男士一再邀她共舞,还用一种愉快的、几乎是过于亲热的语气和她聊天;还有一位轻骑兵少尉在自助餐时递给她一杯香槟,还和她碰杯;另一位先生长着一头黑色鬈发,额头上还有一道浅浅的、讨人喜欢的剑伤疤痕,他跳舞的时候放肆地紧紧搂着她,却一句话都不说,凌晨三点的时候,他居然大胆地说了些暗示,听得她满脸通红,只能什么都不回答。最后那位金发男士直接请求她跟他约会。她拒绝了他,可是在舞会后的那一天,在每条通往大街的小巷中她都希望与他不期而遇。一周之后他到家里来做过一次客,在饭桌边大家聊天的时候提起过这事,她感到一丝失望,不只是因为错过了再次见面的机会,而更多的是在过去的这几年里那些无意识的无辜的错过,现在一下子都涌上了她的心头。

因为格赖特勒家每次支付工资总要拖后几天,所以她并没有留意到,整整一个月过去了,她还没有拿到工钱。可是到了下一个付钱日仍然没有发工资,而特蕾莎又急需钱用,她觉得有必要去提醒一下格赖特勒夫人了。夫人请求她再等几天,而很快特蕾莎果然拿到了应付工资的一大部分钱。本来她应该感到安心一些,可是就在同一天,家里的女仆问她主人还欠她多少钱。一直以来她都有个基本原则,就是不和自己工作的这个家里的任何其他人员谈论"主人"——可是这次她没能抵挡住诱惑,于是她很快得知,格赖特勒一家四处举债,例如上一次舞会欠着甜点店的钱就还没付呢。特蕾莎觉得这简直难以置信,她也不愿相信。因为家里的一切都有条不紊地照旧进行着。饭菜被装在高雅的容器里端上来,吃的也很好,家里仍然宾客如云,马车就停在房子前面,像往常一样,在最好的裁缝那里预定了夫人夏天要穿的长裙,而且从格赖特勒先生的心情上看也没有任何变化;他在妻子和孩子们面前像以往一样和气,虽然带着点儿冷淡和漠然,但是他没有显露出一丁点儿的急躁或者不耐心。吃饭的时候大家讨论的话题是去乡间度假,没有任何迹象表明很快要发生巨大的变化。五月里的一天,格赖特勒要出趟门,他经常出差。他像往常一样愉快地道了别,说是十天之后就会回来。他不在家的时候一开始也一切照旧,直到一天清晨天还很早,特蕾莎就被前厅里一阵奇怪的嘈杂声吵醒了,她侧耳倾听。两个小时之后,女仆通报说格赖特勒夫人也突然离开了。中午吃饭的时候,最大的那个儿子说有一位远房亲戚突然病了。不过夜晚来临之前格赖特勒夫人又出现了——脸色像死人一样苍白,脸都哭肿了。发生的事情没能隐瞒多久。晚报上已经登出了消息。银行破产了,格赖特勒先生早上在一辆火车上被逮捕,火车刚开出维也纳两个小时。格赖特勒夫人解雇了特蕾莎,让她立即离开,特蕾莎希望能让她继续留在这里,直到她找到下一个工作为止。特蕾莎觉得非常奇怪,每个家庭成员都很快地适应了家庭状况的变化,从表面上根本看不出有什么改变。家里吃得仍像以前一样好,孩子们继续去上学,玛格丽特仍然像以前一样高傲,希格弗里德继续开着玩笑,教师们到了习惯的时间就会出现,连客人都没有少——有些人以前在这家里从来没有出现过,有一些却不再来了。当特蕾莎告别的时候,格赖特勒夫人祝愿她万事如意,她在这段困难的时间里显示出了从未有过的冷静和能力,不过还欠着特蕾莎的那部分工资当然没有支付。

53

她只得从现有的人家里面挑选了第一个最好的工作,给三个六岁到十岁之间的毫无教养的孩子当"女教师",对这些孩子她简直处处都不满意。孩子们的父亲是一位保险代理人,只有晚上才在家,心情总是很恶劣。母亲则是一位肥胖、愚蠢、看起来很冷漠的妇女,她每天都要像犯病一样,冲着孩子们吼上两三次,谁靠近她身边,她就跟谁吵架。她开始像对待女仆那样痛斥特蕾莎,后来自己就陷入一种冷漠之中,不仅对家里的经济状况不闻不问,而且对孩子们的大喊大叫也视而不见,搞得特蕾莎一个人不堪重负。在这样的状态下她又坚持了两个月,然后就辞了职跑到安茨巴赫去了。

这次强烈吸引她去那里的不只是过去这几个月的烦躁之后的厌恶疲劳,而且也是突然冒出来的对弗兰茨的思念,部分也是因为有些良心不安。在过去这三年里她对他关心得太少了,对他的成长几乎没有发自内心地关注过。不管她怎么找借口安慰自己,说她没有时间,在假日里她的身体和精神状况也不好,即使是到安茨巴赫这样短途的旅行也让她感到很费劲。其实她心里清楚,经常是因为她想见到儿子的愿望还不够强烈。在几周的分离时间里她觉得他离自己越来越遥远,越来越陌生。要付给罗特纳太太的那份物质方面的义务相对而言并不算多,可她有时也觉得是个负担。对于这一点她是这样为自己辩解的,因为弗兰茨对于养母的依赖有时似乎比对她还强,他慢慢开始变成了一个真正的农村孩子,有些时候他看起来非常像那个让人怨恨的男人——他的父亲。在过去的这段时间里,她的脑海中总是不断涌出这些想法,而且还伴随着某种负罪感,就好像她本来可以在她的儿子身上做出些补救措施,就好像她作为母亲的感受中那些弱点和不确定性要报复她和她的儿子。这天她走上通往罗特纳家农舍的山坡时,心里有一种已经很久都不曾出现过的担忧。她忽然害怕会看到她的儿子在生病。她回想了一下,果真已经有三个星期都没有收到任何关于他的消息了。或者他也许已经不想和她再有什么瓜葛了,他会对她说:你干吗老来?我不再需要你了。

当儿子高兴地向自己跑过来的时候,她不禁流出了热泪,她以前从来没有这样过。她把儿子搂在胸前,就像是永远地失而复得一样。罗特纳太太也比以往更加亲切,看起来她被特蕾莎憔悴的面容吓了一跳,于是强烈建议她在乡下一直待到秋天。特蕾莎感到自己无论是身体上还是精神上都极度疲劳,她立即答应了罗特纳太太的邀请,刚过了几天她就觉得自己已经明显地休息过来了。她在儿子的身上体会到了更多的喜悦,很久都没有这样了,儿子身上那令她感到陌生的东西好像一下子都消失了。他主动陪着她一起出去散步,这是他以前从来没有做过的事情。她第一次感到他的目光变得开朗和自如起来。从几个月前开始他已经上小学了。她去跟他的老师谈了一次,老师说他是个聪明又机灵的孩子。罗特纳太太给他添置了一些必需品,特蕾莎还欠着他的伙食费,她也不能老是推脱不付,她第一次觉得有必要寻求母亲的帮助。又过了一段时间,钱还是没有寄来,罗特纳太太,特别是她先生的举止和心情都开始变得很不友好。经过她又一次的催促,母亲终于寄来了一点儿钱,可是实在少得可怜,根本就不够用。特蕾莎先偿还了一部分债务。气氛一天天地恶化,特蕾莎认识到,她在安茨巴赫不能久留。八月里炎热的一天,到安茨巴赫还不到十天,她就又回到维也纳,开始了新的工作。那是她寄出求职信后收到的第一个答复。

54

特蕾莎要照顾两个四岁和六岁的女孩子,其实任务很重,因为孩子的母亲一整天都要在办公室里忙碌,晚上很晚才能回到家。据说孩子们的父亲出差去了,但是却从来没有收到过他的来信。特蕾莎很快就弄明白了,原来他抛弃了自己的妻子,她是个毫无魅力、闷闷不乐的女人。年纪小一些的那个孩子病快快的,夜里总是睡不踏实,不过这似乎并没有打扰睡在隔壁房间的母亲。有一次特蕾莎建议也许该找个医生问问,那个母亲盛气凌人地叱责她,说她自己知道应该怎么办,不需要别人多嘴,于是特蕾莎辞去了这个工作。她以前也没有料到,离开这个病快快的小姑娘会让她那么难过。过了很长时间,她还经常想起那个孩子苍白可怜的小脸儿,还有夜里她呻吟着用小胳膊搂着她的脖子时脸上的微笑。

在还清罗特纳太太的债务之前,她不想再到安茨巴赫去了,因为她暂时还没有找到新的工作,所以只好先搬到一家小客栈去住。她从来没有住过这么糟糕和破败的住处。她睡觉时都穿着衣服。不巧的是这几天一直在下雨,而她为了找到一个新工作,不得不上楼下楼地跑遍了几百条大街。这一次她不想操之过急,尽可能地多花费一些时间来挑选,免得到了一家,很快又待不下去。她发现,有几家对她都有好感,而她自己也愿意留下来,可是因为近乎寒酸的衣着——她从他们的目光中能够读懂——她没能被录用。现在该怎么办呢?再次去找母亲请求一点儿施舍?去找她几乎一年都没有联系过的哥哥?去找她以前供职过的太太们去乞讨?她害怕做这样的事情。她也不知道在哪里才能得到慷慨的帮助。在一个无眠的长夜里,她和衣躺在糟糕的床上,这就是她目前的栖身之处,就像在多年以前那个相似的情况下,她再一次想到了出卖自己的身体。想到这种事情时她虽然觉得无所谓,但是却感觉难以实施。她还是个女人吗?难道她有过哪怕一丁点儿的渴望,想躺在一个男人的臂弯里吗?她现在过的这种可怜的生活,作为一个从来都不属于自己的人,没有故乡,虽然是个母亲,但是照顾和养活的却不是自己的儿子,而是陌生人的孩子。今天都不知道明天会在哪里落脚,某一天可能会在陌生人的经历、生意和秘密当中成为一个偶然出现的可信任的人,或者是被刻意挑选出来的可以袒露心声的人,可是第二天就可以当作是无所谓的陌生人被扫地出门——这样的一个人还有什么权利要求拥有一个男人,要求拥有女性的幸福?她是孤独的,也注定了会孤独下去。难道还有什么人能让她依靠吗?她的孩子?她母性的心已经磨损了,就像她的灵魂、她的身体和身上的一切。还有她的美貌——唉,她从来也不曾真正美丽过——她的妩媚,她的青春都一去不复返了。她感觉到,自己的嘴唇露出了疲惫的微笑。她已经二十七岁了。现在就放弃所有的希望是不是还为时过早啊?她想起了在格赖特勒家的那场舞会,那还是不久以前的事情呢,她在那场舞会上不是征服了不少人嘛。

房间里寂静黑暗,雨滴不停地敲打着窗户,在她那穿破的大衣下面,在那些可怜的衣物包裹下,她忽然感到自己的身体、皮肤和跳动的脉搏都变得火热,那是她以前就算在温热的洗澡水里,在早已忘记了的热爱过的男人的怀抱中也不曾体会过的热度。

第二天早晨,她感觉自己就像是从一个美梦中醒来,不过梦中的细节她已经不记得了。她心中再次充满了勇气,在这种情绪鼓舞下她去找了一位女裁缝,那是她经济状况还不错的时候认识的。店员非常热情地接待了她,对于她现在有些憔悴的面容,她解释说是丢失了一口皮箱。在她的请求下,店员在二十四个小时内做好了一件简单但却合体的裙子,而且也没有要求她立即付钱,这样她就可以更加充满信心地去面对即将到来的变化了——唉,这样的事情她经历得太多了。

有一位教授的遗孀愿意雇用她,她要教育两个沉默的金发姑娘,一个十岁,另一个十二岁,她们因为生病这一年都不能去公立学校上学。特蕾莎在这家受到了很好的对待,沟通的气氛令人舒服,年轻姑娘谦虚又听话。孩子母亲很和气,她一开始就让特蕾莎感到很舒服,不过看起来她还没有从不久前失去丈夫的悲痛中完全恢复过来。上课也让她感到是一种享受,因为课程的安排完全由她做主。她又开始像在艾皮希家那样备课,在这个过程中也从某些方面更新了自己的知识,她重新发现了自己曾认为已经熄灭了的兴趣。过圣诞节的时候这家人很高兴地给她放了假,她就去了安茨巴赫。这一次她在儿子身上体会到的乐趣格外多,可是尽管如此,在假日的第二天下午她就匆忙回到了城里,她自己都不知道该怎么说才好。当她晚上和那个寡妇以及她的两个女儿一起坐在寒酸的晚餐前时,她像往常一样沉默不语,而其他人则用一些伤感的暗示提起了已故的一家之长。

她的心头突然袭来一阵难熬的无聊,她开始觉得对这些人有一些厌烦,她这个完全没有关系的人却不得不一起被拖入这种悲伤的气氛。当然她在这方面已经有了足够多的经历,别人从来没有考虑过一丁点儿她的感受。人们在她面前无论是提起高兴的事还是痛苦的事都同样漫不经心。她从来没有像此时此地一样有了一种反抗的情绪,其实在这里她没有什么可抱怨的,别人对她很明显并无恶意。再加上这家人没有料到她今天会赶回来吃晚饭,所以她从桌边站起来时感到比之前更饥饿了。这天夜里她就下定决心要尽快离开这家。可是直到春天,特蕾莎才将自己的决定付诸行动。

55

在经历了几乎是痛苦的告别之后,特蕾莎在一个富裕的商人家庭里开始了新的工作。在告别时,面对她即将离开的这家人,特蕾莎第一次感到有些对不起他们。她的新雇主是个内城的制帽商,她要照顾的是这家唯一的儿子,他七岁,长得非常漂亮,但是却有点儿被惯坏了。引起特蕾莎特别注意的是这个家庭里一贯的好心情。吃饭的时候几乎总是有客人——一位叔叔、一位表兄、一位商业伙伴、从乡下来的亲戚夫妇俩,饭菜和酒都非常好,人们讲着奇闻逸事和周围的一些趣闻,欢声笑语不断,如果特蕾莎也跟着一起笑,主人很明显也会感到高兴,甚至还有些得意。人们对待她就像是一位老熟人,也问到她父母的情况和她青年时期的经历。这是她第一次又提起了自己的父亲——那位已经去世的高级官员,还有她的母亲,一位很受欢迎的长篇小说女作家,她又谈到了萨尔茨堡,她在那段时间里认识的形形色色的人,她终于可以慢条斯理地讲述这些事情了。她很容易就觉得非常满足。那个被惯坏了、要求总是很多的男孩儿给她找了不少麻烦,可是却也很讨她喜欢。她很快就发现,孩子的父母虽然很溺爱他,但是却并不懂得怎样尊重他。她发觉这个孩子不仅比同龄人聪明得多,而且还有一种独特的、几乎是不属于尘世的美貌,让她回忆起某位王子的盛装画像,她记不得是哪位王子了,她曾经在一个画廊里见到过那幅画像。很快她就认识到,她太爱这个孩子了,甚至超过了她自己的孩子。有一天晚上,那孩子发起了高烧,是她在孩子的床边备受煎熬地守了三个晚上,而孩子的母亲正好那几天身体也不太舒服,她只不过是派人过来问问孩子的状况而已,孩子在第三天就完全恢复了健康。不久后大家就开始做着各种各样的避暑计划,他们也将萨尔茨堡周边地区纳入了计划之列,也请特蕾莎提出一些建议。

在一个晴朗的星期天早晨,这家的女主人把特蕾莎叫到自己房间里,像以往一样和气地通知她,再过几天以前的女教师就要回来了,她到英国去看亲戚所以请了半年的假。特蕾莎一开始还没弄明白是怎么回事。当她确信人家的确是要她离开的时候,她不禁哭了起来。那位夫人安慰她、劝说她,最后还因为这场"哭哭啼啼"没心没肺地笑话了她一场。无论她,还是她的丈夫一点儿都没有意识到,这种做法对特蕾莎是多么不公平,甚至还造成了她的痛苦。在告诉她被辞退之后,家里的气氛一点儿也没有变,所以特蕾莎老是试着去想,她还会在这里待下去。是啊,人们还像以前一样,跟她商量着即将到来的暑假里这样那样的细节,而那个男孩儿也说想和她一起去远足、划船、爬山。在吃饭的时候,她不得不一再地克制住自己的泪水。有一天夜里,她半梦半醒地考虑着一些像小说情节一样的计划:诱拐这个男孩,袭击那个从英国回来的女教师——还有一些针对那个孩子和她自己的黑暗的计划也闪现在了她的脑海中。当然第二天早晨这一切就都灰飞烟灭了。

告别的时刻终于到了。事先已经安排小男孩儿去了祖父母家。主人给了她一盒子便宜的糖果和上路前最好的祝福,可是没有提到一个字说希望以后有机会再见到她。她木然地走下楼梯,没有流一滴眼泪,这时她知道自己不会再踏进这座房子了。这不是她第一次经历这样的事情,可是即便她不是怀着这样的心情离开,即使她是平静地、甚至是高兴地离开了那些人家,她也几乎没有再回去过。她哪里有时间去做这种事呢?

她坐车去了安茨巴赫,希望能在自由自在的大自然中得到休息,渴望着能舒舒服服地待在城外的人群中,怀着连她自己也有些怀疑的愿望,能够比以前更爱自己的孩子。这一切都没有实现,所有的事情都显得越发令人失望。她还是第一次感到自己处在这样一个完全陌生的世界之中。她感到人们都厌恶她，对她充满了敌意，任凭她怎么努力，都无法体会到对孩子那种温柔的母爱。

最糟糕的是，在维也纳当保姆的阿格娜丝也回到安茨巴赫来住了几天。特蕾莎从心底里讨厌这个十六岁的少女对孩子的那股温柔劲儿；看到那个年轻的姑娘在孩子面前母亲般的举止，简直比她更像个母亲，让她简直无法忍受。可有时阿格娜丝的行为又完全没有母亲的感觉，更多的迹象表明，阿格娜丝之所以那样做完全是为了激怒和伤害特蕾莎，让她嫉妒。当特蕾莎把这些话说到她的脸上时，她愤怒而恶毒地回骂起来。罗特纳太太站在她女儿一边，一场争吵终于爆发了，特蕾莎完全失去了理智。她因为别人而生气，对自己也不满意，她认识到继续待下去只会让一切都变得更糟。她第一次没有告别就离开了安茨巴赫——就像逃走一样。

56

八月里炎热的一天，特蕾莎到新的雇主家去工作，她很快发现，职业介绍所告诉她的那些情况完全不对。那并不是一位很有实力的工厂主家的优雅别墅，就像人家说给她听的一样，而是一座年久失修的大楼房，只是作为乡村别墅修建的，里面住了四个避暑的家庭，他们总是因为孩子不停地争吵，甚至在花园里也习惯于因为争抢位置、长椅和桌子而吵闹，大家总是在互相埋怨。那群孩子当中教养最差的就是特蕾莎要照顾的那三个从九岁到十二岁的男孩儿——而不是职业介绍所说的两个。孩子们的母亲还比较年轻就已经过早发福，她早上一起床就要化妆，总是穿着脏兮兮的家居服在家里和花园里走来走去，可是去散步时却习惯打扮得特别夸张和引人注意。她自己，还有她的孩子们，都说着一种难听的犹太粗话，特蕾莎从此以后对于这种粗话，甚至是对所有的犹太人都产生了一种反感，虽然她在某些犹太家庭中的经历并不见得就比在其他家庭中的差。艾皮希一家虽然已经受洗，但是却属于某个另外的种族，她是快离开时才得知了这一点的，当时她非常惊讶，从那以后她就对这家人怀有某些偏

237

见。九岁男孩儿的父亲是个抑郁的小个子男人,长着一双伤感的狗一般的眼睛,通常只有在假日,临近中午的时候才到乡下来,而且几乎每次都会和他妻子争吵起来。一到下午他就急急忙忙地消失了,特蕾莎从他妻子那些充满恶意的言辞之中听出来,他是到咖啡馆去了,在那儿打牌直到深夜,他的钱,就像他妻子说的那样,她的嫁妆慢慢地都输光了。特蕾莎不太明白,为什么这位妻子总是抱怨丈夫忽视了自己,那是因为她从来也没有给他留过时间。每天下午她都要在长沙发上躺好几个小时,然后才为了去散步而梳妆打扮一番,而且回家的时间比大家预计的要晚得多。在特蕾莎面前她一会儿很和气,当然是因为有求于她,一会儿又发怒,很不耐心,在所有的方面都显得过分随便,常常让特蕾莎感到很尴尬。在丈夫所有的义务之中,还包括从一个外借图书馆给他太太借书,那些书通常都没有动过,被随手扔在花园的长椅上,或者房间里的家具上。特蕾莎计划等到从避暑的地方搬回家里去住时她就辞职。所以现在在对待那三个犹太小混蛋——特蕾莎心里这样叫他们——的态度只要合乎一般的标准就行了,他们自己玩游戏和捣乱的时候她也不太管。因为她不知道该如何打发时间,有时她也会机械性地随手拿起从图书馆借来的书,心不在焉地翻到哪页读哪页。有一次她居然翻到了一本她母亲写的书。她的兴趣并不比看其他人写的书更大,因为根据以往对于女作家法比安尼作品的认识,她觉得不仅是无聊,而且还很可笑。下午她坐在花园里读书,相对而言这是比较安静的一个小时,只有某位女主人弹钢琴的声音打破了这种假期的寂静。她心不在焉地读着一个她觉得已经读过一百遍的故事,直到某一个地方让她感觉受到了一丝震动,但她并不知道为什么会这样。那是一个受骗后绝望的爱人写的信,它突然用一种真实的能打动人心的声音触碰到了特蕾莎的灵魂。几页之后又是第二封、第三封类似的信,这时特蕾莎终于认出,她在这里读到的印刷出来的信件不是别的,正是多年以前阿尔弗雷德写给她,后来又被母亲从抽屉里偷走的那些信。这些信件按照小说内容的要求进行了一些修改,但是某些句子很明显被保留了下来。当她不得不以这种方式回忆起阿尔弗雷德的时候,一开始只是感到隐隐的一丝疼痛一再袭来,然后她胸中涌起一股对母亲强烈的怨恨,不过这种怨恨没有持续多长时间，——是的，过了一会儿，她忍不住笑了起来。就在当天晚上她给母亲写了一封信，半开玩笑地说到自己感到很荣幸，能够以她直到今天才知道的方式参与了这位著名女作家的创作。

过了几天，母亲写来一封信，用很中肯同时又很亲切的语气询问特蕾莎为参与写作要求多高的报酬。两天之后，虽然不是钱，她却主动寄来了几件换洗衣物和一件上等细亚麻布的衬衣。一开始特蕾莎想给她退回去，不过还是高兴地留下了，因为那都是她急需的东西。

又过了几天，在他们要从避暑地搬回维也纳之前，特蕾莎收到了一封请求和她约会的信。从那完全陌生、在此之前并不认识的签名上推测，那不是别人，只能是一位军官，一位非常瘦弱的中尉，留着黑色的小胡子，她经常在疗养花园里匆匆遇到他，那人总是用很放肆的目光上下打量她。这位军官用毫不掩饰的语言表达了他的爱，他的热情和他的渴求。这些话一开始激怒了特蕾莎，之后却让她的内心陷入了巨大的波动之中。她经过一整天内心激烈的挣扎，晚上把孩子们都送上床之后就立刻来到了疗养花园，等在那里的那位中尉朝她走来，用一种狂野的、几乎是暴力的方式握住了她的手。他们在一条黑暗的林荫路上来来回回走了一会儿，之后连她都不知道自己是怎么回事儿，她居然回应了他热烈的吻。他想引诱她到花园里更黑暗、更偏僻的地方去，这时她从他怀里挣脱出来跑回家去。她这才意识到，在跟那位中尉充满热情的约会过程中，他们俩说过的话不超过十句，她为此感到非常羞愧。第二天他还想见她，她下定决心不再去约会的地点。她经历了一个无眠之夜，对他的渴望渐渐增强为身体上的疼痛。中午她收到了一封陌生人的来信。信出自一位不愿意透露自己名字的"好心的女友"之手，她说要提出一个好的建议，深夜里跟某些人在疗养花园里闲逛之前最好先看清他们的真面目。了解此事的某个人想提醒她注意，那位军官是为治疗某种传染性疾病才来此地的，而且这种病还没有完全治愈。希望这个警告来得还算及时。特蕾莎吓得要死。她再也不敢离开家。她隐隐觉得，昨天晚上那些亲吻最终也可能会造成恶劣的后果。可是同时她又希望，如果她有力量不再去见那个危险的人，上帝就不会这么严厉地惩罚她。

239

她真的做到了,接下来的几天她都待在家里。在和孩子的母亲发生了激烈的争吵之后,她在解雇期限之前辞了职。在去火车站的路上,她远远地瞥见了那位军官,幸运的是,在他发现她之前,她就已经逃脱了。

57

特蕾莎的下一个工作是在一个大工厂主的家里。很快她就发现,她在这里的工作并不是女教师,更恰当地说是护理员,要照顾一个重病卧床、几乎已经瘫痪的九岁女孩儿。特蕾莎对她充满了连自己都无法解释的痛苦的同情之心,这个可怜的孩子看起来不只是经历了疾病带来的痛苦,而且也知道自己将不久于人世。特蕾莎也很同情这对不幸的夫妇,他们这么多年只能眼睁睁地看着孩子受罪。一开始特蕾莎相信自己为了满足这对夫妇的要求,做好了牺牲的准备。可是几个星期之后她就看到,自己无论是在身体上,还是在精神上都无法达到主人对她的要求,于是她就辞了职。

收到母亲一封友好的来信后,她决定到萨尔茨堡去待几天,母亲真诚地接待了她。法比安尼夫人在这座小城里的地位在过去这些年中似乎在向着最有利的方向发展。高雅圈子里的女士们经常来拜访她,在这些人里特蕾莎结识了一位刚调任到此地的将军的妻子,还有一位编辑的夫人,她们都对女作家尤莉娅·法比安尼尊敬有加。特蕾莎在母亲的家里感到比以前舒服一些,不过同时也更加陌生了——那感觉不像是在自己母亲的家里,而更像是在拜访一位在旅途中结下深厚友谊的老太太。特蕾莎聊天时谈到了她在过去几年中遇到的各色人等,她母亲总是带着越来越浓厚的兴趣倾听着,还毫不避讳地做着笔记,逐字逐句地忠实记录下特蕾莎的话。最后她终于告诉女儿,她希望能定期收到女儿这种"来自生活的报道",当然她要给特蕾莎支付相应的酬金。她也讲了讲萨尔茨堡的各种趣闻:以前追求过特蕾莎的那位贝克海姆伯爵后来娶了那位和他关系密切的女演员,不久前他死了,给他的遗孀留下了一大笔遗产。她还谈到了特蕾莎的哥哥,他现在是维也纳大学生社团当中一个德意志民族协会的副主席,正在发挥着越来越大的作用,他现在经常到萨尔茨堡来,跟当地一些政治团体交往。他压根就没有关心过自己的妹妹,对母亲也很少过问,母亲现在却开始为他感到骄傲,而看起来他也不再讨厌母亲了。

58

特蕾莎在十月的最后几天回到了维也纳,她觉得自己虽然在身体上恢复了一些,可是精神上却越发地贫乏了。她和母亲在非常和睦的气氛中告了别,但是她心里比以往更加清楚,其实她没有母亲。回忆起在萨尔茨堡停留的这三个星期的时间,她度过的最美好的时光恰恰是她独自一人去散步和去教堂,她虽然没有做过祈祷,但是却感到内心平静了下来,受到了很好的庇护。

特蕾莎现在的工作是在一位州立法院的法官家里,他带着妻子和孩子与人合住在近郊花园区的一座小房子里,不过另外那家人既见不到面也听不着什么动静。那位州立法院的法官是个沉默严肃但很有礼貌的人,孩子的母亲头脑简单、心地善良;两个女儿,一个十岁,另一个十二岁,并不是特别有天赋,但却听话而顺从。他们生活简朴,不过特蕾莎并不缺少什么,在人际交往方面这家人也是中规中矩,既没有纵容和讨好她,但是也没有歧视和怠慢她。

在同一套住房里还住着一位年轻的银行官员,他是这里的房客,跟这家人没有任何交往。特蕾莎只是在前厅和楼梯上遇到过他几次,即使碰见了,也不过是匆匆打个招呼而已,有时也说几句关于天气情况的话,尽管如此,有一天已经很晚了,他们在前厅里偶遇,之后就热烈地拥吻起来,这时她并不觉得吃惊,甚至像早就期待着它发生一样。第二天夜里——她都不知道是他哀求了她还是她向他做出了许诺——她就跟他在一起了。从这天开始,她每天夜里都来找他,有时只待一刻钟——因为她总是害怕,跟她睡在同一个房间里的姐妹俩会发现她不在。除了在一起的时间以外她几乎从来不会想起他,当她遇到他时,她也从来不会意识到他是她的情人。不过她经常感到后悔,生命中的那么多年——她现在可以这样说了——她都白白浪费了,在卡斯米尔·陀庇什之后她就没有过情人。她开始发觉,他对她的热情开始变得严肃起来,老爱问这问那,对她的过去也心存嫉妒,她认为该是跟他分手的时候了。她设法让他相信,州立法院法官一家已经开始怀疑,她一再告诉他自己害怕这种关系可能导致的后果,不过有时她也的确很害怕。最终她很快做了个了断,她瞒着他重新找了一个工作。一天早晨,她永远地离开了那座房子,什么都没有告诉他。

59

下一个工作是在内城一家货币兑换店的店主家里。特蕾莎发现自己有很多可以自由支配的时间。她要照顾的是一个七岁男孩儿,他母亲的婚姻生活很不幸福,只有在跟自己的独生子不受打扰地单独待在一起时才显得高兴一点儿。所以特蕾莎常常有机会坐车去安茨巴赫,不只是待几个小时,甚至是好几天的时间。不过有时她也会到城里去漫无目的地闲逛,她想出的借口就是城外那个农民家里的状况让她完全无法忍受,特别是阿格娜丝,很爱插嘴,而且诡计多端。

有一天晚上,特蕾莎在城里遇到了那个英俊的鬈发头,就是她两年前在格赖特勒家舞会上认识的那个青年。他说这可真是命运的安排,让他们再次见面。她自己都无法解释为什么意志这么薄弱,她在第二次见面时就做好了准备,他要求的一切她都愿意给他。他是个学法律的大学生,诙谐而又调皮。特蕾莎深深地爱上了他,把本来留给孩子的时间都给了他。她希望能更多地给他讲讲自己的过去,可是他看起来很不在意,当她严肃地跟他谈话时,很明显他会觉得无聊,她害怕会惹他不高兴,也就再也不用自己的事情去难为他了。刚到夏天的时候,他写来一封愉快的分手信,说她是个出色的姑娘,他会把她留在令人愉快的回忆里,希望她也能如此。她哭了两夜,然后就到安茨巴赫去看望儿子,她整整四个星期都没有见过他了。她比以往更加爱他,还在枫树下面的玛利亚像前发誓,以后永远不再忽视小弗兰茨。因为阿格娜丝不在家,她和老罗特纳夫妇也相处得非常愉快。当天晚上她回到维也纳时觉得很受安慰。

她现在又重新找回了自我。从根本上说,她满足了那种难熬的饥渴,现在又可以心情平静地为了责任和职业而生活下去了。可是当她想在本该是她照顾的孩子身上多花点儿心思的时候,她发现,孩子的母亲总是斜眼看她,目光中充满了不信任。有一天,那个女人终于发作了,她丈夫与别的女人有染,于是她责骂特蕾莎试图夺走孩子对她的爱。当这种嫉妒情绪慢慢演变成一种病态时,特蕾莎所能做的事情就只有离开了。

60

现在她来到了一所安静舒适的房子里。她希望在这里能待得长一点儿。雇主是一位工厂主,很勤奋,而且看起来对自己的工作也乐在其中。他妻子可爱又开朗,两个刚进入青春期的女孩儿都聪明、有教养,而且听话,两人在音乐方面都很有天赋。特蕾莎现在已经习惯了快速适应新的情况,她也懂得如何将两个对她的职业有一定影响的因素——陌生感和信任感互相平衡,从而建立一种正确的关系。首先,她要避免把自己的心思全都放在由她照顾的这些小孩子身上,但是又不能漠不关心,一种比较理智的母性是这种关系的基调,她几乎能够根据需要将这种母性调高或者降低几度。只有这样,当这所房子的大门在她身后关上的时候,她的内心才能做到完全自由;而当她回来的时候,这里又成了她的家。她定期去看望儿子,在分开的日子里,她也没有因为特别强烈的思念而感到痛苦过。

冬天刚刚来临的时候,有一次她坐车去安茨巴赫,因为火车过于拥挤她不得不坐在了头等车厢里。一位不再年轻的高雅男士是这节车厢里坐在她旁边的唯一旅客,他开始跟她聊起天来。他要出国旅行,因为在一个没有车站可以到达的小山上停留了很短的时间,所以在他旅途的第一段路程上只好乘坐了这辆旅客列车。他说话的时候有一个挺有魅力的动作,就是用右手的食指抚摸自己的英国式小胡子。她乐于接受被他当成一位已婚女士,他绝对没有理由去怀疑她的话,她说自己要去看望一位女友,是位医生的妻子,四个孩子的母亲,他们一整年都住在乡下。她在安茨巴赫下车的时候,这位先生请求她答应能再次见面,十四天后,等他从慕尼黑回来的时候。告别时他吻了吻她的手。

当她踏着被积雪覆盖的小路,朝着熟悉的目的地走去的时候,她感觉自己的脚步都比往常轻快,自信心得到了很大的提升。面对自己的孩子,她却有一种奇怪的疏远感,小弗兰茨说话的方式越发引起了她的注意,即使不算某种确定的方言,但是很明显能让人听出有农民口音。她考虑着,现在是否已经到了该把这孩子接到城里去的时候,她是否该尽到这个责任。可是要怎么办才好呢?当她坐在低矮的、有点儿霉味的房间里,借着汽油灯的光亮喝咖啡时,罗特纳太太跟她唠叨着各种各样的闲话,阿格娜丝穿着星期天的礼服坐在炉子旁边做着针线活儿,弗兰茨拿着一本图画书低声地拼读单词,她的眼前却总是浮现出那位陌生男人的身影:他现在独自坐在车厢里,穿着高雅的旅行皮大衣,带着黄色的手套,透过漫天飞雪望着远处的世界。她感觉自己仿佛变成了那位已婚女士,就像她跟他描述的一样。如果他知道,她根本不是去看望住在乡下的女友,而是去看自己的孩子,还是个非婚生的孩子,是和一个叫卡斯米尔·陀庇什的骗子生的!很快她就把这一切都看透了。她把儿子叫到身边,抱着他,亲吻他,就像是要补偿他似的。

接下来的十四天时间慢得几乎成了一种折磨,就像跟那位陌生人的重逢意味着她生活的目标一般。离约定的时间越近,她就越害怕那位陌生人不会赴约。不过他来了,而且已经在街角等了一会儿。他今天的样子让她感到有一点儿失望。在车厢里的时候她没有注意到,他比她还矮一些,而且头顶几乎都秃了。不过他说话时用词的方式,特别是他的声音还是让她重新找回了上次的感觉。她只有不到半个小时的时间,她立即解释道,她受人邀请去喝茶,在那儿和她丈夫碰面,然后一起去剧院。那位陌生的先生并没有露出急躁的样子,他说自己不想太冒昧,他已经感到很满意了,他强调自己要弥补上次该做的事情,他介绍自己是"部里的处长,宾恩博士。我并不要求知道您的名字,夫人"。他又补充道,"一旦您确定可以信任我,请您让我知道——或者您不愿意告诉我。一切都如您所愿吧。"然后他讲起了这次旅行。这可绝对不是享受之旅,而是某种商务和政治旅行。

不管怎样说,他在柏林还是去了几次歌剧院,基本上可以说那是他唯一的消遣。夫人也喜欢音乐吗?——是的,不过她没有多少机会去听歌剧和音乐会。——当然了,部里的处长说道,主妇的责任,家庭的责任,他可以想象出来。——特蕾莎摇了摇头。她说自己没有孩子。她曾经有过一个,可是死了。她自己都不知道为什么要撒谎,为什么她要否认,为什么她要作孽。部里的处长说很抱歉,触到了她伤心的地方。他的敏感让她感觉很舒服,心想幸亏自己没有对他说实话。走到某个街角的时候,她请求他让自己单独走完下一段路。他礼貌地跟她分手之后,她又觉得很可惜,因为现在她能做的就是独自在家度过这个夜晚,她本来已经请好了假,因为自己的原因造成的空虚让她觉得几乎是一种尴尬。

　　下一次见面是在一个寒冷的冬夜,那位处长用充满敬意的方式邀请她去家里喝茶。她象征性地推辞了一会儿就去了,其实也许并不需要一个舒服的住处、微弱的灯光和精心准备的晚餐,也一样能将这段艳遇引到她已经预料到而且也希望的结局上去。他什么都没问,看起来也准备相信她跟他讲的一切。不过在下一次见面时,为了防止有一天成为被拆穿的女骗子,她还是向他承认了至少是一部分的事实,她觉得这样做是对的。她说自己虽然结过婚,但是两年前又离婚了。她丈夫在孩子死后离开了她。因为从丈夫那里她没有得到符合法律要求的资助,所以她决定靠当女教师养活自己。那位处长吻着她的手,比以前更加尊敬她了。

　　他们每隔十四天见一次面。特蕾莎高兴地盼望着那微弱灯光下充满气氛的房间,甚至盼望着每一次都精心摆放的晚餐,反正就是盼望着这种调剂。对于她生活中的这些日子来说,这种调剂的意义几乎要大过那个情人本身。他说话的声音还是像以前一样让人舒服,他的谈吐还像第一天一样充满魅力,可是对于他讲的那些事情,她并没有什么特别的兴趣。她最喜欢听他谈起自己的母亲,他称她是"一位高贵而善良"的女性,还有他去歌剧院的经历,他讲起来的时候总爱用一些她似乎在报纸上读到过的空话。有时他也谈到政治,说得实事求是、干巴巴的,就好像他面对的是一位部里的同事,有时在根本不适合谈论这种话题的时候也说个没完。他稍微有点儿扬扬自得地向她暗示，愿意每个月给她一笔小小的资助用来改善她的经济状况，一开始她表示拒绝，后来也就接受了。

总的来说这是一段平静的时光，本来也可以算作是一段幸福的时光，可是尽管如此，她觉得自己的生活跟以前相比越发地失去了方向，越发地没有了意义。有时她迫切地想对这个男人倾吐心声，他毕竟是她的情人啊。可是她内心深处的某种障碍，或者还有她有时能感觉到的来自他那方面的阻碍一再阻止她这样做。是的，她明确地感觉到，他为了避免不愉快或者是逃避更多的责任，一直在抗拒着她表示信任的暗示。所以她也意识到了，这段关系也会在不久的将来结束，同样她也毫不怀疑，在这个工厂主家里，无论跟两个女孩儿和她们的父母相处得多么融洽，她也得不到一个长久的工作，更别说是找到一个家了。

无论何时何地，她脚下的土地都在晃动，就是在孩子的身边她也找不到安全感。是的，她不能否认，随着情况的发展，弗兰茨跟罗特纳太太和阿格娜丝比跟她——自己的母亲还要亲近，阿格娜丝比较早熟，看起来已经像个成熟的大姑娘了。有时特蕾莎渴望着能够跟某个人倾诉一下内心的苦闷，有那么一两次，她几乎就要对某个相同职业和命运的女人敞开自己的心扉了，她们萍水相逢，对方总爱在她面前透露一些大大小小的秘密。可是到头来她却什么都没讲，别人开始认为她很内向，甚至是高傲，而某些心地善良的人为她开脱，说她出身于没落的贵族家庭，所以自认为比这个圈子里的人强一些。

在五月份，经过了一段焦虑与自欺欺人的平静相互交替的日子，她不再抱有任何幻想，确认自己又怀了孕。她的第一个念头当然是告诉自己的情人。可是，下一次见面的时候她却出于连自己都搞不明白的羞怯无法说出口，她决定压根就不让他知道，这次不计任何危险都要尽早结束这种状况。宁愿死也不能再要一个孩子。这一次她没有犹豫太长时间，几天之后，她就用一个不算太高的价格——她本来准备用这笔钱买一条裙子的——很快将自己从焦虑中解脱出来，而且也没有造成什么不良的后果。因为她好几天卧床休息，工厂主家里人说了一些难听的话。雇主好像已经开始怀疑她，对她的态度也变坏了，她能觉察出雇主对她说话时那种不公平的语气，她也不再刻意去掩饰自己的感受。她感到,她在这家的工作开始变得岌岌可危。下一次见面时,她也把这件事告诉了她的情人——那位处长,不过没有说是出于什么原因。这次他也巧妙地说了一些干巴巴的话表示遗憾,甚至没有刻意去掩饰,很明显他觉得事不关己,这一点刺痛了特蕾莎。所有积累在心里却从没说出口的那些话,不只是对他的责备,也是对自己在过去这几个月里命运的抱怨,全都劈头盖脸地说到他脸上,那些话从她嘴里奔泻出来,她随即就感到非常羞愧。可是他立即做出一副原谅了她的样子,她的心中重新燃起了怒火,她毫不客气地对他说道,她曾经怀上过他的孩子,她之所以没有告诉他,是因为他压根就不知道也不想知道她的事,她现在对他来说就像大街上随便哪个女人一样。他受了感动,笨拙地说着一些话,想让她安静下来。她只是感到,他很高兴那件事情对他来说结束得这么顺利,她也把这种感觉说到他脸上去了,她想走,他温柔地劝住了她。他吻着她的手,两个人又和解了,但她知道,这种和解是不会持续太久的。

几天之后,工厂主一家要去乡下避暑,他们正好利用这个机会,解雇了特蕾莎。她松了口气。这是个美好的星期天,特蕾莎慢慢地走在从安茨巴赫通往罗特纳家农舍的山坡上,她已经在这条路上走过一百次了,美妙的天气好像预示着这次的和解。她带来的小礼物不仅有给儿子买的,还有给罗特纳先生和太太的,甚至还有给阿格娜丝的,虽然特蕾莎一直无法忍受她。这个夏天她想要严肃地调整一下跟儿子的关系,不过她一再地感觉到,这种完全不一样的、纯粹是农民式的环境在默默地产生着影响,而在这种持续的影响下要坚持自己的作风和意愿并非易事。她恐惧地发觉,弗兰茨说话的方式,甚至还有某些表情有时会让人以一种奇怪的方式联想到罗特纳先生那种粗暴的性格。特蕾莎首先想方设法让他改掉最糟糕的那些农民用语和表情,并帮助他在不同的学科取得明显的进步。当然他在阅读、书写和基础算术方面并没有什么大的起色。他理解得很快,但是学习不能给他带来丝毫的乐趣。她希望能和他一起分享大自然的愉悦,引导他去享受风景的优美,草地和森林的芬芳和蝴蝶的翩然舞动。可是她很快就认识到,他还太小,或者压根就不是能感受到这一切的那种人。当然,特蕾莎每天带着新的欣喜所感受到的东西,是弗兰茨从他出生的第一天起就已经习惯了的生存条件和气氛，对他来说根本不可能意味着美好和愉悦。特蕾莎这次比以往更加明显地感受到，罗特纳一家和这个地区其他的人家其实生活得非常孤立和封闭，他们做什么事情都只依赖自己和最亲近的家人。人们经常能见到其他人，会在地里、酒馆里和去教堂的路上碰面，可是家庭与家庭之间或者个人之间的交往其实并不存在。谈话来来回回就是那些内容，特蕾莎经常会听到不同的人给她讲着相同的某个并不重要的新闻，而且连措辞都一样。安茨巴赫人对她的兴趣早就消失了。大家知道，她是小弗兰茨的母亲，在维也纳工作。她对谁都很客气，也跟别人聊天，她总是事后才觉察到，连她自己都传染了那个习惯，能把一个跟自己完全没有关系的故事讲上很多遍，而且每次说的话都一样。

在她待在这里的两个月时间里，她常常会觉得无聊，尽管她自己不愿意承认这一点。为了打发时间，她写了很多信，很久以来她都没这样做过了。她和几位女教师保持着并不密切的通讯联系，她也习惯性地给以前曾经照顾过的孩子寄去问候的卡片，好让他们记得自己。她给母亲的信写得最为详细，不过到现在她也没有告诉母亲她自己有了孩子这件事，跟写给其他人的信一样，她只是说自己在一个女友这里待几个星期避暑。她确信，自己的母亲即便不知道全部情况，也一定已经预感到了些什么。唯一那个她压根不想让他知道孩子的存在的人就是她哥哥，去年有一次在街上偶遇之后，他们之间发展成了一种新的、礼节性的关系，他还到她上一次供职的工厂主家里看望过她一次。

特蕾莎刚到安茨巴赫的时候给那个处长写过几封信。他的回信写得简短而正式，可是称呼和落款又充满了激情，形成了一种可笑的反差，真让特蕾莎受不了。有一次她刻意很长时间都不回信，想看看他还会不会来信。她没有再收到他的信，不过她心里其实挺高兴。

61

九月她找到了一份新工作，是给一个十七岁的年轻姑娘当陪聊，那孩子脸色苍白,不太起眼,有些幼稚。她是这家唯一的女儿。孩子的父亲以前是个大商人,妻子已经去世了,他多年以前眼睛就瞎了。家里还住着他两个已经成年的儿子,一个是法官,另一个是技术员。他们住在近郊一条安静的大街上一座小楼的二层楼上,那个建筑已经有年头了,虽然有点儿昏暗,但是维护得还不错。这座楼里没有安装新式的装置,比如电灯。那位商人五十岁,长着灰白的胡子,身材还很魁梧。他从心底里接受了特蕾莎,他说,她的声音,她忠诚的声音——他是这么表达的——让他感觉很舒服。因为他女儿完全不会做家务,所以交给特蕾莎来代劳,她很高兴地发现自己在这方面非常有天赋。在这个家里的生活比特蕾莎想象得还要愉快和轻松。年轻的先生们在家里招待同事,亲戚和女友们常来看望女儿贝尔塔,而那位老盲人很明显喜欢被有活力的年轻人包围着,虽然有时他们有点儿吵,他也喜欢参与聊天。在这里,特蕾莎觉得自己是平等的,很快就成了这个家庭中的一员。表妹当中有一个机灵大胆的姑娘,她私下跟特蕾莎透露了自己对大表哥——那个法官——的认真的爱慕之情。可是在特蕾莎看来,似乎这个年轻姑娘更喜欢那个弟弟,或者是经常到家里来的一个穿着志愿军军服的金发小伙子,而那种喜欢的程度至少和对那位据她说深爱着的表哥差不多。她感到了一丝自己也不愿意承认的妒意,虽然她发过誓,再也不要搅进那种没有希望的关系中去。她终于感到累了,不想再在这个世界上闯荡,她渴望安静,渴望故乡,渴望能有一个自己的家。有些相同地位的女人,虽然无论外表还是内心都不如她,不用花费太大力气就能得到的东西,为什么她却得不到呢?就在不久前,她的一位同僚,一个寒酸的、几乎是年老色衰的女人却嫁给了一个家道殷实的书商,另外一个几乎是声名狼藉的女人也嫁了一个富裕的鳏夫,她以前是他家的女教师。这样的事情她为什么就遇不上呢?她的儿子不可能也不应该成为障碍。说到底她不过是和已经结过一次婚的女人一样,现在离婚了或者是在守寡。特吕布纳先生虽然不算年轻,而且眼睛也失明了,但却还是魁梧的男人,说出去也很体面。不难看出,他也愿意有她在身边。他喜欢让她给自己朗读文章,大部分是一些哲学作品,一开始让她感到有些无聊,不过后来他经常会用一些和气的问题打断她,再从各个方面解释给她听,并开始讲解段落互相之间的关联,就这样唤起了她心底对于这个离她很远的思想世界的理解和兴趣。有些时候,他也会小心翼翼地打听她的过去。她基本上如实讲述了自己的童年时光、她的父母、在萨尔茨堡度过的那段时间以及她在工作以后的一些经历。关于她的心灵历程,她说得含含糊糊,让别人猜想她肯定经历了某些痛苦,在几年之前的一段时间"像结过婚"一样。特吕布纳先生没有再追问,可是有一天晚上,在一本哲学书两个段落中间,他用一种半是严肃的方式询问特蕾莎,她的孩子怎么样了,特蕾莎满脸通红,吞吞吐吐地不知该怎样回答,特吕布纳先生解释道,他从她充满骄傲的声音里早就听出来她是一位母亲了。因为她还是沉默不语,他就握住了她的手,这次倒没有继续做出进一步的举动。

有一天晚上她买完东西回到家,在灯光昏暗的楼梯上遇到了那个金发的志愿军。他像开玩笑一般堵住了她的去路,她不禁莞尔一笑,就在下一秒钟他却猛地一把搂住了她,直到听见楼上有人开门时才松开手。她赶紧跑上楼去,不敢回头看他,同时她心里明白,她也迷恋着他。她觉得装出一副扭捏推脱的样子反而没有任何意义,所以下次两人不期而遇时,她就答应了跟他幽会,条件是他必须发誓要绝对保密。他同意了,而且也遵守了诺言。在特吕布纳家的晚餐桌上,她坐在这位年轻男友的对面,他眼睛里还流露出之前几个小时的爱恋产生的火花,礼貌地对她说着充满敬意的话,她觉得这真是一种特殊的诱惑。他在其他年轻姑娘面前也表现得跟对特蕾莎一样,和蔼可亲、彬彬有礼,给所有人带来鲜花和糖果,狂欢节时,这个小圈子里的人想跳舞的时候,也是由他来弹钢琴伴奏。

没有任何人预感到他和特蕾莎之间有这种关系,可是那位目盲心不盲的商人却明显地察觉到了什么。他用自己惯常的一本正经的方式警告特蕾莎要小心这位年轻人在她生活中带来的失望和危险。特蕾莎感到舒服的是,特吕布纳先生关心的不只是她在这场游戏中的道德问题,而且他的话也跟自己的预感不谋而合,所以她在费迪南德面前不由自主地改变了自己的举止。她不再是他习惯了搂在怀里的那个开朗而没有心计的女人,她也会大声说出自己的担心,她以前害怕破坏了在一起的美好时光总是忍着不说。最近她和特吕布纳先生谈了一次话,他又用非常中肯的话语谈到年轻人的轻率和单身妇女道义上的责任,之后特蕾莎就像是中了魔一样给费迪南德写了一封绝交信。虽然她三天之后又跟他幽会了一次,但是他们俩都知道,这种关系该结束了。

早春的一天,她去购物的路上在城里遇到了阿尔弗雷德,这是她八年来第一次遇到他,上次还是她抱着刚出生的孩子和奈普灵夫人一起去火车站的时候从车上看到过他。他站住了,和她一样喜出望外,他们聊起天来,几分钟后他俩都感到无法相信,他们真的这么多年都没有见过面说过话。阿尔弗雷德几乎没有什么变化,连他身上那种有点儿拘束的劲儿也还在,不过现在这种拘束不太像是源自于无助,更多的是一种矜持。特蕾莎给他讲了自己想要告诉他的内容,隐瞒了一些事情,他的眼睛和嘴唇其实都想追问下去,不过她并没有觉得这样做有什么不好。她在经历了和马科斯的爱情纠葛之后肯定还有别的经历,这些事情他可以想象出来。他毕竟现在也成了一个男人嘛。特蕾莎心里再次出现了那种奇怪的感受,好像她面前的阿尔弗雷德就是孩子的父亲,她脸上不觉露出一丝神秘的笑容,在阿尔弗雷德的眼睛里反射出来一个疑问。他也讲述了自己的经历:两个姐姐都已经结婚了,母亲身体不太好,他自己将在今年夏天拿到博士学位,有一点儿晚——可惜他不像其他同学那么用功,例如她哥哥卡尔已经成了他们之中的第一个见习医生,以后肯定前程似锦,不管怎么说,他又补充道,起码作为政治家也会发达。他还问特蕾莎是否知道,卡尔不久之后就不再姓法比安尼了,而是法博,这个名字对于纯正血统的德意志人来说无论如何都比那个带着外国发音的名字强,以前那个名字以后很容易会被人利用来对付他。特蕾莎目视前方。"我现在几乎见不到他。"她小声说道。然后她请求阿尔弗雷德,等他成为博士后一定要给她写信。"在那之前就不能写吗?"阿尔弗雷德问道。她微笑着抬头望着他,告别时伸手给他吻别,连回家的路上也一直都在微笑。

特吕布纳先生不久后让她朗读的文章就不只限于哲学著作了,也有轻松的文章,开始时是作为她比较欢迎的一种调剂,有时特蕾莎念到一些地方,会让她尴尬得磕巴起来,都不敢看书。有一次,她正在读一本翻译过来的法国人写的回忆录,在读到一个章节时她停了下来,因为她觉察到自己不仅是因为某种害羞,而且也是由于突然的激动说不出话来了。特吕布纳先生抓住了她的手,按在自己的嘴唇上,当特蕾莎既害怕又感动地放任他这样做时,他却显得更加尴尬了,特蕾莎用近乎窒息的声音请求他放开自己。她沉默地在他身边又坐了一会儿,然后匆忙地道了歉就离开了房间。第二天他又用那种一本正经的方式请求她的谅解,这让她感到特别尴尬。尽管如此,几天之后他再次做出了尝试,她挣脱了。又过了几天,她以要去看望得病的母亲为借口离开了这家人。

62

拿着这次得到的表现优异的推荐信,特蕾莎可以自由选择了。她决定去罗特曼家,她第一次去时见到了那家的两个女儿,一个十三岁,另一个十岁,她们活泼开朗的性格立即赢得了她的好感。孩子们的母亲是一位钢琴家,特蕾莎在第一次面谈的时候很快得知,她经常到外地去举办音乐会。她对特蕾莎那种亲热劲儿有些夸张,特蕾莎不太喜欢她那种慌张急躁的性格。那位父亲是个严肃而有些忧郁的男人,显得比实际年龄年轻很多,她对他有些不太理解。刚开始的那些天她就有了这种印象,觉得他更像是一位受欢迎的、被礼貌招待的客人,而不像是家里的男主人。当罗特曼夫人动身去外地举办音乐会时,她的这种印象却一下子改变了。家里的气氛变得自由自在、无拘无束,两个姑娘好像卸掉了身上的重负,父亲身上的忧郁也不见了,仆人们非常愿意听从新来的小姐的安排,甚至胜过服侍女主人。大家几乎不提离家在外的那个人,她也从来不写信来,只是从几个举办音乐会的德国城市寄过几张卡片表示问候。特蕾莎更忙了,不过她对自己的工作从来都没有这么满意过——无论是作为家务总管,还是作为孩子们的老师,孩子们那种快乐的天性使得上课也变成了一种享受。

当罗特曼夫人六个星期之后回到家里的时候,一切立即又恢复了原样,在她的负面影响下,孩子们上课的进步都不像她离开家的时候那么明显了，罗特曼先生也重新陷入忧郁之中。八月，他们去了近处一个简朴的地方避暑。在那儿，罗特曼夫人似乎因为无聊突然对特蕾莎亲热起来，她给特蕾莎讲述了自己开音乐会的途中各种各样的经历和她的艳遇。特蕾莎很不情愿地听着，可是又不能让罗特曼夫人发觉，也许是罗特曼夫人自己不愿意发觉，因为特蕾莎越来越明显地感觉到，对于罗特曼夫人来说，最重要的是能在乡村生活这种无法忍受的单调中聊一聊过去的事，至于听众是谁则根本就无所谓。

他们刚一搬回到城里去住，罗特曼夫人就突然停止了这种表白。秋天她又踏上了旅途，这次是去伦敦，据说是为了到那里去拜一位世界级的钢琴家为师继续深造。家里所有人立即又活跃起来，特蕾莎在两个女孩儿和她们父亲的身边感觉非常舒服，有一种家的感觉，她经常想，也许自己比那个女人更适合做罗特曼先生的妻子和两个女儿的母亲。她特别喜欢这个男人，她让他感觉到了这一点，亲密感和信任感随着日常接触与日俱增，她成了他的情人。两个人都注意为他们的关系保密，和其他人在一起的时候他们尤其小心谨慎，不能将他们之间那种协调一致透露出一丝一毫。可是当罗特曼夫人在圣诞节前回到家时，他似乎一下子完全忘记了他和特蕾莎之间发生的事。他那种过分的小心伤害了特蕾莎，她很痛苦，不只是因为自尊心受辱。几个星期之后，夫人又踏上了旅途，这时他希望能跟特蕾莎恢复关系，一开始遭到了她断然的拒绝。可是他十分懂得如何跟特蕾莎解释自己那种言行的必要性，于是她很快就随了他的心愿。有时她心里暗暗希望罗特曼先生能通过某种方式，比如说匿名信，了解他夫人旅途中的真相。有一次，趁着他们缠绵的时候，她鼓起勇气，开玩笑一般暗示着漂亮女人，特别是女艺术家们在旅途当中可能遇到的危险。可是罗特曼看起来根本就没想到，他自己的太太和现在谈到的这些事情之间会有什么关联。

罗特曼夫人结束了巡回演出回到家中，比预先的计划提前了几天，她对待特蕾莎一反常态，几乎没跟她说过一句话，刚到家就和她丈夫关起门来大吵了一架。她丈夫刚一出门，她就把特蕾莎叫到跟前，对她说自己什么都知道了，特蕾莎听了以后一开始摆出一副胜利者的架势，于是她就用下流的话语辱骂特蕾莎。

特蕾莎无言以对,那个男人懦弱地避开了这场争吵,很明显他全权委托他的夫人,让她完全按照自己的意愿来处理这件事情,特蕾莎的愤怒超过了心痛。罗特曼夫人事先安排自己的女儿离开家里几个小时,她坚决要求特蕾莎在这段时间内离开。

　　特蕾莎独自在房间里收拾着行李,她意识到自己的经历充满了耻辱,显得毫无意义。突然她下定决心,不把那个女人和那个男人应该听到的话说到他们脸上之前绝不离开。可是罗特曼夫人不在家,女仆脸上带着放肆的坏笑告诉她,人家夫妻俩一起去剧院了。也许小姐需要她去叫辆车来,再把她的行李拿下去? 不,特蕾莎回答道,等主人从剧院回来,她跟主人还有话要说。她双唇紧闭,穿着出门的衣服坐在那里,手提箱和旅行箱都收拾好了,一股巨大的怒火在她胸中翻涌,她就这么等着。那两个姑娘回到家里,看到特蕾莎准备离开,惊讶得不得了。她们提了很多问题,特蕾莎抽泣着,好长时间都说不出话来,最后她解释说,她收到一封电报,说她母亲得了重病,所以她不得不立即赶到萨尔茨堡去。然后她站起身来,温柔地拥抱了两个姑娘,就好像她们是她的亲生女儿一样,她请求她们不要因为自己的离开而过于悲伤,就走了。她在房子的走廊里等着女仆给自己叫来了一辆车,离开了这里。

<h2 style="text-align:center">63</h2>

　　夜里很晚的时候她才到达安茨巴赫。一个被赶出来的人,一个受了侮辱的人,一个不幸的人,厌恶这个世界,更厌恶自己。她的儿子睡得正香,在黑暗之中她只能看到孩子那可爱的小脸苍白的微光。她心情很沉重,想到自己已经两个月没来看过他了。她是属于其他人的,她不得不属于其他人,她再一次感到命运对自己如此不公,她暗自发誓:以后不能只为了别人的孩子奉献牺牲,她绝不能再让自己的孩子生活在陌生人中间。

　　过了很长时间她才入睡。在前一天的夜里——她简直无法理解——她还在罗特曼家,就睡在他的床上。她把头深深地埋在枕头和被子下面,好像这样就能挽回一切一样。在过去这一年里她变成什么人了!

早上醒来的时候她却觉得神清气爽,很久以来都没有这么开心过。这就像是个奇迹。远离城市的这一夜,摆脱了罗特曼家,她觉得自己又恢复了健康。只要这样的奇迹还会出现,生活就能一直轻松下去吗？户外的阳光、野外的宁静一直以来都对她很有帮助,这次让她感到了幸福,这是她从来都不曾有过的体会。要是能在这里住下去就好了! 不管怎么说——她的面前还有很多个好日子,现在她感到高兴的是,虽然一开始她表示拒绝,后来还是接受了罗特曼先生偶尔寄来的钱,这让她可以在安茨巴赫停留得比往常久一些。这一次孩子身上的一切都让她欣喜,甚至是他头部的某种动作也不再让她反感了,以前这个动作有时让她感到尴尬,甚至是可怕,因为小弗兰茨在这样的时刻总让她想起卡斯米尔·陀庇什。她领着孩子长时间地散步,和他在草地上打闹,她又变得年轻了,成了一个孩子,弗兰茨也是,是的,他从来都没有这样童心焕发过。

有一天,阿格娜丝从城里来看望父母,这时特蕾莎才待了不过一个星期而已。小弗兰茨欣喜若狂地迎接着她,这种态度让特蕾莎感到非常陌生,他一整天都没怎么理过自己的母亲。跟阿格娜丝告别的时候,弗兰茨表现得特别不听话,还绝望地哭闹起来,特蕾莎的心中涌起一阵强烈的愤怒,就好像弗兰茨是个成年男人,对她做了很不公平的事,她把责任都推到了他的身上。而对于这次显得格外阴险放肆的阿格娜丝,她心里则充满了真正的仇恨。

就在这一天,她的情绪彻底改变了。把孩子接到身边的念头已经因为目前无法实施而被提前否决。她实在没有别的办法,只能继续给别人的孩子当家庭教师挣钱糊口,而把儿子留在乡下。可是有一点她却发誓要做到,那就是再也不能做傻事。她能感觉到,在过去这段时间里,她越来越有女人的魅力了。即使她的衣着总是很朴素,近乎寒酸,但是她知道怎样才能更好地发挥自己身材的优势。虽然她的举止非常正派,一向都很矜持,但是她有时的某一种表情,目光中闪烁着一丝波光,在别人看来就像是做出了什么承诺,虽然她并没有要履行承诺的想法。她决定,从现在开始要更好地利用上天所赐的这种本领。在经历过罗特曼家的事情之后她觉得做好了心理上的准备，而且自己也有这个能力，在男人面前要工于心计，冷酷无情，只算计自己能得到多少好处。她跟几家职业介绍所商谈过，以家庭教师的身份四下里做了一些广告，特别是针对那些带着孩子的寡妇们，不过她并不急于做出决定。

在她收到的信件中有一封迟到的打印出来的邀请信，请她参加阿尔弗雷德的博士授予仪式，那仪式早就已经举行过了。恰巧在同一天她收到一封母亲的来信，询问她能否缩短在女朋友——这个词加了引号——处的度假，到萨尔茨堡来小住几日。特蕾莎认为这是命运在向她招手，于是第二天早上她就离开了安茨巴赫。但是吸引她去萨尔茨堡最大的理由是希望能在那里见到阿尔弗雷德，她猜想，他拿到博士学位后肯定会到他父母那里去住一段时间。

64

她没有猜错。到达的第二天她就在大教堂广场上遇到了他。他们走在那条很多年前经常走的小路上，在正午的闷热中——头上没有一片树叶——他们坐在那条长椅上，上一次有两个年轻军官散步时从这里路过，其中一个长着黑色的眼睛，把帽子拿在手里。这一次特蕾莎对阿尔弗雷德讲了自己生活中的一些事情，她感觉到阿尔弗雷德应该能够理解，而且他肯定比她想象得更能理解她。就连她是一个九岁男孩的母亲这件事她也没有隐瞒，阿尔弗雷德也向她承认，自己其实早就知道。那次她坐着撑起顶棚的车从他身边经过的时候，他可能看到了她的同伴，一位老年妇女怀里抱着一个孩子，他在那一刻就怀疑那是特蕾莎的孩子。另外，他一点儿也不赞成她为孩子的事情保密。总的来说，人们不像以前那么抱有偏见了，总会有一些家庭不会过分在意她的过去。

在接下来的几天里，他们总是不期而遇，不过两个人事先都知道会遇到对方。阿尔弗雷德谈了自己的工作，他今年秋天就要去一家综合医院当实习医生。他们没有确切地约定什么，不过上一次见面时，他告诉过她当天晚上就要返回维也纳，她知道，他们在维也纳很快会再见面的。

三天之后,特蕾莎也回了首都。母亲把她送到火车站。她以前从来没有像这几天里对女儿这样亲切过。不过尽管如此,特蕾莎内心还是有点儿抵触情绪,没法把生活里的所有事情都告诉她。出乎意料的是,当她走进车厢,站在窗口跟母亲告别时,母亲冲她喊道:"替我亲吻你的儿子。"特蕾莎一开始羞红了脸,然后她就微笑起来,当火车徐徐开动的时候,就像是面对一个刚刚得到的朋友那样,她冲母亲挥了挥手。

65

她找到的新职位并不是在一个寡妇家,而是一对带着孩子的夫妇。她授课的对象是一个跟弗兰茨同岁的男孩儿。孩子的父亲是一位报社编辑,还相当年轻,头发却已经花白,他身材瘦削,很友好,有点儿心不在焉,大多数时候都很兴奋。他习惯于快到中午才起床,半夜三点回家。他妻子跟他一样娇小玲珑,是一家时装店的经理,每天很早就离开家。大家各吃各的饭,时间大不相同。尽管如此,特蕾莎却从来没有见过安排得如此井井有条的家务和这么美满的婚姻。特蕾莎接纳了阿尔弗雷德的建议,把每个月休息的两天凑在一起,好到乡下去看望儿子,可以在他身边多待一些时间。克瑙尔夫人丝毫都没有表示反对的意思,而且就像是为了实现阿尔弗雷德的预言似的,她看起来在这件事上对特蕾莎很有好感。等特蕾莎第一次从安茨巴赫回来时,她就很热心地问起孩子的情况,而且从此以后也经常跟她谈起孩子的事。

克瑙尔夫人自己的孩子——九岁的罗伯特是个长着一头金色鬈发、身体很结实的男孩儿,他长得特别漂亮,特蕾莎觉得简直不可理解,这对夫妇是怎么生出这个孩子的。从第一眼看到他起,她的心里就升起一股柔情,这是她在照顾过的孩子身上从来没有体会到的感情。因为罗伯特没有去上公立学校,特蕾莎要负责他所有的功课,她以从未有过的热情投入到了这项工作中。她经常会觉得对自己的孩子有所亏欠,所以她对弗兰茨比以往更加充满爱心。让她感到高兴的是,虽然弗兰茨不见得比自己照顾的这个孩子更加漂亮和高雅,但是却更有力气,脸蛋更红润。即使弗兰茨的谈吐仍然带着一点儿农民口音,他的举止有时也有一点儿像乡下人,但是他的理解能力绝不在小罗伯特之下。不过她对罗伯特的爱还是更多一些,她开始为此感到痛苦,就像是一种罪过,她也明白,这并不是她在自己孩子面前犯下的第一个罪过。

一天,她正和小罗伯特一起散步,遇到了阿尔弗雷德,她从萨尔茨堡回来之后一直没有见过他,于是她利用这个机会,跟他说希望能尽快见面,好详细地跟他说点儿事。一个空闲的晚上,她和阿尔弗雷德按照约定在医院附近见了面。她讲了跟儿子以及和那个孩子之间的感情,也谈到她心里似乎爱那个孩子更多一些。阿尔弗雷德打消了她对自己良心的疑虑,他说这是很自然的事情,她对自己的孩子不能有那种在幸福的情况下应该有的感受,每一种关系,哪怕是最自然的关系,也需要有现在和不断的更新,才能以自然的方式发展下去,才可能存在。另外他希望能有机会面对面地认识一下她儿子。特蕾莎听了阿尔弗雷德的愿望以后非常高兴。借着接下来的一次晚上散步的机会,他们做了更详细的约定。在圣诞节的第一个假日,她让阿尔弗雷德陪着自己一起前往安茨巴赫。他给弗兰茨带了一本图画书,还和他一起翻看,他很和气,但是又带着点儿学究式的矜持,不过还是很善良,特蕾莎内心充满了赞叹。不只是和罗特纳太太,还有她那个闷声闷气、不容易接近的丈夫,他都能用恰当的语气交谈,所以在乡下度过的这几个小时非常愉快舒适。可是在返回维也纳的火车上,他毫不隐瞒地对特蕾莎说,孩子生活的那个环境,特别是养父母的性格都不适合孩子的良性发展。他建议她考虑一下,是不是把孩子送到别处,也许放在哪个维也纳近郊的小城去抚养,这样就能离她近一些,也能经常见面。在到达维也纳之前他们俩接吻了。这是那天晚上之后的第一个吻,那时他们还在萨尔茨堡,根本没有预料到,两人竟然分离了这么长时间。

不久之后,有一次克瑙尔夫人请求特蕾莎取消那两天的休假,作为补偿,可以由她决定,是否把儿子接到维也纳来克瑙尔家做客。特蕾莎一开始有点儿羞于接受这个建议,她下意识地有点儿害怕让这两个孩子见面。她向阿尔弗雷德讨主意,他打消了她的顾虑。于是她在接下来的几天里让罗特纳太太把小弗兰茨送到家里来。那天过得比特蕾莎担心的要好得多。两个男孩儿很快就交上了朋友，在一起聊天玩耍，当小弗兰茨傍晚时分被罗特纳太太接走的时候，罗伯特一再说让他尽快再来。克瑙尔夫人鼓励地对特蕾莎点了点头，她觉得特蕾莎的儿子很可爱也有教养，后来还说了他很多好话，让特蕾莎感到无比骄傲。现在说定了，每个月让罗特纳太太把孩子送来两三次，每次来罗伯特都用同样的喜悦，克瑙尔夫人用真诚的热心对待他，克瑙尔先生有时会到儿童房去看半个小时，他似乎也很喜欢弗兰茨。不过这并不意味着什么，因为克瑙尔先生总是一副心满意足、心不在焉的样子，他同意所有人的意见和所有事，他对所有的方面都有着同样浮于表面的爱意。对于特蕾莎来说，这位瘦削的、长着乱蓬蓬灰发的记者没有任何变化，对于她来说，他身上总是有一些陌生的、她看不透的东西。有些时候，他不停的玩笑就像是一个面具，在面具的下面才隐藏着他真正的性格。

她习惯把她的观察和观点讲给阿尔弗雷德听，让她高兴的是，他总能发现本来并不存在的奇怪和特殊之处，然后宽厚地微笑。他们大多是匆匆见个面，后来变得越来越频繁，有机会也一起去剧院，然后去便宜的饭馆吃晚饭，他们的关系也越发密切了，特蕾莎对这个朋友的感觉跟多年以前一样：她希望他能更大胆一些，更有眼色一些。可是当他勇敢起来的时候她又感到害怕，几乎是厌烦，就好像她现在经历着最美的事情，恰恰是因为如果能变得更美的话，那就注定了结束得更快。

66

终于，在一个早春的晚上，她在近郊小城阿尔萨他的住处成了他的人。房间里没有多少家具，但是整理得井井有条。但是她的感觉却不是做了一件期盼已久的事情，更多的是意识到自己终于履行了义务。这是第一次，她无法开口对阿尔弗雷德诉说自己内心的波动，这几乎让她觉得很遗憾。慢慢地，她开始在他的身边、在他的臂弯里感觉到了幸福，她以前从来没有过这样的感觉。阿尔弗雷德是第一个她真正信任的人,第一个她认为自己真正了解而且也了解自己的人。回忆里的其他人都是陌生人,她在头脑不太清醒的状态下委身于他们或者是成了他们的牺牲品。但是他却属于她。唯一有时让她感到陌生的一点就是,他总是避免和她一起出入公共场合,他解释说,如果他俩遇上卡尔的话,不仅是他,连她也会感觉很尴尬的。她偶尔也会提出让他再次陪着自己去安茨巴赫,可是这种要求似乎会让他不高兴,于是她再也不会把这个愿望说出口了。

最美好的一天是克瑙尔夫人有一次允许她带着罗伯特一起到乡下去,她看到"自己的两个孩子"——她有时私底下这样叫他们,而这次连罗特纳太太也是这样说的——在草地上嬉闹奔跑。她下定决心,今年秋天就让小弗兰茨离开安茨巴赫,搬到她的附近去住。

这个变化很快就变成了事实,比她认为可能实现的时间还早。她没费什么特别的劲儿就给自己的儿子找到了安身之处,是在一个住在哈那尔斯的裁缝师傅家,这样特蕾莎就有机会比以前更频繁地去探望自己的儿子。不过她并没有像自己想象的那样充分利用这种便利。特别是星期天下午,她一般都和阿尔弗雷德一起度过,他现在已经是一家综合医院的实习医生了。

到了第二年的春天,她却不得不把儿子从那个裁缝师傅家里接走,因为弗兰茨和那家比他大一点儿的儿子简直无法相处。特蕾莎和裁缝的妻子之间爆发了一场争吵,那个女人隐隐约约地暗示说弗兰茨做了某种坏事。特蕾莎开始没把那些暗示当回事,她也并没有觉得那是什么坏事。很快她就在一个没有子女的老年教师遗孀那里为儿子找到了住处,而且她家是在一座条件更好一些的小楼里。所以特蕾莎对于这个变化也没有什么可抱怨的。在学校里小弗兰茨勉强能够跟得上,在克瑙尔家他还像以前一样受欢迎,这里似乎没有人觉得他缺乏教养和难以管教,以前那个裁缝的老婆就这样抱怨过,还有现在这个教师遗孀,虽然是用一种比较温和的方式,但也这样说过。

这一点并没有像在一般情况下那样触痛特蕾莎,她无法否认,自己感情生活的中心不是对自己孩子的爱,也不是对阿尔弗雷德的好感,而是跟小罗伯特的关系,这种关系现在慢慢有了一些病态迷恋的特征。她小心不让孩子的父母觉察出她这种满溢的感情，似乎这样就会有导致分别的危险一样。虽然克瑙尔夫妇对待弗兰茨从来不乏表面的柔情，可是特蕾莎心里明白，对他们来说，她的孩子就跟一个玩具差不多，当然这是一个有血有肉、活泼可爱的玩具。有一点很肯定，他们并不知道珍视自己如此之多的幸福。小罗伯特对父母的感情和对女教师的感情没有什么区别，他像所有被宠坏的孩子一样，尽情享受着其他人奉上的爱和溺爱，认为这一切都是理所当然的。

冬天的时候，克瑙尔夫人患上了肺炎和肋膜炎，有几天甚至生命垂危。虽然特蕾莎用所有能想到的好话祝福她，但她却不能完全抑制住一种无法用词语表达的希望，这种希望在脑海中也只是一闪念，几乎无法抓住。虽然克瑙尔先生从来没有流露出来，哪怕是这样的眼神也没有过，显示出特蕾莎作为一个女性对他产生了某种影响，在他那种空洞的礼貌之中，他对于特蕾莎来说始终是个陌生人。作为男人来说他几乎是个不讨人喜欢的人，可是她知道，如果他在妻子死后向她求婚的话，只要能成为罗伯特的继母，她一刻也不会犹豫。为了这种可能，她没有经过深思熟虑就断绝了和阿尔弗雷德的关系，其实也是因为她明显地感觉到，即使目前没有丝毫的迹象表明这种关系会很快结束，可是它作为一种爱的关系也不会太长久。

克瑙尔夫人的身体慢慢康复了，还是个病人的她极度敏感，有几次还和特蕾莎吵了起来，当然都是因为一些无足轻重的小事，吵完之后特蕾莎转眼就忘了。有一次，特蕾莎要替克瑙尔夫人去买些东西。刚好这天她身体不太舒服，于是就把这个任务交给女仆去办。克瑙尔夫人非常生气，特蕾莎也比平常更激烈地反驳了她，克瑙尔夫人说在特蕾莎觉得合适的时候她可以离开这个家了。特蕾莎没把她的话放在心上，她在这里根本就是不可缺少的，而且简直无法想象，让她离开罗伯特，或者让罗伯特离开她。果然，在接下来的几天里，从克瑙尔夫人和先生的举止中看不出一点儿的变化、疏远或者敌意。特蕾莎几乎快要把这件事完全忘掉了的时候，有一天，克瑙尔夫人提起特蕾莎不久之后会离开，她说话的语气就像在说一个不需要再讨论的事实。她特别和蔼地询问特蕾莎是否已经找到了新的工作，然后说起她今年夏天要到乡下去住几个月，完全不需要带着女教师。特蕾莎坚信自己肯定会被续聘为秋天的女教师,可是她太骄傲了,没有亲口提出这个申请或者哪怕只是问一下,接下来的日子就这样白白过去了。她一直都不肯相信,真的要让她走,这样的事情不只是对于她,而且对小罗伯特来说也是残忍的,是无法想象的。她相信,就算不是在离别之前,也会是在最后一刻,他们肯定会挽留她的。所以她没有做任何的准备,直到最后一天,她希望早晨就能听到克瑙尔夫人挽留她的话。可是克瑙尔夫人只是礼貌地问她,是否要一起吃午饭。特蕾莎感到泪水涌上了双眼,喉咙也几乎要哽咽了,她只能无助地点点头,克瑙尔夫人也突然有些尴尬。当她离开房间之后,特蕾莎呜咽着跪倒在罗伯特的面前,他正在白色的小桌子边喝着早餐巧克力,特蕾莎抓起他的小手亲吻了很多遍。孩子对于特蕾莎的痛苦爆发丝毫也不觉得惊讶,因为人们跟他说小姐只是请了几天的假而已,他还没有能力去判断这种感情爆发的严重性,不过他也感到自己有责任做出某种表示感激的回应,于是他吻了一下特蕾莎的前额。当特蕾莎抬起头来,看到这个被溺爱的孩子落在自己身上那种冷静的、无所谓的眼神时,她突然把一切都看透了。她像开玩笑一样用手指梳理着孩子的头发,慢慢地站起身来,擦干了眼泪,终于像往常一样帮他穿好了衣服。然后她陪着罗伯特去他母亲的房间,他每天出去散步之前都习惯跟母亲道别。特蕾莎就站在旁边,脸上的表情客气而呆滞。在散步的路上,她像往常一样跟孩子闲聊,她也没有忘记,从家里带上一个喂天鹅的小面包。罗伯特碰上了几个玩伴,特蕾莎有点居高临下地跟一个不太熟识的保姆聊天。在某一个时刻,她问自己,她究竟是出于什么原因内心总觉得自己比那些相同职业和相同命运的女人强呢?她有什么不同吗?她哪里比别人好呢?她其实跟其他人一样都是无家可归的人。不管她们被人称为看孩子的姑娘、保姆或者是家庭女教师,她们被这个世界赶来赶去,从一家到另一家。即使她们对于需要照顾的孩子尽到了母亲一样的责任,比孩子的亲生母亲还要尽责;就算她们爱过某个孩子,或者比爱自己的孩子还要深,但是对于这个孩子她们却没有一点儿权利。她心里升起一股反抗的情绪,感到自己的心变硬了,几乎是充满了恶意,她突然用很少见的严厉声音喊着罗伯特的名字,他正和其他孩子一起在水池旁边奔跑,他很容易被别人逮到,因为他的天性就是这样,还没跑累就任由别人抓住自己。这会儿已经比平时晚了,到了必须要回家的时间。他立即跑了过来,很听话,一副没心没肺的样子,他们踏上了回家的路。

午饭后,特蕾莎请求克瑙尔夫人允许她在这里过夜。克瑙尔夫人立即就答应了,不过能够看出,她脸上带着一点儿施舍的表情。特蕾莎保证,就好像她有这个责任一样,第二天早上就离开,以免再见到罗伯特。克瑙尔先生感谢特蕾莎堪称典范的服务,他希望以后还能再见到她,这个家随时都欢迎她和她的儿子。这天下午她逃到了阿尔弗雷德那里,面对他的时候,她丝毫没有隐瞒自己的绝望。她解释说,自己再也没有能力承担这种生存状态了,她想从事别的职业,她想搬到萨尔茨堡母亲那里去。阿尔弗雷德耐心地劝着她,说她还有的是时间思考,无论如何这个夏天她都应该休息一下,她应该到萨尔茨堡去住几个星期,再陪小弗兰茨一段时间,最好是去安茨巴赫,罗特纳太太一定会非常热情地接纳他们的。她用泪水模糊的双眼扫了一下阿尔弗雷德的脸,她注意到他不关痛痒、有些无聊的目光注视着她身后,或者是当她不存在一般穿透了她,跟那些人一样,就像克瑙尔先生、克瑙尔夫人,还有几个小时前她热爱的小罗伯特所做的一样。她的诧异、她内心的折磨都不能触及他;他有些拘束地微笑着,努力想表现得温柔一些,她也接受了,因为她是如此强烈地渴望着爱。同时她也感受到,即使她能跟阿尔弗雷德在一起生活很多年,哪怕是生活一辈子,从今天起,告别的时刻,彻底的告别时刻就已经开始了。阿尔弗雷德在此之前多次提出要给特蕾莎一些资助,都被她回绝了。这次他提出接下来的几个月要给她些钱,特蕾莎没有再拒绝。

67

第二天早晨她就离开了这个家。她去了萨尔茨堡,受到了母亲热情的接待。这一次,特蕾莎感到母亲性格中那些病态的、漫不经心的、不纯洁的东西,那些以前曾经让她觉得尴尬和受到伤害的方面似乎都被她写进了书里,而且在那里全部消亡了。连她本人现在也变成了一个相当理智、可爱的老太太,别人不仅可以和她友好相处,她甚至还会赢得别人的喜爱。她说自己正有搬到维也纳去的打算:因为她需要比萨尔茨堡更强烈、更多样的灵感,而且,卡尔也订婚了,她梦想着,自己这样一个老太太可以生活在一群茁壮成长的孙子孙女们的近处或者中间。她再次让特蕾莎讲讲她作为女教师生活过的那些家庭,也问到了特蕾莎私底下的感受——她毫不隐瞒地说到——她想了解得更多。她承认,自己岁数大了,用恰当的词汇去描述一些必要的热情场面对她而言变得越来越困难,她问特蕾莎是否愿意尝试为她现在正在创作的一部小说撰写相关的几章。她坚持让特蕾莎无论如何都要先把草稿通读一遍。特蕾莎读完了,她说自己没有能力来满足母亲的愿望。母亲一开始把她的话理解成了一种不亲切的表示,不过她也没有继续追问下去。

一个星期之后,特蕾莎回到维也纳去接儿子,好跟他一起到安茨巴赫去住一段时间。这次她决心一定要好好对他,一开始她也做到了,同时她也苦涩地想着罗伯特,她的心都快被思念揉碎了。阿尔弗雷德来接她,两人去斯泰尔州的阿尔卑斯山区做了一次小小的旅行,特蕾莎感到非常幸福。阿尔弗雷德必须回到维也纳的医院去,她独自回到了安茨巴赫。罗特纳太太没有隐瞒多久,她告诉特蕾莎,这次她对小弗兰茨某些方面的表现有些不满。看来在维也纳的日子在他身上没有起到什么好的作用。他很不听话,很放肆,他和别的小孩一起搞恶作剧,把下面一处别墅里的花圃踩得乱七八糟。而最糟糕的是,他甚至还学会了小偷小摸。男孩儿否认了。他说自己不过是在那个花园里摘了几朵花,仅此而已。他的确把罗特纳太太放在桌子上的几个十字币揣进了自己的衣兜,可那不过是在开玩笑。特蕾莎也不愿意把这些小事儿太当真。她向罗特纳太太保证,小弗兰茨会改好的,然后劝说他请求好心太太的原谅。她自己则加倍温柔地对待他。她一整天都陪着他,给他上课,经常和他一起散步。她感觉,在短短几天的时间里,他的性格已经在往好的方向改变。

有一次,阿格娜丝穿着一身招摇的星期日礼服回家来了,但是看起来要比十八岁的实际年龄老四五岁,小弗兰茨再次欣喜若狂地迎接着她。她亲吻着他,就好像她是他母亲一样,但是又完全不同,因为她同时斜着眼睛挑衅般地看着特蕾莎。坐在桌边时,她说着那些高贵家庭的坏话,她在那里是第二女仆,她也以这样的态度来对待特蕾莎,打听她现在在哪里"高就",然后含沙射影地说,作为年轻漂亮的女性,必须想尽办法讨那些年轻先生,特别是中年男士的喜欢,——在这方面特蕾莎肯定有很多经历要讲。特蕾莎怒火中烧,禁止她再说这样的话,阿格娜丝开始说话带刺,还是罗特纳太太中止了这场已经开始的争吵。阿格娜丝说道:"来吧,小弗兰茨。"然后拉着他跑了。特蕾莎很伤心地哭了起来。罗特纳太太安慰着她,这时有个邻居来串门。弗兰茨和阿格娜丝又回来了,因为她晚上很早就必须回到城里去,她朝特蕾莎走过来,向她伸出了手,说道:"您别生气,我不是那个意思。"——于是表面上又恢复了和平。

终于到了特蕾莎又该四处找工作的时候。她试着到一个教育机构去当教师,但是没有成功,因为她没有参加过必要的考试。她再一次决定,以后有机会一定要去考试。她现在能做的事就是跟以前一样:阅读报纸上的广告,写应聘信去问询,这次她感觉比以往都要费劲儿和没有希望。有时她想到,阿尔弗雷德也可以为她多操点儿心的,至少可以让他留意碰巧看到的报纸广告,不过所有跟她的职业有关的事情他看起来都刻意不闻不问。他再也没有去过安茨巴赫。

68

特蕾莎找到的新工作是在一个银行经理家里照顾两个分别为八岁和十岁的小姑娘。她下定决心,绝对不做超出自己职责范围之外的事,一定要保持自己的心和灵魂不被触动,时刻提醒自己,在这个家里自己现在和将来都只是一个陌生人而已。尽管如此,几天之后她就发现自己对那个妹妹的好感在不断增长,因为那孩子天性非常柔顺可人。那位银行经理已经五十多岁了,属于大家通常称为美男子的那种人,有些花花公子的做派,主要是他老爱卖弄风情地眨眼睛,说话时则爱用经过精心挑选的表达方式。从特蕾莎身边经过时,他总喜欢装作无意般地触碰她的身体,对着她的脖子重重地出气。特蕾莎百分百地确信,想要跟他有更密切的关系就取决于她的态度。

而且他的夫人已经不年轻了,有点儿笨拙,外表上看几乎是缺乏保养,一直在生病。总之,她非常小心地关注着自己的身体健康,一再让特蕾莎感到伤心的是,经理夫人一有机会就要顺着自己的心愿去卧床休息,可是,却从来没有人考虑过她的感受,以前也从来没人顾及过,说到底她也是一个女人啊。她回忆起来,在几年前供职的一家,有一次她身体非常不舒服,可是却必须在恶劣的天气里到学校去接孩子放学,后来差点儿得了重病。当时她想,这是因为她的职业而无法避免的讨厌职责。可是现在面对她供职的这些人,她的心里已经不这样想了,只是表面上不能让别人看出来。她把这些事情都告诉了阿尔弗雷德,他总是想证明是她有时过于敏感,而且很明显她这样讲话有失公允。他极力劝说她要温和、宽容一些。然后她就责怪他,作为优越的市民家庭的儿子,他从来就不知道忧愁是什么,当然他会觉得自己和那个犹太人的银行经理是一伙的,说他自私冷酷,最后她终于说到他脸上,是他,全都是他造成了她所有的苦难,因为他把她抛弃在了萨尔茨堡,那时她还是个年轻纯洁的姑娘。听了这些话,阿尔弗雷德只是轻轻地耸了耸肩,这让特蕾莎更加生气,所以他们见面的次数越来越少,每次都会不和、生气和争吵。

她用便宜的价钱把儿子安顿在了城乡之间一座近郊小城——里波哈茨塔尔,她很容易就能到达那里,这次恰巧又是一个裁缝师傅家。因为特蕾莎早就不想让小弗兰茨再上中学,所以她把这当作是命运的安排,当他还在附近的一所公立小学上学时,就已经开始当学徒了。她感觉儿子与去年相比似乎变好了:那位师傅,一位善良的、有点儿贪杯的老人,还有他太太都没有抱怨过什么,小弗兰茨和他们的儿子,一个比他大几岁的小伙子相处得也不错,所以特蕾莎在设想他的未来时,认为自己可以稍微放心一些了。

阿尔弗雷德让特蕾莎吃了一惊,有一天他告诉她,自己最近要搬到一个很小的德国大学城去,以便能师从一位著名的心理治疗师,在他的特殊专业继续深造。他自己十分确定,这并不是长久的分别,可是特蕾莎毫不怀疑,他们的关系现在就走到了尽头。不过她什么都没有表现出来,在他们相处的最后这几个星期里,她非常镇静和温柔,阿尔弗雷德好久都没有看到她这个样子了。

从他新的居住地写来的信件看,他比以前跟特蕾莎在一起的时候要自如和开朗。可是这些信里那种礼貌的语气却丝毫没有流露出爱情或者热情的气息。特蕾莎一半有意,一半无心,也很快就懂得了去适应这种语气。夏天,她跟孩子们以及银行经理的夫人一起搬到维也纳附近一处舒适的别墅里。她也开始让自己休息一下,经理夫人待她礼貌而真诚,孩子们又活泼开朗,让她感到很舒服。这时她却收到了一封裁缝太太写来的信,说出于家庭的原因他们不能再让弗兰茨继续留在家里。

难道我就不能有点平静的时间吗?特蕾莎心想。她立即请了假,回到维也纳,在里波哈茨塔尔,她毫不吃惊地得知,小弗兰茨"简直坏透了",带着这家的儿子"干了各种各样的坏事",另外,学校的老师也急着要找她谈话。特蕾莎立即赶到他那里去,那位和气又聪明的老师用很容易理解的暗示建议她,尽快把她儿子从学校里领走,再把他送到乡下更为健康的环境中去。虽然她早就下定了决心,关于儿子的事情不要放在心上,可是老师的这番话却击中了她,比她预想的要严重得多。她的心里又冒出一股痛苦的悔恨之情,如果她在某个时刻鼓足勇气,找到哪个愿意帮忙的女士,就可以一了百了地摆脱在那之后她生活中的一切抱怨和耻辱。对本来早已经忘记了的、可笑而又微不足道的卡斯米尔·陀庇什,她的心里涌上一种暗暗的厌恶,她想如果再遇上他,一定要他的好看。

她忽然想到,把她这无可救药的儿子送给一对没有子女的夫妇去收养,以后就再也不用为他操心了。阿尔弗雷德有一次在谈话中匆匆提过一句,当时被她生气地拒绝了。可是她刚开始继续思考这个计划时,她的心情却突然发生了改变。所有对这个可怜男孩儿那种母性的感觉以巨大的威力重新回到了她的身上。这个孩子对自己的性格和命运是完全无辜的,他如果生活在其他的条件下就会完全不一样,也许还能成为一个善良、能干的人呢。她比以往更加强烈地认识到了自己的过错。她在内心深处又有哪一次对他是忠诚的呢?是她的心一再地背叛他,有时她还偏爱那些跟她毫无关系的孩子。也许她正是出于这样的原因才爱他们,因为他们出生在更好的家庭,因为他们接受了良好的教导,因为他们比自己的孩子更幸福。

在一个炎热的星期天,风卷着城市的灰尘穿过这贫穷的郊区,向着小山丘扫去。特蕾莎和儿子坐在一条上坡的街道边的一个长椅上,她用心跟他交谈着,她相信自己在他眼睛里似乎看到了理智和像是悔恨般的神情,当他更紧地往她身上靠过来时,她感到胸中升起了新的希望,她相信自己感觉到了,他心中那些经常让她感到绝望的僵硬的东西已经开始消散。她脑海中突然闪过一道亮光,她向他提出了一个问题,他从现在开始是否愿意跟她——自己的母亲一起生活。当他为这个想法露出幸福的表情时,泪水模糊了她的双眼,似乎他在向她解释,他压根儿就只爱她一个人,他跟其他人都无法相处。哦,他说自己也愿意学习更多的知识,会在学校里听话一些,都怪那些老师对他有敌意,所以他也不想让他们好过。师傅的老婆说他偷了一条手巾,那是谎话,还有安茨巴赫的罗特纳太太也不是好人。她对自己丈夫,还有阿格娜丝以及其他人说过的那些关于母亲的话,他可以复述好多呢!还有现在这个裁缝的老婆——就是个卑鄙女人。特蕾莎吓了一跳,不让他再说下去。可是弗兰茨口无遮拦地继续抱怨着那个女裁缝、她丈夫,还有经常到家里来的那个皮草厂主,他用的那些表达方式都是特蕾莎从来没有听说过的。她别无选择,只有不断地斥责他,最后,连这个方法也不管用的时候,她只得打断他的话,把话题引到别的事情上去。

　　她和他走在这条尘土飞扬的下坡路上,内心沉浸在一种无边的悲伤之中。开始她还牵着他的手,可是不知不觉她的手指松开了,只剩下她一个人。这次她还是把弗兰茨送回到养父母家去了。她解释说,自己正在为儿子寻找新的住处和新的养父母,第一次努力还没有什么结果。她是在一家小小的近郊旅舍里过的夜。她给阿尔弗雷德写了一封详细的信,她这次又像对一个朋友那样倾诉了一番。第二天早上,她的心情略微平静了一些,她终于在一对没有孩子的夫妇那里给弗兰茨找到了一个干净的小房间,这样她带着尽到了义务的感觉回乡下去了。最后这几个星期她在别墅里终于有机会能休息一下,稍微喘口气了。姑娘们很少来找她,她们深居简出,家里的男主人出远门不在家,几乎也没有什么客人来。这样特蕾莎一天到晚就是在阴凉的大花园里读读书、睡睡觉,经理夫人和孩子们也很少打扰她,花园的高墙把整座房子和里面的住户都跟外界隔绝开了。

69

秋天,法比安尼夫人搬到了维也纳,一开始先住在一家客栈里。他的儿子娶了奥地利某个小城一家工厂主的女儿,他曾经在那里当过很短时间的助理医生,现在他已经在维也纳当上了开业医生。不过一如既往,政治仍然是他最大的兴趣所在。他现在基本上不用为物质生活发愁了,这一点也让他变得可爱和好相处了一些。特蕾莎在母亲那里偶然遇上了他,也有机会看到了他的变化。他年轻的妻子那天也一起去了,那是个善良、漂亮、头脑简单的女人,举止带着小城市人的特点。她用一种幼稚的热诚对待特蕾莎,立刻就请她去家里做客,这样,特蕾莎就有幸出现在了法博——在官方颁发的许可证上她哥哥果真就叫这个名字——博士家的家宴上。要在几个星期以前,她都会觉得这是不可能的事。她没有感觉到亲属间应有的气氛,在她的生活里她不过是又一次在陌生人家里做客罢了。尽管聚会进行得顺利,气氛也很自在,可是她后来回想起这次家宴时却总感到有种让人不舒服的味道。

她和儿子见面的次数也并不比以前多。现在照顾他的人,一位叫毛尔霍尔德的退休官员和他的妻子,并不是出于经济原因才收留他的,而是因为他们几年以前失去了唯一的孩子。随着年龄的增加,他们感到自己有了这种需要,希望身边能有个年轻人做伴。看起来,这两位老人的善良和宽容对小弗兰茨的性格产生了再好不过的影响。不管是从他们那里,还是从老师那里,特蕾莎再也没有听到过对儿子的抱怨。就这样,这个冬天对她来说没有什么太大的起伏就过去了。阿尔弗雷德的信写得越来越少,内容也越发冷淡,这些几乎没有影响到特蕾莎的心情。她循规蹈矩地完成着自己作为女教师和女主人助手的职责,过去这段时间,经理夫人老是生病,所以特蕾莎有机会继续提高自己的持家才能,这让她感到非常满足。

有些时候,她的脑海里也曾飞快地动过念头,是否能跟这家来往的男士们中的某一个人交往下去,例如那个家庭医生,一个中年单身汉，或者是经理那个鳏居的弟弟，两个人都有点儿向她献殷勤的意思。他们会不会认真地爱上她，甚至是娶她呢，如果她做得足够巧妙的话。不过灵活和狡猾从来都不是她的性格，所以这些模糊的希望很快就破灭了，她也没有继续为此而感到难过。有一次，她决定给一个报纸广告回信，那是一个富裕的没有孩子的鳏夫，四十五六岁，要找一个女管家。而下流的回信让她彻底不想再做类似的尝试了。

70

早春的时候她习惯领着两个姑娘去城市公园散步，在那里她这么多年后第一次遇上了希尔维亚，她正带着雇主家八岁的男孩儿坐在一条长椅上晒太阳。对于和特蕾莎的重逢她显得特别高兴，她说自己上次是在匈牙利的山区工作，以前更远，在罗马尼亚，看起来她的内心没有发生一点儿变化。她总是心情很好，从来不觉得自己的命运值得抱怨或者像特蕾莎有时想的那样，觉得有失尊严，她显得虽然有点儿徐娘半老，但是总的看来几乎比特蕾莎认识她的时候还有魅力。

下一次见面的时候，她就直接邀请特蕾莎下个放假的星期天一起去郊游。她和一个好朋友约好了，那是个轻骑兵里一年的志愿兵，如果特蕾莎能够参加的话，他也会带一个同事来。特蕾莎用吃惊的、几乎是受辱一般的目光打量着她，希尔维亚却只是微笑着。那是一个美好的春日，两人坐在池塘边，她们照管的孩子们正在喂天鹅，希尔维亚不为所动地继续聊着天。她今年冬天在一个化装舞会上认识了这个男朋友——是的，她也去化装舞会，为什么不呢——，他英俊、金发，就是人们能够想象出来的那种快乐的小个头小伙子。也许他会留在军队里，因为他觉得上大学没意思。希尔维亚最近跟他提到与女友重逢的事时，他立即想到了这个四人一起出游的主意。他们将在多瑙河支流上泛舟，"中国式小船"，她一半用了法语的发音说出这个词，然后随便找个地方去吃饭，在康斯坦丁山上或者在第三家咖啡馆，不用事先定好日程，一切视当时的情况而定。特蕾莎拒绝了，希尔维亚没有放弃，最后她们说定，根据天气的状况再来决定这件事。

到了下个星期天的早晨,特蕾莎醒来时看到天空阴云密布,她不禁感到了一丝失望。不过中午时分,天又放晴了,刚到下午希尔维亚就来接特蕾莎。她们先坐车去普拉特之星,那两位男士正在特格霍夫纪念碑下面抽着烟等着呢。他们非常客气地问候了两位女士,身上的军装让他们显得非常时髦——完美的情郎,特蕾莎想道。第一眼她就觉得自己更喜欢那个金发的小个子——希尔维亚的情人,远胜过另一个,那是个瘦削的男人,身材让人回忆起卡斯米尔·陀庇什,脸很瘦,肤色苍白,还有点儿泛黄,长着黑色的小胡子,下巴上还留着黑色的山羊胡,这在奥地利志愿兵和军官里可不常见,他有一双引人注意的细长的、甚至是过于瘦弱的手,特蕾莎心里有种奇怪的、自己都无法解释的感觉,就像中了魔一样。他们感谢她能前来。希尔维亚立即用她那种灵活有趣的方式把话接了过去,他们都说法语,那个金发男人说得很流利,另外一个比较吃力,不过他却有一种好听得多的、有些吸引人的口音。他们走在主林荫道上,不过那里人太多了,这么多人的味道不是很好闻,就像那个瘦子所说,这样很快他们就走上了通往更幽静的地方去的一条侧路,路旁长满了高大的树木,带着早春的嫩绿色。那个金发青年在讲述他去年在匈牙利的经历,人们请他去打猎,希尔维亚讲到她上一个工作时认识的一些贵族,她的朋友说了一些放肆的暗示,她笑着接受了,也用相似的话回击他。另外一个青年,和特蕾莎落后几步跟在后面,说话的语气比较严肃,他的声音很低,有时像是故意说得不清楚似的。他任凭单片眼镜从眼睛上掉了下来,有点儿发红的眼睑下发光的眼睛望着前方。他不太相信特蕾莎是个维也纳人,他说人们会认为她是个意大利人,一个来自伦巴第的长着栗色眼睛的北方意大利人。她不无骄傲地点了点头,她父亲的确出生于意大利,她的母亲则来自于克罗地亚的贵族家庭。理查德很惊讶,她居然是女教师,说肯定有很多更适合她的工作,凭借她的长相、她亮晶晶的眼睛和低沉的嗓音,她完全可以在舞台上闯出一条路来。无论如何他完全搞不明白,人怎么会自愿,对啊,就是自愿地甘于当奴隶呢,因为她完全没有必要非得这么做。她不由得想起了卡斯米尔·陀庇什,在多年以前他也说过同样的话,她望着远方。理查德越来越活跃了:在神圣的时间里仅有几个小时供自己支配——真是不能理解,人怎么能够忍受这样的生存状态呢。特蕾莎感觉出了这些话的言外之意,尽管她同伴的表情没有发生丝毫变化。

他们在康斯坦丁山上喝了咖啡,吃了点心。两位男士对其他桌边坐着的来自"底层"社会的人冷嘲热讽。特蕾莎倒觉得那些人并不让人讨厌。她想,这两位情郎似乎忘记了,他们正跟两个可怜的姑娘坐在一起,她们也应该被归入底层社会的。在康斯坦丁山下的小池塘岸上,他们租了一艘"中国式小船"。特蕾莎心情愉快地看着两个年轻小伙子开玩笑般地、就像一种放松方式一样,跟其他人混在一起,把小船挤进了几艘"底层人"坐的船中间,然后继续向前,慢慢划进了一条狭窄的支流里。这条支流穿过碧绿的河岸,向着多瑙河草地流去。希尔维亚点燃一支香烟,特蕾莎也尝试着点了一支,她还是在萨尔茨堡晚上和军官演员们混在一起时抽过烟,后来好长时间再也没有碰过,她还是像当年一样不喜欢。她的男伴觉察出来这一点,就把烟从她手指间拿了过去,自己继续抽了起来。他放下船桨,让金发小伙子一个人划。这会让他非常健康的,他说道,他的体质很容易发胖。河岸上,在高大的古树下,躺着一对对的情侣和成群结队的朋友们。后来就越来越安静,越发地人迹稀少了。他们终于上了岸,把小船系在人们事先打好的、固定小船用的桩子上,然后他们就朝着草地走去。路越来越窄,草木也越来越茂密。他们两人一组,挽着手走着,有一次还穿越了一条很宽的大路,之后他们就走上了一条小路,这条小路很快就将他们引入一块包围在森林中间的神秘区域。希尔维亚和她的金发男友紧紧搂着走在前面,特蕾莎的男伴突然停下脚步,抱住了特蕾莎,在她的唇上吻了很长时间。她一点儿都没有反抗。他立即又开始说话了,很严肃,就好像刚才发生的事情毫无意义一样。然后,为了回答特蕾莎一个随意的问题,他开始讲起了自己。他在大学学习法律,想成为律师。她吃了一惊,她还以为他像另外那个小伙子一样,也想成为职业军官呢。他几乎是蔑视地摇了摇头。他并不想留在部队里,即使他想也不行,那可是需要很多钱的,他基本上是一个穷鬼。当然她不能按照这个词的字面意思去理解,不过跟那位金发同伴相比,他的确是个叫花子。远远地从前方传来了他的笑声。"总是这么活泼,"理查德说,"他居然有个怪念头,认为自己是个忧郁的人。"他们遇到了一对儿情侣。那个穿着不错的金发姑娘用一种爱慕的目光打量着理查德,特蕾莎不由得感到非常受用。从近处那条看不见的河里吹来一股潮湿的香气。小路越来越窄,几乎称不上是路了,有时他们必须得用手拨开树枝才能继续前行。希尔维亚用她那清脆的法语回头冲特蕾莎喊了一句:"最后我想知道,这两个坏蛋要把我们带到哪里去。"①特蕾莎彻底迷失了方向。河水透过芦苇和草地闪着光,在前方拐了个弯就不见了。不知从哪里传来一声拉长的火车头汽笛声,附近看不见的地方有一列火车正行进在一座桥上。特蕾莎感觉自己好像经历过这一切似的,可是她又想不起来是什么时候以及在哪里。希尔维亚和她的男伴完全不见了踪影,不过还能听见大笑声、逐渐消失了的半推半就的说话声、吃吃的笑声和小声的呼喊。特蕾莎摸了摸自己的脸,被吓坏了的脸。理查德笑了,看着她,把烟头扔到地上,用脚踩灭了。他把特蕾莎拉到怀里吻着她。然后他紧紧地搂着特蕾莎,向芦苇更深处走去,拉着她躺倒在地上。她再次听到了希尔维亚的笑声,让她吃惊的是,笑声就在很近的地方。她用惊慌的目光向上看着理查德,使劲摇着头。在她看来,他的脸显得既昏暗又陌生。"别人看不到我们的。"他说,她又听到了希尔维亚的声音。那是一个问题,问特蕾莎的问题,肆无忌惮而又放荡无耻。谁允许她这样做的,特蕾莎想。突然,在理查德的臂弯里,她听到了回答,听到了自己的声音,听到自己嘴里说出来的话,几乎跟希尔维亚说得一样恬不知耻和放荡不羁。她这是怎么了?她想道。理查德把她额头上已经潮湿了的头发拨到一边去,在她耳边轻轻说着甜言蜜语。一辆马车在远处走过,在很远的地方。她看不见的那条河,奇怪地反射到了她头顶那深蓝色的天空里。

后来他们穿过浓密的树丛又重新回到一条小路上时,她紧紧地贴在这个男人身上,三个小时以前还不认识的男人现在却成了她的情人。他说着一些不着边际的话:"赛马应该刚刚结束。"他说。"这

---

① 此处原文为法语。

是今年我第一次错过了赛马。"她受了委屈一样抬头看着他,问道:"你觉得遗憾吗?"他抚摸着她的头发,亲吻着她,有点同情般地吻了一下她的前额:"傻姑娘。"他们从草地又走到了空地上,很快他们就看到,马车和豪华马车在薄薄的尘土中正朝着宽阔的车道飞驰而去。他们回到了小船停靠的岸边,把船顺着来时的方向又划了回去。特蕾莎一开始还担心会在希尔维亚的目光中看到过于轻浮和柔情的暗示,不过让她惊讶的是,希尔维亚显得比平时还要严肃和镇静。她的男友开始计划着夏天四个人一起去旅行。不过他们都知道,这不过是说说罢了。理查德迟疑着,要不要完全否决这次旅行。因为变换住处导致的小小的不适都让他受不了,他打心眼里讨厌陌生的面孔,金发小子回答他说,他即使是面对自己的熟人和朋友时也没有表露过一丝好感。他也没有再为自己辩解。希尔维亚目视前方,说道,总有一些时刻让人觉得生活是有价值的。理查德耸了耸肩。他说这不能从根本上改变什么。从本质上说一切都是悲伤的,越是美的东西越悲伤,所以爱情是这世界上最悲伤的事情。特蕾莎深深地感到他的话是真理。她吓得微微发抖,她感觉到了眼睛里的泪水,理查德用他那瘦弱冰冷的手抚摸了一下她的前额。船向前滑动的时候,传来一阵军乐队大声奏乐的声音。天色暗了下来。他们下了船。不一会儿,他们就被嘈杂的人群包围了,由马车组成的车队还在宽阔的车道上疾驰,五六个乐队演奏的音乐混在了一起。所有饭店的花园都爆满。这两对儿情侣朝更安静一些的地方走去,他们经过了那家简陋的小饭馆,特蕾莎多年以前曾经跟把她叫作公主或者宫女的某个鬼魂或者傻瓜一起在那里吃过饭。她立刻认出了那个从这桌跑到那桌的酒保。让她惊讶的是,这么多年过去了,他竟然一点儿都没有变,就好像,他是现在活着的人当中唯一那个没有变老的人。难道这一切都是一场梦吗?她恍然想道。她飞快地看了一眼她的男伴,好像要确认一下,走在她身边的人并不是卡斯米尔·陀庇什。她再次回头看了一眼那个酒保,他流着汗,胳膊下夹着翩翩飞舞的餐巾,在桌子间跑来跑去。从上次之后又过去了多少个星期天啊!特蕾莎想着。从那以后有多少对情侣找到了对方,度过了多少幸福的时光,经历了多少真正的苦难;从那以后生出了多少个孩子,发育良好的和有缺陷的。她再一次感到自己的命运是多么的没有意义,沮丧地意识到生活是多么难以理解。她身边的这个年轻人,多么奇怪啊,他是第一个懂得她心里正在想什么的人,也许她还没有说出口,他就知道了。她才认识了他几个小时就委身于他,就她所知,他却并没有因此而轻视她,她觉得跟他很亲近,比跟当年的阿尔弗雷德和其他人都要亲近。

他们在一个幽静的饭店花园里吃了晚饭。特蕾莎比平时喝得多了些,一会儿她就觉得很累,困得连眼睛都睁不开了,别人的聊天就像是从远处传到她耳朵里一样。她希望在回家的路上能够告诉或者至少是暗示她的男友,她刚才脑子里想到的那些事。可是没有这样的机会,突然之间他们就分手了,第二天凌晨四点钟他们要开拔去参加一个大型行动。在下一个马车停靠点,他们让两位女士坐上了一辆敞篷的单驾马车,理查德当即付了钱,他们匆忙间约好了两周后的星期天再见。理查德很有情人风度地吻了一下特蕾莎的手,说"希望能够再见",她大睁着受惊一般的眼睛望着他,他的目光冷静而遥远。

穿过夜晚的街道回去的路上,她听着希尔维亚说话,希尔维亚很突然地开始袒露自己的内心世界。特蕾莎几乎没有听见她的话,她带着特别的感动想着今天晚上她的情人,就好像他永远地告别了一样,似乎他已经离她很远了。

71

几天之后,她收到毛尔霍尔德先生一封信,请她尽快去一趟。她已经三个星期没有见过小弗兰茨了,于是她立即陷入强烈的情绪波动之中。毛尔霍尔德先生礼貌地接待了她,但是很明显他有些尴尬。他太太也拘束地沉默不语。他终于解释说,考虑到家庭原因,他和太太要搬到下奥地利州的一个小城去,所以不得不请求特蕾莎把她儿子送到别人家里去收养。特蕾莎松了口气,她说,让小弗兰茨离开大城市到一个小地方去也许是个不错的主意,她愿意让儿子搬家后仍然跟着现在的养父母,看样子他很喜欢这个家。两位老人越发局促不安起来,她觉察到也许是他们隐瞒了某些事情,她催问着要一个解释。后来她终于得知,小弗兰茨卷入了最近发生的一起入室偷窃案件。现在,因为这些话已经说出了口,所以一直沉默不语的老太太也就不再隐瞒了。她说这种小偷小摸还不算最严重的。这个孩子还有一些恶习和坏习惯,关于这些她还是不说为妙。学校里也有人来告状。他跟邻居最坏的一伙年轻人混在一起,直到深夜还在大街上胡逛,不难看出,这个十一岁的男孩将来会变成什么样。特蕾莎像个负债人一样低头坐着。那么现在,她看得出来,在这种情况下,她也不能坚持刚才的建议了,她只想等着儿子从学校回来就把他带走。毛尔霍尔德先生看了一眼他太太后小心地说,也不用这么着急,也不在乎这几天的时间,他们愿意让孩子继续留在家里,直到特蕾莎为他找到一个新家为止。特蕾莎惊讶地看到,这位善良的老人眼睛里含着泪水。他现在反过来劝她,说有些男孩子在这个让人担忧的年纪里不太像样,后来却成了很正直的人。弗兰茨应该放学回家的时间早就过了,特蕾莎只请了几个小时的假,不能再等下去了。她向毛尔霍尔德先生道了谢,并保证尽快给小弗兰茨找一个新的住处,就走了。在回家的路上,她平静了一些,决定要找个人说说这件事。可是和谁说呢?她可以信任自己的母亲吗?给阿尔弗雷德写信?他们能出些什么主意,说到底又能帮上什么忙呢?她必须要自己决定所有的一切,自己来解决问题。

第二天她恰巧在城市公园里又碰到了希尔维亚。在其他情况下,她本来应该是最后一个特蕾莎能够信任和给她建议的人。可是特蕾莎躁动不安、失去了耐心,她急切地想要找一个同情她的人,她向希尔维亚倾诉着,给她讲了从来没有告诉过别人的所有事情。就像是要回报她的信任一样,她发现希尔维亚是个很好的建议者,一个很好的朋友,她是那么真诚、聪明而严肃,特蕾莎从来都没有这样期望过她能这样。她劝特蕾莎放弃现在的工作,以后再也不要暂时接受这样的工作,带着她的儿子搬到一个有家具的住处去,只在家教课。她自己,希尔维亚,自告奋勇要在最短的时间里帮特蕾莎找到来上课的人。希尔维亚还给了她一些钱让她先应付接下来的这段时间。她还算小有积蓄,她脸上带着一丝调皮的微笑补充道,特蕾莎假装没看见。不过希尔维亚给的钱她感激地收下了。

特蕾莎带着新的希望和突然间重新获得的能量，开始行动起来，这个决定注定会成功的。银行经理一家非常惊讶地接受了她的辞职，两个女孩儿都不愿意让小姐走，大一些的那个伤心欲绝地哭了，特蕾莎为了她在年轻姑娘心里唤起的这份爱深受感动，她以前却没有发现。

72

盛夏里闷热的一天，特蕾莎带着小弗兰茨搬进了一座相当新的、朴素而又保持得很干净的小楼里，那是一套带家具的房子，有两个房间和一间厨房，位于一条方便又安静的郊区大街上。在此之前她也做了各种各样的努力：询问她以前曾经供过职的家庭，给报纸广告回信，某种程度上是在希尔维亚卓有成效的帮助下，她确定了几家的课程，她希望用得到的收入能应付必要的开支。那位银行经理夫人告别时给她的一小笔钱也派上了用场。现在所做的事情对她来说具有无尽的意义，在她的生活里，她第一次可以住在自己家里了。她相信自己能感觉到，迄今为止对她儿子有益的发展中缺乏的就是跟自己的母亲生活在一起。他现在上的那所学校离以前那所很远，也算是阻断了和以前那些朋友的来往。从她最近听到的消息看来，刚开始的这几周他在新环境里的开端还不错。是啊，她感觉现在才开始真正地认识了自己的儿子。他性格中过早失去的某种童真现在慢慢又重新出现了。能够和他一起坐在餐桌旁，吃着她亲手做的午饭，那种感觉真是太好了；当她晚上教课回家的时候，他总是跑过来紧紧地拥抱她，这感觉真是奇妙，当他来寻求她的帮助，让她解答一个困难的作业时，她的心都膨胀起来了；她觉得开心、满意，甚至还有一点儿幸福。她突然感受到了一种强烈的需求，想给阿尔弗雷德写信，在信中她把所有这一切都详细地告诉了他，从她这位朋友、而不是曾经的恋人的回信里，她高兴地看到，他说自己很快就要回维也纳了，他要在一家精神病医院当助理医生。

73

有一天,让她吃惊的是,相隔几乎一年之后,她又接到了去他哥哥家共进午餐的邀请信。在那里她还见到了别的客人,一位年轻的医生和一位中学教授,她从桌边的谈话中得知,对政治的兴趣将他们和卡尔·法博博士连接在了一起。卡尔在夸夸其谈,其他两个人,包括那位至少比他大十岁的中年教授都在洗耳恭听。特蕾莎的印象是,他哥哥似乎非常重视这一点,想让她明确认识到他在党派同志间的位置是多么重要。她嫂子几个月前已经当上了一个孩子的妈妈,午餐一吃完她就走开了。特蕾莎还留在先生们的圈子里,谈话的内容也变得令人舒服了一些,当说到特蕾莎的职业和她作为家教和女教师的个人经验时,那位中学教授毫不隐瞒地说他觉得很遗憾,她不得不在一个下等的——可以这样说——服务的职位上生活在陌生种族的人家里,他说这是立法最重要的任务之一,要永远取消这种有失尊严的状态。他抑扬顿挫地说着,与那位年轻的医生形成了鲜明的对比,那一位说话总是结结巴巴的。她哥哥有时会顺便点点头,有时会嘲讽地瞥一眼,偶尔他会用那种特殊的、有些阴险的目光打量那位教授,特蕾莎太熟悉他这种目光了。

她几个星期,甚至几个月都没有再听到关于理查德的消息,她其实挺高兴,以为可以就此忘记他。可是有一天她却意外地收到希尔维亚的一封信,邀请她"和我们的年轻朋友最近"①再次见面。她的第一反应就是:拒绝。她最近一段时间已经习惯了每天晚上都和儿子待在家里。可是当希尔维亚再次当面邀请她的时候,特蕾莎终于还是答应了,和希尔维亚、她的金发男友以及理查德一起经历了一个起初很平淡的夜晚,后来越来越热烈,最后以最为放荡的形式结束。当她在晨光中回到家的时候,她觉得那真是一种意外的,甚至是受之有愧的幸福:看到儿子安静地睡在他自己的床上。虽然她并没有觉得理查德有哪一点儿让她讨厌,估计理查德对她也一样,但是她却下

---

① 此处原文为法语。

定了决心,永远不再见他。

她不时收到哥哥家的邀请,很快特蕾莎就在那里再次遇到了那位教授,他在她面前现在开始换上了一副笨拙地献殷勤的语气,傍晚时分还坚持要送她回家,陪着她走了很长的一段路。几天之后,哥哥告诉她,那位教授对她很感兴趣,估计会借下一次机会正式向她表白,他还从哥哥的角度提出了建议,说即使她感觉目前有其他的关系,也不应该拒绝这次求婚。"我丝毫没有这个义务。"特蕾莎强硬地拒绝了。卡尔看起来尽力不去在意她的语气,而是用干巴巴的词汇表达了他对这位党派同僚的认可,说他给主席留下了很好的印象,今后这几年里很有可能要被任命为一个比较大的州府城里的中学校长。"考虑到所有的因素,"他斜着眼睛补充道,"你现在想到的那件事,也并不是障碍。"特蕾莎觉得血涌上了脸。"你从来都没有关心过我的想法,所以我现在对你的想法也没有丝毫的兴趣。"他哥哥就像没有觉察到她拒绝的语气似的,继续不动声色地往下说。"别人也可以这样理解,就当你是结过一次婚。我们就这样接受了吧,你的确是结过婚,可是后来发现那是一个在法律上无效的婚姻。这样的事情听得多了。在整个的事件里你都是无辜的。"他斜着眼不再看她。特蕾莎站了起来:"我做过的事情可以在任何人面前负责,我也不会否认我有孩子。我在你面前从来都没有这样做过。可是你问过我这件事吗?"——"你不要无缘无故地激动。就是为了让你不用否认什么,我才想到无效婚姻这个主意的。你应该感激我。"为了抵御她强烈的不满,他抢先说道:"你终于能够有一个稳定的关系,无论如何对母亲来说也是个安慰。"突然之间特蕾莎想道,为什么不呢?他哥哥介绍的这个人对她来说无所谓,其实她也不是特别讨厌他。白白放过这样的机会,她会不会有愧于她的儿子呢?哥哥开始给她分析这桩婚姻的好处:她不仅不用放弃这个职业,正好相反,她丈夫的地位还会对她的职业有利,恰恰是一位教师,一位教授是她的正确人选,会让她的职业地位更加稳固。

她嫂子走了进来,怀里抱着孩子。特蕾莎把孩子抱了过来,回忆起她自己的儿子刚出生时那几周,那少有的时光,她还能像现在对哥哥的孩子这样把儿子紧紧地抱在胸前。她想道,现在自己也许可以在一个新的、真正的婚姻里再要一个孩子,然后经历她在小弗兰茨身上没有享受过的幸福。可是她立即又觉得这种想法对她的儿子来说是不公平的,是一种背叛。她想起这些年来对儿子做过的所有有心和无意的不公平的事,泪水涌上了她的双眼,她怀里还抱着哥哥的孩子。她觉得自己没办法再继续讨论下去了,就在最痛苦的迷惘中告了别。

几天之后她偶然遇到了理查德。这次身着便服的他显得既高雅又寒酸。外套非常合身,可是那黑色丝绒领子却有点儿磨旧了,形状很好的鞋子上有些地方的漆皮也脱落了。单片眼镜纹丝不动地架在眼睛上。他吻了一下她的手问道,几乎没有什么开场白,她今晚是否愿意和他一起度过。她拒绝了。他也没有再追问,只是以防万一给了她自己父母家的地址,他住在那里。她第二天就给他写了信。那可真是一次奇怪的会面,她其实不太明白,为什么他坚持要和她去一家高雅餐厅的单间呢,因为他表现得非常矜持,连她的手都没碰过。不过这样一来她更喜欢他了。他今天谈了很多他自己的事。他和自己的家庭,他说,关系不怎么好。他父亲,一位著名律师,就像人们经常会看到的情况一样,对他特别不满意,"当然他是对的",——他和母亲一直就合不来,他随意地称她为一只蠢鹅,把特蕾莎吓了一跳。接下来他应该参加第三次国家考试了,他却问自己这是为了什么。他永远也当不了律师或者法官。也无法从事其他的什么正经营生。对任何事情他都没有天赋,其实这世界上也没有什么东西能让他高兴起来。她觉得这些话跟他平时表现出来的性格自相矛盾。如果一个人觉得整个世界都无所谓的话,他又怎么会——像他自己承认的那样——特别在意诸如领带色彩这样的细节呢?他用几乎是同情的目光看着她,让她感觉很受伤,她心里有一种灼热的愿望,想去说服他,让他明白她连这些表面上的矛盾都能理解。但是她找不到合适的表达方式。晚饭之后,其实他们在一起的时间还不到一个小时,他就坐着一辆敞篷马车把她送回了家。他非常礼貌地吻了一下她的手,她相信自己再也不会见到他了。

不过几天之后她就收到了一封他的来信。他想再次和她见面的愿望让她喜出望外,比她预想的还要高兴。她幸福地响应了他的召唤。这次他完全变了一个人，开朗，几乎是放纵，她感觉好像直到今天，他才开始关心她，关心她作为一个人本来的性格和外在的生存方式。她给他讲了很多关于自己的事，讲她的青年时代、她的父母、引诱她的那个人，还有其他的情人。在这个时刻她也讲到了她的孩子，她对这个孩子的义务，还有她经常忽视这些义务。他几乎是生气地耸了耸肩。没有什么义务，他说，你不欠任何人的债，孩子不欠父母的，父母也不欠孩子的。所有的一切都是骗局，所有人都是自私鬼，只不过他们不承认罢了。还有，也许她会对这事儿感兴趣，昨天他赌马赢了一笔不小的数目。他觉得这是命运在招手，他有意再次尝试一下运气。明年冬天他要到蒙特卡罗去，他已经想好了一套办法去炸银行。这是世界上唯一值得去努力的事：有钱，对其他人不屑一顾。她应该跟他一起去——去蒙特卡罗。她一定会闯出一条路来的，当然不是作为女教师。他的性格是如此矛盾，就像他自己说的那样，这样的表白让特蕾莎觉得他有种特别的魅力。这天晚上她和他都觉得非常幸福。

跟这种回忆相比，第二天早上她收到的阿尔弗雷德的来信显得说不出的无聊和没劲。她告诉了他那位教授可能会向她求婚，阿尔弗雷德虽然劝告她要仔细考虑，但是字里行间很明显能读出来，如果特蕾莎结婚的话，就能让他从这最后的责任里彻底解放出来，所以这桩婚姻正是他所希望的。她写给他的回信很冷淡、烦躁，几乎是带着怒气。

74

对于小弗兰茨她还算满意。当她回到家的时候，大多数情况下都看到他对着书和本子坐着，很少能看出他以前难以管教的痕迹。有时他用不高兴的语气跟母亲说话，或者是说话做事有些太过分的时候，她只需要警告一下，让他知道自己做错了也就行了。所以当他学期末带回来的成绩相当差时，她惊讶极了，这个成绩说明他逃了很多课。在学校里她惊讶地听说他在过去这几个月里压根就没上过几节课，班主任给她看了很多有她签名的请假条。特蕾莎小心翼翼，不敢承认这些请假条是伪造的,她只得说,这孩子今年老是生病,她会把耽误的功课补上的,对这孩子要有点儿耐心。回家之后她训斥了他一顿,他起初不承认,然后放肆地说了一些话,最后他干脆跑出房间,从家里跑了。晚上已经很晚了他才回来,立刻躺到起居室的长沙发上去了,那也是他睡觉的地方。母亲坐在他身边,逼问他到哪里去了,他也不回答,眼睛看着一边,然后翻过身去对着墙,偶尔特蕾莎遇上他那恶毒的目光,这一次特蕾莎在他的眼睛里不仅看到了不思悔改、理智和爱的缺乏,还有苦涩和愤怒,以及隐藏起来的责备,他也许是出于最后一点顾虑没敢说出口。在这种惨淡的目光下,她脑海中出现了一个回忆,是那么遥远又模糊,她想驱赶掉的这个回忆却越来越近,更加鲜活地出现在了她的眼前。经过这么长时间之后,她第一次想到了生下他的那个夜晚——在那个夜晚,她还以为刚出生的婴儿已经死了——她希望他已经死了的那个夜晚。希望?只是希望吗?因为害怕她的心脏都快不跳了,这个敌视地背过身去,把被子拉到头顶的男孩,也许会转过身面对她,他那知情的、仇恨的、死一般的目光会落在她的身上。她站起身来,屏住呼吸,浑身发抖地站了一会儿,然后就踮起脚尖回自己房间去了。现在她知道,这个孩子,这个十二岁的男孩儿,不只是个陌生人,还是个跟她生活在一起的敌人。她从来没有这么痛苦过,一方面她那么强烈、那样不幸地爱着这个孩子,同时她又知道,别指望这份爱能得到什么回报。她不能失去他。所有她错过的东西,她的轻率,她做的不公平的事,她的过错,她必须要弥补这一切,为此她必须准备好要接受任何的罪过,任何形式的牺牲,比迄今为止更严重的牺牲。如果有机会能为她的孩子创造出比现在更好的环境,遇到能让孩子拥有父亲一般的管教和保护的机会,她就不能犹豫,要抓住这样的机会。难道牺牲真的要这么大吗?通过这次婚姻最后是不是也能救赎她自己呢?

下一次她在哥哥家又见到了维尔努斯教授,大家在午饭后特意把他们俩单独留在了一起,他向特蕾莎提出了一个问题,她是否想成为他的妻子。她先是犹豫了一下,然后用坚定的目光盯着他的眼睛问道:"您觉得对我有足够的了解吗?您知道您想娶的人是谁吗?"他听了之后笨拙地抓住她的手,头尴尬地点了点,也不敢看她。她把手抽回来,说道:"您知道我有一个孩子吗?一个快十三岁的很不听话的男孩儿?不管别人对您说了些什么,我从来都没有结过婚。"——那位教授皱了皱眉头,脸红了,就好像她正在讲一个不正经的故事,不过他立即又定下神来说道:"您哥哥跟我说了,没说细节,不过——不过跟我的猜测差不多。"他在房间里来来回回地走着,手背在身后。然后他在她面前站住了,用妥帖的方式,就像他在来来回回走动的过程中已经想好了一篇简短的讲话一样,他给她提出了一个已经想好的建议。无论如何也不能因为这个孩子的存在使得他俩的未来就此失败。"您是什么意思?不是有很多没有孩子的夫妻在热切地盼望着能收养一个孩子吗,如果足够小心——"她立即打断了他,眼睛闪着光:"我是不会跟我的孩子分开的。"教授沉默了,思考着,过了几秒钟他就用响亮的,同时又高贵的声音说道,首先他想先认识一下这孩子。然后还可以再商量其他的事情。她的第一个反应就是,粗鲁地拒绝,不能谈任何的条件。可是同时她又想起了自己上次的决定,于是就答应第二天晚上在家里等着教授登门拜访。

她想尽办法把弗兰茨留在了家里,平常在这个时间他都是要出去的。教授出现的时候不无尴尬,但是他尽量用一种愉快的、所谓的见多识广的派头给掩饰了过去。弗兰茨用不加遮拦的不信任目光打量着来客。而客人突然说了一个让人吃惊的愿望,想看看弗兰茨在学校的练习本,特蕾莎费了很大的劲儿,才平息了弗兰茨的反抗情绪。最后呈现在维尔努斯教授眼前的东西并不怎么让人高兴。不过他努力做到了用一种宽容而幽默的方式来表达意见。然后他尝试着用各种方式的问题来考查这个男孩儿的知识和受教育水平,还不断地帮他改正一些回答,引导着他说出正确的答案,他的表现就像一位老师,出于某种原因正在竭尽全力地帮助一个差生勉强通过考试。他挑剔最多的就是小弗兰茨的发音,他把这种发音称为农村方言与郊区方言构成的杂乱混合体。他通过一个随意的暗示说,通过他拥有的关系也许可以把这个男孩安顿在上奥地利州一个教会资助的学校,这时弗兰茨突然从房间里跑了出去,他母亲知道,他一时半会儿是回不来了。她替他向教授道歉,说这孩子习惯在美丽的傍晚跟他同学一起去呼吸一下室外的空气。能跟特蕾莎单独在一起,教授看起来倒挺高兴。她不想再听什么教会学校,教授又小心翼翼地提到给这孩子找一对养父母的主意,特蕾莎再次果断地说,无论如何她都不会跟自己的儿子分开。教授看起来让步了,他的眼睛开始不安地颤动,他靠近了特蕾莎,尝试着更大胆一些,可是这个时刻只是让她觉得可笑又恶心。她在考虑,要不要一劳永逸地把他赶出门去,这时有人敲门,让特蕾莎惊讶的是,进来的人是希尔维亚,她已经好几个星期不见人影了。匆忙做了介绍之后,教授说希望下个星期天能够在她哥哥家再见,就走了。

希尔维亚面色苍白,激动不安。她急促地问特蕾莎今天看报纸了没有。"出了什么事?"特蕾莎问道。——"理查德自杀了。"希尔维亚回答道。——"上帝啊。"特蕾莎喊道,她无助地把手放在希尔维亚的肩膀上。她已经很长时间没有见过理查德了。希尔维亚低垂着眼睛,承认自己经常和他在一起。特蕾莎没有感觉到嫉妒,不过也没有真正的痛苦。她一下子成了更坚强的那一个人,是她在安慰自己的女友。她的手划过她的头发,抚摸着她的脸颊,她从来没有感觉到跟她是如此亲密,就像姐妹一样。希尔维亚开始讲了。是今天早晨发生的。夜里他是跟她一起度过的,恰恰这天晚上他心情特别好。今早他坐马车送她到家门口,从车里向她挥了挥手,然后就去了普拉特,在车里他向自己开了枪。她早应该看出来会这样的。——"是因为债务吗?"特蕾莎问道。——不是。刚好这段时间他赌马老是赢。可是他厌恶生活,更厌恶人。几乎厌恶所有的人。"您,特蕾莎,他很喜欢您,"希尔维亚说,"远远超过喜欢我。您知道为什么他不想再见到您了吗?"——特蕾莎不安地抓住希尔维亚的手,用疑惑的眼神看着她的眼睛。"她对我来说太好了。这是他说的话。太好了①。"两人一起哭了起来。

两天之后,为了参加葬礼她们俩都去了教堂。仪式结束之后,送葬的人群慢慢经过特蕾莎的身边,他们都坐在最后面的一条长椅上。理查德的母亲,一位瘦弱苍白的女士——从她那沉默寡言而又高傲

---

① 此处原文为法语。

的脸上特蕾莎似乎看到了理查德的样子——紧贴着她走了过去,特蕾莎不由自主地退后了一步。就在这个时刻,让她感到尴尬的是,希尔维亚紧紧地抓住了她的胳膊。送葬的客人走过去了,特蕾莎看到其中也有她熟悉的面孔,还有那个银行经理,特蕾莎上一个工作就在他家,他盯着她看,但是在教堂里昏暗的灯光下他并没有认出她来。还有一个年轻人,以前曾经做过她情人的那个卷发头。她假装在哭,用手帕遮住了自己的脸。她目送着棺材,它正穿过教堂的大门被抬到外面去,深蓝色的夏日天光迎接着它。她想起在多瑙河草地的那个夜晚,再过几天就整整过去两年了。对他来说太好了?她想。为什么呢?就好像她对于别人来说不是太好了就是太坏了。她听到外面的灵车正在行进的声音。教堂的门慢慢地关上了。乳香的香气围绕着她。希尔维亚把头靠在祈祷桌上,轻轻地抽泣着。特蕾莎无声地站起身来,一个人走了。外面温和的夏日天气包围了她。她得赶快回家,五点钟还有孩子来上课呢。

75

　　有很长一段时间她都全心全意、彻彻底底地投入到了工作之中,不仅是通过不断的练习,还有她在空余时间的自学,水平持续提高,她慢慢成了一个能干的女教师,找她的人很多。她现在教的基本上都是年轻姑娘,还有一些是在为考试做着准备。有两个男孩子也来报名,特蕾莎不得不拒绝了他们,因为她脑子里很明显有其他的目标,不想继续在英语和法语方面继续提高了。维尔努斯教授来信请求能再次拜访,她在回信中永远地拒绝了他。她从来都没有后悔过,不过有时她觉得自己应该感激他,因为自从他上次来拜访之后,弗兰茨的行为一直在向好的方面发展,看起来他似乎按时上学,特蕾莎有一次去打听了一下,也证实了这一点。至于他和谁在哪里度过不在家的那些时间,她没敢去深究。

　　她哥哥再也没有跟她联系过,她确信是因为自己拒绝了那位教授惹得他非常生气。连母亲也不和她来往,所以如果不是希尔维亚有些晚上来看她之外,她就完全与世隔绝了。奇怪的是理查德很快就从她们的谈话中消失了,不过她们俩分享了以前的日子里各种各样的经历,特蕾莎说得比较含糊,而希尔维亚有时描述得过于生动。她们生活中遇到的某些男人不是那么容易就能忘记的,她们用逝去的青春回忆来温暖那颗疲惫的心。希尔维亚打算尽快回到她在法国南部的故乡去,她快二十年都没回去过了。她在那里能干什么,靠什么来维持生计,她都不知道,因为她没有攒下多少积蓄,可是她对故乡的思念已经到了一种近乎病态的程度。当提起故乡小城时,这个平时一贯开朗的女人脸颊上总是挂着泪水。在这样的时刻,特蕾莎注意到希尔维亚的面容是如此憔悴苍老,她吓了一跳。不过她安慰着自己,她比希尔维亚要年轻七八岁呢。

在她生命的这段时间里,教堂又成了一个她经常去的,能让她得到安慰的场所。她衷心地祈求或者祝愿,她能继续满足于命运的安排,希望她的弗兰茨不会带给她太多的烦恼,特别是再也不要让激情来打破现在平静的生活,搅乱她的内心。

这个夏天她要辅导一个十岁的女孩——一位著名演员最小的孩子——准备女子中学的入学考试,也是出于这个考虑,这家人把她带到了一个盐矿山区湖畔度假。她的工作仅限于每天给那个小姑娘上几个小时的课,通常都是在花园里进行。另一个大一些的女儿已经十八岁了,她爱上了经常来家里做客的一个年轻人。一位堂兄弟总是向漂亮的女主人献殷勤,而丈夫则把注意力放在了女儿的一位女友身上,她还不到十六岁,是个十分堕落的女孩儿,他的确是在追求她。对特蕾莎来说真是奇怪,她观察着父亲、母亲、女儿,每个人都只顾自己,好像对于其他人现在经历的感受和痛苦都没有察觉或者至少是当作无足轻重的事情。特蕾莎则用被人生阅历磨炼出来的锐利目光看着这一出激情的游戏,自己丝毫不为所动,心情跟剧院里的观众没什么两样。最重要的是她感到非常高兴,自己从里到外都跟这些感情的东西绝缘了。看起来一切真的是在顺利进行着,最后可还是出现了某种征兆,似乎总有人会成为牺牲者。这家的女儿企图自杀,现在好像所有人一下子都从一个危险的梦境中醒了过来。并没有出现什么尴尬的争吵,所有这些在夏日气氛的游戏中缔结起来的关系全都解散了,立即化为乌有。就像刻意而为一样,大家提前离开了别墅,全家一起到南部去旅行,特蕾莎则回到了维也纳,比她预想的时间要早。

在这期间,她把儿子托付给一位女邻居代为照管,那是个官员的遗孀,很善良,相当单纯,她自己也是一个八岁男孩的母亲。即使她不愿说出对小弗兰茨不利的话,却也不得不承认,有时他一整天都不打照面。特蕾莎训斥了他,他笨拙地撒着谎,让特蕾莎对可能是真实的事情也不再相信了。面对她的责备,他表现得比以前更加粗鲁,让特蕾莎感到最惊恐的不是他说的话,更多的是他的表情和目光。这已经不是一个男孩儿的脸了,一张孩子该有的面孔——一个早熟的、堕落的、恶毒的小伙子放肆地瞪着她的脸。当特蕾莎终于开始提到学校的话题时,弗兰茨愤怒地说,他根本就没想过要继续上学,他有另外的、更明智的计划,然后他就用最肮脏的语言骂他的老师,一个特别下流的词汇伤害了特蕾莎,她实在忍不住了,照着弗兰茨的脸就是一巴掌。弗兰茨的脸都扭曲了,他抬起了胳膊,特蕾莎没能挡住这一下,结果弗兰茨的拳头就落在了她的嘴唇上,她的嘴开始流血了。弗兰茨也没再管她,径直跑了,狠狠地摔门而去。特蕾莎不知所措、满怀疑虑地站了一会儿,但是她已经没有眼泪了。

就在这天晚上,她给久未联系的阿尔弗雷德写了信。第三天她就收到了回信,阿尔弗雷德建议她把孩子送到乡下去,当学徒也好,伙计也好,不管是干什么——她的义务早就尽到了,她不需要有任何的顾虑,最重要的是,她终于能从害怕和忧虑中解脱出来。害怕?她问自己,一开始这个词让她感觉很陌生,不过她立即就感觉到,这个词很恰当。在下一段内容里阿尔弗雷德告诉她,自己和图宾根大学一位教授的女儿订了婚,估计在圣诞节和新年中间他就会带着妻子回到维也纳。他说自己永远也不会忘记,特蕾莎对他意味着什么,他还亏欠着她什么,无论她的生活怎么样,她都应该把他当作最好的朋友。她颤抖的嘴唇感觉到了一丝苦涩的滋味,不过就连这会儿她也没哭。

她接到邀请下个星期天到哥哥家吃饭,因为不用担心会碰到那个被拒绝的求婚者,她就接受了。卡尔特别热情地接待了她,很快她就听到,他认为她拒绝了那位教授是完全正确的:这个人被证明是个不可信的人,出于投机心理他已经从德意志国家阵营跑到基督教社会党去了,很有可能会竞选上区议员。然后卡尔谈到了母亲,就像他说的那样,母亲开始让他感到严重的忧虑。他问自己,这老太太会用她的钱干什么?她以后会怎么处置这些钱?很容易就能算出来,她肯定已经攒下了不少钱。孩子们毫无疑问有这个义务,特别是他,卡尔,作为一家之主得过问此事。特蕾莎这个没有生活来源的女儿最有必要去找母亲谈一谈这个棘手的话题,而且借这个机会暗示一下母亲,他,卡尔,愿意把老太太接到家里来,在家的花销肯定比住在旅店要少。虽然卡尔提到这个问题的方式让特蕾莎非常反感,她还是同意去跟母亲谈谈这个问题,不过她已经想到,自己是不会履行这个承诺的。

有一天晚上,她在内城遇到了阿格娜丝。特蕾莎没有立即认出她来。她看起来引人注目,几乎是有点儿可疑,特蕾莎跟她站在一起说话时感到很不自在。阿格娜丝说,她有一段时间不做"女仆"了,她在一家香水店里当售货员。特蕾莎打听了老罗特纳夫妇的情况,阿格娜丝回答说,她很少回安茨巴赫,另外,她父亲去年夏天已经去世了。然后她让特蕾莎转达对小弗兰茨的问候,就道别走了。

几天之后,她不请自来,到特蕾莎家登门拜访。自从弗兰茨上次动手之后,特蕾莎就没有跟他说过话,他吃饭的时候也经常晚回来,这次很奇怪他居然在家,他稍微有点儿拘束地问候了阿格娜丝,可是因为阿格娜丝很放得开,他的这种拘束也很快就消失了。过了不一会儿,也不顾及特蕾莎还在旁边,他们就用那种同志间的街头黑话聊开了,特蕾莎几乎听不懂。他们用隐讳的暗示交流着对安茨巴赫的回忆,他们认为特蕾莎听不明白,不过这种推测也有道理。有时,阿格娜丝用那种放肆的、斜睨的目光阴险地冲特蕾莎坏笑,很明显她是想说,你以为他是你的吗?他是属于我的。

最后她假惺惺地握了握特蕾莎的手,走了,弗兰茨一句话也没跟母亲说,就跟着她一起出去了。他穿着一件便宜的、从裁剪上看完全不是男孩样式的西装,下面穿着大格子的裤子,还有过短的外套和镶着红边的手帕,他看起来是副什么德行啊,还有那张苍白、下流、毫无美感的脸!一个男孩儿?不,他真的已经不是男孩儿了。他看起来像是有十六七岁。一个小伙子？这个词也不太适合他。她的脑海里冒出来了另外一个词，立即又被她给挤出去了。没有哭出来的泪水憋得她的胸脯上下猛烈地起伏着。

76

几天之后，弗兰茨病了，出现很多典型症状。医生确诊为脑膜炎，在第三次出诊的时候，医生看起来已经准备放弃这个病人了。特蕾莎派人给他哥哥送去了一封恳切的信。她哥哥来了以后，若有所思地摇了摇头，开了一些内服和外用的药物，看起来这些药几个小时以后就压制住了病魔的力量。他第二天又来一次，很快弗兰茨就脱离了危险。卡尔拒绝了任何形式的感谢。现在让特蕾莎吃惊和高兴的是，弗兰茨在慢慢康复的这段时间发生了变化。当特蕾莎坐在他床边时，他喜欢握着她的手，她感受着来自他指尖的压力，就像是他在请求原谅和做出承诺。有时她还给他读书。他带着感激的、孩子般的目光倾听着。她觉得他似乎对于某些事情，特别是动物世界的故事、旅行和探险有一些兴趣，她决定尽快严肃地跟他谈一谈他的未来。她甚至还梦想着他能继续完成学业，也许能成为教师或者甚至是医生。但是她还不太敢在他面前过多地提起这些计划。

可是假象并没有持续太久，她很快就知道，弗兰茨的变化其实是她一厢情愿想象出来的。弗兰茨身体恢复得越好，他就越快又变回原来的样子。他眼睛里那种感激而幼稚的眼神已经消失了，说话时又恢复了以前那种语气，他的声音又变成了生病之前特蕾莎熟悉的那种腔调。一开始他还忍着不发作，不管怎么说还回答母亲的问题，可是他的回答变得越来越没耐心、没好气和粗鲁。他刚刚能起床，就跑到外面不回家。不久后的一天他彻夜未归，直到早晨才回来，这样的情况并不是最后一次出现。

特蕾莎也不再问了，她任由事情发展下去，她累了。有些时候，她毫无痛苦地感觉到自己的生命已经走到了尽头。她还不到三十三岁，可是照镜子的时候，特别是早上刚起来时，她觉得自己比实际年龄要老好几岁。只要这种筋疲力尽的状态还在延续，她就平静地接受了这个事实。可是当春天再次到来,她感到自己精神好了很多的时候,她就想抗争,自己也不太清楚,要抗争什么。上课也开始让她感到一种让人尴尬的无聊。还发生了以前从来都没有过的事情,就是她面对自己学生的时候居然表现出了不耐烦、不客气。她觉得很孤独,可是当弗兰茨在家的时候,她会觉得更糟糕,这又让她认为是对他的不公平。她最想和希尔维亚谈谈心,可是她现在换了工作,在乡下的一个家庭里,对她来说遥不可及。所以为了摆脱有时难以忍受的孤独感,她就经常去她哥哥家,她自己也觉得出来,他哥哥面对她既没有感到惊讶,也毫无喜悦之情。倒是嫂子对她很亲热,她现在又怀上了第二个孩子。有些时候特蕾莎就跟她倾诉一下,对着她做出些忏悔,让她感动的是,在嫂子这里她居然得到了一些理解和同情,这是她没有料到的。看起来怀孕似乎不仅让嫂子性情变得更柔和,而且也比天性更聪明了。可是她一把孩子生出来之后,就又变回了以前那种麻木不仁和头脑简单的样子,就好像她从来都不知道小姑子向她透露过的秘密一样。其实特蕾莎倒更愿意这样。

77

冬天刚开始的时候,她在城里偶然遇到了阿尔弗雷德。她上次写了信后一直没有收到他的回信。他说自己压根就没有收到她的信。他一开始面对她还有些冷淡,还放不太开,可是一会儿就变得跟以前一样亲切。他提到自己年轻妻子时的语气让人看不出他这方面有多大的热情。特蕾莎立即想象出一位寒酸、苍白的德国小城市女人,估计他在妻子的身边会经常想到她——特蕾莎吧。他比以前更让她喜欢。看起来他也比以前更关心自己的外表了。告别的时候他们没有约定什么,可是既然他又回来了,什么时候想再见到他,就全由她自己来决定了。她梦想着一段新的恋情,觉得很幸福。她看起来又变得年轻了,也精神了很多。一位年轻小伙子,几乎还是个孩子,爱上了她。他有时会来接在她这里上课的妹妹。有一次他一大早就来了,为了给她送一张他妹妹的纸条。他那副害羞的样子让她觉得好笑,她就朝他走近了一些。他还是那样害羞,他那副样子,还不能理解她的微笑和眼神——当他离开以后,她为自己感到有些羞愧。从那以后她就再没招惹过他。

有一天特蕾莎又被叫到了学校,她得知,弗兰茨已经有好几个星期没来上课了。她并没有感到特别吃惊。当她回家找他谈话的时候,他告诉她自己已经决定要去一艘船上当水手。特蕾莎想了起来,他以前也说过类似的话,还有上次他和阿格娜丝的谈话也大概提到过这件事,她当时也在场。现在看起来他是认真的。特蕾莎没有什么可反对的,她和他详细地商量了这个计划,很长时间以来他们又可以理智地、友好地跟对方谈话了,而不像必须住在一起的敌人一样。可是,在接下来的日子里他又绝口不提这件事了。特蕾莎也不敢再回到这个话题上去,就好像她担心会听到这样的责备,说她要把他赶到外面那个世界去。

一位个子很高的小伙子,据说是一家食品店的售货员,过去这段时间经常到家里来接弗兰茨去剧院,他说自己经常能搞到一些免费的赠票。看完戏后,弗兰茨习惯在他朋友家过夜,至少他是这么跟母亲说的。有一次,他连第二天也一整天都没回家。特蕾莎突然很害怕,尽管她觉得自己已经开始习惯了不去害怕,她还是跑到弗兰茨那个朋友的父母家。她这才知道,原来那个小伙子也还没回家。就在这天晚上,特蕾莎被叫到了警察局。原来弗兰茨和其他几个人,几乎都是些半大小伙子和姑娘,加入了一个青年盗窃团伙。弗兰茨是唯一还不到十六岁的孩子,所以交给他母亲在家严加管教。检察官让人把他领进来,严肃地规劝他,发表了一番毫无感情、几乎是倒背如流的讲话,说希望他能够把这次的经历作为教训,从现在开始做一个正派人。特蕾莎沉默地把儿子领回家。她像往常一样端上了晚饭。终于,她下定决心问他几个问题。一开始他用一种奇怪的装腔作势的腔调回答着,就像他是在说提前准备好的辩护词,在法庭上推卸责任。如果仔细倾听他的话,就会觉得所有的事情不过就是个玩笑。其实也真的没有偷盗任何东西。当特蕾莎试图严肃地劝说他的时候,她感觉他也不是平时表现出来的那么不思悔改,就好像有母亲在场,他被迫要交代的事情变得容易开口了,他以前缺乏这样的勇气。他讲起了每天晚上都在一起的那些朋友们,他们做的那些事情一开始听起来真的就像是小孩子们的游戏。他提到了几个听起来不太可能真实存在的名字,他承认那些是有奇怪发音和双关含义的外号。慢慢地他好像忘了,坐在他对面的是自己的母亲。他讲起去年夏天在普拉特度过的那些夜晚,他们所有人,不管男孩女孩,都睡在多瑙河草地上,直到他遇到母亲可怕的目光时,他很快地大笑了一声,不再说话了。她明白,这种突然而来的坦率让她感觉他比以往任何时候都更彻底、更无可救药地变成了陌生人。

78

从那开始她再也不问了,也不再劝阻,她任由他每天晚上离开家,直到第二天早上才回来。可是有一次,已经到了早晨,他还没回家,她陷入了一种无法解释的、充满预感的恐惧之中。她毫不怀疑他肯定又在胡闹的时候被抓了,而且这次也不会像上次那样轻松过关。当他终于回到家站在她面前的时候,她感到特别气愤,因为自己真是白白地替他担心,就特别生气地骂起他来。他由着她说了一会儿,几乎没有答话,听了她的话还发笑,就好像母亲的愤怒让他很开心一样。所以特蕾莎越发激动起来,简直无法抑制地说了下去。这时,他突然冲着她的脸喊了一个词,她一开始还以为是自己听错了呢。她大大地睁着狂乱的眼睛看着他,他又把那个骂人的词说了一遍,继续说下去。"这样的一个人还想教训我。你以为自己是什么东西?"他的舌头似乎被松了绑。他继续说着、骂着、愤怒地威胁着,她听得呆住了。这是他第一次当面喊出了他一出生就有的缺陷。但是他对她说话的语气不像把她当作一个遭了情人遗弃的不幸女人,而是一个有过一次倒霉经历、连孩子父亲是谁都不知道的女人。这已经不是一个孩子的责备了,他因为自己非婚生的出身而感觉遭受了歧视、威胁甚至是侮辱。这是小巷里小伙子追着妓女喊的那种下流、恶毒的话。她也能感觉出来,他虽然堕落,但是内心深处根本就不懂自己到底说了什么。他只是使用着他那个圈子里很普遍的表达方式,她既不觉得受到了伤害,也没有感到痛苦,那只是一种巨大的、自己从来都未曾体会过的孤独感,在这种孤独感的包围里,从非常遥远的地方传来一个不可理喻的陌生人的声音,那是跟她一样的一个人,是她生下来的人。

就在这天夜里,她给阿尔弗雷德写了一封信,说她有很要紧的事情要跟他面谈。又过了几天,他才请她去自己家。他很客气,但是有一点儿冷淡,他那审视的目光让她禁不住想确认一下自己的衣服或者脸上是否有哪里不太对劲儿。她说起这次登门拜访的理由,又磕磕绊绊、前言不搭后语地讲述了最近一段时间弗兰茨的经历,一边说她一边不由自主地想偷偷看看自己在镜子里的模样,可是一开始总也看不着。她说完之后,阿尔弗雷德先是沉默了一会儿,然后说出了他的看法,他简直就像是针对一个案例在做报告,而从中她也没有听出什么新的内容。她也不是第一次从他嘴里听到"道德疯狂"①这个词。最后他说道,他现在能给她提出的建议不久前已经说过:把这孩子从家里送出去。尽可能地让他搬到另外一个城市去,以免发生什么无法弥补的事情。

特蕾莎不停地在沙发上动来动去,终于在墙上的镜子里看到了自己的脸,她吓了一跳。当然,光线很不好,可是玻璃能让漂亮的变成丑的,能让年轻的变得衰老,这句话可不能接受。她在这面陌生的、不习惯的镜子里不容置疑地发现,三十四岁的她看起来憔悴、衰老而苍白,就像个四十岁的女人。她在过去这几个星期里明显地消瘦了很多,另外她的穿着也丝毫显示不出自己的优点来,特别是那顶帽子一点儿都不衬她的脸。可是即便是考虑到这些因素,她在镜子里看到的这张脸也让她伤心又吃惊。当阿尔弗雷德突然停下来的时候,她才意识到自己压根就没有仔细听。他现在站到了她面前,觉得自己有义务补充几句温和的话,他说也可能是青春期在某种程度上导致了弗兰茨这种不讨人喜欢的举止,最重要的是,他要警告特蕾莎不要自责,她现在有这种过分自责的倾向,这样做其实没有任何必要。对于这一点特蕾莎进行了激烈地反驳。什么,她没有理由自责?如果不是她的话,那应该是谁?她从来没有当过弗兰茨真正的母亲,总是只有几天或者几个星期的时间,也可以说当感情爆发时,她才在

---

① 此处原文为英语。

他面前表现得像个母亲。大多数时候她都在忙着自己的事情,忙工作,烦恼,还有——她为什么要否认呢——她的爱情故事。有多少次她都把这个男孩儿当成了负担,现在事情一下子成了这样,简直就是不幸,在以前,那时她还没有意识到或者觉察到他所谓的道德疯狂。还在那个时候,他还是个幼小的无辜的孩子的时候,在他还没来到这个世界之前,她就不想要他。在她生下他的那个夜里,她希望,她祈求,不要让他活着来到这个世界。

她还想说出更多、更真实的话,可是在最后一刻她退缩了。出于害怕,担心过于深入的坦白会让这个朋友也疏远自己,不能把自己的想法最后全部告诉他,只告诉他一个人。她沉默了。阿尔弗雷德想安慰她,好心地把一只手放在她肩膀上,她却恰好看到,他用另外一只手从马甲的口袋里掏出了怀表。当特蕾莎有点儿急促地站起身来时,他抱歉地说,可惜他六点必须要到诊所去。他嘱咐特蕾莎在下一次跟他谈话之前千万不要轻举妄动。还有——也许他一开始并没有打算要这么去做——他建议她,尽快领着弗兰茨在应诊时间到他的诊所来,或者这样也许更好,他选一天,也许星期天中午去拜访她,借着这次机会再跟弗兰茨谈一谈,这样才能得到清晰的个人印象。

特蕾莎自己也无法理解,她以前的恋人、朋友、医生的这种很自然的建议竟然让她觉得他向她伸出了援助之手。她满怀感激地谢了他。

79

阿尔弗雷德许诺的拜访却没能实现,因为第二天早上弗兰茨就从他母亲的住处消失了,也没留下只字片语。特蕾莎的第一个想法就是去报警,可是她担心,警察局正想找个理由把小弗兰茨的失踪说成是畏罪潜逃呢,正好通过一个告示可以提前发现行踪,所以她又把这个念头给压了下去。她联系上了阿尔弗雷德,他刚开始因为她给他打电话的事显得很生气,然后就说他一点儿也不觉得这个最新的变化有那么糟糕,她最好还是不要采取任何措施,任由事情往下发展好了。他那种漠不关心的态度让特蕾莎心痛,是的,她无须隐瞒,阿尔弗雷德的表现比弗兰茨的出逃还让她心痛。在接下来的时间里，她的感受当然就是痛苦和绝望，在无眠的夜里她感觉到一种对失踪的那个人的思念，这是她没有料到的，她想到要去报纸上登一则启事，就像她有时读到过的那种："回来吧，一切都能原谅！"清晨来临时，她又意识到这样的开始是毫无意义的，她没有这样做。过了几个星期之后，她觉察到自己虽然没有变得更开心，但是比她儿子在身边的时候要过得平静一些。

她对邻居们说，弗兰茨在奥地利某个州的小城里找到了一份工作。不管人们相信与否——根本就没有人会特别关心法比安尼小姐的家庭情况。

她的工作曾经有很长一段时间都是心不在焉、机械性地完成的，现在却又开始让她感到了某些满足。她不仅给学生单独上课，而且还能够把差不多处于同一个水平的几个年轻姑娘合在一起上课。

其他的方面她完全深居简出，母亲、哥哥和嫂子都对她漠不关心，连阿尔弗雷德也没信儿了。她尽量不出门，而且把课程安排好，她几乎不用在自己这四面墙之外去上课。她还没等到对女学生中的哪一个产生亲近些的兴趣，随着课程的继续这种兴趣也就消失了。有些时候她几乎有点儿痛苦地回忆起以前的时光，那时她作为私人教师，当然可以通过共同的家庭活动跟她照顾的孩子有更亲近的关系，不像现在这样，以前她还全心全意地爱过其中的几个孩子，是的，几乎就像母亲对孩子的那种感觉一样。

弗兰茨离开家几个月之后，有一次，参加那个小班的一个姑娘有好几天都没来，这个还不到十六岁的孩子的缺席比已往出现这种情况都更让她揪心。她父亲写信来为孩子的缺席请假，说他女儿得了发烧型的喉炎，特蕾莎陷入了她自己都无法理解的不安之中，而这种感觉居然挥之不去。一个星期之后，蒂尔德终于来了。特蕾莎感到自己的脸因为喜悦变红了，眼睛也开始湿润了。她自己都没有意识到这点，要不是蒂尔德就像是回应她一样，唇边挂着一抹奇怪的、可爱的、同时又是高傲的、嘲讽的微笑。在这一刻，特蕾莎知道，她爱这个小东西，在某种程度上不幸地爱着她。她也知道，这个十六岁的姑娘——不仅是因为外在的生活条件更优越——属于另外一种人，跟她不一样,属于那种聪明、冷酷、内向的人,这种人的身上永远都不会发生非常严重的事情,因为他们懂得如何保护自己,也知道从她身边,在她的影响之下,在她的魅力圈子里的任何一个人那里只索取她需要的数量,或者看起来有趣的东西。因为蒂尔德缺席了八天,她像平时一样迟到了几分钟,她可爱地打了个招呼,走进门来,立刻把她的椅子拉到其他五个女学生坐的桌边,用一种几乎觉察不到的、见多识广的表情提醒特蕾莎,不要因为她而打断上课——这一时刻属于那些在特蕾莎昏暗的灵魂里划过一道亮光的时刻,而就在这一时刻,她也明确地意识到了自己和蒂尔德在感情上的关系。

上完课之后,蒂尔德独自一个人留在老师家里也就成了自然而然的事,她们俩的谈话是从刚刚过去的那场病开始的。刚得病的时候——蒂尔德承认——状况看来非常严重,甚至还找来一个女护工。——"什么?一个女护工?"——嗯,是的,母亲不住在维也纳。什么?法比安尼小姐不知道吗?当然了,她的双亲离婚了,母亲这些年来一直生活在意大利,因为她受不了维也纳的气候。去年夏天一直到深秋,她都是和母亲在意大利的一个海滨浴场度过的。蒂尔德没有说出那个地方的名字,她喜欢显出一副随意提到的样子,特蕾莎觉得询问这个海滨浴场的名称是不合规矩的,会让人觉得有追问之嫌。蒂尔德说那位女护工表现得非常可爱和气,可是感谢上帝,第四天"人们"终于把她打发走了。那对她来说就像一种解脱,可以一个人不受打扰地躺在床上读一本好书。——是本什么书呢?特蕾莎差点儿脱口而出,不过她又忍了回去。"这就是说就您自己一个人和爸爸一起生活?"她问道。——蒂尔德脸上露出一丝微笑,她在回答的时候强调说,不是和爸爸,而是和父亲。当讲到父亲的时候,她显得比平时温暖了一些。啊,独自和他一起生活非常好。自从母亲"出门旅行"之后,有很长一段时间蒂尔德曾经有过一位家庭教师,但是事实证明,没有家庭教师的日子也过得挺好,甚至是更好。到去年为止她一直在一所女子中学上学。现在她在家上课,钢琴课,甚至还有和声课,有时她也和英语女教师一起去散步,——特蕾莎的脸上掠过一丝嫉妒的表情——她每周和女朋友们一起去听两次艺术史讲座。她立刻又改口说:是和熟人,因为她根本就没有什么"女朋友"。

星期天她一般和父亲做一些短途的郊游,他也陪她一起去听音乐会,其实全是因为她的缘故,他本人不是特别喜欢音乐。现在她稍微点了点头——特蕾莎还没弄明白,这就是告别时的招呼——轻轻地握了一下手之后,蒂尔德已经走出门去了。

特蕾莎有点儿尴尬地待在原地。她的生活里出现了某些新的东西。她觉得自己同时既变老了又变年轻了:作为母亲变老了,作为姐妹又变年轻了。

特蕾莎小心谨慎,既不能让其他女孩儿看出来,也不能让蒂尔德自己觉察出来特蕾莎对待她的态度和对其他人不一样,她感觉到,蒂尔德也为此对她心存感激。没等多久,奖赏就来了:一天下课后,蒂尔德以父亲的名义邀请特蕾莎下个星期天去吃午饭。特蕾莎高兴得脸都红了,蒂尔德知趣地假装没有看到。她合上书本所需的时间比平时长,然后拿着大衣,说起一本布尔维的小说,那是特蕾莎向她推荐的,她觉得有点儿失望,最后她满脸含笑地再次转头对特蕾莎说:"明天一点,好吗?"

80

那座古老的、维护得很好的房子看起来近期刚刚重新修葺过,它坐落在近郊小城玛利亚赫尔夫的一条侧街上,将近一百年来都属于沃尔施恩家族。后面的侧楼里是皮具和时髦服饰用品工厂,前面底层是商铺。在内城还有一家更大、更体面的店面,不过老顾客还是喜欢到老店来购物。住人的房间都在二层。特蕾莎被人领进了会客厅,被深绿色的、厚重的窗帘和同色丝绒家具布置起来的会客厅显得很舒适,不过有点儿过时。大门正对着的餐厅与它相反,明亮而时髦。蒂尔德高兴地迎上前来,对客人说:"父亲也已经回到家了,我们现在就可以坐在桌子旁边。"她穿着一条带白色真丝领子的蓝色棉布裙,褐色的头发披散在肩膀上,特蕾莎在这之前只见过她把头发高高扎起来的样子,她显得比平时更年轻,更像个孩子。那是个阴沉的冬日,铺好餐具的桌子上方巨大的黄铜吊灯里点着蜡烛。"您知道今天我们去哪儿了吗?父亲和我?"蒂尔德说。"去了荆棘溪公园,还到哈梅奥山上去了。我们七点半就出发了。"——"那里没有雾吗?"——"没那么糟糕,快到中午的时候几乎都散了。视野很好,我们能清楚地眺望多瑙河平原。"

西格蒙德·沃尔施恩从侧房进来了。他长得矮小结实,虽然头顶有点儿秃,鬓角有些灰白,看起来还是显得很年轻,他那圆脸上长着浓密的、深色的小胡子,眼睛明亮,不算太大,但却非常和气。"我非常高兴,您能光临寒舍,法比安尼小姐。蒂尔德给我讲了很多您的事情。很抱歉,我在您面前还穿着旅行服装。"他的声音非常低沉,略微有点儿维也纳口音,穿着一套高雅的旅行西装,为了陪衬那条深绿色的袜套筒,穿着一双黑色漆皮的家居鞋。一位不太年轻的女仆把汤端了上来。沃尔施恩先生亲自将汤摆上桌,下几道菜端上来时也是由他亲自张罗。这是市民家庭里星期天吃的那种菜,做得很好,配着一种清淡的波尔多红葡萄酒作为饮料。聊天的主题从维也纳森林开始,沃尔施恩先生赞叹着森林秋天的魅力,然后又说到他作为一个兴奋的游客走过的其他小山丘和山区。特蕾莎也回答了一些客气的问题,讲到自己的青年时代,讲到萨尔茨堡,讲到她去世的父亲,那位中校,还有她的母亲,一位作家,不过这家人完全没有听说过她的名字。她也随口提到了她的哥哥,当然没有说起他跟自己不是一个姓。关于她的儿子她当然只字未提,不过她想,蒂尔德应该跟其他女学生们一样知道他的存在,因为他以前还住在母亲那里的时候,她们可能见过他。对她来说,他的存在,他与她的关联从来没有像这一个小时那样遥远和不真实过。沃尔施恩先生吃完午饭不一会儿就回自己房间去了,蒂尔德把特蕾莎领进一间明亮的闺房,和她一起看一本艺术史方面的画册,闺房里有一个小小的,但却经过精心挑选的图书馆。在看到"巴伯利诺"时,蒂尔德问特蕾莎有没有看过这幅画的真迹,它现在就收藏在艺术史博物馆里,特蕾莎不得不承认,自从多年以前跟一位女同学一起去看过一次,但那以后就再没去过了。"那可得补上。"蒂尔德说道。

后来沃尔施恩先生出现了,穿着进城的衣服,领子很高,有点儿太紧,还穿着裘皮大衣,他吻了一下女儿的前额,说自己要去附近的咖啡馆打一圈杜洛克牌,晚上八点会回家吃晚饭。"那么你呢?"他有点儿抱歉地问蒂尔德。"你有什么打算?"——"你可以在外面多待一会儿,"她答道,脸上带着宽容的微笑,"我要写信。"——信?特蕾莎心想,也许是要给在国外生活的母亲写信。估计沃尔施恩先生也有同样的想法,因为他沉默了一会儿,他那平展的前额也微微地皱了皱。之后他礼貌地跟特蕾莎道了别,也没有说什么希望再次见面之类的话。他走了没多久,也到了特蕾莎该离开的时间,蒂尔德并没有挽留她。

就这样,她进入了这个家庭。每隔两三个星期,她都接到邀请星期天去吃午餐。有时也会有别的客人:男主人那守寡的姐姐,一位非常健谈的中年妇女,虽然性格开朗,但是她总喜欢讲起自己熟人圈子里某些人得了重病的事情,边说边忧心忡忡地摇着头;沃尔施恩公司一位上了年纪的谦虚又沉默的代理人;蒂尔德一位比她年龄大一些的女友,她是学习手工艺的学生,她爱用一种玩笑般的、有时带点儿恶意的语气说起自己的教授和女同学。可是所有人,包括其他一些偶尔遇到的客人在特蕾莎的记忆里就像一些阴影一样,她刚一走出门去就把他们全都忘了。虽然蒂尔德很少参与聊天,可是,只要是在她近处的人都像被熄灭了似的。特蕾莎不得不一再地感觉到蒂尔德的聪明、她的优势以及她的疏远。

这种疏远感并没有消失。特蕾莎总是能意识到这种疏远,不管是在课堂上,还是下课后的聊天,或者是在蒂尔德的闺房里。就连在博物馆里也一样,圣诞节假期的一天,她和蒂尔德去参观了博物馆,有些时候她甚至嫉妒帕尔玛·芬奇欧画笔下的金发女人,鲁本斯画的马克西米连以及其他这类让人着迷的人物形象,蒂尔德面对他们的时候比面对特蕾莎,还有也许是所有活着的人都显得更自由自在、更信任、更亲热。

81

有一天晚上——她正想上床睡觉——门铃响了。外面站的是弗兰茨,身上落满了雪,也没穿冬天的外衣,穿着一件看起来挺新的西装,属于近郊小城里比较高雅的剪裁。像以往一样,他的上衣口袋里插着一块带红边的手帕。现在站在她面前的人已经不是她半年多以前见到的那个人了。他压根就不是个男孩儿了——一位年轻的先生,虽然不是最好的那种,他那苍白的脸、涂着润发脂的中分的头发、扁平的鼻子下面若有若无的小胡子和不安分又恶狠狠的眼神显得更像一个形迹可疑的人。

"晚上好,母亲。"他倔强又愚蠢地笑着说。她睁大了眼睛望着他,甚至没有被吓坏。他自己拍打着落在衣服和鞋子上的雪。他跟在母亲身后,带着一种笨拙的礼貌,就像来到陌生人家里。桌上还摆着剩下的晚饭。他几乎有些贪婪的目光落在装着奶酪和黄油的盘子上。特蕾莎切了一块面包,指着晚饭说:"吃吧。"——"是啊,天太冷就容易饿。"他一边说,一边把黄油抹在面包上吃了起来。

"这么说,你又回来了。"过了一会儿特蕾莎说道,她觉出自己的脸一定很苍白。——"不会一直这样。"弗兰茨嘴里塞满了面包,说得很快,就好像他要让自己平静下来。"知道吗,母亲,我在路上得病了。"

"在去美国的路上。"特蕾莎不为所动地补充道。

弗兰茨没有留意,继续说下去:"其实只是一只脚疼——钱也不够用,我朋友,一起去的,丢下我不管了。然后有人对我说,你在船上必须得有个证件。到时候我会弄到一个的。但是目前来说,我想最明智的还是回家吧。"

"你是什么时候回来的?"她慢慢地问道。

"我也没跑多远。"他用那种倔强的笑声避而不答。然后他解释说,自己也"工作"过,星期天和节假日在一家饭馆当帮忙的酒保。他自己宣称,他很快就会有机会当上固定的"端盘子的"。如果不是缺少必要的东西——首先是衬衣——的话,他早就得到这个工作了,他的鞋子也不行。他给母亲看了看自己脚上穿的那双鞋:很薄的漆皮小靴子,鞋底全跑穿了。特蕾莎只是点了点头,她自己都不知道,她现在的感受是同情还是害怕这家伙又要伸手向她要钱。

"你到底住在哪里?"她问。——"住处倒不用发愁。谢天谢地,我还不是无家可归的人。总有朋友可以投靠。"——"你可以住在这里,弗兰茨。"她说。不过这话刚一说出口,她就已经后悔了。

他摇了摇头。

"我不属于这里。"他干巴巴地说道,"不过,如果你今晚愿意让我睡在这里的话,我是不会拒绝的。我走了很长的路,就穿着这么双鞋走在暴风雪里。"

特蕾莎站起身来,不过立即又犹豫开了。她想从衣柜里藏着的数量很少的钞票中抽出一张,可是她又觉得这样做太不小心了。于是她说:"我把长沙发上你的床铺好,也许我能找到几个古尔登,够你买双鞋穿。"弗兰茨皱着眉毛点了点头,也没道谢。"会还给你的,母亲,我向你保证,最迟三个星期。"

"我没想让你还。"她说。弗兰茨点了一支香烟,目视前方。——"家里没有一瓶啤酒吗,母亲?"她摇了摇头。——"可是——也许有瓶朗姆酒?"——"我给你泡一杯茶吧。"——"不要茶,光喝杯朗姆酒就能暖和过来。我知道你把酒藏在哪里。"他站起身来,进了厨房。

特蕾莎正往长沙发上铺亚麻床单。她听到外面被弗兰茨弄得叮当作响。我儿子?!她身子发抖地问着自己。趁着弗兰茨还在外面,她飞快地从衣柜里拿出一张五个古尔登的纸币,可是当她还在锁柜子的时候,弗兰茨悄无声息地溜了进来,站在了她背后,手里拿着朗姆酒的瓶子。他装出一副什么都没看见的样子。她把钞票藏在握起的手心里,一直到把床收拾好。他把朗姆酒倒在一个水杯里,差不多倒了半杯,然后把杯子送到唇边。"弗兰茨!"她喊道。他一口喝干了,耸了耸肩。"天太冷了得喝一杯。"他说。他把外衣、马甲和领子随手一扔。他只穿了一件破破烂烂的针织内衣,没穿衬衣,在长沙发上躺下,拉过被子盖住自己。"晚安,母亲。"他说。

她毫无感觉地站着,没有说话,他转身冲着墙,很快就睡着了。这时她又从衣柜里抽出第二张五个古尔登的钞票,然后把两张钞票都放在了桌子上。后来她坐了一会儿,用手支着头。最后她关上灯,回到了卧室,她没有把衣服全部脱掉,躺下来,试着睡觉,可是睡不着。刚过午夜,她又起来了,踮着脚尖走进隔壁房间。弗兰茨平静地呼吸着。她不由得想起以前有时她也要看看孩子睡得怎么样。今天他也躺在那儿,就跟他还是个孩子的时候一样,被子一直盖到下巴

301

上,因为光线很暗,所以她脑海里出现的不是他现在的脸,而是很久以前的那张面孔。是的,他也曾经有过一张孩子的脸,他以前也是个孩子,即使今天——哦,当然,如果不是她差点杀死他,他的脸也不会是这样。

不由自主地,从心灵深处,这个词还是从她的意识里冒了出来,不过她想的意思却完全不同:如果我能更多地关心他——她想这样说——那他可能就会是另外一副样子。如果我是另外的一个母亲,那么儿子也会是另外一个人。她在灵魂深处祈祷着。几乎没有触摸到他,她轻轻地掠过那中分的、抹了润发脂的头发。我想让他留在我的身边,她自言自语地说道。明天早晨我要再跟他谈一次。然后她又回到自己床上,真的睡着了。

当她七点钟醒来,走到隔壁房间时,看到揉成一团的被子扔在地上,朗姆酒的瓶子空了四分之三,弗兰茨已经走了。

82

关于弗兰茨的这次来访,她没跟任何人提起过一个字。这次拜访很快就变成了苍白的回忆,比她想象的还要快。随后发生的那件事也没怎么破坏她的情绪,那是八天之后,一个长相丑陋、包着头巾的中年妇女给她带来弗兰茨的一封信,上面只写着:"再帮我一次,母亲,我急需二十古尔盾。"她没写回信,只给了索要数额一半的钱,对她来说那当然是一笔不指望能归还的钱。

在那之后没过几天,意想不到的是她嫂子居然来了。她很客气,不过却有些尴尬。她说自己早就应该过来,可是家务活和两个孩子占用了她太多的时间,她今天来的目的——她顿住了,递给特蕾莎一封信。是弗兰茨写的,字写得无可救药的幼稚,拼写也错误百出:"尊敬的法博夫人。经过一瞬间的尴尬之后,请允许我给您写这封信。如果你们刚出生的孩子想有好运的话,因为我的母亲目前不能帮助我,请给我小小的一笔钱,十一个古尔登,好让我买一双鞋。充满敬意的弗兰茨·法比安尼。"

"希望你没给他送钱去吧?"特蕾莎口气强硬地说道。

"我也没有那个能力,我必须很仔细地记账。我只是想请求你跟他说一声,看在上帝的分上千万别再写了——要是我丈夫发现这样一封信——这也是为了你好,特蕾莎。"

特蕾莎皱了皱眉头。"弗兰茨早就不住在我这里了,关于他的事情我一点儿都不知道。我能做的事也已经做过了,几天前我刚给他送过钱——对于我来说——你该不会以为,是我教唆的吧?我甚至都不知道他住在哪里。"她突然大哭起来。

她嫂子也抽泣起来。"每个人都有他自己的命。"就像她好容易找到这么个机会能够放松一下自己的心似的,她继续说着。她过得也不怎么好。如果她没有孩子的话——第三个也已经快生了。又要多一个烦恼——希望也能增加一个幸福,她很需要幸福。"你也能够想象出来,和卡尔相处不是那么容易。"他只对自己的收藏和协会感兴趣,几乎没有一个晚上能待在家里,诊所的生意当然也受到了影响。她痛苦地控诉着他的不客气、他的强硬和他的暴躁。

她走的时候眼睛里还含着泪水,她不得不走,因为已经有两个女学生来上课了。蒂尔德是其中之一。她的目光含着疑问,不无同情地落在特蕾莎身上,让特蕾莎觉得自己有义务解释一下。于是她说:"这是我哥哥的妻子。"

"我哥哥的妻子。"①蒂尔德冷淡地翻译成了英语,把自己的本子和书从书包里掏出来,她对特蕾莎家庭事务的兴趣也就仅此而已。

83

接下来的几个星期里,蒂尔德没有提议一起去散步或者去参观画廊。下课之后,她也不像以前经常做的那样,继续留在老师家里。不过有一天,那时已经快到春天了,她突然再次邀请特蕾莎星期天中午去家里做客。特蕾莎松了一口气,因为她已经在担心,出于上帝才知道的什么原因得罪了沃尔施恩一家。另外,她也因为昨天再次收到儿子要钱的信而陷入了不安,信还是用同样的方式让那个丑陋的

---

① 此处原文为英语。

包着头巾的妇女送来的。她让这人给他带去了五个古尔盾,利用这次机会,她急切地警告他不要再去找她哥哥。"你为什么不到外地去找个活儿干呢?"她继续写道,"如果你在这里找不到工作的话。我也没有能力再帮助你了。"

那封信刚被拿走,她又后悔自己写了这封信,她担心惹恼了弗兰茨会有危险。现在,因为蒂尔德又对她好了,她觉得自己似乎也坚强了一些,就好像是面对可能威胁到她的不幸有了保护。

蒂尔德独自在家。她特别真诚地问候了女教师,说她很高兴看到她今天比平时看起来健康得多。就像是回答特蕾莎那询问的目光,她随便提起似的、老气横秋地说道:"就是这样的,家里人互相探望很少带来让人高兴的消息,特别是突然的来访。"——"现在,"特蕾莎回答说,"幸运的是很少有人来看我,不管是约好的还是突然来的。"她谈到了自己深居简出,几乎是孤独的生活方式。自从她儿子"在外面"找到一份工作以后——她脸变得通红,蒂尔德忙着翻看她的那些藏书——她几乎没有见过家里的其他人。母亲看起来完全沉溺于写作,哥哥有自己的工作,另外在政治上他还有很多事情要忙,嫂子一心一意地操持着家务和照顾孩子。

蒂尔德非常直接地说道:"您知道,法比安尼小姐,我父亲最近是怎么说的吗?但是您可别生气。"——"生气?"特蕾莎吃惊地重复了一遍。蒂尔德很快地补充道:"父亲觉得——他是这么说的——您不懂得如何充分地利用自己的能力。"面对特蕾莎询问的目光,她又说:"他认为,您这样优秀的女教师有权利,其实是有义务索要更高的报酬。"

特蕾莎推辞着。"啊,上帝,蒂尔德,这对大部分人来说已经太高了。我只是私人女教师,从来没有参加过考试,也没有被公立学校聘任过。"于是她讲起自己以前不得不接受的价钱,她一直没能补上自己错过的事情——也许在某种程度上说是她自己的错——可是不管怎么说,现在从头开始已经太晚了。

"啊,上帝,永远都不会太晚。"蒂尔德认为。她再次直接问特蕾莎,是否允许她提出一个请求。她说自己不知道特蕾莎的命名日是哪一天。"我们那里不庆祝这个的。"蒂尔德说正因为这样她才请求法比安尼小姐允许她今天补上一个命名日的礼物,请小姐一定接受。还没等特蕾莎做出回答,她就消失在了隔壁房间,回来的时候胳膊上搭着一件英国式呢子大衣,然后问法比安尼小姐能否站起身来,帮着她穿上袖子。那件大衣像是定做的一样合身,蒂尔德说如果有什么地方还需要改一下的话,出售大衣的公司也负责修改。

"您是怎么想到这个主意的?"特蕾莎问道。她站在蒂尔德闺房里大衣柜的镜子前看着自己。真的,这是一件很有品位、非常合身的大衣,她看起来就像一个富裕圈子里的还相当年轻的姑娘。

"哦,对了,"蒂尔德说,递给特蕾莎一个用丝纸做的小盒子,"它们是配套的。"里面是三副手套,白色、深灰色和褐色,全是最好的瑞典样式。"六又四分之三号,号码对吧?"

特蕾莎正在试手套的时候,沃尔施恩先生走了进来。"祝贺您,法比安尼小姐。"他说。——"祝贺什么呢,沃尔施恩先生?"——"您过生日,蒂尔德告诉我的。"——"哦,不是的,既不是过生日也不是命名日,我真的不知道。"——"那么,今天总归是要庆祝的,"蒂尔德解释道,"这样就行了。"

午饭时的气氛简直不能再好了,还有一瓶勃艮第白葡萄酒,大家为特蕾莎的健康干杯,特蕾莎觉得自己好像真的是寿星一样。喝黑咖啡的时候,沃尔施恩先生的姐姐来了,随后还来了一位商业伙伴,来自荷兰的一位冯卡德先生,他已经不年轻了,没留胡子,深色头发,鬓角已经灰白,黑色的眉毛下面长着一双颜色很浅的蓝色眼睛。大家说起冯卡德先生住了多年的城市雅洼,谈到乘船旅行、豪华邮轮,还有在海上举行的舞会,谈到全世界交通工具的进步和奥地利某种程度的落后。沃尔施恩先生的姐姐为自己的故乡辩护着。冯卡德先生当然不想对本地的情况发表任何意见,他灵活地把话题转到了一个轻松的领域,转到了歌剧演出、著名的女演员、音乐会等诸如此类的事情,他有时非常赞赏地看着特蕾莎。

她以前习惯了这样的娱乐,所以能够完全平等地参与聊天。她今天突然注意到,她也可以找机会说上一句话的,可是却不怎么敢。借着某个机会——除了特蕾莎以外没人注意到她的意图——蒂尔德让她也开了口,慢慢地——也是借着一点儿酒劲——特蕾莎的拘束感消失了,她自在又活泼地说着话,她很久都没有这样做过了,有时她能感觉到男主人落在自己身上那有些惊讶,但是却很欣赏的目光。

84

在接下来的那个星期天,大家早就计划过很多次,但是迄今为止从来没有付诸行动的活动终于成行了:特蕾莎和蒂尔德,还有她父亲一起去做一次小小的郊游,还有在电车里偶然遇到的一对小夫妇也加入了进来。这是一个美好的春日,在森林里的一家小饭馆里,大家坐下来稍微吃点儿东西。特蕾莎注意到,这里正是她多年以前和卡斯米尔来过一次的地方。她坐的这张桌子是不是上次那张,她也许就坐在同一把椅子上?在草地上跑来跑去的那些孩子说到底会不会也是当年那些呢?——就像头顶还是同一片天空,同一片风景,同一片嘈杂的说话声?邻桌坐的是否也是同一群人,当时她的男伴跟他们搭讪,还惹得她不高兴呢!直到这一秒钟她才意识到,她现在回忆起的那个男人就是她孩子的父亲,她还想起来一些别的事情,奇怪的是她自从今天早上就再也没有想到过,这个孩子,她的儿子弗兰茨昨天晚上又让她以最不高兴的方式想起了自己。他派人送来了一封信:他需要二百个古尔盾。这钱能够救他,比救命还重要,用这笔钱他就可以有自己的生活了。"别扔下我不管,母亲,我发誓。"不是那个包头巾的老女人送来的这封信,门外站着的是一个瘦弱、看起来衣衫褴褛的小伙子,他硬挤了进来,在身后关上了门,目光很放肆,一句话没说,只是把信递给了她。就好像弗兰茨刻意这样安排,用送信人的形象来吓唬一下母亲。她给他送去了三十个古尔登,这对她来说已经够困难的了。接下来还会怎么样呢?唉,那时候他如果去了美国就好了!要是有足够的钱,能给他买一张船票就好了!可是谁又能保证,他真的上船离开呢?突然就像一幅画一样,她的眼前浮现出他的样子:在一艘货船的甲板上,穿着破旧的西装和张着嘴的鞋子,没穿外套,衣领高高地立着,风雨交加。就在这一瞬间那种罪恶感又回来了,这种感觉总是突然袭来,即使只有几分钟的时间,即使它消失了,也会在空虚中把她像海浪一样一下下地推到那种感觉上去,就好像她经历的一切都是不真实的,而是一场梦。

"您的汤要凉了,法比安尼小姐。"蒂尔德说。

特蕾莎抬起头来,立即意识到了自己身在何处。其他人根本就没有留意到她陷入了沉思,他们吃着、聊着、笑着,就连特蕾莎也松了一口气,她品尝着饭菜,为空气、风景、人群、春天和星期天的好心情而高兴。

那对刚结识的小夫妇告别离开了,他们还要到下一个山头去。其他人则踏上了回家的路。他们在一个美丽的空旷地带停下来休息,这里视野开阔,能看到多瑙河那边的平原。沃尔施恩先生躺在草地上睡着了,特蕾莎和蒂尔德坐在稍远的地方聊天。特蕾莎说得很多。今天她想起来很多以前的事情,许多她很久都没有想起来过的人,连她都以为自己已经忘记了他们。她生活过的那些家庭,父亲、母亲、孩子,她教育过的或者至少上过课的孩子,无所谓的以及特别深地爱过的孩子——就好像她正在翻看一本贴满了照片的照相簿,有几页漏过去了,有一页匆匆看了一眼,翻到另几页时停留的时间稍长一些,甚至是感动地看着。想到这一点让人有些悲哀,不过同时也让人平静:所有这些孩子,她对其中有些孩子就像是母亲,可是没有一个人现在还记得她,也许没有一个人知道她今天的生活状况。蒂尔德用手抱着膝盖,聚精会神地倾听着,一会儿睁大了好奇的孩子般的眼睛,一会儿又深受感动;在她的倾听中,特蕾莎把这些回忆里的画面串成了鲜活的现实,比当时她经历过的还要生动。她感谢蒂尔德让她贫穷的生活在这一个小时春天的时间里变得如此富有。

沃尔施恩先生眯着眼睛看了看这边,站起身走了过来,问她们是否给对方讲了很多有趣的事情。这时特蕾莎和蒂尔德也站了起来,拍了拍粘在裙子上的草叶和灰尘,三个人又向山下走去。蒂尔德亲热地挽着特蕾莎的胳膊,有时她们会跑到前面去,沃尔施恩先生把外套搭在胳膊上,跟在后面。那就是多年以前特蕾莎和卡斯米尔·陀庇什下山时走过的路……那时她刚刚怀孕。

离天黑还早着呢,沃尔施恩先生和蒂尔德就在特蕾莎家门口跟她告别了。在这个假日的夜晚,她觉得在自己家里加倍地孤独,刚刚来临的春天的温暖还没有渗透进来。很快,生活又会像以前一样可怜。

85

几个星期过去了,蒂尔德在特蕾莎面前并不比其他的女学生表现得更亲昵,就连下课以后也总是急急忙忙地离开,直到有一天她又毫无预兆地以父亲的名义邀请特蕾莎去看歌剧。对于特蕾莎来说这简直就是个节日,相隔这么多年之后终于又能走进金碧辉煌的歌剧院了。更为重要的是,她能像个大姐姐一样,坐在蒂尔德的身边,观看《罗恩格林》的演出。其实不需要乐队和合唱团的精彩表演也足够让她感到幸福。那位冯卡德先生也坐在包厢里。看完演出后,他们一起去一家高雅的酒店餐厅里吃晚饭,特蕾莎的衣服对于这样的场合来说有点儿过于寒酸了,所以她当然不会感觉自己像蒂尔德的大姐姐,更何况那位荷兰人几乎只跟蒂尔德聊天,而平时十分健谈的沃尔施恩先生却显得格外默默寡言。特蕾莎并不知道原因,她猜测是因为业务上的分歧,不过这样的可能性倒绝对没有让她感到不舒服。正好相反,她沿着这个思路继续想象着,这家古老的工厂倒闭了,沃尔施恩失去了他的财产,蒂尔德也不再是有钱人家的高贵小姐,而是个要自己挣钱养活自己的可怜姑娘。那样的话,她和特蕾莎之间的距离就要比现在近得多了。

不过造成沃尔施恩坏心情的真正原因并不像特蕾莎想象的那样,这件事几天之后就清楚了。蒂尔德用很轻松的语气告诉她的事情让她大吃一惊:她和冯卡德先生订婚了。婚礼将在深秋举行,夫妻俩将来的居住地定在阿姆斯特丹,昨天冯卡德先生已经动身去那里了,这次要待很长时间。蒂尔德在讲这些话的时候,特蕾莎脸上只是挂着一个僵硬的微笑,也许可以把它理解成祝福的表情,但是特蕾莎实在无法从嘴里说出这样的话来。

她无法理解沃尔施恩先生为什么会答应这门婚事,觉得他要么是软弱要么就是毫无感情,她甚至猜测他有更低级的动机,比如说公司现在财务上有困难,沃尔施恩自己牵线促成了两人订婚,为了挽救他自己和公司。她无法相信,几乎还是个孩子的蒂尔德,竟然会真的爱上这个男人,他比蒂尔德大二十岁或者是二十五岁,人并不是特别有趣,也谈不上英俊。她更倾向于把这个妩媚的年轻姑娘看作是无辜的牺牲品,她还没有真正认识到自己的命运,有时特蕾莎脑海里还会掠过这样的念头:去找沃尔施恩先生严肃地谈谈这件事;不过她立刻又发觉这样的想法是如何可笑和不现实,更何况她心里很清楚,蒂尔德绝对不是这样的人,如果不是她自己愿意的话,任凭别人劝说或者胁迫都是没有用的。

即将要分别的念头占据了她的内心,她甚至都感受不到日常生活中其他那些大大小小的烦恼了。因为她失去了很多女学生,她的生活不得不比以前更加简朴。她几乎感受不到这些不便和匮乏。就连弗兰茨有天晚上突然回家来也只是一件让人反感的小插曲而已,并不比其他的事情更糟糕。他带着一口小小的皮箱,一言不发地要求住在这里,还要一起吃晚饭,似乎这是自然而然的权利。一开始还行,他不怎么打扰她。他通常在长沙发上躺到中午,匆忙吃过午饭之后就不见了,直到晚上很晚的时候,经常是夜里甚至是快到早晨的时候才回家来,所以也不会碰见她的女学生们,她可不希望发生这样的事情。

弗兰茨的举止比以前要安静和礼貌一些,有时他一吃完饭就被朋友们接走了。其中的一个小伙子身材瘦高,相当英俊,看起来就像是个出身于贫穷的市民圈子里的大学生。另外一个,特蕾莎认出是上次替弗兰茨送来要钱信的那个长相丑陋的家伙。他要是扮演那种可疑角色都不用化妆,任何一个保安都会留意到他:浅色的格子裤,短短的褐色上衣,灰色帽子,左边的耳垂上还戴着一个小耳环,声音嘶哑,目光歪斜而淫荡。特蕾莎感到害羞,甚至是害怕楼里的其他住户会看到他到自己家来。她在弗兰茨面前没能克制住自己,说了一些这样的话。她说完之后,弗兰茨突然满怀敌意地站在她面前,用最粗鲁的方式禁止她侮辱自己的朋友。"他比我的出身要好得多,"他大喊着,"起码他还有个父亲。"特蕾莎耸了耸肩,离开了房间。即使是这样的话也触及不到她的内心,她心里压着更让她痛苦的事情。

86

蒂尔德继续按时来上课,她既没有说过自己的未婚夫,也从没提到过即将到来的婚礼,于是特蕾莎略觉安慰,希望订婚已经被取消了。可是,在接下来的某个星期天,当她再次到沃尔施恩家赴宴时,男主人的姐姐也在,他们聊天的内容毫无例外,几乎都和婚礼有关。他们说到蒂尔德最近一段时间在上荷兰语课,特蕾莎现在才知道。他们还谈到了冯卡德先生在桑德福特海滩的别墅,在雅洼的一个属于他的某个哥哥的农场。沃尔施恩先生今天压根没有流露出不高兴或者沉思的神情,他显得非常满意,就好像这桩婚事很合他的心意,是这世界上最自然而然的事情。人们总要把自己的孩子,经过多年相处感觉无比亲近的孩子,某一天和一个陌生男人一起推到这个世界上去,然后永远地失去她。

七月初,在议会大楼举行了婚礼,比开始时确定的日期还提前了。特蕾莎是一天以后才得知这个消息的,她看到了一份邮局送来的打印出来的告示。当她手里拿着卡片的时候,她想起自己以前已经料到了会是这样。蒂尔德最近上完最后一次课的时候,比往常更有深意地和她握了握手,她走到门口时还回头看了一眼,目光里透出些遗憾,同时还有一丝嘲讽,就像是一个孩子因为得到了抚摸而感到幸福,但是她却不想评价被抚摸的人对这种爱抚的感受。尽管如此,特蕾莎还怀着一丝希望,至少在接下来的几天里能够收到蒂尔德蜜月旅行途中寄来的消息。可是这样的消息却没有来,估计很长时间都不会来,没有信件,没有卡片,也没有问候。

已经快到周末了,在一个美好的夏日傍晚,特蕾莎走在去玛利亚赫尔夫的路上,怀着她不肯承认的决定,要向沃尔施恩先生表达迟到的婚礼祝福。可是当她站在那座房子前,看到所有的窗户都关着时,她才记起沃尔施恩先生已经说过他的打算,说等女儿的婚礼结束后他就要去度假。她慢慢地走在回家的路上,穿过暑气未消、空荡荡的大街,朝着自己寂寞的家走去。因为连弗兰茨也不在。这天早上特蕾莎把他赶了出去,因为他深夜才回来,还带着一个男朋友和某个姑娘。特蕾莎虽然没有看见他们,但是他们小声说话和调笑的声音把她吵醒了。弗兰茨一开始还想否认有个女的曾经来过,可是过了一会儿,他却生气地耸了耸肩,承认了,然后收拾好自己的东西,连招呼都没打,就从家里跑了。

七月就要过去了,随着最后一批女学生也要放暑假,特蕾莎的孤独感也达到了极限。按照习惯她仍然每天早起,可是几乎不知道这一天该怎么开始。家务很快就做完了,上午在城里大街上的闲逛让她感到疲惫。下午她试着读书,大都是长篇小说,有些让她觉得无聊,而那些对于更加感人的命运和温柔的爱情故事的详细描述也只能让她白白地激动和痛苦。

傍晚时分,她总是怀着深切的悲伤,去环城大街或者公园里散步。她总是遇到这样的事,在暮色中某个出来寻找艳遇的男士跟在她的身后,但是她觉得害羞,不想让别人搭话或者陪伴。她知道,自己的外貌总的来说还是很显年轻的,可是她在内心深处却总是锲而不舍地保留着自己早上起床时在镜子里看到的画面:一张苍白、精致的脸,但是带着岁月的痕迹,浓密的棕色头发里有粗粗的两缕已经变成了灰色。她在白天用痛苦的耐心承受着的孤独感,这时越来越沉重地压在她的肩头。她的脑海里甚至闪过这样的念头,到她哥哥家去,不过她自己又被吓了回去。她不确定,哥哥会以什么样的方式接待她,或者说他也许压根就不想见到她。想到去跟母亲见面,她几乎更加害羞,也恰恰是因为在过去这一年里她一再地推脱,没有去看过她。

可是,在一个晴朗的夏日清晨,她却突然踏上了去母亲那里的路,就好像她在梦里下了决心似的。不是思念,也不是很长时间以来没有尽到的义务突然驱使她去,而纯粹是现实所迫。她不知道还能从谁那里借到钱,能够让自己到乡下去安安静静地住上几个星期。她是如此渴望离开城市,逃离到乡下去,哪怕只有几天时间也好。就好像她的健康、甚至她的生命都要取决于此一样。这些概念:乡下、宁静、休养,这段时间总是让她联想到相同的画面:在安茨巴赫某一块草地上,许多、许多年以前,她曾经和一个小男孩在那里玩耍过,那个小男孩那时还是她的孩子。

母亲住在赫尔纳斯小城繁华街道上一座难看的四层出租楼里，在一个官员遗孀家里租住着一个寒酸的房间。特蕾莎不知道，母亲这些年挣的那么多钱都花到哪儿去了，是在一次不幸的投机当中蚀了本呢，还是大方地送给了别人，要不就是出于一种病态的吝啬心理，她才过着这样贫穷的生活。不过尽管从母亲这里借到钱的希望非常渺茫——也许是她的愿望过于急迫，也许是母亲对于这次意料之外的拜访开始时的喜悦，也许是特蕾莎说出请求时迷信般的执着——母亲几乎没有犹豫就准备借给特蕾莎一百五十个古尔登，当然要写一张借据，最晚到十一月一日必须归还。如果不能按期还款，则每个月要支付百分之二的利息。另外她压根就没问女儿，她要这笔钱做什么用，关于女儿的事她压根什么都没问，只是用一种少见的口无遮拦的方式聊着一些日常开支的小事，就像是邻里之间那种无所谓的瞎聊。然后，母亲突然给她看了新写的小说草稿，几百页写得密密麻麻的纸，被她藏在厨房桌子抽屉里。她心不在焉、含含糊糊地回答了特蕾莎一个关于哥哥一家的问题，从打开的窗子里问候对面一个正在给窗台上的花浇水的女人。最后就让女儿这样走了，既没有试着去挽留她，也没有说希望下次再见的话。

87

第二天一早，特蕾莎就坐车去了安茨巴赫。她上次来那里之后，已经过去了六年时间。老罗特纳去世后不久，寡妇罗特纳就嫁到邻近的一个村子去了。特蕾莎一开始想在其他的农舍里租住，可是又害怕会跟以前认识的住户有过于亲密的接触，她又改了主意，住进了最朴素的那家旅舍。

她在熟悉的环境里散了一会儿步，穿过草地和田野，朝着近处那一小片森林走去。路上她遇到了一些以前认识的村民，可是看起来这些人里没有一个认出她来。她像预料的一样孤独，可是她希望得到的那种舒服的感觉却一直没有出现。回到住的旅舍时，她已经很累了。她坐在桌边的时候，酒保认出了她，甚至还问起了小弗兰茨的情况。她内心毫无波动，让她自己都感到有点儿害怕，她说自己的儿子在维也纳有一份很好的工作。

下午她就待在房间里,炎热的夏日空气在外面回荡着,阳光穿过破损的百叶窗后变成了耀眼的窄条在墙上燃烧。她半梦半醒地躺在很不舒服的硬床上,苍蝇嗡嗡叫着,一些人说话的声音在远远近近的地方逐渐减弱。各种各样的声音,也许是从街上,也许是从田野里传来的,逼进了她的梦境。直到暮色四合,她才起床来到室外。她经过了那座房子,弗兰茨还是个孩子的时候就住在那里,现在也过户给了其他人。那房子陌生地立在那里,就好像对她而言从来没有过什么意义一样。房子前面的草地上笼罩着一层从地面升起的薄雾,就像秋天在提前预示着它的到来。枫树下面的圣母像仍然和以前一样,被枯萎的树叶花冠围绕着,玻璃上也和以前一样有裂纹,那尊圣母像就这样毫无变化又不为所动地望着她。她沿着山坡走到下面的大街上,那里矗立着一些朴素的别墅,在阳台上这里那里竖立的阳伞下面坐着来避暑的客人、夫妇、孩子,就好像他们永远都坐在那里一样。又是一些父母、又是一些孩子,对于正在散步的特蕾莎来说他们全都一样,那些陌生的面孔都隐没在了昏暗之中。铁路路基上正好有一辆特快列车飞驰而过,汽笛声和哐里哐当的声音很快就在远方变得越来越微弱,快得让人无法理解。一种越来越沉重的悲伤压在特蕾莎身上,她正走在黑暗中。——后来她就在一家酒馆里吃了晚饭,因为实在没有什么兴趣回到那间破烂的房间去,那里的暑气还未消散。她在下面坐了很长时间,从夹子上取下报纸来看,有《下奥地利农民通讯报》、《莱比锡画报》、《林业与狩猎报》,直到她累了为止。因为她一反常态,喝了两瓶啤酒,所以后来居然沉沉地睡了一整夜都没有做梦。

接下来的几天,她已经能够为这夏日的空气、静谧和干草的芳香而感到高兴了,就像以前一样。她在森林边躺了很长时间,有时想起以前的弗兰茨,就像是在回忆一个早已死去的孩子。她感受到了对蒂尔德的思念,是那种温和的、让人舒服的思念。她感到这种思念是她生活中最美好的东西,把她带到了从来没有过的高度。一个旧日的愿望又慢慢地在她心底复苏了:在乡下的什么地方,在绿色当中,尽可能地远离人群,就这样安静地过下去。垂暮之年,她想,这个词突然出现在她的面前,她有些苦涩地微笑了一下。暮年?已经到了这个程度吗?

她的疲惫感慢慢地消失了,脸颊也红润了,在镜子里她显得比几个星期以前年轻了很多。一些不确定的希望又在她的心里复活了,她想到也许能让阿尔弗雷德重新记起自己,然后她又想起,沃尔施恩先生应该快回来了,她要找他问问蒂尔德的情况。她从蒂尔德那里还没有收到片言只字呢。

关于工作的想法也冒了出来,她略微有些渴望工作了。她本来计划要好好享受的最后几天假日,却是在越来越强烈的急躁和不安中度过的。当阴雨天气突然开始时,她中断度假回到了维也纳,比她事先确定的日期提前了一些。

88

女学生们慢慢回来了,又可以重新开设一个小班上课。她现在彻底休息过来了,感觉神清气爽,可以毫不费力地完成自己的义务。她按照自己的方式面对所有的女学生,那是一种无关痛痒、一视同仁的礼貌,哪怕她们中间的某个人想对她表示出更多的好感。反正蒂尔德已经不在她们中间了。——有一天下午,她在内城迎面碰上一位不太年轻的先生,穿着市民阶层高雅的服装,硬硬的黑色帽子朝一边歪戴着,直到两人四目相对,她才认出是沃尔施恩先生。她满面笑容,就像这是意料之外的幸运一样。他看起来也很高兴,用力地跟她握了握手。

"为什么最近一直没有看见您呢,亲爱的小姐?我本想给您写信的,可是我不知道您的地址。"

那么,特蕾莎心想,地址是可以打听出来的。可是她克制住了这样的评论,立即问道:"蒂尔德怎么样了?"

是啊,她现在过得怎么样呢?现在又过去了十四天或者更久,沃尔施恩先生还没有收到她的消息。另外这也毫不奇怪,因为这对儿小夫妻的新婚旅行——怎么,法比安尼小姐也不知道这点吗——变成了某种意义上的环球旅行了。现在他们可能正在哪个大洋上呢,春天之前他们是回不来了。"那么您,法比安尼小姐,您真的没有从蒂尔德那里得到任何消息吗?"——因为她几乎是有点儿羞愧地摇了摇头,他耸了耸肩。"她现在一下子变成了这样,不过——您可以相信我——对您,法比安尼小姐,她有种特别的好感。"他继续谈着自己深爱的、身处远方的女儿,现在连他都不得不接受她的变化。然后他又谈到那座阴郁的空荡荡的大房子,他在俱乐部里那无聊的惠斯特牌局;说起自己悲惨的命运,过了许多年有老婆有孩子的生活,却突然在美好的一天变成了单身汉或者老鳏夫,就好像那十年幸福的婚姻和几年不幸的婚姻,就好像这种有老婆有孩子的生活压根就是一场梦一样。

让她惊讶的是,他在自己面前竟然能够如此坦率、像朋友般地倾诉,她也听得出来,他很高兴能够一吐为快。可是在一声叹息之后他突然看了看表,说他今天晚上要和一位很好的熟人去剧院,看一出轻歌剧,不过说实话,不是什么经典剧目,因为他急需分散一下注意力,让自己高兴起来。法比安尼小姐是否也经常去剧院呢?——特蕾莎摇了摇头:自从那天晚上一起去看歌剧之后她再也没有机会去过——也没有时间。——她现在是否还教着那么多——他犹豫了一下——报酬那么差的课程?——她耸了耸肩,轻轻地微笑着。她注意到,他还有很多其他的问题就挂在嘴边,可他暂时还是把它们都压了下去。他有点儿匆忙地告了别,亲切地,而不是敷衍了事地说了一句:"再见!"她边走边感觉到,他站住了,还回过头来看过她。

下个星期日,邮局送来一封快信,里面是一张剧院的票,还附有一张名片:"西格蒙德·沃尔施恩,皮具和时髦服饰店,成立于1804年。"类似的事情她早就料到了,只是这种邀请方式并不合她的口味,尽管如此,邀请还是奏效了。当沃尔施恩先生出现的时候,剧院的灯已经暗了下来。他在她身旁坐下,往她手里塞了一袋糖果。她点了点头表示感谢,不过却没有让他继续打扰自己。讨人喜欢的舞曲让她感觉很惬意,逗笑的歌词让她开心,她感觉到自己的脸颊慢慢地变红润了,脸部线条也放松了,随着歌剧一幕幕地往下演,她也变得越来越年轻漂亮。沃尔施恩先生在中场休息的时候对她真正地献起了殷勤,不过他还是有些拘束。当演出结束,一起退场和在更衣室时,他离她很近,不过并不像是和她一起来的人,倒像是在剧院里偶然相逢一样。

那是一个美丽清澈的秋夜,特蕾莎想走一走,他陪她走了很长的路回家。这时他才提到蒂尔德,当然她还是杳无音讯。特蕾莎拒绝了他一起吃晚饭的邀请,他也没有再逼问她,在她家门口礼貌地道了别。

这个星期还没过完,特蕾莎就又接到了沃尔施恩先生一起去剧院的邀请,这一次是去人民剧场观看一场现代社交剧的演出。之后他们在一家饭店一个舒服的角落里喝着一瓶红葡萄酒聊天,两人都比上次见面时少了许多拘束,也兴奋了许多。他有点暗示的意思,谈起自己婚姻生活那最后几年是多么艰难,她则说到某些不开心的生活经历,当然没有提及任何一段经历的具体情况。不过分手时两人都感到今天他们的关系变得亲密了很多。

第二天,他派人送来了一束玫瑰花,还有个请求,能否在下个星期天——"为了纪念蒂尔德"——陪他去维也纳森林散步。于是,在这个冬天第一场温和的降雪中,她跟他又漫步在了那条路上。半年前的那个春日,蒂尔德曾和他们一起走过那条路。沃尔施恩带来了三张蒂尔德寄来的明信片,所有三张全是昨天才收到的。在其中的一张明信片上,下面又补充了一行字:"你不想关心一下法比安尼小姐吗?她住在瓦格纳巷74号,第三层。替我多次问候她,我很快会给她写一封详细的信。"在这次散步途中,特蕾莎也第一次讲到了她的儿子,说他一年前去了美国,至今音信皆无。

他们又在剧院和饭店里度过了几个夜晚,沃尔施恩先生知道了不少特蕾莎的经历,尽管她讲得很匆忙,在叙述中也任意做了很多改动,可他全都相信了。他自己也讲了很多前妻的事情,让特蕾莎惊讶的是他的语气总是充满了尊敬,甚至是崇拜之情,就像是提到了一个特别的人,人们不能用针对普通人类后代的那种尺度去衡量她。特蕾莎相信自己感觉得出来,沃尔施恩其实首先是把蒂尔德看作这位已经失去的妻子的女儿来爱,蒂尔德的容貌有一些与她相似的地方。她知道,她自己,特蕾莎对蒂尔德的爱则更真挚、更内敛,也更直接。

在接下来的几个星期里,沃尔施恩和特蕾莎之间的关系还是没有什么太大的变化。他们俩一起去剧院和饭店，他继续送她鲜花、糕点，最后还送来一个装满了罐头、南方水果和葡萄酒的篮子，她并不是很认真地责备了他几句。十二月初有两天连在一起的假日，他邀请她到塞莫林山脚下一个小地方去郊游。她确信，虽然他到目前为止一直都很拘谨，但这次的邀请一定有特别的企图，她立即决定不要有失尊严。在乘车前去的路上，他笨手笨脚地想表现得温柔一些，她心里暗暗高兴。她在旅馆的房间并不在他隔壁，让她觉得平静了一些，但同时也很失望。无论如何她都没有将门反锁，美美地沉睡了一夜后，第二天早上她醒来时还是一个人，跟她上床时一样。多么充满敬意啊！她心想。可是当她在硕大的衣柜镜子前穿衣服时，她突然发现了他之所以如此拘束的其他原因。她已经不漂亮了，无法再吸引男人。虽然她的身体还保留着年轻时的曲线，可是她的容貌却有些衰老，还愁眉苦脸的。又怎么会是别的样子呢。她经历得太多，受了太多的罪，她是个母亲，一个单身母亲，儿子都快要成年了，很长时间都没有男人追求过她了。那么她自己，在这个不太年轻的、很一般的先生面前感受到过一丝诱惑吗？他是她一个女学生的父亲，他因为女儿的缘故对她有些同情，纯粹是出于好心才带她出来玩两天，呼吸点儿新鲜空气。只是她自己不断冒出来的糟糕的幻想，才演绎出一段风流韵事的可能性，其实连她自己也并不渴望这样的艳遇。

当她穿好衣服之后，在旅行装的衬托下，她看起来重新显得精神、年轻，几乎算得上是妩媚了。在散发着松木香味的旅店房间里，他们一起吃了早饭，高高的陶炉从房间的一角噼噼啪啪地散发着温暖。后来他们坐着敞篷的雪橇车，在松树和枞树丛中穿过了一个狭窄的深谷。中午，他们坐在户外一块落满了雪的草地中央，阳光灿烂地照耀着，特蕾莎脱掉了夹克，沃尔施恩也把短皮衣放在了一边。他穿着衬衣，头上还戴着用一撮雄羚羊毛装饰的猎人帽，捻成一撮的黑色小胡子也被雪打湿了，看起来有点儿滑稽。在回去的路上很快又变冷了，他们很高兴又回到了舒适的旅馆里。他们就在特蕾莎的房间里用了晚餐，那里比下面餐厅更舒服。第二天早上他们返回维也纳的时候已经成了一对儿，他们终于找到了对方。

89

弗兰茨似乎在不知道多远的地方嗅到了他母亲生活条件的变化。就在特蕾莎再次收到装满各种食品的篮子之后,他突然出现了,穿着冬天的外套,尽管丝绒领子有点儿磨破了,可是第一眼看上去相当正派,几乎能唤起别人的信任。可惜当他脱掉外套时,露出一件有污渍的黑礼服,里面穿的衬衣也不怎么白,刚开始那种良好的印象又一下子消失了。"我怎么有这样的荣幸?"母亲冷冰冰地问道。嗯,他说自己现在又失去了工作,没有地方可住。他曾经住过几个星期的那个小房间也退掉了。他回来已经好几个月了。"那好,"他阴险地说,"如果没有父亲的话,故乡倒还是有的。"他说自己考虑周到,所以这段时间都没来打招呼。作为奖励母亲是否能让他在这里吃住两三天呢?

特蕾莎毫不犹豫地拒绝了他。她说从女学生们在尼古拉日一起送给她的篮子里,他愿意拿什么尽管拿好了。另外她再给他十个古尔盾。但是她这里可不是什么途中随意投宿的旅店。就这样。他揣起来几个罐头,胳膊底下夹了一瓶酒,转身要走。他的鞋跟跑坏了,脖子很细,招风耳朵,后背还奇怪地驮着。"唉,也不用这么着急。"特蕾莎心里突然升起一股感动。"在这儿坐一会儿,给我讲讲。"他转过身来笑了。"在这样的招待之后——我知道您想说什么。"他打开门,在身后狠狠地一甩,整座楼都能听见。

她没跟沃尔施恩提起儿子的这次拜访。不过一个星期之后的一个傍晚,他到特蕾莎家里来接她,正好看到她面色苍白,情绪激动,眼圈都红了,含着泪水,她无法再隐瞒,说弗兰茨刚刚来过,这是八天之内第二次来要钱。她没有勇气拒绝他。她也向沃尔施恩坦白了,说弗兰茨从来没有去过美国,他在维也纳过着见不得光的生活,对于他的生活她知之甚少,也不想去了解。因为现在她一下子打开了话匣子,说起她和自己的儿子迄今为止经历过怎样的困难,比以前任何一次都讲得详细和真实。一开始,她能感觉到,沃尔施恩有些尴尬。不过他听她说得越多,也就越发地同情她。他终于说,他不能就这么眼看着她过这种痛苦折磨的生活。他为此而羞愧,自己过着无忧无虑的生活,富裕的生活,而她有时——哦,他觉察到了——连必需品都没有。

她反驳了几句。无论如何她都不想听到,他每个月要给她补助好让她能改善生活。她有自己的正派收入,这是她的骄傲,也许是她唯一的骄傲,她一生都能用自己的职业来养活自己,也能足够长时间地养活自己的儿子。

可是他在下一次谈话的时候仍然坚持要给她资助,至少为了让她的衣柜里能适当地添置一些新的衣服,她也就不再反对了。后来她因为发烧感冒不得不卧床休息了一个星期,不管愿不愿意,她只能听任他支付了医生的出诊费和药费,购买了一些必需的食物,还补上了因为停课造成的损失。他还坚持,她生病之后需要休养,她没有别的办法,只得感激地接受了他的资助。

90

一月的一天有一个意外的惊喜。蒂尔德突然回来了,她父亲还不知道这对小夫妻已经回到欧洲。特蕾莎是通过沃尔施恩听到这个新消息的,他在电话里——她也要感谢他出钱装了电话——道歉,说因为蒂尔德突然回来,他今晚不能来接她了。他说得很匆忙,语气尴尬,几乎有点负罪感,容不得特蕾莎再提出几个问题。当她放下听筒时,她没有感觉到任何的喜悦,更多的是一丝不安和沉重。她觉得自己受到了冷遇,是背叛,双重背叛——一是蒂尔德,她从来没有给她写过信,连很少几次写给父亲的只字片语中也不再问候她了——二是沃尔施恩,对于他来说,她能感觉到——在蒂尔德回来的这个时刻,她就被降格了,就算没被当作一个干扰因素,那也是个无关痛痒的人。接下来的一整天——她的预感非常正确——他没了音讯,第三天中午他却突然自己跑来了,当然来得很不是时候,因为她没有料到他会来,刚刚战胜了一场疾病,她的身体还没有完全复原,穿着一件灰色法兰绒的居家服,头发也是匆匆忙忙整理了一下,完全不是她想在他面前展示的那种模样。不过他似乎什么都没有觉察,他心神恍惚,又很高兴,他首先向她汇报的事儿就是蒂尔德详细地打听了特蕾莎的情况,说如果特蕾莎明天,也就是星期天能够到他家去吃中午饭的话,她将会特别高兴。可是特蕾莎一点儿也高兴不起来。她一下子尴尬地觉察到了自己那种不正常的身份,她是个私生子的母亲,她经常为了不值得的事情牺牲自己,而这一切在现在这样的事实面前突然变得什么都不是了:她是蒂尔德的父亲供养着的情妇。她虽然没有说出来,可是沃尔施恩觉察到了她心里在想什么,于是试着用柔情让她相信自己的重要性。一开始她还保持着很冷淡的样子,几乎是绷着脸。慢慢地她还是意识到了这种幸福,蒂尔德又回来了,她明天就能见到她了。告别的时候她让沃尔施恩转达自己对那个可爱的小东西的问候时,她的心情已经完全好了。在某种占了上风的感觉中,她开玩笑地说:"你不用跟她说来看过我,就说你偶然遇到我好了。"可是他,穿着裘皮大衣,手里拿着拐杖和帽子,严肃而又庄严地说:"我当然已经告诉她了,我们经常见面,我们——现在成了好朋友。"

蒂尔德落落大方地朝特蕾莎走来,就好像她前一天才跟她道过别一样。这种印象因为她的模样越发明显,她几乎没怎么改变,还像个少女一样,很温柔,还跟以前一样,只是看起来有点儿苍白。她倒是觉得特蕾莎正在向好的方面变化,变年轻了,接着她随口问了问去年跟她上一个小班的几个女同学的情况。还没等特蕾莎回答完,她就向特蕾莎转达了丈夫的问候。"他没一起来吗?"特蕾莎无辜地问道,就好像她有义务,不能让别人看出自己知道得很详细。——"哦,没有,"蒂尔德回答道,"那样可不太好。"她有点儿脸红了:"人家想彻彻底底地做回年轻姑娘,好容易能"——就像打了双引号一样——"在娘家待几天。"——"怎么,只待几天吗?"——"当然了,这只是次出游,冯卡德先生,"她是这样称呼自己丈夫的,特蕾莎倒没觉得不好,"本来不想让我回来。现在,我给他搞了个既成事实①,在旅行社买了一张票,收拾好行李,有一天我对他说:今天晚上,我坐的火车八点三十分开。"——"您非常想家吗?"

---

① 这个词在原文中为法语。

蒂尔德摇了摇头:"如果我很想的话——那我也许就不会回来了。"看到特蕾莎有些惊讶的目光后,她微笑了一下,立即觉察到了:"那我就会试着去抵抗这种思念。一旦开始满足每一个思念的话,会出现什么结果呢。不,我不是特别想家。不过我现在很高兴,我又回家了。另外,趁我还没有忘记……"

她递给特蕾莎一个包装精美的小盒子,它已经事先放在长沙发上了。特蕾莎打开盒子,拿出一大盒荷兰巧克力,还有半打最精美的真丝做的绣花手帕,这时,沃尔施恩走了进来,同时进来的还有他姐姐。当姑妈拥抱蒂尔德的时候,特蕾莎和沃尔施恩先生落落大方地用充满理解的真挚目光相互问候。

没有邀请其他客人,午餐像以前一样在非常舒服的气氛中进行着。如果不是蒂尔德在讲述她旅途中和新家里各种各样的趣闻,大家简直可以相信——,她从来没有离开过。蒂尔德谈到她沿途见过的风景和城市,还有她现在住的有巨大落地玻璃窗的房子,里面有很多的鲜花,除此之外,蒂尔德说得最多的就是那些在船甲板上面对大海和天空独自度过的时光。虽然她用自己的方式赞叹着这些时光里那美好的百无聊赖,特蕾莎感觉到,这些孤独的、梦想的、遥远的时光才是蒂尔德旅途中真正的经历,给她留下了最深的印象,比其他的经历都更有意义:不管是在南美洲参观一个庄园,在傍晚的暮色中从高处眺望里约热内卢附近万家灯火的海滩,还是和同船去南美洲观看日食的那位年轻法国天文学家共舞。午餐过后不久,特蕾莎道了别,她暗暗希望蒂尔德会挽留她。可是蒂尔德并没有这样做,而且她在尽力避免为接下来的几天时间安排一个确定的约会,她只是衷心地、绝不是敷衍了事地说道:"但愿在我走之前还能再见到您,小姐。"——"但愿吧,"特蕾莎轻声地重复着,又补充道,"请代我问候——冯卡德先生。"手里拿着那盒巧克力和手帕,她告了别,慢慢地走下楼梯——一个结了婚的女学生,给她以前的女教师带了点儿礼物,因为现在的风气就是这样。

她在家度过了一个悲伤的夜晚,随后是悲伤的两天,她既没有收到沃尔施恩先生,也没有收到蒂尔德的一点儿消息,她心里冒出了一些不好的想法。

91

第三天，还是大清早，沃尔施恩先生亲自来了。他刚从火车站送完蒂尔德回来，她比原定计划提前走了，在收到一封来自她丈夫的加急电报后就突然动身了。唉，她并不像表面上显得那么独立和审慎，这个好蒂尔德。她那么着急不安地打开了电报，她额头紧皱，笑了起来，她的脸变得通红，不知道是因为生气还是喜悦，当然这很难判断。不过能肯定的一点是，她这会儿坐在开往荷兰的特快列车上，正在奔向她那缺乏耐心的丈夫的怀抱。另外她觉得非常遗憾，没能再见法比安尼小姐一面，她请父亲问候小姐。不过现在还有其他的事情，一些让人满意——让人非常高兴的事情要谈。沃尔施恩问特蕾莎能否猜到是什么事情。他像对待一个小姑娘那样托起她的下巴，吻了一下她的鼻尖，每当他心情很好的时候总是不顾特蕾莎的反对这样做。可惜特蕾莎没办法猜到这让人高兴的事；不过也许能猜到？——最后时刻的邀请？——邀请她在圣灵降临节假期去荷兰？——或者邀请她夏天到桑德福特的别墅去？不，都不对。至少今年还没有发出这样邀请的打算。那是什么呢？她从来就不善于猜谜语，他还是行行好，告诉她吧，让她也高兴一下。

蒂尔德昨天吃晚饭的时候问了他一句话，这句话跟特蕾莎想象的差不多，不过问得非常突然，说："那么，父亲，你究竟为什么不娶她呢？"——"谁啊，哪个她？"——沃尔施恩先生笑了：他问特蕾莎是否把他当成花花公子，周旋在几个女人之间下不了决心？不，蒂尔德的评论毫无疑问仅仅针对特蕾莎·法比安尼小姐。"你究竟为什么不娶她？"她就是不能理解，为什么他，沃尔施恩先生，不娶特蕾莎为妻。因为他们两人之间的关系，这个狡猾的小妇人早就看出来了，她说，从父亲写给她的信里他写下特蕾莎名字的方式中早就看出来了，她还是个笔相学家呢。"这真的是你能做的最为理智的事情了，"她又补充道，"我祝福你们。"那么，特蕾莎小姐对此有何高见呢？

特蕾莎微笑了一下，可是她的微笑绝不是因为高兴。沃尔施恩先生很惊讶,除了这个僵硬的微笑之外再也没有别的回答。特蕾莎自己甚至比他还要感到惊讶。因为在她心底翻滚的,不是喜悦,不是幸福的感觉,更多的是一种不安,即使不能说是忧虑,也是害怕,对于这样的事件在她的生活中所引起的巨大改变的害怕,她担心自己这样一个不太年轻、习惯了独立的小姐不太能适应这样的变化。或者是害怕将来要和这个男人捆在一起,他看来是喜欢她的,可是他表达爱意的方式却让她觉得无关痛痒,有时还很不舒服,大多数时候显得很可笑。或者说到底是害怕自己的婚姻受到儿子那方面的威胁所导致的不愉快,其实沃尔施恩先生还没有真正地遇上过这种不愉快呢,是啊,面对这样不愉快的遭遇他还会不会毫无保留地站在她这边吗?

"你为什么不说话?"沃尔施恩先生终于吃惊地问她。

这时特蕾莎抓住了他的手。她的动作有点急促,脸上的表情一瞬间变得高兴起来,用一种开始是怀疑,后来变成开玩笑的口气问道:"你相信我是适合你的那个女人吗?"——沃尔施恩很快平静下来,像是做出回答一样,他笨拙地靠近了她,大多数时候她都会拒绝,可是这次却半推半就由他去了,免得破坏了这个时刻的气氛,也许还不只是气氛。他希望她接下来这些天就先从减少课程开始。她可不想这样做,是啊,她甚至解释说,即使在结婚以后她也不想完全放弃自己的工作,这工作能给她带来满足感,有时甚至还能带来喜悦。——不管怎么说,接下来的几天里恰好有人请她上课,她回绝了,在另外一家她也把以前每周六课时降为三课时,沃尔施恩觉得她是在讨他的欢心。

这些天里她又收到一封弗兰茨写得简明扼要的讨钱信。他还给了一个假地址,让特蕾莎立即给他送一百古尔登去。特蕾莎不想,也不能对她的未婚夫隐瞒这个事实,更何况她现在还缺一笔钱去支付很快到期的房租呢。沃尔施恩二话没说就把这笔钱给了她,另外借着这个机会说出了一个他在心里埋藏了很久的想法:他准备买张船票让弗兰茨去美国,还不只这个——因为面对这样的一个人必须要小心谨慎——派一个信任的人拿着船票送他去汉堡,把他送到甲板上。可是,特蕾莎并不认为沃尔施恩的建议是一个适合的解决办法,她没有接受并感激地同意,而是说了很多顾虑和反对的理由,沃尔施恩先生越想用更有说服力的原因劝说她,她就越发固执地认为,她无法承受自己和儿子被分隔在大洋两岸的想法。特别是现在,眼看自己的情况在往好的方向发展,她觉得用这样的办法来对待不幸的儿子实在是太残忍了,简直就是个罪过,迟早要遭报应的。沃尔施恩不这样认为,就像在这种情况下通常都会做的那样,两人都在坚持自己的看法,争吵也越来越激烈。沃尔施恩阴沉着脸在房间里走来走去,特蕾莎终于痛哭起来。两人都觉得自己做得有些过分了,特别是特蕾莎,她认为自己在未婚夫面前的表现太不明智,好在他们俩的关系才刚刚开始,在爆发了第一次严肃的争吵之后还是以柔情的方式和解了。

几天之后,沃尔施恩要去趟小小的公差,他事先没有提起过这件事,于是特蕾莎认定这次短暂的离别也许是在为彻底的分手做准备。他留给她的一笔钱数目比往常多,这几乎加重了她的担心。不过她觉察到,这次短短的分别让她感觉很舒服,于是她推想,就算是真的分手她也不会承受不了。

他提前回来了,比她预期得要早。他在她面前表现得特别矜持,让她又开始胡思乱想,不过他没有隐瞒她太久,就跟她说了:他用自己的力量解决了她儿子的事情。他打听到,弗兰茨——他使用的假地址也证明了这一点——正在州立监狱服刑,刑期几个月——想必她应该知道,这恐怕不是他第一次坐牢。不,她什么都不知道。那么,现在特蕾莎是怎么想的?她希望,他们俩希望一辈子都生活在这样的压力下吗?难道还看不出来,这个家伙会往什么方向发展,他还会干出什么好事来吗?如果让他继续待在这个城市,或者在这个国家胡混下去,他会让他们俩陷入怎么样的尴尬境地呢?他自己,沃尔施恩,想借助一位能干的刑法官员的帮助一劳永逸地解决这件事情,这位官员在他目前的追查中一直都很支持他。也许他可以这样安排,让弗兰茨在州立监狱的门口直接启程去汉堡和美国。

她静静地听着,没有表示反对,但是每一秒钟她都能感觉到内心更加锥心的、更加痛苦的煎熬,没有人能理解这种痛苦,沃尔施恩先生理解得最少,因为就连她自己都感到无法理解。"他什么时候能放出来?"她只问了这么一句。——"他还得再坐六个星期的牢,我想。"沃尔施恩回答说。——她沉默不语,可是她下定了决心,要到州立监狱去探望弗兰茨,在永远跟他告别之前再拥抱他一次。

可是她却一再地迟疑,并没有去探监。虽然永远都不能再见到弗兰茨的想法让她非常痛苦,但是她却一丝一毫都没有感觉到对他的思念,更多的是对这种见面方式的害怕。她和沃尔施恩之间暂时没有再说起这件事,可是关于婚期的确定也再没有提起过。不过无论如何,两人之间的交往开始显得有些正式起来。以前他带她去的都是一些普通的餐馆,他们现在都是在一些精致得多的市内有名的饭店吃晚饭。有时他一整夜都待在她家,在上面吃早餐,终于他邀请她星期天中午到自己家吃饭。可是恰恰这次见面毫无乐趣,两人都非常拘束。其实两人的关系好得和订过婚差不多,可是在上菜的女仆面前,沃尔施恩却用"您"来跟她说话。后来他姐姐突然来了,看来事先他并不知道,他对特蕾莎的态度绝对不像未婚夫,在她看来,他过于小心,几乎是毫无品味。

92

就连晚上的艺术欣赏活动,他也不再勉强自己,而是由着自己的喜好来安排了。一天晚上,他们一起去近郊小城的一家杂耍戏院看演出,是那种演给穷人看的最差劲的低级娱乐场,节目就像那种模仿的讽刺滑稽剧。一位女歌手上场了,将近五十岁的样子,妆化得很可笑,穿着短短的芭蕾舞裙,用很破的嗓音唱着一首小曲儿,赞美了一位可爱的少尉,在每段歌词的末尾,她都要敬个军礼。这可真是一部充斥着小丑的作品,演出时用那种在玩具店里买给小孩子们玩的魔术箱子就完全可以对付。一位不太年轻的先生戴着礼帽,牵着两条训练过的长卷毛小狗上场表演;还有来自蒂罗尔山区的四人合唱团,成员中有一个壮硕的男子,留着安德里亚斯·霍夫式的小胡子;一个很不自然的瘦削的白发老翁,长着恶狠狠的眼睛;还有两个肥胖、苍白的农村姑娘,穿着十字绑带鞋。他们唱了一首舞曲,还用假声反复唱着。一个叫"三个温莎"的杂技小组是这样表演的:一个穿着脏乎乎的粉色紧身衣的胖男人,两边胳膊上分别吊着一个十岁左右的孩子往高处举,一边绕场一周,因为掌声稀稀落落,他们又走上前来,向观众献上飞吻。特蕾莎越来越觉得悲哀,可是看起来这场演出倒是非常符合沃尔施恩先生的口味。特蕾莎注意到,这种低级娱乐场居然也有自己的小乐队,由一架钢琴、一把小提琴、一把大提琴和一根黑管组成。在钢琴的盖子上放着一杯啤酒,不过似乎并不是专门给弹钢琴的人喝的。不时有其他的乐手伸手来拿,喝上一口。刚才有一道可笑的纸幕布抖抖索索地垂了下来,或者是折了下来,上面画着一位缪斯女神,穿着蓝色的长袍,腰间系了一条紫红色的腰带,手上抱着一把里拉琴,还有一个在偷听的小牧童,穿着凉鞋和红色的游泳短裤。——特蕾莎的目光追随着钢琴上被人拿走的啤酒杯。她的目光落在抓着玻璃杯的那只手上,那是一只瘦削的、长着汗毛的手,从一个没有硬袖口的、绿白相间的长袖衬衣袖口里伸出来,那是拉大提琴的人的手,别的乐手们在继续奏乐,他却要偷会儿懒。他把杯子放在唇边,喝了一口,灰色的小胡子上还粘着一点儿啤酒泡沫。他从椅子上稍微站起来一点儿,好把玻璃杯子重新放到钢琴盖上去,他一边拿起琴弓,一边弯腰凑到黑管手的耳边,借机小声说了点什么。那位黑管手没有搭理他,继续吹着曲子,而这时那位大提琴手却毫无意义地把头摇来摇去,舔着小胡子上的啤酒泡沫。他的额头高得很不自然,深色的、已经花白的短发像刷子一样高高地竖着,当他开始跟其他人一起奏乐的时候,还把一只眼睛眯了一下。那乐器破破烂烂的,另外他很明显是拉错了,钢琴手很不满地瞥了他一眼。幕布拉了起来,一个黑人穿着油乎乎的燕尾服,戴着一顶灰色的礼帽出场了,观众们乱哄哄地欢迎他。那位大提琴手举起琴弓向那个黑人问好,可黑人根本就没看见,只有特蕾莎注意到了他的动作。现在她毫无疑问:在这个低级娱乐场演奏大提琴的人就是卡斯米尔·陀庇什。她和沃尔施恩的座位离舞台前沿很近,沃尔施恩刚刚把她的葡萄酒杯斟满,她把杯子端到唇边,眼睛却一直呆呆地望着卡斯米尔,直到逼得他也向这边望过来为止。他观察着她,然后是她的男伴,之后又看了看坐在观众席上的其他人,他的目光再次落到她身上,接着又看着别处去了。很明显,他并没有认出她来。演出在继续进行,一个油滑的搽白脸的男丑角,一个胸部有病的搽白脸的女丑角,还有一个喝醉的小丑正在用可疑的幽默演着一出哑剧。特蕾莎不停地笑着，有那么一瞬间，她忘记了在那边的乐队里，卡斯米尔·陀庇什正在演奏，忘记了那是她儿子的父亲，忘记了这个儿子是个正在坐牢的小偷和皮条客，也忘记了沃尔施恩先生，他就坐在她身边，用白色的烟嘴舒服地吸着雪茄。当那个小丑想去拥抱那个女丑角时却摔倒在地时，她跟着他一起放声大笑。

可是几个小时之后，在她的床上，躺在打着呼噜的沃尔施恩旁边，她却无眠地躺着，静静地哭着，心一直在疼。

93

有一天上午，特蕾莎正在上课，卡尔突然到她家来了。他的表情，还有他走进来时的样子让她预感到不是什么好事。她问他是否可以耐心等待一刻钟，到下课时再说，他却粗暴地请求她让"年轻的女士们"——就连说到这个词也是怒气冲冲地——提前离开。他要跟她说的事情容不得半点推迟。特蕾莎没有办法，只得照他的话去做。当小姑娘们从他身边经过走出房间时，他的眼睛看着别的地方，免得还要跟她们打招呼。屋里刚剩下他和妹妹两个人，他就开门见山地说道："你的儿子，那个无赖，竟然胆敢如此放肆无礼，从州立监狱给我送来了这封信。"他把信递给了特蕾莎。

她读了起来："尊敬的舅舅先生。几天之后我就要离开这个我被无辜关押的条件恶劣的监狱了，我想在远离故乡的地方开始新生活，希望尊敬的前辈能顾及我们的近亲关系给我提供二百个古尔登的奥地利货币，希望从明天开始我就能收到这笔钱。我无比尊敬您，尊敬的舅舅先生，您的——"

特蕾莎放下信，耸了耸肩。

"那么，"卡尔大喊道，"你能不能说说你的看法呢。"

特蕾莎平静地答道："我跟这封信没有丝毫的关系，我也不知道，你想让我做什么。"

"太好了。你儿子从州立监狱给我写来了一封敲诈信——对，就是敲诈信。"他从她手里一把抢过那封信，指着那些地方："顾及我们的近亲关系,"——"希望从明天开始我就能收到这笔钱。"——"这个无赖知道,我在公共机关供职。他肯定还会找别人,哀求他们,吹嘘说是我的外甥,是议员法博的外甥。"

"我从信里没有看出这种打算,不过他倒的确是你的外甥。"

特蕾莎这种拒绝和嘲讽的语气彻底激怒了卡尔。"你竟敢护着这个东西?你以为我不知道他几次三番给我们送信要钱吗?好心的玛丽,总是那么蠢,还想瞒着我。你们以为能在我面前隐瞒什么吗?你也许以为我不知道你靠什么过活呢,在你所谓的职业的掩护下?是啊,尽管用你的大牛眼睛看着我好了。你以为能骗得了我吗?我从来就没有上过你的当。你就在这粪堆上等死吧,就跟你那宝贝儿子一样。你也没有什么两样。以前给过你一条出路,还有那个蠢驴差点想娶你——不,宁愿自由自在地生活,像换衬衣一样换情人,这样更舒服,更好玩。你和那些姑娘们,你跟她们在搞什么鬼?上课——?哈哈!恐怕是给那些闪米特人里的放荡男人们培养的吧?"

"滚出去!"特蕾莎说。她没有抬起胳膊,也没有伸出手指,她只是用几乎听不到的声音说道:"滚出去!"

卡尔却毫不动摇。他继续毫无顾忌地说着,想到什么就脱口而出。是啊,像特蕾莎年轻时候干的那些破事儿,他说,她现在还在继续——到了这个年纪,别的女人早就慢慢恢复理智了,哪怕是因为害怕成为笑柄。她是不是以为能瞒过他啊?还是个年轻姑娘的时候,她就跟他的朋友和同学搅在一起,然后就是跟那个无赖少尉的故事,——到底是跟谁怀上了这个不干净的儿子,这个不停给她惹是生非的儿子,恐怕连她自己都很难确定吧。她后来还当上了"家庭教师"和"小孩子的保护人",这些谣言有时也会传到他的耳朵里。还有现在——他也听说了——她又和一个挺大岁数的有钱犹太人四处鬼混,她还想通过这个人留住自己那些所谓的女学生。

就在这时,沃尔施恩先生走进门来。尽管从他脸上看不出来,他是否听到或者真的理解了最后那几句话,不过他还是震惊地看看卡尔,再看看特蕾莎。卡尔认为到了他该离开的时候了。"我不想继续打扰了,"他说。他冲着沃尔施恩很快地,几乎是愤怒地鞠了一躬后就打算离开房间。特蕾莎却说:"等一下,卡尔。"把他留住了。她非常平静地做了介绍。"卡尔·法博博士,我哥哥;沃尔施恩先生,我的未婚夫。"卡尔微微地撇了一下嘴。"非常荣幸。"他又重复了一句:"那我就更不应该再打扰你们了。"——"对不起,"沃尔施恩先生说,"我倒是觉得,好像我是那个打扰的人。"——"绝对不是。"特蕾莎说。——"当然不是,"卡尔也说道,"小小的意见分歧,每个家庭里都不可避免。不是什么坏事,"他又补充道,"祝你们幸福。我很荣幸,沃尔施恩先生。"

他刚走出门去,特蕾莎就转过身来对着沃尔施恩。"对不起,我没有其他办法。"——"你没有其他办法是什么意思?"——"我是说,我介绍你的时候说你是我未婚夫,你不需要承担任何的义务。你在做决定的时候仍然像以前一样是完全自由的。"——"哦,你是这个意思啊。可是我并不想像你说的那样自由,"他用粗暴的柔情把她拉到自己身边,"现在我想知道,你那位哥哥大人到底想让你干什么。"

她很高兴,他没有听到之前的谈话内容,于是就把她认为能讲的部分说给他听。告别的时候两人已经商定,将在圣灵降临节那个星期日举行婚礼,在此之前无论如何都要让弗兰茨启程去美国。

94

离圣灵降临节还有很长一段时间,几乎有三个月。沃尔施恩先生之所以将婚礼推后这么久,是因为他在此之前还要做两次商务旅行,一次是去波兰,另一次是去蒂罗尔,而且房子也要做一些建筑上的改动。另外还有很多事情要和律师协商,因为有一些遗产方面的决定——"我们都会死的。"沃尔施恩是这样解释的——最好在结婚之前就做好。特蕾莎对于推迟婚期也没有什么好反对的。她也感到高兴,不用一下子取消所有的课程,上课还能让她分散一下注意力,本来这些课程现在对她而言也并不意味着全是责任。

沃尔施恩不在家的那些日子里,二月有一个星期,三月还有一个星期,她不用担心早上他会突然造访,所以对她来说也是种休息。尽

329

管如此,她还是有点儿想他。在过去这几个月的时间里,她已经习惯了这样一种婚姻生活,她也不能否认,这种生活在她身上产生了积极的影响。无论是从内在,还是外在的迹象上,她都能感觉到,她的生活,她作为女性的生活还远远没有走到终点。让她心情愉快的原因还有她现在能够穿得比以往任何时候都好,她高兴地盼望着,像他许诺的那样,还要再添置一些必要的衣服。

沃尔施恩第二次旅行回来之后不久就是复活节假期,他们是在维也纳附近一个舒适的小旅店里度过的。那时天还挺冷,不过树木已经发芽了,最早返青的灌木已经开花。晚上他们就一起待在舒服的房间里,两人都感觉他们真的是一对情侣。所以当他们回来以后,她独自在家度过几个小时,有时会想到,在一个共同的家里,她一定会让婚后的沃尔施恩感到非常幸福的。比这一切更动人的是蒂尔德写来的一张卡片,沃尔施恩曾让她看过:"向你和特蕾莎致以千百个复活节的问候!"——是啊,就是这么写的,就写着:特蕾莎。

她一直没能下定决心去探监。她还是无法克服对这次重逢的恐惧,也许这次告别之后将是永远不能见面。沃尔施恩在这段时间里一个字都没有提起过弗兰茨,特蕾莎心想,等一切都解决了之后他才会让她知道。在那次复活节郊游之后,他果真告诉她说已经把自己的律师派到监狱里去找过弗兰茨了,弗兰茨目前还暂时不能接受去美国的计划,他说自己又没有被判决流放。尽管如此,沃尔施恩坚信弗兰茨会改变主意,因为如果弗兰茨能写下书面保证,那么到美国之后他还会拿到数目更大的一笔钱。

95

几天之后,特蕾莎正在等着沃尔施恩先生,说好了他上午十点开车来接她,然后就像前几次一样去购物。这是一个温暖的春日,窗户开着,飘来近处森林的香气。沃尔施恩一向都很准时,可离约定的时间已经过去半个小时了他还没来,特蕾莎有些惊讶。她站在窗前等待着,穿着大衣,又是半个小时过去了,她开始不安起来,决定打个电话。没有人接。过了一会儿她又打了一遍。那边是个不认识的声音:"是谁呀?"——"我只是想问问,沃尔施恩先生是否已经从家里出来了。"——"您是哪位?"——"特蕾莎·法比安尼。"——"哦,小姐——可惜——可惜——"这时她才听出对方的声音,是会计——"沃尔施恩先生——是……沃尔施恩突然去世了。"——"什么,什么……?"——"今天早上发现他死在床上了。"——"天啊!"——鸣音——她放下听筒,跑下楼梯。

她没有想到去乘坐有轨电车,或者是叫辆车;她机械地跑着,就像身在一个沉闷的梦中。她没有真正地感到震惊,一开始甚至并不着急,然后当然是越来越快地跑进了齐格勒巷。

前面就是那座楼。看不出任何的变化。门前停着一辆车,像平常一样。她急急忙忙地跑上楼梯,门关着。特蕾莎不得不按了门铃。女仆开了门。"您好,小姐。"听起来就和平时一样。有那么一刻特蕾莎心想,这不是真的,可能是她听错了或者有人跟她开了一个卑鄙的玩笑。她又问了一遍,心里有个奇怪的想法,就好像这个问题还能改变什么:"沃尔施恩先生——"

但是她没有说下去。"小姐不知道吗?"——这会儿她飞快地点了点头,做了一个毫无意义的拒绝的手势。她没有再问什么,而是打开了通往会客室的门。桌子旁边坐着会计和两位她不认识的先生,有一位正在告别。两位女士坐在壁炉旁边,其中一个是去世的人的姐姐。特蕾莎向她走去:"是真的吗?"姐姐点了点头,把手伸给她。特蕾莎无助地沉默着。通向隔壁房间的门开着,特蕾莎向那里走去,她感觉到身后人们在看着她。餐厅空荡荡的。下一个房间是个小小的吸烟室,两位先生站在窗前,有一搭没一搭地说着话,声音很低。通到下一个房间的门也开着。这里就是沃尔施恩的床。能看出一个人身体的轮廓,上面盖着一块白色的亚麻布。他就躺在那里,死了,那么孤独,只有死人才会这样。特蕾莎感觉到的只有害怕和陌生,一直都没有痛苦。她想跪下去,可是不知什么阻止了她这样去做。为什么没人管她呢?姐姐应该跟着她的。遗嘱已经宣布了吗?她现在想到了!当然这不是毫无意义的,在这个时刻她知道这一点,可是其他的事情要重要得多。他死了,未婚夫、情人、她那么感激的好人、蒂尔德的父亲。唉,蒂尔德现在也必须回来了。已经有人给她拍过电报了吗？肯定是的。在这块布的下面就是他的脸。为什么还没点蜡烛？昨天这个时候，她和他正在"海伦胡特"，他们订了床单。旁边的人窃窃私语地在说什么呢？那个长着黑色小胡子的陌生人应该就是那位律师吧。这些人知不知道她究竟是谁啊？那么，姐姐总该是知道的。对待自己弟弟的爱人，她本来应该更亲切一些吧。如果我已经是他的妻子的话，所有人的表现就不会是这个样子，这一点是肯定的。我得再到他姐姐那里去，她想。我们两个是最悲伤的人，我和蒂尔德。在离开房间之前，她在胸前画了一个十字。她是不是应该看一眼死人的脸呢？可是她一点儿也不希望再看到他的脸——那张有点儿肥胖的、闪着油光的脸。她害怕这样做。是的，他是有点儿胖，也许就是因为这个——可是他还不到五十岁呢。她现在还没结婚就成了他的遗孀。

在会客厅的桌子上摆着糕点、葡萄酒和杯子。"您不想来点什么吗，法比安尼小姐？"姐姐问道。——"谢谢。"特蕾莎说。她什么都没吃，不过却和女士们坐在了一起。姐姐做了介绍。特蕾莎没有听懂那位女士的姓名。现在轮到介绍她了："法比安尼小姐，蒂尔德多年的女教师。"那位女士向特蕾莎伸出了手。"这可怜的孩子。"女士说道。姐姐点了点头。"现在她应该已经收到电报了。"——"她住在阿姆斯特丹还是海牙？"那位陌生的女士问道。——"在阿姆斯特丹。"姐姐答道。——"您去过荷兰吗？"——"没有，从没去过。这个夏天我准备要去——和我那可怜的弟弟一起。"——短暂的沉默。——"他从来没有真正地生过病。"那位陌生女士说。——"有时心脏会有一点儿痛。"姐姐答道，然后她又转向特蕾莎："您真的不想来点什么吗，法比安尼小姐？来点儿葡萄酒？"——特蕾莎喝了一口。一位不算年轻的先生走了进来，穿着灰色的夏装西服。脸上是震惊的表情，圆圆的悲伤的眼睛，进了房间后眼睛还是木然不动，直接走向姐姐，握住了她的手，两次，三次。"真是太可怕了，这么意外。"——姐姐叹息着。现在他又握住了特蕾莎的手，才发现根本不认识她。姐姐做了介绍。那位先生的名字特蕾莎又没听懂。然后："法比安尼小姐，我侄女蒂尔德多年的女教师。"

"可怜的孩子。"那位先生说道。特蕾莎告了别，人们也没有挽留她。

96

　　沃尔施恩在自己的遗嘱中写过葬礼从简。所有遗产的继承人是蒂尔德。遗赠物全部用于公益事业，给离异的妻子留下了足够多的财产，工厂里多年的雇员没有被忘记，所有的仆从也没有空手而归，一位钢琴教师，两位蒂尔德以前的女教师和特蕾莎·法比安尼小姐——最后一位是去年夏天的一份遗嘱附言新加上去的——每人将继承一千个古尔登。在一个特别遗嘱中是这样安排的，遗嘱公开之后立即通知遗赠物的受益人，将他那一部分全部支付出去。

　　律师把特蕾莎叫去，要把她该得到的那部分钱当面给她。她认出律师就是沃尔施恩死的那天，她在他家里遇到的那位先生。看起来他是个知情人，他遗憾地对法比安尼小姐说，可惜沃尔施恩先生去世得太早了。律师没有隐瞒，沃尔施恩在去世前不久曾经跟他说过，要对遗嘱进行重大的改动，却因为不好的习惯一直往后拖延，直到已经于事无补。

　　特蕾莎并没有感到失望。她现在才意识到，自己从来都没有认真地渴望过成为特蕾莎·沃尔施恩，她从来都不相信过自己也能过上平静的、无忧无虑的生活，而自己居然能当上蒂尔德·冯卡德夫人的继母。

　　第二天早晨，她和其他的亲戚和熟人一起站在沃尔施恩的墓前，像每个人一样，她也抓了一把土撒在棺材上。蒂尔德也在场，两个女人的目光在坟墓上方交换了一下，在蒂尔德的眼睛里闪动着许多温暖和理解，特蕾莎心里升起一丝不确定的希望和对于幸福的预感。蒂尔德穿着一身黑，挽着他那位个子很高的丈夫，跟他靠得很近，特蕾莎从来没有想到过蒂尔德也会这么近地贴在某个人的身边——仪式结束后，特蕾莎看着他们就这么挽着胳膊跨出了墓园的大门消失了。第二天下午，按照蒂尔德的愿望，特蕾莎应该到齐格勒巷去看望她，可是她实在没有力量再去那里了。等到第三天早上她登门拜访时，去世人的女儿已经跟丈夫启程离开了。

97

现在又剩下她孤身一人了,她还从来没有这样孤单过。她从来没有爱过沃尔施恩。不过,在某些夜晚,她还是觉得痛苦不堪,这扇门永远不会再打开了,外面的门铃响也永远不会是在通报他的到来。

可是有一次晚上很晚的时候门铃却响了。沃尔施恩永远地消失了这个观念在她心里还没有根深蒂固,所以有那么几分之一秒的时间她想到:——是他!这么晚了他还来干吗?——当然了,还没等站起身来她就反应过来,外面可能是任何人,但绝不会是他。

门外站着的是弗兰茨。他已经重获自由了?在灯光昏暗的楼梯间里,帽子低低地压在前额上,双唇之间叼着一个香烟头,瘦削苍白,目光闪烁却又低垂,他看起来并不危险,而是让人同情。特蕾莎什么都没有感觉到,既没有同情也没有害怕。不过她心里感到了一种满足,甚至是小小的喜悦,总算是来了一个人,可以把她从那可怕的孤独重压下解放出来一会儿。她温和地说:"晚上好,弗兰茨。"

他抬起头来,对她那种温和的、几乎是充满爱意的问候好像感到十分惊讶。

"晚上好,母亲。"——她把手伸给他,在把他领进来的时候甚至还拉了一会儿他的手。她开了灯。

"坐下吧。"他还是站着。"你已经自由了吗?"她说话的时候刻意没有强调那个词,就像是在问:你旅行回来了?

"是的,"他说,"从昨天开始。因为表现听话给我减了一个星期。你看,母亲。你不用害怕。我也已经有住处了。不过其他什么都没有。"他短促地笑了一下。

特蕾莎没有搭话,铺好了桌子,端上她家里还有的吃食,还给他斟上葡萄酒。

他津津有味地吃了起来。因为看到桌子上居然还有一块熏三文鱼,他说道:"你过得不错,母亲。"他的声音里一下子有了一种要挟,甚至是威胁的语气。

她说:"根本不像你想的那么好。"

他笑了起来。"唉,我又不会拿走你的东西,母亲。"

"你也找不到多少可拿的东西了。"

"唉,感谢上帝,——很快就会再送来的。"

"我可不知道,从哪儿送来。"

弗兰茨恶狠狠地瞪着她。"我可不是因为入室抢劫坐的牢。要是有人把钱包忘在那里,也怪不得我。我的律师也说了,他们顶多会因为失物瞒报判我的刑。"

她不想再说下去了。"我什么都没有问你,弗兰茨。"

他继续吃着,然后突然说:"不过美国的事想都别想。我在这里也能活下去。后天我就上班了。是的。感谢上帝,好在还有朋友,他们绝对不会坐视不管的,就算是人家曾经坐过牢。"

特蕾莎耸了耸肩。"为什么一个健康的年轻人会找不到工作呢?我只是希望,这一次能干得长久一些。"

"要我说的话,有些工作本来能干长的。可是那些人以为,我什么都得听他们的。我可不是这样的人。我不会听任何人的。你明白吗,母亲?要是我想去美国的话,我会自己去的。我可不想让人押着我去。我可以告诉你的——你就跟那位先生这么说好了。"

特蕾莎仍然很平静。"他也是出于好意,"她说——"你可以相信我。"

"什么好意?"他粗鲁地问道。

"去美国的主意。另外你不用担心,这种事不会发生了。那位先生——我的未婚夫——三个星期以前死了。"

他盯着她,一开始还不相信,好像是在揣测,她是否为了避免新的敲诈而说了谎话。可是从她那苍白的额头和忧伤的表情里就连他也能看出,这不是借口,不是谎话。他继续吃着,什么也没说,然后他点燃了一支香烟。现在才说道——虽然听起来很冷淡和无所谓,可能心里也是这么想的,可是特蕾莎从他的语气里第一次听到了类似同情的东西:"你也不走运,母亲。"

然后他解释说,自己太累,没法回到那个偏远的住处去了;然后就像以前一样,四肢伸展地倒在长沙发上,过了一会儿就睡着了。第二天,特蕾莎还没醒,他就已经走了。

不过还没到中午,他就又回来了,拎着一口脏乎乎的纸板做的皮箱,他说要在母亲这里住三天,直到他能去干那个新的工作为止,关于工作的性质他丝毫没有透露。无论如何特蕾莎都要求他在上课时间不要待在家里。可是她却没有办法阻止某个男友和女友——有时还是三四个人,这些人她都没当面见过——在他这里过夜,直到半夜还在喝酒说笑。她家里还有的那些食品全都拿出来招待这些客人了。第四天早晨,他等着她醒来之后,向她解释说,他不想再这样拖累她了,向她要钱。她把家里的现金都给了他,幸亏她出于小心,把现金的大部分都存在了一家银行里。她还算幸运,因为弗兰茨在走之前,肆无忌惮地把柜子和抽屉翻了个底朝天。接下来的四个星期,他就又失去了踪影。

98

日子一天天地过去,圣灵降临节星期日到了,是本来应该举行婚礼的日子。她利用这天的时间去给沃尔施恩扫墓。在他的墓前那些已经枯萎了的、既没有名字也没有绶带的花环旁边摆放着特蕾莎送的一个小小的三色堇花束。她在那里站了很长时间,头上是晴朗、蔚蓝的天空。她没有祷告,也几乎没有思考,是啊,没有真的感到悲伤。她儿子的那句话,唯一一句让她听到了他心声的那句话又回响在她的耳边:"你也不走运,母亲。"但是在她的回忆里,这句话不只是指,不单单是指她未婚夫之死,而更多的是说她整个的人生。真的,她来到这个世界,不是为了得到幸福。作为已婚的沃尔施恩夫人,以及拥有别样的生活都一样不会幸福。有人死了,那只是某个人消失了或者是隐身而去的一百种方式当中的一种。对于她来说,很多人都已经死了,不论他们是生是死。父亲死了,早就已经腐烂了;理查德是所有她爱过的男人当中离她心灵最近的一个;还有母亲,特蕾莎在沃尔施恩去世的几天前曾去通知过母亲她的婚期,可是母亲根本就没当回事儿,而是不停地强调她想赠给维也纳的"文学遗作";还有哥哥,自从上次意外来访之后就再也没了音讯;还有以前曾经是她情人和朋友的阿尔弗雷德;还有她那个不肖子,一个皮条客加小偷;还有蒂尔德,她在荷兰那高大明亮的落地窗后面做着梦,早就不再想自己的老师了;还有那么多的孩子,有男孩儿,有女孩儿,她曾是他们的老师,有时几乎是母亲;她曾经委身的那些男人,——所有这些人都死了。看起来,这位沃尔施恩先生想给自己做点好事,他就这样无法挽回地长眠在了这个土包下面,就好像他认为自己还是死了更加正确,比其他那些人强。唉,不,她的眼泪不是专门为他而流,她现在哭出来的那些泪水是为了很多其他的人,——首先她可能还是为了自己而哭。也许这不是痛苦的泪水,而只是疲惫的泪水。因为她累了,从来没有这么累过,有些时候除了感到累之外什么别的感觉都没有。每天晚上她都重重地倒在床上,她想,自己说不定哪一次会因为疲惫而一睡不起,就此化作虚无。

但是命运不会这么容易就让她死去。她继续活着,操心着。她又给了弗兰茨两次钱。第一次是他大白天拎着那口小箱子自己回来的,当时女学生们还在她那里。他最近曾经说过要租她的房间住。她拒绝了他,连门都没让他进,可是为了避免发生更加糟糕的事情,她也没有别的办法,只得把家里还有的现金全都给了他。第二次他本人没有来,而是他的两个朋友。他们看起来跟他很像,说着些乱七八糟吹牛的大话,说什么同伴们的生命和荣誉就全靠这一次了,直到特蕾莎拿出她手头还有的一切,他们才肯离开。

可是现在又到了夏天,所有的课都停了,节省出来的最后那些古尔登也花光了,她只得变卖了自己那点儿微不足道的首饰——一个窄窄的金手镯,一个镶着半宝石的戒指——都是沃尔施恩送给她的。卖得的钱够她支撑到秋天,八月份她还轻率地或者说大胆地到乡下去住了几天,就是她和沃尔施恩圣诞节去过的那个地方,不过这次她住的是一个朴素得多的旅店。

在这些天里,有一刻她从疲惫感和浑浑噩噩中清醒过来,决定要尽可能地给自己的生活带来一些安全感和意义。首先她下定决心,对弗兰茨以后的敲诈企图要无所顾忌地加以拒绝,是的,如果有必要的话,要寻求警察的保护。那又怎么样?所有的人都知道,她有一个不成器的儿子,还坐过牢,如果她最终任由他随自己的命运而去,也没有人会责怪她。后来她又想,可以去找找以前的那些女学生们,她们中的好多人都已经结了婚，可以让她们想起自己，好给她推荐一些工作。她一直挣扎着活到现在，她以后也能挺过去。在乡下待的这短短几天的时间，新鲜的空气、那种寂静、避开了那些尴尬和痛苦的激动——对她的心情产生了良好的作用。她并不像前几个月害怕的那样不中用，而作为女性她始终还算有魅力，这一点她从自己遇到的那些男人的眼神里就能看出来。有一位年轻的游客，每天傍晚从山上散步回来后都要在客厅里吸烟斗，他那欣赏的目光总是落在特蕾莎身上，如果再多给他一些鼓励的话，她就能再经历一次"艳遇"。不过，知道有这种可能性就让她感到彻底满足了。这对她来说有失体面，几乎需要特别的勇气，简直就是一个命运的挑战，通过卖弄风情的技巧去勾引一个年轻男子，唤起他的希望，而她并没有真的想去满足这些希望。

一天早晨，她从窗户里看到一辆马车正缓缓地离开，他就坐在车里，脚边放着背包，就像他意识到了她在看着自己，他突然转过身来对着她，用夸张的手势拿起装饰着一撮雄羚羊毛的帽子，她也挥手向他致意。他轻轻地耸了耸肩，带着点儿遗憾，就好像在说："现在可惜太晚了。"——就走了。有一刻她感到有点儿心痛。离开的会不会是一个幸福，也许是最后的幸福？胡闹，她自言自语，不禁因为这种多愁善感的想法而感到害羞。

就在这天晚上，她回到了维也纳，这是她早就计划好的。

99

主要是因为害怕弗兰茨，她走的时候并没有留下口信说自己要去哪里。所以她回到家里才发现一张写着她母亲去世消息的讣告，差不多晚了八天，上面除了她哥哥和嫂子以外也有她的签名。她更多的是被吓了一跳，而不是激动。第二天早上，她估计这个时间卡尔不在家，于是就去了，她嫂子很冷淡地接待了她。法博夫人责怪找不到她的人，更何况去世的人在最后那个小时里非要见到自己的女儿不可。可惜迫于当时的情况，尽管她不在场，他们也只得处理了所有的东西。遗嘱在公证员那里，特蕾莎随时可以去看，不过遗嘱里几乎只有关于文学遗作的规定,没想到她的遗作多得出奇,可是行政区域维也纳作为真正的受益人不知该如何开始处置它们,目前还没有把那些书取走。几乎没有留下现金,另外,还有几个债权人,住在附近的一些小商贩来过,为了尽快还上欠下的债务,只得把去世的人那可怜的一些财产卖掉。要是万一还能剩下点儿钱的话,他们会通过公证员通知特蕾莎的。特蕾莎注意到,嫂子的目光老是往门的方向撇去。她明白过来,这个妻子是担心自己的丈夫会出现在他们面前,于是她说:"我还是现在走比较好。"她嫂子松了一口气。"只要我一有时间就会去你那里,"她说,"不过现在还是不要碰上卡尔比较明智,你了解他的。他甚至连葬礼都没有参加,因为担心你可能也会去。"——"可是讣告上怎么会有我呢?"——"那个讣告,你想想吧,是事先已经准备好的,母亲在她死前已经写好了。下一次我会把所有的事情详细告诉你的。"她几乎是把特蕾莎推到了门外。

经过了这么长时间之后,特蕾莎在回家的路上再一次走进了一座教堂。她感觉到,好像是为了纪念母亲必须这样做一样,其实母亲自己从来没有养成过什么宗教习惯。就像在逝去的岁月里经常发生的那样,她再一次感觉到,在这散发着乳香的高大空间里,在昏暗之中,有一种奇妙的宁静降临在她身上,跟她在森林的寂静里,或是山区的草地上,以及在其他那些独自一人的时候幸福地感受到的那种宁静不同,这是另外一种更深沉的宁静。当她不由自主双手合十在一张椅子上坐下来时,在昏暗中不仅出现了她最后一次见到的母亲的形象,还有其他死去的人也都现了身,他们在她的生命里都有过一些意义,可是他们的样子又不像是死人,而更像是进入天国后复活的人,沃尔施恩也在里面,让她第一次觉得自己眼前不再是那个突然死去的人,一个已经腐烂的人,而是一个从天空里微笑着,原谅地俯视着自己的人。现在她觉得活着的人反而显得那么遥远、那么不洁,几乎是该诅咒的。不只是那些带给她痛苦的人,比如她的哥哥、她的儿子、那个可怜的卡斯米尔·陀庇什,这些人在活着的时候就被人想象成该诅咒的人;还有那些没有对她做过坏事的人也是如此;连蒂尔德这样的人也让她觉得比那些死人还要遥远,已经消失。所有这些活着的人都让她觉得陌生,让她抱怨,是的,真是该诅咒。

100

秋天是开学的日子。去年那些女学生里只有几个人来报了名，不过特蕾莎觉得自己真是幸运，她找到了一份下午的工作，去近郊小城一位商店店主家里给他的两个女儿上课，陪她们散步。这位父亲自己的教育程度平平，经济状况也不富裕，可是他却非常重视对女儿的教育，当孩子们的母亲也要在店里帮忙的时候，他一定要让自己的孩子有一位家庭教师陪着。那两个姑娘都很有礼貌，不过脑子不算聪明。在晴朗的秋日午后，特蕾莎陪着她们在附近一处很寒酸的花园里散步，倒不是有发自内心的这种要求，而仅仅是出于习惯或者责任感，她有时会尝试着跟她们聊聊天，可总是白费劲儿。一种疲惫感笼罩着她，她以前也曾有过这种感觉，但是不像现在这么沉重、这么压抑地压在她的身上，有时甚至接近于一种沉闷的绝望，乡下短暂的假期在她身上良好的影响已经飞快地消失了。

有一天晚上，弗兰茨突然出现了，倒不像以前那么不服管教和放肆，而是有一点儿怯懦和安静，这时她没有力量像以前自己决定的那样，拒绝他住在这里的请求。开始那几天他的确很少打扰她。他多数时间都在外面，也没有人来看他，他表现得仍然那样沉默和压抑，以至于特蕾莎几乎想要问问他到底是哪儿不舒服。第三天晚上他回来的时候，她已经上床了。他非常着急，说自己终于找到了一个住处，但是今天晚上就必须搬进去住，而且必须要交纳十个古尔登，她必须马上给他这笔钱。特蕾莎拒绝了，她解释说她根本就没有钱，这也是实情，弗兰茨却不相信她的话，——他做出一副表情，就好像他立即要在屋里到处查看一番。因为他显得越来越急躁，特蕾莎觉得最聪明的做法还是打开衣柜，在他眼前把自己藏在两件内衣中间的几个古尔登掏了出来。他还怀疑这是不是她藏起来的所有的钱。她向他发誓，说她把最后的钱都给了他，他没有继续翻找，而是突然之间就急急忙忙地离开了，这时她才长出了一口气。

第二天早上她才弄明白，为什么弗兰茨那么匆忙，一名侦探清晨六点把她从睡梦中叫醒，问起弗兰茨，还打听她是否知道他的新住处,不过他也礼貌地提醒她注意,她有权拒绝回答。"我们很快就会再次抓住他。"他和蔼地说道,然后带着官方那种遗憾的眼神离开了。

现在特蕾莎相信,她心底残留的那点儿对儿子的亲情已经荡然无存,将她和他连接在一起的东西只剩下了害怕他还会再回来。她从衣柜里掏出那几个古尔登时,落在她身上那种恶毒的眼神让她预感到下一次会发生更糟糕的事情。她下定决心,无论在什么条件下,都不能让他再次走进她的住处,哪怕是冒着把警察叫来的危险。

她越来越强烈地感到了真正的担忧。到目前为止她还没有向任何人请求过帮助,她也无法隐瞒,在目前的情况下进行这样的尝试差不多就意味着乞讨。她觉得从谁那里能得到帮助呢?当然阿尔弗雷德不会拒绝她,蒂尔德肯定也会帮助她渡过难关,可是就连要给这两个人中的某一个写信的想法都让她羞红了脸。上课还能为这个家挣来一些钱,她还不至于饿死,暂时也不需要添置什么新的东西,她已经习惯了节俭的生活,所以她深居简出,生活寒酸,不过因为弗兰茨又消失了一段时间,她的日子过得还算平静。

在一个冬日的早晨,她甚至还得到了一个真正的小惊喜。蒂尔德写来了一封信,信纸散发着一股好闻而又熟悉的香水味,她还是个年轻姑娘的时候就开始用这种香水了。"我亲爱的特蕾莎·法比安尼小姐,"她这样写道,"我经常想您,几乎和想起我那可怜的爸爸一样频繁。您可不可以,亲爱的小姐,在您下一次去公墓的时候,也替我在他的墓前摆上一些鲜花呢?您如果能给我写封信,告诉我您的近况,那就太好了。那个'小班'还有吗?小格雷特怎么样了?她还是不能正确地拼写吗?我们这里一到冬天雾总是很大,那是因为离海太近的缘故。几乎没有下过雪。我丈夫也向您问好。他经常出外旅行,这样一来,有些夜晚总是寂寞又漫长,不过您是知道的,我挺喜欢自己一个人,所以我也想不起来要为此而抱怨。我衷心地问候您,亲爱的特蕾莎小姐。希望大家能再见上一次面。您充满感激的蒂尔德。"

"另:附上买花的钱。"

很长时间特蕾莎都呆呆地望着这封信。"希望大家能再见上一次面。"那么,这句话从根本上听起来也不是特别迫切。这封信难道只是为了父亲墓前的鲜花才写的吗?还有信上提到的"钱"也根本没有附上。要么是蒂尔德忘了把钱塞进信封里,要么就是有人把钱给偷走了。唉,不过就是几朵紫菀花嘛,不得已的情况下就自己掏钱去买好了。"在您下一次去公墓的时候。"自从圣灵降临节星期日之后,特蕾莎就没有去过那里。她想在圣诞节假期的某一天补上。因为如果为了这件事耽误一节课,另外还要买花,这实在是超出了她的经济能力。这封信她想以后再回复。蒂尔德·冯卡德夫人也得学会长久地等待。

101

几天之后的一个晚上,天已经很晚了,却响起了门铃声。特蕾莎的心都不跳了。她蹑手蹑脚地走到门前,透过猫眼往外看。外面不是她儿子。一个还很年轻的姑娘站在门前,特蕾莎没有立即认出她是谁。"是谁呀?"她迟疑地问道。一个响亮但是有点儿沙哑的声音回答道:"一个老熟人。快开门吧,特蕾莎小姐。我是阿格娜丝,阿格娜丝·罗特纳。"

阿格娜丝?她来干什么?她能给她带来什么东西?可能是关于弗兰茨的什么消息。她开了门。

阿格娜丝身上落满了雪,她一进门就在玄关里拍打着身上的雪片。"晚上好,特蕾莎小姐。"——"您不想继续散步了吗?"——"您不用对我用尊称,特蕾莎小姐,跟以前一样。"

她跟着特蕾莎走进房间,她那迷乱的目光首先落在了桌子上那一摞蓝色纸包着的书本上。特蕾莎打量着她。唉,看到她一刻都不用怀疑,眼前是个什么样的女人。脸上化着妆,简直像粉刷过一样,紫红色的毡帽上插着便宜的鸵鸟毛,头发染成了金色,用发钳烫出来的卷曲刘海遮在额前,耳朵上戴着大大的假钻石,一件仿制的,已经磨破了的阿斯特拉罕上衣和同样的袖筒——她就站在那里,既放肆又拘束。

"您请坐吧,阿格娜丝小姐。"阿格娜丝估计是觉察到了特蕾莎那种上下打量又有些蔑视的目光,她用一种有些嘲讽的语气抱歉地说道:"我当然不会自己跑来打扰您——要不是我给您带了一个口信的话。"

"是从——弗兰茨那里?"

"当然了。"她坐了下来。"也就是说,他现在躺在监狱的医院里。""我的上帝!"特蕾莎喊道,她突然明白过来,躺在医院里那个人是她的儿子,也许病得快要死了。

阿格娜丝安慰着她。"没有那么危险,特蕾莎小姐,他会没事的,在审理案件之前就会好。他还在接受检查。另外这一次没有什么证据能指认他,正好这一回他没参加。警察总是抓错人。"

"他怎么了?"

"没什么特别的,一点儿小毛病。"她愉快地哼唱:"都是因为爱情……"还放肆地大笑。"那病一时半会儿还好不了。以后可得注意。就算是为了别人。要是别人都能注意就好了!我不是又恢复了健康嘛。我当时可病得不轻!在医院里躺了六周。"

特蕾莎的脸一会儿红一会儿白。在这个女人面前她倒显得像一个年轻姑娘。她只有一个愿望,就是赶紧把这个人给请出去。她离她远远地问道:"弗兰茨让您给我带什么话?"

阿格娜丝很明显是受了刺激,她装腔作势地用标准德语说道:"我替他带什么话?应该不难猜到吧。或者您也许以为,特蕾莎小姐,医院里那些人会给被告吃饱饭吗!除非是得了肺结核或者那样的病,才会给病人正儿八经的东西吃。他需要钱来改善伙食。这一点作为母亲应该能想到吧。"

"他为什么不给我写信!如果他病了的话……我就会设法弄到钱的。"

"他自己才知道为什么不给你写信。"

"我总是给他钱,要是我自己……"她停住了。在这样的一个人面前替自己辩解不是让人害臊嘛?

"没什么不好的。我能想象出来,您的日子也不算好过,特蕾莎小姐。人有时过得好一点儿,有时过得差一点儿。不过您看起来模样还不错。什么时候肯定会再有个送钱的男人来的。"

特蕾莎再一次觉得自己的血涌上了额头。这个女人——竟敢这样跟她说话,就好像自己跟她是一路货色呢?唉,看看弗兰茨对阿格娜丝以及其他人把她说成什么样了,儿子这样说自己的母亲!他是怎么看待她的!她想找出一句回答的话,可是找不到。最后,她无助地,几乎是结结巴巴地说:"我——我教课。"

"那是当然了,"阿格娜丝回答说,不屑地瞥了一眼书和本子,"看得出来。如果接受过教育那当然幸运了。我也总是想自己挑选那些男人。"

特蕾莎站了起来。"您走吧。我会把弗兰茨需要的东西亲自给他送去。"

阿格娜丝也站起身来,缓慢地,像是生气了一样。不过她似乎也觉察到了,是自己说话不太恰当,也许她也很在乎,不想空手回去见弗兰茨。所以她又说:"那好吧,如果您想亲自到医院去找弗兰茨——不过他肯定不希望这样。就连您自己也不是真这么想吧。"

"我不知道他在医院里。"

"我也不知道。纯粹是凑巧了。我到那儿去看一个老朋友,给他带了点儿吃的。是啊,我们这样的人也得四处节省,钱不好挣,这一点您可以相信我,特蕾莎小姐,比您上课挣钱难多了。您也能想象出来,特蕾莎小姐,那可真是个惊喜,看到弗兰茨躺在那儿,就挨着我的朋友。他也很高兴。朋友还是老的好。我们聊了一会儿之后,我问他是不是需要从外面带什么东西,他就说:如果你能到我母亲那里去看看的话,也许她能给我送几个古尔登来,改善一下伙食。为什么不呢,我对他说,你母亲一定还记得我呢。也许她更愿意让我带来,那样她就不用自己跑来了,去监狱医院对于不太习惯的人实在太可怕了。"

碰巧特蕾莎钱包里还有几个古尔登。

"来,拿着吧。可惜我只有这么多。"她注意到,阿格娜丝瞥了一眼衣柜,她一定是听弗兰茨说的。——特蕾莎撇了撇嘴角,补充道:"那里面也没有了,也许,我到圣诞节的时候——不过那时候我就能自己去了。"

"到圣诞节的时候,那时他也许已经出来了。我跟您说,特蕾莎小姐,这次他们什么也证明不了。那么,我替他谢谢你啦。还有——咱俩又和好了,不是吗?也许您还有点儿香烟能带给他?"

我没有,她想说,不过这时她突然记了起来,沃尔施恩经常来的那个时候留下了一包已经打开的香烟。她在隔壁房间消失了几秒钟,然后递给了阿格娜丝一把香烟。

"这会让弗兰茨特别高兴的,"阿格娜丝边说边把香烟都塞进了袖筒,"我自己也能抽一支,对吧?"——特蕾莎什么都没有回答,不过她还是伸出手来道别。她突然不再厌恶阿格娜丝了,也不再觉得自己有什么了不起的地方。其实阿格娜丝和她之间也没有太大的区别。她最后还不是也把自己卖给了沃尔施恩吗?

"替我问候他,阿格娜丝。"她温和地说道。

楼梯间里已经黑了,特蕾莎陪着阿格娜丝走下楼梯,在房屋保管员来开门之前,阿格娜丝把她那件阿斯特拉罕上衣的领子竖了起来,特蕾莎感觉到,阿格娜丝是顾及她的面子才这样做的。

这天晚上,她很长时间都没有睡着。连这样的事她现在都经历过了。说到底这又有什么奇怪的呢?她是有过这样一个儿子,一个跟流氓和妓女混在一起的窝囊废,经常被警察通缉,有时还被抓住,现在还染上不干不净的病躺在监狱医院里。她应该冷静下来了——可是,他毕竟是她的儿子。虽然她一再抗拒这种想法,可是每当他遇上坏事或者自己干了坏事,她自己的心底总是涌上同情和共同犯罪的感觉。共同犯罪,对,就是这种感觉。当然这很奇怪,她在这种时刻总是想到自己的罪过,就好像因为生下了他,她就要对他做的一切事情独自负责一样,造出他来的那个男人从此消失得无影无踪,就好像跟他一点关系都没有似的。唉,对于卡斯米尔·陀庇什来说,给了孩子尘世生命的那个拥抱只是很多次中的一次——并不比其他的那些拥抱更加幸福,或者造成了更严重的后果。他不知道,他带到这个世界上来的那个人是个无赖,他压根就不知道,自己还有这么一个孩子。如果他偶然得知这件事,他会怎么做——他会怎么想?那个现在躺在监狱医院里的失足青年,和这个正在老去的男人有什么关系,他经过了昏暗、愚蠢、四处行骗的二十年后在城外那个低级娱乐场里演奏大提琴,还喝掉了人家钢琴师的啤酒。他怎么会感受到关联和命运,也许还需要她的努力他才能把这事儿想象成现实,在那个转瞬即逝的欢愉时刻竟然造出来一个人,是她的儿子。一个早就消逝的时刻的共同点和现在的共同点——怎么可能用一个相同的词去描述呢?不,这么多年来她一直觉得无所谓的事情现在突然有了不可预计的意义和重要性。就好像从那个时刻开始,从卡斯米尔知道他儿子存在的那一刻开始,她自己的生活也将获得新的形式、新的内容和新的意义一样。她感觉自己就像是一个人,站在一个睡着的人的床边,心里不知道,是该用手轻轻地划过他的额头跟他告别,不打扰他的睡眠,还是把他摇醒让他承担责任。她意识到了,卡斯米尔事实上就是个做梦的人,而他恰恰不知道对自己的存在来说最重要的东西。他的生命里肯定还有一些别的女人。他也许还有其他的孩子,也许还知道这个或者那个孩子的存在,因为他并不总是能幸运地及时脱身——可是突然有个女人站在他的面前,他早把她忘得一干二净了,包括她的脸和目光,在他离开她二十年之后站在他的面前,对他说:卡斯米尔,你和我那时有了一个孩子——这种事儿他一定还没有遇到过。她似乎看到眼前出现了一个画面,她把他从梦中叫醒,拉着他的手,穿过无数条街道,那些路也显示出他生活中走过的那些弯路,她和他怎样敲开了一扇大门,那是监狱医院的大门,然后把他带到那个生病青年的床前,那是他的儿子,他怎样瞪大了双眼,惊讶地大张着,立即明白过来,跪倒在他不幸儿子的床前,回头望着她,拉起她的手轻声说道:原谅我,特蕾莎。

102

圣诞节假期的第一天,她坐车去了墓地。那是个多变的春日天气。温暖的春风在墓地吹过,泥土被融化的雪水浸透了。她带来了紫菀花,白色的是替蒂尔德送的,紫色代表她自己。找到沃尔施恩的墓不像她想象的那样容易。墓碑一直都没有安放上,只有一个数字表明蒂尔德的父亲被埋葬于此。在这里长眠的是蒂尔德的父亲——她首先想到的就是这个,而不是她自己的情人。她想起来,要不是他去世,他们到现在已经结婚九个月了。那我今天就该坐在一个暖气充足、布置得很漂亮的房间里,像蒂尔德一样,透过明亮的玻璃窗看着外面的街道,无忧无虑。虽然这样的事情没有发生,她却感觉不到一丝遗憾,她想到去世的人心里也没有柔情。难道我就这样不知道感激吗?她问自己,我就这样感情冷淡、心如止水吗?她的记忆里浮现出所有她曾经委身过的男人们的形象,她今天终于明白,只是借助于这些回忆,她才在和沃尔施恩缠绵的时候有过转瞬即逝的快乐。

突然间——不过她感觉好像在他还活着的时候她就曾有过这种想法——她问自己,她的情人是否在内心深处感觉到了她这种不断重复的阴险的不忠行为,在某一个时刻,因为他羞愧地意识到了自己扮演的可悲角色,为了这种顿悟而心碎,就像人们所说的那样,死于心力衰竭呢?哦,一定有这方面的联系,她能感觉得到。神秘的、隐藏得很深的罪恶感有时只在她灵魂深处一闪即逝,她觉得对于沃尔施恩的去世自己也有责任,这并不是在她灵魂最深处闪烁的唯一的共同犯罪感。对于一种更沉重的、更深刻的共同犯罪感的认识在她心里沉睡着,在经过了这么长时间之后,她再一次回想起那个遥远的夜晚,她生下了儿子又杀死了他。这个死人现在却仍然像个鬼魂一样在世上游荡。现在他就躺在监狱医院的病床上,等待着他的母亲——这个杀死他的凶手承认自己的罪过。

紫色和白色的紫菀花从她手里撒落,她大睁着双眼,像一个疯子一样对着空气发呆。

不过还是这个女人,就在同一天晚上,和商店店主一家围坐在布置精美的餐桌边,和这家的男女主人,还有他们邀请的一对小市民夫妇一起聊着家常,说起下雪的天气,说起市场上的价格,说起市立中学和公立小学的课程,她再也没有想起那些死去的人。

103

接下来的几天里,她一直在考虑是否应该给卡斯米尔·陀庇什写一封信。也许这根本就不是他的本名。反正无论如何那人肯定是他,不管他叫什么名字。不过也有可能,他根本就不会在意这样的一封信,他越猜测是谁写来的这封信,他就越不会在意。所以最后她觉得最聪明的办法还是在演出之后截住他。她可以假装是跟他偶遇。

一天晚上大概十一点的时候,她面前就是被灯光照亮的"宇宙"的牌子。在入口下面站着一个身材魁梧的门卫,穿着一件有些褪色的绿色制服,镶着金色的纽扣,手里握着一根长长的带着银色绶带的手杖。演出还没有结束。特蕾莎寻找着卡斯米尔·陀庇什离开酒馆时必经的大门。很容易就能找到:在一个拐角,隔着一条街道,再过去一个拐角,在一条几乎没有路灯的大街上,一扇镶着一半玻璃的大门上写着:员工入口。刚才出来了一个女人,一个瘦削的、长相普通的女人,穿着一件寒酸的、太薄的雨衣,拐过街角不见了。不过,她自己的大衣也并不适合在这样的下雪天穿。她穿着一件高雅的春季大衣,是蒂尔德送给她的那件,当然里面穿了一件厚厚的羊毛夹克。唉,不管怎么说,她的穿着还是比同一阶层的很多女人好得多。只是她的脚又冷又湿。她真应该穿着那双结实的鞋子来,就是她上次在沃尔施恩的陪伴下去爬山时穿的那双鞋。虽然她不停地走来走去,可还是冻得要命。也许还有更聪明的办法,就是买一张座位便宜的票,在观众席上等待演出的结束。她走得更远一些,来来回回地走,沿着那座楼四周积满了雪的大街。这样她就能一会儿看到入口,一会儿看到舞台的门。有那么一刻,她觉得自己的等待太不理智,简直是毫无意义。她到底想干什么,她在等待谁?一个在里面拉大提琴的老乐手,还是一个戴着宽边软呢帽的男青年,他的小胡子散发着木樨草润发油的香味?这个人和她根本就没有任何关系,可是她总感觉,好像从那边的玻璃门里会出来一位穿着斗篷的年轻人,手里拿着一顶软帽。有一刻她觉得自己就是那位漂亮的年轻小姐,在星期天可以外出,正在因为要和自己的情人会面而高兴。可当时是春天。她到底在干什么?这又不是春天,她也不再是那个年轻、漂亮的小姐了。难道她不就是那位施泰因鲍尔小姐吗?自己当时还替她感到惋惜,因为她没有情人。她已经不是当年的她了,他也不是——他们还能怎么样呢?不,真的,她这一辈子都没有做过像守在路上这样毫无意义的事情。现在放弃是不是更好一些呢?也许下一次再来,在更适合的气氛里。她已经慢慢地离开了那座楼,当她离开了被灯光照亮的那块地方的时候,她又感到很遗憾,于是她再次折了回来,她注意到演出刚刚结束。门卫换了个姿势,高高地举着那根手杖,银色的绶带来回晃动着。人群从大门里涌出,来到室外,有些马车走在前面。特蕾莎飞快地横穿过大街,来到舞台入口处,站在对面的位置上,以便将玻璃门也控制在视线之内。第一个出来的人就是他——瘦削,披着斗篷,手里拿着宽边软呢帽,嘴里叼着一支香烟,他看起来跟二十年前几乎没有什么两样。这真是个奇迹,真的。他朝各个方向张望了一眼,然后抬头看着天,摇了摇头,就像他一边为漫天飞雪感到惊讶,一边又鄙视这雪一样。他戴上帽子,然后,就好像知道对面有人在等他一样,他突然迈开大步急急忙忙地穿过了大街,直冲着特蕾莎走来,用相当匆忙的目光扫了她一眼,就看别处去了。"卡斯米尔。"她喊道。他根本就没有回头,走得更快了。"卡斯米尔·陀庇什!"她又喊了一声。他站住了,先用目光朝后看了看,然后转过身子,冲着特蕾莎走来,看着她的脸。她微笑着,虽然他现在看起来完全不一样了,比他的实际年龄还要显老,额头上有很多道皱纹,嘴角的皱纹更深。现在他才认出她来。"我的眼睛看到了什么!"他大喊道。"这不是——这不是——殿下,公主!"她脸上仍然保持着微笑。这就是他在二十年后首先想到的,他一开始时也是装出这副样子,好像把她当成了大公爵夫人或者公主!那么,无论如何,她的外貌并不像自己担心的那样发生了很大的变化。她像是确认似的点了点头,她的微笑渐渐变得空虚,她说道:"是的,我是特蕾莎。"

"这可真是一个惊喜。"他边说边把手伸给她。仅从他那干硬而瘦削的手指上她也能认出他来。"是啊,你怎么到这儿来了?"

"我恰巧来看演出,就看见你了。"她站住了。

"认出我来了?"——"当然了。你几乎没什么变化。"——"你也没有什么太大的变化。"他捏起她的下巴,用浑浊的眼睛盯着她的脸。他嘴里呼出的气有股酸啤酒味。"哎呀,真的是特蕾莎。没想到,我们俩居然还可以再见面。你这一向过得可好,特蕾莎?"

她感觉到自己的嘴角一直挂着微笑,她简直无法去掉这个微笑,虽然它并没有什么特殊含义。"我过得怎么样,这可不是一两句话就能讲清楚的。"

"当然了,当然了,"他也表示赞同。"我们已经有很长时间没见面了吧。"

她点了点头。"很快就二十年了。"

"是啊,这中间会发生很多事情,二十年的时间。你总该是结婚了吧,——有孩子吗?"

"有一个。"

"这样啊,我有四个。"

"四个?"

"是啊,两个儿子,两个女儿。我们继续往前走吧?站着不动太冷了。"

她点了点头。突然间她也觉得脚很冷。

"你的同伴在哪儿等着你呢?"他问道,突然又站住了。——她面露不解地望着他。——"你该不是自己坐在那家酒馆里的吧?也许是和丈夫一起?"

"不是的。可惜我丈夫已经去世了。已经很长时间了。我是和熟人一起来的,但是他们有事,不得不先走了。"

"这可不是有礼貌的熟人。那么也许可以让我陪你走到最近的电车站去?"

他们沿着大街往下走去,特蕾莎·法比安尼和卡斯米尔·陀庇什,就像他们二十年前一样在某些街道上走来走去,也没有多少话可以跟对方讲。"这可真是一个惊喜,"卡斯米尔又从头开始了,"也就是说,你已经结婚了,更确切地说已经守寡了?"她看到,他从侧面审视地打量着她的春季大衣。当他的目光往下滑落,看到她的鞋子时就停住不动了,他的目光变得有点冷淡。她很快说道:"我根本就不知道你还会拉大提琴。"

"当然了。"

"那时你还是个画家吧?"

"画家和乐手。我现在还是画家,就是说,更多的是粉刷工,说实话。还是需要额外挣些钱。"

"这我能够想象出来——养活四个孩子可不是件容易的事儿。"

"当中的两个已经成年了。最大的那个儿子在一个假牙技工那里当助手。"——"那他多大了?"——"这个月就要二十二岁了。"——"什么?"

现在他们已经站在电车车站了。

"二十二岁?那么我们认识的时候你就已经结婚了。"她响亮地笑了。

"是啊,"他答道,也跟着笑了起来,"我现在发觉自己说漏嘴了。"

"没什么。"她说道。这个消息的确并没有打动她。她只是笑着;那个时候他就有老婆和一个孩子了,所以才会逃跑,还用假名字。因为现在她彻底明白了,他真的从来没有叫过卡斯米尔·陀庇什这个名字。那他叫什么呢,这个男人?她跟他一起走到这里来,而且跟他还有一个儿子,他就躺在监狱医院里,她本想让他们父子相认的。

她现在完全可以问问他的真名,也许他会告诉她实情。可是至于他叫什么名字,他是画家还是大提琴手还是粉刷工,他有四个孩子还是十个,这些根本就是无所谓的事。反正他不过是一个愚蠢的穷鬼,自己还不知道。在这方面她还是有点儿自知之明的。

"那里刚好来了一辆电车。"他说,很明显地松了一口气。

"是啊,那里来了一辆。"她愉快地重复着。可是这时她忽然觉得很可惜,这次的重逢就这样过去了,卡斯米尔·陀庇什,不管他叫什么名字也好,对她来说就这样消失在那些无名人当中——永远地消失了。那辆电车停了下来,可是她并没有上去,虽然他的目光友好地示意她应该这样做。她说道:"我本想跟你多聊一会儿天的。你难道不想去拜访我吗?"

他看着她。哦,他一点儿都不想费力去掩饰,她在他的目光里明显地看懂了:拜访?为了什么呢?作为娘们儿你不在我的考虑范围之内,我也不会因为你穿的春季大衣就上了你的当?

不过他似乎觉察到了她眼中那一丝害怕,他礼貌地回答道:"很愿意。有时间我会去的。"——她把地址给了他。"你应该还记得我的名字吧?"她又补充了一句,微笑里有些忧伤,轻声说道,"我叫特蕾莎。"——"当然了,"他说,"我知道的。不过姓什么?"——"你忘了吗?"——"你想到哪儿去了,不过——对不起,你现在肯定已经改姓其他的姓了。"——"没有,我一直叫特蕾莎·法比安尼。"——"那你没有结婚?"——她只是摇了摇头。——"可是你不是说,你有一个孩子吗?"——"是的,我是有一个孩子。"——"这样啊,看那儿。"

又一辆电车缓缓驶来。特蕾莎直盯着卡斯米尔·陀庇什的脸。现在应该轮到他继续提问了,现在他应该提问,必须提问;在他的眼睛里已经闪烁着一个问题了,也许甚至还是一种预感,可也正是因为这样他才宁愿什么都不问。

电车停下了,特蕾莎上了车。在站台上她还很快地对他说:"你也可以给我打电话。"——"那么,你还有电话?你过得可真不赖啊。我想打电话的时候总是得去卖牛奶的迈尔家。那好,再见。"

电车缓缓地开走了。卡斯米尔·陀庇什又站了一会儿,冲着特蕾莎挥手。她的微笑突然消失了。她没有打招呼,她的目光落在站台上的他身上,严肃又遥远,她看着他转过身去往回走了。雪花柔软而又稠密地飘落着,街道上几乎空无一人。那个男人,她一直把他叫作卡斯米尔·陀庇什的那个男人,她孩子的父亲,就这样从她的生命里消失了,成为众多无名人当中的一个,永远地消失了。

104

特蕾莎在阿格娜丝·罗特纳来访之后寄给弗兰茨的那一小笔钱被退了回来。收信人已经被监狱医院释放了,邮局找不到他。这么说人家真的把他给放了?特蕾莎想到这一点的时候并没有感到特别舒服。她不是第一次想到是否要更换住处。可是这样又有什么用呢?他知道怎样找到她。只是很可惜,问题是,她说到底是否有这个能力,可以继续支付现在这个住处的租金。慢慢地,房租对她来说太高了,二月份又要到期,她还不知道,到那时她该如何凑齐这笔钱呢。那个小班已经解散了,可能是因为女学生的父母对她们取得的进步不再感到满意。她自己也承认,她现在的工作成绩从来就没有特别明显过。只不过她的认真,她与学生们交往时那种和气的方式帮助了她,可以在与其他教师的竞争中占据优势。她在过去这几个月里是如何松懈,连她自己都感觉得出来。

在租金到期前不久她通过公证员得到了一个消息,母亲的遗产里,她的家具变卖所得的钱里有一小笔是给她的。到秋天之前她觉得自己的生活略微有了些保障。这大大鼓舞了她的心情,她又重新鼓起力量努力争取,三月份她在近郊找到两个上课的地方,尽管报酬很低。

弗兰茨又派人送来一个消息。一个中年妇女捎来了一封信:他也许可以得到一个职位,母亲应该最后再帮他一次。他说了一个准确的数目:一百五十古尔登。这个要求吓了她一跳。显然他知道她得到了一些遗产。她无言地让那妇人给他捎去了索要数目的五分之一。第二天,她赶紧把还剩下的大约五百古尔登送到储蓄银行去了。办完这件事之后她才松了一口气。

春天来了。随着刚开始那几天让人舒服的温和天气,一种熟悉的疲惫再次袭来,同时也伴随着一种她从来不曾感受过的更深切的伤感。以前能够让她感到放松的方式,短短的散步,她还去了一次戏院,现在她做起来却只是感到更加悲伤。最让她伤心的却是来自蒂尔德的一封信,是迟到的回信,特蕾莎在上封信里告诉蒂尔德自己替她给父亲的墓地装饰上了鲜花。蒂尔德的回信里暗示她已经怀了孕。特蕾莎只感受到了一点:她自己的生活是多么空虚和无望。恰好在这几天,在几个月之后,她的感官上有了一些不确定的冲动,也不是本身的愿望,但却少见地折磨着她。她做了很多轻浮的梦,丑陋的和英俊的,可全是不认识的男人,没有特定的某张面孔的男人,她梦想着自己在他们的怀抱里。只有唯一的一次,她梦见和理查德一起漫步在他们第一次拥有对方的那片多瑙河草地上。恰恰是这个梦一点儿也不淫荡,但是她感觉到自己被包裹在一片柔情之中,这正是她渴望从他那里得到但却从没得到过的,留给她的只有一种痛苦而无法满足的渴望,她认识到自己将会永远孤独下去。

105

五月的一个晚上,很晚了,又有人按响了她的门铃。恰好这天为了支付明天到期的一笔账单,她从储蓄银行里取了数目比较大的一笔钱存放在家里。正因为如此她才确信无疑,门外站着的一定是弗兰茨。她发誓,他从她这里一个十字币都别想拿到。另外她把钱小心谨慎地藏好了,她确信他找不到。窗户还开着呢,实在不行她就大喊。她踮着脚尖溜到门口,犹豫着,甚至不敢透过猫眼往外看——这时有人使劲地敲门,她害怕被邻居听到,就把门打开了。

第一眼看上去弗兰茨穿得比以往任何时候都要好,他从来没有显得这样病态和苍白过。"晚上好,母亲。"他说,想往前走,特蕾莎却堵住他不让他进门。"唉,这是干什么?"他用恶狠狠的眼神问道。

"你想要什么?"她强硬地问道。他在身后关上了门。——"不要钱,"他回答道,嘲讽地笑了起来,"你如果今天夜里让我在这儿睡觉的话,母亲。"——她摇了摇头。——"只睡一夜,母亲。明天你就永远摆脱我了。"——"我已经领教过了。"她说。——"唉,也许已经有人了?也许有人已经躺在长沙发了?"

他推开了她,打开起居室的门,四下里看了一眼。"你永远都别想再睡在我的住处。"特蕾莎说。

"就一夜,母亲。"——"你肯定有个过夜的地方,你到我这儿来干什么?"——"我今天夜里没有住处,这种事情也是常有的,我又没钱去住旅馆。"——"你住旅馆需要的钱我可以给你。"——他的眼睛一亮。"拿来吧,拿来吧!"

她把手伸进钱包,递给他几个古尔登。"就这么点儿?"——"这些钱够你在旅馆里住三个晚上。"——"好吧,我走了。"可是他还站着不动。她不解地看着他。他嘲讽地笑着继续说道:"好的,你把我该得的那份遗产给我,我就走。"——"什么遗产?你疯了吗?"——"哦,不。我想要自己从祖母那里该得的遗产。"——"什么是你该得到的?"

他走到她面前,紧贴着她。"那么,你听着,母亲。你已经听到了,你今天是最后一次见到我。我有了一个工作,不在城里,在外面。我再也不会回来了。如果你现在不给我的话,我怎么才能拿到我应得的那份遗产呢?"——"你在说什么?你有什么权利得到遗产?再说,连我也根本什么都没有继承到。"——"是吗,母亲,你以为我会上你的当吗?你以为我不知道,你从沃尔施恩先生和你母亲大人那里得到钱了?我急需几个古尔盾,倒让我向你乞讨。一个母亲就这样对待她的儿子吗?"——"我什么都没有。"——"那么,我们马上就能看到你是不是真的一个子儿都没有。"

他朝着衣柜走去。

"你要干什么?"她一边说一边抓住他伸向衣柜的那条胳膊。

"把钥匙拿来!"她松开了他,一步跳到了窗户前,弯下腰,就像要对着下面呼喊一样。他追了过来,把她从窗户前撞开,把窗户的插销插上。她急忙向住所的门口跑去。他立即跑到她身边,把钥匙转了转,然后自己揣起来。随后他就抓住她的双手。"老老实实交出来吧,母亲。"——"我什么都没有。"她从痉挛般紧闭的牙缝里挤出了一句话。——"我知道你有。我知道你有。拿出来,母亲。"——她被激怒了,也不再感到害怕,她恨他。"就算我有一千个古尔登,我连一个十字币都不会给你这种人。"——有一刻他松开了她,看起来冷静了一些。"母亲,我有话要对你说。把你的钱分给我一半,我逃跑需要钱。我没有工作,我必须要逃跑。如果这次他们抓住我,我就得蹲个一两年。"——"那倒更好。"她咬着牙说道。——"什么?你是这么想的?那好吧。"他又冲到衣柜前,用拳头砸着柜门。没有用,他想了一会儿,耸了耸肩,然后从包里取出一把凿子,把门撬开。特蕾莎再次扑到他身上,试图抓住他的胳膊,他把她撞开,在内衣里翻找起来,把它们铺开,又一件一件地都扔到地上。特蕾莎又试着去抓他的胳膊。他狠狠地撞了她一下,撞得她直冲窗户飞去。他又继续在内衣里翻找,把每一件都拽出来,在这段时间里特蕾莎已经打开了里面的一扇窗户,她马上就要推开朝外的那扇窗户了,这时他又冲过来,把她拉了回去。"强盗!"她大喊,"小偷!"他大睁着通红的双眼,嘶哑地冲她喊道:"你是给还是不给?"——"强盗!"她又喊了一声。这时他抓住她,用一只手捂住了她的嘴,连拖带拽地把她拉到很小的那间卧室里,站在她的床前。"是不是藏在这里的什么地方?在弹簧床垫里,还是软垫里?"他不得不松开了她,为了到床上去翻找。她立刻又尖叫起来:"小偷! 强盗!"这时他用一只手抓住了她的两条胳膊,用另外一只手捂住了她的嘴。她用脚踢他。他松开了她的手,却掐住了她的脖子。"强盗! 杀人犯!"她喊着。他开始用劲掐她,她倒在床边,他松开了她的脖子,拿来一个手帕,团在一起,塞进她的嘴里,又拿了一条挂在洗漱台上的毛巾,把她的双手绑在一起。她嘴里发出呜呜噜噜的声音,睁着大大的、呆滞的眼睛,在黑暗中瞪着他。只有从隔壁房间透进来的一线灯光。他像个疯子一样在床上到处翻找,拉掉软垫,在洗脸池里看了看,罐子里、橱子里,在床前小地毯的下面到处找。突然他停了下来,因为外面响起了门铃声,从两扇关着的门外他听到了说话声。毫无疑问,有人听见了母亲的叫声,也许还有他用拳头和用凿子撬门的动静。弗兰茨飞快地松开她母亲手上绑的毛巾,又一把拽走塞在母亲嘴里的手帕,她躺在地上,发出呜呜噜噜的声音,喘着气。"什么都没有发生,母亲。"他突然喊道。她的眼睛是睁开的。她的眼睛还能动,她还在看。不,她没死。没发生什么大不了的事情。

门铃声再次响起,三次,五次,按得越来越急促。该怎么办呢?从窗户里跳出去?从四层楼上?他又看了一眼母亲。不,什么都没发生。她大睁着眼睛在看,动了动胳膊,是的,她的嘴唇也在抽动。门铃还在尖利地响个不停。实在没有别的办法,只有开门了。还是可以从人群里冲出去,跑下楼梯到大街上去。只要她别像死了似的躺在地上。他朝她弯下腰,想把她扶起来。可是好像她在反抗。她甚至还摇了摇头。那么,她没有死。不,昏迷了。或者她只是装出这副样子欺骗他?

门铃还在尖利地响着。先是有人敲门,然后就是用拳头砸门。"开门!开门!"外面有人大喊。弗兰茨冲到前厅里,住所的门在拳头的敲打下抖动着,他实在没有别的办法,只有开门。这怎么可能?门外只站着两个女人,目瞪口呆地看着他。他把她们撞开,冲下楼梯。这时他听见身后有人大喊:"站住!站住!"还有一个男人的声音也在跟着一起喊。声音是从上面传来的。他刚穿过楼门冲到大街上,就有人从背后抓住了他的肩膀。他怎么也挣脱不开。他又骂又喊。然后他就沉默了。完了。可是母亲又没有死。最多只是昏迷了。这些人想对他怎么样?母亲肯定不会有什么事情的。他周围站满了人。还有个警察也赶来了。

那两个女人冲进房间,看到特蕾莎·法比安尼小姐四肢摊开地躺在床腿前面。她们身后紧接着还来了其他人,来了一个女人,又来了一个男人,她们把特蕾莎抬到乱成一团的床上。她四下里看了看,但是并不想说话。她似乎也认不出陆续走进房间的人都是谁,邻居们,一位警官,法医,她看起来也听不懂别人的问题。因此人们暂时认定这里发生了争斗,事实很容易确认,法医也断言,看起来她受的伤没有生命危险。官方封存了这套住所,特蕾莎在这天晚上就被送进了医院。

医院确诊她的一块喉头软骨断了,这比事先的预料更加不利,对于那个儿子来说也是如此。根据房屋管理员提供的情况,女教师特蕾莎·法比安尼是法博议员的妹妹,所以在这天夜里也通知了他,说她妹妹家里发生了抢劫案。一大早他就在妻子的陪伴下来到躺在特护病房的伤者床前。伤者的体温升高了,医生并不认为是伤情所致,更多是受了惊吓的缘故。显然她的意识也受损了,她无法认出来人是谁,于是他们不一会儿就离开了。

106

临近中午的时候,阿尔弗雷德来到了她的床前,他是从报纸上知道这件事的。这时特蕾莎的体温已经降了下来,可是又出现了神志昏迷。她不安地翻来翻去,眼睛一会儿睁开,一会儿闭上,嘴里嘟囔着听不懂的话。她一开始也没有认出新来的探视者是谁。给她治疗的助理医生从专业的角度对讲师尼尔海姆博士讲述了所有情况之后,就把他一个人留在了病人身边。阿尔弗雷德坐在她的床边,摸了摸她的脉搏,脉象又弱又乱。这时,就好像是这只曾经爱过的手在病人身上起了作用,这种效果是一般性的皮肤接触所达不到的,病人的不安情绪慢慢地消退了。当医生的目光只是随意地在她额头上和眼睛上停留了一会儿时,发生了更奇怪的事:这双眼睛,到目前为止即使是大睁着也显然认不出任何人的眼睛,慢慢地闪现出清醒的意识。连塌陷的、几乎垂死的面部开始变明亮了,放松下来,也变年轻了;当阿尔弗雷德俯身看她时,她轻声说道:"谢谢。"他推辞着,抓着她的两只手,说着一些安慰的亲切的话,这些话都是他发自内心脱口而出的。她摇了摇头,摇得越来越厉害,好像她不想听这些安慰的话,很明显,她想告诉他一些秘密。他为了能听到她的话,越发弯着腰贴近她。她开始说道:"你必须要在法庭上说出来,你能向我保证吗?"——他想,又开始说胡话了。他把手放在她额头上,试着去安抚她。可是她继续说着,小声说着,因为她无法大声说话:"你是医生,他们肯定相信你。他没有罪。他只是重复了我曾经对他做过的事情。不应该重罚他。"阿尔弗雷德又试着让她平静下来。可是她急切地继续说着,好像她预感到自己没有多少时间了一样。在那个遥远的夜晚发生的事情,没有造成严重的后果——她开始怎么做却没能坚持做完——她的愿望大过了意志——她总是回忆起那个夜晚,却从来不敢把它唤回记忆;——那个小时——也许那只是一小会儿而已——;她成了一个杀人犯,这个时刻无比清晰地在她心底复活了,就像是她眼前正在经历的事情一样。——这些话说得声音很低,无法听明白,阿尔弗雷德看着她那翕动的嘴唇猜测出来几个词。不过他把特蕾莎的自我忏悔当作是在试图为她的儿子开脱罪责。这种关联是否能被天上的或者尘世的法官采纳,——对于这个垂死的女人来说——因为对她来说,即使她还能活上几十年——对于特蕾莎来说这种关联曾经存在过一次。阿尔弗雷德感觉到,在这个小时里,她对自己罪责的意识并没有压迫她,而是解放了她,她经历过的或者是应该经历的人生的终点,不再显得毫无意义。他不再尝试着通过话语来安慰她,让她平静,在这个时刻这样做是没有意义的;因为他预感到了,她又找回了丢失这么长时间的儿子,就在他成了永恒公平的实施者的这个时刻。

她说完之后就重重地瘫软下来。阿尔弗雷德感觉到,她现在又远离了他,越来越远,终于她又不认识他了。

在接下来的几个小时里,症状继续加重,给她治疗的医生已经料到会是这样——突然之间,出乎意料地,人们还没来得及做手术抢救,她的生命之火就熄灭了。

阿尔弗雷德和为杀母凶手弗兰茨指定的前官方律师谈了话,在审讯过程中,这位勤奋的年轻律师试图用阿尔弗雷德为他提供的母亲的坦白来减轻犯人的罪责。可是他在法院陪审团那里很不走运。国家律师带着宽容的嘲讽说道,被告人的记忆里不会保留着刚出世那一个小时发生的事情,基本上他们反对这种带有一些神秘色彩的倾向,这只会让本来非常清晰的事实变得晦涩,即使有时无疑是出于好心,但也是试图对法律进行歪曲。请求知情人出庭的要求也被拒绝了,也是因为真的不好决定,在这种情况下是否应该传唤一位医生、一位教士或者一位哲学家来履行如此责任重大的任务。作为可以减轻罪责的理由只提到了被告人非婚生的背景,以及由此引起的教育上的缺失。于是判决他十二年的重罪,每年到犯罪的这一天都要被关进黑暗的牢房,还要禁食。

特蕾莎·法比安尼在审判进行的这个时刻早就被埋葬多时了。在她的墓前有一个简朴的、细小的常青叶花环,上面的题词是:"献给我不幸的妹妹。"在它旁边有一把春天的花束,还没有凋谢。这美丽的鲜花是从荷兰送来的,迟到了很久。

张晏 译